Tucholsky   Wagner   Zola
  Turgenev   Wallace
    Twain   Walther von der Vogelw.
                   Weber
Fechner   Weiße Rose   von Fallersleben   Kant   Ern...
      Fichte   Hölderlin   Richthofen
         Engels   Fielding   Eichendorff   Tacitus   Dumas
  Fehrs   Faber   Flaubert
                Maximilian I. von Habsburg   Fock   Eliasberg   Ebner Eschenbach
 Feuerbach   Eliot   Zweig
                    Ewald   Vergil
      Goethe   Elisabeth von Österreich   London
Mendelssohn Balzac   Shakespeare   Dostojewski   Ganghofer
      Trackl   Lichtenberg   Rathenau   Doyle   Gjellerup
              Stevenson   Hambruch
Mommsen   Thoma   Tolstoi   Lenz   Hanrieder   Droste-Hülshoff
Dach   Verne   von Arnim   Hägele   Hauff   Humboldt
       Reuter   Rousseau   Hagen   Gautier
  Karrillon   Garschin   Hauptmann
         Damaschke   Defoe   Hebbel   Baudelaire
                        Descartes   Hegel   Kussmaul   Herder
Wolfram von Eschenbach   Dickens   Schopenhauer   Rilke   George
   Bronner   Darwin   Melville   Grimm Jerome   Bebel   Proust
    Campe   Horváth   Aristoteles   Bebel
Bismarck   Vigny   Barlach   Voltaire   Federer   Herodot
   Storm   Casanova   Gengenbach   Heine
                      Lessing   Tersteegen   Gilm   Grillparzer   Georgy
Brentano   Chamberlain   Langbein   Gryphius
Strachwitz   Claudius   Schiller   Lafontaine
                            Schilling   Kralik   Iffland   Sokrates
    Katharina II. von Rußland   Bellamy
                            Gerstäcker   Raabe   Gibbon   Tschechow
Löns   Hesse   Hoffmann   Gogol   Wilde   Gleim   Vulpius
  Luther   Heym   Hofmannsthal   Klee   Hölty   Morgenstern
     Roth   Heyse   Klopstock   Kleist   Goedicke
Luxemburg   La Roche   Puschkin   Homer   Mörike   Musil
   Machiavelli   Horaz
Navarra Aurel   Musset   Kierkegaard   Kraft   Kraus
  Nestroy Marie de France   Lamprecht Kind   Kirchhoff   Hugo   Moltke
    Nietzsche   Nansen   Laotse   Ipsen   Liebknecht
              Marx   Ringelnatz
  von Ossietzky   Lassalle   Gorki   Klett   Leibniz
         May   vom Stein   Lawrence   Irving
Petalozzi   Knigge
   Platon   Pückler   Michelangelo   Kafka
  Sachs   Poe   Liebermann   Kock
      de Sade Praetorius   Mistral   Zetkin   Korolenko

Hinter Pflug und Schraubstock

Skizzen aus dem Taschenbuch eines Ingenieurs

Max Eyth

Impressum

Autor: Max Eyth
Umschlagkonzept: toepferschumann, Berlin

Verlag: tradition GmbH, Hamburg
ISBN: 978-3-8424-0459-5
Printed in Germany

Ziel der TREDITION CLASSICS ist es, tausende deutsch- und
fremdsprachige Klassiker wieder in Buchform verfügbar zu
machen. Die Werke wurden eingescannt und digitalisiert. Dadurch
können etwaige Fehler nicht komplett ausgeschlossen werden.
Unsere Kooperationspartner und wir von tredition versuchen, die
Werke bestmöglich zu bearbeiten. Sollten Sie trotzdem einen Fehler
finden, bitten wir diesen zu entschuldigen. Die Rechtschreibung der
Originalausgabe wurde unverändert übernommen. Daher können
sich hinsichtlich der Schreibweise Widersprüche zu der heutigen
Rechtschreibung ergeben.

Text der Originalausgabe

Max Eyth

Hinter Pflug und Schraubstock

Skizzen aus dem Taschenbuch eines Ingenieurs

Hinter Pflug und Schraubstock

Skizzen aus dem Taschenbuch eines Ingenieurs

von

M. EYTH.

STUTTGART UND
· LEIPZIG ·

· DEUTSCHE ·
VERLAGS-ANSTALT

Meiner Mutter

Es hat Dir nie so recht gefallen,
Gefahren sahst Du allerorten
Und wußtest kaum, weshalb Du
weinst.

Nun sieh, aus Deinen Sorgen allen
Ist dieses Büchlein nur geworden,
Und ich bin heute noch wie einst.

Wanderlebensregeln

Willst du hinaus in die weite Welt,
So laß das Sorgen dahinten.
Nimm nicht zu viel, doch ein wenig Geld,
Das weitere solltest du finden.

Ein flinker Fuß, eine stetige Hand,
Und das Herz am richtigen Flecke,
So kommst du sicher im fernsten Land
Auch um die gefährlichste Ecke.

Und den Schulsack – vergiß den Schulsack nicht,
Um den uns der Erdkreis beneidet.
Erfreu dich an seinem schönen Gewicht,
Solange dein Rücken es leidet.

Doch hab' er ein Loch, hübsch lang und weit,
Wenn nötig, gebrauche die Schere,
Damit er beim Wandern, im Laufe der Zeit,
Sich heimlich und schmerzlos entleere.

Was alles du siehst, ist dein Wandersold,
Den magst in die Tasche du rammen;
Vielleicht ist es Plunder, vielleicht ist es Gold,
So lag's auch im Schulsack beisammen.

Dann: – fährt dich niemand, und du mußt gehn,
Greif aus, kein Weg mach' dir bange.
Und siehst du das Glück auf der Straße stehn:
Greif zu, besinn dich nicht lange.

Doch wendet den Rücken es manches Mal
Und zeigt dir boshaft die Kralle,
Geh weiter! Bleib treu deinem Eisen und Stahl,
Und pfeif auf die Edelmetalle.

So ziehe getrost bergauf, bergab,
Und trage und schaffe und scherze;
Bringst du nur zurück, was Gott dir gab,
Dein altes, fröhliches Herze.

Der blinde Passagier

Es war kein Hotel erster Klasse, auch keins der zweiten. Für beides hatte ich meine Gründe. Ein erfahrenerer Weltreisender, als ich es damals war, hätte behaupten können, der Schwarze Anker« zu Antwerpen grenze bedenklich nahe an eine anständige Matrosenkneipe. Aber seine Lage behagte mir, seine Preislage hatte selbst für mich nichts Erschreckendes, wenigstens im zweiten und letzten Stock. Seit zwei Tagen bewohnte ich dort ein Stübchen von holländischer Größe und Sauberkeit. So lange blieben die Gäste im »Schwarzen Anker« selten; die runde flämische Kellnerin zeigte bereits die ersten Spuren mütterlicher Zuneigung, wenn sie mir ein frisches, schneeweißes Handtuch brachte, fast so groß wie ein Taschentuch. Alles schien für die niedlichste Zwergwirtschaft eingerichtet zu sein, in der gute, pausbackige Menschen hausten, groß wie Riesen, namentlich in der Breitenrichtung. Man konnte kaum begreifen, wie sie ein und aus gingen. Mein Fensterchen sah nach der Schelde auf eins der großen Wassertore des Kontinents, die in die weite Welt hinausführen. Als ich vorgestern zum erstenmal die glänzende Fläche im Licht der untergehenden Sonne schimmern sah, mit ihren Masten und Segeln, ihren behaglich rauchenden Dampfschiffen, den plätschernden, hin und her schießenden Schleppbooten, die in der größten Eile schienen, heute noch fortzukommen, und immer wieder da waren, klopfte mir das Herz fühlbar. Ich selbst – soll ich oder soll ich nicht?

Etwas müde und nicht so hoffnungsfroh wie gestern und vorgestern war ich nach Hause zurückgekehrt. Das Wetter hatte sich geändert. Ein schwerer Aprilhimmel hing in schwarzen Wolkenfetzen über der Stadt. Bleigrau starrte die Schelde zu ihm empor. Von Zeit zu Zeit fegte ein Windstoß über den Strom und kräuselte ein silbernes Band in die tote Fläche. Die Masten der Schiffe wackelten nachdenklich hin und her, scheinbar ohne Ursache: doch schien es ihnen mit jeder Viertelstunde unbehaglicher zu werden. Jetzt, als ich eintrat, klatschten sogar schwere Regentropf en an die Fensterscheiben.

In einer solchen Nacht hinaus in die weite, nasse, fremde Welt? Keines der Schiffe entlang dem dämmerigen Staden, das nicht den Kopf schüttelte!

Ein höflicher, unermüdlich schwatzhafter kleiner Zeichner aus Lüttich hatte mir den ganzen Nachmittag lang die Werften gezeigt, welche die große Fabrik von Seraing hier im Betrieb hält. Es war die erste Schiffswerft, die ich als rassenreine schwäbische Landratte zu sehen bekam. Sie war im Jahre 1861 nicht sehr groß; aber für den Maßstab, mit dem ich mich auf die Wanderschaft gemacht hatte, doch gewaltig genug. Ein halbes Dutzend großer Schleppkähne für die Wolga und ein kleiner Küstendampfer waren im Bau begriffen. Vor einer Woche hatte man angefangen, den Kiel für ein Dampfschiff von 800 Pferdekraft zu legen. Alles rohe Arbeit, wie mir schien. Und niederdrückend war es, daß es so viel rohe Arbeit in der Welt gab, von der man nichts verstand, trotz eines Bildungsganges, an dem die alten Griechen und Römer nicht ohne Anstrengung mitgeholfen hatten. Diese Werft zu sehen, war der eine, unwesentlichere Zweck meines Hierherkommens gewesen, auf einen Brief zu warten der andere. Der Brief sollte mein Schicksal für die nächste Zeit entscheiden. Ich hatte in den letzten Wochen mehrmals ähnlichen Schreiben entgegengesehen, in Köln, in Essen, in Brüssel, und fing an, mich an die Spannung zu gewöhnen, die einer milden Neugier – wie es wohl weitergehen werde? – Platz gemacht hatte. Doch heute handelte es sich um das letzte Wort aus Belgien. Klang es wie alle andern, so stand ich ziemlich ratlos vor einer ernsten Lebensfrage.

In der Mauer von Schiffen, die dem Staden entlang lagen, war die helle Lücke, die quer über der Straße gestern einen herrlichen Blick auf den munteren Strom gestattet hatte, plötzlich verschwunden. Ein schwarzes Ungetüm von Dampfer füllte sie aus, stieß träge Wolken Rauchs in die tiefhängenden Regenwolken und rasselte an vier Stellen zugleich mit Ketten und Dampfwinden, von denen jede ihre eigne schnarrende Tonart aufdringlich zur Geltung brachte. Unten im feuchten Halbdunkel verwirrte sich ein Dutzend Wagen und Karren, die Waren aller Art herbeischleppten. Fässer, Kisten und Ballen flogen zuckend in die Luft, um mit einem behaglichen Grunzen im Bauch des Schiffs zu versinken. Peitschenknallen und Fluchen kam stoßweise zu mir herüber. Immer neue Karren kamen angerumpelt. Das Ungeheuer fraß mit Appetit, schwarz und schweigend. Frißt es wohl auch Menschen?

Ich fragte die runde Kellnerin, die in diesem Augenblick eintrat. »Erst morgen nachmittag, gegen vier Uhr«, antwortete sie in ihrem pausbackigen Flämisch und hielt mir Briefe entgegen, die ich ihr mit befremdender Lebhaftigkeit entriß. Nicht bloß den einen, den ich erwartete; es waren drei. Mein zwei Wochen altes Flämisch sprudelte stürmisch über meine Lippen. Kein Sprachlehrer der besten deutschen Gymnasien hat je ähnliche Erfolge erzielt. In zwei Minuten stand ein Petroleumlämpchen auf dem runden Tisch, ein Stühlchen war unter mir zusammengebrochen, ich saß auf dem krachenden Sofa und riß meine Brief e auf.

Der erste war in der Tat von Seraing, im höflichsten Französisch.

»Mein Herr! Wir bedauern aufs lebhafteste, daß die gegenwärtige Besetzung unseres Zeichenbureaus uns der Möglichkeit beraubt, von Ihren Talenten Gebrauch zu machen, für die uns ebensosehr Ihre vortrefflichen Zeugnisse (die wir dankend beilegen) als die Empfehlung unsers sehr verehrten Mitglieds des Verwaltungsrats, Dr. Orban, bürgen. Wir sind überzeugt, daß andre Etablissements, namentlich in Ihrem eignen Vaterlande, mit Ungeduld den Augenblick erwarten, in dem sie von Ihren vielseitigen Fähigkeiten Gebrauch zu machen Gelegenheit finden werden, und wünschen denselben Glück zu den ihnen hieraus erwachsenden außerordentlichen Vorteilen. Genehmigen Sie den Ausdruck unsrer sehr distinguierten Hochachtung. Die Administration der Societé anonyme de Seraing«, würdig vertreten von zwei unlesbaren Namen, von denen der eine in Keilschrift ausgeführt war, der andre die Anfänge der später beliebt gewordenen Spritzmalerei andeutete.

Es bleibt etwas Schönes um Stil und Höflichkeit. Ich faltete das Schreiben liebevoll zusammen und legte es auf ein Häuflein zumeist minder liebevoll stilisierter Briefe, die sich in den letzten Wochen angesammelt hatten und fast als Tagebuch einer Forschungsreise von Mainz bis Antwerpen dienen konnten, mit Kreuz- und Querzügen in allen Seitentälern des Rheins und der Maas, in denen Gott Eisen wachsen ließ. Vorgestern noch hatte mich ein Schreiben aus dem Ruhrgebiet erreicht, das mir von Stadt zu Stadt, von Gasthof zu Gasthof nachgelaufen war. Ein alter Spartaner schien es mit

Streichhölzchen, mit denen er noch nicht umzugehen wußte, angefertigt zu haben. Mühsam entziffert lautete es:»Unser Bureau ist
besetzt. Wir können Sie nicht brauchen. Hochachtend R. R.« – Selbst
nützlich kann Stil und Höflichkeit manchmal sein. Dieser Brief mußte sich eine geringschätzige, ja grobe Behandlung gefallen lassen.

Mit Belgien war es also auch aus. Seraing war meine letzte Hoffnung gewesen. Die kleineren Fabriken hatte ich schon von Brüssel
aus durchgekostet. Verzweiflung gibt Mut. Ich hatte als letzte Möglichkeit die größte, die ersehnteste versucht: die weltberühmten
Werke von Cockerill. Nun sah ich durch die trüben Scheiben in die
Dämmerung hinaus. Das Schiffsungetüm fraß noch immer an seinem Abendbrot; etwas langsamer, mit widerwärtigem Räuspern.
Eben schien ein besonders fetter Bissen an die Reihe zu kommen:
ein Riesensarkophag dem Aussehen nach, in Wirklichkeit ein Eisenbahnwagen. Er hing schwarz und viereckig gegen den schmut-
zigroten Abendhimmel und drehte sich langsam an der Kette des
Schiffskranes in der Luft. Dann versank er plötzlich mit wütendem
Gerassel in dem nicht zu füllenden Bauch. Der dicke, kurze Schornstein machte eine ganz kleine, behagliche Bewegung. Diesmal hatte
es dem Ungetüm sichtlich geschmeckt. Und morgen, um vier Uhr,
frißt es auch Menschen!

Ich wandte mich meinem Tischchen zu. Die beiden andern Briefe
waren mir von meinem Brüsseler Gasthof nachgesandt worden. Der
eine kam von England, von einem Freund und Schulkameraden,
der schon ein halbes Jahr vor mir den Sprung in die weite Welt
gewagt hatte.»Lieber Eyth«, schrieb er unter manchem andern, das
nicht hierher und kaum in seinen Brief gehörte, wenn Dich meine
Epistel noch in Berg trifft und Dir Dein Leben lieb ist, namentlich
Dein Seelenleben, so bleibe dort. Ein Waldhorn-Minele findest Du
hier nie und Dein tägliches Brot in den ersten sechs Monaten
schwerlich. Solltest Du jedoch inkurabel verrückt und dies Deinem
Fortkommen in Belgien und am Rhein hinderlich gewesen sein, so
komme immerhin. Ich habe seit vier Wochen zwanzig Schilling die
Woche und ein Reißbrett in der ersten Fabrik der Welt, Ein Hundeloch und Hundelöcher ringsumher. Whitworth. Aber es soll jetzt
alles neu gebaut werden, und geleistet wird Gewaltiges, und interessant ist es, daß man beinahe den Mangel des Kneipens verschmerzt. Es ist noch ein Deutscher hier, oder vielmehr ein Schwei-

zer, dem dies saurer fällt als mir. Wir zwei pausen zu Hause die ganze Nacht Bohrmaschinen und Drehbänke, Hobel- und Fräsmaschinen, mit dem Schwert des Damokles über unseren Köpfen. Den Tag über wird für unsern Herrn und Meister – ein famoser Kerl von trockener Energie – redlich gearbeitet; nachts wird er bestohlen. Und dabei erfreuen wir uns des Gefühls tugendhaftester Pflichterfüllung und eines wachsenden Haufens der wertvollsten Werkzeugmaschinenzeichnungen. Findest Du sonst nichts, so stellen wir Dich als Mitpauser an. Werden wir ertappt, so haben wir wenigstens jemand, den man hängen kann. Man muß übrigens auch dem Teufel Gerechtigkeit widerfahren lassen. Sie halten hier nicht jeden alten Bolzen für ein Fabrikgeheimnis, wie bei uns. Und mein Schweizer Associé meint, so oft er allzu durstig wird: In fünf Jahren können wir uns mit all unsern Pausen keine Maß Bier kaufen. Er wird wohl recht haben. Insofern ist die Sache auch vom streng ethischen Standpunkte aus harmlos. Also nochmals: Bleibe zu Hause und nähre Dich redlich: Dein alter Gutbrod.«

Ich trat wieder ans Fenster; diesmal erregter. Das war die Gattung von Briefen, bei denen ich nicht mehr auf einem Stuhl sitzen bleiben konnte. Es war jetzt völlig Nacht geworden, man hatte aber ein paar Pechfackeln um das Ungetüm herum angezündet. Es fraß noch immer, es ging sogar wieder rascher: kleine Bissen, die ihm leicht durch die Zähne schlüpften, immer drei Fässer auf einmal. Ich hatte sie schon nachmittags bereitliegen sehen und wußte, daß es dreitausend westfälische Schinken waren. Alles für England; und da sollte es wirklich so hungrig zugehen, wie dieser Gutbrod mir weismachen will? Unsinn! Wenn man mit dreitausend westfälischen Schinken ankommt, kann es einem nicht allzu schlecht ergehen. Nun aber zum dritten Brief. Er kam aus der Heimat von meinem lieben Zeichen- und Leidensgenossen Braun, der jetzt, an meinem Tisch, das alte Leben fortsetzte.

»Lieber Eyth! Zwei Dinge rate ich Dir, von denen Du das eine tun, das andere bleiben lassen sollst, und zwar so bald als möglich. Komm ohne Verzug wieder zurück. Dein alter Zeichentisch ist mir um drei Zentimeter zu hoch, und Dein Reißbrett hat zwei Astlöcher, die mir das Leben zur Last machen. Oder, zum zweiten, mache, daß

Du so schnell und so weit als möglich fortkommst; denn der Alte (in dieser vertraulichen Weise sprachen wir von unserem hochgeachteten Herrn und Meister hinter seinem Rücken) ist noch immer wütend über Deine Desertion: ›Da erzieht man die jungen Leute, die völlig unbrauchbar aus ihren polytechnischen Kindergärten kommen, zahlt ihnen noch glänzende sechsunddreißig Kreuzer täglich dafür, und kaum sind sie imstande, sich einigermaßen nützlich zu machen, so laufen sie einem davon, der Kuckuck weiß, weshalb und wohin; bloß um zu laufen. Er ist in der tiefsten Seele, soweit er eine solche hat, überzeugt, daß Du ein Scheusal von Undankbarkeit bist, und läßt es uns fühlen. Wir suchen uns dadurch einigermaßen schadlos zu halten, daß, wenn irgend etwas unten in den Werkstätten schiefgeht, eine Welle zu kurz oder zu lang, ein Zapfen zu dick oder zu dünn geraten ist, wir einstimmig versichern: Das hat Herr Eyth noch gemacht. Die Bemerkung ist ein Sprichwort geworden, das uns vielfach tröstet; auch über Deinen Abgang, den ich anfänglich für ein Unglück hielt, denn wir waren in der ersten Woche wirklich verdrießlich. jetzt geht es schon wieder. – Daß Du am Rhein nichts gefunden hast, freut uns. Hoffentlich geht Dir's in Belgien ebenso gut. Dann wirst Du wohl an die Heimkehr denken und an die Fleischtöpfe im ›Waldhorn‹, und wir werden vielleicht wieder zu Ehren kommen. Mit Blechmusik sollst Du empfangen werden. Der Alte wird Dir sicher auch etwas blasen, glaube ich. Aber er wird Dich wieder aufnehmen wie den verlorenen Sohn, wenn auch ohne eine Kalbschlächterei zu veranstalten; darauf darfst Du bauen. Der Herr sei mit Dir, wenn Du schon bei den Trebern angelangt sein solltest. Dein getreuer Braun.«

Nachschrift: »Das Waldhorn-Minele läuft mit roten Augen herum. Dies dauert zu lange. Ich will ihr morgen Bleiwasser verordnen und dann, wenn's besser wird, sehen, was sich machen läßt. Du kannst meinethalben noch ein Jahr fortbleiben. D. O.«

Dazu klatschte jetzt der Regen ans Fenster, und ein kalter Aprilwind fing ordentlich zu blasen an. Man hörte draußen Rahen und Stangen ächzend aneinanderschlagen, und das Kettengerassel der Dampfwinden hörte trotz allem immer noch nicht auf. Die drei Briefe waren gelesen; zweifelnd, schwankend starrte ich in die dunkle Zukunft. Wenn je einem Menschen zumut war wie dem ungarischen Bauernjungen in Lenaus Werbung, so war ich jetzt der

Mann. Mein alter Freund Braun hatte die richtige Saite angeschlagen, ohne es zu wissen.

> »Und er sieht das Hüttlein trauern,
> Das ihn hegte mit den Seinen,
> Hört davor die Linde schauern
> Und den Bach vorüberweinen.«

Den Nesenbach, den damals noch nicht einmal überwölbten Nesenbach. Man glaubt es kaum, wie die Entfernung selbst ein solches Gewässer vergeistigt.

In der Tat, warum sollte ich nicht umkehren? Alle vernünftigen Leute schienen dieser Ansicht zu sein, gleichgültige und teilnehmende. Leer käme ich ja nicht nach Hause. Ich hatte seit zwei Monaten alles mögliche gesehen und gelernt. Meine Notizbücher strotzten von halbfertigen Skizzen. Warum sollte ich nicht einen Strich unter meine Studienreise machen, wenn man mir die Tinte dazu förmlich nachspritzt. Es kostet wohl einige Überwindung nach den hoffnungsvollen Plänen, mit denen ich auszog; aber man muß sich auch überwinden können. Die größten Geister fanden dies am schwierigsten und achtbarsten. Und zur Stärkung und Belohnung meines heldenhaften Entschlusses der Selbstüberwindung muß etwas geschehen. Ich werde in dieser wilden Welt mit ihrem ewigen Kettengerassel wenn irgend möglich zum Abend- und Abschiedsmahl eine gute deutsche Schützenwurst bestellen! Marie!!

Die Zimmerglocken im zweiten Stock des ›Schwarzen Ankers‹ waren nämlich nicht immer in Tätigkeit zu sehen. Man war deshalb gezwungen, dem Zimmermädchen bei jeder wichtigeren Veranlassung menschlich näherzutreten. Freilich nicht immer mit Erfolg. Sie ließ mir auch diesmal Zeit, meinen halblauten Monolog fortzusetzen, den die wachsende Erregung wohl entschuldigt. Man hat nicht alle Tage einen Entschluß zu fassen, der das ganze Leben in eine neue Bahn drängt.

Eins aber will ich nicht unterlassen, fuhr ich, noch immer auf meine Belohnung bedacht, eifrig fort: So nahe an England, für das ich seit Jahren als Mensch und Techniker eine stille, beklommene Verehrung pflegte, will ich wenigstens etwas von seinem insularen, weltumspannenden Leben kennenlernen, ehe ich ihm den Rücken kehre! Eine Flasche britisches Ale zu meiner schwäbischen Wurst! Vielleicht sauge ich in dieser Weise kurzerhand die Quintessenz englischer Lebenskraft in mich ein. Ale hatte ich bis heute nur dem Namen nach kennengelernt. Das wenigstens muß anders werden. Ich kann dann jedenfalls die erste Frage, die Braun, wenn wir uns in Bälde wiedersehen, an mich richten wird, prompt beantworten. Eine Flasche Ale unter dem Herzen und den fernen Salzgeruch der See in der Nase, wie ihn in einer solchen Sturmnacht jeder Windstoß bringt: Wozu braucht man eigentlich dann noch nach England zu gehen? Marie! –

Sie geruhte zu erscheinen; ohne Übereilung, mit jener flämischen gemessenen Würde, die dem Süddeutschen Achtung einflößt und gelegentlich ein Donnerwetter auspreßt. Nicht ohne kleine sprachliche Schwierigkeiten erklärten wir uns: Schützenwurst?« – Nein!« – »Wurst im allgemeinen?« – »Ja!« – »Das englische Gebräu?« – »Jawohl, Mijnheer!« – Nach zehn Minuten erschien alles auf einem Puppenstubenkaffeebrettchen; nur die große, wohlversiegelte Flasche machte eine imponierende Ausnahme. Man mag sagen, was man will, es ist doch etwas an den Engländern; ein großer Zug in allem, was sie berührt‹, dachte ich und streckte mich auf dem kleinen Sofa aus, den Kopf auf der einen, die Beine auf der andern Lehne, um wenigstens eine Stunde lang die englischen Illusionen möglichst aufrechtzuerhalten. Draußen heulte der Sturm. Segel und Rahen klatschten; das Kettengerassel dagegen hatte endlich aufgehört. Und mein Petroleumlämpchen brannte traulich und zutunlich. Ein schweres, goldgelbes Naß winkte mir aus dem Gläschen entgegen, das schlecht zur Flasche paßte. Ich begann; nicht ohne Wehmut.

So wäre denn mein Wanderleben zu Ende! Warum auch nicht? »Das Hüttlein« wird bald wieder vergnügt sein, alter Lenau! Das alte Leben hatte doch wahrhaftig auch sein Schönes, wenn man es im rechten Lichte besah; namentlich im Abendsonnenschein oder noch besser: in der Dämmerung. Die Kinderzeit in dem Waldkloster, in dem ich aufgewachsen bin, mit ihrer unverstandenen Sehnsucht nach der großen Welt, die zwei Stunden hinter dem Wald mit einem Eisenhammer anfing. Und nun hatte ich mir die große Welt ziemlich gründlich angesehen; was war sie anders? Tatsächlich

Eisenhämmer, einer hinter dem andern! Sind sie all die Sehnsucht des kleinen klopfenden Herzens wert gewesen? – Dann die lustige Schulzeit mit ihren Freundschaften für eine vierjährige Ewigkeit und der ungeduldigen Ahnung von all dem Großen und Schönen, das der nächste Schritt im Leben unfehlbar bringen mußte, wenn man endlich den Staub und Moder der fürchterlichen Klassiker abschütteln durfte. Darauf die Kneip- und Arbeitsfreudigkeit des jungen Polytechnikers, der mit ganzem Herzen bei der Sache ist, durchdrungen von der Weisheit seiner verehrten Lehrer und der Höhe seines eignen Wissens und jederzeit bereit, mit einer liebenden Gattin von fünfzehn Jahren die Rosenpfade des Daseins zu durchwandeln. Nun aber plötzlich aus all diesen Herrlichkeiten der zermalmende Sturz in das Werkstättenleben, die Vernichtung aller Träume, die zerklopften Finger, die schwarze Nase. Und die ersten selbstverdienten Groschen, die ersten, mit selbstverdientem Geld gekauften Stiefel, in denen man mit bisher ungekannter Vorsicht auftritt. Und dann, trotzig und halb gebrochen, aus der Tiefe der Vernichtung langsam wieder emporsteigend. –

Übrigens ist dieses Ale ein wunderbares Getränk! Süffig wie das kostbarste Olivenöl – darüber habe ich keinen Zweifel mehr; stark wie zwei Männer – aber kaum bitter genug – so ganz anders als ehrliches schwäbisches Bier!

Ja – man ist an dem Sturz in die unerwarteten Tiefen des praktischen Lebens allerdings nicht gestorben, wenn auch beinahe. Mir wurde es vielleicht doppelt sauer, denn in der alten Klosterzeit hatte ich im Träumen eine ganz besondere Fertigkeit erlangt und öfter versucht, die etwas dunstigen Luftgebilde in Reimen festzunageln, so daß ich jetzt noch, sobald es mir wieder etwas besser ging, anhub, meinen Schraubstock zu besingen, und den Fabrikschornstein in Verse brachte. Es schadete niemand; sogar mir selbst nur einmal. Doch das harte Jahr ging vorüber. Aus meiner ersten Fabrik hatte man mich zwar zu meiner unaussprechlichen Verblüffung hinausgeworfen; sechs Wochen nachdem mir von meiner technischen Alma mater der erste Preis in höherer Mathematik und praktischem Maschinenzeichnen zugesprochen worden war. In der zweiten stieg ich jedoch aus den tiefsten Tiefen mit zusammengebissenen Zähnen und verschmierter als der schmierigste Lehrjunge langsam empor und wurde sechsunddreißig Kreuzer, achtundvierzig, ja schließlich einen Gulden täglich wert. Dann holte mich ein Engel vom Himmel – er hieß Wolf und war Bureauchef und erster Konstrukteur – ins Zeichenbureau.

Die Wurst war nicht schlecht, wenn auch himmelweit entfernt von den Idealen, die meine teure schwäbische Heimat erzeugt. Es fehlte ihr die schlichte Treuherzigkeit, die man am Neckar auch in einer Knackwurst findet. Aber das Ale – wie man ein solches Getränke Bier nennen kann! C'est magnifique, mais ce n'est pas la guerre! – und stark! – es lebe Old England!

Das Pausen macht nicht überglücklich, aber man war wieder, gewaschen wie ein Mensch und ahnte die kommenden Freuden, wenn man nach Tisch in dem noch leeren Zeichensaal neugierig an den Reißbrettern der gewiegteren Herren Zeichner vorüberschlich: ernster, bärtiger Männer, denen man die harmlosen Dummheiten nicht ansah, deren sie nach längerem tiefem Nachdenken oder schneidigem Winkel- und Reißschienengeklapper fähig waren. Welch erhebendes Gefühl, den ersten selbstkonstruierten Lagerbock aus dem Nichts entstehen zu lassen; zu wissen, daß auch ich in der Zuckerfabrik zu Böblingen in der Form eines Holzgestells für zehn Zentrifugen weiterleben werde. Von den Sonnenblicken, die Liebe und Freundschaft wieder auf meinen Lebenspfad zu werfen begannen, will ich gar nicht reden. Es war ein zweiter Frühling in sprossendem Ackerfeld nach dem ersten im kindlichen Heidekraut, der schon weit hinter mir lag. – Ein tüchtiger Schluck von solchem Bier war damals nicht nötig, um mir den Lebensmut zu heben, und dies war ein weiteres Glück. Denn das Bier im Waldhorn war um ein beträchtliches schwächer.

Die Tage folgten sich und glichen sich nicht mehr. Schritt für Schritt ging's höher hinauf. Es kamen die kleinen Geschäftsreischen: hier die Aufnahme einer alten Sägemühle, dort der Besuch eines verkehrt aufgebauten Fundaments. Man hatte das fröhliche Gefühl des Entchens, das zum erstenmal halb verwundert, halb selbstbewußt in seiner Pfütze plätschert. Man fühlte die Bedeutung des neunzehnten Jahrhunderts und daß man am Webstuhl einer großen Zeit das eigene Schiffchen hin und her warf. Abends am Wirtstische predigte man dem Pfarrer des Städtchens und wurde vom Bürgermeister den Gemeinderäten als der Herr Ingenieur aus Stuttgart vorgestellt, der uns alles über die Glasfabrik mitzuteilen in der Lage sei, deren Anlage möglicherweise doch in nicht allzu ferner Zeit in Erwägung zu ziehen wäre. Wenn es dann gar gelang, die Bestellung eines unerwarteten Seifenkessels nach Hause zu bringen, zu der sich der Herr Gemeinderat Angele in plötzlich erwachtem Vertrauen entschlossen hatte! Aber auch Lieblicheres als Seifenkessel sproßte frühlingsartig in allen Ecken und Enden des Ländchens, kleine Blumenbeete der Freundschaft und Liebe in buntwechselnder Farbenpracht. Fiducit, du alte Jugendzeit! Prosit, ihr fernen Herzensbrüder, desgleichen ihr Schwestern. In einem besseren Nektar habe ich euch noch nie meine Grüße zugewinkt!

Und das alles wollte ich verlassen? Ist es nicht schnöder Undank, um von positiver Schlechtigkeit in einem oder zwei Fällen nur mit gebührender Zurückhaltung zu sprechen? Ist das Neckartal nicht ein halbes Paradies und das – Waldhorn-Minele eine kleine Eva, ohne Falsch, wie die meisten Schwabenmädchen, an denen wahrhaftig kein Mangel war? Der erste Versuch, all diesen teuern Banden zu entschlüpfen, hatte verdientermaßen kläglich geendet. Zu Immendingen im Schwarzwald war die Stelle eines Zeichenbureauchefs ausgeschrieben. Wer nichts wagt, gewinnt nichts! Ich meldete mich trotz des Jammers meiner guten Mutter: Immendingen sei gar so weit entfernt! Wenn es wenigstens nicht im Ausland läge! Es ist nämlich badisch, und wir schrieben 1859. Und wahrscheinlich hätte ich die Stelle bekommen, wenn mein wackerer Vater, stets auf mein Wohl bedacht, mich nicht unterstützt hätte. Er war ein Mann des Fortschritts, trotz der hervorragenden philologischen Stellung, die er in seiner Welt einnahm. Um meine Bewerbung zu fördern und um mich zugleich später freudig zu überraschen, schickte er hinter meinem Rücken an die Direktion von Immendingen eine Abschrift meiner sechs besten »Lieder am Schraubstock«, überzeugt, wie er beifügte, daß die in den kurzen Gedichten hervortretende ideale Auffassung des praktischen Lebens und die nicht unbeträchtliche sprachliche Gewandtheit, die sich namentlich in dem fünften Gedicht: »Der Schornstein« zeigte, einige Berücksichtigung finden dürfte. Erst zwei Jahre später erfuhr ich von der Sache durch einen Schreiber, der den »Schornstein« und die andern fünf Lieder aus dem direktorialen Papierkorb gerettet hatte. Denn der junge Herr war zufällig beim Empfang des Schreibens im Zimmer anwesend gewesen. »Sehen Sie mal!«, hatte der Direktor zu seinem Prokuristen gesagt, der ihm gegenübersaß, »solches Zeug schickt mir ein alter Professor! Glaubt der Mann, wir machen Gedichte in Immendingen. Muß eine intelligente Familie sein, das!«

Prosit, prosit, liebevollster und besorgtester aller Väter! Ich weiß, du hast es herzlich gut gemeint, wenn wir auch in diesem Falle hineinfielen. Es tat nicht allzu weh; der Papierkorb war geräumig genug für uns beide. – Übrigens ist dieses Bier das Bier aller Biere! Wenn bei den Engländern alles so ist wie ihr Ale – wer weiß, ob es nicht doch meine Pflicht wäre, diesem Volke näherzutreten. Nur zu stark, wirklich zu stark! Ich glaube, drei Flaschen könnte ich beim besten Willen nicht auf mich nehmen. Das hat auch seine Nachteile.

Aber meine Ruh war hin. Der Blick über den Schwarzwald hinaus hatte den Zauber der Heimat vernichtet. Eine geheime Sehnsucht nagte an meinem Herzen. Dazu kam eine kurze Geschäftsreise nach Paris, mit dem Auftrage, Lenoirs Gasmotoren zu studieren und den Franzosen nach Möglichkeit zu bestehlen, von wo ich verwirrten Kopfes nach Hause kam. Meine angeborene deutsche Ehrlichkeit bewährte sich schon bei dieser Gelegenheit. Aber ich ahnte mehr und mehr, wie weit die Welt ist, wie sich's draußen regt, wie die Zeit, unsre Zeit, an ihrem großen Webstuhl die Schiffchen hin und her wirft. Liebe und Freundschaft und die komplizierteste Schiebersteuerung, an der ich viel und emsig herumklügelte, wollten mir den Seelenfrieden nicht wiedergeben. Ich mußte hinaus.

Es lebe der Fortschritt; es lebe die Freiheit! Unbedenklich kann man das Ale das Bier der Befreiung, den Trank der Freiheit nennen: wie ja schon unserm wackern Schiller England als das gelobte Land der Freiheit erschien, weil und obgleich er der beste Deutsche war. Daher wird wohl auch. der Unterschied im Geschmack rühren. Man muß sich an das Beste gewöhnen. Es lebe die Freiheit!

Ich hatte mir ein paar hundert Gulden. erspart und besaß eine Großmutter, die mir fünfhundert lieh. Dann – Ehre, dem Ehre gebührt – gibt die Württembergische Zentralstelle für Handel und Gewerbe ihren hoffnungsvollen jungen Schwaben gelegentlich ein paar hundert auf den Weg für Studienzwecke oder um sie mit Ehren loszuwerden. Das machte zusammen etwas über tausend Gulden; damit kann man bequem eine Strecke gleich der Erdbahn durchreisen! Und als sich die ersten Spuren des Frühlings von 1861 zeigten, zog ich den Neckar hinunter in die weite Welt hinaus.

Es lebe die Freiheit! Und nun sollte ich wieder umkehren, weil die Rheinländer nicht merkten, wer vor ihren Türen stand, und die Belgier – konnte man's ihnen verargen? – ebenso blind sind? Unsinn! Ich gehe nach England! Natürlich gehe ich nach England! Vor der Quelle eines solchen Nektars darf eine deutsche Studienreise nicht haltmachen. Ich könnte mir's wahrhaftig in meinen alten Tagen nie verzeihen. Soll ich beschämt vor meinen Enkeln stehen, wenn sie die Jugendgeschichte ihres Großvaters ausgraben? Der Mann muß hinaus ins feindliche Leben. Ich begreife nicht, wie ich, noch mit sechshundert Gulden in der Tasche, auch nur einen Augenblick daran zweifeln konnte. Es war eine schmähliche Schwäche. Alles, was mich zu Hause liebt, soll leben. Aber ich gehe. Mit jedem Augenblick fühle ich einen neuen Zuwachs von Kraft und Mut in mir lebendig werden. Lebendige Kraft von der harten Art, mit der etwas zu machen ist.

Lebe wohl, Kinderzeit! Ernst muß es werden, und das Ungetüm draußen mag mich verschlingen, sobald es Lust hat. Es soll mich als Mann wieder ausspeien an dem fremden Strande. Das ist beschlossene Sache, die deine roten Augen, Waldhorn-Minele, nicht mehr ändern können. Der Mann will hinaus! – jetzt aber zum letztenmal – und ganz gewiß zum letztenmal!

Ich riß ein Blatt aus meinem Notizbuch und schrieb auf die Rückseite einer Kesselschmiede zu Aachen Abschiedsworte an meine armen zurückgebliebenen Freunde, an Mina, an Minas zahlreiche Freundinnen und an meine ganze Jugendzeit, die ich unbarmherzig im Meer versenkte. Dann folgten etliche trotzige Strophen an die Stürme der Zukunft und ein fragwürdiges Schiff, das ich mit großer Zuversicht um brandungumtoste Klippen zu steuern vorgab. Die Reime flogen mir zu. Dagegen weiß ich heute noch nicht genau, wie ich in den Wandschrank kam, in dem sich nach holländischer Weise mein Bett befand. Es ging alles in schönster Ordnung. Aber ein gütiger Himmel mußte mich auch damals geleitet haben, wie später mannigfach, wenn ich, in Freud und Leid, das Steuer nicht mehr allzu fest in der Hand hielt.

Ein sonniger Morgen weckte mich aus wogenden Träumen. Draußen rasselten die Dampfwinden mit einer Lebenslust und Arbeitswut, die fast wehe tat. Mein schwarzer Freund mit seinem unerschöpflichen Appetit war schon am ersten Frühstück. Er verspeiste soeben zehntausend Bretter. Dazu Geschrei und Peitschenknallen, Pfeifen und zischendes Abblasen von Dampf in allen Richtungen.

Auf meinem Tischchen lag mein Gedicht und die Flasche von gestern. Etwas beschämt wendete ich mich von beiden nach dem Bild lebendiger Arbeit, das draußen in der Sonne schimmerte. Wie die Wellen in der Schelde im frischen Morgenwind den Strom heraufjagten! Und mir war fast ebenso wohl. Es war trotz allem ein in jeder Beziehung famoses Getränke, dieses merkwürdige Ale, nur ein wenig zu stark. Es dichtet und bringt unentschlossene Menschen zur Vernunft, zwei Eigenschaften, die man selten in einer Flasche beisammen findet. Denn mein Entschluß stand fest. Ein kleines Schwanken ging mir nur noch zwei- oder dreimal durch den Sinn wie das Nachzittern einer großen, stürmischen Bewegung; aber es hatte keine Gefahr mehr, selbst wenn ich mich mit zusammengebissenen Zähnen für immer vom Liebsten hätte losreißen müssen, das ein junger Mensch auf dieser Erde besitzen – möchte. Mein letzter Tag auf dem alten Kontinent war angebrochen. Ich rief stürmisch nach Marie und meinem Kaffee.

Diesen letzten Tag aber wollte ich noch in vollen Zügen und nach deutscher Art genießen. Bis Marie mit ihrer flämischen Gewandtheit sich aufgeschwungen hatte, mit dem Kaffee zu erscheinen, durfte ich wohl nachsehen, was ich eigentlich gestern besungen hatte. Das sollte in Zukunft ja auch aufhören; das vor allem andern! Ich las:

> Leb wohl, du sonnige Jugendzeit,
> Ihr Berge und Burgen am Rheine!
> Mir ist so wohl, mir ist so weit,
> Leb wohl für immer, du Eine!

Es reimte sich zwar ganz hübsch; aber wer – wer ist die Eine?

Ihr habt mich umsponnen, doch nicht gebannt
Mit euerm lieblichen Scheine;
Leb wohl, mein schlummerndes Heimatland,
Leb wohl für immer, du Eine!

Das Gedicht war sehr viel länger; aber die folgenden – schät-zungsweise – sieben Verse konnte kein sterbliches Auge mehr ent-ziffern. Der Gott, wie die alten Griechen es nannten, hatte mir in einer Weise die Hand geführt, daß seine geheiligten Hieroglyphen mit menschlichen Schriftzügen nicht mehr verwechselt werden konnten. Auch schien mir, was irgend noch zu entziffern war, ges-tern unverhältnismäßig tiefer und wärmer gelautet zu haben. Etwas verdrießlich warf ich das Blatt unter den Tisch, hob es aber wieder auf, als sich im Fluge auf seiner Rückseite die Aachener Kessel-schmiede zeigte, die ich nicht verlieren wollte. Es konnte nichts schaden, das alles mußte ja aufhören. Noch acht Stunden; dann, um vier Uhr, wird ein neues Leben angefangen.

Ich hatte in den letzten zwei Tagen nur Werkstätten und Werften der geschäftigen Seestadt Belgiens gesehen. Nun wollte ich zum Schluß das alte niederländische Antwerpen durchpilgern und mir's sechs Stunden lang in einem andern Jahrhundert wohl sein lassen. Es war ein Genuß, den ich heute nicht wiederzugeben vermöchte, selbst wenn ich den alten Baedeker von 1861 zu Hilfe nähme: die Kathedrale mit ihrem wundervollen Spitzenwerk aus Stein, die unsterblichen Niederländer im Museum, die alten Häuser aus der Zeit der Hansa und der ganze versteinerte Reichtum eines stolzen freien Bürgertums, das uns die Spanier halb zertreten haben und das wir selbst mitzertraten in unserem dreißigjährigen Ringen um eine Gewißheit, die noch heute niemand besitzt. Als ich im Halb-dunkel einer der abgelegensten Kirchen der Stadt nach der Uhr sah, war es halb vier – höchste Zeit, mein deutsches Leben und Träumen abzuschließen.

Im Sturmschritt verirrte ich mich zweimal; im Galopp langte ich im »Schwarzen Anker« an. – Der »›Northern Whale‹, der Nordische Walfisch«, pfiff schon zum erstenmal, während ich in mein Zimmer trat, und spie Dampf und Wasser aus, als ob er es keinen Augen-blick länger in der Schelde mehr aushalten könne. Mein kleiner Koffer wurde in wilder Eile gepackt. Marie und das ganze Haus arbeiteten an meiner noch kleineren Rechnung, die ich unter der niederen Gasthoftüre mit Zurücklassung mehrerer Franken bezahlte, da der Herr Oberkellner vergeblich das erforderliche Kleingeld in den Mansarden des Hotels suchte. Wo bekommt man die Fahrkarten für den Dampfer?« fragte ich im letzten Augenblick, schon auf dem Weg nach dem Schiff. Marie, deren flämische Ruhe durch meine damals noch ungebändigte süddeutsche Hast aus der Fassung gebracht worden war, schrie laut, um mir dadurch ihre Muttersprache verständlicher zu machen, jedoch völlig ohne Erfolg. Ich glaubte, noch etwas von der nächsten Straßenecke zu hören, als der »Walfisch« zum zweitenmal einen heulenden Pfiff ausstieß. ›Es müßte doch des Kuckucks sein‹, dachte ich, ›wenn sie mein gutes Geld nicht auch an Bord nehmen wollten wie auf dem Bodensee!‹ »Adieu Marie! Meine Londoner Adresse liegt auf dem Tisch in Nummer fünf, wenn Briefe kommen sollten! Adieu, Schwabenland. Anders geht es jetzt nicht mehr. Adieu!«

Es waren allerdings nur ein paar Schritte; aber die mächtigen Räder des »Walfisches« drehten sich schon, schläfrig, ein wenig vorwärts, ein wenig rückwärts, wie wenn das Ungetüm am Erwachen wäre und sich gähnend besänne, was vorn und was hinten sei.

Ein jäher Schreck durchfuhr meine Glieder. Wenn es sich plötzlich aufmachte ohne mich. Ich war die steile Landungstreppe hinauf wie der Blitz, trotz Koffer, Reisetasche, Plaid und Schirm. Ein Matrose, der am oberen Ende stand, vermutlich der Kontrolleur der heraufkommenden Reisenden, erhielt von meinem Koffer einen unabsichtlichen schweren Stoß in die Magengegend und sah mir mit einem »Dam these Germans« ärgerlich nach. Es mußte ihm genügend deutlich geworden sein, daß ich mitfahren wolle. Und damit war ich auf englischem Boden und hatte den ersten englischen Gruß gehört.

Ich hätte mich nicht so sehr zu beeilen brauchen. Eine halbe Stunde später wurde die Verbindungsbrücke eingezogen, gerade, als auf dem ruhiger gewordenen Staden in feierlichem Zuge ein wuchtiger Engländer mit fünf flachsblonden Töchtern sich dem Schiffe näherte, ohne sich im geringsten zu überstürzen. Man schob die Landungsbrücke wieder hinaus. Die Töchter erstiegen das Deck. Der Vater schien sie sorgfältig zu zählen. Dann sprach er über fünf

Minuten lang mit seinem Kommissionär, der ihn unter lebhaften Dankesbezeigungen die Treppe hinaufzukomplimentieren suchte. Wieder wurde sie zurückgezogen, denn auch die Matrosen fanden die Unterredung etwas zu lang. Ein fünfstimmiges »Papa! Papa!« ertönte vom Schiff. Der Engländer winkte. Die Treppe wurde ihm abermals zugeschoben. Er stellte sich jetzt auf das untere Ende derselben und setzte seine Unterhaltung mit dem Kommissionär fort. So hatte er den Dampfer in seiner Gewalt, ihn sozusagen verankert, zog seinen Murray – den englischen Baedeker – aus der Tasche, entfaltete einen Stadtplan und schien sich noch über den Namen einer Kirche aufklären zu lassen. Als auch dies bereinigt war, drehte er sich langsam um, kam feierlich die Treppe herauf und begrüßte den Kapitän, der ungeduldig an ihrem oberen Ende gestanden hatte, mit Händeschütteln und einem wohlwollenden »All right, Captain!«, als ob das völlig in Ordnung wäre. Zu eignem Gebrauch zitierte ich damals zum erstenmal Goethes inhaltsschwere Worte: »Dem Phlegma gehört die Welt.« Wie oft ich sie in den nächsten dreißig Jahren zitiert habe, weiß ich nicht. Es ist ein nützlicher Satz des großen alten Herrn für jeden kleinen Jungen, der in die weite Welt hinausstürmt, ohne zu wissen, wohin.

Mit dem Gefühl behaglicher Geborgenheit hatte ich jetzt Zeit, mich umzusehen. Zunächst, bescheiden, wie ich war, suchte ich nach der zweiten Kajüte, fand ihren Geruch nicht nach meinem Geschmack, verbarg aber trotzdem, wie ich es andre tun sah, meinen Koffer vorläufig in einer der schmalen Bettstellen, die, zwei Stockwerke hoch, entlang den Kajütenwänden liefen. Hierauf fragte ich ohne Erfolg nach dem Kassier. Daß ein Schiffskassier Purser heißt, wußte ich damals noch nicht. Auch ohne dieses Hindernis verstand man mein bestes, seit vier Jahren wohlabgelagertes Schulenglisch sichtlich höchst mangelhaft und ließ mich stehen. Dann lief ich natürlich nach den Maschinen und versuchte voll Wissensdrang in den Maschinenraum hinabzuklettern. Ein mürrisches Gebrüll aus der schwarzen Tiefe veranlaßte mich zu beschleunigtem Rückzug. Aber es war auch von oben ein erhebender Anblick: die mächtigen Kurbeln und Kurbelstangen, die blinkenden Lager, die kurzen, trutzigen Zylinder, die wuchtigen Gelenke der übrigens sehr unwissenschaftlichen Steuerung. Steuerungen waren von der Schule her mein Steckenpferd: je komplizierter, um so besser. Und als sich das alles zu regen anfing, die riesigen Massen lautlos hin und her schaukelten, das ganze mächtige Schiff zitternd zu leben begann und es draußen rauschte und sprudelte, da vergaß ich, daß jetzt der Augenblick gekommen war, in dem ich dem Lande meiner Väter, wer weiß auf wie lange, wer weiß ob für immer, den Rücken kehrte. In der geistigen Welt, die eine große Maschine umgibt, kann man, wie in jeder andern, versinken. Als ich wieder auftauchte, waren wir in der Mitte der Schelde und schwammen feierlich den großen Strom hinunter dem Meere zu.

Ich hatte keine Lust, Schiffsfreundschaften anzuknüpfen. Alles um mich her war so neu, so interessant, daß es mich völlig gefangennahm: der schimmernde, sonnige Strom, der frische Nordwest, der uns von der fernen See entgegenbläst; jetzt ein Dreimaster mit ausgespannten Segeln, der aus Westindien kommt und zierlich wie ein Schwan an uns vorübergleitet, ein Dampfer, schwärzer als der unsre, mit Kohlen aus Cardiff; kleine Schoner und Fischerboote, die wir hinter uns lassen, andre, die in gefährlicher Nähe an uns vorübersegeln. Dann die flachen grünen Ufer, hinter deren Dämmen die roten Hausdächer und Turmspitzen holländischer Städtchen kaum hervorragen. Auf den Dämmen erscheint hier und da eine Herde schwarzweißer Holländer Rinder, die neugierig nach unserm Dampfer sehen. Über all dem spannt sich der glänzende Himmel mit fliegenden Wölkchen, ein riesiger Dom in diesem flachen Lande voll eignen, sonnigen Lebens, das sich in seiner Frühlingsfreude regt und bewegt wie das plätschernde Wasser um uns her, und die stillvergnügte Erde hinter den Dämmen. Und da draußen muß es ja bald kommen, das große, ersehnte Meer, das ich heute zum erstenmal sehen soll. Drum bleibt es wahr: Wem Gott will rechte Gunst erweisen, den schickt er in die weite Welt!

Doch es wollte Abend werden. Ein purpurner Sonnenuntergang spiegelte sich in der gewaltigen Wasserfläche, deren Ufer rechts und links kaum mehr als dünne violette Streifen erschienen, die Himmel und Erde trennten. Ein Kellner, unempfänglich für das weltentrückende Bild und seine einsame Pracht, eine Schüssel Irish Stew in den Händen, benachrichtigte mich, daß das Abendessen in der Kajüte bereitstehe. Ich dankte ihm; ich zöge es vor, den wundervollen Abend zu genießen. Auch ein handlungsbeflissener Landsmann hatte mich entdeckt, der schon zweimal in England gewesen war und deshalb ein unwiderstehliches Bedürfnis empfand, seine Landsleute zu belehren. Sagen Sie nicht Kellner; das nimmt der Mann übel«, mahnte er. »Die Kellner auf den Schiffen, selbst auf deutschen, heißen Stewards. Nicht, zu verwechseln mit der schottischen Königsfamilie, die längst verstorben ist. Man schreibt sie auch anders.« Ich wiederholte meine Erklärung, daß mich der Sonnenuntergang genügend sättige. Mein wackerer Lehrmeister zog mich jedoch gewaltsam nach der Kajütentreppe. »Genießen Sie etwas. Sie werden es wahrscheinlich heute nacht brauchen können«, sagte er mit einem vielsagenden, nicht harmlosen Lächeln. »Übrigens sagen Sie nicht ›Treppe'.« Ich hatte überhaupt nichts gesagt und suchte dies festzustellen. »Sagen Sie nicht Treppe!« fuhr mein Mentor sehr entschieden fort. »Eine Schiffstreppe heißt Campanion. Wir blamieren uns sonst.«

In dem niederen, düsteren Raum standen auf einer langen Tafel, die mit einem nicht übermäßig reinen Tischtuch gedeckt war, zwei mächtige Keulen kalten Fleisches, würdige Vertreterinnen der unübertroffenen englischen Rinder- und Schafzucht, Brote, Salzbutter, Pickels, Senf, alles, was ein einfaches Herz begehren konnte, in reichlicher Menge. Jedermann griff zu, die meisten mit einer scheuen, unruhigen Hast, wie wenn es die höchste Zeit wäre. Ein Steward schenkte den Leuten in mächtigen Tassen Tee ein. »Trinken wir eine Flasche Ale!« rief mein Landsmann. »Das verlangt schon die Höflichkeit; diese Bretter sind englischer Boden! Rule Britannia!« Eine eigentümliche Bewegung des Schiffes unterbrach ihn. Die Hängelampen neigten sich höflich nach links zu mir herüber. Die Beefkeule machte eine kaum merkliche, gespenstische Bewegung auf ihrer Platte. Die Teelöffel zitterten hörbar, und der Tee in jeder Tasse kam nachdenklich an den Rand, besann sich eines Besseren, da er keine Lippen fand, und schien verstimmt sein altes Niveau aufzusuchen. Dann war alles wieder wie zuvor; nur statt des dumpfen Gemurmels der Gäste war eine plötzliche Stille eingetreten.

»Ich denke, wir sind draußen!« sagte endlich mein Landsmann erbleichend. »Nehmen Sie nicht noch einen Kognak? Brandy heißt man das an Bord.«

Das »Noch« machte einen eigentümlichen Eindruck. War es wirklich so schlimm – eine Art Abschied aus dem Diesseits? Nein, ich wollte keinen Brandy. Aber ich mußte sehen, wie es aussieht, wenn man »draußen« ist, und brauchte Luft. Die Atmosphäre in der Kajüte konnte jedes weitere Nachtessen ersetzen. Und jetzt machte alles um uns her eine zweite Bewegung, die Lampen, die Teetassen, selbst die Schafskeule; alles noch voller Höflichkeit, die nur das klappernde Umfallen eines Porzellanbeckens im dunkelsten Hintergrunde in unschicklicher Weise unterbrach.

»Ich denke, wir sind draußen«, sagten zwei weitere Herren gleichzeitig, wie auf einem guten Theater; »und eine glatte Überfahrt gibt's heute nicht«, fügte der eine kleinlaut hinzu.

»Ich habe immer das Glück«, jammerte ein vierter, ohne eine Spur von Fassung zu verraten, stand auf, kroch in die nächste Bettstelle, drückte den Kopf in die Kissen, die er verzweiflungsvoll über die Ohren stülpte, und zeigte der Gesellschaft rücksichtslos den breiten Rücken, über den von Zeit zu Zeit ein sichtbares Zucken lief – ein Bild von »Leides Ahnung«, die Schumann bekanntlich um jene Zeit so ergreifend in Musik gesetzt hat.

Ich hatte glücklich die Kajütentreppe erreicht, ehe die Lampen ihre nachgerade zudringlichen Höflichkeitsbezeigungen wiederholen konnten, und arbeitete mich am Geländer hinauf in die frische Luft. Das Klappern eines zweiten Porzellanbeckens tönte mir von unten nach, mahnend, drohend. Aber ich war oben. Ein scharfer Wind blies mir ins Gesicht. Die Sonne war untergegangen. Einsam und schwarz lag die weite Meeresfläche vor uns, besät mit weißen Flöckchen: den Wellenkämmen, die uns die dumpfbrausende Nacht rastlos entgegenjagte. An der Spitze des Schiffes tauchte das kurze Bugspriet auf und nieder, bald über die dunkle Horizontlinie sich in den lichteren Himmel hinaufbäumend, bald unter derselben in tiefem Dunkel versinkend. Manchmal hörte man von dort einen schweren, dumpfen Schlag, wenn das Schiff eine große Welle spaltete. Dann spritzte das Wasser über die Brüstung, weiß, in lustigem Aufbrausen, als ob drunten in dem schwarzen Gischte ein grober Triton seinen Witz mit uns treiben wollte. Zuweilen aber kam es auch ernsthafter, wenn der Kobold ein paar Tonnen soliden Wassers über das ächzende Geländer warf, die dann mit rasender Geschwindigkeit auf dem Deckboden hinjagten, so daß achtbare ältere Herren erster Klasse, die sich zu uns herübergewagt hatten, in unziemlichen Sprüngen Rettung suchten. Doch sah das Ganze eher ernstlich und feierlich als wild und gefährlich aus. Wir hätten keinen Sturm – weit entfernt! lachte ein deutscher Matrose, bei dem ich mich erkundigte. Nur eine steife Brise, die uns in die Zähne blies.

›So also zieht man in die Welt hinaus‹, dachte ich und klammerte mich an die Brüstung auf der weniger feuchten Seite des Schiffs. In Gottes Namen! Etwas bedenklich darf es den Würmchen doch wohl vorkommen, hoffe ich, die der Trockenheit bedürfen und fast hilflos in diesem Urweltselement herumplätschern. Aber bange machen gilt nicht. Es sieht schließlich nur so aus. Sind wir doch dazu da, die Erde zu beherrschen und die Meere zu zähmen, und tun es mit leidlichem Erfolg. Jeder in dem Schiffchen, in das ihn der Herr der Welt gesetzt hat. Bin ich nicht wie ein andrer Mann?

Und das herrliche Bild bekommen wir noch drein in den Kauf: die blauschwarze Nacht, die grauschwarze, weißgefleckte See mit ihrem gespenstischen Leben, das einförmige Brausen der Räder, die dumpfen Wasserschläge am Bug, das fühlbare Zittern, das durch den Riesenleib des Schiffes läuft in seinem rastlosen Kampf mit den Elementen. Es war herrlich; aber es dauerte nicht allzu lange. Auf und ab, auf und ab stieg und senkte sich das brave Schiff, emsig seinen Weg durch die entgegenstürzenden Wogen brechend, ohne sich aufzuregen; ohne zu stocken, gleichgültig für alles, was hinter uns lag; immer vorwärts! Auf und ab, auf und ab.

»Das nennt man auf deutsch stampfen«, meinte mein kaufmännischer Landsmann, der kreidebleich. auf mich zukam, ein geisterhaftes Lächeln auf den verzerrten Zügen. Sein lehrhafter Ton war völlig verschwunden, der Menschheit ganzer Jammer hatte ihn sichtlich ergriffen, aber die Macht der Gewohnheit ließ ihn doch nicht versinken. »Jetzt fängt das Schiff auch an zu rollen. Wir bekommen voraussichtlich Seitenwind – Südwest, wenn wir noch etwas draußen sind. Rollen nennt man – « Er unterbrach sich selbst mit erschreckender Plötzlichkeit. »Ich – ich – nehme noch einen Kognak – gehen Sie mit?«

Die Einladung erstarb auf dem Weg. Eine heftige Bewegung des Bootes warf ihn in der gewünschten Richtung nach der Kajütentreppe und polternd, mit etwas Seewasser, die Treppe hinunter. Ich sah ihn nicht wieder.

›So, dies nennt man rollen, ‹ dachte ich noch mit dem Rest von Vergnügen, dessen ich noch fähig war. Es war nicht viel. Auch ich begann die Macht des großen Ozeans zu fühlen, der, man kann die Bemerkung kaum unterdrücken, sich in dieser Hinsicht gegen uns etwas kleinlich benimmt. Liegend soll der Widerstand länger möglich sein, hatte ich wiederholt gelesen, und auch der Tapferste kann mit Ehren der Übermacht weichen. Die nächste Sturzwelle schwemmte auch mich in die Kajüte hinunter.

Vier Hängelampen, wild hin und her schaukelnd, erhellten mit trübem Licht den Tartarus. Stöhnen, Schluchzen, manchmal ein Schrei nach dem Steward von Unglücklichen, die in großer Eile zu sein schienen, geheimnisvolles Porzellangeklapper, Laute, wie sie sonst auf der Erde nicht gehört werden, kamen aus dem dunstigen, säuerlichen Halbdunkel. Dann wohl auch ein kurzes Aufseufzen der Erleichterung – ach, wie kurz – und gleich darauf röchelnde Versuche, Unmögliches zu leisten. Manchmal entrang sich wohl auch ein allgemein verständliches:»O Gott! o Gott!« einer gepreßten Seele oder ein zorniges:»Sind Sie doch endlich still da droben! Ich will schlafen!« und dann die Antwort:»Sie haben gut schimpfen mit ihrem Rhinozerosmagen!«, und die Fortsetzung ein unartikulierter sachlicher Protest.

Mit der letzten Anstrengung meiner Kräfte war es mir gelungen, in meine Koje zu kriechen und mein Handgepäck hinauszuwerfen. Dieses fiel zermalmend einem dicken Herrn auf den Rücken, der zum Glück nicht mehr fähig war, sich zu wehren. Dann drückte ich den Kopf in die hinterste, finsterste Ecke meines Lagers, hielt mich krampfhaft an einem rätselhaften eisernen Ring, der aus der Schiffswand bequem in mein Bett hineinragte, und stemmte die Knie gegen die Kajütendecke, so daß ich, nach allen Seiten wohl versteift, das Auf und Ab, Auf und Ab des wackeren Schiffes halb besinnungslos mitmachen konnte. So konnte man das Weltende, oder was sonst noch kommen mochte, mit einiger Zuversicht erwarten.

Später fühlte ich, daß jemand murrend an mir herumzerrte. Ich widerstand ohne Zorn, halb im Glauben, daß es nur eine neue Art von Schiffsbewegung sei, die mich zu ergreifen versuchte. Dabei schien das Schiff wirklich zu schimpfen, buchstäblich zu schimpfen, und noch dazu auf englisch. Ich verstand einiges. »These blessed Dutchmen!« begrüßte es mich; es sei eine Schande, mit den Stiefeln in einem so feinen Bett zu liegen! Dann machte es ungeschickte Versuche, mir die Stiefel auszuziehen. Es ging nicht. Das hatte ich mir wohl gedacht. Konnte es mich nicht in Ruh lassen – immer noch nicht? Es fragte verdrießlich nach meiner Fahrkarte und suchte, meine Unfähigkeit begreifend, in meinen Westentaschen. Ich ließ es machen. ›Es wird schon nichts finden‹, dachte ich. Und so war es auch. Endlich entfernte es sich murrend, dumpf rauschend. Vielleicht war es doch nicht das Schiff gewesen. Das ging wieder auf und ab, auf und ab, als ob es nie etwas andres getan hätte und so fortmachen wollte – auf und ab, auf und ab – in alle Ewigkeit.

Als ich zur Besinnung kam, dämmerte eine neblige, fröstelnde Helle um mich her. Die vier Lampen hingen schein- und regungslos von der Decke. Ein freudiger Schreck fuhr durch mein zermalmtes Inneres. Ist es möglich? Haben wir – haben einige von uns diese Nacht überlebt?

Ruhig und gemessen rauschten draußen die Räder des Dampfers. Hier innen herrschte tiefe, feierliche Stille. Alles schlief. Ein friedlicher Morgen drückte seine segnende Hand auf die Schrecken der Finsternis, die hinter uns lag. Die übriggebliebenen Menschenreste schlummerten glücklich einem neuen Leben entgegen. Wir waren in der Themse. Die Stewards räumten ab und deckten die Tische für das Frühstück. Einen von außen Kommenden hätte allerdings die Atmosphäre hierzu kaum eingeladen. Wir waren zum Glück daran gewöhnt; sie war sozusagen unser Eigentum; und eine unendliche Leere erfüllte Herz und Magen. Stillvergnügt, mit halbgeschlossenen Augen sah ich die Rindskeule von gestern und den kalten Hammelbraten aufmarschieren und die lange Reihe der Teetassen ihre Löffelchen präsentieren. Schon damals sah man es ihnen an, daß der Obersteward ein Preuße war: alles hübsch in Reih und Glied. Dann sprang ich aus dem obersten Stockwerk, in dem ich gehaust hatte, und nahm beinahe den Kopf meines Untermannes mit, der sich eben erkundigen wollte, ob er denn auch noch lebe.

In der Erwartung baldiger Trinkgelder fragten die Stewards aufmunternd nach unserm Befinden und brachten den schwächeren Leidensbrüdern die dampfenden Teetassen nach den Betten. Es war ein köstliches Getränke unter obwaltenden Umständen. Alles lächelte. jeder suchte damit anzudeuten, daß die andern sich doch noch weit erbärmlicher aufgeführt hätten und sich heute in guter Gesellschaft kaum sehen lassen könnten. Doch schien es ein stillschweigendes Übereinkommen, gesprächsweise auf Einzelheiten nicht einzugehen. Nachdem man sich in dieser Art auch moralisch rehabilitiert hatte, ging es eilig aufs Deck.

Das war also England, der Hort der Freiheit, der Kern der größten Weltmacht unsrer Zeit, das Ideal der jungen Maschinentechniker aller Welt. Es war ein herrlicher Morgen nach englischen Begriffen, wie ich sie später kennenlernte. Es schneite nicht, es regnete nicht, und man sah nichts. Grau in grau lag Wasser und Land vor uns: stahlgrau, silbergrau, blau-, grün- und braungrau, alles merkwürdig fern und groß und wunderbar zart, das gespenstische Bild einer kaum irdischen Welt, über der eine verschwommene rundliche Lichtquelle zu schweben schien, an der Stelle, wo in andern Ländern zu dieser Tages- und Jahreszeit die Sonne steht.

Glatt und munter schwammen wir mit der steigenden Flut den Strom hinauf. Dampfer plätscherten in weiter Ferne, ehe sie aus dem Nebel heraustraten und, selbst Nebelbilder, an uns vorüberglitten. Himmelhohe Segelschiffe, alle Segel ausgespannt, traten plötzlich still und feierlich wie Gespenster aus dem Silbergrau heraus, schwebten lautlos vorüber und waren verschwunden, ehe man sich zweimal umsah. Am Ufer zeigten sich jetzt nackte Masten wie entnadelte Tannenwälder, formlose Wesen mit Sparren und Stangen nach allen Richtungen. Dann hörte man ein leises dumpfes Brausen, das langsam anschwoll und alles in geheimnisvoller Weise durchdrang, selbst das laute Rauschen unsrer Räder; dazwischen manchmal einen scharfen Knall, einen Pfiff, ein lautes Gepolter, weitschallende Rufe von Schiffern aus unsichtbaren Fischerbooten. Alles kühl und feucht und fröstelnd. Bald aber kamen deutlichere Umrisse von Häusern, riesige, schwerfällige Vierecke, himmelhohe Schornsteine. Das Brausen wurde lauter und schwoll zum dumpfen, unablässigen Brüllen der erwachenden Millionenstadt. jetzt zeigte sich eine bekannte Form über den zackigen Umrissen unzähliger Schornsteine wie ein alter guter Freund: der Tower mit seinen vier Ecktürmchen. Den kannte und liebte ich ja schon seit meinem sechsten Jahre, in einem übel zerrissenen Orbis pictus. Und gleich darauf sperrte uns in dem immer glänzender werdenden Nebel eine gewaltige Geisterbrücke den Weg, welche die glasartig spiegelnde Wasserfläche begrenzte: London-Bridge.

Unser Dampfer macht jetzt unruhige, stockende Bewegungen. Mächtige Schiffe wimmeln. um uns her, durch die er sich durcharbeiten muß. Scharfe Kommandoworte, Pfeifen und Schreien scheint hierzu nötig zu sein. Alles drängt sich aufs Deck: Koffer und Mantelsäcke, Kinder und Frauen. Der Kampf ums Dasein erwacht rücksichtslos unter Menschen und Dingen. Ein halbes Dutzend Matrosen drängt sich nach dem einen Radkasten durch. Sie schieben die Landungsbrücke zurecht. Das dröhnende Brausen der Riesenstadt lastet betäubend auf den Ohren. Erdrückende, wirre Häusermassen hängen über uns herein, feindlich, drohend. jetzt heult unsre Dampfpfeife ein ohrzerreißendes Geheul. Jemand, der halb verrückt sein muß, läutet auf einem benachbarten Schiff eine Glocke, als wolle er den jüngsten Tag einläuten. Unsre Maschine hält still. Zischend und speiend fährt der überschüssige Dampf durch das Rohr am Schornstein, das zitternd wie eine Orgelpfeife im tiefsten Baß in den Lärm einstimmt. Die Landungsbrücke fällt ans Ufer. Wie Schafe, die den Kopf verloren, drängt sich alles zwischen die Geländer des engen Stegs. Wehe dem Regenschirm, der quer zwischen die aufgeregten Beine der sich bildenden Seeschlange aus Menschenleibern gerät.

Ich selbst stak mitten in dem sich langsam durchtrichternden Knäuel und riß an meinem Koffer, der zwischen den Knien eines Herrn stak, der hinter mir drei Kinder zusammenzuhalten suchte. So ging's über die Brücke. »Aber um Himmels willen, wo bezahlt man denn?« rief ich in wirklicher Seelennot. »Ich habe ja noch nicht bezahlt!« Die Leute starrten mich an, große Fragezeichen in den Gesichtern. Zum Glück verstand mich niemand. Ich spürte jetzt festen Boden unter den Füßen. Alles rannte durch die finsteren Gebäude und schwarzen Höfe der Katharinendocks in die Lower-Thames-Straße hinaus, nach Fiakern schreiend, nach Gepäckträgern, nach Gepäck, nach Weib und Kind. Einen Augenblick lang lag mein Koffer auf einem Tisch, der das Zollamt vorstellte; ich suchte nach meinen Schlüsseln. Im nächsten hatte ihn ein Mann ergriffen, auf die Schultern geschleudert und rannte davon. Ich sah, schon ziemlich in der Ferne, das teure, wohlbekannte gelbe Leder über den Köpfen der Menge manchmal auftauchen. Das ging denn doch über den Spaß: mein ganzes Hab und Gut! Ich rannte ihm nach; natürlich.

Draußen im Getümmel einer engen, düsteren Straße, in der das Fuhrwerk ineinandergriff wie die Zähne eines Uhrwerks, stand mein Mann neben einem Handsome, auf dessen Dach sich bereits mein Koffer befand, als ob er dort zu Hause wäre. Es blieb keine Zeit, mich zu besinnen. Das Maul eines Pferdes stieß mir an den Hinterkopf. Der Mann streckte mir eine riesige Hand entgegen. Ich legte einen Franken hinein in der bangen Erwartung einer schwer durchzuführenden Diskussion über die fremde Münze und von etwas Kleingeld englischen Gepräges. Aber ich wurde angenehm enttäuscht. Mit einem gutmütigen Nicken, halb Herablassung, halb Zufriedenheit andeutend, war der Mann verschwunden, ohne seine Ruhe, ohne eine Sekunde seiner Zeit zu verlieren. Einige Augenblicke später sah ich ihn noch einmal unter einer riesigen schwarzen Kiste, von zwei Damen verfolgt, die laut schreiend ihre Regenschirme in der Luft schwangen.

Staunend nahm ich in dem ersten Handsome Platz, das ich in meinem Leben sah. Eine wunderbare Maschine, deren sinnige Konstruktion mir erst nach Wochen ganz einleuchtete. Durch ein Loch in der Decke schien mein Kutscher herunterzuschreien, wo ich hin wolle. Kaum hatte ich Zeit, in meinem besten Gymnasialenglisch »Middleton Square, Islington« zu rufen, als der Deckel, mit dem das Loch geschlossen werden kann, wieder zuflog und sich mein Pferd, scheinbar führerlos – denn der Führer sitzt hinter mir, in einem Kistchen auf dem Dach des Fahrzeugs –, ruhig trabend in dem reißenden Strom von Karren und Wagen, Pferden und Menschen verlor. Seitdem die Landungsbrücke des Dampfers ausgeworfen worden war, konnten kaum fünf Minuten vergangen sein. Welcher Reichtum an Erlebnissen und Eindrücken in dieser Spanne Zeit; welches Volk mit seinem »Zeit ist Geld«! Die Straßen wurden etwas freier, das Getümmel etwas weniger betäubend. Ich war in England, mitten im Lande, dem Norden zutreibend, als verstehe sich all das ganz von selbst.

Aber – gütiger Himmel! Ich wollte ja meine Oberfahrt erst bezahlen! »Cabman – Cabman! Kutscher! Fiaker!« – Ich stieß den Deckel in meinem Dach wieder auf und begann zu explizieren. Der Mann schüttelte seine ziegelrote Nase herein – das einzige, was ich von ihm sehen konnte, und fuhr ruhig weiter nach Norden, immer nach Norden, endlose Straßen hinter sich lassend, die nach und nach immer stiller wurden. Es war gut, daß ich einen Kompaß bei mir hatte. jetzt bogen wir um die dreißigste Ecke, ungefähr. Anfänglich hatte ich irr, Gewirr der unteren City die Ecken gezählt, aber auch diesen schwarzen Faden bald verloren. Eine grüne, viereckige Oase öffnete ich jetzt vor uns, mit einer kleinen gotischen Kirche in der Mitte, ernst, still, vielleicht etwas pedantisch, ein klein wenig langweilig dreinsehend, aber sauber und sonnig, umgeben von vier Mauern, Häuser vorstellend, die sich glichen wie ein Ei dem andern. jedes hatte das gleiche eiserne Gitter, das es vom Square trennte, die gleiche blanke Sandsteintreppe, den gleichen glänzenden Klopfring an der braunpolierten Haustüre. Es tat dem Auge ordentlich weh, daß nicht auch die metallenen Hausnummern die gleichen waren. Der Cabman sprang von seinem luftigen Sitz herunter und schlug drei donnernde Schläge gegen ein sorgfältig verschlossenes Tor. Keine fünf Sekunden vergingen, ehe ein liebliches blondes Wesen mit einem wahren Engelskopf und einem kleinen flachen Spitzenteller darauf vorsichtig öffnete und mich mit einem ermutigenden Lächeln begrüßte. Sie sah sofort, daß dies besser war, als mich in ein englisches Zwiegespräch zu verwickeln, nahm meinen Koffer, bezahlte den Cabman, der etwas brummte, denn er hätte sich lieber mit mir direkt verständigt, schob mich durch die Haustüre, klappte sie scharf zu und legte eine Kette davor.

»Missis Bitters Boardinghouse?« sagte ich endlich mit einem Fragezeichen. Es ging mir doch fast etwas zu sehr wie meinem Koffer in den Katharinendocks.

»Yes, Sir!« sagte der Engel mit dem Spitzenteller.

Missis Bitters Adresse hatte mir mein Schwager gegeben, der vor zehn Jahren in diesem Hause gewohnt hatte, um die kirchlichen Verhältnisse Englands zu studieren. Er hatte seiner alten verehrten Freundin gleichzeitig geschrieben, daß ich möglicherweise eines Tages eintreffen werde. Sie selbst stand jetzt unter der Salontüre, den Fremdling freudig, wenn auch etwas gemessen begrüßend: eine würdige, muntere fünfzigjährige Dame, wie mir schien. Sie war zweiundsiebzig, und ich war vorläufig geborgen.

Ein unbeschreiblich stiller Sonntag brachte meine erregten Nerven zur Ruhe, wenigstem äußerlich. Im Innern brauste noch immer die See, die Häuser im Square schwankten ein wenig, wenn ich sie scharf ansah, und ein nagender Gedanke wollte sich nicht verscheuchen lassen. Ich hatte meine Überfahrt noch immer nicht bezahlt! Die Entfernung, des stillen Middleton-Square vom Meer, vom »Nordischen Walfisch«, von dem tollen Treiben an der Themse schien mit jeder Stunde um hundert Meilen zu wachsen und damit die Möglichkeit, mein schuldbeladenes Gewissen von seinem Alb zu befreien. Wenn es mir nun recht schlecht ginge in diesem unbegreiflichen Land, mußte ich nicht fortwährend denken: ›Geschieht dir ganz recht! Ein Mensch, der nicht einmal seine Überfahrt bezahlt hat!' Vielleicht war ich wie Missis Bitter jünger, als ich aussah, denn ich konnte das kindliche Gefühl nicht loswerden. Nachmittags ging ich sechs- bis achtmal um die gotische Kirche herum spazieren und besah mir die vier Spitzen des gotischen Turmes von allen Seiten. Das englische Glockengeläute, ein regelmäßiges Anschlagen von drei glockenhellen Tönen – Prim, Quint, Terz, Prim, Quint, Terz –, das dreißig Minuten lang fortdauert und dann wieder von neuem beginnt, kann den hartgesottensten Sünder mürbe machen. Es wurde gegen Abend auch mit mir schlimmer. Ich schüttete endlich der mütterlichen Freundin meines Schwagers das ganze Herz aus; sie schien sofort bereit, auch mir Mutter zu werden, und richtete mich mit heiteren Trostesworten auf, soweit ich sie verstand. Das sei ganz einfach! Ich könne ja morgen meinen ersten Ausflug nach der Unteren Themsestraße machen, das Bureau der Antwerpener Dampfer aufsuchen und alles regeln. So konnte ich mein englisches Leben wenigstens als ehrlicher Mensch beginnen. Ich schlief meine erste Nacht auf englischem Boden, in einem Riesenbett, getröstet, wie ein Sack.

Als wackerer junger Deutscher kaufte ich mir am frühen Morgen einen Stadtplan und machte mich zu Fuß auf den Weg nach den Katharinendocks. Solange ich niemand zu fragen brauchte, ging alles vortrefflich. Die end- und zahllosen Straßen wurden wieder enger, der Lärm lauter, das Gedränge dichter. Gegen zehn Uhr erreichte ich den Platz vor der »Bank«. Hier, wenn irgendwo, ist der

Mittelpunkt der Welt dieses Jahrhunderts. Man spürt es ordentlich. Staunend, halb betäubt betrachtete ich das wirre Bild: ein Kaleidoskop, von einer Riesenmaschine gedreht, mit rennenden Menschen aus allen Weltteilen statt der übereinander stürzenden farbigen Steinchen. Und jeder schien genau zu wissen, was er wollte, und rücksichtslos drauf loszugehen. Aber auch ich durfte mich nicht aufhalten. Es waren wohl genug Taschendiebe und sicher auch andre Spitzbuben in diesem Gedränge. Ich mußte mich beeilen, wieder ein ehrlicher Mensch zu werden. Der Weg dazu ging durch Cornhill nach Osten.

Ohne es zu ahnen, ging ich dort an einem Haus vorüber, in dem ich später zwanzig Jahre lang den größeren Teil meiner Arbeit und ein Stückchen meines Glücks finden sollte. Wer wohl die blinden Passagiere alle führt, die in diesem Millionengewimmel umherirren? Auch keine kleine Arbeit, das!

Jetzt wurde das Gedränge schmutziger. Der Themsenebel hing hier noch in den Straßen, und die riesigen Warenhäuser mit ihren Schätzen aus Ceylon und Kuba, aus Hongkong und Callao neigten sich schwarz und schwermütig gegeneinander. Düstere Geldprotzen, die still brütend der Welt Arbeit geben und Bewegung. ›Wer weiß, vielleicht auch mir‹, dachte ich und sah sie etwas scheu an. Sie gefielen mir nur halb.

Nun war's mit dein Stadtplan zu Ende. Dort gähnte mir das schwarze Loch entgegen, durch das ich gestern meinen Einzug in England gehalten hatte. Ich mußte fragen. Ein hastig vorbeirennender Handlungsgehilfe hatte keine Zeit zu antworten. Ein vierschrötiger, gutartiger Packträger rief zwei andre herbei. Zu dritt berieten sie, in welcher Sprache ich mit ihnen zu verkehren suche. Und es war mein bestes Gymnasialenglisch, »made in Germany«, eine allerdings damals noch nicht übliche Bezeichnung! Die Verhältnisse wurden mehr und mehr hoffnungslos, bis uns ein deutscher Indigoagent mit einem riesigen Notizbuch und prächtig blauen Fingern aus einem Kellerloch heraus zu Hilfe kam. Es ergab sich, daß ich nur drei Häuser von dem Bureau entfernt war, das ich suchte: dort, gegenüber der Trinkstube mit der roten Laterne über der Türe.

Das schwarzbraune Haus, dessen blauschwarze Fenster nie einen Lichtstrahl aufgefangen zu haben schienen, war ein Labyrinth von

Gängen und engen Treppen. überall brannte Gas; es wäre sonst nicht bewohnbar gewesen. Zahllose Türen und Türchen gingen auf die Gänge und waren in alle Winkel eingebaut. Auf jeder stand auf Milchglas, in schwarzen, schmucklosen Buchstaben der Name einer Firma, einer Gesellschaft, eines Unternehmens in fernen Ländern – Nevada, Singapore, Neufundland, Mexiko, Sidney, Kairo, Valparaiso – alles, was die glühende Sonne beschien, schien in dem schwarzen Loch zu hausen. In einer Ecke des ersten Stocks fand ich meine Antwerpener Freunde. Es war mir, als fände ich alte, liebe Bekannte. Ich trat ohne weiteres ein, da die Türe fortwährend auf und zu ging.

Eine mit Schaltern versehene Glaswand trennte einen langen schmalen Streifen des niederen Saales ab und schied die Besucher von den Beamten, die hinter den Glasscheiben hausten. Aus dem ersten offenen Schiebfenster winkte mir jemand. Was ich wolle? Ich begann zu erklären. Nach ein paar Worten, die ich mutig und erfolgreich zusammengestellt hatte, unterbrach er mich. »Sie brauchen den Kassier! Dritter Schalter rechts!« Wie der Mensch das wissen konnte? Ich war ja noch gar nicht so weit in meiner Erklärung. Aber er war fertig mit mir und sprach schon mit meinem Hintermann in jenen fürchterlichen endlosen Worten, die mir in diesen ersten Tagen so viel Sorge machten und von denen jedes, wie sich später herausstellte, einen ganzen Satz bedeutete. Wie soll man aber wissen, wo ein Wort aufhört und das nächste anfängt, wenn man sie nicht gedruckt sieht?

Ich übersetzte bereits am dritten Schalter rechts mit Anspannung aller Geisteskräfte und möchte gern für den Gebrauch späterer blinder Passagiere das Gespräch mit dem alten Kassier, der mich mit verwirrender Aufmerksamkeit anstarrte, wörtlich wiedergeben. Allein ich fühle mich, angesichts einer großen literarischen Schwierigkeit, fast ratlos. Meinen deutschen Bericht mit englischen Bruchstücken – und was für Bruchstücken! – zu schmücken, ist geschmacklos. Auch würden sie auf den deutschen Leser nicht entfernt den Eindruck machen, der das mürrische Gesicht des Kassiers nach und nach erheiterte. Am nächsten komme ich wohl meinem Ziele, wenn ich unser beiderseitiges Englisch möglichst wörtlich und wahrheitsgetreu in mein geliebtes Deutsch übertrage.

»Ich komme«, begann ich, ich tue kommen, bezahlen wollend ein Billett Antwerpen-London, dasselbige nicht bezahlt habend für das Überfahrt am Samstag.« Dies schien mir ziemlich gut, namentlich hatte ich das Gefühl, gewisse charakteristische Sprachfeinheiten mit großem Erfolg angebracht zu haben.

»Was wünschen Sie?« fragte der Kassier brüsk, wie wenn er keine Zeit hätte, Sprachfeinheiten zu würdigen.

»Ich tue wünschen, bezahlt zu haben ein Billett Antwerpen-London, dasselbige nicht habend gekauft zu rechter Zeit und dennoch mich befindend in England, unbezahlt. Samstag – ›Nordischer Walfisch' – «, fügte ich noch erklärend bei, ohne weitere Satzbildungen zu versuchen.

Dies war doch, sollte ich meinen, deutlich. Aber anstatt mich zu verstehen, fing der alte Herr an, die Geduld zu verlieren. Wahrscheinlich war er kein Engländer.

»Antwerpen-London – Billett bezahlen!« rief ich meinerseits laut und etwas ärgerlich. Es war unangenehm, wenn man sein möglichstes tat, als ehrlicher Mensch zu handeln, auf solch erschwerende Hindernisse zu stoßen.

»Aha,« rief der Kassier jetzt erfreut. »Welche Klasse?«

»Zweite Klasse!« antwortete ich, ebenfalls zur Versöhnung die Hand bietend.

»Sechzehn Schilling sechs Pence!« sagte er in geschäftsmäßigem Singsang, stempelte mit einem Knall ein Billett und warf es durch den Schalter. In großgedruckten Lettern stand auf dem Papierstreifen: London nach Antwerpen. Zweite Klasse.

»Nein, nein, nein!« rief ich entsetzt. »Ich wollen nicht London nach Antwerpen, ich wollen bezahlen Antwerpen nach London. Ich wollen nur bezahlen, ich wollen nicht reisen; habend schon gereist vom Kontinent nach England. Bezahlen! Antwerpen nach London. Verstehen Sie?«

»Aber der Kuckuck, Sie sind ja in London!« Er sah mich besorgt an. Es ging ihm ein Licht auf; mit mir war es offenbar nicht ganz richtig.

»Das der Fehler, mein Herr«, sagte ich, mich innerlich zur Ruhe ermahnend. »Ich in London, habend nichts bezahlt am andern Ende, und wünschen zu bezahlen Passage, Überfahrt. Verstehen Sie? Antwerpen-London!«

Er streckte jetzt den Kopf aus dem Schalter, um mich deutlicher zu sehen. Solche Leute waren ihm noch nie vorgekommen. Er hatte sichtlich begriffen und wurde freundlich.

»Nanu!« sagte ich fast schmeichelnd, indem ich einundzwanzig Franken auf das Zahlbrett legte.

»Ja, lieber Freund«, sagte er nach einer langen Pause, in der er mich vollständig eingesogen hatte, langsam und sichtlich bemüht, verstanden zu werden. »Wir verkaufen hier keine Billette für die Fahrt von Antwerpen nach London. Da müssen Sie wieder nach Antwerpen fahren, und ich glaube, es wäre für Sie das beste. Oder wenn Sie mit dem Kapitän des Schiffes sprechen wollten; vielleicht nimmt der Ihr Geld. Hier können wir's nicht brauchen.«

»Aber der Teufel! Wo finde ich den Kapitän in dieser großen Stadt?« rief ich erregt.

»Sie brauchen nicht zu fluchen, wackerer junger Mann,« antwortete der Kassier, sanft den Kopf schüttelnd; »Sie sind eine Merkwürdigkeit. Wenn ich Zeit hätte, würde ich Ihnen suchen helfen. Jack, wo ist Kapitän Brown?«

»Er sitzt drüben im ›Goldenen Drachen'!« piepste eine dünne Jungenstimme aus einer Ecke des Bureaus.

»Haben Sie's gehört? Haben Sie verstanden? Drüben über der Straße! Unmittelbar über der Straße! Im ›Goldenen Drachen'. Brown wird Ihr Geld schon nehmen, wenn Sie ihm zusprechen. Adieu!«

Ich dankte dem braven Herrn in unartikulierten Lauten und fand mich erfolgreich über die Straße in die düstere Schenkstube des »Goldenen Drachens«. Ein langer Schenktisch trennte auch sie in zwei Hälften. Auf der einen Seite, deren Hintergrund, halb Keller, halb Apotheke, mit einem phantastischen Aufbau von Fässern und Flaschen geziert war, befanden sich sechs elegant gekleidete Damen mit großartigen Chignons, die sich bemühten, vierundzwanzig weniger elegante Gäste auf der andern Seite feucht zu erhalten.

Auch hier brannte Gas. Alles stand, alles schwatzte, lachte und trank; schwarze, braune und goldgelbe Biere, wunderliche Weine, heiße und kalte gebrannte Wasser aller Art, aus denen die Damen mit großer Behendigkeit dampfende Gemische brauten. Und alles war für mich neu, fremd, unheimlich. Hier galt es nun, Kapitän Brown zu finden, dessen Bild, wenn ich es je aufgefaßt hatte, mir in den Tiefen der Seekrankheit völlig entschwunden war. Ich beobachtete eine Zeitlang meine Umgebung und entdeckte nichts Ermutigendes; rote Nasen, triefende Augen, scheinbar halb betrunkene Matrosen, ein paar ältere Damen von zweifelhafter sozialer Stellung; aber auch einige anständig aussehende Herren, die hereinhuschten, rasch und stumm ein Glas leerten und wieder in den Mittagsnebel hinausstürzten. Meine Beobachtungen führten zu keinem Ergebnis. Es mußte etwas geschehen. Ich stellte mich an den Schenktisch, sah mich um, wie wenn ich die ganze Gesellschaft freihalten wollte, und rief laut: »Kapitän Brown! Kapitän Brown!«

Mein Nachbar, ein kleiner dicker Mann mit Riesenknöpfen an seiner Jacke, die aus dem Fell eines unbekannten wilden Tieres gemacht zu sein schien, drehte sich langsam um.

»Ich bin Kapitän Brown. Was wollen Sie von mir?«

Viktoria! Aber jetzt galt es wieder, sprachlich zu glänzen. Die ganze Schenke lauschte gespannt.

»Ich bezahlen wollen Billett Antwerpen-London; sechzehn Schilling sechs Pence!« begann ich entschlossen. »Zweite Klasse. Verstehen Sie?«

»Ich bin nicht der Purser!« sagte der kleine Mann mit düster werdender Miene. »Da müssen Sie ins Bureau hinauf. Dort sitzt das Federvolk. Der dritte Schalter rechts! Fragen Sie nach Mister Whitley.«

»Aber ich tue kommen von Mister Whitley,« erklärte ich. »Ich tue wünschen sprechen mit Sie, Kapitän Brown, nicht habend bezahlt meine Passage.«

Nach einer Viertelstunde harter Arbeit, an der sich der größte Teil der Gesellschaft beteiligte, verstanden wir uns; aber der Schweiß stand mir auf der Stirn.

»Well,« sagte der Kapitän, »Sie sind eine Kuriosität. Wenn Sie mit
Gewalt wollen: her mit dem Geld! Man muß die Ehrlichkeit bei
diesen Ausländern ermutigen.«

Er steckte meine einundzwanzig Franken mit wohlwollendem
Lachen und unbesehen in die offene Tasche und schüttelte mir die
Hand. »Was wollen Sie nehmen? Ein Glas Ale? Einen Sherry? Hallo,
Jungen!« – Der Kapitän schien plötzlich von Freunden umringt zu
sein. – »Was wollt ihr nehmen? Brandy? Whisky? Ale, Porter, Stout?
Jeder nach Belieben: ich bezahle. Wir trinken auf die Gesundheit
dieses Gentleman, meines Freundes, Mister Dingsda. Wie heißen
Sie?«

Sie begrüßten mich alle freudig. Der Kapitän erzählte sechsmal
hintereinander – eine prächtige sprachliche Übung mit kostenlosen
Repetitionen für mich –, wie er seinen neuen Freund gewonnen
habe. Sie begrüßten mich auf s neue mit allen Zeichen wohlwollen-
der Herablassung und erzählten sich untereinander, wie Kapitän
Brown zu seinem neuen Freund gekommen war. Die feinste der
Damen hinter dem Schenktisch wechselte das Zwanzigfrankenstück
in ehrliches englisches Geld um. Wer beim ersten Umtrunk Bier
genommen hatte, nahm beim zweiten Glas Whisky und umgekehrt.
Ich selbst wollte heute nicht schon wieder und so früh am Tag Ale
trinken. Es war mir von Antwerpen her noch zu wohl in Erinnerung. Ich wählte Sherry. Es war jedenfalls ein nationales Getränk
der Engländer, und die kleinen Weingläschen, die hier üblich sind,
ließen ein Experiment leichter ausführen und gefahrloser erscheinen. Der Kapitän zahlte alles aus der Tasche, in der sich mein Ober-
fahrtsgeld befand. Er duldete keine Einrede.

»Also nochmals und zum Schluß, meine Herren,« rief er, »auf die
Gesundheit dieses Gentleman. Ein ehrlicher, rarer Dutchman, oder
was er sonst sein mag! Hipp hipp hurra!«

Sie wollten mir offenbar alle Ehre antun. Wir tranken, wir schüttelten uns die Hände; es wurde fast eine Völkerverbrüderung daraus; selbst ein Chinese beteiligte sich schmunzelnd. Warum sollte
ich mich sträuben? Sie meinten es sichtlich alle herzlich gut. Mein
Sherry hatte eine auffallende Ähnlichkeit mit dem Ale, das mir noch
von Antwerpen her in freundlicher Erinnerung lag. Es war nicht
ganz dasselbe, aber merkwürdig ähnlich.

Dann trennten wir uns. Der Kapitän begleitete mich bis unter die Türe und versicherte mich wiederholt seiner unbegrenzten Hochachtung. Ich hatte in dieser Stunde einen Freund fürs Leben gewonnen, was ich erst zwölf Jahre später an der Küste von Peru erfahren sollte.

Vergnügt steuerte ich wieder dem stillen Middleton-Square zu. Meine erste englische Expedition war glänzend gelungen und erfüllte mich mit freudiger Hoffnung für die Zukunft. Auch hatte ich jetzt einen Lebensplan für die nächsten Wochen festgelegt. Ich wollte ruhig in der grünen Oase sitzenbleiben und zunächst mein Englisch etwas mehr den Verhältnissen anpassen, die mich hier umgaben. Drei Wochen konnten hierbei nicht wohl nutzlos vergeudet werden. Dann aber hinaus, in bitterem Ernst!

Als ich in mein Zimmer trat, fand ich einen soeben angekommenen Brief auf dem Tisch. Von Belgien. Hat am Ende Cockerill in Seraing seinen Irrtum eingesehen und will mich nun mit Gewalt zurückholen? Zu spät, Verehrtester! Trop tard! um mich Ihnen verständlicher zu machen. Ich erbrach den etwas schmutzigen Umschlag.

Keine kaufmännische Handschrift, wie sie Leute von Seraing schreiben; auch kein ganz musterhaftes Französisch. Aber leserlich und deutlich genug. Es war ein Schreiben des »Schwarzen Ankers« aus Antwerpen.

»Monsieur!

Verzeihen Sie, daß wir uns beehren, Sie zu benachrichtigen. Sie haben am 4. April 1861 eine Flasche English Ale bestellt und eine Flasche Sherry vertrunken. Vom feinsten Sherry, zu zehn Franken fünfzig Centimes die Flasche. Unsere Marie hat eine Verwechslung gemacht, und Sie haben den Irrtum ausgetrunken. Dann sind Sie so schnell abgereist, ehe wir es bemerkt haben. Da Sie nicht wollen unglücklich machen unsre Marie, die die Flasche ersetzen muß, bitte ich den Herrn Baron, zu schicken la différence, nämlich neun Franken dreißig Centimes.

Um ferneren Zuspruch bittend

Agréez, Monsieur, l'assurance de nos sentiments les plus distingués.

Jean Pumperlaken

garçon et chef de cuisine de l'Ancre Noire à Anvers.«

Nun war mir manches klar: mein wachsender Mut, mein kühner Entschluß, mein stürmisches Abschiedslied, das bis zum heutigen Tage kein Mensch. zu lesen vermochte.

Und wenn ich heute, nach bald vierzig Jahren, zurückdenke an den Anfang meines Wanderlebens, an das wunderbare englische Bier und an den blinden Passagier von damals, so kann ich mich nicht enthalten – und will's nicht –, noch eines andern Versleins zu gedenken, aus einer Zeit, die weiter zurückliegt, fast an der Schwelle meiner Kindheit. Es fängt mit den Worten an: »Weg' hast du allerwege« und ist wahr geblieben, bis ich wieder einlief im alten Hafen.

Die Schmiede

Hinein in die Schmiede, wird dir auch bang
Im wirren Schmettern und Schallen!
Es klingt wie stürmischer Glockenklang;
Wie eine Kirche, so weit und lang,
Dehnen sich mächtige Hallen.

Und ernst und feierlich ist dir fast.
Du spürst durch all das Getöse
Das Ringen des Tags, der Arbeit Hast,
Das Leben der Zeit in Kraft und Last,
Und ihre schaffende Größe. –

Hochragende Säulen, das Rippendach
Verschwinden im dampfenden Dunkel.
Doch unten ist alles licht und wach,
Den Pfeilern entlang glüht fünfzigfach
Sausender Feuer Gefunkel.

Der Amboß klingt stahlglockenrein
In heller Arbeitsfreude;
Und hundert Hämmer groß und klein
In munterem Takte stimmen ein
Ins fröhliche Sturmgeläute.

Aus Bergen von Kohlen schießen hervor
Blaugelb, spitzige Flammen:
Sie zittern, sie zucken und züngeln empor.
Dann glüht, dort hinten im finsteren Chor,
Alles blutrot zusammen.

Ein brennender Stahlblock, fast sonnenhell!
Sie schleppen ihn unter den Hammer.
Mit Ketten und Zangen geht's wunderschnell.
Es sträubt sich ächzend der plumpe Gesell,
Hilflos in knirschendem Jammer.

Jetzt regt sich das stille Ungetüm,
Ein Riese inmitten der Leute.
Es hebt den Kopf, in schwarzem Grimm;
Dann plötzlich mit wütendem Ungestüm,
Stürzt's auf die stöhnende Beute.

Ein Funkensturm schießt durch die Nacht;
Der Block schwitzt blutige Tropfen.
Es klickt und knackt, es klatscht und kracht.
Er heult, laut auf. Der Hammer lacht
Ob seinem eigenen Klopfen.

Der ächzende Klotz rollt hin und her,
Er sträubt sich zornig und eckt sich.
Die Schläge fallen, in kreuz und quer,
Bald leise, wie spielend, bald dumpf und schwer.
Er bäumt, er windet und streckt sich.

Es zittert das ganze Haus im Grund
jetzt unter den donnernden Schlägen.
Nur drauf! Das ist dem Gesellen gesund.
Bald wird er eckig, bald wird er rund
Und lernt sich zierlich bewegen.

Darüber vergeht ihm der rauhe Mut,
Die sprühenden Risse verschwanden.
Nun liegt er stille. Der Hammer ruht.
So ist aus dem Klotze in Feuer und Glut
Eine riesige Kurbel entstanden. –

Dort schmieden sie Pflüge zu Tausenden aus,
Hier Bajonette und Klingen.
Dort siehst du Kessel, so groß wie ein Haus,
Hier Panzerplatten, fast wie ein Graus,
An knackenden Ketten sich schwingen.

Doch stahlharte Männer, dampfend im Schweiß
Der Muskeln, der tropfenden Stirne,
Beherrschen den tosenden Zauberkreis,

Und hinter dem allem, rastlos und leis,
Eherne Menschengehirne. –

Nun sprich: Ist's Blindheit, ist's törichter Haß?
Was kümmert die alternden Leute?
Was klagen sie nur, ohn' Unterlaß,
Und gießen zornig ihr Tintenfaß
Über den Jammer von heute:

Wie den Geist, der alles verschönt und erhellt,
Nichts wieder ins Leben brächte,
Wie in Nacht versunken die große Welt,
Wie alles so kläglich sei bestellt
Bei unserem kleinen Geschlechte!

Wie Kraft und Saft verkommen sei
Und wie verfahren der Karren:
Das ist die ewige Litanei.
So geht in die Schmiede, ihr Leute aus Brei;
Geht in die Schmiede, ihr Narren!

Dort, wenn man nur sehen und hören mag,
Was freudig das Leben uns bietet,
Dort glüht noch der funkensprühende Tag,
Dort dröhnt noch der alte Hammerschlag,
Mit dem Siegfried den Balmung geschmiedet.

Das verhängnisvolle Billardbein

Ein rätselhafter Kindertraum hat mich als Jungen jahrelang mit heimlicher, unerklärlicher Sehnsucht erfüllt. Ich sprach mit niemand darüber, wie man nicht über Dinge spricht, die unser Innerstes bewegen. Doch ganz ohne Äußerung blieb dieses Gebilde kindlichen Traumlebens nicht. Meine Schulhefte und vor allem eine Schulausgabe von Ciceros Reden gegen Katilina, die einen breiten, weißen Rand hatte, wimmelten von Pyramiden. Die Herren Professoren, außer dem alten Zeichenlehrer, den niemand beachtete, schüttelten die Köpfe. Denn man hielt sie für Dreiecke und sah darin einen unpassenden Hang zur Geometrie und anderen unklassischen Allotrien. Daneben fand sich manchmal auch ein kleiner mißgestalteter Hund, für den ich rückhaltlos ausgescholten wurde. Sogar der Zeichenlehrer mußte hier den Kopf schütteln. Ich schwieg still, im Gefühl erlittenen Unrechts. Es war gar kein Hund. Es war eine Sphinx, das Rätsel alles Lebens, am Fuß der Grabdenkmale der ältesten Könige der Welt. Welche Erbärmlichkeiten waren dagegen die Republik und die ganze römische Plebs samt dem langen Cicero! Das Ziel meiner kindlichen Sehnsucht war Ägypten.

Mein Traumland aber mit seinen ernsten, geheimnisvollen Göttern, die keine unübersetzbaren Dummheiten machten wie Zeus und Aphrodite und Hermes; mit seinen tausendjährigen Menschen, die mit offenen Augen in ihren Felsengräbern lagen, als ob sie morgen aufstehen und ihre braunen, steifen Arme strecken wollten; mit seinem heiligen Strom und dem stillen Mörissee abseits in der Wüste; am Ufer Flamingos und Pelikane und ein schlummerndes Krokodil: das alles schien so unsäglich fern, unerreichbarer als der Himmel! Und nun hatte ich es doch erreicht, völlig unerwartet, fast plötzlich. Gestern noch, schien es mir, war ich im Schnee des Brenners steckengeblieben; heute brannte die Sonne Afrikas auf meinen Schädel. War es zu verwundern, daß es mir seit sechs Wochen manchmal zumute war, als sei ich hinter dem Katilina eingeschlafen und träumte noch immer meinen alten Kindertraum, besonders morgens, kurz vor dem eigentlichen Erwachen, wenn die Moskitos satt waren und ringsum Friede herrschte, im stillen Schimmer des erwachenden Morgens?

Auch stand ich sozusagen tatsächlich vor dem allzu frühen, unvermeidlichen Erwachen. Es war mein letzter Morgenritt von Kairo nach Schubra. Wir dachten wenigstens so: mein Esel, ich und selbst der kleine braune Eseljunge, Ali-Machmud, mit dem ich mich seit vier Wochen notdürftig zu verständigen gelernt hatte. Eine große Wehmut lag über uns und dem milden ägyptischen Frühlingsmorgen, der täglich heißer und mir trotzdem täglich lieber geworden war. Der Esel, dieser unentbehrliche Träger ägyptischer Freuden und Leiden, muß wohl öfter erwähnt werden, als es nach deutschen Begriffen schicklich erscheinen mag. Mit Unrecht. Er ist ein andres Wesen als sein geistig herabgekommener Namensbruder im kalten Norden: ausdauernd und pflichttreu, wenn auch nicht ohne eigne Ansichten über die Pflichten des Daseins; keineswegs ohne Wille und Selbstgefühl, doch von milder, kluger Sinnesart; ein redlicher Arbeitsgenosse des Mannes, ein stets dienstbereiter, diskreter Freund der Frauen; dem unruhigen, reizbaren Fremdling mit philosophischer Geduld, dem armen Fellah mit rührender Treue dienend, gleichzeitig aber – und das ist das Erstaunliche im Vergleich mit seinem Namensbruder deutschen Stammes – wie dazu geboren, sich in der besten Gesellschaft mit stolzem Anstand zu betragen.

Mein Esel also, welcher mit dem feinen Sinn orientalischer Höflichkeit je nach der Nationalität seines Reiters abwechslungsweise die Namen Radetzky, Palmerston und Napoleon führte, betrauerte den prächtigen ägyptischen Klee auf den mit Dampfkraft bewässerten Wiesen von Schubra, in denen er tagsüber, während ich meiner Arbeit nachging, unbelästigt von verkehrten Eigentumsbegriffen, botanisierte. Ali-Machmud beweinte einen Herrn, den er seit einem Monat ohne Schwierigkeit täglich um fünf Piaster prellen konnte, und ich empfand zum voraus eine Art Heimweh nach dem träumerischen Nilbild, von dem ich noch so wenig gesehen hatte und das ich jetzt schon, vielleicht auf Nimmerwiedersehen, verlassen sollte.

Denn ich war nur auf der Durchfahrt in Ägypten. Mein Reiseziel, eine Indigoplantage am Brahmaputra, lag in Assam, wohin ich zwei Dampfpflüge bringen sollte, die vorläufig noch zwischen Kapstadt und Kalkutta auf dem Indischen Ozean schwammen. Mein Koffer barg, gestempelt und gesiegelt, einen zweijährigen Vertrag mit einer indisch-englischen Indigogesellschaft neben einer blechernen Chininkapsel, groß genug, ein halbes Bataillon der britischen Armee den giftigsten Sumpffiebern zu entreißen. In dem Vertrag verpflichtet sich der Unterzeichnete, ohne Verzug und mit möglichster Beschleunigung bei der Firma Prescott & Co. in Kalkutta einzutreffen. Der für mich bestimmte »Piäno«dampfer sollte spätestens in drei Tagen von Suez abgehen. »Piäno« ist, nebenbei bemerkt, der im ganzen Orient übliche abgekürzte Name für die Peninsular and Oriental Steam-Navigation Company – kurz P and O –, wodurch nach englischer Art aus einem unbrauchbaren Firmentitel das nicht gerade schöne, aber brauchbare Wort »Piäno« entstand. Prescott und die Chininkapsel sollten dann weiterhelfen. Doch wer konnte voraussehen, wie sich in den kommenden zwei Jahren mein Vertrag und diese Kapsel zusammen vertragen würden? Assam klingt nicht sonderlich vertrauenerweckend. Wenn ich nicht so entsetzlich europamüde gewesen wäre, so wäre beides, Vertrag und Kapsel, wohl nie dazu gekommen, mein Leben zu beherrschen. Nun war ich aber in Afrika, im Lande meiner alten kindischen Sehnsucht, und noch keineswegs afrikamüde.

Das wäre nicht leicht gewesen unter den Sykomoren, die den Weg von Kairo nach Schubra überdachen. In der Nähe der Stadt, wenn man die Gleise der nach Alexandrien führenden Bahn überschritten hat, haben wir uns durch ein buntes, lustiges Gewimmel von wunderlichen Menschen und Tieren zu kämpfen. Ketten von Kamelen, die in behaglich schwingendem Gang und sich mürrisch räuspernd nach den Steinbrüchen des Mokattam ziehen, wandelnde grüne Berge von Klee, unter denen die emsigen Füßchen der Esel kaum zu sehen sind, Rudel halbverschleierter, aber trotz dieser mangelhaften Hülle lachender und kreischender Fellahweiber, Eier, Ziegenbutter, Melonen und Orangen kunstvoll auf dem Kopfe wiegend; dazwischen ein stattlicher Dorfscheich, hoch zu Roß, ein grünbeturbanter, würdiger Imam auf weißem Esel, von zwei Saisen mit sorgsamer Verehrung geleitet. Dann mit lautem Geschrei: Platz, Platz, ihr Gläubigen! Links! Rechts, ihr Hundesöhne!« eine schwerfällige Harimskutsche hinter dem prachtvollen Arabergespann, eine Herde Ziegen mitten entzweispaltend. Ein lautes, farbiges Gedränge; das lebendige Blut, das der alten Kalifenstadt aus dem unerschöpflichen Delta zuströmt.

Nach einer Viertelstunde wird die Masse lichter, die Umgebung stiller. Der reizende Palast, den Said Pascha für die vizeköniglichen

Gäste hat erbauen lassen, liegt hinter uns. Rechts zwischen den riesigen Baumstämmen der Allee hindurch erblickt man halbzerfallene Häuser in verwilderten Gärten, in denen Aloe, Kaktusbirnstauden und stumpige Dattelpalmen sich zu wirrem Gestrüpp verschlingen; links das weite Niltal, das sich nach dem Delta hin grün und sonnig ausbreitet. Denn die Schubraallee ist gleichzeitig der Damm, der das Überschwemmungsgebiet des Stromes begrenzt. Da und dort blitzt der Spiegel des Flusses, der bereits, Ende Februar, tief in seinem Bett zurückgesunken ist.

Entlang der Ufer prangt schon das glänzende Grün des ägyptischen Maises und da und dort, in noch hellerer Farbe, eines kleinen Zuckerrohrfeldes. Der Weizen schießt üppig aus dem kaum getrockneten Nilschlamm empor. Weiter hinaus erheben sich über der blaugrünen Fläche des Deltas in wundervoller Zartheit Gruppen von Palmen, die die Lage von Fellahdörfern bezeichnen. Dazwischen, als ob sie durch die Kleefelder glitten wie Schmetterlinge, die hochaufgerichteten weißen Segel zahlreicher Nilboote. Am Horizont endlich steigt die Libysche Wüste empor, starr und glühend im schattenlosen Sonnenlicht, und dort drüben die zwei großen Pyramiden von Giseh, jene unverwüstlichen Grabdenkmale einer Vergangenheit, die auch heute noch nicht zu sterben vermag.

Es ist eine stille Welt voll unerschöpflichen Lebens. In dem tiefen Staub der grünüberwölbten Straße versinkt jeder laute Ton. Vogelgezwitscher kennt der ägyptische Frühling nicht. Was singt, ist schon auf dem Wege nach dem kühleren Norden. Das Krächzen eines hundertjährigen Schöpfrades im Buschwerk am Wege wird lauter und verstummt wieder, während wir vorüberreiten. Lautlos stehen ein paar schwarze Büffel im Sumpf am Wege; lautlos breitet dort ein Araber seinen Gebetsteppich aus und beginnt gegen Mekka seine feierlichen Verbeugungen und seine stillen Gebete, ohne daß es jemand einfällt, ihn auch nur anzusehen.

Jetzt pfeift es in weiter Ferne, kaum hörbar. Wir spitzen die Ohren, der eine von uns dreien in hervorragender Weise. Nach drei Minuten ertönt ein zweiter und – Gott sei Dank! – nach sechs Minuten ein dritter Pfiff. Das war die Sorge und Freude meines Lebens. Der erste ägyptische Dampfpflug läuft noch! Das aufmerksame Langohr, das seinen Frühlingsklee wittert, erhält einen erfrischenden Hieb, Ali-Machmud schreit sein: Yemenak! Schimala!« („Rechts! Links!«), obgleich uns die ganze Straße zur Verfügung steht, lauter, und in tatenfreudigem Galopp geht es weiter.

Durch die Bäume schimmert jetzt ein mächtiges, himmelblau angestrichenes Gebäude in dem orientalischen Stile, wie sich ihn die Italiener und Franzosen zurechtgelegt haben. Es ist der von Mohammed Ali erbaute Sommerpalast von Schubra, heute – wir schreiben 1863 in der Christenwelt – das Schloß oder, wie man es hier nennt, das Harim seines einzigen noch lebenden Sohnes Halim Pascha, welcher der erbberechtigte Nachfolger des seit einigen Monaten regierenden Vizekonsuls Ismael Pascha ist, Der kluge und gewalttätige Begründer der vizeköniglichen Familie Ägyptens hatte sich in seinen alten, friedlicheren Tagen diesen Wohnsitz am Ufer des Nils inmitten eines prächtigen Parks und eines Landguts von etlichen tausend Hektaren geschaffen, um Landwirtschaft zu treiben, und machte hier seine Versuche mit Baumwolle und Opium, Zucker und Tee, Indigo und Pfeffer, Schweizer Kühen und arabischen Pferden. Hier wohnt heute noch Halims Mutter, eine Beduinin von Geburt, somit eine Araberin, die deshalb den Ägyptern näherstand als die andern Glieder der türkischen Herrscherfamilie. Sie war zur Zeit die einflußreichste Frau am Hofe von Kairo und teilte das innere Regiment des Harims zu Schubra mit ihrem Sohne, der, wie es sich später zeigen sollte, vergebens auf den ihm nach mohammedanischem Rechte gebührenden Thron wartete.

Unaufgefordert nahm mein verständiges Langohr die gewohnte Wendung nach rechts und trottete einem Bewässerungskanal entlang, dessen dickgelbes Nilwasser die erste und älteste Dampfpumpe des Landes um diese Jahreszeit drei Meter hoch zu heben hatte. Gleichzeitig kamen aus der Richtung von Heliopolis, dessen einsamer Obelisk, der einzige Rest der alten Priester- und Königsstadt, nur dreiviertel Stunden von hier in einem Weizenfeld steht, all die gewohnten Töne über die weiten, flachen, von Kanälen in allen Richtungen durchschnittenen Felder des Gutes: das Rasseln und Klingen der Stahlräder, das stockende Pusten des Dampfes, sooft die Maschinen vorrückten, ihr emsiges Keuchen, wenn sie den Pflug von Maschine zu Maschine über das Feld zogen. Dort schreiten fünf Kamele mit gefüllten Wasserschläuchen einher, die mein Anblick in gelinden Trab versetzt, denn ihr Führer kennt den unter meinem Befehl arbeitenden Stecken des kleinen Ali-Machmud, wenn er ihn auch nicht fürchtet; hier liegt ein umgestürzter Kohlenkarren echt ägyptischer Konstruktion, das heißt aus einem Pulverwagen, einer Staatskutsche und zahllosen Dattelpalmstricken kunstvoll zusammengesetzt, in einem Bewässerungsgraben. Aber es pfeift; es pfeift in regelmäßigen Zwischenräumen; das sind die Signale der sich antwortenden Doppelmaschinen. Das Fuhrwerk läuft noch! Niemand, der die Jugendzeit der Dampfkultur nicht miterlebte, kann sich vorstellen, mit welcher Freude mich damals jeden Morgen dieses Pfeifen erfüllte, mit welchem Kummer ich ungefähr ebensooft der Todesstille entgegenritt, die mir anzeigte, daß der Kuckuck wieder los war. Arabisches Dampfpflügen war kein Kinderspiel in jenen Tagen.

Der Stand der Dinge war nämlich der folgende: Des Jahres zuvor, während der halb internationalen »Battersea«-Ausstellung der englischen Landwirtschaftsgesellschaft, hatte die französische »Illustration« nach ihrer Art ein überaus phantasievolles Bild eines Fowlerschen Dampfpfluges, des damals siegreichen »Clipdrum«systems, veröffentlicht. Halim Pascha hatte dieses Bild gesehen und sagte sich, als morgenländischer Fortschrittsmann, der er war: »Dieses Ding muß ich auch haben!« So kam, von zwei unsrer besten Arbeiter geführt, im Herbst 1862 der erste Dampfpflug nach Ägypten, gerade rechtzeitig, um im Nilschlamm des Deltas, welcher im Oktober infolge der jährlichen Überschwemmungen ein Minimum von Tragfähigkeit besitzt, bei jeder Bewegung bis an die Achsen zu sinken. Schließlich brach bei einem gewaltsamen Versuch, die Maschine aus ihrem selbstgegrabenen Grabe herauszuwinden, ihre Hinterachse, und unsere beiden Dampfpflüger, tüchtige Arbeiter, denen die Sache zu Herzen ging, ergaben sich dem Trunk, woran der eine zwei Jahre später elend gestorben ist.

Zur selben Zeit baute die Fowlersche Fabrik ihren ersten Doppelmaschinenapparat, an dem ich mich deshalb lebhaft beteiligt fühlte, weil durch meine Erfindung der Wickelvorrichtung des Drahtseils das Wesentliche dieser Konstruktion, die horizontale Windetrommel, möglich geworden war, die dem System seine noch heute geltende Bedeutung erhalten hat. Diese sich soeben vollziehende Umgestaltung im Bau der Dampfpflüge wurde Halim Pascha mitgeteilt, als die Nachricht von der versunkenen Clipdrummaschine nach England kam. Die telegraphische Bestellung eines Doppel-maschinenapparates war seine Antwort. Die ersten Versuchsma-schinen des neuen Systems arbeiteten damals noch mit Ach und Krach in Wakefield bei Leeds. Der zweite Apparat ging nach Ägyp-ten, um in Fellahhänden mit Büffeln und Kamelen den Kampf ums Dasein aufzunehmen.

So ganz einfach war die Einführung eines neuen Dampfpflugsys-tems nicht. Wenige Wochen später brachte ein Telegramm nach dem andern jammernde Berichte aus dem Lande der Pharaonen. Dieses brach, jenes brach. Pflug und Pflüger waren im Begriff, den arabischen Afritis, den Dämonen der Wüste, zu erliegen. Ich wun-derte mich keineswegs. Auch der anglosächsische Teufel spielte bei Wakefield meinem Wickelapparat und der Drahtseiltrommel die tollsten Streiche. Und ich freute mich mit Zittern und Zagen auf die Indigoplantage am Brahmaputra und die indische Satanswirtschaft, der ich dort entgegenging.

Da sagte mir John Fowler einige Tage vor meiner Abreise, es sei doch kaum notwendig, mich in Kalkutta sechs Wochen lang müßig auf meine Maschinen warten zu lassen, die den langen Weg ums Kap der Guten Hoffnung zu machen hatten. Ich könnte jedenfalls die Zeit nützlicher mit einem Versuch vergeuden, Ordnung in Ägypten zu schaffen. So kam ich nach Kairo und zu meinem tägli-chen Morgenritt nach Schubra.

Die Hauptschwierigkeit, mit der ich zunächst zu kämpfen hatte, war diese: Der Hebel, der das auf die Windetrommel auflaufende Seil zwischen zwei Rollen führt und durch eine langsam auf und ab gehende Bewegung das richtige Aufwickeln desselben bewirkt, hat unter Umständen einen gewaltigen Druck auszuhalten, namentlich wenn das Seil angefangen hat, eine falsche Lage auf der Trommel einzunehmen. Wie groß diese Widerstände werden, konnte nur die Erfahrung zeigen. Tatsächlich. war der Hebel viel zu schwach und zeigte eine verzweifelte Doppelneigung: zu biegen und zu brechen. ja, es blieb nicht bei der Neigung. Am zweiten Tage meiner Anwe-senheit in Schubra sah ich, was ich mit blutendem Herzen schon in Wakefield gesehen hatte: unser dritter Hebel brach mit einem zer-malmenden Krach.

Wir hatten noch zwei Reservestücke und den Telegraphen. Der letztere war aber ein schlechter Trost. Sechs Wochen, wenn alles gut ging, mußten vergehen, um neue stärkere Hebel von Leeds nach Schubra zu bekommen. Und ein Dampfpflug, der sechs Wochen im Felde steht, ohne sich rühren zu können, hätte damals genügt und genügt heute noch, mir das Herz zu brechen.

Im Laufe der nächsten Woche kam es fast so weit: die zwei letzten Hebel brachen. An ein Schweißen so großer Schmiedestücke in den arabischen Schmiedefeuern Schubras war nicht zu denken. Ich konnte zwar berechnen, daß nunmehr die bestellten acht Stücke Gibraltar erreicht haben mußten und die Hilfe mit jeder Stunde um zwei Seemeilen näherrückte. Besser aber war, daß ich mich schon etwas zu Hause fühlte und die Anfangsgründe der Fellah-Ingenieurkunde zu erfassen begann. Das war freilich eine andere Wissenschaft als die, die man mir am Polytechnikum zu Stuttgart beigebracht hatte.

Mein Esel war nicht ratloser als ich selbst, während wir gesenkten Hauptes am Abend nach dem Bruch des letzten Hebels nach Kairo zurückkehrten. Munter trabten wir am andern Morgen wieder ins Feld, er sichtlich entschlossen, den saftigen Bersim (ägyptischen Klee) von Schubra nicht so leichten Kaufs aufzugeben, ich gewillt, zu pflügen oder zu sterben. Nicht ohne große sprachliche Schwierigkeiten ließ ich einen zehn Fuß langen Balken holen und einen Bock zimmern, der vor die gebrochene Maschine gestellt wurde. Der Bock diente als Stützpunkt des einen Balkenendes, das andere hielten vier kräftige Fellachen. Über die Mitte des Balkens lief das Seil. Die Fellachen hatten nunmehr ihr Ende des Balkens langsam zu heben und dann wieder zu senken und auf diese Weise das richtige Aufwickeln des Seils auf der Trommel zu bewirken. Nach ein paar Stunden der Übung arbeitete die Vorrichtung vortrefflich, wenn auch begleitet von dem lauten Klagelied des Fellahquartetts, das Ermüdung und Schmerzen in den Armen besang. Alle zwei Tage sägte das Drahtseil einen Baum in Stücke. Aber ich habe wochenlang in dieser Weise dampfgepflügt und damit viele tausend Pfund Sterling der kommenden Baumwollernte gerettet.

Denn es war Saatzeit, und es war das Jahr 1863. Der Krieg in den Vereinigten Staaten hatte das größte Baumwolland der Welt, das

Mississippital, geschlossen. In Lancashire standen die noch heute nicht vergessenen Schrecken der Baumwollhungerjahre vor der Tür. Die Wolle galt schon damals das Doppelte des Normalpreises und sollte in zwei Jahren auf das Vier- und Fünffache steigen, so daß der Rohertrag auf gut bewässertem ägyptischem Baumwolland, wie es Schubra war, 140 Pfund (= 2800 Mark) pro Hektar betrug. Es war kein Wunder, daß zu jener Zeit der Vizekönig zu mir sagte, als ich ihm Stahltrommeln vorschlug, denn auch. die damals gußeisernen Seiltrommeln waren anfänglich ein schwacher Punkt der Doppelmaschinenapparate: »Machen Sie Ihre Trommeln aus Gold, Herr Eyth; ich werde sie bezahlen; aber machen Sie sie so, daß man ein Jahr lang damit pflügen kann.«

Ich reite jetzt quer über ein Feld, das wir vor einigen Tagen zum drittenmal gepflügt hatten. Die Jahreszeit für die Bodenbearbeitung durch die Fellachen mit ihren Zinken aus dem Pharaonenzeitalter ist längst vorüber. Bis Januar zerkrümelt die Erde, die im November vom zurücktretenden Nil zum letztenmal angefeuchtet wurde, vor diesem primitiven Geräte, daß es eine Freude ist. Dann aber, unter der steigenden Sonnenhitze, wird sie hart wie Backstein. Tausende handbreite, klaffende Sprünge, die sich bis in die Tiefe von einem Meter in den Boden ziehen, zerreißen die Oberfläche in allen Richtungen. Will der Fellah jetzt noch ein Saatbeet herstellen, so kratzt er, kaum einige Zentimeter tief gehend, acht- bis zehnmal kreuz und quer über das Feld. Der gewöhnliche Dampfpflug bricht diesen Boden in Blöcken von der Größe eines Achtelkubikmeters auf, für die Eggen und Walzen von entsprechender Wucht noch gebaut werden mußten. Vorläufig konnten auch wir nur durch ein drei- und viermaliges Pflügen und Walzen ein einigermaßen brauchbares Saatbeet erzielen. Dasselbe wird sodann in Kämme von 1 bis 1 1/4 Meter Entfernung voneinander aufgeworfen. An der einen Seite der Kämme werden mittels eines hölzernen Dorns Löcher eingedrückt, in die sechs bis acht Baumwollsaatkörnchen gelegt werden. Dann wird das Feld bis zur Höhe der Kämme unter Wasser gesetzt. – Hundert lachende und singende Mädchen sind an der Arbeit des Pflanzens. Ein paar Scheichs in langen Talaren, auf mannshohe Stöcke gestützt, halten Ordnung und Eifer wach, ohne die schrille Fröhlichkeit zu dämpfen, mit der eine fünfzehnjährige Vorsängerin in regelrechten Gaselen die Baumwollkultur besingt. »Die Tür zur

Buße steht offen« und »Mögen die Gläubigen ihr Tun bereuen« lauten abwechslungsweise, die nicht sehr ermutigenden Kehrreime eines ihrer unzähligemal wiederholten Lieder.

In größerem Maßstabe wurde der Baumwollbau erst von Mohammed Ali in Ägypten wieder eingeführt. Ein Mameluck des alten Herrn, der jetzige Leibadjutant Halim Paschas, Rames Bey, erzählte mir, wie die Saat zu wiederholten Malen aus Nubien und Ostindien, aus Amerika und China verschrieben wurde und eine Reihe von Versuchsfeldern unter Mohammed Alis eignet Aufsicht aufs sorgfältigste gepflanzt worden sei. Die Pflänzchen gingen lustig auf, erkrankten aber ohne Ausnahme nach einigen Wochen in unerklärlicher Weise und starben langsam ab. Der Vizekönig war wütend; aber das Klima Ägyptens oder das Wasser oder der Boden schienen der Baumwolle tödlich zu bleiben. Eines Nachts begegnete Rames Bey, der zufällig noch spät durch die Versuchsfelder ging, einem kleinen Jungen mit einem Topf Suppe. Er hielt den Knirps an: Was er hier noch mache? – Er bringe seinem Vater das Essen. – Was sein Vater mache? – Er habe heute nacht Dienst. Rames folgte nun dem Jungen und fand ein Dutzend Fellachen in den Furchen des Baumwollfeldes liegen, die mit großer Sorgfalt jedes Pflänzchen, ohne es auszureißen, ein wenig aus dem Boden zogen. Nach wenigen Tagen starben natürlich die dieser sinnreichen Behandlung wiederholt unterworfenen Sprößlinge, ohne daß jemand die Ursache ihres Siechtums ahnen konnte. Die Fellachen, die mit großem Scharfblick viele unnötige Mühe und Arbeit durch die Baumwollkultur ins Land kommen sahen, hatten auf diese Weise versucht, dem Unheil vorzubeugen. Am folgenden Morgen trat ein ad hoc ernannter ägyptischer Ausschuß für Pflanzenschutz unter dem Vorsitz des großen Paschas selbst in Tätigkeit. Die würdigen Scheichs des Dorfes wurden mit ihren eignen Herrscherstäben bedient und ihr Organisationstalent für nächtliche Fronarbeit reichlich belohnt. Heulen und Zähneklappern herrschte vierundzwanzig Stunden lang in dem lieblichen Schubra. Die Baumwolle aber gedieh von diesem Tage an wie an wenigen Punkten der Erde. Jetzt und für die nächsten drei Jahre sollte sie das Land mit Gold überschwemmen.

Noch ehe ich das Feld erreichte, in dem der Dampfpflug arbeitete, verriet ein unruhiges Pfeifen und Signalisieren der Maschinen, daß mein Herannahen bemerkt wurde. Ich nahm dies meinen arabischen Maschinenwärtern nicht übel, die viel mit deutschen Schuljungen gemein hatten, nur daß sie etwas intelligenter dreinsahen und in der Nähe eines Stockes größere Arbeitsfreudigkeit an den Tag legten. Allerdings mußten buchstäblich an jede Stelle, die in Europa ein Mann einnahm, zwei dieser Burschen gestellt werden: einer, der die Arbeit verrichtete, der andere, der ihn kommandierte. Kopf und Handarbeit mußten streng getrennt bleiben. Dann aber ging, wenn kein Unglück über uns hereinbrach, die Sache keineswegs schlecht. Häufig fand ich schon zu so früher Stunde Halim Pascha in Begleitung seines Adjutanten, des erwähnten Rames Bey, im Feld. Zwei originelle Figuren. Der kleine Halim, dessen zierlicher, sehniger Bau das Beduinenblut verriet, in schwarzer, europäischer Kleidung, abgesehen von dem dunkelroten Tarbusch und hellroten Pantoffeln, saß gewöhnlich mit den Füßen in der zuletzt geöffneten Furche auf dem Boden und spielte, dem Pflug nachblickend, mit Erdstückchen oder seiner Zigarette. Ein dunkles, scharfgeschnittenes Gesicht und schwarze, blitzende Augen paßten nicht übel zu der lebhaften, im reinsten Pariser Französisch geführten Unterhaltung, in der selbst Sprachwendungen des Quartier latin nicht ganz fehlten. Ernsthaft stand der riesige Tscherkesse, der seinem Herrn in echt orientalischen Abenteuern schon zweimal das Leben gerettet hatte, in prachtvoller türkischer Tracht, grün und gold, das elfenbeinerne Zigarrenetui in der Hand, hinter ihm und langweilte sich, mit der Ergebung des echten Moslem.

Heute war die Sache anders. Am fernen Ende des Pflugapparates standen, etwas unruhig beim Keuchen Und Rasseln der Dampfmaschinen, zwei prächtig aufgezäumte milchweiße Araber. Auf dem einen saß Rames Bey, der mir lebhaft winkte. Der andre war frei. Ich steuerte, nichts Gutes ahnend, mein etwas widerspenstiges Langohr querfeldein nach der gefährlichen Gruppe.

»Effendini will Sie sofort sprechen. Bitte aufsitzen,« stotterte der Tscherkesse höflich in seinem keineswegs musterhaften Französisch.

Ich hatte nun allerdings meine Bedenken. In meinem Leben war ich noch nie zwischen den Hörnern eines türkischen Sattels gesessen. Zum erstenmal sollte ich ein arabisches Pferd besteigen; ja, auch meine sonstigen Pferdebesteigungen ließen sich damals an den Fingern einer Hand abzählen. Ich fühlte, daß ein kritischer Augenblick meines Lebens nahte; aber ich war entschlossen, dies vorläufig als Privatgeheimnis zu behandeln.

Die Übersiedlung vorn Esel aufs Pferd, ein an sich ermutigendes Vorzeichen, gelang über Erwarten, obgleich es keine Kleinigkeit war, nach europäischer Art des Aufsteigens über das goldene Horn zu voltigieren, das die Rücklehne des für mich bestimmten Prachtbaus bildete. Gewaltig aber stieg mein Vertrauen, als ich saß. Dieses herrliche, thronartige Sitzgerät bot Anhaltspunkte, von denen ein englischer Sattel keine Ahnung hat: links und rechts standen die Füße in einer Art von Panzerschiffen, hinten und vorn ragten Schutztürme empor, über die man kaum mit Hilfe von Dynamit geschleudert werden konnte. Ich beschloß, was mir auch bevorstehen möge, einen derartigen Sattel unfreiwillig nie mehr zu verlassen.

Rames Bey, soviel ich bemerken konnte, flüsterte ein kleines Gebet und blinzelte mit den Augen. Dies genügte, um die beiden Tiere wie Pfeile von einem unsichtbaren Bogen zu schnellen. Der hintere Turm meines Sattels gab mir einen unerwarteten Stoß ins Kreuz, dann aber durchschnitten wir die Luft wie in einer geflügelten Zauberwiege. Es war herrlich. Sobald ich Atem holen konnte, fing ich an, mich neben meinem grünen Mamelucken stolz als Pascha zu fühlen. Zehn Minuten später blinzelte Rames Bey wieder. Mein Vorderturm gab mir einen Stoß in den Bauch. Es war dies auf arabisch das Zeichen, daß stillgehalten werden solle und daß wir absteigen möchten. Das kurze Vergnügen, das meine Achtung vor mir selbst aufs höchste gesteigert hatte, der Ritt auf der Hamam (der Taube), einer der edelsten Stuten jener Tage im ganzen Orient, war zu Ende.

Wir traten durch das prachtvolle Parktor, das, obgleich modern, in dem reizenden Arabeskenstil der besten Kalifenzeit gehalten ist. Vor demselben saß auf einem jämmerlichen, grüngestrichenen Holzstühlchen Halims erster Eunuche, ein schwarzer, gutmütiger Fleischklumpen, mit dem ich später sehr befreundet wurde. Langsam stand er auf, grinste mich an und salaamte. Ich tat das gleiche, so gut ich konnte.

Es ist in Ägypten nicht leicht, einen guten Park zu erhalten. Die Luft ist zu trocken, so daß für ein üppiges Wachstum mancher Pflanzen selbst die reichlichste Bewässerung nicht genügt. Die Gärten von Schubra jedoch waren, damals wenigstens, als die schönsten des Landes berühmt und verdienten diese Bezeichnung. Allerdings gab ihnen nicht nur die Pflanzenwelt ihren eigentümlichen Reiz. In dem geheimnisvollen, himmelblauen Palast am Nilufer, der sie nach der einen Seite begrenzte, ahnte man eines der schönsten Harims des Orients. Am entgegengesetzten Ende des Gartens liegt, von einer Säulenhalle umgeben, ein ebenso großartiges als zierliches Marmorbad. In der Mitte des Parks erhebt sich die sogenannte Gabeleia, zu deutsch das Bergchen, eine dicht bewaldete Erhöhung, deren Gipfel ein großer, echt orientalischer Pavillon krönte. Derselbe besteht aus einem Mittelsaal in bunter arabischer Ornamentik, unter dessen Kuppeldach, ein Springbrunnen plätschert. Durch jede der vier Seitenwände führt ein Ausgang ins Freie, an den sich rechts und links je zwei kleine Zimmer anschließen, wahre Schatzkästchen, welche die Phantasie von Tausendundeine Nacht ausschmückte. Ringsum diesen Bau führt eine luftige, marmorgepflasterte Veranda, in deren vier Ecken je ein kostbares französisches Billard stand. Hier pflegte Halim seine Besuche zu empfangen. Von militärischen Wachtposten war nichts zu sehen, obgleich er damals Kriegsminister war; dagegen hatte man auf der schattigen Marmortreppe, die nach der Veranda hinaufführte, zwischen zwei schwarzen indischen Pantherkatzen und weiter oben zwischen einem bengalischen Tiger und einem sudanesischen Löwen emporzusteigen, die zum Glück kurz angebunden waren. Oben traf man ein halbes Dutzend Mamelucken in schwarzen Stambulröcken und roten Tarbuschs, die flüsternd unter sich oder mit einem persischen Zwerg, dem offiziellen Spielkünstler des Hofstaats, Schach spielten. Sonst herrschte eine tiefe, feuchtschwüle Stille, wenn nicht der kleine Elefant hinter der Gabeleia trompetete oder ein Kakadu im dichten Buschwerk von Bananen und Tamarisken krächzte oder auch die Billardkugeln am entferntesten Ende des Pavillons zusammenschlugen.

Halim spielte nämlich nach seinem Morgenritt gerne eine Partie Billard, und damit beschäftigt traf ich ihn auch heute. Sein Gegner war ein Engländer namens Roß, ein früherer Reiteroffizier, der den

Krimkrieg und den berühmten Ritt bei Balaklawa mitgemacht hatte. Jetzt war er Direktor des ältesten ägyptisch-englischen Geschäftshauses Briggs & Co. in Alexandrien. Das Haus hatte die Agentur für Fowler übernommen. Ich kannte deshalb Roß gut, der mir eifrig »Guten Morgen!« zunickte.

»Bon jour, Monsieur Eyth!« rief der Prinz. »Spielen Sie auch Billard?«

»Fast so gut, als ich reite,« antwortete ich, denn wir hatten uns über diesen Punkt schon früher unterhalten. Er behauptete nämlich, ich sitze zu Pferd wie die alten Römer, und ich meinte, das könne nicht schlecht sein, denn sie pflegten ohne Bedenken vom Ebro bis an den Euphrat zu reiten. Ein paar kritische Billardstöße unterbrachen das Gespräch, das überhaupt nur stoßweise geführt wurde.

»Wie geht der Dampfpflug heute?«

»Nicht schlecht, Monseigneur! Wir kommen morgen in ein neues Feld, wenn es den Tag über so fortgeht.«

»Inschallah! Ihr Holzhebel zum Seilwickeln ist eine großartige Erfindung, hat aber vorgestern einem meiner Fellachen den Arm abgeschlagen. ›Malisch,‹ es macht nichts, sagte mir der Bursche heute früh. Er läuft schon wieder herum. – Was – Sie wollen uns verlassen?«

»Ich bin an die Inder verkauft, Hoheit«, sagte ich wohlgemut.

»Wie – Sie gehen gern?«

»Nicht ungern, obgleich mir der Nil so lieb ist wie der Ganges.«

»Sapristi!« Der Ausruf des Prinzen galt nicht mir, sondern dem Billard. Major Roß hatte ein paar gute Stöße gemacht. Die drei Bälle lagen für ihn aber jetzt sehr ungünstig, der seine in der entferntesten Ecke, das Band berührend. Plötzlich setzte er sich von selbst in Bewegung, lief erst langsam, dann immer schneller über das ganze Billard und karambolierte mit den andern, wie es der beste Spieler nicht besser hätte wünschen können.

»Da haben wir's wieder!« rief Halim ärgerlich. »Es ist unerträglich. Hassan! Abdallah-Mansur!«

Er klatschte in die Hände. Die sechs Mamelucken stürzten herbei. Sie wußten offenbar bereits, was sie zu tun hatten. Fünf hoben mit vereinten Kräften das Billard an dem vom Prinzen bezeichneten Ende, der sechste schob drei Spielkarten unter das freigewordene Bein.

»Sehen Sie,« sagte er zu mir, »diese Komödie haben wir alle Tage. Jeden Morgen lasse ich die Tische genau einstellen, und jeden Mittag stehen sie wieder schief. Macht es die Feuchtigkeit im Boden oder die Hitze in der Luft: der Allmächtige mag es wissen. Die Marmorplatten heben und senken sich aus irgendeinem gelehrten, physikalischen Grunde, und mein Freund Roß gewinnt das Spiel mit Hilfe der unterirdischen Mächte. Was sagen Sie dazu?«

Da ich nichts zu sagen wußte, schüttelte ich entrüstet den Kopf.

»Apropos,« fuhr er fort, »ich habe schon öfter daran gedacht: Sie könnten mir einen Gefallen tun. Konstruieren Sie mir ein Billardbein, das ich selber mit einem Ruck um einen oder um ein paar Millimeter länger oder kürzer machen kann. Das sollte ein Ingenieur fertigbringen.«

»Das sollte er in der Tat, Hoheit!« erklärte ich zuversichtlich.

»Sehr gut! Bringen Sie mir morgen Ihre Idee. Dann wollen wir Freund Roß zeigen, was Billardspielen heißt. Kommen Sie, Roß! Sehen wir nach dem Engländer, der meine Araber schlagen soll.« Dies bezog sich auf Pferde und eine Wette zwischen Halim und Roß, die sich seit Monaten darüber stritten, ob ein englisches Pferd an der Seite eines arabischen eine Gazellenjagd aushalten könne. – »Auf morgen also, Monsieur Eyth!«

Roß winkte mir lebhaft zu, ohne daß ich verstand, was er mir telegraphieren wollte. Zu Erklärungen war keine Zeit. Beide, Halim voran, die sechs Mamelucken hinterher, schritten rasch die Treppen der Gabeleia hinunter und verschwanden im Gebüsch des Parks. Ich blieb allein, zog mein Notizbuch aus der Tasche und skizzierte die reich ornamentierte Ecke des Billards, um meinen noch etwas nebelhaften Plan zum mindesten stilgerecht durchführen zu können. Dann ging auch ich.

Am Parktor warteten der Esel und Ali-Machmud, der Eseltreiber, die mir eiligst vom Felde, gefolgt waren. Der Eunuche salaamte, und ich galoppierte nach Kairo, mein Billardbein vergnüglich im Kopfe hin und her drehend. Die Sache war ja einfach genug. Eine messingene Lotosblume sollte den Untersatz bilden. Aus ihrem Kelch tritt statt der Griffel und Staubfäden eine Stahlschraube heraus. Auf dieser ruht las Mahagonibein des Tische; 5, das in ähnlich blumiger Weise ausgestattet wird. Eine Drehung der Staubfäden hebt und senkt den Tisch, indem sie das hervorragende Ende der Schraube verlängert oder verkürzt. Diese Verbindung von morgenländischer Blumenpoesie mit abendländischer Schraubenprosa schien mir alles zu sein, was man von einem Dampfpflüger erwarten konnte. In steigendem Kunstenthusiasmus schlug ich auf meinen Esel los, der noch nie mit solcher Begeisterung von Schubra nach Kairo rennen mußte wie an jenem Vormittag.

In der Muski, der halb europäischen, halb orientalischen Hauptstraße Kairos, die damals weit morgenländischer aussah als heutzutage und Hildebrandt, und Werner zu einigen ihrer wirkungsvollsten Aquarelle verlockt hat, befand sich ein kleiner Kunst- und Papierladen deutschen Ursprungs. Unter dicken Staubschichten fand ich dort mit Hilfe des ganzen Geschäftspersonals Tusche, Zeichenpapier, ein paar Farben, drei Skorpione in einer zerbrochenen Tuschschale und ein Dutzend Heftstifte. Gegen Abend war eine leidliche Skizze meiner Idee zu Papier gebracht, und am nächsten Vormittag trabte ich mit meinem Billardbein nun wirklich, wie ich glaubte, zum allerletztenmal nach Schubra.

Um die Gabeleia herrschte Todesstille. Selbst der Tiger und die Kakadus schliefen. Mit Mühe wurde mir von verschiedenen Parkwächtern und Gärtnerburschen klargemacht, daß Effendini schon in aller Frühe mit Major Roß über Heliopolis hinaus in die Wüste geritten sei, um Pferde zu probieren. Keiner der höheren Beamten des Hofes war zu entdecken. Nur der Eunuche saß in träumerischer Behaglichkeit auf seinem grünen Stühlchen und salaamte, als ob wir schon seit Jahren die besten Freunde wären. Ihm übergab ich schließlich das Billardbein, und er schien in einer Unterhaltung, die aus Französisch, Türkisch, Italienisch, Arabisch und Englisch kunstvoll zusammengestellt war, zu versprechen, die Zeichnung dem Pascha einhändigen zu wollen. Wenigstens wickelte er die Rolle vor meinen Augen mit allen Zeichen liebevoller Besorgnis in ein grünseidenes, goldbefranstes Taschentuch, nachdem er ihr durch mehrfaches energisches Zusammenknicken die Größe und Gestalt eines Briefumschlags gegeben hatte.

Die Morgenstille und dieser ganze Vorgang hatten mich abge-
kühlt, und der ferne Ganges schwoll jetzt mächtig am Horizont,
denn in den Gasthöfen war bereits das übliche Telegramm angeschlagen: daß der Piäno-Dampfer »Allahabad« übermorgen, abends
acht Uhr, von Suez nach Bombay, Ceylon, Kalkutta und so weiter
segeln werde. Rasch war ein letzter kurzer Besuch beim Dampfpflug und ein beweglicher Abschied in allgemeinverständlichen
Naturlauten von meinen Fellahmaschinisten abgemacht, die mir mit
einer gewissen, leicht mißzuverstehenden Ostentation immer und
immer wieder nachpfiffen, nachdem ich schon halbwegs in Kairo
war. Dann ging es ans Packen für die Seereise, an ein neues Blatt in
meinem Wanderbuch.

Es wurde Abend, ehe ich fertig war. Nur schweren Herzens
konnte ich mich von ein paar Steinen trennen, die ich auf dem Gipfel der Cheopspyramide abgeschlagen hatte und die mich auf meinem ferneren Lebenswege hätten begleiten sollen. Aber sie wollten
sich schlechterdings nicht mit der Chininkapsel vertragen, welche
ein älteres Recht auf einen Platz in meinem Koffer besaß. Ich
schenkte sie deshalb meinem Zimmernachbar, der, gefühllos lachend, sie vor meinen Augen zum Fenster hinauswarf. In diesem
peinlichen Augenblick trat Roß ein.

»Sie wollen doch nicht abreisen!« war sein erstes Wort, mit einem
Blick auf meine Koffer.

»Allerdings, Major. Schon fix und fertig auf gepackt! Morgen
geht's nach Suez.«

»Daraus wird nichts, lieber Eyth. Sie müssen hierbleiben. Aus Indien wird nichts.«

Ich lachte, hörte aber auf zu lachen, als sich das Gespräch weiter-
spann. Roß begann eine längere Auseinandersetzung. Halim Pascha
brauche einen Oberingenieur für seine landwirtschaftlichen Unternehmungen. Er besitze, zwischen Assuan und Damiette an etlichen
zehn Punkten des Landes, annähernd achtzig- bis hunderttausend
Hektar Land. Die Leute, die man ihm bis jetzt zugeschickt habe, ein
Franzose und zwei Engländer, seien nicht nach seinem Geschmack
gewesen, was ich später verstehen lernte. Und nun sollte in den
nächsten Jahren die Kultur von achtzigtausend Hektar in energischer Weise in Angriff genommen werden. Schubra, Terranis, Talia,

Kassr-Schech, El Mutana seien jetzt schon Mittelpunkte der beginnenden Arbeit. – Das Billardbein? – Das sei zur Hälfte eine Kriegslist gewesen, die der Prinz selbst erfunden habe. Übrigens ein ganz annehmbarer und dazu ernsthafter Witz für uns alle. Halim habe sich überzeugen wollen, ob ich nicht bloß mit hölzernen Wickelhebeln dampfpflügen, sondern auch zur Not einen eignen Gedanken zu Papier bringen könne, ehe er einen Entschluß faßte. Nun beglückwünsche er mich zu meinem lotosblumenartigen Bein und werde sofort sechzehn Stück in Paris bestellen lassen. Nur eines habe ihm mißfallen: daß ich die niedliche Zeichnung so jämmerlich zerknickt habe.

»Der Kuckuck hole den Eunuchen!« rief ich mit Wärme.

»Kurz,« schloß Roß, »ich bin im Auftrag des Prinzen hier, um Sie zurückzuhalten.«

»Aber was fange ich mit meiner Chininkapsel an,« bemerkte ich nicht ohne Bewegung, » und mit meinem englisch-indischen Vertrag?«

»Unsinn!« meinte Roß. »Heute noch telegraphiere ich nach London. Fowler muß einen Stellvertreter für Sie nach Assam schicken. Ob der Mann Eyth heißt oder Braun, oder Müller, ist den Indiern völlig gleichgültig, glauben Sie mir das. Für Fowler ist es von der größten Bedeutung, in den nächsten drei Jahren einen Mann Ihres Schlages, den er kennt, in Ägypten zu haben. Auch für unser Haus. Wenn die Amerikaner fortfahren, sich die Haare auszureißen, statt Baumwolle zu bauen, ist Ägypten eine Goldgrube für uns alle. Das muß auch Ihnen einleuchten, obgleich Sie ein Deutscher sind. Was sind Ihre Bedingungen?«

Das wußte ich nun wirklich nicht.

Roß bot mir ungefähr das Dreifache von dem, was mein allerdings bescheidener indischer Vertrag festsetzte, und noch ehe es völlig dunkel war, hatte ich meine Koffer wieder ausgepackt. Etwas müde von dem vielbewegten Tage saß ich auf dem flachen Dach des Hotels und sah über die mondbeglänzten Kuppeln der Kalifenstadt. Auf dem kleinen Altan des nächsten Minaretts stand der Mueddin, eine dunkle, scharfgezeichnete Silhouette gegen die volle Scheibe des aufgehenden Mondes, und sang seinen Gebetsruf:

Alla hu akbar! La i laha il alla!
(Gott ist groß! Es ist kein Gott außer Gott!)

in die stille Nacht hinaus. Ein Sternenhimmel von unbeschreiblicher Klarheit und Tiefe spannte sich über das ganze nachthelle Bild mit seinen geheimnisvollen schwarzen Schatten, seinen grellen grünlichen Lichtern. Nur im Süden, nilaufwärts, sah es etwas trüb aus, wie schwüle Nebel oder aufsteigende Sandwolken. Dort brauste ein Wüstensturm, der erste Chamsin des kommenden Sommers. Aber das verhängnisvolle Billardbein hatte seine Wirkung getan. Die Würfel waren gefallen. Vier Jahre heißen ägyptischen Lebens lagen vor mir.

In der Gießerei

In Staub und Asche, in Sand und Lehm,
Auf den Knien meist, nicht allzu bequem, –
Man glaubt es gern, daß die Gießerei
Kein sonderlich säuberlich Handwerk sei.

Nur der kleine Peter, das schwarze Gesicht
In grimmigen Falten, der glaubt es nicht.
Er wird ordentlich zornig und schimpft und flucht,
Wenn man es ihm deutlich zu machen sucht.

»In der stolzesten Halle der ganzen Fabrik,
Dort bin ich. zu Hause zu eurem Glück.
Als grüben wir Gold in Ruß und Rauch,
So sieht es drin aus; und das graben wir auch.«

»Was gäb es zu feilen, zu meißeln für euch,
Wär ich nicht Meister in meinem Reich?
Wo nehmt ihr ihn her, euern Sündensold,
Wenn ich nicht formen und gießen wollt'?«

Sie lachen, wenn er sich zur Arbeit kehrt:
»Der kleine Peter fühlt seinen Wert!«
Mit Lehm und Ziegeln, ein stattlich Gewicht,
Verschwindet im Boden sein rußig Gesicht.

Es ist ein Schaffen, wie Knappenwerk,
Hier sinkt eine Grube, dort wächst ein Berg,
Das wühlt und wimmelt, das mauert und klebt,
Bis sich die Form aus dem Grunde erhebt:

Unförmliche Massen, plump und schwer,
Mit Höhlen und Gassen in kreuz und quer:
Was voll ist, wird hohl, und was hohl ist, wird voll,
Nur Peter weiß, was draus werden soll.

Das Stehende hängt, und das Hängende steht,
In des Formers Gehirn ist alles verdreht.
Das ist eine Kunst, die der Himmel schenkt;
Nicht jeder kann denken wie Peter denkt.

Und schlüpft er heraus aus dem greulichen Bau,
Erklärt er voll Eifer dir alles genau,
So glaubst du ihm kaum, daß, was dich verwirrt,
Ein Schiffsmaschinenzylinder wird. – –

Jetzt stockt der Lärm; die Arbeit ruht;
Fast feierlich wird es allen zumut.
Der Meister bietet dir kaum einen Gruß,
Das ist seine Stunde; heut kommt es zum Guß.

Dort hinten im Winkel saust das Gebläs.
Der turmhohe Ofen, in vollem Gefräß,
Schlingt Kohlen und Erze und Kalk in den Leib,
Als fräße er alles zum Zeitvertreib.

Dann speit er mit zornigem Knall und Gekrach
Die Flammengarben über das Dach.
Im knisternden Innern, glühend Weiß,
Rieselt in Bächen der eiserne Schweiß.

Zehn Leute stehen, zur Arbeit bereit,
Um Kessel und Näpfe und warten der Zeit.
Es wird spät. Schon dämmert's im weiten Haus. –
»Jetzt! Achtung, Kameraden! Den Zapfen heraus!«

Und ein Glutstrom bricht aus dem Dunkel grell,
Mit Sprühen und Spritzen, ein wütender Quell.
Es füllen die Kessel sich, groß und klein,
Mit dem weißen, brodelnden Feuerschein.

Gespenstige Krane schwingen sie fort.
Man hört nur Peters Kommandowort. –
Sie steigen, sie senken sich ohne Hast,
Wie wenn Geister trügen die glühende Last.

Jetzt neigt sich der erste. Der blendende Strom
Erleuchtet die Halle bis unter den Dom
Und stürzt, entflammend die schwärmte Nacht,
Die feurige Masse hinab in den Schacht.

Wie der Bau erzittert in plötzlichem Krampf;
Die Form hebt sich im wallenden Dampf'!
Wie es gurgelt und knallt, wie es bläst und saust,
Und aus zwanzig Löchern die Flamme braust.

Er steht auf der Form, vom Feuer umloht,
Wenn sie bricht, ist es sicherer, gräßlicher Tod,
Der kleine Peter, in Donner und Blitz,
Wie der große Napoleon bei Austerlitz! – –

Nun ist es geschehen. Noch einmal zischt
Ein Flackern empor, eh' alles erlischt.
Schwer qualmt es lang aus dem Grunde heraus;
Doch plaudernd gehen die Leute nach Haus.

Sie fragen sich, ob es gelungen sei.
Es kostet noch Tage zwei oder drei,
Dann bricht man, zum Jubel der ganzen Fabrik,
Aus den rauchenden Trümmern ihr Meisterstück. –

Still geht auch Peter; er geht zuletzt,
Ein wenig müde und abgehetzt,
Die Hände verbrannt, das Gesicht verstaubt,
Mit lässigern Gang und gesenktem Haupt.

Er schläft schon fast und sieht, wie im Traum,
Die Leute nicht mehr, die Straße kaum.
Doch sieht er sein Werk, wie es lebt und leibt
Und ein Schiff durch rauschende Wogen treibt.

Durch schimmernde Meere in stolzer Ruh,
Durch Eis und Stürme, den Polen zu,
Mit Wundern beladen, mit Gold und Glück,
Von fernen Gestaden zur Heimat zurück.

Wer sieht es ihm an, wenn er so geht,
Daß er die Welt, so flink sie sich dreht,
Mit all ihrem Reichtum, mit all ihrer Pracht
Wieder um ein Stückchen weiter gebracht?

Blut und Eisen

In der Muski

Auch ein Ingenieur hat das Recht, manchmal – etwa einmal in der Woche – Mensch zu sein; zum mindesten in der Nähe des Berges, auf dem dies schon seit dreitausend Jahren für männiglich ein heiliges Gesetz geworden war. Mit dem Ingrimm, der uns in der fröhlichsten Arbeit packen kann, wenn sie zu viel wird, hatte ich diese Betrachtung angestellt, bestieg meinen Esel und ritt nach Kairo.

Am unteren Ende der Muski, vor dem ersten Eckhaus links, blieb trotz des wogenden Gedränges das kluge Tierchen, das die fünf Kilometer lange Sykomorenallee von Schubra in trippelndem Eifer zurückgelegt hatte, von selbst stehen, zog den Schwanz ein, in Erwartung eines Hiebes und weiterer Anweisung, drehte den Kopf, um zu sehen, ob Mustapha, der Eseljunge, Klee mitgebracht hatte, nickte befriedigt und ließ mich absteigen.

In jenem Eckhaus, zu ebener Erde, befand sich ums Jahr 1864 eine kleine Kneipe: eine Oase in den Wüsten des Morgenlandes. Der Wirt war ein Deutscher aus San Franzisko, den ein gütiges Schicksal bis hierher verschlagen hatte. Eine seltene Verbindung von amerikanischem Unternehmungsgeist und deutschem Gemütsleben hatte ihm den Gedanken eingegeben, allwöchentlich mit dem Triester Lloydboot ein Fäßchen bayrisches Bier kommen zu lassen, das seit drei Monaten regelmäßig am Freitagnachmittag in Alexandrien ankam und ohne Verzug mit der Bahn nach Kairo weiterbefördert wurde. Es war dies zu jener Zeit das einzige bayrische Bier vom Faß, das die Stadt des Kalifen erreichte. Pünktlich um sieben Uhr Samstag abends wurde angezapft. Schon von vier Uhr an stieg von Zeit zu Zeit ein Reiter von unverkennbar deutschem Gepräge vor dem Kneipchen ab, hob den Moskitovorhang, der die Stelle der Türe vertrat, und blinzelte aus der grellen Straßenhelle in das tiefe Dunkel der Höhle. Dort hinten lag es auf einer Schicht Eis, rund behäbig; ach, nur klein! Doch es war wenigstens da; der Forscher ritt befriedigt weiter. Er wußte, was er um sieben Uhr zu tun hatte.

Es war leider erst halb, doch lag schon ein zwei Meter breiter Schatten vor dem Haus. Meier, der energische Wirt, stellte zwei runde Tischchen auf die Straße, pflanzte vier Gartenstühle ins Volksgedränge und lud mich ein, Platz zu nehmen. Es ist eine der unterhaltendsten Straßenecken Kairos, an der Abend- und Morgenland zusammenstoßen wie ein mächtiger Strom mit der brandenden See. Heutzutage hat wohl die Sturmflut des Abendlandes den Sieg davongetragen. Damals flutete noch das echte, unverfälschte Morgenland in heißen, dampfenden Wogen aus der engen Gasse. Die Muski ist eine der Hauptverkehrsadern, die Königs- und Kalifenstraße der orientalischen Weltstadt. Hohe graubraune Häuser mit spärlichen Fenstern, da und dort noch mit reichgeschnitzten, echt arabischen Harimserkern geschmückt, bildeten einen düsteren Tunnel, durch dessen Decke aus zerrissenen Matten und in Fetzen herabhängenden Teppichen, die von Haus zu Haus gezogen waren, in weiten Zwischenräumen ein gelbflimmernder Lichtstrahl in das schwüle, bläuliche Dunkel herabschoß. Im Erdgeschoß der Gebäude sind Kaufläden, an diesem, dem westlichen Ende der Straße, von Europäern gemietet und schon halb europäisch eingerichtet, doch noch immer kleine staubige, heiße Löcher, ohne Luft und Licht. Ein englischer Schneider, ein österreichischer Sattler, ein italienischer Apotheker, ein griechischer Delikatessenhändler – und welche Delikatessen! – alle in Pantoffeln und Hemdärmeln, gehen halb im Freien ihren Geschäften nach. Die Straße selbst füllt ein wimmelndes Gewirr von Gestalten, farbig trotz des dunstigen Halbdunkels, ein brausender Lärm, obwohl in dem fußtiefen Staube kein Wagenrollen und kein Fußtritt hörbar ist. Aber alles schreit, stößt und drängt, ohne dabei die innere Seelenruhe des wahren Orients im mindesten zu verlieren. Die Eseljungen mit ihrem »Yemenak! Schimala!« (»Rechts! Links!«) »Aufgepaßt, ihr Gläubigen! Aus dem Weg, ihr Hunde!«, die Wasserverkäufer mit ihren schwabbelnden Ziegenhäuten auf dem Rücken, die kleinen, emsigen Esel, die sich rücksichtslos durch die Menge bohren, unförmlich verhüllte Säcke tragend, vielleicht die größten Schönheiten des Morgenlandes, schwarzbraune, halbnackte Bettler, von Kindern geführt, blind umhertastend, ein paar Kamele, die, bedrohlich über der siedenden Menge schwankend, langsam die Gasse herunterkommen, Dann wohl auch auf dem elendesten und eigensinnigsten der Tierchen ein europäischer Gelehrter, mit blauen, staunenden Brillengläsern unter dem ungewohnten Korkhelm, mit dem Regenschirm hilflos seine Eselin bearbeitend, die darauf zu bestehen scheint, ihre kostbare

Last zwischen den Beinen eines nahenden Kamels hindurchzuziehen. jetzt verdoppeltes Geschrei, wilder Aufruhr: eine vizekönigliche Harimskutsche, die sich im Trab durch das Gedränge Bahn bricht, von zwei bunten, im Galopp rennenden Saisen mit langen Stöcken geleitet, Schreiend kugeln Menschen und Tiere übereinander, um Rädern und Stöcken auszuweichen, und schließen sich lachend hinter dem Wagen wieder zusammen, wie lustig spritzendes Wasser hinter einer Dampfbarkasse. Niemand beachtet den braunen Jungen, der, die Zehen des linken Beines in beiden Händen, in eine Ecke hüpft und sich heulend in den Staub wirft.

Halbträumend saß ich da und starrte in das mir nicht mehr ungewohnte Kaleidoskop. So flink mein Esel gewesen war, den jetzt Mustapha im nächsten Winkel mit einem Bündel heimischen Klees belohnte, meinen Sorgen lief er nicht davon, die in Schubra mit aufgesessen waren und jetzt breit auf zwei von Meiers Stühlen Platz nahmen. Auf dem vierten saß schon ein kleiner bleicher Mann, unpassend schwarz gekleidet, der sichtlich für die seinen auch einen Stuhl hätte brauchen können. Es mochte ein Missionar sein, der vielleicht seit Wochen nichts zu bekehren gefunden hatte oder dem sein einziger Christ rückfällig geworden war. Das ging ihm ohne Zweifel zu Herzen. Er sah krank aus, krank und lebenssatt.

Ich hatte eigentlich kein Recht, mich. zu beklagen. Wie eine echt orientalische Schicksalsfügung und dem Anfang eines Märchens aus Tausendundeiner Nacht ähnelnd war mir vor dreiviertel Jahren meine Stellung als »Baschmahandi«, als erster Ingenieur Halim Paschas, in den Schoß gefallen. Das Märchen hatte rasch greifbare Gestalt angenommen, lind ich begann zu ahnen, wozu ich in der Welt war, wenigstens in dieser Welt. Der übergroße Grundbesitz meines Paschas, die noch größeren Pläne und Projekte in seinem kleinen regen Kopfe hatten aller ägyptischen Träumerei, die mir von Deutschland her noch anhaften mochte, ein rasches Ende gemacht. Ich wohnte fast im Schatten des Obelisken von Heliopolis und dachte an nichts anderes, als morgen meinen zweiten Dampfpflug probeweise um denselben herumpflügen zu lassen. Aus der altehrwürdigen Sonnenstadt waren hundert Hektar erträglichen Baumwollbodens geworden, und der geheiligte Baum der Jungfrau Maria, der etwas ungeschickt für die Handhabung der Drahtseile fast mitten drin stand, machte mir aus diesem und keinem andern Grunde ernstliche Bedenken.

Der zweite Dampfpflug! Dem Laien bleibt es für immer verschlossen, was in diesen drei Worten lag zu jener Zeit, in der die Dampfkultur noch um ihr Dasein kämpfte. Wohl hatte auch sie schon ihre Priester; ja ich darf ohne Übertreibung sagen, ich war einer ihrer kleinen Propheten: begeistert, fanatisch, wie es die kleinen meistens sind; himmelhoch jauchzend, zu Tode betrübt, wie es die wechselnden Tage einer ersten – auch einer technischen – Liebe mit sich bringen. Und, in der Tat, ich hatte augenblicklich keinen vernünftigen Grund, so betrübt zu sein wie der stille, kranke Nachbar an meiner Seite, und hoffte nur, auch in seinem Interesse, daß es endlich sieben Uhr würde.

Der erste Pflug war ein halbes Jahr vor mir nach Ägypten gekommen. Ich traf ihn sozusagen in den letzten Zügen und denke nur ungern an jene ersten Monate, trotz der Rettung aus scheinbar unvermeidlichem Schiffbruch, die mir, nicht ohne den Beistand des am Nil ewig lächelnden Himmels, gelang. Heiße Kämpfe mit allen vier Elementen (älterer Rechnung) und heißeres Streiten mit etlichen Menschen, die zu spät einsahen, daß sie klüger und besser hätten sein können; das war unvermeidlich. Doch die Rettung glückte, wenn auch mit knapper Not, und Halim Pascha, der sein Land und seine Leute kannte, besser als ich, wußte, was dies zu bedeuten hatte. Ich sah ihn seitdem täglich, den fürstlichen Sohn der Beduinen, den künftigen Vizekönig von Ägypten, wie wir damals alle glaubten; denn sein Recht hierzu war unzweifelhaft und allgemein anerkannt. Vorerst war er jedoch noch der jüngere Onkel des Vizekönigs, der zweitgrößte Grundbesitzer am Nil und bereit zu zeigen, daß er die Pflichten eines künftigen Herrschers nicht leicht nehme, der sein Recht und seinen Glauben dem Koran und sein Wissen der Ecole Polytechnique zu Paris verdankte. Täglich war er auf den prächtigen Feldern von Schubra, dem früheren Lieblingsgute Mohammed Alis, seines großen Vaters, um Sä- und Mähmaschinen zu probieren, Pumpen und Dampfpflüge laufen zu sehen; vor allem aber, um Baumwolle zu pflanzen, die damals, während des Bürgerkriegs in Amerika, dem glücklichen Ägypten einen wahren Goldregen versprach.

So kam's, daß ich schon drei Monate später den zweiten, den, ägyptischen Verhältnissen besser angepaßten Dampfpflug zusammenstellen und triumphierend ins Feld führen konnte. Damit waren zunächst die fünfzehnhundert Hektar von Schubra versorgt. Der dritte wurde vor wenigen Wochen für das dreißig Kilometer nilabwärts gelegene Thalia bestellt und sollte dort von den arabischen Dampfpflügern, die ich jetzt in Schubra heranzog, in Betrieb gesetzt werden: ein Wölkchen am Horizont, wie eines Mannes Hand, aus dem noch manches schwere Donnerwetter sich entwickeln konnte. Aber es ging doch vorwärts, über alles Erwarten; meine alten englischen Freunde, die Fowlers, die die Dampfpflüge, das Stück zu rund fünfzigtausend Mark, zu liefern hatten, schrieben Briefe voll aufmunternder Dankbarkeit, und das alte Ägypten begann seine kleinen, klugen, aber etwas blöde gewordenen Sperberaugen zu reiben, wie wenn es erwachen wollte.

Ägypten war in diesem Sinne der neue Vizekönig Ismail Pascha, Halims ältester Neffe. Als er vor einem Jahr die Regierung antrat, war er einer der kleineren Großgrundbesitzer am Nil und mochte vielleicht fünfzigtausend Hektar sein eigen nennen. So genau konnte man dies in jenen Tagen vom Besitz der vizeköniglichen Familienmitglieder nicht sagen. Da kam in demselben Jahre die Baumwollsperre in den Vereinigten Staaten, wo man begonnen hatte, sich die Köpfe blutig zu schlagen, die Baumwollhungersnot in Lancashire und die Baumwollsegenszeit für Ägypten und andre warme Länder. Der Preis der Wolle stieg rasch auf das Zwei-, Drei- und schließlich das Fünffache dessen, was in früheren Tagen bezahlt wurde. Jedes kleine Gut, das leidlichen Boden und Wasser besaß, war plötzlich Millionen wert, und die vizeköniglichen Besitzungen wuchsen und mehrten sich, wie es nur in dem alten Lande der Zauberei und der Pharaonen möglich war. Und da in Ägypten zum Lande auch die Leute gehörten, die, so gut sie konnten und nicht viel besser als die Feldmäuse, von seinem Korn und seinem Klee lebten, so war es anfänglich nicht schwierig, die vizeköniglichen Fluren in Baumwolle zu kleiden. Die Dorfscheichs erhielten von den Nasirs und Mufetischen Seiner Hoheit den nötigen Samen, die nötigen Befehle und, so oft es sein mußte, die nötigen Prügel, und schwarze Büffel und tausendjährige Pflüge setzten sich emsig in Bewegung, um das verhungernde Lancashire wenigstens notdürftig zu erhalten, die Taschen des Vizekönigs und die Taschen seiner höheren Beamten aber überreichlich mit englischem Golde zu füllen. Auch für Wasser mußte gesorgt werden, wie seit der alten Glanzzeit der zwölften Dynastie nicht mehr gesorgt worden war, wenn auch auf andere Weise. Von Damiette bis Assuan hinauf begannen statt der Obelisken Schornsteine emporzuwachsen und gewaltige Dampfpumpen den heiligen Strom anzuzapfen. Auch ich hatte schon drei dieser modernen Monumente im Bau begriffen: in Thalia bei Caliub, in Terranis bei Damiette und zu El Mutana bei Edfu. Und das alles war nur der Anfang. Es regte und rührte sich mächtig in den Gräbern der heiligen Stiere und entschlafenen Krokodile.

Da kam ein böser Zwischenfall. Seit einigen Monaten war die Rinderpest im Lande ausgebrochen. Anfänglich achtete man kaum darauf. Tiere und Menschen sterben nicht schwer in diesem Land der großen Toten und mit einer Ergebung in den Willen »des Einzigen, des Erbarmers«, von der die Christen nichts wissen. Man warf die toten Tiere in den Fluß, und da sie wenige Stunden später schwammen wie gasgefüllte Luftballons, so zog nach einigen Wochen ein langsamer, ununterbrochener Leichenzug auf den braunen Wasserfluten an Kairo und Schubra vorüber dem Meere zu. Zehn, zwanzig schwarze mächtige Rücken waren stets in Sicht. Nicht selten saß ein Geier auf dem kleinen schwimmenden Eiland und verzehrte nachdenklich so viel von seinem davonsegelnden Frühstück, als er vermochte. Das war eine Zeit für die Geier! – Und schön war es, wenn der eine oder der andere Ochse sich plötzlich, wie in unpassendem Scherze, umdrehte und den aufgedunsenen Bauch und vier bocksteife Beine gen Himmel streckte. Oder war es der stumme Jammer der Kreatur, der sich in dieser taktlosen Weise äußerte? Aber auch er zog vorüber und machte neuen stillen Schwimmern Platz, die sich weniger unanständig betrugen. Das schlimmste war, daß auf diese Weise die Gespanne der vizeköniglichen Pflüge wie die der Fellahs ins Meer zogen. Man spannte Kamele an, Esel, arme Männer und Frauen. Selbst ein paar kostbare englische Rennpferde hatte ich heute in einem Feld an der Schubraallee vor einem Pfluge sich bäumen sehen. Schließlich bildeten sie aus dem Pflug, dem klugen Effendi, der den Versuch leitete, zwei Kawassen, einem Sais und drei Fellachen einen heulenden Knäuel, an dem ich mit innigster Befriedigung vorüberritt. Denn unbeirrt von all dem Lärm und Geschrei keuchten noch hörbar meine zwei Dampfpflüge auf den Feldern von Schubra, und das ferne regelmäßige Pfeifen der sich antwortenden Maschinen sagte mir, daß sie allein die Lage der Dinge begriffen. Sie pfiffen auf die Rinderpest.

Doch völlig ungetrübte Freuden sind selten auf dieser Welt:. Ist es denn noch immer nicht sieben Uhr, zum Beispiel?

Andre englische Fabriken hatten mittlerweile in Erfahrung gebracht, was mir für meine alten Freunde in Leeds zu tun geglückt war, und seit vierzehn Tagen befand sich, wie mir von guten Bekannten eifrigst mitgeteilt wurde, ein Vertreter der Firma Howard, namens Bridledrum, in Alexandrien und hatte im Hotel de l'Europe daselbst begonnen, seine Trompete zu blasen. Die Gebrüder Howard waren die ersten Konkurrenten von Fowler; die beiden Firmen hatten schon seit mehreren Jahren einen erbitterten Kampf um den besten Dampfpflug geführt, an dem wir jungen heißen Anteil nahmen. Fowler und sein System waren von Anfang an Sieger gewesen und geblieben, aber Howard besaß eine altberühmte Pflugfabrik, einen großen landwirtschaftlichen Ruf und die bewährte Eigenschaft, nie zu wissen, wenn er geschlagen war. Dies ärgerte mich, als Deutschen, ganz besonders, während ich in technischen Fragen wohl ruhiger und vorurteilsloser urteilte als mancher meiner Freunde und Gegner, vollends jetzt, wo mich nur alte Anhänglichkeit, sonst aber keinerlei weitere Bande an Fowlers Fabrik knüpften. Wenn Howard einen für die Erfordernisse des Niltals geeigneteren Pflug aussenden sollte – um so besser! Meine Aufgabe war, Ägypten zu pflügen. Wer mir hierzu das beste Werkzeug bot, sollte mein Freund sein. Doch das bloße Trompeten in Alexandrien durfte nicht zu weit gehen. Vorläufig waren meine Maschinen in Schubra auf Kosten manchen Schweißtropfens noch Herr im Lande und Verbalinjurien in Alexandrien eben nur Geschwätz.

»Herr Meier, jetzt könnten Sie aber wahrhaftig anzapfen; es ist kaum noch neun Minuten bis sieben Uhr!«

So ganz nur Geschwätz war übrigens vielleicht doch nicht, was ich von dort vernahm. Die Gebrüder Howard gehörten zu den kaufmännisch rührigsten Ingenieuren Englands, und ihr Agent schien ihrer würdig zu sein. Man brauchte keine feine Spürnase zu haben, um zu vermuten, daß Ägypten in den nächsten Jahren der landwirtschaftlichen Technik ein glänzendes Feld der Tätigkeit bieten muß, und Bridledrum schien Feuer und Flamme zu sein. Er befand sich seit zwei Tagen in Kairo und hatte sich schon eine Audienz beim Vizekönig zu verschaffen gewußt. Schüchtern war der Mann offenbar nicht. Auch war das Publikum in Shepheards Hotel, wo er wohnte, bereits unterrichtet, daß der beste Dampfpflug, der eigentliche Dampfpflug für Ägypten, der einzige für Baumwolle geeignete Dampfpflug, endlich im Begriff sei, in Alexandrien anzukommen. Bridledrum wolle nichts sagen, er hasse leere Worte, wenn es sich um ernste, praktische Fragen handle. Aber daß der Humbug mit den teuern Fowlerschen Doppelmaschinen in ein paar Monaten explodiert sein werde, darauf könne jedermann Gift nehmen, der Lust habe, eine harmlose Probe zu nehmen. Diese Neuigkeiten hatte mir mein Freund O'Donald, der Prokurist von Briggs & Co., damals Halim Paschas und aller Welt Bankiers, schon gestern mitgeteilt. Er war expreß nach Schubra geritten, um mir ein Vergnügen zu machen. Der Bridledrum sei ein Teufelskerlchen, und was den Pflug betreffe, so sei die Sache doch schwer zu beurteilen. Hinter einem solchen Mundwerk könne am Ende auch ein guter Pflug stecken.

Derlei Dinge ärgern uns bei dreißig Grad Réaumur mehr als bei fünfzehn, so daß es mir vorkam, als ob die Sorgen auf den scheinbar leeren Gartenstühlen neben mir sich ungebührlich reckten und dehnten. Doch drei kräftige Schläge im Dunkel von Meiers Höhle verkündeten jetzt, daß es sieben Uhr war, und zwei liebe Bekannte schüttelten mir, von ihren Eseln springend, die Hände. Sie hatten das Ereignis der Woche auf die Minute erraten. Bald hörte man deutsche Klänge von allen Seiten. Der dumpfe, enge Raum füllte sich. Alles nahm Platz, dem Fäßchen so nahe als möglich: Schneider und Bäcker, Gelehrte und Konsuln, Kaufleute, Missionare, Afrikareisende, Weltenbummler; ein einig Volk von Brüdern, trotz aller Dialekte unseres großen Vaterlandes, das in der Heimat ums Jahr 1864 ferner von seiner Einheit schien als je.

Der eine meiner Freunde war ein baumlanger Mann mit tiefer Baßstimme und einem blonden, struppigen Bart; nach oben hin bereits etwas kahl; eine Teutonengestalt in entsprechend mangelhaftem Anzug. Er hieß Beinhaus. Doktor Beinhaus. Im Jahre 1848

hatte er in Hessen versucht, an der Erhebung des Vaterlandes mitzuarbeiten, und keine günstigen Ergebnisse erzielt. Seit der Zeit war
er auf Reisen, wozu ihn das Vermögen eines Onkels befähigte, der
in und an den Schreckensjahren gestorben war, welche ihm das
Erwachen Deutschlands bereitete. Neben einem humorvollen Haß
gegen seinen Landesfürsten, der ihn wegen eines Duells zu Ehren
einer Dame, für die sich Seine Durchlaucht interessierte, um ein
Haar zum Hofrat ernannt hätte, und einer unbegrenzten Verehrung
für preußische Politik und Schneidigkeit, denen er seinerzeit mit
knapper Not und dem nackten Leben entwischt war, beseelte ihn
das Streben, diejenigen Punkte der Erde aufzusuchen, wo Blut ver-
gossen wurde, und womöglich daran teilzunehmen. Nicht aus
Menschenhaß und ohne eine Spur von bösartigen Hintergedanken;
er schien diesen seinen Lebenszweck als eine berechtigte Leibes-
übung zu betrachten; oder wenn wir tiefer gehen wollen, als ein
subjektives Seelenbedürfnis. Hätte Nietzsche schon damals seine
blonde Bestie gemalt, Beinhaus hätte ihm als das gutartigste Modell
der Spezies dienen können. Drei mächtige Schrammen zierten sein
Gesicht und fünf weitere Narben den zerhauenen Leib, die man
anstandshalber auf Treu und Glauben hinnehmen mußte. Er war
nicht übermäßig bereit, die Geschichte seiner ehrenvollen Wunden
mitzuteilen; um so unerschöpflicher war er, wenn jemand die Un-
vorsichtigkeit hatte, eine philosophisch klingende Bemerkung zu
machen. Daß das Ich allein in einer Welt war, die nicht existierte,
war für ihn eine unumstößliche Tatsache. Dabei kam er aus Tunis,
wo er gehofft hatte, zum Ausbruch einer Palastrevolution zu kommen, die zu seinem Bedauern nicht losging. Jetzt war er auf dem
Wege nach Jedda, wo ein Aufstand der Wachabiten von einer ägyptischen Expedition unterdrückt werden sollte. Ursprünglich hatte er
sich den Wachabiten anschließen wollen. Er war nämlich selbst
Protestant und teilte im allgemeinen die Ansichten dieser Protestan-
ten des Islams. Allein es ging doch nicht, denn er fand bei näherem
Studium ihrer Glaubenslehre, daß die Sekte das Rauchen aufs
strengste verbietet. So mußte er sich an die Ägypter halten und
hoffte durch die Verwendung des österreichischen Konsuls in
Kairo, mit dem er zu diesem Zweck eifrig Tarock spielte, eine Offi-
zierstelle in dem ägyptischen Expeditionskorps zu erhalten. Darauf
wartete er vorläufig in Shepheards Hotel, wo sich die beiden Herren
zusammengefunden hatten, die seitdem fast unzertrennlich waren.

Wenn wir damals arme Deutsche schon ein Feld für wilde Kolonialmenschen besessen hätten, hätte er ein berühmter Mann werden können. Sein Freund und Begleiter war es schon: Heuglin, auch ein Deutscher, auch ein Doktor; ein kleiner schwäbischer Bär, Limpurger Rasse, der Größe nach zu urteilen, etwas trotzig und einsilbig, solange er sich nicht zu Hause fühlte, wozu er Zeit brauchte, unstet und flüchtig wie jener. Er war vor drei Wochen mit den Resten der Tinneschen Reisegesellschaft zur Erforschung der Nilquellen aus der entgegengesetzten Richtung das Rote Meer heraufgekommen. Diese Reste bestanden aus Fräulein Tinne, Schlangen und Affen, teils lebendig, teils in Spiritus, zahllosen Vogelbälgen und drei Särgen. In einem lag Frau Tinne, die Mutter und das Haupt dieser wundersamen Karawane, in den zwei andern die armen Kammerjungfern von Mutter und Tochter, die sämtlich schon in Kartum die Mitwirkung an der Entdeckung der Nilquellen aufgegeben hatten und dort eine Zeitlang begraben waren. Nun, fast ein Jahr später, sollten sie auf dem Christenkirchhof bei Alt-Kairo ihre endliche Ruhe finden. Miß Tinne, eine Mischung englischer Ungebundenheit, deutscher Romantik, holländischer Gemütstiefe und international-weiblichen Eigensinns, wollte sich einen alten halbzerfallenen Mameluckenpalast in der Nähe des Friedhofs kaufen und als halb mohammedanische Fürstin in orientalischer Abgeschiedenheit weiterleben. Heuglin, der das Konservieren von Vögeln aus dem Grunde verstand, hatte sich in der Zeit jenes tragischen Rückzugs unentbehrlich gemacht und war noch immer ihr Majordomus und Großwesir. ›Vorläufig,‹ dachte er, was er seinen Freunden nur mangelhaft verbarg.

»Alles auf sich beruhen lassen – nein! Das geht schlechterdings nicht!« sagte Doktor Beinhaus, nachdem wir, in andächtiger Erinnerung an die ferne, kühle Heimat, den ersten lechzenden Durst gestillt hatten, und klopfte zornig mit dem leeren Glas auf den Blechtisch, der ihm als lauttönender Kriegsschild diente. »Sie sind natürlich der gutmütige Deutsche, wie er aus den Büchern gekrochen kommt, quälen sich da unten auf ihren Baumwollfeldern wie ein Nigger und bringen wirklich etwas zustande, was seit sechstausend Jahren noch niemand am heiligen Nil gesehen hat – Sie müssen das sehen, Heuglin! Ein Dampfpflug! Ein Dampfpflug in Fellahhänden ist sehenswert. Das läuft wie ein verrückt gewordenes Schiff übers

Feld, wirft Schollen herum wie Wasserwogen, und an den beiden Feldenden pustet und pfeift und rasselt eine mammutartige Eisenmasse und läuft von Zeit zu Zeit vorwärts, als ob sie die ganze Geschichte satt hätte und durchbrennen wollte. Ich verstehe nichts davon, aber es soll etwas dabei herauskommen, habe ich mir sagen lassen. Wenigstens schwitzt sich dieser Eyth die Seele aus und würde ein paar Millionen hinterlassen, die ich gerade brauchen könnte, wenn er kein Landsmann von uns wäre. Und nun kommt ein kleiner englischer Schwadroneur und trompetet in alle Welt hinaus, das sei alles Kinderei und Krimskrams! Der wahre Dampfpflug komme erst, wenn er erscheine. Ich ließe mir's nicht gefallen!«

Und Beinhaus trank zornig sein zweites Glas aus.

»Ich lass' mir's auch nicht gefallen!« sagte ich, aber ich kann warten. Wenn er kommt, werden wir ja sehen.«

»Wenn er klug ist«, meinte Heuglin, mit dem schlauen Blinzeln eines echten Schwaben, der die Welt kennt, ohne daß man es ihm ansieht, »wenn er klug ist, kommt er gar nicht. Sie pflügen ihm gut genug. Machen Sie nur so weiter. Mehr braucht er nicht, um den Feldzug zu beginnen. Sie wissen noch nicht, daß Sie in Ägypten sind, lieber Eyth. Ein paar tüchtige Bakschischs am richtigen Fleck tun Wunder, einen guten Dragoman, der schwatzen kann wie er selbst, findet der Mann. Wenn dann Ihre Fellachen ihm den Gefallen tun, den Fowlerschen Pflug in den nächsten Wochen ein- oder zweimal zusammenzubrechen, wozu sie ganz besonderes Talent haben sollen, wie ich im Hotel höre, dann hat er für die nächste Zukunft gewonnen und Sie das Nachsehen.«

»Ich ließe mir's nicht gefallen,« rief Beinhaus in wachsendem Grimm. »In diesen Ländern muß sich der Mensch seiner Haut wehren, wenn er sie nicht über die Ohren gezogen haben will. Vollends ein Deutscher. Aber wir Deutsche sind nicht wahrhaft glücklich, wenn uns nicht jemand die Haut über die Ohren zieht.«

»In dieser Hitze! Es hat alles seine Berechtigung!« suchte ich ihn zu beruhigen. »Übrigens zieht in unserem Fall ein Engländer dem andern das Fell über die Ohren, wenn es zum Schlimmsten käme. Fowler und Howard gehören beide unsern entfernteren Vettern teutonischer Rasse an. Das sollte ihnen eigentlich Spaß machen, Beinhaus!«

»Na nu!« berlinisierte mein zorngemuter Freund, der mich durchschaute und wohl wußte, daß ich keineswegs so kaltblütig war, als ich mich stellte. Beide erzählten mir dann des näheren, wie Bridledrum unter der Veranda des Hotels Shepheard, in den Kontoren der Kaufleute von Kairo und in den Diwans der Regierung und der Paschas das kommende Glück Ägyptens besang, das dem Lande der Howardsche Dampfpflug bringen mußte, und wie man bereits da und dort Schubra und den armen Halim Pascha bemitleidete, der sich abquälte, das unglückselige System Fowlers einzuschleppen, wo doch so viel Besseres vor der Türe stehe. »Ich will nicht aufhetzen«, sagte Beinhaus zu Heuglin, indem er seine furchtbaren Schnurrbartspitzen nach oben drehte und mich seitwärts ansah, aber ich halte es für unsre Aufgabe, diesen einfachen Landbewohner zu witzigen, soweit es möglich ist. – Barmherziger Wodan! Der Meier muß das Fäßchen schon schief stellen! – Ich halte es für meine nationale Pflicht, dem armen Eyth beizustehen.«

Das in jenen Tagen noch so gut wie vaterlandslose Trio stieß die Gläser zusammen und trank seine Reste. Man mußte sich beeilen, wollte man nicht zu kurz kommen, und beobachtete die heimischen Sitten im fremden Land treuer als im eignen. Wir wissen heute kaum mehr, wie es dem Deutschen draußen in der Welt zumute war damals, als unser Nationallied Vers für Vers aus einer fortgesetzten Frage bestand und uns die andern, wenn sie in guter Stimmung waren, freundlich und mitleidig auf die Schultern klopften; wir waren so völlig harmlos.

In diesem Augenblick trat mein Freund O'Donald ein und setzte sich ohne Umstände zu uns; ein junger Kaufmann irischer Herkunft und zugleich Sportsmann mit Leib und Seele. Als solchen hatten ihn auch Beinhaus und Heuglin schon kennengelernt. Dem letzteren hatte er für seine Vogeljagden in Fayum zwei englische Hunde geliehen, wodurch eine innige Freundschaft zwischen den beiden entstanden war. Auch mir war O'Donald ein guter Kamerad, abgesehen davon, daß er meine kleinen Bankgeschäfte besorgte und als Prokurist von Briggs & Co. der Hauptagent für einige der größten englischen Geschäfte war. In der Form von englischem »Chaff », diesem seiner Nation eigentümlichen Austausch von Wahrheiten in Gestalt von gutartig-derben Witzen, konnte man ihm die größten deutschen Grobheiten sagen und sich mit ihm an seiner Freude darüber freuen.

Er kam von Shepheards Hotel in fröhlicher Aufregung und hatte mich gesucht. Allerdings hatte ich ihm bereits Sinn und Verständnis für deutsche Biere beigebracht, so daß er die Bedeutung der Samstagabende bei Meier kannte. Dies hatte ihm das Suchen erleichtert. In das Sprachgemenge des schwülen Stübchens, in dem Deutsch, Französisch, Italienisch, Griechisch und von außen etwas Arabisch und Türkisch zusammenklangen, mischten sich jetzt auch die Wohllaute des Englischen.

»Wissen Sie schon, daß es aus mit Ihnen ist?« rief er seelenvergnügt und klatschte nach indisch-ägyptischer Art in die Hände, um seinen Schoppen zu bekommen. Drüben bei Shepheard sollten Sie Mister Bridledrum hören! Das ist ein Mann! Fred George ist ganz weg! (Fred George war der englische Telegraphendirektor der ägyptischen Regierung und einer meiner zweitbesten Freunde.) – Ich bin es noch!« fuhr O'Donald. fort. »Da fiel mir ein, daß Sie hier sitzen könnten. Kommen Sie mit! Vielleicht predigt er noch!«

»Er soll kommen und pflügen, das ist gescheiter als predigen,« sagte ich, ohne mich aufregen zu lassen. »Ich gebe ihm Land in Schubra, soviel er haben will.«

»Passen Sie nur auf, er wird schon kommen,« meinte mein englischer Freund. »Aber schwatzen sollten Sie ihn hören; einfach großartig! Außer Howard gibt es nichts auf der Welt. Howard ist der Einzige, der Große, und Bridledrum ist sein Prophet. Er versteht, wie man in diesen Gegenden eine neue Religion gründet. Überdies ist er mein Landsmann. Darauf hat jedermann nur gewartet; natürlich. Wie Fowler einen Deutschen hierherschicken konnte, war mir von jeher unbegreiflich; einen Schwaben, made in Germany! Aber Sie können jetzt getrost einpacken!«

Wir stießen an! Auch diesen schönen germanischen Brauch hatte er schon gelernt und übte ihn fleißig.

»Hergeschickt hat mich Fowler überhaupt nicht«, sagte ich. »Das war ein unverdienter Segen von oben für Sie und für ihn. Aber was blies dieser neue Trompeter bei Shepheard weiter?«

»Vor acht Tagen war er beim Vizekönig und gestern bei Ihrem Pascha und hat ihm Pläne und Zeichnungen vorgelegt.«

»Papier!« warf ich ein.

»Papier,« gab O'Donald zu, »aber mit Erläuterungen, daß dem Vizekönig die Schweinsäuglein funkelten. Er möchte schon lange gerne schlauer sein als sein Onkel in Schubra. Mein Haus in Alexandrien schreibt mir heute, wir müssen uns vorsehen und, unbeschadet der Interessen von Fowler & Co., wenn möglich auch die Agentur von Howards Pflügen in die Hand bekommen. Der alte Briggs in Alexandrien weiß, wie der Wind weht, und ich habe heute nicht umsonst unserem Freund Bridledrum eine Stunde lang zugehört. Es war keine Kleinigkeit. Der Mann hat wirklich eine unnatürlich bewegliche Zunge.«

»Commercial honesty!« brummte Beinhaus und schien bösartig werden zu wollen. Ich kannte O'Donald und seine Sprache besser und wußte, daß es keine ehrlichere Haut am Nil gab, was allerdings nicht viel sagen wollte.

»Kaufmännische Ehrlichkeit hole der Kuckuck,« rief er warm und vergnügt. »Wer uns die größte Kommission verspricht, dem müssen wir glauben. Das scheint vernünftig, nicht? – Von dem technischen Kram verstehen wir nichts und brauchen nichts zu verstehen; das verwirrt nur. Glaubt ein Fabrikant an sein eignes Fabrikat, so kann er eine saftige Kommission wagen. Sie kommt ihm zehnfältig zurück. Deshalb ist die Höhe der Kommission auch ein Maßstab für die Vortrefflichkeit der Sache, so gut als ein andrer. Hiervon verstehen die Gelehrten nichts. Brummen Sie nur weiter, Herr Doktor! – Prosit!«

Er trank Beinhaus ein Viertel vor. Auch das hatte er in unsrer Gesellschaft bereits gelernt. Deutsches Bier und deutsche Sitte begannen, wenn auch schüchtern, schon damals ihren Eroberungszug durch die Welt.

»Der Abschied von Eyth wird mir sauer fallen, ich will's gern gestehen,« fuhr er fort, sich mir wieder zuwendend, »denn im großen ganzen gehörten Sie zu einer ganz erträglichen Varietät der teutonischen Abzweigung der englischen Rasse. Aber wir müssen uns alle ins Unvermeidliche fügen, und Sie werden einpacken, sobald

Bridledrum in Wirklichkeit hereinbricht. Er wartet nämlich bloß auf die Ankunft seiner Maschinen, die mit vier englischen Arbeitern erster Klasse, Schlossern, Schmieden, Pflügern – was weiß ich! – schon zwischen hier und Malta schwimmen sollen. Vier Engländer! Lieber Eyth, Sie waren in England. Sie wissen, was das heißt. Vierzig Deutsche und vierhundert Fellachen könnten vier Engländer in ihrem Siegeszug nicht aufhalten, von Bridledrums Mundwerk gar nicht zu sprechen, das wir, billig gerechnet, auf fünfundzwanzig Deutsche anschlagen müssen.«

»Er hat wirklich einen Pflug unterwegs?« fragte ich gespannt und hoffnungsvoll.

»Glauben Sie, die Howards schwatzen nur?« entgegnete O'Donald. »Sobald Bridledrum sah, wie hier das Land lag, und daß es ein Deutscher in Schubra ein wenig verpfuscht hatte, telegraphierte er nach Bedford, und mit dem nächsten Schiff war die Zukunft Ägyptens unterwegs. Hören müssen Sie den Mann. Ich gebe zu, er ist mehr als englisch. Seine Mutter sei eine Französin gewesen, wurde mir gesagt. Der Schwung, die Figarogewandtheit, mit der er die ganze Hotelveranda einseift, ist nicht englisch. Nein, glauben Sie mir, mit dem armen Fowler ist es aus. Dabei schimpft er nicht über Sie, bleibt durchaus anständig, zeigt sogar ein herzliches Mitleid mit Ihnen. – Prosit! – Es ist hart, packen zu müssen. Aber wir sehen uns wohl in einer besseren Welt wieder, bei Simson im Strand zum Beispiel. Wenn wir daran denken, in diesem heißen, dumpfen Kellerloch!«

Das Fäßchen stand jetzt auf dem Kopf. Ein paar hallende Schläge gegen seinen hohlen Bauch teilten der bewegten Gemeinde mit, daß es aussichtslos war, noch einen Tropfen aus der heimatlichen Quelle zu erwarten. Auf acht Tage war sie wieder versiegt, und zögernd entfernte sich eine Gruppe nach der andern, die einen etwas laut und glücklich, daß wieder einmal deutsches Naß ihre lechzenden Kehlen und deutsche Gemütlichkeit die vertrocknenden Seelen erquickt hatte, die andern, und sie waren leider weitaus die Mehrzahl, murrend, daß dieser Narr, der Meier, sich nicht überreden lassen wollte, drei statt eines Fäßchens kommen zu lassen. »Abstehen! – Unsinn!«

Auch wir verließen das Kneipchen. Es war rasch Nacht und plötzlich stille in der Muski geworden. Der ägyptische Mond schien uns voll und hell entgegen. Von der damals noch wild verwachsenen Esbekieh herüber tönte der schrille Lärm der erwachenden Grillen und die unterbrochenen Paukenschläge einer böhmischen Musik. Hunde schlichen lautlos unter dem Schatten der Häuser hin. Noch immer saß der bleiche Missionar vor der Türe und starrte mit seinen großen wasserblauen Augen in die volle Mondscheibe, auf jeder Wange einen Fleck hellen, krankhaften Rotes, das einzige halbgeleerte Glas wohl seit einer Stunde unberührt neben sich. ein eigentümliches Bild hoffnungsloser Entsagung, hoffnungsvoller Ergebung. Man sieht so manches am Rande der großen Heer- und Wasserstraße des Lebens, das nicht auf den ersten Blick zu entziffern ist. Und nicht jeder schwimmt lustig im Strome mit, und auch nicht jeder, der lustig mitschwimmt, erreicht das Ziel, nach dem er die Arme ausstreckt. Wir nickten dem Manne zu ohne eigentlichen Grund, denn keiner von uns kannte ihn. Er war aber jedenfalls ein Landsmann, und man wurde damals mit Landsleuten rasch und ohne viele Umstände gut Freund in der Muski zu Kairo.

Eine Gegenmine

Auf dem einsamen Nachtritte nach Schubra reifte mancher meiner Pläne. In die melancholische Sykomorenallee, die wie ein schwarzer Tunnel vor mir lag, fiel da und dort durch eine ihrer wenigen Lücken ein Streifen des Mondlichts und beleuchtete nicht selten einen Schakal, der sich bis hierher verirrt hatte und halb scheu, halb trutzig davonschlich, wenn Mustapha, der etwas furchtsame Eseljunge, ihm von weitem und überlaut sein »Yemenak! Schimala!« (»Rechts! Links!«) Du Sohn eines Hundes!« zuschrie. Aus der Ferne tönte das unablässige Hundegebell um die Dörfchen am Wege; in der Nähe, in den mondbeglänzten Klee- und Weizenfeldern, zirpte eine Million von unsoliden, nachtschwärmerischen Grillen mit betäubenderem Lärm, je näher man Schubra kam, dessen helle, weißgetünchte Hütten und Häuser nach einer kleinen Stunde zwischen den schwarzen Stämmen durchschimmerten. Als ich vor meinem Hause abstieg, war mein Entschluß gefaßt: ein ehrlicher und öffentlicher Wettkampf sollte die Frage entscheiden, welchem Pfluge, Fowlers oder Howards, in den nächsten Jahren der Boden Ägyptens gehören müsse, und dieser Kampf sollte in Schubra ausgefochten werden. Die Pyramiden von Cheops und Chephren, die aus der mondbestrahlten Wüste herüberwinkten, sollten Zeuge sein. Sie hatten schon andre Kämpfe mit angesehen §§§

Als ich am folgenden Tage gegen elf Uhr in der glühenden Sonnenhitze des nahen Mittags vom Felde geritten kam, wo ich mich mit Halim Pascha eine Stunde lang über einen kommenden Furchenpflug für Baumwolle besprochen und ihn in eine fast ebenso hoffnungsfrohe Stimmung hineingearbeitet hatte wie mich selbst, stand »Lord Palmerston« vor meiner Gartentüre. Ich kannte den prächtigen weißen Esel; er war der stattlichste der munteren Schar, die vor Shepheards Hotel Fiakerdienste versieht. Ich wußte deshalb, daß mich ein Besuch erwartete, der mir schon durch sein äußeres Auftreten Achtung einzuflößen versuchte. Mein abessinischer Koch und Haushofmeister bestätigte dies mit geheimnisvollem Eifer. Der fremde Herr liege drinnen auf dem Diwan und warte schon seit einer Stunde auf mich. In dem fast finsteren, aber köstlich kühlen Empfangszimmer erhob sich, als ich eintrat, ein kleiner Herr mit kugelrundem, kahlgeschorenem Kopf, kleinen listigen, aber nicht bösartig zwinkernden Augen, einer stumpfen Nase und einem gottbegnadeten Mund, soweit seine Größe in Betracht kam; in weißem Anzug, gelben Lederschuhen und einem dunkelroten Tarbusch, der in völlig korrekter Stellung auf dem hinteren Teil seines Hinterkopfes saß. »Mister Bridledrum aus Bedford in England!« – »Ingenieur Eyth! Sehr angenehm, Herr Bridledrum! Bitte, behalten Sie Platz!«

Ich klatschte in die Hände. Mein Abessinier, der die Sitten und Gebräuche bei englischen Besuchen bereits wohl kannte, brachte ohne weitere Anweisung eine Flasche Whisky, eine Flasche Brandy und eine Gulla, die herrlichste Erfindung der alten Ägypter, den porösen Wasserkrug, in dem durch Verdampfung das Nilwasser um so kälter wird, je heftiger die Sonne darauf scheint. Schon damals verstanden sie etwas vom Dampf.

Bridledrums liebenswürdige, fast unenglische Gesprächigkeit war kein leeres Gerücht. Er versicherte, daß er schon in Alexandrien, nein, schon in England von mir gehört und nichts sehnlicher gewünscht habe, als mich kennenzulernen. Er sei entzückt, daß dieser Wunsch jetzt in Erfüllung gehe. Engländer – er meine Europäer – müßten sich überall fest zusammenschließen, um in diesen fremden Ländern der Kultur, dem Christentum und dem Handel Bahn zu brechen. – Dabei sah er mich plötzlich etwas unsicher an. Nein, ich war kein Jude. – Ich sei ein Mann, der in kurzer Zeit glänzende Erfolge erzielt habe – mit mangelhaften Mitteln, wenn er sich als Nicht-Ingenieur erlauben dürfe, eine Meinung zu äußern: mit völlig unzureichenden Hilfsmitteln! Aber man wisse auch, daß ich nur der Sache diene und mir ein selbständiges technisches Urteil bewahrt habe. Er wende sich deshalb fast in erster Linie, er dürfe sagen, ganz in erster Linie an mich, teils um Rat in bezug auf die landwirtschaftlichen Verhältnisse Ägyptens, teils um Unterstützung im Interesse des Landes, für das der beste Dampfpflug von höchster Bedeutung werden müsse. Nun sei, wie ja längst jedermann wisse, der England besucht habe, der Howardsche Pflug anerkanntermaßen §§§

»Gewiß!« sagte ich, rasch entgegenkommend. »Auch ich habe schon von Ihnen viel Schönes gehört, Herr Bridledrum. – Etwas Whisky gefällig? Oder Brandy? Man braucht in diesem Lande von Zeit zu Zeit eine kleine Kühlung.«

»Whisky, wenn ich bitten darf. Sie wissen, die Bridledrums stammen aus Schottland,« belehrte mich mein neuer Freund, zutraulicher werdend, »obgleich ich, mütterlicherseits, den Kognak vorziehen sollte.« Er war sichtlich angenehm berührt von der Unterhaltung, die eine so praktische Form anzunehmen schien. Dann erzählte er mir, daß seine Maschinen samt vier Mann geschulter Bedienung gestern in Alexandrien angekommen seien. Die Herren Howard seien entschlossen, zu zeigen, was ihre Apparate auf ägyptischem Boden leisten können, obgleich für einen Sachverständigen wie mich eine derartige Demonstration kaum nötig wäre. Für die Paschas und für die übrigen Niggers im Lande sei dies allerdings etwas andres. Nun brauche er aber ein passend gelegenes Feld und natürlich auch manche andre kleine Unterstützung, Kohlen, Wasser und dergleichen, um den Pflug in Tätigkeit vorzuführen, und bis jetzt sei es ihm leider nicht völlig geglückt, die Verwaltungsbehörden des Vizekönigs in Bewegung zu setzen. Es fehle dort noch ein wenig an Verständnis für die Sache, und der Pascha selbst habe keine Zeit, die Vorzüge der Anwendung gewöhnlicher Lokomobilen zur Pflugarbeit zu erfassen. Man habe ihn zwar vierzehn Tage lang in Alexandrien von einem Diwan auf den andern geschickt, oder in den andern, wie man komischerweise hier sage. Er habe dabei drei Eimer Kaffee getrunken und sein Nervensystem auf Jahre zugrunde gerichtet. Nun komme er nach Schubra, um den hochintelligenten Halim Pascha, diesen Mann des Fortschritts – nein, um vielmehr mich zu bitten, die Sache in die richtigen Wege zu leiten. – Bridledrum hielt inne, nahm jetzt auch etwas Brandy, vielleicht um seine Mutter nicht zu kränken, die ihm sichtlich beigestanden hatte, denn ein unverfälschter Schotte hätte diese Einleitung nie zu Ende gebracht, wischte sich den Schweiß von der Stirn und fuchtelte mit seinem Taschentuch wie eine Windmühle. Ich begann zu vermuten, daß auch seines Vaters Mutter eine Französin gewesen sein müsse.

Nun versicherte ich, daß ich ihm Land verschaffen werde, wann und soviel er wünsche. Das habe ihm ja Halim Pascha schon zugesagt, der mir heute die nötigen Weisungen gegeben habe.

Er war entzückt.

»Auch Wasser und Kohlen sollen Sie haben,« versprach ich weiter, »wie wenn Ihr Pflug mein eignes Kind wäre; und Hilfsarbeiter in der Gestalt von Fellachen kann ich Ihnen zur Verfügung stellen, soviel Sie irgend wünschen.«

Er war entzückter.

»Denn ich bin ganz Ihrer Ansicht, Herr Bridledrum,« fuhr ich fort. »Wir haben kein andres Interesse, als festzustellen, welches die brauchbarste Form des Dampfpfluges für Ägypten ist. Es ist richtig, ich war früher einer von Fowlers Leuten. Aber das liegt hinter mir. In meiner jetzigen Stellung ist es meine Pflicht, für die besten Geräte auf unsern Gütern zu sorgen, mögen sie kommen, von wem sie wollen, und mein Verhältnis zu Halim Pascha macht mir dies zu einem höchst anregenden Vergnügen, auf das ich niemals freiwillig verzichten würde.«

»Ich kann den Ausdruck meines Entzückens nicht länger zurückhalten, Herr Eyth,« platzte Bridledrums französische Mutter aus ihm heraus, »in Ihnen unverhofft, ich gestehe, ganz unverhofft, einen Mann von solchen Gesinnungen gefunden zu haben. Ich weiß, daß meine Chefs, die Gebrüder Howard, ganz Ihrer Ansicht sind. Es handelt sich darum, zu zeigen, daß der Howardsche Pflug der beste in der Welt ist. Auf Einzelheiten brauche ich Ihnen gegenüber nicht einzugehen. Ich habe nicht die Ehre, Ingenieur zu sein. Aber wenn die Dankbarkeit, praktische, greifbare Dankbarkeit für Ihre unbezahlbare Unterstützung §§§« – er drückte mir die Hand, stumm und schmerzhaft; fühlbar kam jetzt der schottische Vater an die Reihe.

»Ich bin kein Kaufmann und zur Zeit nicht einmal Agent für eine dieser großen Weltfirmen,« sagte ich, mich ihm entwindend, »aber ich denke, die Sache läßt sich am besten feststellen, wenn wir hier, auf den Feldern von Schubra, ein kleines Wettpflügen veranstalten. Sie kommen mit Ihren Engländern und dem Howardschen Apparat, und ich lasse meine Araber im Nachbarfelde mit dem Fowlerschen Pflug tun, was sie zu tun imstande sind. Sie müssen natürlich etwas Nachsicht mit den Leuten haben; ich habe augenblicklich keine englischen Arbeiter zur Bedienung der Fowlerschen Pflüge verfügbar. Mein einziger Mann befindet sich gegenwärtig in Oberägypten. Wir messen dann gemeinsam Land, Kohlen, Wasser und was Sie noch zu messen wünschen, und wenn wir zuvor ein wenig Lärm schlagen – das überlasse ich ihnen, Herr Bridledrum, Sie verstehen es vortrefflich –, dann kommt ganz Kairo heraus und. bewundert den Sieger.«

Bridledrums rundes Gesicht wurde oval und während der weiteren Entwicklung dieses entgegenkommenden Vorschlags immer länger, seine dünngeschlitzten Äuglein rund wie Fischaugen.

»Ja – gewiß – das heißt –,« sagte er, nach Luft schnappend. Es schien ihm unerträglich heiß zu werden, was ja der März in Ägypten hinlänglich erklärte.

»Ich habe heute früh den Plan mit dem Prinzen besprochen,« fuhr ich fort. »Er ist Feuer und Flamme dafür. Sie wissen, er ist ein wenig Sportsmann, wie vermutlich auch Sie. Ihren Landsleuten ist ja ein ehrlicher Wettkampf bei jeder Gelegenheit das höchste Vergnügen. Und ehrlich soll es zugehen, ›fair play all round'. Dafür wollen wir – Sie und ich – schon sorgen. Wann können Sie mit Ihren Maschinen hier sein?«

»Ein vortrefflicher Gedanke!« stöhnte Bridledrum, die neu ausbrechenden Schweißtropfen eifrig von der Stirn tupfend; »das heißt, es wäre mir eigentlich lieber, wenn jeder für sich – wenn es Ihnen ganz gleichgültig ist, würde ich eigentlich gerner §§§«

»Sie sollen die Wahl des Feldstückes haben,« unterbrach ich ihn mit wachsender Liebenswürdigkeit. »Hinter dem Palast liegen fünfzig Hektar Baumwolland. Die Wolle ist schon eingeheimst; in acht Tagen sind die Stauden abgeräumt. Sie nehmen davon fünfundzwanzig, mehr, wenn Sie wollen, Fowlers Maschinen den Rest. Wie gesagt, Sie sollen die Wahl des Stückes haben! Es liegt mir daran, Ihnen alle derartigen kleinen Vorteile zuzuwenden. Sie sind auf fremdem Boden, und dies entschuldigt eine kleine Parteilichkeit zu Ihren Gunsten. Halim Pascha hat mir das selbst eingeschärft. Er betrachtet Sie als unsern Gast; und Sie kennen die Gastfreundschaft des Arabers. Halim Pascha hält etwas darauf. Seine Mutter war eine Beduinin.«

Es entstand eine Pause. Bridledrum brauchte etwas Zeit und tat einen kräftigen Zug aus seinem Whiskyglas, um sich zu fassen. Mein Abessinier trat ein und wollte wissen, ob man »Lord Palmerston« ein paar Handvoll Pferdebohnen geben dürfe. Sein Eseljunge meine, er habe Hunger. »Gewiß,« rief ich in einem Tone, der bewies, daß auch ich die Gastfreundschaft des Arabers zu üben wisse. Mein englischer Freund erhob sich, sauersüß lächelnd.

»Und Sie glauben nicht, daß man die Sache noch anders gestalten könnte?« fragte er zögernd. »Es wäre mir lieber, ganz entschieden lieber gewesen, Ihnen und einigen Herren in Kairo ganz unter uns nachzuweisen, welche Vorteile Howards Einmaschinensystem gegenüber den teuren Doppelmaschinen hat, an die sich der unglückliche Fowler neuerdings zu klammern scheint. Ein eigentliches Wettpflügen ist hierbei eher hinderlich. Es verwirrt das Urteil. Man findet nicht die nötige Ruhe zu völlig unparteiischen Beobachtungen – «

»Ganz unmöglich, lieber Bridledrum!« rief ich aufmunternd. Halim hat die Sache mir wahrer Leidenschaft aufgefaßt. Überdies will er bei dieser Gelegenheit sehen, was seine Fellachen gelernt haben. Natürlich wird er, wahrscheinlich zu seinem Ärger, gleichzeitig erfahren, was vier geschulte Engländer dagegen leisten. Wir können ihm diese unangenehme Überraschung nicht ersparen, denn in wirklich entscheidenden Augenblicken müssen wir Europäer doch schließlich zusammenhalten,. Etwas nachsichtig müssen Sie allerdings sein, Herr Bridledrum; denn sehen Sie, die einen leben von Klee, buchstäblich von Klee, und die anderen sterben, wenn sie kein Beefsteak bekommen. Das fällt ins Gewicht. Aber all dies bleibt hochinteressant, und wenn ich den Prinzen richtig verstanden habe, so fährt er noch heute zu seinem Neffen, dem Vizekönig, um ihn zu dem Scherz einzuladen. Von dem wissenschaftlichen Ernst, den Sie und ich mit dieser Probe verbinden, haben die hohen Herren natürlich keinen Begriff, aber an Publikum wird es nicht fehlen, das Ihre Triumphe nach allen Winden zu tragen bereit ist. Ganz Kairo und halb Alexandrien wird nach Schubra herausströmen. Wahrhaftig, Bridledrum, Sie sind mir eine Flasche Sekt schuldig! Niemand in Ägypten hätte Ihnen eine solche Gelegenheit bieten können, Ihr Licht leuchten zu lassen.«

Es gelang nicht, ihm meine Freudigkeit mitzuteilen. Er blieb verstimmt und schien plötzlich in Eile zu sein. Selbst ein drittes Glas Whisky vermochte ihn nicht zu fesseln. Höflich begleitete ich ihn vor die Gartentüre. Nein, er wollte das für die Versuche bestimmte Feldstück jetzt nicht ansehen. »Palmerston« mußte die Hälfte seiner

Pferdebohnen unverzehrt verlassen und verschwand verdrießlich mit seinem Herrn hinter den Tamarisken, die vor meinem Hause standen.

Nicht unzufrieden mit mir selbst und der Arbeit dieser Morgenstunde, kehrte ich in meine dunklen Zimmer zurück, warf mich auf den Diwan und wartete auf das einfache und dennoch nicht selten rätselhafte Gabelfrühstück, das mein abessinischer Kochkünstler im Schweiß seines Angesichts zurichtete.

Vorbereitungen

Von Alexandrien nach Kairo fuhr man damals mit der Bahn in sechs bis sieben Stunden, wenn alles gut ging. Ein Dampfpflug auf einem Güterzug brauchte etwa vierzehn Tage. Von Zeit zu Zeit brachte mir der eine oder andre meiner Bekannten die Nachricht von Schubra, wie die Leistungen des Howardschen Apparates im Hotel Shepheard in diesen zwei Wochen von Tag zu Tag wuchsen. Ich konnte dies Bridledrum nicht allzusehr verübeln. Vierzehn Tage lang auf Shepheards Veranda oder an der Gasthoftafel selbst des besten ägyptischen Hotels auf einen Dampfpflug warten zu müssen, ist eine schwere Prüfung. Jedermann fragt den Armen wohl zehnmal täglich, ob denn sein Pflug noch nicht angekommen sei, zehnmal des Tages muß er das System und seine Vorzüge bald einem General, bald einer jungen Witwe, bald einem Kreise gelangweilter Nilreisender auseinandersetzen, die ebenfalls schon seit acht Tagen vergeblich auf ihre Dahabieh warten. Kommt dann vollends jemand von einem Ritt nach Schubra zurück, der meine Maschinen in der Ferne dampfen gesehen hat, so steigt die Bedrängnis des Ärmsten bis zur Unleidlichkeit. »Nein,« muß er erregt versichern, »das war nicht der berühmte Howardsche Dampfpflug. Das waren nur ein paar alte Maschinen der Firma Fowler, die mit folgenden Nachteilen kämpfen.« Und dann holte Bridledrum ein Modell aus einem Winkel der Veranda hervor, das er sich in seiner Not zurechtgemacht hatte und das ihm ein armenischer Photographienhändler, der in jenem Winkel seinen bleibenden Wohnsitz aufgeschlagen hatte, um eine kleine Vergütung bewachte. Es bestand aus zwei kleinen Schnupftabaksdosen, die die Dampfmaschinen vorstellten, und einem Hausschlüssel aus Bedford, der den Pflug bedeutete. Das Drahtseil konnte fast immer ohne Schwierigkeit durch Striche im Staub angedeutet werden, der die Marmorplatten der Veranda bedeckte. Sehen Sie, meine Damen‹, erklärte Bridledrum, seine Dosen heute vielleicht zum fünftenmal auf den Boden setzend, »Fowler braucht zwei Dampfmaschinen, die er an den entgegengesetzten Enden seines Feldes aufstellt – hier – und hier! Zwischen den Dosen wird das Ackergerät – Sie können sich diesen Schlüssel bequem als den Fowlerschen Balancepflug denken, ein Instrument, das überaus schwierig zu handhaben ist – von Drahtseilen hin und her gezogen, die jede Dose, ich meine jede Maschine, abwechslungsweise auf einer Trommel aufwindet.« – »Hat er auch einen Trommler?« fragte das achtjährige Söhnchen der Witwe mit plötzlich erwachendem Interesse. – »Ist der Schlüssel einmal hin und her gelaufen – so!« fährt Bridledrum fort, ohne das Söhnchen einer Antwort zu würdigen, »so hat er einen schmalen, einen ziemlich schmalen Streifen gepflügt – ich meine natürlich den Pflug, nicht den Schlüssel. – und die beiden schweren Maschinen müssen nun mit ihrer eigenen Dampfkraft mühselig vorrücken, so daß ein neuer Streifen in Angriff genommen werden kann; wobei sie gewöhnlich versinken. man nennt das ein Doppelmaschinensystem. Fowler baut es allerdings erst seit einem Jahr – das reinste Experiment –, und Sie werden kaum begreifen, Herr General, was er eigentlich damit bezweckt. Wir auch nicht! – Nun, bei Howard ist die Sache viel einfacher. Er hat nur eine Schnupftabaksdose nötig. Sie wird in der Ecke des Feldes aufgestellt: – so! – und daneben die Seilwinde mit ihren zwei Trommeln und davor der sogenannte Snatschblock, von dessen zwei Seilscheiben aus das Drahtseil in jeder Richtung über das Feld laufen kann. Dieses wird um das ganze Feld herumgezogen und läuft in den Ecken desselben über Seilscheiben, die ich mit diesen Kupfermünzen bezeichnen will und die von verlegbaren Ankern festgehalten werden. Zwischen den zwei entferntesten Ankern läuft nun unser Pflug oder Kultivator, ein patentiertes, vielfach verbessertes Instrument, wie der Kuckuck hin und her, und ehe man sich's versieht, ist das Feld bearbeitet. Sie verstehen?«

Die Damen verstanden ohne Zaudern; der General, der nicht so sicher war, ob er verstanden hatte, entfernte sich nachdenklich, Er hatte mit dem Dampfpflug, den er bei seinem Morgenritt entdeckte, glänzen wollen und fühlte, daß er den kürzeren zog. – Waren keine Damen im Spiel, so wurde gewöhnlich ohne Modell gearbeitet. Die Berichte waren dann ernster, eingehender. Die Stundenleistung des Howardschen Apparates stieg täglich, der Kohlenverbrauch nahm entsprechend ab, die Wasserzufuhr, die beim Fowlerschen System ganz besondere Schwierigkeiten mache, erschien noch am Schluß der ersten Woche bei Howard als Quantité négligeable, schon weil die Howardsche Maschine auf einem Fleck stehenbleibe – und aus anderen Gründen. »Aber man konnte doch den armen Fowlerschen

Experimentierpflug nicht gar zu schlecht machen, indem man seine hundert Nachteile breit ausmalte,« entschuldigte sich Bridledrum.

O'Donald brachte mir diese Geschichten in meine Landeinsamkeit, strahlend vor Vergnügen; sie versprachen doch einige Bewegung in das Wüstenleben bei Shepheard zu bringen, das im März unerträglich zu werden beginnt. Beinhaus, seiner ernsteren Lebensauffassung entsprechend, berichtete ähnliches mit grimmiger Miene. Anfangs lachte ich. Nachgerade ärgerte mich das unablässige Trompeten Bridledrums doch ein wenig, namentlich nachdem mich eine Gesellschaft junger englischer Damen in den Palastgärten von Schubra gefragt hatte, ob sie den mißglückten englischen Dampfpflug nicht sehen könnten, der hier herum arbeiten solle. Und gerade an diesem Nachmittag war in dem furchtbar harten Boden der vertrockneten Baumwollfelder ein Drahtseil gerissen, so daß der ganze Apparat in der Tat der Beschreibung Bridledrums alle Ehre machte und ich zum erstenmal ernstlich zornig über ihn wurde.

Doch auch der Ungeduldigste überlebt schließlich vierzehn Tage. Bridledrum besuchte mich zum zweitenmal. Er war in froher Erregung. Seine Maschinen standen auf dem Bahnhof in Kairo. Auch seine Leute waren angekommen und kamen, vier Mann hoch, auf vier Eseln hinter ihm dreingeritten; ruhige, wortkarge Menschen, die keinen schlechten Eindruck machten, wenn sie auch auf ihren kleinen Reittierchen mit den Füßen den Boden streiften und unbehaglich genug dreinsahen. Wir führten die Gesellschaft nach dem für die Prüfung bestimmten Feldstück: genau fünfzig Hektar Land, flach wie ein Teller und zehn Minuten von der Straße nach Kairo so bequem gelegen wie nur denkbar, um der Welt die Wunder der Dampfkultur zu zeigen. Ich, hatte bereits das Stück in zwei gleiche Teile abstecken lassen und bat Bridledrum, sich. seine Hälfte zu wählen. Die andre werde ich von meinen Fellachen pflügen lassen, wie verabredet.

»Gewiß! gewiß!« sagte er mit unnatürlicher Heiterkeit. England gegen Ägypten, Ägypten gegen England! Ist es nicht eigentlich spaßig, was wir hier machen, Herr Eyth? Ich hoffe, der Prinz nimmt es nicht übel, wenn seine kleinen Nigger zermalmt werden. Denn wissen Sie, es ist doch eigentlich ein Unsinn: Ägypten gegen England!«

»Ich denke, wir sollten es nicht so auffassen,« antwortete ich ebenso vergnügt. »Es handelt sich nicht um Rassen- und Völker-kämpfe, sondern um Maschinen, vortreffliche englische Maschinen in beiden Fällen. Eine Schnupftabaksdose gegen zwei. Ich weiß, Halim Pascha sieht es nur so an. Im übrigen bleiben Sie in seinen Augen unser Gast. Alles, was Sie brauchen, sollen Sie haben: und den besten Tabak für Ihr Döschen. Eigentlich will er Sie's gewinnen lassen. Ganz kann ich mich damit noch nicht befreunden. Aber ehrlich soll gespielt werden, wenn Ihnen der Boden nicht zu hart ist.«

»Natürlich, natürlich!« lachte Bridledrum, sichtlich etwas geär-gert, daß ich von seinem Tabaksdosensystem wußte. Dann hielt er einen kleinen Kriegsrat mit seinen Getreuen und wählte sein Feld-stück. Die vier Arbeiter suchten mit den Absätzen ihrer wuchtigen Stiefel ein paar Schollen loszubrechen und schüttelten wortlos, aber einmütig, wie vier Automaten, die Köpfe. Ich verstand sie, auch ohne daß sie einen Laut von sich gaben. Backsteinklumpen wie diese sonngebrannte Nilerde im März hatten sie in England nicht zu zertrümmern.

Es war Montag; die Schlacht sollte am nächsten Samstag geschla-gen werden. Schon am Dienstag abend kamen einige Teile des Ho-wardschen Pflugs – ein paar Anker, drei Seilscheiben und ein Schwungrad – und wurden nach ägyptischer Art in einem falschen Felde abgeladen, dann mit dem Beistand Allahs wieder aufgepackt und in der falschen Hälfte des richtigen niedergelegt.

Am Mittwoch brachte mir O'Donald die neueste in Alexandrien erscheinende Nummer der »Egyptian Times«, die an der Spitze ihrer etwas dünnen Leitartikel eine begeisterte Beschreibung der Howardschen Fabrik, ihrer überall siegreichen Dampfpflüge und des bevorstehenden Probepflügens in Schubra brachte. Daß hiermit nicht nur der beste, sondern auch der erste Dampfpflug in Ägypten erscheine, verwunderte mich einigermaßen, denn ich war damals noch nicht an die Genauigkeit technischer Mitteilungen in politi-schen Zeitschriften gewöhnt. Jackson, das Kamel von einem Redak-teur, der mich schon oft besucht hatte, hätte sich wenigstens besser erkundigen können, meinte ich. Aber er hatte meinem Ungarwein stets größere Aufmerksamkeit geschenkt als meinen Pflügen, und ich – auch ich, war nicht ohne Schuld – seinem hübschen, klugen Töchterlein, das er beim letzten Besuche mitgebracht hatte und die den Orangengarten hinter meinem Hause sehr nach ihrem Geschmack fand. Miß Lucy sollte, wie gesagt wurde, die Seele der Redaktion der »Egyptian Times« sein. Das hatte ich, während sie, wie eine liebliche schwarzäugige Pomona, unter den Orangenbäumen meines Gartens wirtschaftete, leichtfertig vergessen.

Am gleichen Tage kam auch die Lokomobile und mit vielem Geschrei die wuchtige Seilwinde, weitere Anker und Ankerscheiben und eine Schar von dreirädrigen Seilträgern, auf denen die Fellahjungen von Schubra in dem der semitischen Rasse eignen prophetischen Geiste Veloziped fuhren, schließlich auch der Pflug und der Kultivator und ein Wagen voll Pflugscharen und Kultivatorspitzen. Die vier stummen Engländer holten sich schweigend vier Zuschlaghämmer aus meiner Schmiede, um große Holzkeile in den steinharten Boden zu treiben und ihre Maschinen festzustellen. Den ganzen Freitag hörte man die wuchtigen Schläge und manchmal einen kräftigen, halberstickten Fluch in der Richtung des Versuchsfeldes. Ein solcher Boden war in der Tat mehr, als der ruhigste Mann ertragen konnte. Schließlidi sägten sie die Pflöcke ab, die nicht tiefer einzuschlagen waren. Während nämlich die Erde des Deltas im November und Dezember, wenn der hohe Nil sie befeuchtet hat, krümelt wie Sand, wird sie gegen Januar trocken und hart und gleicht im März einer Steinkruste, die, wenn sie sich überhaupt dazu versteht, in Schollen aufbricht, hart wie Ziegelmasse und groß wie Felsblöcke. Auch Bridledrum fing an zu schimpfen. »Solches Zeug,« erklärte er mir, »werde ein vernünftiger Mensch überhaupt nicht pflügen.« – »Ich habe Sie von Anfang an für einen vernünftigen Menschen gehalten!« sagte ich höflich. Es war nicht zu verhehlen, er hatte mich doch schließlich geärgert. Unter Shepheards Veranda ging alles so viel besser!

Mit Ach und Krach hatten meine beiden Pflüge die ganze Woche an der Grenze des Gutes, fast bei Heliopolis, gearbeitet; einer wenigstens unablässig; der andere war gewöhnlich. zusammengebrochen. Wenn sie in dieser Weise brüderlich abwechselten, mußte ich mich wohl oder übel zufrieden geben. Am Freitag nachmittag machten sich die beiden Maschinen des für den Augenblick kampfestüchtigsten Apparates Nummer zwei auf den Weg nach dem

Schlachtfeld. In meinem blutjungen Arabisch und mit Hilfe des an meiner Ferse klebenden Dragomans Abu-Sa, eines phlegmatischen, dicken Kopten, hatte ich meinen besten Maschinenwärter beiseite gerufen: einen jungen schlanken Fellah, dessen feine Züge und aufgeweckte, glänzende Augen zu großen Hoffnungen berechtigten. »Morgen, o Achmed,« sprach ich feierlich, »mußt du und deine Brüder zeigen, was ihr gelernt habt. Ihr werdet im Wettkampf mit den Engländern pflügen, die einen neuen Dampfpflug gebracht haben, um euch. zu besiegen. Unser Pascha wird euch zusehen, vielleicht sogar der große Effendi aus Kairo, der Vizekönig. Ihr habt den besseren Dampfpflug und seid so gute Leute wie die Engländer. Ihr müßt siegen. Wenn aber Allah euch den Sieg verleiht, so erhält jeder fünfzig Piaster türkisch. Verstanden?«

Achmeds Augen funkelten. »Inschallah!« rief er inbrünstig und küßte meine Hand. Die Kunde verbreitete sich wie durch Zauberei nach der Lokomotive am anderen Ende des Feldes, die ungeheißen, in plumpem Eifer, über den halbfertigen Acker uns entgegengehumpelt kam. Eine halbe Stunde später hatten beide Maschinen ihre Drahtseile abgewickelt, den Pflug zum Transport angehängt und dampften auf dein breiten Damm neben dem Hauptbewässerungskanal des Gutes hinter mir her gegen Schubra.

Nun ist der Boden Ägyptens auch in der trockensten Jahreszeit, wenn er steinhart zu sein scheint, für Straßenlokomotiven ein gefährlich Ding, namentlich in der Nähe eines Bewässerungsgrabens. Ein Mausloch in der Böschung, eine Wurzel, die durstend dem Wasser zuwuchs, kann diesem den Weg in den Untergrund bahnen und ihn auf weite Strecken in seinen alten Nilschlamm verwandeln, wovon die hartgebackene Oberfläche nichts verrät. Wenn dann eine englische Straßenlokomotive mit ihrem Gewicht von dreihundert Zentnern ahnungslos über die Stelle fährt, so setzt sie sich großen Überraschungen aus. Einige Jahre später wußten wir dies alles sehr genau und waren besser auf der Hut als an jenem verhängnisvollen Abend.

Das plötzlich unregelmäßige Pusten der hinteren Maschine veranlaßte mich, nach rückwärts zu sehen. Ihr Schornstein, aus dem dichter schwarzer Rauch in angstvollen Stößen in den Abendhimmel hinaufwirbelte, stand etwas schief. Noch ein Ruck, und er neigte sich um zwanzig Grad gegen Süden. Ich sprang vom Esel, der sich nicht schnell genug drehen konnte, und der Unglücksstätte zu. Das rechte Hinterrad war trotz seiner Riesenbreite von dreiviertel Meter bis halb an die Achse eingesunken. Der Kessel stand auf dem Aschenkasten der Feuerbüchse statt auf seinen Rädern und schien am liebsten in dem zwei Schritte entfernten Kanal versinken zu wollen, aus dem uns das dicke gelbe Nilwasser gurgelnd entgegenkam.

Neu war die Sachlage nicht. Meine Leute hatten sie in der ersten Zeit ägyptischer Dampfkultur in den verschiedensten Varianten erlebt. Achmed galoppierte nach einer halben Minute auf meinem Esel nach Schubra, um Winden, einen Wagen Holz, Palmstämme, Faschinen, Bauholz – was er erwischen konnte – und ein Dutzend Fellachen herbeizuholen. Dies kostete qualvolle drei viertel Stunden, in denen nichts zu tun war, als den Wasserstand in dem immer tiefer sinkenden Kessel zu beobachten, den zischend abblasenden Dampf zu regeln und einen prachtvollen Sonnenuntergang zu genießen, aus dessen Glut die ferne Cheopspyramide wie aus einer stillen, kaum mehr irdischen Welt jenseits aller Not und Angst herüberstrahlte. Wie hatte Cheops es so gut – das heißt, wenn er noch in seinem Porphyrsarkophag läge, was bekanntlich nicht der Fall ist.

In sinkender Nacht ging es ans Schrauben, Heben, Unterbauen. Die zwölf Fellachen hingen, laut nach Allah rufend, an einem Palmstamm, der als Riesenhebel vortreffliche Dienste leistete, bis er krachend zusammenbrach und die ganze Gesellschaft heulend, aber wohlbehalten, am Boden lag. Ein zweiter Baum, der einem benachbarten Fellahhäuschen entrissen wurde, half weiter. Das Geschrei der Hausbewohner, die sich schon zur Ruhe begeben hatten und ihr Dach verschwinden sahen, förderte die Arbeit mehr, als es sie störte. Der Mond stand zum Glück strahlend am Himmel, Hunde und Grillen hatten ihr Abendlied angestimmt, die ganze Natur um uns her atmete den etwas lärmenden Frieden einer orientalischen Nacht. Nur um meine Maschine knarrte, krachte, stöhnte und schrie es weiter. Aber der tiefgeneigte Schornstein richtete sich mehr und mehr auf; ein kurzer Knüppeldamm war über die gefährlichste Stelle gelegt. Weitere fünf Minuten waren erforderlich, um den gesunkenen Dampf wieder in Ordnung zu bringen. Dann schickte

Achmed einen gellenden Pfiff in die Nacht hinaus, und dröhnend und krachend, den Holzbau zermalmend, den Knüppeldamm nach allen Seiten schleudernd und wie ein Schiff im Sturm hin und her schwankend, wälzte sich das schwarze Ungetüm auf die trockene, feste Seite des Weges hinüber. Auch dort schwankte der Boden wie im wildesten Erdbeben. Vorwärts! vorwärts! – Krach!! – Die Vorderräder flogen, als wären sie toll geworden, plötzlich nach links herum dem Kanal zu. Doch die Maschine stand still. Sie war auf festern Boden; nur die Steuerkette, welche die Vorderräder beherrscht, war gebrochen. Ein Stück der herumfliegenden Balken hatte sich in derselben verfangen. Der Mann am Steuerrad war dabei von der Maschine heruntergeschleudert worden, und nur Achmeds, meines braven Maschinenführers, rasches Abstellen des Dampfes hatte verhindert, daß wir mit vollem Dampf in den Kanal hineingefahren wären.

»Malisch! Macht nichts!« rief ich, um den Mut der Leute zu stärken. Es ist das Wort der Worte jedes Ägypters und hilft in rätselhafter Weise über den Jammer selbst seines Daseins hinweg. Wir waren wenigstens aus dem Sumpf heraus. Auf unser morgiges Schlachtfeld mußte die Maschine heute noch gebracht werden, koste es, was es wolle. Ich ritt nun selbst nach Schubra, meine Truppe von Fellachen keuchend hinter mir her. Was wir an Ketten finden und an Laternen auftreiben konnten, war in einer Viertelstunde auf dem Weg nach dem Kanal. Dann ging es an ein Probieren, Flicken, Verschlingen, Zusammenschrauben der Ketten im Schlamm unter dem Bauch der unwirsch dastehenden Maschine, die uns gelegentlich mit einem Guß siedender Wassertropfen ermunterte, daß es eine Freude war. Die Leute arbeiteten unverdrossen, sobald und solange ich mich selbst mit ihnen im Schlamm wälzte, und nach einer weiteren Stunde konnten wir langsam und bedächtig weiterfahren. Die geflickte Steuerkette wollte mit Vorsicht behandelt sein; aber sie hielt stand, bis wir in das mondbeglänzte Feld einbogen, an dessen fernem Ende Howards Apparat, sauber und korrekt aufgestellt, unser dröhnendes, staub- und schlammbedecktes Fuhrwerk mit aristokratischer Ruhe erwartete.

Dann ritt ich heim, müde und hungrig und zufrieden. Soweit wir heute kommen konnten, waren wir gekommen. Geschlagen waren die zwei Schnupftabaksdosen noch nicht.

Der Kampf

Der prachtvolle ägyptische Morgen brach an wie alltäglich und fand alles in Bewegung, nachdem ich die Leute, die zunächst nötig waren, mit freundlichen Worten und dem Stock meines Sais ein wenig ermuntert hatte, in jener fünftausendjährigen Sprache des alten Nillandes, in der ich mich schon ziemlich deutlich ausdrücken konnte und die, wenn sie richtig und ohne boshaften Ernst gesprochen wird, dem Fellah nicht nur die verständlichste, sondern, man könnte fast glauben, auch die liebste ist.

Die gebrochene Kette wurde durch eine neue ersetzt, die mit Schlamm überzogenen Räder gewaschen, die beiden Maschinen an den Feldenden aufgestellt, die Seile aus-bezogen und am Pflug befestigt, und dieser, ein gewöhnlicher Vierfurchenpflug, zum Beginn der Arbeit bereitgestellt. So sah das Ganze, mit Howard an einem und Fowler am anderen Ende der fünfzig Hektar, in der Ferne fast aus, als ob wir in England stünden. Wären wir tatsächlich dort gewesen, mit englischen Arbeitern auf den Maschinen, so hätte ich mit ruhiger Zuversicht den nächsten Stunden entgegengesehen. So aber frühstückte ich doch mit einigem Herzklopfen. Meine braven Fellachin waren wohl voller Eifer und hatten sich sogar feiertäglich herausgeputzt. Aber wer konnte wissen, was uns bevorstand? Mit Allah läßt sich nicht spaßen. Er gibt den Sieg, wem er will, sagt sein Prophet, und seine Gläubigen beugen sich, ohne zu murren. So weit sind wir Christen noch lange nicht.

Um acht Uhr kam Bridledrum mit seinen Leuten von Kairo, und auch die Howardsche Maschine begann zu rauchen. Ich zeigte ihnen alles, was für sie vorbereitet war: ihre abgewogenen Kohlen, die wir zusammen nachwogen, die Einrichtung für ihre Wasserzufuhr, die Kanne Schmieröl, die ihnen zur Verfügung stand. All das wurde von der Gesellschaft mit stummen Zeichen des Einverständnisses, jedoch etwas mißtrauisch, entgegengenommen. Dann stattete ihr erster Dampfpflüger, ein wackerer Bedfordshiremann, meinen Maschinen einen Besuch ab, und zum erstenmal erschien auf seinem breiten, ehrlichen Gesicht ein Lebenszeichen: schmunzelnde Zufriedenheit. Die Maschinen sahen allerdings nicht aus, als ob sie für ein Siegesfest aufgeputzt wären. Und die Nigger! Der Mann, der schon auf Barbados in den Antillen gepflügt hatte, teilte seit jener

Zeit die Menschheit in zwei Klassen: Engländer und Nigger. Ein Fowlerscher Pflug, und bloß Nigger, die ihn bedienten! Das konnte nicht ernst gemeint sein.

Von neun Uhr an kamen Esel, Pferde und selbst Wagen aus Kairo, verirrten sich in allen Enden und Ecken des Guts – die meisten schienen zu glauben, die Prüfung finde in meinem Hause statt – und sammelten sich schließlich im Versuchsfelde: Bridledrums Freunde aus dem Hotel Shepheard, die Witwe mit ihrem Söhnchen voran, O'Donald, voller Eifer, mich gegen Bridledrum und Bridledrum gegen mich aufzuhetzen. Doktor Beinhaus, ernst und kampfesgrimmig wie immer, Heuglin mit der Ruhe eines schwäbischen Philosophen, den die Sonne Afrikas gedörrt hat. Der Vizekönig kam nicht; an seiner Stelle dagegen in prächtigem Wagen hinter zwei wunderbaren arabischen Hengsten und in voller ägyptischer Amtstracht sein Finanzminister Sadyk, damals noch Bey, und zwei Adjutanten. Dann folgten kleine Paschas und große Grundbesitzer – Nubar, Sheriff und andre, die hilflos auf dem Felde herumstanden und sich gegenseitig die wunderbaren Dinge zu erklären suchten, die sie nicht verstanden. Um halb zehn erschien Halim in dem eleganten Korbwagen, den er benutzte, wenn er den Landwirt spielte, mit seinem ständigen Adjutanten Rames Bey an der Seite, dem baumlangen Tscherkessen in goldstrotzender Mameluckentracht, dessen Hauptaufgabe es zu sein schien, seinem kleinen, nervös lebhaften Herrn alle drei Minuten eine neue Zigarette zu reichen, die dieser nach zwei Zügen wegwarf. Der Pascha begrüßte zunächst seine vornehmsten Gäste, die sich tief vor ihm verneigten, dann schüttelte er Bridledrum die Hand und ließ sich den Howardschen Apparat von ihm erklären, alles mit scharfen Blicken prüfend, aber ohne ein Wort zwischen die nicht ganz gewöhnlichen französischen Phrasen des Engländers zu werfen. Darauf rief er mich heran und meinte, daß für alle Anwesenden eine möglichst kurze Prüfung genügen würde. jeder Apparat möge, um halb elf beginnend, eine volle Stunde arbeiten und so viel und so gut pflügen, als es ihm möglich sei. In einer Stunde könne sich dann jedermann selbst seine Meinung bilden.

Ich hätte lieber wenigstens einen halben Tag lang gepflügt; dabei hätte sich deutlicher zeigen können, was jedes der zwei Systeme wert ist. Doch blieb uns beiden, Bridledrum und mir, vorläufig nun nichts weiter übrig, als in zehn Minuten draufloszuarbeiten, so gut wir konnten. Wir gingen jeder zu seinen Maschinen. Halim, einen riesigen Chronometer in der Hand, blieb mit der Mehrzahl unsrer Gäste um Howards Apparat. Ich konnte ungestört nachsehen, ob alle Maschinenlager genügend geschmiert waren. Auch die Leute schienen es zu sein. »Fünfzig Piaster Mann für Mann, wenn uns Allah den Sieg verleiht!« war die Losung, die von Mund zu Mund ging, und Achmed schraubte, ohne daß ich es bemerkte, die Federbelastung der Sicherheitsventile fester, um wenigstens die Dampfspannung etwas höher halten zu können, als erlaubt war. Wenn Allah bestimmt hatte, daß wir in die Luft fliegen sollten, waren ja doch alle Sicherheitsventile nutzlos. Die Engländer hatten, wie ich nachher entdeckte, in aller Ruhe das gleiche getan.

Ein dreifacher Pfiff verkündete, daß es halb elf war. Emsig keuchend stießen die Maschinen ihre weißen Dampfwolken in den tiefblauen Himmel und begannen die mächtigen Pflüge in den Boden zu ziehen. Es knirschte und krachte, daß es eine Freude war. Für mich war dies alles natürlich ein alltägliches Vergnügen. Der Acker mit seinen fürchterlichen Kämmen und Wasserfurchen in dem steinharten Boden, die der Baumwollbau mit sich bringt, war eines der Durchschnittsfelder, wie ich sie jeden Tag aufzubrechen hatte. Wie ein Schiff im Sturm schwankend glitt der Pflug vorwärts; etwas zu schnell, so daß man ihm nur halb im Trabe folgen konnte. Die fünfzig Piaster wirkten, und mächtige Schollen, kleinen Felsblöcken gleichend, wurden wild auf die Seite geschleudert. Ich ließ den Pflug die dreihundert Meter lange Strecke zwischen den beiden Maschinen ein paarmal hin und her laufen und ermahnte die Maschinenwärter, nichts zu überstürzen. Es war nicht nötig, überschnell zu arbeiten. Dann konnte ich Howards Apparat einen Besuch abstatten.

Schon bei seiner ersten Bewegung von einem Acker zum andern war der Pflug zweimal stillgestanden. Das eine Mal hatte der Anker in dem steinharten Boden nicht gefaßt und sich dem Pfluge entgegen in verzweifelten Sprüngen auf die Wanderschaft gemacht. Beim zweiten Stillstand hatten die Engländer mit der Ruhe, die sie nie verläßt, einen der vier Pflugkörper des Gerätes abgeschraubt und auf diese Weise den Vierfurchen- in einen Dreifurchenpflug verwandelt. So ging es besser, wenn auch noch immer langsam und in gewaltigen, stoßartigen Zuckungen. Die Maschine war sichtlich zu schwach für einen derartigen Boden.

»Nun, Herr Bridledrum,« fragte ich meinen Freund und Gegner, »wie gefällt Ihnen Ägypten? Sie bemerken wohl, es ist nicht alles Sand hier?«

»Heißen Sie das Erde? Verfluchte Backsteine!« antwortete er grimmig. Er war offenbar an der Grenze seiner Spannkraft angelangt. Ich wußte es aus Erfahrung: Es ist keine Kleinigkeit, lächelnd die Vorteile eines Systems zu preisen, während man jeden Augenblick erwartet, ein Seil reißen oder einen Anker in die Luft fliegen zu sehen. Halim war zu den Fowlerschen Maschinen hinübergegangen. Bridledrum konnte Atem holen und sich mir gegenüber etwas gehen lassen.

»Ich glaube, Sie haben das härteste Feld im ganzen Nilland für uns ausgewählt,« fuhr er mit einem Lächeln fort, unter dem es kochte. »Macht nichts, Herr Eyth, macht nichts! So haben wir es am liebsten. Wir werden Ihnen schon zeigen, was pflügen heißt. – Der verteufelte Anker!!«

Am fernen Ende war der Eckanker wieder ausgerissen. Bridledrum trippelte ungeduldig in der keineswegs musterhaften Furche herum. Der Gang des Pflugs war zu unstet, um eine regelmäßige Tiefe einhalten zu können. Doch war ich zu höflich, darauf hinzuweisen; es war klar, ich konnte unbeschadet des Endergebnisses alle Rücksicht auf die Gefühle meines Gegners nehmen. Wir sahen, während der widerspenstige Anker zurückgeschleppt und wieder in den Boden eingelassen wurde, nach Fowlers Pflug hinüber, der ruhig, aber mit gefährlicher Geschwindigkeit durch das Feld segelte. Aus der Ferne sah sich dies vortrefflich an, namentlich für die ahnungslosen Zuschauer, welche nichts von den zitternden Schrauben und Zapfen wußten, die, wenn die höllischen Mächte es wollten, jeden Augenblick eine Katastrophe herbeiführen konnten. Der Pflug jagte jetzt förmlich, in eine haushohe Staubwolke eingehüllt. Ich nickte Bridledrum ermunternd zu und beeilte mich, nach meinen Maschinen zu kommen.

»Langsam, ya salaam, langsam!« rief ich Achmed schon aus weiter Ferne zu. Es half nichts. Er konnte mich in dem Lärm nicht hören. Seine Maschine brauste und klapperte weiter, schwankend und bebend. Beide Sicherheitsventile sandten senkrechte Dampfstrahlen gen Himmel. Die Heizer schaufelten die Kohlen in die Feuerbüchse, als wären sie besessen.

»Langsam, langsam!« schrie ich; »wo ist mein Dragoman?«

Keuchend kam Abu-Sa auf seinem Esel übers Feld. Er hatte auch bei Howard hospitiert und erhielt eine Ohrfeige. Da er ein Christ und ein Schriftgelehrter war, kam dies selten vor und verstimmte ihn ein wenig. Doch blieb er jetzt an meiner Ferse hängen wie mein Schatten und schimpfte in meinem Namen mit löblicher Energie. Aber all unsre Bemühungen schienen keinen merklichen Einfluß auf das stürmische Tempo des Pflügens zu gewinnen. Stand ich auf dem Tender hinter Machmud, dem Führer der ersten Maschine, so jagte die zweite am entfernten Feldende, als wäre sie toll geworden. Eilte ich dorthin und riß Achmed den Steuerhebel aus der Hand, so schien Machmud entschlossen, die verlorenen Sekunden wieder einzubringen, auch wenn alles in die Luft fliegen sollte. Erst nach zehn Minuten dieser nicht zu bändigenden Raserei wurde mir die Ursache von Abu-Sa erklärt. Während meines Besuches bei Bridledrum war Halim Pascha auf den Fowlerschen Maschinen gewesen. Das Feuer des Wettkampfes hatte ihn gepackt. Er hatte beiden, Achmed und Machmud, einen Theresientaler in die Hand gedrückt und mit seinem verstohlenen Lächeln zu den Leuten gesagt: »Oh, ihr Gläubigen! Wenn ihr heute diese Engländer da drüben besiegt, so erhaltet ihr ein Backschisch! – ein Backschisch!! ein englisches Pfund, jeder, der mitgearbeitet hat!«

»Inschallah!« hatten sie alle inbrünstig gerufen und waren bereit, mit den Maschinen in die Luft zu fliegen. Tut nicht Allah, was er will, auch mit den Dampfmaschinen?

Ganz wie ein Mensch muß sich auch ein Pflug an seine Arbeit etwas gewöhnen, ehe er zeigen kann, was in ihm ist. Howards Gerät lief jetzt besser und stetig, wenn auch nur halb so schnell als das unsre. Ein stattlicher schwarzbrauner Streifen frischgepflügten Landes lag schon hinter uns, schätzungsweise zweimal so breit als der am andern Feldende, und anzusehen, als ob ein Afrit die Erdklumpen umhergeschleudert hätte. Hübsch gepflügt konnte man es nicht nennen. Aber wer weiß in Ägypten, oder wer will wissen, was hübsch gepflügt ist? Staunend und den Propheten anrufend liefen die aufgeregten Türken des Vizekönigs den letzten Furchen entlang und sprangen, ihre Pluderhosen zusammenraffend, entsetzt zur Seite, wenn der Pflug in seiner Staubwolke knirschend und prasselnd an ihnen vorüberglitt. Beinhaus und Heuglin gingen ernst und schweigend auf und ab. O'Donald gestikulierte heftig mit Bridledrum, der sich vergebens bemühte, seinen Leuten ein anderes Tempo beizubringen. Beide wußten nicht, daß die Wackeren stumm und ingrimmig taten, was irgend möglich war.

Zweiundvierzig Minuten unsrer Stunde waren abgelaufen. Ich stand auf Machmuds Maschine, als ein kleiner Fellahjunge, von Achmed kommend, atemlos über das Feld gelaufen kam und zu mir heraufkletterte. »O Baschmahandi!« schrie er mir in die Ohren, »komme eiligst, Achmeds Vapor ist erkrankt.«

Vapor ist neuarabisch für alles, was vom Dampf getrieben wird. – »Der Kuckuck! Dacht' ich mir's doch!« rief ich wütend, sprang von der Maschine und rannte über das Feld. Abu-Sa hinter mir her, die beiden Esel nachschleppend. Doch es rauschte und brauste noch alles in scheinbar bester Ordnung. Nur noch fünfzehn – nur noch zwölf Minuten!

Achmed stand neben seiner Maschine, die im Augenblick nichts zu tun hatte, da die andre den Pflug zog. Er war mit der Speisepumpe beschäftigt, immer ein schwacher Punkt des Ganzen, und schraubte an dem Ventilkasten herum, der zwischen dem Kessel und der Pumpe sitzt. Die Dichtung der Flansche desselben hatte nachgegeben, und ein dünner Wasserstrahl schoß aus der haarfeinen Öffnung heraus, die sich durch kein Festschrauben schließen lassen wollte. Das Schlagen des Ventils war nicht mehr hörbar: die Pumpe versagte. Konnte dies nicht wieder in Ordnung gebracht werden, so mußten wir in einigen Minuten aufhören, wenn wir aus Wassermangel den Kessel nicht fünf Minuten später in die Luft sprengen wollten. Ich drückte mit einem Schraubenschlüssel einen Putzlappen auf die entstandene Spalte, so daß der Wasserstrahl, der immer größer und heftiger hervorschoß, zurückgehalten wurde, und sofort hörte man das tröstliche Schlagen des Ventils, welches bewies, daß das Speisewasser wieder seinen richtigen Weg in den Kessel fand. Nur dauerte es nicht lange. Der Wasserstrahl fand seinen Weg an dem Schlüssel vorbei, unter dem Schlüssel durch; das

Ventil hörte wieder auf zu schlagen. Doch Achmeds Augen funkelten. Er hatte einen Gedanken; nur war keine Zeit, darüber zu sprechen. Mit einem Riß hatte er beide Ärmel seiner zerlumpten Bluse abgerissen, ließ sich von seinem Heizer Werg und Putzlappen, die reichlich vorhanden waren, um beide Hände und Arme wickeln und mit den Fetzen seiner Bluse umbinden. Dann drückte er, eine Hand auf die andre gestützt, mit aller Kraft gegen die haarfeine Spalte unter der heißen Ventilflansche. So war der Wasserstrahl fast gänzlich gehemmt. Die Pumpe arbeitete mit lautem Schlagen. Der Pflug war am andern Ende angekommen. »Bravo, Achmed!« rief ich, »vorwärts dà droben!« Der Heizer verstand die Handgriffe so weit, um die Maschine in Bewegung zu setzen, die jetzt rasselnd und klappernd den Pflug heranzog. Die augenblickliche Gefahr war vorüber. Man konnte weiterpflügen.

Achmed hielt fest. Die Pumpe arbeitete. Aber das Wasser fing an, ihm zwischen den Fingern durchzulaufen. Man sah in seinem Gesicht, daß es siedend war. Die Lumpen um seine Arme dampften. Zum Glück kam soeben ein Wasserwagen angefahren. Ich ließ einen Blecheimer füllen und schüttete selbst dem Helden des Augenblicks einen Strom kalten Wassers über Hände und Arme. »Gut! Gut!« sagte er und hielt fest. Dieses Verfahren war rasch organisiert, Zwei Eimer waren zur Stelle; der eine wurde gefüllt, während ein Fellah mit dem andern fortwährend Achmeds Hände und Arme beschüttete. Zwei-, dreimal rief er aus dem Dampf heraus, in dem er fast verschwand, nach seinem Propheten: »ya nabbi! ya salaam!« Aber er hielt aus. Ich wagte nicht, ihn zu ermuntern. Die Pumpe arbeitete; das Wasser im Kessel, das gefährlich nieder gestanden hatte, war schon um zwei Zentimeter gestiegen. Es war ein wirkliches und wahrhaftiges Heldenstück, von der Mucius-Scävola-Gattung. Schweißbedeckt, selbst naß bis auf die Haut und halb betäubt, sah ich endlich wieder nach Howards Maschine hinüber. Und mit einem Mal – hallo, was war das? –

Ein kleiner dumpfer Knall, bis herüber hörbar, ein lautes, wütendes Zischen, eine ins Riesige wachsende Dampfwolke, welche die ganze Howardsche Maschine einhüllte, aus der ein halbes Dutzend Türken, sich überpurzelnd, herausstürzten! Ihr Pflug aber stand mitten im Feld plötzlich stockstill.

»Festhalten, Achmed! Nur noch drei Minuten festhalten!« rief ich, sprang auf meinen Esel und galoppierte der neuen Unglücksstätte zu. Was geschehen war, wußte ich im ersten Augenblick; es bedeutete nichts Gefährliches, aber doch das Ende der heutigen Prüfung. Ich kannte den Knall. In jeder anständigen Feuerbüchse befindet sich ein sogenannter Sicherheitspfropfen aus Blei, der ausschmilzt, wenn das Wasser im Kessel zu nieder steht. Durch das hierdurch entstehende Loch strömt der Dampf in den offenen Feuerraum, löscht das Feuer aus und verhindert so eine wirkliche Explosion, die durch das überhitzen der Kesselbleche bei niederem Wasserstand stattfinden würde. Aus irgendwelchen Ursachen – vielleicht war auch bei Freund Bridledrum die Speisepumpe des heftigen Arbeitens müde geworden – war das Wasser zu tief gesunken, so daß der Kessel seine eigne Rettungsvorrichtung in Tätigkeit gesetzt hatte. Es muß in einem solchen Fall ein neuer Bleipropf eingeschraubt, der Kessel frisch mit Wasser gefüllt und aufs neue Feuer und Dampf gemacht werden, ehe man weiterarbeiten kann. Das heißt: der kleine Unfall kostet einen Stillstand von drei bis vier Stunden.

Als ich bei der verunglückten Maschine ankam, stand der englische Maschinenwärter vor seiner noch immer wild zischenden Dampfwolke, die Wasser und Feuer spie, stumm, grimmig, einen Strohhalm kauend. Im Felde hatten sie schon das Seil vom Pfluge losgehakt. Bridledrum explizierte Halim Pascha mit feuriger Beredsamkeit die unbezahlbaren Vorzüge eines Bleipropfs in der Feuerbüchse. Die arabischen und türkischen Würdenträger hatten sich mit etwas unziemlicher Hast in ihre Wagen geflüchtet und waren bereits in der Schubraallee und auf dem Wege nach Kairo. Fowlers Pflug lief noch immer über das Feld, als ob dort alles in schönster Ordnung wäre.

»Ich denke, wir können aufhören, Herr Eyth,« sagte der Prinz zu mir, um sich dem Redestrom Bridledrums zu entziehen. Er sah auf seinen Riesenchronometer, den er bisher gewissenhaft in der Hand gehalten hatte, und gab ihn Rames Bey, der das kostbare Kunstwerk ohne Umstände in den bodenlosen Taschen seiner grünen Hosen versinken ließ.

»Siebenundfünfzig Minuten!« fuhr Halim fort, in dem er die Zahl mit einer goldenen Bleifeder in ein vergoldetes Miniaturtaschenbuch eintrug. Er hatte nicht umsonst in der Ecole Centrale zu Paris zwei Jahre lang Technologie studiert. »Sieben – und – fünfzig – Minuten! Null – Komma – fünf – sieben Stunden! Das heißt, das ist wohl nicht ganz korrekt. Wie, Herr Eyth? – Messen Sie jetzt die gepflügten Flächen und legen Sie mir morgen das Ergebnis vor. Herr Bridledrum wird Ihnen Gesellschaft leisten. Sehr hübsch, Herr Bridledrum, sehr hübsch! Die Sache hat mir wirkliches Vergnügen gemacht. Ihr Apparat hat einige Vorzüge, namentlich für englischen Boden, der ohne Zweifel leichter aufzubrechen ist als unser alter Nilschlamm. Adieu, meine Herren!« Er sprang in seinen Korbwagen, Rames Bey ihm nach, die Zigaretten hervorholend, und fort waren die Herrschaften. Auch Abu-Sa, der Dragoman, hatte, auf meinem vielgeprüften Esel querfeldein reitend, die Fowlerschen Maschinen erreicht und schon unterwegs mit Händen und Füßen und lauter Stimme »Stop! Stop!« telegraphiert. Der Pflug war am Ende seiner letzten Furche angelangt und hielt stille. Die Prüfung war zu Ende.

Als auch ich Achmeds Maschine erreichte, um nach dem Burschen zu sehen, lag er mit geschlossenen Augen auf einem Kohlenhaufen und rührte sich nicht. Er schien ohnmächtig geworden zu sein. Mein erster Pflüger Ibrahim, sein noch jugendlicher Schwiegervater, kniete vor ihm und sagte von Zeit zu Zeit: »Malisch! malisch!« zu dem Dutzend Fellachen, die die Gruppe umstanden. Ich wollte nach Öl und Verbandzeug schicken. Ibrahim schüttelte den Kopf und beschäftigte sich eifrig damit, in einem Wassereimer aus einer aufgeweichten Erdscholle einen zähen Lehmbrei zu kneten, den er zolldick um die verbrühten Hände und Arme des Daliegenden klebte. »Gut! sehr gut!« rief das Fellahpublikum, sichtlich bestrebt, mich über die hervorragenden chirurgischen Erfahrungen Ibrahims aufzuklären. Achmed öffnete die Augen, richtete sich auf und sah nicht ohne Befriedigung die zwei Klumpen Erde, die ihm statt der Arme am Leibe hingen. Dann stand er auf, sagte ebenfalls »Malisch« und ging nach der Maschine, um sich von seinem Heizer aus dem notdürftig gereinigten Eimer einen gewaltigen Trunk Wasser reichen zu lassen. Als sein Kopf wieder aus dem Eimer herauskam, sah er erfrischt und vergnügt aus und sagte: »Wo ist das Backschisch, o Baschmahandi?« Ich hatte ein neues englisches Pfund schon seit einer Viertelstunde nervös zwischen den Fingern hin und her gedreht und steckte es jetzt in den Lehm, der seine Hand umgab. »Gut! sehr gut!« rief das entzückte Publikum. »Mir auch – mir auch! Wo ist unser Backschisch?«

»Morgen bekommt ihr euer Teil, wenn ihr es verdient und euch Allah den Sieg verliehen hat,« ließ ich durch Abu-Sa verkündigen.

»Morgen – Inschallah – morgen!« riefen sie alle wie ein Theaterchor. »Er ist gut, unser Baschmahandi, er wird uns ein großes Backschisch geben.« Und dann begann eifriges Beraten, was mit dem großen Backschisch zu machen sei, und lustiges Geplauder, wie das von Kindern um die Weihnachtszeit, während im nächsten trockenen Graben die Vorbereitungen für das äußerst einfache Mittagsmahl der Gesellschaft getroffen wurden.

Bridledrum, O'Donald, meine zwei deutschen Freunde und ich maßen nun mit vereinten Kräften die gepflügten Flächen, Bridledrum in gereizter Stimmung, aus der er sich gelegentlich aufraffte, um O'Donald die Ursachen auseinanderzusetzen, die heute seinen Apparat verhindert hatten, das zu leisten, was er unzweifelhaft sonst überall leistete. Bei der Multiplikation der Länge und Breite der Feldstücke machte er zweimal den Versuch eines ausgleichenden Rechnungsfehlers, aber in diesem Punkte war das rechnerische Gewissen O'Donalds unerbittlich, während Beinhaus dem Agenten über die zuckenden Schnurrbartspitzen einen seiner blutdürstigen Blicke zuwarf, der ihn völlig aus der Fassung brachte. Über die Pflugtiefe wurde wie gewöhnlich heftig gestritten; schließlich schien doch das Ergebnis festzustehen: Fowlers Apparat hatte in der Stunde 8350 Quadratmeter 30 Zentimeter tief, Howards 3800 Quadratmeter 22 Zentimeter tief gepflügt.

»Theorie!« rief Bridledrum verächtlich, als beim dritten Versuch das Multiplizieren keine besseren Früchte tragen wollte, klappte sein Notizbuch zu und rief nach seinem Wagen. Meine Einladung zum Frühstück lehnte er mit finsterer Höflichkeit ab. Die drei andern waren klüger. In einer halben Stunde lagen wir in meinen dunkeln kühlen Zimmern auf den Diwans herum, mischten eiskaltes Nilwasser mit Ungarwein und ließen Deutschland, England und Ägypten, Halim Pascha, Fowler und Howard und selbst Bridledrum hochleben.

Ein harter Morgen war vorüber.

Nachspiel

Drei Tage später hatte der jüngste meiner Heizer auf Grund seines Backschisch geheiratet. Achmed lief bereits wieder ohne Lehmüberzug umher und zeigte mir täglich die Fortschritte, die seine neue Haut machte. Er war nicht so vergnügt, als man hätte erwarten sollen, nachdem ihm Halim Pascha, dem ich sein heißes Heldenstückchen in warmen Worten geschildert hatte, ein aufmunterndes Lächeln und die unerhörte Summe von fünf Pfund zugeworfen hatte. Der Grund seines Leids mitten im Glück war Liebeskummer. Auch er wollte heiraten, oder, um genauer zu sein, er wollte, da er bereits verheiratet war, seinen kleinen Harim verdoppeln, wozu er in seiner Lage als hochangesehener Dampfpflugmaschinenwärter und Kapitalist mit einem Vermögen von über siebenhundert türkischen Piastern vollauf berechtigt war. Aber er konnte mit seinem zweiten künftigen Schwiegervater nicht handelseinig werden. Denn obgleich dessen Stellung als allgemeiner, wenig brauchbarer Handlanger und als Belastungsgewicht auf dem Balancepflug eine nur untergeordnete war, machte er doch als Familienvater und Besitzer einer niedlichen Tochter unerschwingliche Ansprüche. Er verlangte von Achmed für die Ehre, sein Schwiegersohn zu werden, nicht nur fünfhundert Piaster in barem Geld, sondern auch einen großen wertvollen Esel, welchen beide kannten und den sein derzeitiger Besitzer im benachbarten Dorfe Damanur nicht unter sechshundert Piaster ziehen lassen wollte. Dies überstieg Achmeds Kräfte, und so ging er trotz seiner vielbeneideten Lage mit düsterer Miene umher und beklagte sich plötzlich unnötig viel über seine verbrannten Hände, obgleich sie bereits wieder dienstfähig waren. Dies bezeugte sein künftiger Schwiegervater seinerseits laut klagend, denn Achmed habe ihm beim Pflugwenden von der Maschine herunter absichtlich ein großes Stück Kohle an den Kopf geworfen. So ist es auch unter Fellachin manchmal schwerer, sein Glück als das Unglück zu tragen.

Ich war eben im Begriff, mit Hilfe des Dragomans Abu-Sa die Geschichte des erwähnten Kohlenklumpens mit den heftig erregten Nächstbeteiligten des näheren zu erörtern, oder richtiger gesagt, mehr und mehr zu verwickeln, als Freund Beinhaus über das Feld geritten kam und mir schon aus der Ferne ein großes Stück Papier entgegenschwenkte. »Haben Sie das schon genossen?« fragte er mit der Miene tiefen Ernstes, als ob es gälte, sein Jahrhundert in die Schranken zu fordern. Sein mächtiger Schnurrbart war länger und stand wütender gen Himmel als je. »Sie können pflügen, bis Sie schwarz werden,« fuhr er fort. »Ernten werden andere. Das ist nun einmal unsre deutsche Art. Lesen Sie!«

Er warf mir eine Zeitung zu: die neueste Nummer des englischen Klatschblättchens, das seit einigen Monaten in Alexandrien erschien, der »Egyptian Times«.

»Hier ist es zu hell und zu heiß; gehen wir heim,« sagte ich und überließ den schwarzbraunen Familienzwist nicht ungern seiner eignen weiteren Entwicklung. Auf dem Heimweg war Beinhaus kaum zu bewegen, den Mund zu öffnen. »Lesen Sie!« war alles, was er mir zuwarf. Er blieb stumm wie ein Vulkan vor dem Ausbruch.

Ein Wagen stand vor meinem Haus; auch hier waren Besuche angekommen, von denen Beinhaus nichts wußte. Als wir in das Dunkel meines Empfangszimmers traten, fanden wir O'Donald auf dem Diwan sitzend, eine Flasche meines Ungarweins vor sich – die meisten meiner Freunde wußten, wo die Flaschen standen – und weit ausgebreitet auf dem Tisch ein zweites Exemplar der »Egyptian Times«.

»Haben Sie das schon gesehen?« rief er überströmend vor Vergnügen mir entgegen. »Kapitaler Stil; vielleicht etwas gefärbt, aber nicht ungeschickt! Lesen Sie! Ich bin expreß heruntergefahren, um Ihnen eine Freude zu machen.«

»Nur hübsch langsam!« ermahnte ich und sorgte dafür, daß Beinhaus und ich auch noch etwas von O'Donalds Flasche bekamen. Dann las ich:

»Der berühmte Howardsche Dampfpflug hatte gestern auf den Gütern Seiner Königlichen Hoheit des Prinzen Halim Pascha seine vortrefflichen Leistungen einem gewählten Publikum vorzuführen. Der Prinz leitete die außerordentlich interessanten Versuche selbst, indem er dem Vertreter der Howardschen Fabrik seine Wünsche persönlich mitteilte, die dieser selbstverständlich in jeder Hinsicht zu erfüllen wußte. Gleichzeitig wurde auch ein Fowlerscher Apparat gezeigt, was das Interesse der Prüfung erhöhte, indem hierdurch die Vorteile des Howardschen Pfluges noch deutlicher hervortraten. Nachdem auf Befehl Seiner Königlichen Hoheit die Arbeiten für beendet erklärt worden waren, ergab sich, daß der Howardsche Pflug in ungefähr einer Stunde 8350, der Fowlersche 3800 Quadratmeter Land, respektive 30 und 22 Zentimeter tief aufgebrochen hatte. Es erscheint sicher, nach dem Eindruck, den alle Anwesenden mit nach Hause nahmen, daß durch die geplante Einführung der Howardschen Dampfpflüge und mit Heranziehung der hohen Intelligenz des Vertreters jener weltberühmten Fabrik eine neue Ara für die vieltausendjährige Landwirtschaft Ägyptens anbrechen wird. Namentlich dürfte Seine Königliche Hoheit der Vizekönig keinen Augenblick länger zögern, sich dieser erstaunlichen Erfindung der neuesten Zeit zu bemächtigen, um den Fortschritt und die Zivilisation des Landes der Pharaonen einem niegeahnten Aufschwung triumphierend entgegenzuführen.«

Nun kochte es auch in mir. Das gehörte denn doch zum stärksten türkischen Tabak, den ich bis jetzt im Orient zu rauchen gezwungen wurde. Doch wollte ich nicht gleich zu dampfen anfangen.

»Schade, daß die Zahlen verdruckt sind!« sagte ich, nachdenklich das Blatt zerreißend. »Sie sind übrigens richtig, nur versetzt. Das übrige kann jedes Kamel von sich geben.«

»Auch verdauen?« fragte Beinhaus.

»So genau kenne ich Kamele noch nicht,« erwiderte ich, wurde aber immer nachdenklicher. O'Donald, der jedes Erlebnis, das die Einförmigkeit seines Kontorlebens zu unterbrechen versprach, mit Jubel begrüßte, selbst auf die Gefahr hin, ein Bein oder das Bein eines guten Freundes zu brechen, beobachtete mich mit aufmunterndem Lachen, Beinhaus finster und ungeduldig, nach seiner Art.

»Ist es Bridledrums Stil?« fragte ich O'Donald, auf die Papierstückchen deutend, die am Boden lagen. »Sie kennen das Englisch Ihrer Landsleute.«

»Unmöglich zu sagen,« entgegnete mein irischer Freund. »Der alte Jackson, der Redakteur, ist jeder·Spitzbüberei fähig; aber umsonst begeht er keine. Das spricht für Bridledrum.«

»Vor allen Dingen müssen Sie herausfinden, wer den Artikel geschrieben hat,« meinte Beinhaus entschlossen.

»Oder bezahlt,« warf O'Donald ein.

»Oder bezahlt,« gab Beinhaus zu. »Und dann – «

»Und dann?« fragte der Engländer strahlend. »Natürlich – «

Sein irisches Blut geriet sichtlich in Wallung. Beinhaus gab seinem Schnurrbart eine Drehung nach oben, die mehr sagte als die blutigsten Worte. Ich nickte.

»Denn sehen Sie,« meinte O'Donald, ohne daß es nötig schien, ein weiteres Wort zu verlieren, »in diesem Lande hat man keine andern Mittel. Verklagen? Bei wem und weshalb? Wer will Jackson hindern, zu drucken, was Bridledrum gelogen hat? Gehen Sie zum englischen Konsul, so lacht er Sie aus, gehen Sie zum preußischen, so schickt er Sie zum Österreicher, kommen Sie zu dein, so sagt er: ›Mochen S' mir kane G'schichten‹ und schickt Sie nach Hause. Ja, wenn Bridledrum und Jackson ein paar Fellachen wären, ließe sich etwas ausrichten, oder wenn Sie das Glück hätten, ein waschechter Engländer zu sein, was Sie beinahe verdienen.«

Beinhaus richtete sich auf wie ein Löwe, der brüllen will. Der letzte Satz des heiteren Iren hatte die Ehre seines Vaterlandes berührt. Ich legte besänftigend die Hand auf seine Schulter. Man mußte O'Donald verstehen – der beste Mensch der Welt; aber was ihm in den Kopf kam, das haspelte er heraus, ohne Ansehen der Person.

»Selbst ist der Mann!« rief Beinhaus auf deutsch mit wuchtigem Pathos und schien einiges Schillersche beifügen zu wollen.

»Das vertrackte Kauderwelsch!« unterbrach ihn unser Freund ärgerlich, suchte aber gleichzeitig mit ihm anzustoßen. »Sprechen Sie wenigstens eine Sprache, die vernünftige Wesen wie unser Eyth und ich gleichzeitig verstehen können. Er fängt ja bereits an einzusehen, was allein zu tun übrigbleibt. Unangenehm; aber, Donnerwetter, 3750 Quadratmeter in der Stunde, das kann er auf sich und Fowler nicht sitzen lassen.«

Er hat wahrhaftig recht!, sagte ich mir im stillen, im weiteren Verlauf des Gesprächs, nicht ohne leise Skrupel. Mahnende Erinnerungen stiegen in mir auf, mit denen ich über Land und Meer hätte wandern müssen, um ihre Heimat zu finden. Dazu war keine Zeit. Selbst ist der Mann. Vor allem aber war ich's meinen alten Freunden, den Fowlers, schuldig, sie nicht in dieser Weise um Ruf und Recht betrügen zu lassen. Es mußte etwas geschehen.

Schließlich, über der zweiten Flasche Ungarwein, kamen wir zu einem Entschluß. Ich wollte am nächsten Tage im Hotel Shepheard zu Mittag essen und konnte mich Bridledrum gegenübersetzen lassen. Beim Nachtisch durfte ich nur die »Egyptian Times« herausziehen – wir hatten ja noch ein unzerrissenes Exemplar – und das Ehrenwort von ihm verlangen, daß er nichts mit dem infamen Artikel. zu tun gehabt habe. Das Weitere mußte sich dann wohl zeigen.

Als mich meine Gäste verließen, war O'Donald glückselig in der Hoffnung, daß morgen etwas passieren werde. Beinhaus spielte in finsterer Entschlossenheit mit den Spitzen seines Schnurrbarts. Sie setzten sich trotzdem brüderlich im Wagen des Engländers zusammen; die Zeit war zu aufregend, um kleine Temperamentsunterschiede beachten zu können. Der Esel, auf dem Beinhaus gekommen war, wurde hinten an die Droschke gebunden, was ihm nicht gefiel, bis er wenigstens seinen eigenen Eselstreiber tragen durfte. Dann erst erfolgte der Aufbruch ohne weitere Schwierigkeiten.

Unser Programm – Beinhaus nannte es unsern Schlachtplan – schien sich mit schneidiger Pünktlichkeit abspielen zu wollen. Im März beginnt Shepheards Hotel sich zu leeren. Die europäischen Wandervögel, denen es zu heiß wird, ziehen ihrer Heimat zu. Der große Speisesaal war nur mäßig besetzt von etwa fünfzehn Fremden und vielleicht ebenso vielen Herren der europäischen Kolonie Kairos. Dies war O'Donalds Leistung. Er war bei allen seinen Bekannten herumgeritten und hatte ihnen dringend empfohlen, heute bei Shepheard zu Mittag zu essen. Man werde beim Nachtisch etwas Ungewöhnliches erleben, Natürlich. waren es meist Engländer; junge Kaufleute, ein paar Eisenbahnbeamte, der Telegraphendirektor Fred George, ein Arzt, der Stallmeister des Vizekönigs und andre: ein Kreis, wie man ihn in einer deutschen Kleinstadt nicht besser zusammenfinden kann. jedermann kannte sich. jedermann war äußerst neugierig auf das von O'Donald versprochene Ereignis.

Es machte sich wie von selbst, daß ich Bridledrum gegenüber Platz nahm. Neben ihm saß O'Donald und der dicke, gutherzige Fred George, neben mir Beinhaus und Heuglin, wir drei die einzigen Deutschen am Tisch, mit Ausnahme eines kleinen schwarzen

Männchens am untersten Ende der Tafel, dessen Gesicht mir dunkel erinnerlich war. Ich hatte vor dem Essen Bridledrum auf der Veranda getroffen, im Begriff, drei Damen das abgegriffene Exemplar einer »Egyptian Times« vorzulesen. Er unterbrach jedoch seine Unterhaltung sofort und begrüßte mich mit überströmender Höflichkeit. Bei Tisch sprachen wir von allem möglichen, mit Ausnahme der Pflugprüfung in Schubra: vom Suezkanal, von Halims Pferden, von dem drückenden Mangel unverschleierter Frauen, von der steigenden Hitze und der Unmöglichkeit, in Ägypten nach dem 1. März eine Woche lang zu leben. Nur O'Donald, der angenehm auf Nadeln saß, spielte ein- oder zweimal auf die Dinge an, die uns allen schwül im Kopf herumgingen, und konnte durch einen gelegentlichen zermalmenden Blick von Beinhaus kaum im Zaum gehalten werden.

Doch der entscheidende Augenblick kam endlich heran. Der Engländer hatte eine Riesenflasche Sekt, eine Spezialität Shepheards, in Eis stellen lassen. Eine nicht ganz mißlungene Nachahmung von Plumpudding, in Kognak brennend und köstlich anzusehen in der Glut eines ägyptischen Nachmittags, war erloschen. Wir waren bei Apfelsinen und Mandeln angelangt. Beinhaus durchschnitt eine Blutorange und zeigte mir, mit seinem tiefernsten Blick und dem Messer lautlos, wie rot sie war. Ich fühlte, was er sagen wollte.

»Herr Bridledrum!« sprach ich ernst und aufstehend, während der unverbesserliche O'Donald an sein Glas klopfte, um der Sache die Weihe einer Tischrede zu geben. Dieses frivole Benehmen in einem so feierlichen Augenblick ärgerte mich doch; der Mensch hatte auch gar keinen Takt! Etwas schärfer begann ich aufs neue:

»Herr Bridledrum, kennen Sie diese Zeitung?«

Bridledrum warf einen schiefen Blick auf das Blatt und sagte mit leichtfertiger Gleichgültigkeit:

»Nein! – ach ja, die ›Egyptian Times‹ – jawohl! – Bitte, Herr George, wollen Sie mir die Mandeln heraufgeben? – Was ich erzählen wollte – «

»Herr Bridledrum!« unterbrach ich ihn, während mir Beinhaus half, das kleine Männchen mit unsern Blicken auf den Stuhl zu nageln. »Kennen Sie diesen Artikel?« Damit hielt ich ihm das Blatt vors Gesicht.

»Einen Artikel? – Was meinen Sie – über die englische Flotte in Malta? Danke sehr, Herr George! Die Mandeln sind wirklich zu erbärmlich – darf ich nochmals bitten – Kellner, die Nüsse!«

»Nein, nicht die englische Flotte!« fuhr ich hartnäckig fort. »Diesen Artikel hier: über unser Pflügen in Schubra.«

»Ach so,« sagte Bridledrum, wie erleichtert, daß er mich endlich verstanden habe. »Jawohl, jawohl! Etwas ungeschickt – ich gebe es zu – aber ohne alle Bedeutung! Ich habe ihn kaum angesehen.«

»Herr Bridledrum!« – ich erhob jetzt meine Stimme, daß die ganze Tafel aufhörte, Orangen zu schälen und Nüsse zu knacken; der entsetzliche O'Donald klopfte trotzdem wieder an sein Glas und glänzte vor Vergnügen. »Ich bitte Sie, mir Ihr Ehrenwort zu geben, daß Sie mit diesem Schandartikel nichts zu tun gehabt haben.«

Bridledrum wurde jetzt plötzlich krebsrot und fuhr von seinem Stuhl auf.

»Ich – Sie –,« er stotterte in steigender Erregung – »ich bin nicht verpflichtet, Herr Eyth – Sie sind nicht berechtigt – der Ton, in dem Sie sich erlauben, mir an öffentlicher Tafel eine Frage vorzulegen – «

»Ich bitte Sie wegen meines Tones um Entschuldigung,« sagte ich mit erheuchelter Ruhe. »Aber der Artikel enthält eine so infame Entstellung von Tatsachen, an denen mir viel gelegen ist, daß ich die Frage wiederholen, daß ich auf einer Antwort bestehen muß. Haben Sie mit diesem Artikel etwas zu tun gehabt? Haben Sie dem Redakteur Jackson das Material dazu geliefert? Ich will nicht glauben, daß Sie ihn selbst geschrieben haben. Ja oder nein?«

O'Donald schob ihm ein Glas Champagner hin, das er rasch zu sich nahm. Dann rief er mit frisch angefeuchteter, entschlossener Stimme:

»Sie haben kein Recht, Herr Eyth, mich zu examinieren. Ich werde Ihnen nicht antworten. Ich antworte niemand, der mich in dieser Weise ausfragt.«

»Und ich erkläre den Mann, der diesen Artikel geschrieben hat, für einen Schuft!«

»Sie haben kein Recht, zu vermuten, daß ich den Artikel geschrieben habe.«

»Ich habe nicht gesagt, daß Sie ihn geschrieben haben, aber ich verlange die Versicherung, daß Sie ihn nicht geschrieben haben.«

»Ich weigere mich, auf eine solche impertinente Frage zu antworten!«

»Das genügt!‹ warf Beinhaus ein, mit: einer Stimme, die Hamlets Geist Ehre gemacht hätte.

»Gsch, gsch, gsch!« zischte O'Donald, der sich nicht mehr halten konnte.

»Es ist nicht nötig, gsch, gsch, gsch zu machen!« schrie Bridledrum jetzt in ungeheucheltem Zorn. »Wenn Sie mich einen Schuft nennen, dann – dann - dann sind Sie auch einer!«

Dies war nicht gerade geistreich. Beinhaus stand auf. »Kommen Sie,« sagte er mit seiner Grabesstimme. »Sie sind mit Ihren Orangen fertig: ich auch.«

Wir gingen gemessenen Schrittes an der langen Tafel hinunter, an der eine Stille herrschte, daß man ein Messer hören konnte, das durch einen Apfel schnitt. Auch auf der Veranda war es still und noch leer. Die untergehende Sonne vergoldete die Spitzen der Palmen auf der Esbekieh, die damals noch mit ihrem undurchdringlichen Buschwerk unter mächtigen Sykomoren eher einem versumpften Urwald glich als dem eleganten Park, der heute aus ihr geworden ist. In den schwülen, schwarzen Schatten der hereinbrechenden Dämmerung flimmerten schon, wie Irrlichter, einzelne Lämpchen, und das zitternde, näselnde Kreischen eines arabischen Sängers tönte schläfrig aus derselben Richtung herüber. Unter mir in der stillen Straße saß ein verspäteter Schlangenzauberer, der, sobald er mich sah, seine glatten, zierlichen Freunde aus dem Sack holte, sie mir entgegenschüttelte und sein: »Backschisch, Backschisch, o Herr!« zischelte. Die ersten Atemzüge des Nachtwindes kühlten unsre Stirnen.

Einige Minuten später gesellte sich auch Heuglin zu uns. »Ausweichen kann er jetzt nicht mehr,« sagte Beinhaus. »Wenn nicht in fünf Minuten einer seiner Freunde herauskommt, muß ich für Sie hinein und die ersten Schritte tun.«

»Gehen Sie,« bat ich. »Je schneller solche Torheiten abgemacht sind, um so angenehmer ist es.«

Er ging. Heuglin blieb und, was ich noch nie an ihm bemerkt hatte, sah nach dem aufgehenden Mond. Auch er hatte damals seine stillen Gedanken, die mit Fräulein Tinne, seiner holländischen Araberin, und ihrem Sarazenenschloß in Alt-Kairo zusammenhingen. Doch das ist eine andre Geschichte und gehört nicht hierher. Aber wer kann es hindern, wenn sich manchmal die Erinnerungen kreuzen wie Träume und sich verwirren, fast wie das wirkliche Leben selbst.

Mein Abgesandter schien nicht so rasch zum Ziel zu kommen, wie wir erwartet hatten. Nach fünfzehn Minuten endlich kam er wieder, aber nur um Heuglin zu holen. Bridledrum habe sich in sein Zimmer zurückgezogen und die Angelegenheit seinen Freunden O'Donald und Fred George übertragen. Ein ganz, korrektes Vorgehen. O'Donald sei ein Mann, mit dem sich ein Wort reden lasse. Ich wußte das. Er hatte einen Onkel gehabt, der bei Balaklawa in der Krim gefallen war, und mancherlei abenteuerliche Anverwandte und Vorfahren irischen Bluts. Dies neben dem fröhlichen Blutdurst eines leidenschaftlichen Sportsman gab ihm den erforderlichen moralischen Halt, wenn die Dinge ernster wurden. Fred George, der Telegraphendirektor, einer meiner besonderen Freunde, weil er in seinen zahllosen Freistunden wunderhübsch zeichnete, wollte dagegen schlechterdings nicht begreifen, daß die ganze Sache kein Scherz war. Wenn die Deutschen boxen könnten wie von Gott mit Vernunft begabte Wesen, meinte er, so wäre die Angelegenheit im Hotelgarten in zehn Minuten geregelt und könnte im schlimmsten Fall einen Zahn und ein paar geschwollene Augen kosten. Aber mit diesen Deutschen sei eben nichts zu machen; es fehle ihnen von Geburt am gesunden Menschenverstande. Bei Eyth habe er bisher geglaubt, wenigstens Spuren hiervon zu entdecken. Er müsse leider zugeben, daß er sich getäuscht habe. Pistolen! – Unsinn!

So ganz unrecht hatte Fred George vielleicht nicht. Aber wie war die Sachlage zu ändern? Wir hatten uns an der öffentlichen Gasthoftafel zwei Schufte an den Kopf geworfen. Wenn Bridledrum mich nicht ebenso öffentlich um Verzeihung bat und die Entstehung des erlogenen Zeitungsartikels so erklärte, daß ich den Redakteur Jackson an den Ohren nehmen konnte, war kein andrer Ausweg denkbar. Allerdings, totschießen konnte ich das kleine Männchen unter keinen Umständen. So weit war ich mit Fred George einverstanden. Nur durfte dies Beinhaus nicht wissen, denn vorläufig mußte zum mindesten der Schein gewahrt werden, Dies schien den Engländern gegenüber notwendig zur Ehre unsres deutschen Vaterlandes, das wir damals, im Jahre 1864, noch unter dem Herzen trugen und heißer liebten als manchmal später nach seiner Geburt.

Ich lag immer noch auf dem Geländer der Veranda, ruhiger und etwas müde werdend, und sog die köstliche Nachtluft in vollen Zügen ein. Über mir hatte sich der ägyptische Sternenhimmel geöffnet. Unter den schwarzen Bäumen der Esbekieh irrlichterte es lebhafter. In die näselnden Triller arabischer Musik mischten sich jetzt die pausbackigen Klänge einer böhmischen Damenkapelle aus etwas weiterer Ferne. Die stille Harmonie einer orientalischen Nacht wurde von diesen leichten Dissonanzen kaum gestört. Erst nach einer Weile bemerkte ich, daß sich ein kleiner, schwarz gekleideter Herr neben mir auf das Geländer stützte, so daß mein Arm den seinen fast berührte. Ich sah in das bleiche, weltverlorene Gesicht des Mannes, den ich vor einiger Zeit zum erstenmal vor Meiers Bierwirtschaft in der Muski bemerkt und für einen kranken Missionar gehalten hatte. Er sah auch heute noch so aus.

»Ich bin ein Landsmann von Ihnen,« sagte er etwas schüchtern, mir noch näher rückend. »Ich heiße Häberle.«

»Sehr erfreut,« erwiderte ich etwas geärgert. Der Friede und die Stille der Nacht waren mir für den Augenblick lieber als Herr Häberle.

»Verzeihen Sie, ich. bin aus Ingelfingen gebürtig,« fuhr er nach einer Pause fort und stockte wieder.

»Ich verzeihe Ihnen dies von ganzem Herzen,« versicherte ich, da er sichtlich eine Bemerkung erwartete und ich zu weich gestimmt war, um den bleichen Mann schroff abweisen zu können.

»Und Sie haben Ihre Jugend in Schöntal verlebt, nur drei kleine Stunden von Ingelfingen. Das habe ich vom Hoteldirektor erfahren, der ja auch ein Württemberger ist. Und Sie, verzeihen Sie doch, Sie wollen einen Mord begehen. Lieber Herr Eyth, hier in dem Lande, in dem Joseph und seine Brüder gelebt haben.«

»Woher wissen Sie das?« fragte ich etwas scharf.

»Vom Joseph?« fragte er erschrocken.

»Nein, vom Mord.«

»Ich habe ausnahmsweise auch bei Shepheard zu Mittag gegessen,« erklärte der Bleiche. »Der Arzt hat mir dies geraten. Dabei habe ich die ganz entsetzliche Einleitung mit anhören müssen. Und dann war ich eben bei Herrn Bridledrum in dessen Zimmer. Ich glaube, er bereut es tief, so leidenschaftlich gewesen zu sein. Herr Eyth, Bridledrum hat eine Mutter, eine Mutter im fernen England, in seiner Heimat.«

»Eine Mutter habe ich auch, Herr Häberle,« sagte ich ganz ernsthaft.

»Und vier Schwestern!« fuhr Häberle eindringlich fort. »Da fühlte ich, daß ich nicht schweigen dürfe. Ich fühlte, daß es für mich eine Gewissenssache sei, mit Ihnen zu sprechen.«

»Ich habe nur eine Schwester,« gestand ich. »Sie in mir aber lieber als die vier Fräulein Bridledrum, das dürfen Sie mir glauben.«

»Sehen Sie!« triumphierte Häberle mit Milde. »Dabei denken Sie an Mord. Dabei, höre ich, seien Sie entschlossen, diesem unglücklichen, aber offenbar wackeren jungen Mann mit einer scharfgeladenen Pistole entgegenzutreten. Einem Mitmenschen, der Ihnen eigentlich nichts getan hat, der sich in der Übereilung – ich gebe es ja zu – eine Übereilung zuschulden kommen ließ. Er gebrauchte vielleicht das Wort blackguard; – blackguard heißt ›Schuft‹, habe ich mir sagen lassen, ein Ausdruck, den Sie übrigens ja selbst in das Gespräch einflochten. Oh, Herr Eyth, hier im Lande, in dem Joseph und seine Brüder gelebt haben!«

»Soll ich Ihnen etwas anvertrauen, Herr Häberle?« fragte ich sehr leise.

»Wenn Ihr Gewissen sich rührte,« rief er heftig, »wenn es mir gelungen sein sollte, an Ihr Gewissen zu klopfen und es zu wecken! Sprechen Sie! Sagen Sie mir, daß es mir beschieden war – «

»Sie meinen es gut, aber schreien Sie nicht so! Ich glaube,« flüsterte ich ihm ins Ohr, »auch im schlimmsten Fall wird unser Freund Bridledrum mit dem Leben davonkommen. Ich glaube das! Wissen Sie, was glauben heißt, fest glauben, in einem solchen Fall?«

»Aber – aber – « flüsterte Häberle dringend und keinen Augenblick an meinem Ernst zweifelnd, »wenn ein Unglück passieren sollte – «

Beinhaus stand plötzlich hinter uns und schob den kleinen Herrn mit einer brüsken Bewegung seines langen Armes auf die Seite, scheinbar ohne ihn zu sehen.

»Es ist geordnet,« sagte er dumpf. »Das war eine Komödie mit den verfluchten Engländern, von denen keiner eine Idee von Komment hat. Der Telegraphendirektor hofft immer noch, daß Sie sich mit Ihrem Gegner boxen werden. Er will Ihnen Stunden geben, wenn Sie nichts davon verstehen sollten. O'Donald ist ein Gentleman und vernünftig, soweit dies einem Engländer möglich ist. Pistolen, zweimaliger Kugelwechsel auf fünfundzwanzig Schritt. O'Donald wollte fünfzig haben, aber er ließ mit sich handeln. Dann wollte er ein Paar prachtvolle arabische Pistolen aus dem siebzehnten Jahrhundert gebraucht wissen, die er von einem entfernten Onkel geerbt haben will, der die Mameluckenschlachten gegen Napoleon mitgemacht hat. Ziselierter Silberbeschlag, Feuerschlösser, eine Mündung wie eine Posaune, zum Um-die-Ecke-schießen! Hier gab ich nicht nach. Wir nehmen die meinen, mit denen schon einmal in Baltimore ein Redakteur über den Haufen geschossen wurde. Ort und Zeit: am Obelisk von Heliopolis, übermorgen früh um acht Uhr. Als wir so weit im reinen waren, fragte mich O'Donald, wie wenn wir alle unter einer Decke steckten, ob ich wirklich glaube, daß es Ihnen Ernst sei. Diese Engländer!«

Häberle, der mit allen Nerven gehorcht hatte, sah mit gefalteten Händen und einer wahren Jammermiene an den Mond hinauf.

»Kann nichts geschehen?« stöhnte er. »Guter Gott, kann wirklich nichts geschehen, um diesen Mordplan zu vereiteln?«

Mit einer zweiten seiner großen Armbewegungen fegte Beinhaus, auch diesmal ohne ihn zu berühren, den Verzweifelnden in den

Schatten der Veranda, in dem er laut- und spurlos verschwand, um Bridledrum noch einmal aufzusuchen, wie ich später hörte.

»Heuglin und ich werden Sie übermorgen früh um sieben Uhr in Schubra abholen,« fuhr Beinhaus fort. »O'Donald und Fred George nehmen Bridledrum von hier mit. Am Obelisken treffen wir zusammen. Es wird den alten Monolithen freuen, wenn er auch wieder etwas zu sehen kriegt.«

»Und der Arzt?« fragte ich. Häberles Prophezeiung, daß auch dem Kurzsichtigsten ein Unglück passieren könne, ging mir doch durch den Kopf.

»Ich wollte heute abend noch zu Riehl,« antwortete Beinhaus. »Das ist der einzige Doktor hier, der noch etwas aus seiner Studentenzeit weiß. Er sei aber verreist, in Alexandrien. O'Donald will einen Engländer bringen, einen Kerl namens Wilkens, Walker, Weller oder wie er heißen mag.«

»Weller!« rief ich halb entsetzt, halb entzückt. Das war ein mir wohlbekannter Jagdfreund O'Donalds, ein englischer Zahnarzt, der sich seit drei Monaten in Kairo niedergelassen und bis jetzt vergeblich auf kranke Zähne gewartet hatte.

Selbst Beinhaus' grimmige Züge erhellte ein leises Lächeln, als ich ihm dies erklärte. Heuglin, der wie traumverloren bis jetzt am andern Ende der Veranda gestanden hatte, kam zum Vorschein.

»Man muß sich in diesem dunkeln Weltteil behelfen, so gut man kann, das ist das Alpha und Omega für ganz Afrika,« sagte er. »Wer weiß, vielleicht schießt ihr euch in die Zähne, dann ist der Mann in seinem Element.«

»Und Sie können Vögel häuten, wie es kein Chirurg in Europa besser zustande brächte,« rief Beinhaus tröstend. »Mit Ihnen und diesem Weller auf dem Plan können wir dem Schlimmsten beruhigt entgegensehen.«

Es war spät geworden. Schon seit einer Stunde wartete mein Pferd mit dem neben ihm schlafenden Sais vor der Veranda auf den Heimritt. Ich dankte Beinhaus und Heuglin für ihre unbezahlbaren Freundesdienste und nahm rasch Abschied. Als ich mich in den Sattel schwang, sah O'Donald über das Verandageländer heraus.

»Adieu, adieu!« rief er mir lachend zu. »Wenn Sie morgen Ihr Testament machen, denken Sie auch an mich!«

»Die Reste meines Ungarweins!« rief ich und setzte den Araber in Bewegung.

»Die bekomme ich sowieso!« schallte es mir nach. Dann war ich auf meinem gewohnten stillen Wege unter den Sykomoren, die im sanften Nachtwind die ernsten Köpfe schüttelten, als sie mich kommen sahen.

Blut

Der folgende Tag ließ mir keine Zeit, an das gewünschte Testament zu denken. Ich hatte auf der Insel, welche der sich spaltende Nil vor Schubra bildet, die Lage eines Pumpwerks und die allgemeine Richtung der Hauptbewässerungskanäle auszustecken. Die Gesira, wie man das kleine Gut auch nannte, umfaßte sechshundert Hektar ärmlichen Weizen- und Kleelands, das der vom linken Nilufer herüberwehende Wüstensand gründlich verdorben hatte. Dieser Boden sollte durch reichliche Bewässerung so rasch als möglich in gute Baumwollfelder umgewandelt werden. – Schon vom Nachmittag an waren vierzig Fellachen an der Arbeit, die Gräben für die Fundamentmauern des Pumpenhauses auszuheben, so daß ich erst spätabends wieder über den Nil setzen und nach Hause kommen konnte: wolfshungrig und in munterer Arbeitslaune. Das neue Pumpwerk, die erste Zentrifuge in Ägypten, sollte der alten Pumpe in Schubra zeigen, was in unsern Tagen wasserspeien heißt. Die Stimmungsnebel vom Tag zuvor waren in den sechsunddreißig Grad Réaumur der schattenlosen Insel völlig verdampft.

Koch und Dragoman berichteten gemeinsam und abwechselnd, daß zwei Besuche dagewesen seien und ein Herr aus dem Palast ein kleines Papier geschickt habe. Das letztere erwies sich als eine Visitenkarte Bridledrums, der Halim Pascha besucht haben mochte, und blieb vorläufig unerklärlich. Zum freundlichen Austausch von Visitenkarten schienen die Verhältnisse doch kaum geeignet zu sein.

Der erste Besuch sei ein bleicher, schwarz gekleideter Herr gewesen, der eine ganze Stunde lang auf midi gewartet habe. Er sei auf einem schlechten Eselchen gekommen, das zwei Okkas meiner Pferdebohnen gefressen habe. Der Herr habe nichts angenommen. Einige weitere Fragen ließen keinen Zweifel, daß ich Häberles Besuch versäumt hatte, der sich sichtlich der inneren Mission zuwandte, seitdem ihm die äußere so wenig Freude machte. Armer Häberle! Es regnet zwar in Kairo fast nie, und doch schien er in Gefahr zu sein, aus dem Regen in die Dachtraufe zu kommen.

Dann sei der große Herr mit dem langen Schnurrbart und dem roten Gesicht erschienen und habe ein Kästchen gebracht. Der habe eine Flasche Ungarwein getrunken und dem Bleichen auch etwas davon gegeben, aber nicht viel. In diesen Dingen waren die Berichte meines abessinischen Hausvogts stets von peinlichster Genauigkeit. Darauf hätten sie sich ein wenig gestritten. Der Bleiche habe das Kästchen wieder mitnehmen wollen; der Rote habe dies nicht gelitten. Schließlich seien sie ohne das Kästchen zusammen nach Hause geritten. Der neugierige Koch hatte es schon geöffnet. Es enthielt zwei englische Bulldoggpistolen und den nötigen Zubehör. Meine beiden Freunde hatten, jeder nach seiner Art, liebevoll für mich gesorgt. Trotzdem schlief ich nach dem üblichen Kampfe mit den Moskitos, die sich unter den Gazevorhängen eingeschlichen hatten und erst erlegt werden konnten, nachdem sie bis zur Flugunfähigkeit in Blut geschwelgt hatten, den Schlaf des Gerechten und erwachte wohlgemut und kampfbereit, aber auch fest entschlossen, Bridledrum heute noch nicht zu ermorden. Er war ein ungeschickter Lump, ohne Zweifel, und die Ehre verlangte, daß die Sache mit dem nötigen Ernst behandelt wurde. So weit hatte Beinhaus recht. Auch Häberle hatte recht, dabei konnte es möglicherweise ein Unglück geben. Aber kann es nicht auch ein Unglück geben, wenn ich einer Riemenscheibe zu nahe komme oder Bridledrum einen bösartigen Esel besteigt? Leben wir nicht in einem Lande, guter Häberle, in dem Joseph und seine Brüder angesichts verschiedener Gefahren mit heiler Haut davonkamen und sogar ihr Glück gemacht haben? An Vertrauen in eine gütige Vorsehung übertraf ich den wackeren Missionar fühlbar.

Beinhaus kam trotz seines Hessentums mit preußischer Pünktlichkeit, als ich gerade zu Ende war, ein Dutzend Fellachen mit ihren Weisungen für die Vormittagsarbeiten abzufertigen. Er ritt, der Ehre des Tages zuliebe, eines der wenigen Maultiere, die in Kairo zu mieten sind, und bestand darauf, daß ich aus demselben Grunde mein Pferd statt meines Fest- und Sonntagsesels vorführen ließ. Mein Sais trug das Kästchen mit den Mordwerkzeugen. Heuglin, der verschlafen war, wollte mit dem Zahnarzt und den Herren der feindlichen Partei direkt nach dem Obelisk kommen. Es war dies nicht richtig, wie mir Beinhaus auseinandersetzte, weil zu befürchten stand, daß ihn O'Donald, Bridledrums Hauptsekundant, in seiner unpassenden Weise auf dem Wege in heitere Gespräche verwickeln würde. Aber es sei nun einmal nicht anders zu machen gewesen, da kein Mensch Heuglin aufwecken könne, wenn er über sechs hinaus schlafe. Man müsse in Ägypten ja manchmal fünf gerade sein lassen. So bestehe O'Donald darauf, daß draußen gelost werden müsse, welche Pistolen zu gebrauchen seien, und er werde seine sarazenischen Mordwerkzeuge aus dem siebzehnten Jahrhundert jedenfalls mitbringen. Hoffentlich werde ich hiergegen ein definitives Veto einlegen.

Trotz des herrlichen Morgens, in den wir plaudernd hinaustrabten, wurde ich nun doch etwas ernster. Das Unglück, das Häberle voraussah, das Kästchen, welches mein Sais übermütig in der Luft schwang, manches andre ging mir ein wenig im Kopf herum. Bridledrum hatte eine Mutter und vier Schwestern; ich hatte eine Mutter und eine Schwester, zusammen zwei Mütter und fünf Schwestern, die alle keine Ahnung davon hatten, was uns in den nächsten fünf Stunden bevorstand. Natürlich: der kleine schwatzhafte Bridledrum mit seinem erbärmlichen Pflug war seines Lebens sicher genug. Seine Mutter und Schwestern verdienten keine Teilnahme. Aber ich – wer weiß! – und die Welt ist so schön, namentlich morgens.

Wir hatten Schubra, seine grünen und schwarzbraunen, frisch gepflügten Felder hinter uns. Auch an Howards Pflug waren wir vorbeigekommen, der noch trostlos an derselben Stelle stand, genau wie in dem Augenblick, in dem der Bleipfropf in der Feuerbüchse seiner Lokomobile ausgebrannt war. Die englischen Arbeiter schienen spurlos verschwunden zu sein. Fowlers Pflüge arbeiteten längst wieder in verschiedenen Ecken des Gutes. Manchmal hörte man aus weiter Ferne das Pfeifen der Dampfmaschinen. Wir ritten an einem vertrockneten Kanal entlang und näherten uns der gelben, glänzenden Wüste, die sich bis an den Horizont ausdehnt. jetzt sah man die Spitze des Obelisken über einer Tamariskengruppe in einem ärmlichen, versandeten Kleefeld auftauchen. In drei weiteren Minuten hatten wir alles erreicht, was von der heiligen Sonnenstadt der alten Ägypter noch übrig war.

Neben dem Obelisken stand eine halbzertrümmerte Droschke. Die Wege nach Heliopolis waren in jenen Tagen kaum befahrbar und die einzige Hoteldroschke in einem chronischen Zustand des Geflicktwerdens. Doch auch unsere Gegner hatten gefühlt, daß der feierliche Augenblick, dein wir alle entgegengingen, eine besondere

Ehrung erfordere. Trotz Zechs Warnungen – Zech war der Besitzer von Shepheards Hotel – wurde die Droschke hervorgezogen und auf Bridledrums Rechnung gesetzt.

Fünf Herren bildeten eine feierliche Gruppe um das Fuhrwerk. O'Donald, Fred George, Heuglin, Weller und neben einem Eselchen, das sehr viel besser aussah als die Droschke, in ernstem Schwarz, aber mit ungewöhnlich heiterem Gesicht, Häberle, der sein geduldiges Lasttierchen noch nie so unchristlich mißhandelt hatte wie heute. Galt es doch, der Droschke nachzukommen und vielleicht im letzten Augenblick noch dem Blutvergießen Einhalt zu tun!

Aber wo war Bridledrum, der Mittelpunkt des Ganzen, um den sich alles drehen sollte?

Wir sprangen ab. Beinhaus drehte seine Schnurrbartspitzen zornig nach oben, denen der Ritt auf dem Maultier nicht zugesagt hatte. Dann nahm er seine ernsthafteste Miene an und begrüßte O'Donald, der ihm, in knabenhafter Fröhlichkeit erstrahlend, entgegenkam. Daß der Mensch nie ernsthaft sein konnte!

»Es tut mir pyramidal leid,« sagte er, auch mir die Hand schüttelnd, »Herr Bridledrum mußte heute früh plötzlich in Geschäften nach Alexandrien abreisen. Halim Pascha hat ihm gestern nachmittag seinen Pflug abgekauft. Er ist halb verrückt vor Freude und hat nun alles mögliche anzuordnen.«

»Namentlich einen neuen Bleipfropf herbeizutelegraphieren,« sagte ich grimmig. Ich fühlte, daß das Schicksal seinen Spott mit mir trieb. Das ging denn doch über das Lachen, wenn es nun meine Aufgabe werden sollte, mich mit dem vernichteten Howardschen Pflug herumzuschlagen. Aber es konnte ja nicht wahr sein!

»Und dann,« fuhr O'Donald fort, »habe ich auszurichten, daß er sich Ihnen bestens empfehlen läßt und das Mißverständnis von vorgestern auf das lebhafteste bedaure, namentlich, da er jetzt in weitere angenehme geschäftliche Beziehungen zu mir zu treten die Ehre haben werde. Wenn irgend etwas, etwa eine hastige, wenn auch gutgemeinte Äußerung zurückzunehmen sei: er nehme mit Vergnügen alles zurück. Und er gebe mir die Versicherung und sein heiliges Ehrenwort, daß er den Artikel, der mich mit Recht gekränkt habe, Herrn Jackson, dem Redakteur der ›Egyptian Times‹ – Sie hören, meine Herren, Herrn Jackson,« rief O'Donald, jedes Wort scharf betonend, »weder übergeben noch zugesandt, am allerwenigsten denselben verfaßt oder gar geschrieben habe.«

Häberle konnte sich nicht länger halten. Er stürzte auf mich zu, drückte mir beide Hände mit aller Macht, und ich glaube, er hätte mich geküßt, wenn Beinhaus ihn nicht erschreckt hätte. Er kannte die Armbewegung des alten Teutonen und sprang hastig auf die Seite.

»Ich weiß nicht,« sagte jener mit seiner tiefsten Baßstimme und mit zitternden Schnurrbartspitzen, »ob diese Erklärung unter den vorliegenden Umständen als genügend angesehen werden kann.«

»Ich weiß nicht, was wir mehr verlangen können,« meinte ich mit mühsam errungener Fassung. Das Ende der Pfluggeschichte arbeitete in meinem Innern wie ein Chininpulver. Ein Sturm brauste in meinen Ohren, aber ich fühlte, daß es meine Pflicht war, in diesem schweren Augenblicke, in dem ich nach dem glänzendsten Siege einer unbegreiflichen Niederlage gegenüberstand, mich wenigstens äußerlich als Mann zu zeigen. »Bridledrum hat das Äußerste getan, was wir verlangen können: er hat uns auf Ehrenwort seiner Unschuld versichert, hat den ›Schuft‹ zurückgenommen und ist durchgebrannt. Ich weiß jetzt, an wen ich mich zu halten habe. – Bei Gott!« – der Pflugverkauf regte sich aufs neue – »Jackson in Alexandrien soll mir Rede stehen!«

»Nein, nein!« rief Häberle entsetzt. »Lassen Sie die Sache jetzt endlich ruhen, lieber Herr Landsmann. Sehen Sie doch eine Fügung in der Wendung, die die schreckliche Geschichte heute genommen hat. Seien Sie mit mir dankbar – «

Wieder griff Beinhaus ein. Seine Armbewegung, auch in achtbarer Entfernung, genügte, Häberle mitten in einem Satz zum Schweigen zu bringen.

»Wenn Sie mich gebrauchen können, wackrer Freund,« sagte er mit tiefem Ernst, »stehe ich Ihnen überall und jederzeit zur Verfügung. Die Pistolen sind in vortrefflicher Ordnung.«

»Vorläufig brauche ich Sie in andrer Weise. Herzlichen Dank!« sagte ich, mich zusammennehmend. »Ich brauche Sie alle, meine Herren. Kommen Sie mit mir nach Schubra zurück. Nach diesem

Morgenritt kann uns ein kleines Frühstück nichts schaden. Schade, wirklich schade, daß uns Herr Bridledrum nicht begleiten kann.«

Zehn Minuten wurden dem Studium des ehrwürdigen Monoliths gewidmet, der mit unerschütterlicher Ruhe auf uns herabsah, wie er in seiner einsamen Größe auf die letzten viertausend Jahre herabgesehen hatte. Häberle, der sich trotz aller Schwierigkeiten von Beinhaus unwiderstehlich angezogen fühlte, erklärte diesem die halbverwitterten Hieroglyphen des Pharao Usertesen, der ohne Zweifel der Pharao des Auszugs gewesen sei. So versicherte wenigstens Häberle. »Wenn man bedenkt,« sagte er andächtig, »daß der Pharao, der mit dem heiligen Manne Moses verkehrte, der die Wunder Ägyptens am eignen Leibe erfuhr und der schließlich im Roten Meer ertrank, diese Adler und Messer und Augen in den Granit einhauen ließ, den ich jetzt berühre, ich, der Kandidat Häberle aus Ingelfingen im Hohenloheschen.«

Wir fühlten alle die Größe dieser Tatsachen mit dem kleinen wackeren Manne, der in seiner Herzens- und Friedensfreude überaus gesprächig geworden war. Dann setzte sich die Karawane in Bewegung. Ich ritt neben der Droschke, um mit meinem technischen Rat an ihrer Fortbewegung teilzunehmen; denn es ist nicht leicht, ein Wagenrad, welches Hitze und Wegeshindernisse in seine Bestandteile aufzulösen begonnen haben, mit Stricken zusammenzuhalten. Beinhaus und Häberle bildeten die Nachhut. So kamen wir glücklich in Schubra an, wo uns ein einfaches, aber wohlgemeintes Frühstück empfing und die Todesahnungen des Morgens rasch vergessen ließ. O'Donald konnte sich nach zwei Stunden fröhlichen Plauderns überzeugen, daß mein Ungarwein kein Testament mehr nötig hatte. Die letzte Flasche entkorkte Häberle uns dazu von dem herrlichen Gewächs seines Vaters zu Ingelfingen am Kocher. Nur wer in fernen Ländern, bratend am Rande der Wüste oder zähneklappernd im ewigen Eise, gesessen, weiß, was er in der Heimat besaß.

Beinhaus berichtete später mit weitaufgerissenen, entsetzten Augen, wie Häberle, der gute, fromme Häberle, sich auf dem Heimweg in der Schubraallee betragen habe. Dort erzählte er der Gesellschaft, daß er in seiner Kindheit dem Drang, Kunstreiter zu werden, kaum habe widerstehen können, und bestand darauf, Beinhaus zu zeigen, wie weit er es durch Beharrlichkeit und Selbstunterricht in dieser Richtung gebracht habe. Daß er schließlich in dem weißen, sechs Zoll tiefen Straßenstaub saß und mit verwunderten Blicken seinem davoneilenden Eselchen nachsah, möge verschwiegen bleiben. Ein tiefer Seelenschmerz lagerte sich auf seinen ernsten« bleichen Zügen, wenn jemand grausam genug war, ihn in späteren Zeiten an jenen unvergeßlichen Augenblick zu erinnern.

Die anderen hätten ihn liegenlassen. Beinhaus hob ihn auf, stäubte ihn ab und brachte ihn nach Hause. Sie hatten beide den guten Kern ineinander erkannt.

Druckerschwärze

Auch mir war es nur halb wohl, als ich am nächsten Morgen mit dem ersten Zug nach Alexandrien fuhr. Klarheit wollte ich mir verschaffen, koste es, was es wolle, und büßen sollte der, der in so schändlicher Weise, mit Lug und Trug, in mein ehrliches Schaffen eingriff. War es Jackson, der Redakteur selbst, so hatte ich ihm, mindestens den Kragen umzudrehen. War er es nicht, so mußte er zum Geständnis gebracht werden, wer den Schandartikel geschrieben hatte, dessen schlimme Folgen sich so rasch fühlbar zu machen schienen. Sechs Stunden in einem glühenden Eisenbahncoupé zwischen Kairo und Alexandrien, ein Ungarweinfrühstück den Tag zuvor und eine schwergeschädigte große Sache, die gerettet werden mußte – dies alles zusammen gibt eine so warme Mischung, daß meine wiedererwachende, blutdürstige Stimmung vielleicht zu entschuldigen war.

Um vier Uhr erreichte ich eine der elenderen Nebenstraßen des Mohammed-Ali-Platzes und stand in einem dumpfigen, tiefverstaubten Hause vor Jacksons Zimmertüre. Man gelangte an dieselbe durch eine kleine Druckerei, die einer unglaublich schmutzigen, alten Rumpelkammer glich, in welcher zwei müde Setzer über ihren Setzkästen schliefen. Ich kannte den Herrn Redakteur nur oberflächlich, obgleich er mich seit einem Jahr um Abonnements, Anzeigen und Beiträge für sein »Weltblatt des Orients« genügend gequält hatte: ein großer, fetter Mann, der in einem kälteren Klima würdig genug ausgesehen haben würde. Hier machte er den Eindruck eines übervollen Schmalztopfes, den der Zufall zu nahe ans Küchenfeuer gestellt hatte.

Ich legte mein Gesicht in Falten, die ich dem Umgang mit Beinhaus verdanke. Leider fehlte meinem Schnurrbart die erforderliche Länge und die Fähigkeit, an warmen Tagen mit den Spitzen nach oben stehenzubleiben. Um so ernster war mir's zumute, als ich klopfte.

»Herein!« Natürlich auf englisch.

Jackson saß matt, in Hemdärmeln und kragenlos in einem gebrechlichen, aber riesigen Bureaustuhl, ein feuchtes Taschentuch über den kahlen mächtigen Schädel geklebt, eine Schere am Daumen hängend, umgeben von einem Gebirg von Papierschnipfeln und drei großen Gummitöpfen.

»Was wollen Sie? – ich schlafe!« stöhnte er, kaum hörbar, während ein imponierendes Schnarchen ruhig weiterarbeitete. Dann wachte er plötzlich auf: »Ach, sehr angenehm, sehr angenehm, Herr Mac Id, Herr Oberingenieur Mac Id aus Schubra! Sehr angenehm. Mit was kann ich dienen? Bitte, nehmen Sie Platz.«

Er glänzte von fettiger Freundlichkeit. Ich versuchte ihn mit einem Blick zu vernichten, fand aber, daß man Schmalztöpfe nicht mit Blicken vernichtet. Er lächelte nur um so freundlicher.

»Ich komme von Kairo, Herr Jackson,« sagte ich herbe, »um ein ernstes, sehr ernstes Wort mit Ihnen zu sprechen.«

»Was Sie sagen!« rief er ganz erfreut. »Nehmen Sie etwas Whisky, oder Brandy gefällig, Herr Mac Id? Beides hier, in nächster Nähe.«

Ich würdigte diesen Bestechungsversuch keiner Antwort.

»Kennen Sie dies?« fragte ich mit erhobener Stimme und zog meine »Times« aus der Brusttasche, die mir schon zum zweitenmal als wirkungsvoller Revolver dienen mußte.

Er warf einen schielenden Blick auf das Blatt. Einen Augenblick zuckte es wie ein verlegener Ärger um seine dicken Lippen; dann lachte das ganze rote Gesicht wieder in ungetrübter Fröhlichkeit.

»Whisky oder Brandy? Sagen Sie, was es sein soll?« rief er. »Meine Zeitung – vom 13. März – « er stockte, nachdenklich – »Aha!« schrie er plötzlich frohlockend: »Der Artikel über Ihren prächtigen Dampfpflug! Gewiß, gewiß – Herr Mac Id – «

»Und nun sagen Sie mir, Herr Jackson,« fuhr ich mit schwer zurückgehaltener Entrüstung fort, »haben Sie diesen verleumderischen Schandartikel von Herrn Bridledrum erhalten? Von Herrn Bridledrum, dem Vertreter der Fabrik Howard in Bedford, oder haben Sie das Zeug selbst gebraut?«

»Ha, ha, ha!« lachte er aus vollem Hals, »selbst gebraut! Sehr gut! – Nein, mein verehrtester Herr Mac Id, selbst gebraut habe ich ihn nicht. Wir brauen hier nichts selbst, grundsätzlich. Zeit ist Geld. Wir haben von beiden nichts übrig.«

Er schwang freudig seine Schere; es war keine schlechte Verteidigungswaffe, wenn unsre Besprechung handgreiflicher werden Sollte, was mehr und mehr wahrscheinlich wurde.

»So hat Ihnen Bridledrum den Artikel eingesandt!« rief ich hitzig. »Also doch! Und Sie haben ihn ohne jede Kritik, ohne alles Verständnis abgedruckt?«

»Den Artikel – den Artikel –?« Jackson legte sinnend den Finger an die Nase und schielte wieder nach dem Blatt, das ich auf den Tisch geworfen hatte. – »Bridledrum? – ja, hat er Ihnen denn nicht gefallen? Alles über Dampfpflüge; über Ihr Werk in Schubra; über Ihre großartigen Erfolge!«

»Donnerwetter, Herr Jackson!« rief ich in wachsender Erregung über das Schafsgesicht, das der Redakteur annahm, wenn er nachzudenken versuchte, »sind Sie nicht bei Trost? Der Artikel ist eine infame Verleumdung von A bis Z. Er kann der Sache, für die ich mich abquäle, den größten Schaden tun.«

»Glauben Sie das nicht! Glauben Sie das nicht!« rief Jackson eifrig. »Kein Mensch liest das Zeugs! Sehen Sie, Sie sind noch jung. Ein Mann voll Enthusiasmus und Feuer und so weiter. Ich bin ein Mann von Erfahrung, der das Leben kennt. Kein Mensch hat den Artikel gelesen, außer Ihnen. Ich gebe zu, das war ein kleines Malheur. Ich glaube, der Artikel war nicht für Sie bestimmt. Aber er ist nicht schlecht, lieber Herr Mac Id: flott geschrieben und anschaulich, daß sogar ich ihn verstand.«

»Ich ließ mir ja alles gefallen,« sagte ich, etwas besänftigt, »wenn Sie wenigstens jedem der zwei Pflüge die richtigen Zahlen mitgegeben hätten. Aber Sie lassen Howard achttausendsiebenhundert Quadratmeter –« »Ich bitte Sie, das sind Druckfehler!« unterbrach er mich hastig und nicht ohne einige Entrüstung, »nichts als Druckfehler! Redigieren Sie einmal eine Zeitung bei dieser Hitze! O Gott, ist es heute wieder heiß! Haben Sie schon gebadet? Ich meine draußen in der See?«

»Es sind keine Druckfehler!« rief ich mit neuerwachendem Ingrimm. »Die Zahlen sind richtig, aber versetzt. Was Howard geleistet hat, lassen Sie Fowler leisten, und umgekehrt. Da steckt Bridledrum dahinter, ich nehme Gift darauf!«

»Nehmen Sie kein Gift, Verehrtester; höchstens in dieser ziemlich harmlosen Form.« Er füllte zwei Gläser mit goldgelbern irischem Whisky und sehr wenig Wasser. »Bridledrum hat mit dem Aufsatz nichts zu tun,« fuhr er dann mit der größten Ruhe fort, wie wenn wir beide freundschaftlich die gleichgültigste Sache besprächen. »Kennen Sie meine Tochter Lucy? Die Hand aufs Herz – Lucy hat ihn geschrieben.«

Ich starrte ihn ungläubig an.

»Ein Goldmädchen, Herr Mac Id, die ihrem alten Papa den schweren Lebensabend tragen hilft, wie es wenige tun würden. Sie war eine Woche in Kairo und hat im Hotel Shepheard auf der Veranda drei Tage lang dampfgepflügt, mit Schnupftabaksdosen, wie sie mir erzählt. Was weiß ich? jedenfalls kam sie als völlig ausgebildeter Ingenieur zurück. Ein Goldmädchen! Sie schreibt die meisten Leitartikel in der ›Egyptian Times‹, die wir selber brauen, wie Sie es nennen. Sind Sie abonniert? Fritz, der Herr will abonnieren.«

Einer der verschlafenen Setzer kam herein und notierte Herrn Mac Id oder richtiger Mc Eid, so sehr ich auch versicherte, daß ich ganz anders heiße. In den englischen Kreisen Alexandriens blieb ich von jenem Tage an »McEid«; selbst in den deutschen zu Kairo begann man sich nach einiger Zeit zu streiten, ob ich berechtigt sei, meinen ehrlichen deutschen Namen zu führen.

»Und nun ans Geschäft, lieber Herr Mac Id,« rief Jackson mit väterlichem Wohlwollen. »Der Artikel hat Ihnen nicht gefallen. Schön. Ich bin bereit, gutzumachen, was etwa nicht ganz einwandfrei gelesen sein könnte. Hier ist Tinte, Feder und Papier. Schreiben Sie, was Sie wollen. ich schätze, ich achte Sie hoch, ich drucke, was Sie schreiben. Mehr kann ich wahrhaftig nicht tun.«

Er hatte soweit recht. Ich setzte mich und schrieb eine kurze Berichtigung, wobei ich nur die Zahlen feststellte, deren Verdrehung mein technisches Rechtsgefühl so tief verletzt hatte.

Jackson trank seinen Whisky, mir von Zeit zu Zeit zunickend. Ich gab ihm den Zettel.

»Sehr gut! Sehr gut! Nur etwas zu kurz; wirklich nicht lang genug,« meinte er. »Das soll morgen früh vor – beachten Sie wohl, Herr Mac Id – vor dem Leitartikel über die Lage der konföderierten

Armee stehen. Lesen Sie den, bitte! Den hat Lucy auch geschrieben. Ich werde nur gewöhnliche Inseratengebühr berechnen, billigsten Satz. Sehen wir einmal: das macht« – er sah jetzt mein Papier mit merklicher Aufmerksamkeit an – »das macht etwa zweiunddreißig Zeilen, sagen wir vierzig; und eine flammende Überschrift, – sie brauchen eine flammende Überschrift, fett gedruckt, mit großen Initialen – etwa ›Recht muß Recht bleiben‹, oder ›Blut und Eisen‹ oder ›Pflug und Schwert‹, denn Sie scheinen mir ein Mann zu sein, mit dem nicht zu spaßen ist und dem es nicht darauf ankommt, Blut für sein Eisen zu vergießen, wie Wasser. – Guter Gott, ich glaube wirklich, Sie wollten mir den Hals abschneiden, als Sie eintraten. – Na, wir verstehen uns jetzt. Wollen Sie kein Klischee darüber setzen? Ich habe ein sehr passendes Klischee: eine Faust, die der ganzen Welt zu trotzen scheint. Für Sie bin ich zu allem bereit. Das macht zusammen dreißig Schilling; ein Pfund zehn Schilling. Eigentlich würde es das Doppelte kosten, aber für Sie – «

Ich legte das Geld auf den Tisch, das Jackson mit einer gewandten Handbewegung und mit der Miene eines Mannes einstrich, der sich nur aus Gefälligkeit mit Kassengeschäften befaßt. In diesem Augenblick öffnete sich eine Zimmertüre etwas stürmisch. Eine junge Dame trat ein, mit einem schwarzen Lockenkopf, kohlschwarzen, verständigen, durchdringenden Augen und einem Gesichtchen wie ein kleiner Engel von zehn Jahren. Für einen solchen war sie jedoch viel zu groß, und die Volants ihres Rosakleides – wir lebten in der Krinolinenzeit – füllten das kleine Bureau in beängstigender Weise. Das war Lucy, der Leitartikelschreiber der »Egyptian Times«.

Jackson stellte mich vor.

Lucy nickte mir zu. Sie hatte ein besseres Gedächtnis als ihr zärtlicher Vater und erinnerte sich der Orangen in meinem Garten. »Und siehst du, mein Liebling,« sagte er, »dieser Herr Mac Id ist mit deinem Dampfpflugbericht nicht einmal zufrieden gewesen.«

Sie sah mich mit ihren schwarzen Kinderaugen an, halb neckisch, halb vorwurfsvoll. Ich fühlte, daß meine Lage verzweifelt wurde.

»Ihr Papa hat mich offenbar nicht ganz richtig verstanden, Miß Jackson!« sagte ich in meiner Not. »Der Artikel war reizend geschrieben, wunderbar sachlich für eine junge Dame, nur – «

»Nun also! Hörst du, Papa?«

»Wenn Sie nur die Zahlen – «

»Zahlen!« rief sie verächtlich. »Zahlen mache ich immer falsch. Das verlangt auch Papa nicht anders von mir. Kein Mensch verlangt, daß Zahlen richtig sein sollen. Gehen Sie weg!«

Ich schwieg vernichtet. Sie lächelte mich wieder an. Es war, wie wenn ein wirklicher Sonnenstrahl von dem Gesichtchen ausginge. Aber das wechselte wie Aprilwetter.

»Natürlich, ein eigentlicher gelehrter Dampfpflüger bin ich nicht geworden,« fuhr sie mit dem niedlichsten Trotz um die purpurnen Lippen fort. »Aber die Aufstellung mit den Tabaksdosen habe ich doch sehr gut begriffen, besser als der alte General bei Shepheard, der die Sache erst verstand, als ich sie ihm erklärte. Übrigens, Herr Bridledrum ist sehr viel liebenswürdiger als Sie. Er ist wieder hier, Papa. Er fand meinen Artikel ganz vortrefflich, auch die Zahlen, Herr Mac Id, und hat mir vor einer Viertelstunde eine reizende Brosche geschenkt. Ich kam nur herein, um sie dir zu zeigen, Papa. Entzückend – nicht wahr?«

Sie nestelte das Ding von ihrem Kleide. Es war eine kleine Sphinx, von einer goldenen Adlerklaue gehalten; ein wunderliches Modell. Wir brachen in Bewunderung aus; ihre Augen funkelten vor Vergnügen. Sie war wirklich ein erstaunlich hübsches Kind, trotz der Leitartikel und des entsetzlichen Papas. Muß dieser Bridledrum mir überall in den Weg kommen?

Ich raffte mich auf. Wo sollte das hinführen? Ich erinnerte midi an Häberle und seine Mahnung, daß wir in dem Lande wohnten, in dem Joseph und seine Brüder so mancherlei erlebt hatten. Hatte nicht jener wackere Jüngling auch einmal sehr rasch Abschied nehmen müssen? Ich tat das gleiche. Die Kinderaugen verfolgten mich die elende Treppe hinunter, bis auf den Bahnhof. Dort erreichte ich gerade noch den Nachmittagszug und hatte Alexandrien hinter mir, ehe ich ganz zur Besinnung gekommen war.

.

Lösungen

Nicht ganz unbefangen ging ich am nächsten Morgen zur gewöhnlichen Stunde nach dem Palastgarten, um Halim Pascha meinen Tagesbericht abzustatten. Ich hatte mich unter anderm zu entschuldigen, daß ich seit zwei Tagen nicht erschienen war. Dringende Geschäfte in Alexandrien und anderwärts hätten mich gezwungen, den von mir selbst eingeführten Gebrauch dieser Morgenbesuche zu unterbrechen. Der Prinz war in bester Laune und sehr gnädig. Er habe schon einiges von den kleinen Streichen gehört, die hinter seinem Rücken gespielt worden seien; aber er sei zufrieden, da alles harmlos abgelaufen sei. Mittlerweile habe auch er einiges geleistet: er habe Howards Dampfpflug gekauft.

Ich machte das lange Gesicht, das ich mir versprochen hatte ihm zu zeigen. »Das verstehen Sie nicht,« sagte er begütigend. »Daß der Pflug für uns nicht viel taugt, habe ich gesehen. Aber der kleine Bridledrum war unser Gast, und ich wollte unsern Gast nicht mit verdrießlicher Miene ziehen lassen. Sie haben ihr. genug geärgert mit Ihren achttausend Quadratmetern. Das war recht und schön, ohne Zweifel. Sie sind ein Europäer. Wir aber, wir hier sind Araber.«

Er sagte dies mit einer leisen Betonung, die ich heute noch höre.

»Übrigens brauchen Sie sich keine grauen Haare wachsen zu lassen,« fuhr er fort. »Sie schaffen den Pflug nach der Gesira. Dort ist leichter Boden; vielleicht geht es dort besser. Zwei von Howards Arbeitern behalten Sie zur Bedienung des Apparates hier. Es hat mich gefreut, zu sehen, mit welcher Ruhe diese Leute ihre Niederlage hinnahmen. Sorgen Sie dafür, daß sie nach ihren englischen Gewohnheiten gut untergebracht werden und die Sache in Gang kommt. Ich habe es satt, den Pflug in dem Baumwollfeld stehen zu sehen wie ein Denkmal unseres Siegestages. Adieu!«

Ich war schon an der Treppe, die von dem Gartenpavillon, in welchem diese Morgenaudienzen stattfanden, in den Park hinabführt.

»Und noch etwas!« rief er mir nach. »Der Vizekönig will Sie heute nachmittag sprechen. Kommen Sie um vier Uhr hierher. Ich werde mit Ihnen nach dem Abidinpalais fahren und Sie vorstellen. Er will bei Fowler zehn Dampfpflüge bestellen, oder fünfundzwanzig; wie viele, weiß er selbst noch nicht und verlangt Ihren Rat. Passen Sie auf, wenn mein Neffe aufwacht, werden wir etwas erleben!«

Zehn Dampfpflüge auf einen Schlag! Als ich hinter dem Bananengebüsch am Fuße der Marmortreppe außer Sicht war, machte ich einen unwürdigen Freudensprung mitten in ein neues Kapitel meines Lebens hinein.

Der Monteur

Das alte Lied von der Lore – kaum täuscht mich das Gehör,
Trotz allem Klingen und Klirren pfeift Hans, der muntre Monteur.
Wahrhaftig, das Lied von der Lore, aus der guten alten Zeit!
Man singt es in jeder Werkstatt noch heute weit und breit.

Wohl tönt jetzt anders und lauter der stürmischen Arbeit Gebraus;
Wie eine Zauberhöhle sieht heute die Werkstatt aus.
Wo einst ein Paar am Schraubstock, ein Paar am Amboß stand,
Da reichen jetzt achthundert sich die geschäftige Hand.

Einst schlugen sie die Eisen den Pferden auf den Huf,
Nun schmieden sie ganze Pferde, flinker als Gott sie schuf.
Im Toben und Getümmel merkt kaum man, wies geschieht,
Und nur das Lied von der Lore, das ist das alte Lied.

In langen Reihen stehen sie in dem brausenden Saal,
Die werdenden Riesenrosse aus Eisen und aus Stahl.
Sie liegen im Getöse, still und geheimnisvoll,
Und wachsen und warten, was morgen aus ihnen werden soll.

Ein schwarzer, schwerer Kessel schwebt lautlos durch die Luft,
Er hebt sich, senkt sich, dreht sich, wie ihm ein Junge ruft.
Jetzt liegt er auf vier Böcken, unförmlich, ungeschlacht:
Das ist der Bauch des Untiers, das sie hereingebracht.

Sie senken und messen am zweiten, als bauten sie ein
Haus.
Wie Gnomen in emsiger Arbeit kriecht es hinein und
heraus;
Sie hämmern und meißeln, es dröhnen die zitternden
Platten laut,
Sie bohren ihm hundert Löcher in seine eiserne Haut.

Das dritte steht auf Achsen, auf mächtigen Rädern
schon;
Schwerfällige Riesenglieder! Noch läuft es nicht davon,
Doch bolzen sie die Zylinder schon an, mit ems'gem
Bedacht;
Drin haust des Tieres Seele, wenn es zum Leben er-
wacht.

Es häuft sich um das vierte verwirrtes Stahlgemeng;
Es kommt von allen Seiten das funkelnde Gestäng.
Die Kolben, die Zapfen und Gabeln, wer kennt, wer
zählt sie nur!
Die blanken Exzenterringe, die schmucke Armatur.

Und Schieber und Kulissen setzt man dem fünften ein;
Das ist ein Schrauben und Drehen, ein Messen, scharf
und fein.
Es kreuzen sich Hebel und Stangen, es windet sich
Rohr um Rohr,
Und endlich hebt auch der Schornstein den trotzigen
Kopf empor.

Das sechste dort ist fertig, es blitzt in stolzer Pracht,
Als ahnt' es seine Stärke, als fühlt' es seine Macht;
Als sei's bereit zu fliegen hinaus in die weite Welt.
Das ist die erste Maschine, die Hans zusammengestellt.

Wie alles glänzt und glitzert, wie alles klappt und paßt!
Ein schönes Werk ist fertig, und feierlich wird fast
Dem Hans und der Maschine. Man sieht es beiden an,
Der Jugend Mut und Freude, die Liebe half daran.

Auch siedet's schon im Kessel in heißem Ungestüm.
Es regt sich schon wie Leben im mächtgen Ungetüm.
Es summt und saust im Innern das Feuer und der
Dampf;
Ein halb bewußtlos Regen, der erste Lebenskampf.

Jetzt schnaubt es schwarze Wolken durchs zitternde
Kamin,
Halb zornig und halb freudig: »Nun weiß ich, daß ich
bin!«
»Nur zu! In zehn Minuten beginnst du mir den Tanz!«
Das Lied von seiner Lore singt laut der lustge Hans.

Singt laut und ölt und schraubt noch an seinem Meis-
terstück.
»Du warst mir meine Freude, nun bring mir auch mein
Glück,
Und geh auf deine Reise geschmirgelt und geschmiert,
Das erste schmucke Dampfroß, das ich für sie montiert.

»Für meinen Schatz, die Lore, für meine herzige Braut,
Galt jeder Schlag des Hammers, seit ich daran gebaut.
Gebt Dampf! gebt Dampf, da droben!« Wie's ihm das
Herz bewegt!
»Den Schieber auf, Gesellen! Versucht, ob es sich regt.«

Es stand vor dem Eichentore, das halb geschlossen war.
Hab acht! es regt, es dreht sich das Riesenräderpaar.
Die Kolben, die Kurbelstangen erwachen aus ihrer Ruh,
Vom Trittbrett springt er herunter, dein wuchtigen To-
re zu.

»Auf, auf!« Er reißt am Flügel, der langsam, schwer
sich dreht,
»Bahn frei! Faßt an, Gesellen! Bahn frei!« Es ist zu spät.
»Rückdampf! Um Gottes willen!« Es schreiens zehn in
Hast;
»Rückdampf! Könnt ihr nicht sehen, wie es den Hans
erfaßt?«

Wie das Entsetzen betet! Horch, wie der Schrecken
flucht!
Leis leis schließt die Maschine das Tor mit ihrer Wucht.
Ein Knacken und ein Knarren, ein kurzer, dumpfer
Schrei,
Ein banges Todesröcheln, und alles ist vorbei.

Sie klauben ihn zusammen, sie tragen ihn nach Haus.
Einförmig tobt es weiter, der Werkstatt Sturmgebraus.
Das war der Tod im Dienste. Das Leben ist's, wenn's
glückt.
Den Hans hat seine erste Maschine zu Tod gedrückt.

Nun liegt er still begraben im Friedhof vor der Stadt.
Dort weint die kleine Lore. Sie weinte bald sich satt.
Und stampfend stürmt der Nachtzug der Friedhofs-
mauer entlang:
Das war seine erste Maschine auf ihrem ersten Gang.

Es ist, als ob sie ahnte, weshalb sie keucht und qualmt,
Es ist, als ob sie wüßte, daß sie den Hans zermalmt;
Denn leise klingt durchs Brausen, zum Gruß des toten
Manns,
Das alte Lied von der Lore, das Lied vom lustigen
Hans.

Dunkle Blätter

Das Jagdschloß

Dunkle Blätter aus den alten Zeiten des Papyrus wie aus den neuen des Papiers gibt es genug in diesem sonnigen Lande, doch liegen sie nicht am Wege der Herdenreisenden von Stangen und Cook. Im grellen Licht, das selbst die Wüste ausstrahlt, gehen die meisten achtlos an ihnen vorüber. Natürlich! Man kommt nicht nach Ägypten, um dunkle Blätter zu betrachten. So muß ich wohl ausführlich erzählen, wie ich dazu kam, eines der dunkelsten so nahe zu streifen, daß es mir auf Wochen den ägyptischen Sonnenschein entleidete. Die überaus sach- und landeskundigen Herdenreisenden würden mir sonst kaum glauben. Sie hatten nichts dergleichen bemerkt. Es war alles so hell, so klar, so durchsichtig unter dem blauleuchtenden Himmel, die Fellachen, ein mit dem Wenigsten zufriedenes, lärmendes, malerisch zerlumptes Völkchen, und die Paschas so komisch, wenn sie auch nicht immer ganz so gesittet und liebenswürdig sein mochten wie wir selbst, sobald wir auf Reisen sind. Das wenigstens war der Eindruck, den die Mehrzahl der eingeborenen oberen zehn Zehner von Alexandrien und Kairo gegen die Mitte der sechziger Jahre auf uns machte.

Das Schicksal gestattete mir jedoch nicht, meine Beobachtungen auf die Allerweltsstraße der hereinbrechenden Touristenflut zu beschränken. Ich stak eines Tages, zum Beispiel, in einem Brunnenschacht zu Terranis bei Damiette, den Kopf und ein ängstlich flackerndes Öllämpchen in dem riesigen Ventilkasten einer hundertachtzigpferdigen Dampfpumpe alten Schlages, die sich seit einigen Tagen hartnäckig geweigert hatte, die umliegenden Reisfelder mit dem nötigen Trinkwasser zu versorgen. Es war eine jener turmhohen Wasserhebemaschinen, wie sie in Bergwerken üblich sind und von englischen Ingenieuren und Agenten zum Beginn der landwirtschaftlichen Entwicklung neuen Stils gut genug für Ägypten gehalten wurden. Das drei Zentner schwere messingene Saugventil, einer großen Glocke ähnlich, hing provisorisch an einer Kette, welche kunstvoll in einen Baststrick überging, der über eine Seilscheibe am Dach des Maschinenhauses lief. Am andern Ende des Seiles hingen fünf Fellachen und gaben sich den Anschein, eine qualvoll schwere Last emporzuziehen. Auf dem Zylinderdeckel, zwei Stockwerke über mir, saß mit gekreuzten Beinen, behaglich wie ein Pascha der alten Schule, mein Dragoman Abu-Sa und übersetzte brüllend die englischen Kommandoworte, die aus der dunklen Tiefe zu ihm herauf drangen, in verständliches Fellaharabisch, worauf die fünf Mann lebenden Gegengewichts nicht ohne häufige Anrufung Allahs und seines Propheten den Strick anzogen oder nachließen.

Ich atmete erleichtert auf, trotz der scheinbar unerquicklichen Umgebung von Nilschlamm, triefendem Wasser und ägyptischer Finsternis, in der ich wie ein Molch herumkroch. Die Ursache des Jammers, der mich Hals über Kopf von Kairo hierher, nach der nördlichsten Besitzung Halim Paschas, gesprengt hatte damals eine Reise von zwei Tagen trotz aller Beförderungsmittel, die mir zur Verfügung standen, war endlich nach mehrtägigem Suchen gefunden. Ein großer Fisch hatte ein Loch im Saugkopf der Rohrleitung benutzt und sich in seiner Neugierde bis zum ersten Ventil der Pumpe durchgearbeitet. Dort war er zwischen Ventil und Ventilführung mit abgeschnittenem Kopf und auch sonst lebensgefährlich verletzt steckengeblieben. Nach dieser Heldentat, die das Ventil an dem unberufenen Eindringling verübt hatte, weigerte es sich, seine gewöhnliche Alltagsarbeit weiter zu verrichten, so daß die große Pumpe stöhnend und ächzend, pustend und gurgelnd seit fünf Tagen aufgehört hatte, Wasser zu geben. Manchmal, je nachdem der tote Fisch sich in dem Ventilkasten drehte, stieg plötzlich das Wasser im Druckrohr mächtig und hoffnungsvoll empor; dann aber, mit einem alles erschütternden Knall in den untersten Tiefen des Schachtes, lief das kostbare Naß zischend und sprudelnd wieder davon. Es ist nicht immer ganz einfach, derartige faule Fische in dem Riesenleib einer Dampfpumpe sofort zu entdecken, namentlich ehe man weiß, ob sie überhaupt vorhanden sind, Deshalb war ich nach meiner Entdeckung in der besten Stimmung. Die Reisernte von Terranis brauchte nicht verloren zu sein. Es handelte sich jetzt bloß darum, den kopflosen Fisch aus dem Ventil herauszubekommen und ihn, soweit die Fellachen damit zu tun hatten, zu verspeisen. War dies geschehen, so mußte die Pumpe wieder ihre viereinhalb Tonnen Wasser in der Sekunde speien wie je zuvor.

Ich beleuchtete das Ungetüm von allen Seiten. Es stak fest zwischen Ventil und Ventilführung und sah mit seinen zerfetzten Flossen kläglich, fast mitleiderregend aus. Das kann schließlich jedem passieren! dachte ich, mit dem Kopf unter der hängenden Glocke, zum Beispiel auch mir, wenn Abu-Sa ein falsches Kommando gibt und die drei Zentner Messing auf mich herunterkämen. Ich getraute mir deshalb nicht einmal »Festhalten!« hinaufzuschreien. Wie leicht konnte das Wort mißverstanden oder falsch übersetzt werden; und dann wäre der Fisch nicht schlimmer daran gewesen als ich und die wertvolle Reiserernte sicherlich verdurstet.

Und wirklich, oben schien plötzlich eine große Bewegung auszubrechen: rasche Tritte, einzelne Rufe, verwirrtes Schreien. Der tote Fisch begann zu zittern, und das Ventil tat einen Ruck. Ich bin nie aus einem Ventilkasten so schnell herausgekommen wie damals. Sobald ich aber bemerkte, daß all meine Gliedmaßen noch aneinanderhingen und mir nichts fehlte, bemächtigte sich meiner ein heiliger Zorn, der wohl jeden erfaßt, dem aus Versehen der Kopf abgeschnitten zu werden drohte. Das Gefühl der Dankbarkeit gegen eine gütige Vorsehung verflüchtigt sich in solch kritischen Augenblicken vielleicht allzu rasch. Ich flog die Leiter hinauf, um mich auszusprechen.

Dazu kam es allerdings nicht. Man wird innerlich ruhiger, wenn man an einer senkrechten Leiter von fünfundzwanzig Sprossen sehr rasch emporklettert. Und dann sah ich sofort, daß sich etwas Außerordentliches ereignet haben mußte. Abu-Sa hatte seinen beherrschenden Sitz auf dem Zylinderdeckel verlassen. Nur noch zwei der Fellachen hingen gewissenhaft, aber jammernd an dem Strick, jeden Augenblick gewärtig, von dem schwebenden Ventil in die Luft gehoben zu werden. Die andern drei hatten sich in harmloser Neugier zu der Gruppe gesellt, die in der Mitte des Maschinenhauses den aufgeregt keuchenden Nasir den Gutsverwalter von Terranis, den majestätischen Scheich el Beled den Dorfschulzen und einen Mamelucken Halim Paschas umgab, dessen dampfendes Pferd zwischen den Eseln der beiden Würdenträger vor der Türe stand.

Achmed el Soyer, »der kleine Achmed«, ein mir wohlbekannter Leibdiener Halims, der in Schubra für die Tschibuks seines Herrn verantwortlich war, schien etwas erstaunt, denn er hatte mich noch nie in einem Überzug von Nilschlamm gesehen, wie ich ihn aus dem Schacht heraufbrachte, Doch zog er sofort ein kleines Billett aus der Brusttasche seines StambulrockesDer Stambulrock ist ein einfacher Gehrock aus leichter schwarzer Seide, mit einreihigen Knöpfen; in Ägypten das übliche Kleidungsstück von Beamten und höhren Dienern, die keine Militäruniform tragen. und überreichte es mir mit der Feierlichkeit, zu der ihn ein Ritt von zwölf Stunden berechtigte. Es war ein Briefchen in den mir bereits wohlbekannten Krähenfüßen des Paschas, der sich auf einer Jagdrundreise befand und gestern in Kassr-Schech, fünfundsiebzig Kilometer westlich von Terranis, angekommen war. Er schrieb:

»Haben Sie die Güte, mit dem Mamelucken Achmed hierher zu kommen. Der Nasir von Terranis hat Befehl, Ihnen Pferde zu geben. Ich habe auf dem Schutthügel einer altgriechischen Stadt Sackra bei Kassr-Schech einen wundervollen Platz für mein gußeisernes Jagdschloß gefunden. Vor meiner Abreise von hier möchte ich mit Ihnen die Grundmauern des Gebäudes festlegen; auch anderes besprechen. Bitte ohne Verzug zu kommen. Halim.«

Kein Wunder, daß die Bevölkerung des Bezirks in einiger Aufregung war und von allen Seiten herbeiströmte. Schon waren die Fenster des Maschinenhauses mit Zuschauern besetzt, die still, aber mit weitaufgerissenen Augen die Nasen gegen die Scheiben drückten, wo diese noch nicht zerbrochen waren. Ein so unmittelbarer Befehl Effendinis war in Terranis nichts Alltägliches. Da mußte man mindestens wissen, um was es sich eigentlich handle. Zwanzig Hände fütterten und tränkten das Pferd des Mamelucken, Jusef ben Chalil, der wackere Maschinenwärter der verunglückten Pumpe, kochte unter seinem Dampfkessel eiligst Kaffee, und Nasir und Scheich el Beled wetteiferten in guten Ratschlägen, wie ich am besten und schnellsten nach Kassr-Schech kommen könne.

Das war nun der dritte wundervolle Platz, den mein derzeitiger Herr und Gebieter für sein eisernes Jagdschloß gefunden hatte. Ungefähr vor Jahresfrist wurde ein junger französischer Gießereibesitzer durch ein Brustleiden nach Ägypten geführt. Dieser Herr benutzte eine frühere, oberflächliche Berührung mit dem ägyptischen Prinzen in der Ecole Centrale zu Paris dazu, dem künftigen Vizekönig seine Aufwartung zu machen. Halim erinnerte sich seiner kurzen Pariser Studentenzeit immer gerne, und seine Bekannten, auch die entferntesten, aus jenen Tagen waren eines gastfreundlichen Empfangs sicher. So kam es, daß nach einem heiteren Frühstück à la française in den Gärten zu Schubra, bei dem die Gebote des Korans nicht buchstäblich gehalten worden waren, der Gießereibesitzer Seine Hoheit von der Notwendigkeit eines gußeisernen Jagdschlosses überzeugt hatte, das nach einer kunstvoll aquarellierten Zeichnung in der Tat recht hübsch aussah und, versicherte der Brustkranke, für tropische Ameisen die es in Ägypten nicht gibt völlig unzerstörbar war. Zuerst, als das Gebäude nach acht Monaten in drei Nilbooten von Alexandrien heraufgesegelt kam, sollte es in der Nähe von Heliopolis aufgestellt werden und als Ausgangspunkt der in der dortigen Gegend häufig veranstalteten Gazellenjagd dienen. Doch, noch ehe ich mit dem Ausladen der Nilboote bei Schubra beginnen konnte, hatte Halim den zweiten wundervollen Platz am andern Ufer, zehn Stunden flußabwärts bei Thalia, gefunden. Die Feluken wendeten deshalb ihre Schnäbel wieder nach Norden, woher sie gekommen waren, und die zahllosen Säulen und Konsolen, Blechwände und Zinkdachplatten lagen seit einigen Wochen in halbzerbrochenen Riesenkisten unterhalb Kaliubs am Nilufer im Sand und warteten auf mich und ihre Zusammenstellung. Nun also schien der dritte wundervolle Platz am entgegengesetzten Ende des Deltas entdeckt worden zu sein, so daß das Jagdschloß einer abermaligen und, wie ich mit Besorgnis überlegte, diesmal sehr schwierigen Wanderung entgegensah. Doch war ich zum Glück schon ein wenig daran gewöhnt, technische Aufgaben im Stil von Tausendundeiner Nacht zu behandeln, und ließ mich nicht mehr so schnell verblüffen.

Das französische Billett des Paschas, welches der gelehrte Schreiber des Dorfschulzen mit hoffnungslosem Kopfschütteln betrachtete und auf das ich von Zeit zu Zeit mit drohendem Finger hinwies, versetzte männiglich in fieberhafte Tätigkeit. Selbst mein fetter, schläfriger Abu-Sa, dem der zeitweise Abschied von der behaglichen Dahabia, dem Nilboot, in dem wir in Terranis hausten, besonders sauer fiel, ließ sich durch wenige ermunternde Rippenstöße zu ungewohntem Übersetzungseifer aufstacheln. In einer Stunde waren zwei Pferde, zwei Kamele und ein Esel zur Stelle, Mit angstvoller Miene fragte jetzt der Nasir, seiner Reisfelder gedenkend, was um's Himmels willen aus der Pumpe werden solle. Der Maschinist Jusef, ein herzensguter Kerl, der sich zu jeder Arbeit willig zeigte, die er auf morgen verschieben konnte, schlug zuerst vor, zu warten, bis ich wieder zurückgekommen sei. Dagegen protestierte der Nasir mit allen Zeichen leidenschaftlicher Empörung, so daß der eingeschüchterte Mechanikus die Hoffnung durchblicken ließ, den Fisch mit Gottes Hilfe selbst schon morgen herausziehen zu wollen. Ich erklärte ihm, so gut es ging, wie er sich dabei zu verhalten habe, wie er den Ventilsitz und die Führung des Ventils säuberlich reinigen und den Ventilkastendeckel wieder anschrauben müsse, und empfahl der ganzen Gesellschaft schließlich große Vorsicht. Diese versprachen sie alle laut und einmütig, und ich glaubte, soweit ich meine Leute kannte, nie weniger Grund gehabt zu haben, an einem Versprechen zu zweifeln. Ob sie überhaupt den Versuch machen würden, das Ventil von den störenden Fischgräten und -schuppen zu befreien, war eine ganz andre Frage.

In einer weiteren Stunde hatte ich meine Kleider gewechselt, einen Koffer gepackt, mein Bett samt einer eisernen Bettstelle auf den Rücken des einen Kamels geladen, Abu-Sas und meines Kochs wunderliches Reisegepäck auf dem Rücken des zweiten festbinden sehen und ein halbes Dutzend Eier gefrühstückt. Dann setzte die Karawane in einem bedenklich bresthaften Kahn unter vielem Geschrei der Leute und heftigern Widerstand der Kamele glücklich über den Nil. Am andern Ufer erst machte man sich eigentlich reisefertig; ich und Achmed el Soyer zu Pferd, der Koch auf dem Küchen- und Gepäckskamel in fröhlichster Stimmung die Situation beherrschend, Abu-Sa in meinem Namen, wenn auch ohne Auftrag, jedermann verschimpfend, auf dem Kreuz des Esels, wie und wo der eingeborene Ägypter zu sitzen pflegt. Der allzu rasche Aufbruch hatte ihn tief verstimmt; in dieser Weise konnte man unmöglich weiterleben! Zwei Kameltreiber und ein Sais liefen nebenher und versuchten von Zeit zu Zeit mit Hilfe eines hinten zufällig herabhängenden Stricks das zweite Kamel und mein Bett zu besteigen, was jedoch Abu-Sa mit gebührender Entrüstung und unerwartetem Schicklichkeitsgefühl zu verhindern wußte. So zogen wir gegen zehn Uhr über die ersten besten Kleestoppeln querfeldein gen Westen, in den glühenden Tag hinein.

Es war mir nichts Ungewohntes mehr, eine solche Wanderung durch die grüne Deltaebene mit ihrem stillen Blühen und Sprossen, Reifen und Welken; über die saftig dunklen Kleefelder, die endlosen Flächen, die der etwas kümmerliche Weizen bedeckt, durch die am Horizont zusammenlaufenden Staudenreihen der Baumwolle. Von Zeit zu Zeit unterbricht eine kleine Erhöhung die Einförmigkeit des Bildes. Es sind die Lehmmauern eines Fellahdorfes mit seinen viereckigen, gradlinig abgedachten Häusern, seinem kleinen krummen Minarett, seiner Sykomore oder der spärlichen Palmengruppe und einem halbvertrockneten Teich. Da und dort taucht ein höherer Hügel auf, der in dieser Ebene vom fernen Horizont her ganz gewaltig dreinschaut und die begrabenen Trümmer einer Stadt aus der Zeit der Ptolemäer oder selbst des ältesten Ägyptens andeutet. Bei dem Ritt von Ost nach West, beinahe an der Grenze des bebauten Landes, wo dieses in die brackigen Sumpfflächen des Burlossees und des nahen Meeresufers übergeht, unterbricht den einförmigen Reitpfad nicht selten ein halbvertrockneter Kanal, ein fast versandeter Nilarm. Die Kamele gurgeln grämlich, wenn sie unsicheren Schrittes an der Böschung der zerfallenen Dämme hinabgleiten. »Man sauft nicht schon wieder,« scheinen sie ärgerlich zu denken, »wenn man kaum vier Stunden lang in der angenehm brennenden Sonne spazieren gegangen ist.« Die Pferde, bis am Bauch in dem lauen, gelbbraunen Wasser versinkend, machen dagegen trotz des heftigen Widerstandes ihrer Reiter Versuche, ein gründlicheres Bad zu nehmen, während der sich verzweifelt sträubende Esel von Abu-Sa hinten ins Wasser geschoben werden muß, sich dann aber plötzlich, laut schreiend vor Freude über das köstliche Naß, auf den Rücken legt und alle vier Beine dankbar gen Himmel streckt. All das gibt eine willkommene Veranlassung zu einer kurzen Rast im Schatten der einsamen Sykomore, welche die Furt bezeichnet, oder bei der kleinen Grabmoschee eines Dorfheiligen, die der stillen, unabsehbaren Fläche einen hübschen Vordergrund verschafft. Und dann geht es wieder weiter; Kleefelder, Weizenfelder, Baumwollfelder ohne Ende.

Ein solcher Ritt, wenn er auch nur zehn Stunden währt, gibt Zeit, an mancherlei zu denken; zum Beispiel an die Frage, wo man herkomme und wo man hingehe. Ich war nun zwei Jahre in Ägypten und hatte begonnen, mich in Land und Leute einzuleben. Die erste neugierige Freude des Daseins hatte sich gelegt und auch vieles Unangenehme seinen Stachel verloren. Selbst die Moskitos fingen an, mich als Landsmann zu betrachten und nach ihrer Art etwas milder zu behandeln. Mein Arbeitsfeld als Ingenieur Halim Paschas hatte sich ausgedehnt, wie ich es kaum für möglich gehalten hätte. Der während der letzten Jahre ungemein ergiebige Baumwollbau hatte mächtig dazu beigetragen, die ausgedehnten Landstrecken, die Halim als jüngster Sohn Mohammed Alis geerbt hatte, in einer bisher ungekannten Weise unter Kultur zu bringen. Der erste ägyptische Dampfpflug, den ich infolge einer glücklichen Vereinigung von Umständen vor dem Untergang retten konnte, hatte andere rasch nachgezogen, so daß ich in Schubra eine förmliche Schule für arabische Dampfpflüger im Gang erhalten mußte. In Terranis, in Thalia, in El Mutana und namentlich in Kassr-Schech dampfte es auf den Feldern, die bisher nie etwas anderes kennengelernt hatten als den altägyptischen Zinken, der auch in den Grabkammern von Memphis und Theben zu sehen ist. Dann waren an all diesen Punkten, mit Ausnahme von Kassr-Schech, große Pumpwerke zur Bewässerung der Güter errichtet worden oder im Bau begriffen und gossen zu jeder Jahreszeit Ströme von Wasser über die zum erstenmal tiefgepflügten Felder. Es war ein emsiges, hoffnungsvolles Treiben von einem Ende des Landes zum andern. Doch war es unter der heißen Sonne warme Arbeit, auf dem alten Boden einer neuen Welt zum Aufkeimen zu verhelfen, und manches Pflänzchen ging dabei zugrunde. Ich selbst war manchmal nicht weit davon.

Was mich auch in den schwersten Tagen munter hielt, war Halim Pascha, der mit der Lebhaftigkeit seines arabischen Blutes das ganze große Getriebe in Bewegung gesetzt hatte. Man sah ihm an, daß er nur halb Türke war. Manchmal lag wohl ein Zug melancholischen Phlegmas und selbst finsteren Stolzes in seinem dunkeln Gesicht, den er von seinem Vater geerbt haben mochte, dem genialen, rücksichtslosen Despoten, der das heutige Ägypten geschaffen hat. Seine Mutter aber war arabischen Blutes: ein Beduinenmädchen, welches der Pascha auf einem Ritt von Suez nach Kairo am Wüstenrande gesehen und mitgenommen hatte. Die Fürstin lebte noch, in dem blauen Palast von Schubra, an der Spitze von Halim Paschas Harim: eine kluge Frau, die trotz der Harimsmauern Erfahrungen aller Art hinter sich hatte und auch am Hofe des regierenden Vizekönigs

Ismael, des nachmaligen ersten Khediven, als die allein noch lebende Frau des Gründers der Familie und als die Mutter eines künftigen Vizekönigs mit hoher Achtung behandelt wurde. Damals dachte noch niemand außer dem Vizekönig Ismael daran, daß sein Onkel das Recht auf den Thron Ägyptens verlieren werde; am wenigsten Halim selbst, der mit ruhelosem Eifer an der inneren Entwicklung des Landes arbeitete, welches er als Halbaraber mehr als irgendein anderes Mitglied der vizeköniglichen Familie als das seine, als sein Vaterland ansah.

Kassr-Schech war der Mittelpunkt des größten Distrikts, den er besaß. Derselbe mochte dreißigtausend Hektar umfassen, auf denen sich gegen zwanzig Fellahdörfer und Weiler befanden. Obgleich ein glänzendes Stück des Deltas, war er nicht ohne seine Nachteile. Er lag abseits vom Wege und nicht einmal an einem der Hauptarme des Nils. Während des Hochwasserstandes des Stromes führte der sechzig Kilometer lange Kanal von Kassr-Schech dem Bezirk das erforderliche Wasser zu. Von Februar bis August dagegen lag dieser Kanal trocken. Die nördliche Grenze des Gebiets, die, nur acht Kilometer von Kassr-Schech entfernt, von Ost nach West läuft, bildeten die Sümpfe des Sees von Burlos, dessen brackige Wasser da und dort aus dem Boden drangen und weite Strecken in eine Salzwüste zu verwandeln drohten, wenn das Nilwasser fehlte, um sie auszulaugen. So kam es, daß der Gau bisher ziemlich. vernachlässigt geblieben war und nahezu alles erst geschaffen werden mußte, um das großartige Besitztum der Kultur, wie wir sie verstehen, zugänglich zu machen. Im vorigen Jahr hatte ich unter beträchtlichen Schwierigkeiten drei Dampfpflüge an verschiedenen Punkten der Gegend in Tätigkeit gesetzt. Eine Baumwollentkörnungsfabrik war im Bau begriffen, eine Reparaturwerkstätte war aufgestellt. Man überlegte sich die erforderliche Vertiefung des Kanals von Kassr-Schech, eine Trambahn oder die Errichtung eines Straßenlokomotivverkehrs nach der nächsten Bahnstation, der sechzig Kilometer entfernten Stadt Tanta. Doch das waren Zukunftspläne, wie sie damals zu Dutzenden in der Luft lagen, wo sich Halim Pascha zeigte.

Es ist hohe Zeit, zur Gegenwart zurückzukehren. Als die Dämmerung hereinbrach und wir etwa fünfzig Kilometer hinter uns hatten, war mirs, ich gestehe es, nur noch halb wohl im Sattel. Doch die Häusergruppe von Kassr-Schech und nicht weit davon der hohe Scherbenhügel, den man Sackra nannte, lagen endlich purpurfarbig am verbleichenden Abendhimmel. Wie mir Achmed sagte, hatte Halim und sein Gefolge, einen Kilometer vom Dorf entfernt, am Fuß des Hügels ein kleines Zeltlager aufgeschlagen. Dort konnte ich jedoch auf keine Unterkunft rechnen, da ich kein Zelt bei mir führte. Wir wendeten uns deshalb nach dem Dorf, das in tiefer Nacht erreicht wurde. Es war still wie eine Gräberstadt, als wir vor dem einzigen einstöckigen Hause, der Wohnung des Scheich el Beled, anlangten. Nur draußen vor dem Dorfe bellten die wilden Hunde mit unermüdlichem Eifer an den Mond hinauf oder den Schakalen entgegen, die einen zweiten magischen Kreis um jede Wohnstätte des Deltas ziehen. Abu-Sa und Achmed begannen zu rufen, was sämtliche Hunde mit maßlosem Zorn erfüllte, während. der Scheich und seine Familie im süßen Gefühl ungestörter Ruhe weiterschliefen. Nach einiger Zeit schickte ich Abu-Sa, verstärkt durch den Koch, der von seinem Kamel heruntergeklettert war, nach der Rückseite des Hauses, wo sie mit frischem Mut ihr Duett anstimmten, während ich und Achmed von der Vorderseite das unharmonische Bombardement der schweigenden Festung fortsetzten. Und wirklich, unsre gemeinsamen Anstrengungen blieben nicht erfolglos. Nach einer Viertelstunde, während deren sich die zwei Kamele und der Esel bereits im schwarzen Schatten des Hauses zur Nachtruhe niedergelegt hatten, öffnete sich ein kleiner Holzladen im oberen Stockwerk; ein Kopf, in schwarzblaue Schleier gehüllt, zeigte sich mit großer Vorsicht und wollte wissen, ob jemand gerufen habe. Achmed begann in gereiztem Tone auseinanderzusetzen, daß der Baschmahandi des Effendini »Effendi« ist einer der Titel des Vizekönigs und der Prinzen des vizeköniglichen Hauses. mit Roß und Reisigen vor der Tür stehe und eine Stube haben müsse, um seine müden Glieder auszustrecken. »Baschmahandi« war mein Ehren- und Amtstitel, heißt erster Ingenieur, Mechaniker, Müller und allgemeiner »Macher« und wirkte gewöhnlich genügend, um mir jede Haustür zu öffnen. Aber der erboste Mameluck war nicht halb zu Ende, als sich der kleine Laden lautlos wieder schloß und wir der regungslosen, kahlen, mondbeglänzten. Hausfront aufs neue hilflos gegenüberstanden. »Weiterschreien!« kommandierte Achmed ohne Ärger. Es schien alles völlig in Ordnung zu sein. Wir schrien, und die Hunde, die jetzt schüchtern in das Dorf hereinka-

men, um nachzusehen, wer zu nachtschlafender Zeit diesen unge-
bührlichen Lärm verursache, halfen uns mit ohrenbetäubendem
Gebell.

Unsere Ausdauer fand ihren Lohn. Nach weniger als einer weiteren Viertelstunde öffnete sich die kleine enge Haustüre gespenstisch, wie von selbst, und nach weiteren fünf Minuten trat ein würdiger Greis in weißem Talar und grünem Turban heraus und hieß
uns freundlich willkommen. Achmed erwiderte den Willkomm
etwas brüsk, ich machte den »Tejmineh«, den arabischen Gruß, bei
dem man mit der rechten Hand zierlich nach dem Boden greift und
sie dann auf die Brust und auf die Stirn legt, mit gebührendem Anstand. Dann wurde aufs neue parlamentiert. Der würdige Greis
erklärte: Sein Haus sei mein Haus. Mein Eintritt möge gesegnet
sein. Nur möchte ich mich noch ein wenig gedulden. Denn die
Wohnung sei nur klein, und er sei arm, wie sich beides für einen
Scheich el Beled gezieme. Man sei im Begriff, das schönste Zimmer
für mich auszuräumen. Und schon kam auch ein kleiner pechschwarzer Diener aus der gespenstischen Tür heraus, brachte Kaffee
und breitete eine Matte auf den Boden, auf der Platz zu nehmen
mich der Scheich mit feierlich gütiger Handbewegung einlud.

Die Verhältnisse begannen sich ein wenig aufzuheitern. Wir tranken den etwas zweifelhaften, aber heißen Mokka und lebten fühlbar
auf. Hierauf bestieg Achmed sein Pferd wieder, um nach, Halim
Paschas Lager zu reiten, und überließ mich und meine Leute unserem Schicksal. Der Scheich ergriff nach einiger Zeit meine Hand
und führte mich mit der ihm eigenen Feierlichkeit nach meinem
Schlafgemach. Dann entfernte auch er sich, unverständliche Worte
murmelnd, als ob er mich und sich segnete. Selbst ist der Mann!
dachte ich mit etwas wehmütiger Betonung, indem ich mich in dem
fensterlosen, völlig leeren Raum umsah, der für mich in der Tat
gründlich ausgeräumt worden war. Doch Abu-Sa und der Koch
hatten mein Bett rasch aufgeschlagen. Tee wollte ich keinen mehr
machen lassen; ein Stück Brot von unnatürlicher Trockenheit, ein
paar Scheiben der rasch ausgepackten Salami und zwei Sardinen
beschlossen die ernstere Arbeit des Tages. Es war halb elf Uhr und
mehr als Schlafenszeit. Halbangekleidet warf ich mich auf das willkommene Feldbett.

Die Nacht sei Schweigen – mit ihrer dumpfen, schwülen Luft in dem Lehmkasten, den mir das Verhängnis zur Wohnung angewiesen hatte, dem durchdringenden Geruch halbgebrannter Ziegel aus Stroh und Nilerde, dem unablässigen Hundegebell, den Moskitos und den Tausenden jener kleinen Freunde des Menschen, die mich freudehüpfend empfingen und unermüdlich festliche Tänze um mich her aufführten. So müde ich war, packte mich manchmal wilde körperliche Verzweiflung, so daß ich aufstand und im mondbeglänzten Hofe ein Viertelstündchen spazierenging, hilfesuchend zum herrlichen Sternenhimmel emporblickte, horchte, wie die Hunde weiterbellten, bald zu dritt, bald zu zehn, bald einzeln und dann wieder, wie auf ein Zeichen, zu fünfzig auf einmal, und zusah, wie der stille Mond langsam, allzu langsam über den Gipfel der Sykomore wegzog. Es war mir dabei fast ein Trost, wenn ich von Zeit zu Zeit über Abu-Sa oder den Koch stolperte, die, in Pferdedecken eingehüllt, wie glückliche, unförmige Massen am Boden lagen und ihren steinharten Schlaf schliefen. Zum Umsinken müde und mit dem festen Vorsatz, ihrem Beispiel zu folgen, auch wenn ich bei lebendigem Leibe gefressen werden sollte, kehrte ich dann für die nächste halbe Stunde nach meiner Marterkammer zurück.

Poeten, die ich kenne, heißen dies mit schwellendem Busen und tief atmend »orientalische Nächte« und dichten wohltönende Sonette zu ihrem Preis!

Doch auch diese Nacht hatte ihr Ende. Der Mond versank im Westen wie eine rotglühende Masse geschmolzenen Stahls, und wie eine hundertmal glühendere Feuerkugel stieg nach kurzer Zeit die Sonne im Osten auf und schoß ihr schimmerndes Licht über die Welt, die jetzt still geworden war, still und glücklich. Denn das entsetzliche Nachtgesindel war eingeschlafen, und der frische Morgenwind, der von der nahen See her wehte, trieb die schweren Dünste der Finsternis lachend vor sich her.

Sackra

Hundert Schritte vor seinem Lager erblickte ich eine Stunde später Halim Pascha, der mir, nur von seinem ständigen Adjutanten Rames Bey begleitet, entgegengeritten kam: ein kleiner, wohlgebauter, sehniger Mann von dreißig bis fünfunddreißig Jahren, kaum brauner als ein Neapolitaner, mit regelmäßigen, nicht unschönen Zügen und durchdringenden schwarzen Augen, die in ruhigen Augenblicken schwermütig dreinsehen, aber auch ein gewinnendes Lächeln widerspiegeln konnten. Gewöhnlich drückten sie nervöse Energie aus, was den raschen, unerwarteten Bewegungen des Körpers wohl entsprach. Er ritt einen Rappen, eine Seltenheit bei arabischen Pferden, der seine Last mit sichtlichem Stolze trug, und saß nachlässig im Sattel, wie wenn er auf Pferden zu Hause wäre. Ich sah ihn zum erstenmal halbtürkisch gekleidet. Die Tracht stand ihm vortrefflich. Er verstand es, den weißen wallenden Mantel auch zu Pferde in einer Weise zu tragen, die jeden Künstler erfreut hätte, und die bunte Kufie, die er um den Tarbusch gewunden hatte, flatterte lustig im Morgenwind. Pferd und Reiter waren fast ein Bild aus dem vorigen Jahrhundert. Das war der Tscherkesse, der ihm folgte, völlig: ein großer prächtig gebauter Mann in goldgestickter, grüner, enganliegender Jacke, mit einer roten Schärpe um den Leib, aus der ein mit Edelstein besetzter Dolchhandgriff hervorsah. Grün waren auch seine weiten türkischen Beinkleider, die in prächtigen Falten über die Seiten seines weißen Pferdes herabfielen. Wie der Pascha hatte er eine bunte seidene Kufie über dem Kopf, die das Gesicht malerisch umrahmt und die ganze Gestalt eigentümlich belebt. Seine blonden Haare waren ganz kurz geschnitten. Die allzu regelmäßigen Gesichtszüge hätten etwas statuenartig Totes gehabt, wenn sie nicht zwei dunkelblaue Augen eigenartig belebt hätten. Es fehlten ihm nur die Waffen, um eine prächtige Gestalt der alten Zeit aus ihm zu machen, in der die Mamelucken Könige waren. Doch war alles, was er trug, das elfenbeinerne Zigarettenetui Halims, das während jedes Gesprächs alle drei Minuten in Tätigkeit trat.

»Schön, daß Sie hier sind, Herr Eyth,« rief mir der Pascha entgegen, »und schade, daß Sie bei dem Scheich geschlafen haben. Ich hatte Ihnen ein Zelt neben dem meinen aufschlagen lassen. Achmed ist ein Dummkopf.«

157

»Geschlafen habe ich bei dem Scheich eigentlich nicht. Hoheit. Doch ging die Nacht auch so vorüber,« antwortete ich mit dem sauersüßen Lächeln, mit dem man sich kaum überstandener Qualen erinnert.

»Aha!« lachte Halim. »Sie sind noch immer nicht an unsere arabischen Nächte gewöhnt. Warten Sie, bis Sie tausendundeine hinter sich haben. Dann können Sie etwas erzählen.«

Er drehte sein Pferd.

»Gehen wir hinauf!« fuhr er fort. »Ich werde Ihnen den Platz zeigen. Wir können arbeiten, ehe es zu warm wird.«

In wenigen Minuten waren wir am Fuß des Hügels und stiegen ab. Es war ein riesiger Schutthaufen aus Erde, Scherben, Ziegelsteinen und tausendjährigen Knochen, alles halb zusammengebacken zu einem schwarzbraunen Konglomerat, in dessen Ritzen und Vertiefungen sich der feine Sand der Wüste, den der Wind hergeweht hatte, in weißen Adern und Knollen ablagerte. An einzelnen Stellen lagen Stücke abgebrochener Säulenschäfte oder eine halbzertrümmerte ionische Schnecke, die davon erzählte, daß hier einmal Griechen gehaust hatten. Tiefer im Innern des mächtigen, sechzig Fuß hohen Trümmerhaufens hätte man wohl auch Spuren des alten Ägypten finden können, das an den Ufern des fischreichen Burlossees blühende Städte gebaut hatte. Nicht ohne einige Mühe in dem losen, zurückweichenden Schutt erreichten wir die Kante des kleinen Plateaus, aber der Aufstieg, wie Baedeker zu sagen pflegt, war lohnend. Selbst eine Erhöhung von zwanzig Metern kann in einem Landstrich wie dem zu unsern Füßen einen Berggipfel vorstellen.

So weit das Auge nach Süden, Osten und Westen reicht, bietet sich ihm eine grünblühende Fläche dar: grüner Klee, grüne Baumwollstauden in langen, regelmäßigen Linien, grüner, sprossender Weizen, grüner Mais und da und dort kleine Fleckchen grellgrünen Zuckerrohrs; Grün in allen Tönen, die Gelb, Braun, Rot und Blau in Grün legen können. Dazwischen Dutzende von Fellahdörfchen mit ihren dunkeln Baumgruppen und den kleinen weißschimmernden Minaretts. Da und dort eine dünne Rauchsäule, die kerzengerade gen Himmel steigt, da und dort, solange die Entfernung für das Auge nicht zu groß ist, eine Gruppe von Büffeln, eine Herde von Rindern oder Ziegen, einzelne Esel, spärliche Kamele. Das Ganze ist zerschnitten von den dunkleren, nur da und dort aufblitzenden Linien der Kanäle oder von natürlichen Wasserläufen, unter denen die alte große Nilfurche der Sebenitischen Mündung kaum mehr zu erkennen ist. Der unruhige Strom hat im Laufe der Jahrtausende andere Wege nach dem Meer gefunden. Gegen Norden geht der Ton der Landschaft in Braun und Blau über. Das Schilf und die Sumpflachen des Burlossees mit dem tausendfachen Leben seiner Fische und Wasservögel liegen dort ungestörter, als sie es vor zweitausend Jahren gewesen sein mögen. Denn dieser ganze Landstrich ist vereinsamt und vergessen. Das Leben unsrer Zeit hat sich nach Westen gezogen und blüht in Alexandrien, oder wanderte nach Osten, wo damals die ersten Hütten der Ingenieure von Port Said und Suez aufgeschlagen wurden. Aber trotzdem war es ein königliches Bild unter dem wolkenlosen Himmelsdom, der sein feuriges Blau über das ganze Land spannte; und der reine Morgenwind, der den kräftigenden Seegeruch noch nicht ganz verloren hatte, füllte die Brust mit einem Gefühl unvernünftigen, wohligen Stolzes.

›Das gehört uns! dachte ich, wahrscheinlich angesteckt von der Nähe Halims, der mit etwas mehr Berechtigung sicherlich dasselbe dachte. Derartige lautlose Gedankenübertragungen kann man in dieser stillen Welt zwischen zwei Wüsten öfter beobachten als in unsern lärmenden Kulturstädten des Westens.

›Und das soll nicht umsonst uns gehören! dachte er weiter. Man sah es deutlich in seinen Augen, während ich halblaut nachbetete: »Nein, das soll nicht umsonst uns gehören!«, wie wenn ein arabischer Ginni oder ein altgriechischer Dämon mir die Worte vorgesprochen und mich gezwungen hätte zu reden. Vielleicht war die schlaflose Nacht ein wenig dabei beteiligt.

Halim sah mich etwas verwundert an, schüttelte lächelnd den Kopf und sagte dann laut:

»Was sagen Sie dazu? Hier will ich mein Schlößchen haben. Dort drüben« er wies nach Norden »sind Tausende von Enten und Schnepfen, und Pelikane und Flamingos, und Millionen von Fischen. Ich werde die Fischerei Ihrer alten Freunde, der Griechen, wieder aufnehmen. Von hier sehe ich meine Baumwolle, so weit man sehen kann, und ein Dutzend Entkörnungsfabriken, und fünfzig von Ihren Dampfpflügen statt der drei, die jetzt dort unten puffen!Für ein gutes Fundament soll sofort gesorgt werden. Das Schloß herbeizuschaffen und Wasser und einen kleinen Garten, das ist alles Ihre Sache, Herr Eyth! Wissen Sie was? Wir wollen das Ganze ohne Verzug ausstecken, daß Leben in die Geschichte kommt. Morgen soll der Scheich von Kassr Leute schicken, die die Fundamentgräben ausheben können. Hast du ein Bandmaß hier, Rames?«

Rames Bey griff ohne das geringste Erstaunen über diese, wie mir schien, unerwartete Frage in seine grünen Hosen und brachte das verlangte Bandmaß zum Vorschein.

»Aber Hoheit,« wandte ich ein, »wir brauchen hierzu die Zeichnungen, zum mindesten den Grundriß des Gebäudes. Ohne die richtigen Maße können wir nichts ausstecken.«

»Was!« rief er mit einem scharfen Zucken in dem dunkler werdenden Gesicht. »Sie haben den Grundriß nicht hier?« Er war sichtlich unangenehm berührt.

»Aber ich konnte unmöglich wissen, Hoheit,« antwortete ich, ebenfalls nicht sehr vergnügt, »als ich wegen der großen Pumpe nach Terranis ging, daß ich die Zeichnung des Jagdschlosses, die seit Wochen in Thalia liegt, hier in Kassr-Schech brauchen werde!«

Er hörte mich kaum an. »Rames, das Jagdschloß,« sagte er scharf zu seinem Tscherkessen.

Ich wußte bereits, weshalb Rames Bey trotz seiner hohen und vielfach begünstigten Stellung und seiner halbvollendeten Pariser Erziehung mit merkwürdiger Zähigkeit an der türkischen Tracht festhielt, die sonst am Hofe der vizeköniglichen Prinzen fast verschwunden war. Eine weite türkische Hose kann Taschen bergen, von denen ein europäisches Beinkleid keine Ahnung hat. Und aus dieser Tasche heraus konnte er eine Welt von Bedürfnissen befriedigen. Sie hatten ihn längst für den unruhigen Geist Halims unentbehrlich gemacht. Aber diesmal versagten die Hosen.

Doch Halim hatte seine Aufwallung bereits unterdrückt und die Ruhe des Orientalen wiedergewonnen. Es war hübsch, zu beobachten, und täglich bot sich hierzu Gelegenheit, wie die Erziehung des vornehmen Türken die Natur des Arabers beherrschte.

»Was machen wir jetzt?« fragte er mich freundlich, aber dringend. »Man sollte nie ohne den Grundriß eines Jagdschlosses auf Reisen gehen, Herr Eyth! Wo ist er?«

»In Schubra, Hoheit!«

»Ich werde Achmed el Soyer hinschicken, ihn zu holen.«

»Er liegt in einem Schrank in meiner Wohnung unter hundert andern Papieren und Zeichnungen. Achmed wird ihn nie finden.«

»Ich werde den Schrank holen lassen.«

Ich hätte fast gelacht, was ziemlich gefährlich gewesen wäre, denn es war Halim Pascha tiefer Ernst.

»Bis Tanta,« sagte ich, mich fassend, »ginge dies nicht unschwer mit der Bahn. Aber von dort hätte es seine Schwierigkeiten. Der Schrank ist zu groß für ein Kamel, und das Wasser im Kanal von KassrSchech steht schon zu nieder für Boote.«

»Dann nimmt man zwei Kamele und trägt ihn an Stangen,« meinte Halim entschlossen. »Man muß sich zu helfen lernen, Herr Eyth. Ich hasse nur ein Wort, aber das auch gründlich, das Wort impossible. Sie haben mir das noch nie gesagt und sollen es mir nie sagen. Aber das ist richtig: es geht zu langsam mit den Kamelen.«

»Ich könnte die Zeichnung ja selbst holen!« schlug ich vor.

»Bravo, Herr Eyth!« rief der Pascha. »Rames, den Eisenbahnfahrplan.«

Rames zauderte diesmal nicht einen Augenblick. über seinen schönen Zügen spielte ein Lächeln beruhigenden Selbstvertrauens. Dann bückte er sich, versank in seiner linken Hosentasche und brachte aus der Gegend der Knie den verlangten Fahrplan hervor, den er selbstgefällig ausbreitete. Halim nahm ihm das Blatt rasch aus der Hand und sagte, mit einem Wink auf die Taschen des Adjutanten, zu mir:

»Sehen Sie!«

Ich verstand den leisen Tadel, der in diesen zwei Worten lag; doch wie konnte ich dem Ideal, das sich Halim von einem Ingenieur gemacht hatte, näherkommen, ohne ebenfalls türkische Hosen zu tragen, und soweit habe ich es zum Glück oder leider wer will es entscheiden? nie gebracht. Unbedingt mußte ich allerdings im stillen zugeben: auf den Trümmern einer alten Griechenstadt, an der verlassensten Grenze des Nildeltas, ohne jede Vorbereitung auf Verlangen den neuesten Eisenbahnfahrplan hervorzuziehen, war eine großartige Leistung. Halim überlegte: »Wenn Sie in einer Stunde hier weggehen, so können Sie um drei Uhr fränkischer Zeit in Mahallet el Kebir sein, unsrer nächsten Station an der Zweiglinie nach Samanud. Dann können Sie mit dem Abendzug nach Kairo kommen und dort übernachten oder noch nach Schubra reiten. Gut! Am andern Morgen holen Sie die Zeichnung und gehen mit dem Neunuhrzug bis Tanta zurück. Dorthin schicke ich Ihnen ein gutes Pferd. So sind Sie abends bequem wieder hier, und wir können übermorgen früh zu bauen anfangen. Geht es so?«

»Inschallah!« rief ich. Die Luft des Orients wirkte in diesem einsamen Landeswinkel mächtiger als in Kairo. Halim lächelte über meine sprachlichen und, wie es fast klang, religiösen Fortschritte.

»Ma scha allah!«Inschallah – wenn Gott will; Ma scha allah – wie Gott will. bekräftigte er. »Sie haben Zeit genug. Der Scheich von Kassr soll Ihnen ein gutes Pferd geben. Rames, sorge dafür! Achmed kann El Dogan (den Falken) heute noch nach Tanta bringen. Dort wird er Sie am Bahnhof erwarten.«

»EI Dogan?« rief Rames erstaunt, nahm jedoch sogleich wieder die Miene einer altgriechischen Marmorbüste an.

»EI Dogan!« sagte Halim bestimmt. »Ich möchte Ihnen ein Vergnügen machen, Herr Eyth. Sie sollen wenigstens einmal in Ihrem Leben arabisch reiten, wie Sie noch nie geritten sind. Gehen wir frühstücken.«

Er wandte sich nach dem Rand des Hügels und begann hinabzuklettern. Rames und ich folgten. Und zwei-, dreimal hörte ich den Tscherkessen, als wir herabstiegen, unruhig zwischen die Zähne murmeln: »El Dogan! EI Dogan!«, wie wenn er noch nicht begriffen hätte, um was es sich handle. Ich war viel weiter davon entfernt, es zu begreifen, aber völlig beruhigt.

Inschallah – wenn Gott will; Ma scha allah – wie Gott will.

El Dogan

Eine Stunde später, als der Fahrplan es wollte, kam ich gegen Mittag des folgenden Tages, von Kairo zurückkehrend, in Tanta an. Kein ägyptischer Bahnzug pflegte zu jener Zeit weniger als eine Stunde Verspätung auf drei Fahrstunden zu rechnen. Vor dem kleinen verstaubten Bahnhof mit seinen zerbrochenen Fensterscheiben und dem halbzerfallenen Mauerwerk ging ein alter Mann nur mit einem Hemd uniformiert, mit einer schweren messingnen Glocke, als Zeichen seines Amtes, auf und ab. Auf dem schattenlosen Platz hinter dem Gebäude lagen in glühender Mittagsonne Hunderte von Baumwollballen, die hier aus dem Innern des Deltas zusammenströmten und wochenlang auf Weiterbeförderung warteten. Bald aber fehlten Wagen, bald Lokomotiven, bald beides, so daß sich das kostbare Landeserzeugnis vor dem wichtigsten Bahnhof des Landes bergehoch auftürmte. Im Schatten eines dieser Berge entdeckte ich eine größere Gruppe Fellachen, Schreiber und Kaufleute, die bewundernd zwei Pferde umstanden. Achmed war zur Stelle und hielt El Dogan am Zügel, das zweite Pferd hatte er einem Sais Sais heißen die Läufer, ohne die kein angesehener Mann einen Ausritt oder eine Ausfahrt unternimmt. anvertraut, den er mitgebracht hatte.

Die Umstehenden waren sichtlich in einiger Erregung und begrüßten mich mit mehr als üblicher Höflichkeit. Dann fuhren sie fort, EI Dogan zu loben und den Mann glücklich zu preisen, dem ein solches Tier zur Verfügung stand. Achmed war sichtlich in der übelsten Laune und stand mürrisch zwischen den Leuten und seinem Pferde, indem er jeden Versuch der Annäherung eines der kühneren Eingeborenen mit einem geschickten, aber boshaften Fußtritt oder dem bedrohlichen Schwingen einer halbzerbrochenen Reitpeitsche beantwortete. Sooft einer der Umstehenden den kleinen Kopf, die feinen Fesseln, die Augen oder Ohren EI Dogans pries, murmelte er ein »lbn el Kelb!« und ein kurzes Stoßgebet zwischen den Zähnen: »O ihr Söhne von Hunden! Segnet den Propheten, anstatt mein Pferd mit eurem ungewaschenen Lob zu verhexen! Allah, der Allgütige, schütze dich, o Dogan! Hätte ich gesegnetes Alaun hier« Alaun ist nämlich ein bewährtes Mittel gegen die üblen Folgen öffentlicher Lobpreisungen, »so würde ich mir aus dem ganzen Dorfgesindel von Tanta so viel machen!« Er spuckte kräftig aus; aber all dies half nichts. Ein alter Kawasse erzählte, wie er El Dogan schon vor zehn Jahren als das schönste Füllen in den Ställen Abbas Paschas, Gott sei ihm gnädig, zu Benha gekannt habe. Ein Katib (Schreiber) der Baumwollhändler, die auf den Ballen herumlungerten, berichtete, daß ihn der vorige Vizekönig Said Pascha dem Sultan habe schenken wollen, daß aber Halim, sein jetziger Herr, sich nicht um dreihundert BeutelEin Beutel ist rund hundert Mark, eine jetzt wohl nur noch im Volksmunde übliche Geldeinheit. von ihm getrennt hätte; und ein verschmitzt aussehender, spärlich in Lumpen gehüllter Derwisch versicherte den Umstehenden, daß Allah nur ein Pferd geschaffen habe, welches El Dogan gleichkomme, das sei seine Schwester El Hamam, und auch sie habe der Günstling Gottes, Halim Pascha, in seinem Stall zu Schubra. Achmed, bei dem ich noch nie einen Überschuß von Frömmigkeit bemerkt hatte, betete heftiger und fluchte abwechslungsweise. Denn er war fest überzeugt, daß dieses öffentliche Bewundern und Loben lebensgefährlich war und der böse Blick irgendeines Neidischen einen der boshaften AfritAußer mit Menschen und Tieren ist nach dem Koran die Welt mit gewöhnlich unsichtbaren Geistern bevölkert, die sich in der verschiedensten Weise bemerklich machen. Die guten heißen Ginn, die boshaften Afrit. herbeilocken konnte, die uns auf Schritt und Tritt auflauern. Er war deshalb sichtlich erleichtert, als ich rasch Anstalten machte, aufzusteigen.

Es gehört nicht zu meinem Beruf, etwas von Pferden zu verstehen, aber so viel konnte fast ein Blinder sehen, daß ich kein gewöhnliches Tier unter mir hatte. El Dogan, wie mir Achmed im Laufe des Tags ehrfurchtsvoll flüsternd zehnmal erklärte, war in der Tat ein Araber reinsten Blutes, aus dem Nedjed, vom erhabenen Stamme der Koschlanis. Das mußte, meinte er, jeder fühlen. Ein solch zartes, glänzendes Haar, einen solch feinen Kopf mit einem Mäulchen wie ein Mädchen hatten nur die Koschlanis; auch solch kleine lebhafte Ohren, solch große, kluge, feuchte Augen, aus denen eine Menschenseele heraussah, solch sehnige Beine, die zugleich zierlich waren wie die eines Hirsches! Ibrahim Pascha, der die Stute El Habibi, seine Mutter, nach Ägypten gebracht habe, sei gezwungen gewesen, ihren früheren Herrn zu vergiften, um sie zu bekommen. Aber der tapfere Pascha hoffte auf die Vergebung Gottes für sein Tun, denn die Versuchung war zu groß gewesen.

Das Wundertier sah mich lange prüfend an, schüttelte den Kopf und wandte sich mit sanft ablehnender Gebärde an seinen Begleiter, das Mameluckenpferd, das laut wieherte und stampfte, als wolle es große Heldentaten verrichten. El Dogan blieb still und sichtlich gedrückt. Hatte ich ihm wirklich so schlecht gefallen? Doch ließ er mich ruhig aufsteigen, während Achmed nicht ohne Schwierigkeit sein übermütiges, tänzelndes Tier erkletterte, das der Sais kaum zu halten vermochte. Nach einem vergeblichen Versuch des scherzliebenden Geschöpfs, seinen Reiter über die nächsten Baumwollballen zu schießen, die uns den Weg verlegten, kamen wir in Bewegung. Der Sais zerteilte die gaffende Menge mit einem Schwung seines Stocks. Wir ritten davon.

Bald lag Tanta mit seinen engen, dumpfigen Gäßchen und der stattlichen Moschee des größten Heiligen Ägyptens, des Seiyid Achmed el Bedaui, hinter uns. Nach einer Viertelstunde stießen wir auf den Kanal, der von hier in fast geradliniger Richtung nach dem Bezirk von Kassr-Schech führt, dem er während acht Monaten des Jahres das erforderliche Nilwasser zuführt. Unser Weg war deshalb nicht zu verfehlen. Man hatte nur auf dem Damm zu bleiben, der das Ufer des Kanals und eine erhöhte, leidlich feste Straße bildet, von der aus nach rechts und links ein schönes Stück fruchtbaren Deltas zu übersehen war. Hier außen, in der freien offenen Gegend, war die Hitze trotz der schattenlosen Umgebung erträglich. Ein sanfter Luftzug aus Norden, dem wir entgegenritten, belebte Herz und Sinn in fühlbarer Weise. Es war trotz seiner Einförmigkeit ein herrliches Land voll stillen grünenden Lebens, das vor uns lag.

Durch die Stadt waren wir im Schritt geritten. Auf dem Damm schlugen die Pferde von selbst einen leichten Trab an. Einen Trab wie den El Dogans hatte ich noch nie empfunden. Man spürte kaum, daß das Pferd sich bewegte. Und auch innerlich kamen wir uns näher. Er hatte sich mehrmals nach mir umgesehen. Ich klopfte ihm liebevoll den Hals, sooft er dies tat. Dies schien ihm zu gefallen. Unser gegenseitiges Vertrauen wuchs, und jedesmal nach einer derartigen kleinen Begrüßung trabte das Pferd ein wenig schneller.

Achmed und der Sais blieben schon etwas zurück. Aber ich brauchte ja ihre Führung nicht. Der Kanal führte mich richtig genug.

Und dann, nach etwa einer Stunde und nach einem besonders zärtlichen Austausch unsrer jungen Freundschaftsempfindungen, begann EI Dogan ganz von selbst zu galoppieren. Das war nun wirklich unbeschreiblich angenehm: das reine Wiegen. Man fühlte dabei den weichen, elastischen Körper des Tieres in seiner Kraft und Sicherheit unter sich, die leichte Bewegung der Muskeln, die spielende Anstrengung eines fröhlichen Willens. Es war klar, das edle Tier wollte sich zeigen und wollte mir eine Freude machen. Und auch ich wollte ihm eine Freude machen, legte die Zügel auf seinen Hals und ließ es laufen.

Hinter mir, in weiter Ferne, hörte ich Achmed ein paarmal rufen. Ruf du nur! dachte ich, und sieh, wie du mit deinem Streitroß nachkommst. Ich und mein Falke wollen jetzt einmal lustig sein. Als ich am nächsten Fellahdörfchen vorübergekommen war, wo Weiber und Ziegen kreischend und meckernd aus meinem Weg flogen und uns dann mit einem: »Ya Salaam! War das ein Afrit?« nachsahen, verlor ich meinen Führer völlig aus dem Auge.

Es ging immer rascher. Der laue Nordwind blies uns entgegen, daß EI Dogans Schweif und die weiße Kufle, die ich um meinen Korkhelm trug, fast waagerecht hinausflatterten. Manchmal schnaubte mein vierbeiniger Freund, wie wenn er die herrliche Luft in vollen Zügen einsaugen wollte; manchmal schnaubte ich in dem gleichen Gefühl unbeschränkten Lebensgenusses, den das herrliche Tier mit mir teilte. Eine solch urweltliche Zentaurenempfindung hatte ich zuvor im Leben nie kennengelernt. Natürlich! Ich hatte ja auch nie zuvor, ehe ich nach Ägypten kam, einen Sohn Koschlanis zum Freund gehabt.

Von Zeit zu Zeit unterbrach den Damm, auf dem wir hinflogen, ein Quergraben, der im Herbst und Winter das Hochwasser des Kanals nach den benachbarten Feldern leitet, während er in der trockenen Jahreszeit nach Fellahart ruhig offen liegenbleibt. Als ich ein solches Hindernis fünfzig Meter vor uns zum erstenmal bemerkte, war ich ernstlich besorgt, was in den nächsten Minuten aus uns werden würde. Aber EI Dogan spitzte nur die Ohren ein wenig. Wie er mit seinen vier Beinen zurechtkam, weiß ich nicht. Es muß doch immerhin schwieriger sein, vier Beine über einen Graben zu bringen als zwei; das leuchtet selbst einem völlig Pferdeunverständigen ein. Aber er machte sich nicht das geringste daraus und flog über die drei Fuß breite Rinne weg, als ob sie nicht existierte. Ich fühlte kaum ein etwas heftigeres Zucken seines Rückens. Später war es mir wie ihm völlig gleichgültig, ob der kommende Graben zwei oder acht Fuß breit war. Ich wußte, El Dogan wußte, was zu tun war, und berechnete schon in der Ferne, wie er die Hufe zum Sprung aufzusetzen habe, ohne den regelmäßigen Galopp zu unterbrechen.

Dann kamen wieder Viertelstunden, in denen ich halb träumend die Landschaft betrachtete, an der wir vorüberflogen. Hier das einsame Grab eines Weli, eines Dorfheiligen, dort ein nicht abgeerntetes Baumwollfeld, weiß, wie wenn es ein Schneegestöber geschmückt hätte, hier eine Gruppe jammernder Fellahs um einen Büffel, der stöhnend am Boden lag es war die Zeit der großen Rinderpest im Jahre 1864, dort eine Fellahfrau und ein Esel vor einem altarabischen Pflug, mit dem der Mann den harten Boden aufzukratzen suchte. Es fehlte nicht an Abwechslung trotz aller Einförmigkeit.

Das Galoppieren hatte über zwei Stunden gedauert, und mein guter Dogan schien noch nicht genug zu haben. In unermüdlichem, wiegendem Takte bewegte sich der geschmeidige Rücken unter mir. Wir konnten nicht mehr weit von Kassr-Schech sein; ein großes Dorf lag mitten auf meinem Weg. Vor demselben bot eine Sakia, ein Brunnenschacht mit einem Schöpfrade, neben einer mächtigen Sykomore ein schattiges Ruheplätzchen und wohl auch Trinkwasser für uns beide. Hier wollte ich halten, um auf Achmed zu warten. Ich nahm die Zügel auf. El Dogan stand, machte einige ungeschickte Schritte vorwärts und stand wieder.

Ich sprang ab, ging nach dem stillstehenden Brunnenrad, um zu sehen, ob alles vertrocknet sei. Das war nicht der Fall. Es fand sich in einem Trog neben dem Schachte sogar eine ziemliche Menge klares, wenn auch lauwarmes Wasser. So wandte ich mich, um El Dogan zu holen, den ich mitten auf dem Weg hatte stehenlassen.

Da erwartete mich ein kleiner Schrecken. Das Pferd stand mit fast auf die Erde gesenktem Kopf stockstill, die Vorderbeine in wunderlich unnatürlicher Stellung auseinandergespreizt, die Hinterbeine nach vorn gesetzt, wie wenn es sich setzen wollte. Aber es rührte sich nicht. Ich sprang auf das Tier zu, packte die Zügel und versuchte seinen Kopf aufzurichten. Es rührte sich nicht! Seine Augen waren geschlossen. Es öffnete sie, als ich es zärtlich auf den Hals klopfte, sah mich vorwurfsvoll an und schloß sie wieder. Ich muß ihn um jeden Preis an den Trog bringen; er braucht Wasser, dachte ich und zog nach Kräften am Zügel. Aber es half nichts. Dogan stand still, wie wenn er aus Holz geschnitzt wäre. Wenn er stürbe?! Er sah aus, als ob er nicht weit dazu hätte.

Ich eilte nach dem Brunnen, schöpfte meinen englischen Korkhelm voll Wasser und hielt ihm den Trunk unter die Nase. Er pustete ein wenig, öffnete die Augen nochmals, schüttelte den Kopf und trank nicht.

Wieder versuchte ich, völlig ratlos, am Zügel zu ziehen. Es schien mir, wenn ich nur eine Bewegung in das rätselhafte Wesen bringen könnte, wäre schon etwas gewonnen. Aber alles war vergebens. Es war, als ob seine Hufe auf dem Boden festgenagelt wären.

Sollte ich in das Dorf gehen und Hilfe holen? Das einzige Gäßchen, soweit ich es sehen konnte, war leer, die Hütten ausgestorben. Alles war auf dem Felde. Nur ein Trüpplein nackter Kinder stand in vorsichtiger Entfernung, jeden Augenblick bereit, die Flucht zu ergreifen. Und dann hätte mich kein Mensch verstanden.

Es blieb mir nichts übrig, als zu warten. Ich setzte mich neben das Pferd auf den Boden. Achmed und der Sais mußten nach einiger Zeit nachkommen. Eine bange Stunde schlich dahin. Der einzige Trost, den sie brachte, war, daß der Schatten der Sykomore uns näher gekrochen kam und endlich auch El Dogan bedeckte. Aber keine Worte, kein Streicheln, kein sanftes, aufmunterndes Klatschen machte den geringsten Eindruck. Er rührte sich nicht. Ich fing an, froh zu sein, daß er wenigstens nicht umgefallen war.

Endlich erschienen meine zwei Gefährten am Horizont, gemächlich, im Schritt den Damm entlang kommend. Mein Telegraphieren mit beiden Armen setzte sie in etwas raschere Bewegung. In diesem Augenblick gab auch El Dogan wieder ein Lebenszeichen. Er setzte den linken Fuß vor den rechten. Nun galoppierte der Mameluck. Er schien endlich bemerkt zu haben, daß nicht alles in Ordnung war.

Ehe seine Stute zehn Schritte von uns zum Stillstehen kam, war er aus dem Sattel und stürzte auf mein Pferd zu.

»Ya salaam! Ya nabbi! O Friede! O Prophet! Was hast du gemacht, o Baschmahandi?« rief er in ungeheuchelter Bestürzung. Dann fiel er vor dem Tier auf die Knie, nahm seinen Kopf in die Arme und blies ihm in die Nasenlöcher, sprang wieder auf, zog es am Schwanz, kam wieder nach. vorn und umarmte seinen Hals mit stürmischer Zärtlichkeit. Audi der Sais war jetzt angekommen. Und in der Tat regte sich nun EI Dogan, langsam und vorsichtig, noch immer mit tiefhängendem Kopf einen Fuß vor den andern setzend. Mit vereinten Kräften zogen wir ihn nach der Sakia und legten seinen Kopf auf den Rand des Wassertrogs, der unter der Sykomore stand.

»O Baschmahandi, was hast du gemacht?« jammerte Achmed wieder und wieder. Rames Bey wird mich totschlagen, wenn wir heimkommen – O Dogan, o Dogan! Möge uns Gott barmherzig sein! Komm zu dir, o Dogan! Zieh ihn wieder am Schwanz, Sais!Möge dir Gott deine Sünden verzeihen, o Baschmahandi! Zieh, Sais, zieh! Das belebt!«

Der Sais zog mit aller Macht. Müde hob EI Dogan den Kopf, um zu sehen, was man dort hinten eigentlich mit ihm vorhabe. Dann legte er ihn wieder auf den Trog, und nach einer weiteren Minute fing er an zu saufen.

»Allah sei gepriesen, er trinkt!« rief Achmed. »Trinke, mein Dogan, der Allgütige will nicht, daß du stirbst. Saufe ja, Dogan! Saufe, und Gott wird dirs segnen.«

Achmed schien von einer großen Angst befreit zu sein. Auch mir fiel eine Zentnerlast vom Herzen. Die böse Geschichte schien sich zum Besseren wenden zu wollen.

»Ich wußte das!« fuhr Achmed aufgeregt fort, während jetzt von Zeit zu Zeit ein heftiges Zittern den ganzen Körper des Pferdes schüttelte. »Ich sah es in Tanta, daß uns ein Unglück zustoßen würde. Jedermann konnte bemerken, daß der alte Derwisch den bösen Blick auf uns gerichtet hatte. Ich glaubte, es gelte mir, denn ich hatte ihn geschimpft. Gott verdamme den heuchlerischen Sohn eines

Hundes! Es traf meinen Dogan. Aber Gott ist groß; nun weiß ich, was zu tun ist.«

Er riß seine Weste auf und zog eine seidene Schnur über den Kopf, von der eine kleine Kapsel hing. Es war sichtlich ein Amulett. In der Kapsel lag ein Zettel, den er mir später zeigte, auf dem die neunundzwanzig Namen Gottes säuberlich geschrieben waren. Er schlang die Schnur dem Pferd um den Hals, das jetzt mächtig zu trinken anhub.

»Siehst du,« sagte er, halb beruhigt. »Jetzt mögen die Geister der Luft tun, was sie wollen, und« murmelte er halblaut in das Ohr des Pferdes »die fränkischen Baschmahandis auch. El Dogan wird genesen. Allah, welche Toren hast du in deine Welt gesetzt! Doch was klage ich über dich und mich? Tut nicht der Allgütige mit uns, was er will? Er segne unsern Herrn Mohammed, den Propheten, den Ungelehrten.«

Ich schwieg ziemlich kleinlaut.

»Ein Salzkorn in das Auge dessen, der den Propheten nicht segnet!« brummte der Sais, der als unverfälschter Fellah die höfliche Toleranz Kairos noch nicht kannte.

»Schimpfe den fremden Herrn nicht, o Sais!« ermahnte Achmed den Mann. »Er ist unwissend. Kann ein Ungläubiger den Afrit bannen, der uns verfolgte? Nur bei Allah ist Rettung für seine Gläubigen. Er regt sich!«

Dies galt dem Pferd, das den Kopf aus dem Trog zog, sich schüttelte und um sich sah, wie wenn es aus einem schweren Traum erwachte. Achmed ergriff die Zügel und versuchte wieder, es zum Gehen zu bringen. Langsam und vorsichtig, Schritt für Schritt kamen sie um die Sykomore herum. Der Mameluck sprach fortwährend mit dem betäubten Tier und ermahnte es, sein Vertrauen auf Gott zu setzen, den Allerbarmer.

»Wir müssen El Dogan heute hier lassen,« sagte er endlich. »Es ist besser, Rames Bey oder der Pascha schlägt uns tot, als daß El Dogan auf dem Wege stirbt; und er ist noch sehr schwach. Du, o Sais, gehst in das Dorf, holst Weizenbrot und Kamelsmilch und Stroh für das Pferd und einen Esel oder ein andres Pferd für den Baschmahandi. Ich reite nach Kassr-Schech und schicke Mohammed ben Abu Dahal, den Mamelucken, den Pferdedoktor. Der soll bei ihm schlafen. Morgen kommen wir dann alle vier nach Kassr-Schech, Inschallah!«

Der Sais ging. Achmed und ich setzten uns unter den Baum; El Dogan, noch immer zitternd wie in heftigem Fieber, neben uns. Der Mameluck sprach meistens mit dein Pferd, doch manchmal würdigte er auch mich einer belehrenden Bemerkung, die ich allerdings nur halb begriff, denn ich war noch nicht weit genug in meinem Arabisch gediehen, um sein Französisch völlig zu verstehen.

»Du hast noch nie ein arabisches Pferd aus dem Nedjed geritten,« begann er nach einer längeren Pause, »eins vom Stamme der Koschlani?«

»Nein, niemals in meinem Leben,« versicherte ich. »Wo sollte ich? Ich habe überhaupt noch blutwenige Pferde geritten. Wir reiten in unserm Lande meistens Schulbänke, solange wir jung sind. Später haben wir keine Zeit, selbst hierzu.«

Achmed sah mich fragend und dann mitleidig an.

»Heute, o Baschmahandi,« fuhr er dann nicht ohne Feierlichkeit fort, »heute hat dich eines der besten Tiere getragen, die es in der Welt gibt. Nur seine Schwester, Ei Hamam, die niemand reitet als Effendini selbst, und die sein Vater Mohammed Ali, Gott sei ihm gnädig, mit eigener Hand gefüttert hat, kommt ihm gleich. Ja, eines der besten hast du geritten, o Bruder, und hast es fast zu Tode geritten.«

»Aber wie ist das zu verstehen?« rief ich. »Es lief wie der Wind bis zu diesem Brunnen.«

»Das glaube ich,« sagte Achmed stolz und zornig. »Und hättest du hier die Zügel nicht gezogen und es angehalten, so hättest du weiterreiten können, bis es tot umgefallen wäre. Das ist die Art der Koschlanis. Es wußte nicht, weshalb es laufen sollte. Aber es hätte deiner Torheit gefolgt bis zum Sterben.«

»Aber wie konnte ich das ahnen,« rief ich nochmals, wirklich entsetzt.

»So hat Allah seine Seele geschaffen. Das weiß jeder junge bei uns. Lehrt man euch nichts, wenn ihr auf euern Schulbänken reitet? Was sind Schulbänke?«

Ich habe Achmed im Verdacht, daß er sich unter Schulbänken eine untergeordnete Art von Mauleseln vorstellte. Jedenfalls wurde für uns beide das Gespräch zu kompliziert. Auch ging es wirklich nicht gut an, mich länger von dem kleinen Mamelucken schulmeistern zu lassen. Ich schwieg deshalb, und er wendete sich an El Dogan, dem er von dem Weizenbrot und der Milch erzählte, die für ihn unterwegs seien.

Nach einer Viertelstunde kam der Sais zurück, einen Esel vor sich hertreibend, gefolgt von einem halben Dutzend schreiender und gestikulierender Fellachen, die jedoch stiller wurden, als sie mich und Achmed unter dem Baum liegen sahen. Ein Pferd hatte er in dem Dorfe nicht gefunden. Dagegen war es ihm gelungen, den Esel zu requirieren, auf dessen zerfetztem Sattel er eine Milchschüssel und einen Sack voll Brot kunstvoll im Gleichgewicht hielt. Achmed erklärte den Leuten, um was es sich handle: daß dies alles für den Pascha gebraucht werde und daß es besser sei, sich ohne unziemlichen Lärm in den Willen Gottes zu fügen. Sie waren fast beruhigt, als ich ihnen deutlich zu machen suchte, daß der Esel morgen wieder zurückkommen werde, und schienen glücklich, als diese Erklärung durch die Verteilung von sechs Piaster unter die sechs Mann bekräftigt wurde. El Dogan trank seine Milch, und die Fellachen, wie die Kinder, die sie sind, waren bald ausschließlich mit der Bewunderung des Arabers beschäftigt und versuchten selbst, ihn mit ihrem Weizenbrot zu füttern. Dafür schlug Achmed dem kecksten mit der Reitpeitsche über die Hände, daß er das Brot fallen ließ und heulend im Kreise herumtanzte, worüber die andern in ein fröhliches Gelächter ausbrachen.

Der Mameluck war höflich genug, mir sein Pferd anzubieten. Aber ich sah ihm an, wie es in ihm brannte, seinen Freund Mohammed ben Abu Dahal, den Pferdedoktor, herbeizuholen, und auch ich war kaum weniger bereit, alles zu tun, was getan werden konnte, um die Folgen meiner mangelhaften Kenntnis der arabischen Pferdeseele aus der Welt zu schaffen. ich bestand deshalb darauf, daß Achmed sein Pferd behalten solle, und bestieg den Esel. Der Sais blieb bei El Dogan zurück. Achmed nahm von seinem vierfüßigen Freund besorgten Abschied und verschwand in der Staubwolke, die die Hufe seines jetzt wie toll galoppierenden Pferdes entlang dem Kanal aufwarfen. Ich trabte ihm langsam und bedächtig nach, nachdem der Esel mit Hilfe der sechs Fellachen seine Aufgabe begriffen hatte. Es war übrigens ein Glück, daß der eine der Bauern, der würdige Scheich des Dorfes, welcher nicht ohne Besorgnis über das Schicksal seines Tierchens geblieben war, mich in der Eigenschaft eines Eselsjungen begleitete. Weniger meinen unablässigen Ermahnungen als seinem Stock hatte ich es zu danken, daß sich das grämliche Langohr wenigstens zu einem bescheidenen Träblein verstand.

So stieg endlich am glühenden Abendhimmel der Trümmerhaufen der alten Griechenstadt vor uns auf. Der Friede der abendlichen Deltalandschaft, welche die untergehende Sonne mit ihrer schimmernden Glut überflutete, legte sich versöhnend auf die Erlebnisse des Tages. Auf halbem Wege wirbelte eine Staubwolke an uns vorüber, der wir hastig über die Kanalböschung hinab auswichen. Es waren Achmed und der Tierarzt, die in stürmischer Eile, von KassrSchech kommend, nach Maraska zurückritten.

Ähnlich war ich heute mittag zur Bewunderung der ganzen Stadt von Tanta ausgezogen. Wie ganz anders zog ich jetzt, eine halbe Stunde nach Sonnenuntergang, durch Kassr-Schech! Es war schon tiefe Dämmerung in den Gäßchen, und ich war der Sonne ordentlich dankbar. Doch ich hatte wenigstens das Jagdschlößchen in der Tasche. Das war immerhin ein Trost.

Die Nacht des Verhängnisses

Im Schatten des Scherbenhügels von Sackra war es schon tiefe Nacht, als wir uns den Zelten näherten, unter denen ich Halim Pascha zu finden hoffte. Gespenstisch weiß hoben sie sich von dem Schwarzblau der Bergwand ab, die ihre unförmlichen, eckigen Massen in phantastischen Linien an dem erlöschenden Abendhimmel auf türmte. Ich kann kaum behaupten, daß mir behaglich zumute war. Selbst der Esel schien meine Gefühle zu teilen und machte, in der Dunkelheit stolpernd, zum letztenmal den Versuch, stehenzubleiben, ehe es Zeit war. Aber sein Herr, der Scheich von Maraska, war andrer Ansicht. Der »Sohn eines Fellahs«, wie er sein Tier im Zorn häufig schimpfte, sollte wenigstens im letzten Augenblick und vor dem Pascha anständig auftreten und erhielt deshalb einen krachenden Hieb, der mich fast von dem zerrissenen Strohsäckchen geschleudert hätte, das den Sattel bedeutete. Die belebende Kraft des Keulenschlags anerkennend, bewegte sich das Langohr denn auch nach der Sitte einseitig geprügelter Esel mit großer Gewandtheit wie ein Krebs fast in der Richtung der vollen Breitseite vorwärts. Wie dankte ich's der grundgütigen Nacht, daß sie so schwarz war!

Trotzdem war die nächste Umgebung des Lagers jetzt deutlich zu erkennen. Vor einem der Nebenzelte brannte ein großes offenes Feuer und warf sein unruhiges Licht in den Kreis dunkler Formen und bewegter Gestalten, in dessen Mitte ich das Jagdzelt des Paschas an seinen Doppelmasten und zwei vergoldeten Halbmonden erkannte, die jene statt der üblichen Speerspitzen trugen. Im Halbkreis hinter dieser fürstlichen Behausung waren fünf bis sechs weitere Zelte aufgeschlagen. Eines, beträchtlich länger, aber niederer als das des Paschas, war für die Küche und die dienstleistenden Mamelucken bestimmt. Die andern, kleiner und rund, waren die Schlafstellen der höheren Beamten und Begleiter, die er mit sich führte. Vor Halims Zelt war ein gewaltiger schwarzer Teppich mit bunten Stickereien ausgebreitet, auf dem eine Anzahl roter, ebenfalls reich verzierter Kissen umherlag. Hier saß der Pascha nach Türkenart mit gekreuzten Beinen, die Pantoffeln von den Füßen gestreift, den Tarbusch nachlässig auf den Hinterkopf geschoben, den leichten, schwarzseidenen Stambulrock geöffnet, so daß die brennendrote Schärpe, die er unter demselben trug, sichtbar war. Hinter ihm stand Rames Beys Riesengestalt wie eine Statue aus der altägyptischen Zeit, das unvermeidliche Zigarrenetui und einen Rosenkranz in den gefalteten Händen. Vor ihm saßen zwei weiße, tiefverhüllte Gestalten, die mir den Rücken zukehrten. Die drei Sitzenden rauchten ihre Tschibuks in anscheinend feierlicher Ruhe, während zwei Mamelucken, die vom Feuer herkamen, fingerhut-große türkische Kaffeeschälchen auf einem silbernen Brett herbeibrachten. Wenige Schritte von dieser Gruppe staken ein paar lange Lanzen im Boden. An diesen waren zwei kleine weiße Pferde angebunden, die mit gesenktem Kopf, aber gespitzten Ohren aufmerksam zuzuhören schienen, was in der Gesellschaft gesprochen wurde. Zwei gewöhnliche Talgkerzen in einer riesigen, aber nichts weniger als eleganten Laterne standen im Boden und kämpften vergebens mit dem roten Schein, der vorn Feuer her über das nächtliche Bild flackerte.

»Ah – Herr Eyth!« rief Halim, als mich der erste matte Schimmer der zweifelhaften Beleuchtung traf. »Sie kommen später, als ich erwartete. Aber Sie haben sich doch wieder hergefunden.«

Ich sprang vom Esel, der in fast unerklärlicher Weise sofort in der verdienten Dunkelheit versank. Wenige Sekunden später hörte man seinen fluchtartigen Galopp. Der Scheich von Maraska, sein Herr, verstand besser als ich, das geängstigte Tier in Bewegung zu setzen, und hatte ohne Zweifel keinen andern Gedanken, als sein kostbares Eigentum so schnell als möglich aus der vornehmen Gesellschaft, in die es zu geraten drohte, zu erretten. Es gelang, und noch heute bin ich dem besorgten Mann das Backschisch schuldig, das ich ihm gern gegeben hätte. Doch das ist nun seine Sache. Rasch trat ich auf Halim zu, indem ich nach bestem Wissen und Gewissen tejminisierte, ein Gruß, der sehr viel malerischer ist als das Hutabnehmen, selbst wenn man ihn nicht von einem arabischen Zeremonienmeister gelernt hat, zu dem sich Rames Bey gelegentlich mit Bereitwilligkeit für mich hergab.

»Ich hätte früher hier sein können, Monseigneur,« sagte ich, »aber ein Zwischenfall, der mir überaus peinlich«

»Ich weiß, ich weiß!« unterbrach er mich lebhaft, während ein finsterer Schatten über sein Gesicht flog, aber ebenso rasch wieder verschwand. »Haben Sie die Zeichnungen, die wir brauchen?«

»Gewiß, Hoheit,« antwortete ich, um ein Gutes erleichtert, und zog das kleine Paket aus der Brusttasche. Er nahm es mit der ihm eignen raschen, nervösen Bewegung aus meiner Hand.

»Gut, sehr gut!« sagte er dabei. »Ich habe Sie nicht nach Schubra geschickt, um auf Pferde aufzupassen. Das war die Sache Achmeds, des Mamelucken. Der Bursche kann von Glück sagen, daß heute die Nacht en Nuß min Schaaban ist.« (Die Lelet en Nuß min Schaaban« heißt wörtlich die »Nacht der Mitte des Schaaban«, des neunten Monats im Jahr; die Ägypter nennen sie wohl auch die »Nacht des Schicksals« und feiern sie als eines ihrer wichtigeren Feste.)

Er schwieg einen Augenblick, wie wenn er etwas verschluckte. Dann fuhr er fort:

»Sie werden müde sein und hungrig. Rames, zeige Herrn Eyth das für ihn bestimmte Zelt! Ihre Sachen habe ich holen lassen. In einer halben Stunde essen wir zu Nacht. Reiben Sie sich den Staub ein wenig ab; Sie sehen nicht übel aus, mein Freund!«

Das muntere, freundliche Lächeln, das mich schon öfter in harten Augenblicken bei frischem Mut erhalten hatte, war zurückgekehrt. Rames Bey winkte mir. Während ich mich verneigte, sah ich zum erstenmal die zwei Paar funkelnden Augen, die mir aus den scheinbar kohlschwarzen Gesichtern der dichtverhüllten, am Boden sitzenden Gestalten nachblickten.

»Achmed kann den Allbarmherzigen preisen,« sagte mein Führer halblaut und vertraulich zu mir, während wir nach meinem Zelt gingen, »und bei Gott, dem Einzigen, du auch. In der Nacht des Verhängnisses verzeiht er jedem, was er im Monat Schaaban gesündigt hat. Es ist ein Gelübde, das er seit zehn Jahren hält. Mir zahlt er pünktlich die Spielschulden, die ich ihm heute gestehe. Allahbuk! Er ist kein schlimmer Herr! Möge der Erzengel des Allgütigen, der im Buch des Lebens in dieser heiligen Nacht die nötigen kleinen Verbesserungen für das nächste Jahr vornimmt, seiner gedenken! Brauchen können wir es alle, und der Gesegnete des Herrn hat es schon einmal für uns getan: heute vor zehn Jahren. Das soll mir niemand ausreden.«

All dies bezog sich auf die eben angebrochene Nacht »en Nuß min Schaaban«, in welcher Allah, soweit dies angeht, seinem himmlischen Geheimschreiber, dem Erzengel Gabriel, kleine Korrekturen diktiert, die dieser sodann in der Urschrift des Buches vornimmt, in welchem das unabänderliche Schicksal jedes Sterblichen seit Uranfang der Dinge verzeichnet steht. »Aber wie ist das möglich?« fragte ich Rames Bey bei einer andern Gelegenheit, denn die Geheimnisse der Nacht beschäftigten den denkenden Tscherkessen nicht wenig. »Weiß der Allwissende nicht schon längst ganz genau, wie alles kommen wird?«

»Oh, diese Ungläubigen!« antwortete mir Rames mit einiger Entrüstung. »Weiß der Allwissende nicht auch, daß er sein Wissen ändern wird? Bist du nicht beschämt, o Baschmahandi? Aber die Ungläubigen verstehen das Einfachste nicht. Möge dich Gott von deinen Irrwegen ablenken!«

Auch geht Allah, wenn er mit dem Buche fertig ist, heute nacht an dem Lotosbaum vorüber, der einsam an der äußersten Grenze des Paradieses steht und auf dessen Millionen Blättern die Namen der Menschen geschrieben sind, die auf der Erde leben. Da sind frische und welke, helle und dunkle; jeder Mensch hat sein Blatt. Diesen Baum schüttelt der Allmächtige mit eigner Hand, und wessen Blatt zur Erde fällt, der wird im kommenden Jahr auch zur Erde fallen. Es ist für jeden Gläubigen eine bedenkliche Nacht, und es war mir nicht möglich, ein Lächeln des Zweifels auf Rames Beys ruhigen Zügen hervorzulocken, was zu andern Zeiten nicht schwierig gewesen wäre.

»Ja,« fuhr er fort, indem er meinen Zeltvorhang aufschlug und ein Streichholz anzündete, um das dunkle Innere zu beleuchten, »heute vor zehn Jahren! Damals hing Halims Blättchen nur noch. an einer Faser, und das seines Neffen Abbas Pascha, des Vizekönigs, schien in strotzender Reife zu stehen. Aber der Allgerechte schüttelte, und am andern Morgen hast du Talgkerzen, o Baschmahandi?«

Beim unsicheren Schein eines zweiten Streichholzes entdeckte ich, daß mein gesamtes Gepäck den Boden des Zeltes bedeckte. Rasch war eine Kamelsatteltasche aufgerissen und ein Pfund Kerzen sowie eine arabische Papierlaterne herausgeschüttelt. in kürzester Zeit konnten wir bei festlich beleuchtetem Hause an das provisorische Ordnen und Einräumen meiner Sachen gehen. Meine eiserne Bettstätte war bereits aufgeschlagen; Halim mit seiner gewohnten Aufmerksamkeit, wenn er in Zelten lebte, hatte mir eine Binsenmatte und einen amerikanischen Schaukelstuhl geschickt. Es fing bald an, wohnlich auszusehen.

Rames Bey war einsilbiger als gewöhnlich, während er mir half. Doch erzählte er mir mit unterdrückter Leidenschaftlichkeit, die zwei Männer, die Halim Pascha soeben empfange, seien Schakale, Söhne von Schakalen, aus der Wüste bei Suez! Bedaui vom Stamme der Tiyaha, wenn ich es genau wissen wolle. So oft Halim Pascha in jener Richtung auf die Jagd gehe, kommen sie zum Vorschein, aber so weit ins Delta herein hätten sie sich früher nie gewagt. Es sei eine ewige Bettelei, weiter nichts. Der Tscherkesse hatte offenbar wenig Zuneigung zu den Kindern der Wüste.

»Aber Effendini empfängt die weißen Gentlemen sehr höflich,« sagte ich zweifelnd. »So empfängt man Bettler nicht.«

»Nein; und das ist unser Unglück,« meinte Rames ärgerlich. »Es sind Bettler und Räuber. Räuber lasse ich mir wohl gefallen. Wir sind auch Räuber, wo ich zu Hause war; aber Bettler! Du wirst sehen, ich muß dem Alten, ehe er fortgeht, heute noch zwei oder drei Beutel guter türkischer Pfunde in die Satteltasche stecken, die ich selbst recht gut brauchen könnte. Alles für nichts und aber nichts.«

»Das wohl schwerlich,« warf ich ein. »Einen Grund muß der Prinz wohl haben.«

»Nun ja!« brummte Rames und schlug zornig auf mein Kopfkissen los, denn er war freundlich genug, mir das Bett zu machen, während ich mich wusch. »Du weißt doch, die Fürstin, die Mutter Effendinis, die bei ihm in Schubra wohnt, die letzte Frau des alten Mohammed Ali Friede sei mit ihm! sie war vom Stamm der Tiyaha, und der alte Schakal, der drüben sitzt er saß nie auf einem Teppich wie heute, sorgt dafür, daß wir es nicht vergessen.«

»Halims Vetter also?«

»Mehr!« flüsterte Rames Bey. »Ich ersticke, wenn ich die weißen Hunde sehe.«

»Aber wie kam das eigentlich? Ein alter Mameluck wie du weiß alles.«

»Es ist eine alte Geschichte; sie spielte vor meiner Zeit. Aber heute nacht erzählt man sich gern alte Geschichten. Das liegt in der Luft der Lelet en Nuß min Schaaban. Warte, bis der Mond aufgeht. Dann geht uns das Herz auf, und die Zunge löst sich. Denn wenn Allah im Buche des Lebens blättert und die Blätter der Zukunft umwendet, so blättern auch wir. Er, der Allwissende, nach vorwärts, wir, die Unwissenden, nach rückwärts. Da war geschrieben, daß Mohammed Ali von Suez nach Kairo reiten sollte und daß eine Tochter der Tiyaha am Wege sitzen mußte, halb entschleiert, in der brennenden Sonne. Der Pascha war durstig, und das Mägdlein hatte eine Kullah (eine ägyptische Wasserflasche) neben sich stehen. Sie gab ihm zu trinken und lachte über sein finsteres Gesicht, denn er hatte böse Nachrichten von Syrien und von seinem Sohn Ibrahim Pascha bekommen, und sie war wie ein Gazellenzicklein, das noch nichts fürchtet.

»Da sprach der Pascha zu ihr: ›Du gibst mir Wasser, da ich fast vertrocknet war, und du lachst mir wie die Sonne am Festtage der Frühlingslüfte, obgleich es finster um mich ist. Wallah! So soll es bleiben. Nehmt sie mit!

»Da setzten sie die Mamelucken auf ein Kamel, das mit Glasperlen und Federn geschmückt war, und sie ließ sich's gefallen und weinte nicht. Denn sie war schlau wie alle Tiyahas. Und ein Jahr später beugte sich das ganze Harim des Vizekönigs vor ihr, denn sie war Halim Paschas Mutter geworden, unsre Fürstin. Ich weiß heute noch nicht, wie die Schakale zu der jungen Löwin kamen; denn das war sie. Bist du fertig?«

Er blies die Laterne aus. Wir gingen nach des Paschas Zelt zurück vor dem sich das Bild mittlerweile kaum geändert hatte. Da die Nacht kühler zu werden begann, hatte sich auch Halim einen weißen Mantel umwerfen lassen. Die drei Gestalten saßen noch immer in würdiger Haltung rauchend auf dem Teppich, hier und da, fast flüsternd, kurze Bemerkungen voller Höflichkeit austauschend. Doch waren sie am Abschiednehmen angelangt. Halim schien ein anderer Mann zu sein als der, den ich auf der Gabeleia oder in den Baumwollfeldern zu Schubra kannte. Seine Bewegungen waren ruhiger, zurückhaltender, seine Rede langsamer und feierlicher, fast schien es, als sei seine Hautfarbe brauner das machte wohl der weiße Mantel, als glänzte das Weiß seiner Augen wie das seiner Besucher. Das Beduinenblut in ihm war in sichtlicher Wallung.

»Bleibt bis zum Morgen!« sagte er. »Meine Zelte sind eure Zelte! Die Nacht ist dunkel, und die Wege sind schlecht und von Kanälen zerschnitten, die ihr nicht kennt.«

»Wir haben dich in der Nacht des Schaaban gesehen, o Bruder; es ist genug!« antwortete der Ältere, »und du hast meinen Sohn gesehen. Das ist genug! Wenn in einer Stunde das Blatt meines Lebens vom Paradiesesbaum fällt, werde ich nicht klagen. Mein Sohn hat unter deinen Zelten gesessen, und alle Beni Tiyaha werden dir gehorchen, wenn du ihnen rufst. Grüße deine Mutter, unsre Schwester, die Fürstin. Wir lieben Kairo nicht und wissen nicht, wie wir dir nahen sollen, wenn dich Türken und Franken umgeben. Aber hier, am Rande der Wüste und der großen Wasser, bist du der unsre, und die alten Frauen des Stammes wissen, daß deine Mutter ihre Schwester ist. Deshalb rufe, wenn die Franken dich bedrängen oder die Türken dich verraten. Du weißt, wo die Leute deines Stammes wohnen.«

»Wenn ihr gehen wollt – so geht in Frieden!« antwortete Halim fast im gleichen Tone. »Der Rat des Alters wird immer ein offenes Ohr finden; und wenn ich einen jungen Arm brauche oder ein flinkes Pferd, so weiß ich, wo ich es zu suchen habe. Gott, der Einzige, sei gepriesen!«

Der zweite Araber warf sich mit einer impulsiven Bewegung aus der sitzenden Stellung auf die Knie und berührte den Boden mit der Stirne.

»Es ist kein Gott außer Gott!« sagte er dabei halblaut. »Er weiß alles. Er kennt das Herz der Menschen.«

Dann standen alle drei auf, und ein feierliches Gebärdenspiel, das fast komisch anzusehen war und fünf Minuten dauerte, leitete den Abschied ein.

»Wenn ihr heute etwas für mich tun wollt,« sagte dazwischen Halim, »so reitet über Maraska. Es liegt fast auf euerm Wege. Dort findet ihr ein krankes Pferd El Dogan, meinen Liebling. Du kennst ihn, o Ibrahim, und wirst wissen, ob Gott seine Krankheit geschickt hat oder ein Afrit ihn verfolgt. Seht nach dem Tier und schickt es mir gesund zurück.«

»Gott sei gepriesen,« sagte der Alte, »daß er deine Gedanken lenkte und wir dir dienen können. Wenn die Kunst, die die Wüste lehrt, das Tier erretten kann, so siehst du es morgen gesund und munter vor deinem Zelt. Lebe wohl.«

Sie hatten zum zehntenmal schon Lebewohl gesagt und schienen aufs neue beginnen zu wollen, als Halim Pascha seinem Adjutanten Rames Bey, mit dem ich im Schatten der Zelte stand, winkte und drei Finger in die Höhe hob. Rames ging rasch in das Zelt des Paschas, kam mit drei gewichtigen Beuteln heraus, die er zu den Pferden der Beduinen trug und, soweit ich im Lichte der elenden Laternen sehen konnte, in die Satteltasche der größeren Stute steckte.

Jetzt erst wurde es wirklich ernst mit dem Abschied. Die zwei Söhne der Wüste rissen ihre Lanzen aus dem Boden, schwangen sich in ihre Sättel, vermummten sich in ihre Kopf und Gesichtstücher noch etwas sorgfältiger als zuvor und trabten in die finstere Nacht hinaus. Halim Pascha sah ihnen eine Minute lang nachdenklich nach, warf seinen Burnus von den Schultern, drehte sich auf dem Absatz um, lachte ein eigentümliches, halb verlegenes Lachen und rief, in die Hände klatschend: »Mangeons!«

Im Küchenzelt wurde es lebendig. Die sechs Leibmamelucken eilten herbei, jeder mit einem Teil des erforderlichen Tischgerätes bewaffnet. Die Vorbereitungen zur Mahlzeit nahmen nicht mehr als drei Minuten in Anspruch. Ein achteckiges, zierlich eingelegtes, kaum einen halben Meter hohes Tischchen wurde in die Mitte des Teppichs gestellt, ein rundes Brett aus Messingblech darauf gelegt, auf dieses drei flache, tellergroße Brote und neben dieselben ein hölzerner Löffel und eine kleine goldgestickte Serviette. Einer der Mamelucken reichte uns feierlich ein großes Kupferbecken und goß Wasser über unsere Hände. Es sollte, wie aus all dem hervorging, korrekt arabisch gespeist werden; schon der bedenkliche Mangel an Weingläsern ließ darüber keinen Zweifel. Wir ließen uns vor dem Tischchen nieder.

Ich hatte nicht zum erstenmal die Ehre, mit Halim Pascha in dieser für uns Europäer etwas unbehaglichen Weise die Freuden der

Tafel zu genießen. In Schubra wurde nach den Regeln des Westens gesessen und gegessen, wenigstens außerhalb des Harims. Auf der Jagd oder bei seinen Rundreisen im Lande wurde die in mancher Beziehung bequemere Landessitte beobachtet. Halim war hierbei gewöhnlich ein Meister heiterer Liebenswürdigkeit und freute sich an der Ungeschicklichkeit und dem Mangel arabischer Gesittung seiner Gäste aus dem Abendlande. Heute war er ausnahmsweise in sich gekehrt und schien minutenlang auf das lärmende Zirpen der Grillen, das Quaken der Frösche und das ferne Gebell der Dorfhunde zu hören, welche die Nachtstille unter sich verteilt hatten. Rames Bey ahmte seinen Herrn getreulich nach, und so kamen wir an die den Schluß des Mahles bezeichnende unvermeidliche Reisschüssel, ohne daß der Eindruck des nächtlichen Wanderbildes durch Gespräche über französische Kunst, englische Erfindungen oder deutsche und arabische Philosophie gestört wurde, wie dies sonst wohl der Fall war.

Tischchen und Geschirr – die aus Brot bestehenden Teller waren verzehrt – verschwanden ebenso rasch, als sie gekommen waren. Die Mamelucken brachten noch ein halbes Dutzend Kissen und Polster aus Halims Zelt, so daß es sich jeder so bequem als möglich machen konnte. Halims Tschibuk wurde frisch angezündet und glimmte wie ein Glühwürmchen im Dunkel. Rames Bey steckte sich auf des Paschas Wink eine Zigarre an, und ich als eingefleischter Nichtraucher sah zu, wie die volle Mondscheibe riesengroß am fernen Horizont aufstieg. Der etwas erhöhte Standort des Lagers gestattete einen freien Blick über die nächste Umgebung. Es war ein Bild prachtvoller Einsamkeit. Fast taghell lag die gewaltige Fläche vor uns, über deren nördliche Hälfte ein zarter weißer Dunst wie ein Schleier langsam hin und her wogte. Das Minarett von Kassr-Schech schimmerte grünlich aus den dunkeln Sykomoren heraus. Von dort her tönte leises, fernes Händeklatschen. Vermutlich veranstalteten einige Derwische der Gegend mit den Fellahs einen Sikr einen Gebetstanz zu Ehren der heiligen Nacht. In langen, sanften, bald heißen, bald kühlen Stößen zog die Nachtluft durch das Lager, als ob abwechslungsweise die Wüste und das nahe Meer über uns hinatmete. Es war doch ganz anders hier als in Kairo und Schubra-. der unverfälschte, träumerische Orient mit seinem halbschlummernden Leben, seinen geheimnisvollen Kräften, die wir im Westen nur ahnen und nie verstehen werden und die unser Seelenleben trotzdem heute noch beherrschen, meist ohne daß wir es wissen.

Eine orientalische Familiengeschichte

»Ob er wiederkommen wird?« fragte plötzlich Halim nach einem langen, behaglichen Schweigen.

»Inschallah!« erwiderte Rames Bey, und wieder waren beide still und fuhren fort, an den Sternenhimmel hinauf zu rauchen. Nach einiger Zeit begann Halim aufs neue:

»Wenn der alte Ibrahim ben Chursi ihn noch lebend trifft, wird er wiederkommen.«

Ich merkte jetzt, daß sie von dem unglückseligen Pferde sprachen, und wagte zu behaupten, daß es bei meinem Wegreiten von Maraska sichtlich auf dem besten Wege gewesen sei, sich zu erholen.

»Das verstehen Sie nicht, mein Freund!« sagte Halim auffallend mild. »Dahinter steckt mehr als Ihr Reiten. Es ist die Macht des Verhängnisses, und ich und El Dogan wissen es.«

Ich war sprachlos. War das Ernst? War das derselbe Mann, mit dem ich seit zwei Jahren unzählige Male über Pumpwerke und Eisenbahnlinien, über Politik und Volkswirtschaft, über Materialismus und Pantheismus gesprochen und selbst gestritten hatte?

Wieder trat eine lange Pause ein. Aber es war eine jener Nächte, in denen man spürt, ohne zu sprechen, was der Nachbar denkt. Ich wußte, daß Halim Pascha fühlte, wie ich mich verwunderte, und empfand, daß ihn ein plötzliches Bedürfnis anwandelte, mir mehr zu sagen, als uns orientalische Herren gewöhnlich mitteilen, sonderlich wenn sie Prinzen sind. Es mochte ein Körnlein Wahrheit in dem sein, was der Tscherkesse gesagt hatte. Es war die Nacht des Schaaban, und der Mond war aufgegangen. Kommen nicht uns kühleren Nordländern in der Christnacht Gedanken und Gefühle, die dreihundertundvierundsechzig Tage lang geschlummert haben?

»Erinnerst du dich, Rames,« sagte der Prinz, ohne sich an mich zu wenden, aber ich war sicher, daß es mir galt, »vor zehn Jahren, an dieselbe Nacht, als El Dogan zu mir kam?«

»Vergißt man, wann unser Leben begann?« antwortete Rames Bey.

»Plaudern wir davon! Die Nacht ist lang, und vor der fünften Stunde gehen wir heute nicht schlafen. Herr Eyth erzählt mir Wunder von seinen Maschinen, manchmal kaum Glaubliches«

»Und doch sind sie wahr!« unterbrach ich ihn, lachend in sein Lächeln einstimmend.

»Oder werden es, ohne Zweifel, mein Lieber; wenn nicht heute, so doch morgen. Sie sind ein Mann, der gerne mit der Zukunft spielt, und ich liebe dies kaum weniger als Sie. Aber ich möchte Ihnen heute mit ähnlicher Münze heimzahlen. Auch wir haben unsre Geschichten und unsre Wunder.«

»Manchmal kaum Glaubliches?« fragte ich; denn ich wußte, Halim verstand einen Scherz.

»Manchmal kaum Glaubliches,« wiederholte er mit ungewohntem Ernst. Heute nacht sind alle Geschichtenerzähler Kairos an der Arbeit. Sei unser Schaer, Rames Bey. Erzähle uns von El Dogan. Ich höre selbst gerne wieder, wie du's erzählst.«

»Laß mich erzählen, wie du mich fandest,« bat Rames plötzlich auflebend. »Manchmal ist ein kleiner Mameluck fast so viel wert wie ein großes Pferd.«

»Er bildet sich viel ein, seitdem er Bey geworden ist,« lachte Halim. »Wie man Bey wird durch Nilwasserschlucken, das ist auch etwas für eine Vollmondnacht des Schaaban, doch nicht für heute. Erzähle, Rames! Aber langsam! Sonst begreift der Baschmahandi kein Wort, und ich will, daß er verstehe.«

Rames Bey begann in seinem stockenden Französisch, manchmal von Halim unterbrochen, wenn ihm dieser halblachend mit einem Wort aushalf oder ein völlig unverständliches Satzgefüge zurechtrückte. Die wunderliche Sprache mit ihren arabischen Ausrufen stimmte nicht schlecht zur wunderlichen Geschichte, die nicht in jedem Geschichtenbuch zu finden ist.

»Ich war ein kleiner Junge, vielleicht von drei Jahren, und hatte einen Bruder, der mochte sieben sein. Da wurden wir samt unsrer Mutter von Kurden gefangen und nach Stambul verkauft. Auf dem Wege starb die Mutter. Dies erzählte mein Bruder, der sich der Berge erinnerte, auf denen wir geboren wurden. So mußte er auf der

Reise meine Mutter sein. Ein kleines Mütterchen; aber wir kamen glücklich in Stambul an. Allah wollte es so. Dort kaufte uns ein Händler aus Alexandrien und brachte uns nach Ägypten. Hier in Kairo kaufte uns ein Eunuchenoberst Mohammed Alis, des Vizekönigs, um fünfzehn Beutel, zehn für meinen Bruder, fünf für mich, denn mein Bruder war schon ein anstelliger, flinker Junge und ich ein hübsches Spielzeug. Der große Vizekönig lachte und schenkte uns seinem Lieblingsenkel Abbas, deinem Neffen, o Effendini. Meine Mutter schwimmt mit den Fischen im Schwarzen Meer, mein Vater liegt erschossen in den Schluchten des Kaukasus. Niemand weiß, wer sie waren. Das ist mein Stammbaum und mein Geschlecht.«

»Verstehen Sie ihn?« fragte Halim. »Er wird immer poetisch, wenn er auf sein Tscherkessentum zu sprechen kommt. Dabei läßt er sich nicht dreinreden. Weiter Rames!«

»Wir hatten es nicht gut bei Abbas, Allah weiß es. Niemand hatte es gut bei dem Lieblingsenkel deines Vaters, o Effendini. Er war gleich einer bitteren Mandel, schon als Junge. Den einen Tag spielte er mit uns wie ein junger Panther mit Kätzchen, an andern, als wären wir die Söhne von Hunden, und der andern Tage wurden es immer mehr. Es kam schlimmer, als ihm sein Großvater das erste Haus gab und sein Harim und einen Garten auf der Insel Roda. Er war noch nicht fünfzehn Jahre alt. Damals besuchte er im Übermut den Markt, den die Gespenster der Wüste in der dritten Nacht des AschrDie ersten zehn Nächte des Jahres heißen »das Aschr« und werden als Feste angesehen. In diesen Nächen sind die Geister besonders rege, besuchen die Menschen in verschiedenen Gestalten und halten unter sich Zusammenkünfte ab. zu Kairo in der Straße Es-Salibeh abhalten. Wallah, dies ist wahr, o Baschmahandi! Gleich vorn, an der Ecke der Straße, saß ein altes Weib, das Orangen verkaufte, Geisterorangen. Er kaufte drei Stück. Wie sie ihm aber in der Hand zergingen, als wären sie Luft, schlug er das alte Weib mit seinem Kurbatsch über den Kopf. Da sei ein zorniger Afrit in ihn gefahren und nicht mehr von ihm gewichen. Du glaubst es nicht, o Baschmahandi? Ich kann dir jetzt noch die Straßenecke zeigen, wo es geschah.«

Halim lachte, aber nicht wie er in Kairo gelacht hätte. Ein unerklärliches Gefühl kam auch über mich. War es die Sumpfluft aus dem Burlossee oder der Zauber des Orients, der aus den Torheiten aufstieg, die Rames Bey mit ernsthafter Miene vorbrachte? Das »Allahu!« des SikrsBei den Gebetsreigen (den Sikrs) werden, wie um den Takt der Bewegungen festzuhalten, Ausrufe, wie: Allah! Hu! Allahu! und andere nach bestimmten Rhythmen hundertfach wiederholt und scheinen wesentlich zu der religiösen und nervösen Bewegung beizutragen, die der Zweck der Sikrs ist., den drüben im Dorfe die Fellachen abhielten, war deutlich hörbar. Wir alle lauschten, bis der Schrei einer Hyäne einen Sturm von Hundegebell entfesselte und Rames Bey aus seiner Träumerei aufweckte.

»In den Gärten auf Roda geschah es,« fuhr er fort. »Dort verlor ich meinen Bruder, die einzige Seele, die mir von unseren Bergen erzählen konnte. Der junge Pascha hatte zwei Kisten mit Jagdgewehren erhalten, die eine aus London, die andere aus Paris, und ein französischer Händler suchte ihm zu erklären, daß die Büchsen aus Frankreich besser seien als die aus England. Der Afrit war in ihm an jenem Morgen und verzerrte sein junges Gesicht, daß es uns bange wurde, als er aus dem Harim trat. Wir waren unsrer sechs und noch allzu jung für den Prinzen, wenn sich der Teufel in ihm regte. Er hörte dem Franzosen zu, ohne ein Wort zu sagen, und dieser, nach der Art seiner Landsleute, fand kein Ende. Genug, rief er endlich, Sie suchen mir das beste Gewehr zu verkaufen. Das werden wir alsbald herausfinden! Er befahl meinem Bruder, nach dem Nil zu laufen und sein englisches Ruderboot von der Kette zu lösen. Mein Bruder ging. Abbas, unser Herr, nahm dem Franzosen das Gewehr aus der Hand, zielte und schoß den Knaben durch den Kopf. Nicht übel, sagte er, denn mein Bruder lag still und tot, auf halbem Weg nach dem Ufer. Jetzt läufst du, kleine Kröte, sagte er zu mir. Ich lief schon. Mein Bruder! Mein Bruder! Und Abbas griff nach dem englischen Gewehr, während die andern alle zitternd umherstanden. Jeden Augenblick hoffte ich den Knall hören. Ich war noch klein, nicht elf Jahre. Aber ich suchte nichts mehr auf der Welt als meinen Bruder.«

»Es war eine häßliche Szene,« sagte Halim, finster dreinblickend, zu mir. »Der Franzose wurde krank davon und hat nie mehr versucht, meinem Neffen Gewehre aufzuschwatzen.«

»In diesem Augenblick tratest du in den Garten, o Halim,« fuhr Rames Bey lebhafter und Arabisch sprechend fort. »Du sahst meinen erschossenen Bruder, du sahst mich laufen, du sahst den Pascha mit dem Gewehr im Anschlag, und du sahst den Afrit in seinem Gesicht. Gelobt sei Gott, der dir alles zeigte, als habe es ein Blitz erhellt. Du schlugst Abbas das Gewehr aus der Hand, und als er es, rot vor Zorn, wieder aufhob, gingst du zu meinem Bruder, hobst mich auf, denn ich lag schon über ihm und drückte die Hand auf das Loch in seinem Kopf, decktest mich mit deinen Armen und riefst: Schieße jetzt, wenn du willst! Da warf Abbas die Flinte weg, ging, ohne ein Wort zu sagen, zurück in das Harim und kam nicht wieder zum Vorschein drei Tage lang. Das, o Baschmahandi, hat unser Herr, Halim Pascha, für einen kleinen Mamelucken getan.«

»Allah hat es gewollt, o Rames!« sagte Halim mit erzwungener Leichtigkeit. »Er brauchte dich. Auch er braucht seine Mamelucken.«

»Und wie ging es weiter?« fragte ich. »Was fing man mit dir an?«

»Aber sprich Französisch,« ermahnte Halim, »es amüsiert mich.«

»Wir begruben meinen Bruder in einem Winkel der Gärten von Roda, am Wasser. Niemand kennt heute sein Grab außer mir. Mich hielten sie versteckt. Ich wurde dem Obergärtner zugewiesen und mußte in den entlegensten Teilen des Parks den andern Gärtnerburschen helfen. Wenn Abbas Pascha sich zeigte, sollte ich mich verstecken. Sie glauben wohl, daß ich gehorchte? Nach drei Wochen begegnete er mir jedoch, ganz unerwartet. Zeigst du dich wieder, kleine Kröte? sagte er, ohne zornig zu sein. Gebt ihm die Bastonade, weil er sich versteckt hat. Dann kannst du meine Pfeifen verwalten, Spitzbube! Der Afrit war von ihm gewichen auf kurze Zeit. Sie gaben mir fünfundzwanzig auf die Fußsohlen; nicht zu schlimm, denn sie gedachten meines Bruders. Dann wurde ich sein Pfeifenverwalter: eine hohe Ehre für meine Jahre, aber gefährlich bei einem solchen Herrn. Niemand beneidete mich.«

Wieder schwiegen wir. Halim rauchte still vor sich. hin. Rames winkte den Leibmamelucken, uns Kaffee zu bringen. Ich lauschte aufs neue dem Hu! hu! hu! aus dem Dorf und sah mir den Sternenhimmel an, an dem der wunderklare Mond, auf dein man die Berge wie auf einer Landkarte sehen konnte, langsam emporstieg.

»Ist es nicht eine Nacht wie geschaffen für unsre Märchen?« sagte Halim endlich, die heiße Kaffeetasse an den Mund führend. »Aber Sie haben keine SchoaraDie zünftigen Geschichten- und Romanerzähler in Ägypten heißen Schoara, Schaer im Singularis. und namentlich keine Scheherezade. Man muß das von Kindheit an kennen. Sie entbehren viel, die armen Leute Ihres Westens.«

»Die ganze Welt scheint mir heute ein Märchen,« sagte ich und überließ mich ungeniert der eignen Träumerei. Ich wußte, daß Halim dies ganz in der Ordnung fand.

»Märchen erzähle ich nicht,« begann er wieder nach einer Pause. »Das ist Frauenweise. Aber was das Schicksal um uns wirkt und webt, klingt oft ganz wie ein Märchen. Das können sich auch Männer erzählen; vollends in der Nacht des Verhängnisses. Wie, Rames, wir sind noch nicht zu El Dogan gekommen!«

»Weiß ich, was ich erzählen darf?« murrte Rames.

»Er traut Ihnen nicht,« sagte Halim. »Schade, daß Sie ein Ungläubiger sind, Herr Eyth,« fuhr er halb im Scherz, halb im Ernste fort. »Sie verdienten, Allah, den Einzigen, mit uns zu preisen. Manchmal, in Paris, in Wien, selbst in Kairo stecken Sie mich an mit Ihrem Räsonieren, mit Ihrem sogenannten Denken. Hier, zwischen Wüste und Meer, wird es uns wieder klar: Es ist nur ein Gott, Herr Eyth!«

»Sicherlich,« sagte ich mit Überzeugung; denn auch ich fühlte Wüste und Meer und darüber den Sternenhimmel in seiner unergründlichen Unendlichkeit, in ihrer allumfassenden Einheit.

»Ah, diese Christen! Vor einer Woche noch suchten Sie mir die drei zu erklären, die ihr anbetet,« rief Halim. »Wann wollt ihr denken, wie Allah den Menschen denken lehrte. Der Allgütige verlangt das Unmögliche nicht von seinen Kindern.«

Ich schwieg. Was konnte ich diesem mohammedanischen Rationalisten sagen, wenn er in seiner frommen Stimmung war? Die Nacht war nicht lang genug für eine Antwort. Aber das ferne Allahu der Derwische fing an, mir wirklich etwas bange zu machen.

»El Dogan, Raines!« rief Halim. »Ich will nicht, daß wir vor Mitternacht einschlafen. Ah so, du willst nicht. Gut, ich helfe dir. Ich erzähle Ihnen, was ich nicht jedem erzähle, Herr Eyth. Ich weiß, Sie werden nicht ausschwatzen, was Toren nicht hören können.«

Er gab das leere Kaffeeschälchen zurück, winkte den Mamelucken, sich zu entfernen, rückte seine Polster zurecht und legte sich behaglich zurück. Das Allahrufen und Händeklatschen hatte plötzlich aufgehört; das Bellen der Hunde kam nur noch von Zeit zu Zeit, wie aus weiter Ferne. Ein silberner Schimmer lag über der stiller werdenden Nacht um uns her. Wir waren allein.

»Sie wissen,« begann Halim, langsam und leise sprechend, »mein Vater war einer der Großen der Erde. Man kommt nicht aus einem albanesischen Städtchen und bringt den Thron des Kalifen ins Wanken, ohne zu den Großen der Erde zu gehören. Ihre Bücher und Zeitungen im Westen mögen schwatzen! Er war ein Mann der Tat, den Allah zur Größe geschaffen hatte. So hatte er auch Kinder wie nur ein Großer. Ich habe vierundachtzig Brüder und Schwestern gehabt. Was sagen Sie dazu?«

»Nun wissen Sie,« fuhr er fort, als ich weislich keine Bemerkung zu dieser Seite der Größe Mohammed Alis machte, »es sagt der Koran, oder wenigstens unsre Ulemas, die den Koran je nach Bedarf erklären, daß stets der Älteste des Stammes einer Familie Haupt und Herrscher derselben sein soll. Dies wurde auch in den Verträgen festgesetzt, welche im Jahre 1293, pardon, im Jahre1840! der Familie meines Vaters die Erbfolge in Ägypten sicherten. So wurde mein Neffe Abbas, der Sohn meines Bruders Tussun, vor fünfzehn Jahren Vizekönig von Ägypten als erster Thronfolger nach dem Tode Mohammed Alis Allah sei ihm gnädig! und nach der Regentschaft des ältesten unserer Brüder, Ibrahims Allah sei auch ihm gnädig, er hat es nötig!

»Abbas war ein wunderlicher Mann. Oft war ich selbst versucht, die Geschichte von Rames Beys Afrit für Wahrheit zu halten. Er war ein guter Moslim in seiner Art, glaubte an Gott und den Propheten, an Zauberei und allen Unsinn, den ihm die Derwische vorschwatzten. Täglich verrichtete er seine Gebete wie der beste von uns und haßte euch Herren aus dem Westen und alles, was mein Vater in eurem Geiste geschaffen hatte, wie Gift. Fort damit! war sein erster und letzter Gedanke; zurück in die Welt, aus der wir stammen, in die große Vergangenheit mit ihren Kalifen und Sultanen, ihrer

Pracht und ihrer Gewalt, ihren Teufeln und ihrem Gott. Das war ein großer Gedanke, wenn Sie auch anders denken mögen, und er packte ihn manchmal mächtig. Dann triefen seine Hände von Blut. Dann jubelte der Afrit in ihm. Aber er war ein kleiner Mann.

»Nun sind eine Menge meiner Brüder früh gestorben die Schwestern zählten wir kaum, so daß zu seiner Zeit nur noch fünf übrig waren, fünf und deren Familien. Said war der älteste, ich der jüngste. Dazwischen kamen Ismael, der Vizekönig von heute, und Mustapha Fasil. Sie sind älter als ich, obgleich Enkel meines Vaters, Söhne IbrahimsEs dürfte zum Verständnis des Folgenden nützlich sein, den Stammbaum der Familie Mohammed Alis, soweit er hier in Betracht kommt, mitzuteilen. Die mit Zahlen Bezeichneten sind die zur Herrschaft gelangten Vizekönige Agyptens; die Jahreszahlen Anfang und Ende ihrer Regierungszeit. [Stammbaum als Grafik einfügen] Ich vergesse Achmed, meinen älteren Bruder, der vor sechs Jahren im Nil ertrank. Doch wer denkt an all die Toten, obgleich Sie, Herr Eyth, damals um ein Haar die Möglichkeit verloren hätten, mein Baschmahandi zu werden. Denn auch ich zappelte mit ihm und der halben Familie meines Vaters im Wasser, bei Kassr-Seyat. Gott weiß, wer uns hineinwarf. Es geschah per Dampf, in einem Eisenbahnwagen. Auch das ist eine Geschichte, die niemand besser erzählen könnte als Rames Bey. Heda! Schläfst du?«

»Nein,« sagte Rames Bey trocken. »Aber ich denke daran, wie wir uns damals schwimmen lehrten, o Pascha!«

»Das ist das Unglück jenes alten Gebots, das uns Gott in seinem Zorn gegeben hat,« fuhr Halim fort, nachdem er, wie von einer plötzlichen Gefühlswallung ergriffen, dem Tscherkessen stumm die Hand gegeben hatte, die dieser feierlich küßte. »Jeder, dem der Himmel einen Sohn schenkt, möchte dem Jungen hinterlassen, was er selbst war und besaß. Das ist Menschenart. Keiner liebt die Brüder, die diesem Wunsch im Wege stehen, und wenn Kinder und Enkel an die Reihe kommen, so wird Neid und Haß mit ihnen geboren. Dann schreitet der Engel des Schicksals durch unser Haus und tötet rechts und links. Das ist in Kairo wie in Stambul, in Tunis wie in Bagdad. Ein hartes Los für die Großen unseres Glaubens. Aber es ist Allahs Gebot. Uns geziemt es, dem Allgütigen zu vertrauen.

»Abbas war wie alle. Kaum war Ibrahim tot und unser alter Vater, dessen Seele schon zuvor zu seinem Schöpfer zurückgekehrt war, ehe sein Leib starb, meinem ältesten Bruder gefolgt, so haßte und fürchtete er uns wie das Unglück. Er hatte nur ein kostbares Söhnchen, Il Hami, der kränklich und fast so sanft war wie sein Großvater Tussun. Die Natur spielt wunderlich mit unserm Geiste. Er liebte das Kind wie ein Panther sein junges. Said und ich mußten auf den Zehen gehen, um den Afrit in ihm nicht zu wecken. Wir waren umringt von Spionen und bewacht wie Halbgefangene. Doch hatte ich wenigstens in Schubra Ruhe, wo ich schon damals mit meiner Mutter wohnte. Er fürchtete ihre stummen Blicke. Said lebte meist in Alexandrien, seitdem er Marineminister geworden war. Es war kein sorgenvolles Amt, da unsre kleine Flotte in den letzten Kriegen des Vaters vernichtet worden war. Wir liebten uns, Said und ich, denn es schwebte eine gemeinsame Gefahr über unsern Köpf en. jeder Tag konnte uns zerschmettern.

»Aber auch Abbas lag nicht auf Rosen. Zuerst schaffte er ab, was der Vater Gutes aus Europa gebracht hatte: Schulen, Gerichte, Militäreinrichtungen. Das wurde alles wieder in das alte Bett geleitet. Die Derwische und die Fakire waren sehr zufrieden. Sie umgaben ihn mit einer Leibwache und rühmten seine Frömmigkeit. Er baute seinen Palast, die Abbasiye, wie eine Festung und brachte dort sein großes Harim unter; dann schuf er den Palast Bahr el Beda in der Wüste bei Suez; dort wimmelte es von Affen und Papageien, mit denen er plauderte, wenn sich kein Mensch mehr vor ihm sehen ließ. Ein dritter Palast entstand in Benha am Nil, wo er seine Pferde hielt und eine Herde von Giraffen. Er war ein unbegreiflicher Mann, wunderlich wie ein einsames Tier, das niemand versteht; manchmal ein Tiger mit blutigen Krallen, manchmal eine zitternde Hyäne, die sich vor einer Papierlaterne versteckt.

»Am meisten machte ihm meine Schwester bange: Zohra Pascha. Sie haßte ihn, wie Frauen hassen. Wallah, er hatte es um sie verdient, und sie war nicht umsonst die Tochter seines Großvaters. Noch zu unseres Vaters Zeiten hatte er sie gezwungen, den Defterdar Achmed Bey zu heiraten. Da waren ein Löwe und eine Löwin zusammengekuppelt, und solange die beiden an einer Kette zerrten, fühlte sich Abbas beruhigt. Als aber der Defterdar starb und die Witwe nach Kairo zurückkehrte, brach der Streit aufs neue aus, blutdürstig, gifttriefend. Ich weiß nicht, was Sie von ihr gehört haben. Die Basars wissen mehr Lügen als wir. Es gelang Abbas, den Vater gegen sie aufzubringen, so daß er die Fenster und Tore ihres Harims zumauern und nur ein einziges Türchen offen ließ, vor dem Tag und Nacht eine Wache stand. Aber was sind Wachen und vermauerte Fenster gegen die List der Frauen? Schon im ersten Jahr der Regierung ihres Neffen Abbas gelang es ihr zu entfliehen. Said, der sie besser kannte als ich und den sie liebte, denn sie liebte große blonde Männer, behauptete, Abbas habe sie entfliehen lassen. Ihre Nähe war Todesangst für ihn, und er wagte nicht, sie zu töten. Vor der Tochter seines Großvaters machte er halt, Gott weiß, aus welchen Gründen. Sie floh nach Stambul und kaufte einen Palast am Bosporus. Es war sein Schicksal.

»Mit jedem Jahr wurde es schlimmer für uns alle, auch für das Land, das er aussaugte wie ein Guhl. Das hatte der Vater wohl auch getan, aber er suchte es gleichzeitig mit all seinen Kräften zu befruchten und zu heben; hierzu brauchte er Geld. Abbas brauchte es für seine Frauen, für seine Papageien und Giraffen. Daneben wuchs der kleine Il Hami heran und mit ihm die Angst vor den Onkeln und Brüdern und Vettern und der sehnliche Wunsch, allein in der Welt zu sein mit dem Jungen.

»Wir sahen es kommen, Schritt für Schritt, und Zohra mit ihren Falkenaugen im fernen Stambul sah es deutlicher als wir. Sie warnte Said. Sie suchte ihn zu einer kühnen Tat aufzustacheln. Aber Said war gutmütig und träge, und solange ihm niemand wehe tat, lief er seinen Schiffen nach, wenn Ebbe in seiner Kasse war, und ging nach Paris, wenn er Geld hatte. Für mich wachte meine Mutter; aber auch sie fing an zu zittern.

»Wir sahen Abbas fast nie mehr. Er war bald hier, bald dort, wochenlang wie begraben bei seinen Frauen und seinen Papageien. Der Oberste der Ulemas der Moschee el Azhar, welcher Il Hami erziehen sollte, und Elfy Bey, der Gouverneur von Kairo, der zugleich Kriegsminister war, waren die einzigen, durch die er mit der Außenwelt verkehrte. Da, im Frühjahr 1854, stiegen Gerüchte auf wie Nebel in den Sümpfen des Burlossees. Man flüsterte in den Basars, in den Bädern, in den Harims, daß der Pascha ein großes Morden beschlossen habe. Alle Gläubigen sollten aufstehen und die

Europäer des Landes in einer Nacht erschlagen. Das war der heilige Plan der Ulemas, und dafür sollte der Pascha den Lohn des Himmels erhalten. Denn in derselben Nacht sollten auch seine Brüder und seiner Brüder Kinder für immer verschwinden, so daß niemand mehr dem kleinen Il Hami im Wege gestanden hätte. Hatte nicht der große Mohammed Ali vierzig Jahre zuvor mit dem ganzen Mameluckenadel das gleiche getan? Und Europa getrotzt? War dies nicht wieder möglich, o ihr Kleingläubigen, sagten die Schriftgelehrten der Moschee el Azhar, wenn Gottes Segen auf dem großen Werke ruht? Meine Mutter wußte von dem Plan. Sie lag tagelang auf den Knien und betete zu Gott um Rettung. Aber sie sah keine. Man hatte sich heimlich an den Sultan gewendet um Schutz für die Familie. Abbas, der davon gehört hatte, schickte königliche Geschenke nach Stambul, so daß der Kalif schwieg. Als er durch die Frauen aufs neue gedrängt wurde, fragte er: Wo sind eure Beweise? Wir hatten keine. Da meinte der Kalif: Was betrübt ihr diesen Abbas, wenn er für euern Glauben eifert? Kann er etwas tun, was Gott nicht will? Laßt ihn in Frieden! Und auch Zohra Pascha, die meiner Mutter von Zeit zu Zeit Nachricht gegeben hatte, obgleich sich die Frauen nicht liebten, schwieg seit einem Jahre wie das Grab. Bei Gott, Baschmahandi, es waren schwüle Tage, wie ihr sie in Europa schon lange nicht mehr kennt.

»So wurde es Juli, und unser Schaaban kam heran. Nur Said in Alexandrien war sorglos wie immer und im Begriff, nach Marseille abzureisen, um in Frankreich eine Fregatte zu bestellen. Das Geld für das Schiff hatte er in der Tasche, und von Marseille nach Monako war es nur ein Sprung. Er freute sich schon auf das zweite Schiff, denn er war entschlossen, es spielend zu erobern. Aber, Rames, wahrhaftig, du schläfst! Erzähle weiter, damit du wach bleibst!«

»Ich schlafe so wenig, als ich vor zehn Jahren in der Nacht des Verhängnisses geschlafen habe,« sagte Rames ernst. »Willst du, daß ich vor den Ohren des Baschmahandis, des Fremdlings, erzähle?«

»Er ist kein Fremdling für uns,« sprach Halim mit ungewohnter Wärme, »und er weiß, was alle Welt weiß. Erzähle!«

»Ich war unter mancherlei Not und Gefahr im Dienst Abbas Paschas ein großer Junge geworden,« hob Rames Bey ohne weitere Umstände an, »und verwaltete noch meine Pfeifen, als der Pascha schon drei Jahre lang Vizekönig gewesen war. Da wurde ich plötzlich abgesetzt und kam zu den Pferden in den Marstall. Ich dankte dem Allmächtigen, denn ich liebte die Pferde weit mehr als die Pfeifen und konnte reiten, ohne es gelernt zu haben, wie ein Beduine. Meine Kameraden hatten nicht nötig, mich zu bedauern.

»Der Grund meiner Absetzung war dieser: Der Pascha hatte zwei neue Mamelucken aus Stambul erhalten, zwei Brüder, Tscherkessen, die noch die Sprache der Berge kannten und frisch waren wie zwei junge Adler. Sie hießen wie die heiligen Märtyrer: Hussein und Hassan. Wie diese waren sie Zwillinge und prachtvolle Leute; dabei gewandt und anstellig, obgleich sie noch kein Wort Arabisch verstanden. Das alles war, was Abbas liebte. Wenn er genug hatte an seinen Papageien und Affen, wollte er schöne Frauen um sich haben und schöne Männer. Gott wird den Sünder verdammen!«

»Fluche nicht, o Rames,« mahnte Halim. »Gott verdammt, wen er will. Erzähle!«

»Und schöne Pferde,« fuhr der Tscherkesse fort. »Nach wenigen Wochen wurden Hassan und Hussein Pfeifenträger und erste Kammerdiener. Es waren wortarme Leute, finster und still, wenn sie mit uns zusammensaßen, still und geschäftig um den Pascha. Wir andern haßten sie. Sie schienen sich nicht darum zu kümmern. Es hieß, des Paschas Agent habe nach einem Probemonat für jeden hundert Börsen verlangt und erhalten und habe das Paar selbst geschenkt bekommen. Soll ich erzählen?«

»Erzähle, was du gesehen hast, sagte Halim, nicht was man dir vorschwatzte!«

»Nach kurzer Zeit waren die zwei in höchster Gunst. Es hieß, der Astrologe, der alte Soliman el Habeschi, habe für sie in den Sternen gelesen und dem Pascha seine Weisheit mitgeteilt. Seitdem wachten sie in seinen Vorzimmern bei Nacht und versuchten seine Speisen, ehe er aß. Er schenkte ihnen Pferde und goldgestickte Gewänder und Geld wie keinem von uns. Bei unseren fortwährenden Wanderungen von der Abbasiye nach Benha, von Benha nach dem Bahr el Beda und wieder zurück nach der Abbasiye hatten sie für alles zu sorgen, was er brauchte, und ihn bei guter Laune zu erhalten, wenn er nicht im Harim war. Das war keine kleine Aufgabe, aber es gelang ihnen, wie es noch niemand gelungen war. Wie wir andern schimpften!

»Bis zum Feste en Nuß min Schaaban hatte man gewöhnlich in der Abassiye gewohnt. Aber es wurde zu heiß in der Wüste, und zu Benha, in dem neuen Schloß am Nil, waren herrliche Bäder eingerichtet. Der Pascha befahl, zwei Tage vor dem Fest, dorthin zu übersiedeln. Das Gefolge war nicht groß: der Kriegsminister Elfy Bey, der, seit man an den heimlichen Plänen arbeitete, ihn stets begleitete, der Ulema, welcher seine Gebete leitete, der Astrologe Soliman el Habeschi und ein Dutzend Mamelucken, das war alles. Wir hatten uns rasch in Benha eingerichtet, aber einen schlechten Tag gehabt. Der Chamsin wehte und trieb und blies die Sandwolken über den Nil, daß es im Palast nicht auszuhalten war. Abbas war wie ein gereiztes Tier, wenn der Chamsin wehte. Er war fett geworden, und die heiße Luft nahm ihm den Atem. Wir wagten kaum, ihm nahe zu kommen. Selbst nach Hassan hatte er mit einer ungeladenen Pistole geworfen und dabei einer marmornen Astarte aus Neapel den Kopf abgeschlagen. Der Mameluck mußte die Pistole aufheben und sie laden. Er war nicht weit von seinem letzten Augenblick, als er sie dem Vizekönig überreichte, der schweigend fortfuhr, damit zu spielen; doch Abbas war dem seinen näher. Der Astrologe hing den Kopf und sah traurig drein, wie ich ihn noch nie gesehen hatte. Sein langer Bart berührte fast den Boden, und auf seiner Stirn stand der Angstschweiß. Ich glaube, er wußte, was kommen mußte, obgleich man in jener Nacht keine Sterne sehen konnte. Die Luft war voll Staub.

»Vierzehn Tage später sollte ein Rennen in Alexandrien abgehalten werden. Man sagte nachher, der Schluß dieses Festes wäre das Signal des großen Mordens geworden. Sechs Pferde aus dem Gestüt von Benha sollten mitlaufen, und in aller Morgenfrühe, nach der Nacht des Verhängnisses, solange es noch kühl war, sollten sie dem Pascha vorgeführt werden. So kams, daß ich schon zwei Stunden vor Sonnenaufgang im Marstall war, um nach den Tieren zu sehen, sie striegeln und abreiben zu lassen. Damals war El Dogan sieben Jahre alt und die Freude meiner Seele. Ich hatte ihn seit zwei Monaten nicht gesehen, so daß er vor Lust wieherte, als ich ihn begrüßte. Ja, mein Dogan, sagte ich zu ihm, du sollst mitlaufen und alle andern hinter dir lassen. So will ich dich ans Ziel bringen oder den

Hals brechen. Und wie er nickte, sehe ich über seinen Kopf weg nach der Stalltür. Da stand der Astrologe, ohne Turban, den Bart über der Schulter, und keuchte: Der Pascha! Der Pascha! Allah ist gerecht. Der Pascha liegt im Bad keinen Laut, Rames! der Pascha schwimmt in seinem Blut!

»Gott ist der Allverzeihende! Ein freudiger Schreck fuhr mir durch alle Glieder. Wie der Wind flog ich die Treppen hinauf – ich kannte den Bau in allen Winkeln – auf den Zehen. Es war noch tiefe Nacht; kaum dämmerte der Morgen in den Gängen. Im Vorsaal des Badezimmers brannte eine hängende Lampe, mit rotem Flor verhüllt. Die Purpurteppiche vor der Tür hingen lose herab. Ich schlug sie auf. Wenn es mein Tod gewesen wäre, ich konnte es nicht lassen. Ein roter Lichtstreif fiel auf das Marmorbecken. Das Wasser war schwarzrot gestreift. Ein nackter Arm hing über den vorderen Rand der steinernen Schale; auf dem hinteren lag der Kopf: ein Auge auf der rechten Wange, der Mund bis an das linke Ohr geschlitzt, ein Stich im Hals. Das Gesicht war einer Teufelsmaske ähnlicher als einem Menschenantlitz, aber voller Leben. Der Schnitt machte, daß es zu lachen schien: eine fette, blutige Fratze. Alles ringsumher war todesstill. Ich sehe noch, wenn ich die Augen schließe, die bleiche Larve, die mich aus der Badewanne anstarrte, das Dunkel der reichgeschmückten Kammer mit ihrem Stalaktitendom, den roten Streifen Licht, der von außen in die schwüle Stille fiel. Er war tot, Allah sei gepriesen, steintot; aber der Afrit wollte seine Wohnung noch nicht verlassen; der regte sich noch in ihm.

»Da hörte ich ein Geräusch im Vorsaal, leise Stimmen, die sich riefen. Ich wandte mich und flog die Treppen hinunter in meinen Stall. Ich wußte kaum, was ich tat, aber während ich El Dogan sattelte, kam mir die Ruhe wieder. Ich führte das Pferd durch die Hintertür des Marstalls ins Freie und am Zügel den Fußpfad am Nil entlang. Dort, am Ufer, saß ein kleines Männchen ohne Turban. Es war der Astrologe, zitternd wie Espenlaub.

›Was machst du hier, Soliman ben Aschraf?‹ fragte ich ihn.

›Weißt du es nicht? fragte er. Sie haben Sukki Bey, den Leibarzt, eingesperrt und werden mich ermorden. Sie suchen mich, um mich zu töten. Alle, die wissen, daß er tot ist, müssen sterben. Es ist aus mit uns.

›Mit mir noch lange nicht!‹ rief ich, schwang mich auf den Falken und ließ ihn laufen, laufen, wie er noch nie zuvor gelaufen war. Ich war sicher genug auf dem Wege nach Kairo. Ich dachte an dich, o Halim. Du hattest mich als kleinen Jungen vor dem toten Manne gerettet. Nun wollte ich auch etwas retten, ich wußte kaum was und wie. Aber bei Gott ist keine gute Tat verloren. Der Morgenwind machte mich ruhiger, und als ich nach zwei Stunden Schubra erreichte, wußte ich, was ich wollte. Allahbuk, wie er lief! In zwei Stunden von Benha nach Schubra! Ich war wie ein Reiter des Allmächtigen, der mit der heimlichen Kunde durch das Land fliegt, daß die Hand des Allgerechten den König erschlagen hatte.«

Rames schwieg wie erschöpft. Halim rauchte lebhafter. Dann begann der Prinz, wie unwillkürlich, mit blitzenden Augen weiterzuerzählen.

»Man rief mich in der Morgendämmerung. Ich hatte auf dem Dach des Hauses geschlafen und sah die Sonne aufgehen über der Abbasiye und der nahen Wüste. Ich dachte, wie lange ich sie noch sehen werde, denn die Nacht des Verhängnisses war in Schubra ohne ein Zeichen vorübergegangen. Wir wußten nicht, wann das Schwert fallen und wen es treffen sollte. Der Tag lag vor mir in blutroter Stille, als man mich rief. Ein Mann war im Garten. Ich fand Rames, von Staub und Schweiß bedeckt, so daß ich ihn kaum erkannte. Er grüßte mich, wie er seinen Herrn zu grüßen gezwungen war, und sagte so leise, daß ich es kaum hören konnte: Gott ist gerecht! Dein Neffe liegt tot in seinem Bad zu Benha. Glauben Sie, daß es meiner Seele einen Stoß gab, den ich noch nach Wochen spürte? Aber konnte ich dem Mamelucken trauen? War es eine List Abbas Paschas er war schlau wie ein Affe, um mich zu einem Wort, zu einem Schritt zu verleiten, der mich in seinen erhobenen Dolch stürzen mußte? Ich sprach: Gott tut, was er will! und hieß Rames nach Benha zurückreiten, so schnell, als ihn El Dogan tragen könne. Man dürfe nicht wissen, daß ich die Kunde empfangen habe. Dann ging ich nach der Gabeleia, setzte mich unter eine Tamariske und überlegte.

»Said Pascha sollte an diesem Morgen von Alexandrien abreisen; in einer Stunde konnte er an Bord sein. Er war der rechtmäßige Nachfolger Abbas Paschas. Hatte Rames nicht gelogen, so war das

Land ohne Herrn, wenn Said es verließ. Was Elfy Bey und seine Freunde in diesem Falle zu tun gewillt waren, war nicht schwer zu erraten. Der kleine Il Hami ben Abbas war in Damiette, das war ein Glück. Aber Elfy und der Ulema waren entschlossene, ehrgeizige Leute und zauderten nicht, wenn die Gefahr ihnen an die Kehle griff. So weit kannte ich die Herren, die mein Neffe um sich hatte.

»Said mußte um jeden Preis aufgehalten werden und die Gewalt in die Hand nehmen, ehe es andre taten. Ein Telegramm hätte ihn erreicht. Aber wie konnte ich es wagen, zu telegraphieren, was ich hoffte, was ich aber selbst nur halb glaubte? Doch es mußte sein. Ehe ich den Schatten der Tamariske verließ, war meine Depesche geschrieben und auf dem Wege nach dem englischen Telegraphenbureau in Kairo. Dort war es wenigstens sicher, abgesandt zu werden. Das Haus in Kairo, das du suchst, ist leer. Die Tür steht offen. Tritt ein! Das mußte er verstehen, wenn er der Sohn seines Vaters war. Er verstand es.

»Später erzählte er mir, daß er, eben im Begriff nach dem Hafen zu reiten, die Depesche noch am Tor des Palastes erhielt. Statt weiterzugehen, setzte er sich, wie ich, im Garten des Ras el Tin unter eine Tamariske und ließ den französischen Dampfer, auf dem für ihn und sein Gefolge Plätze gesichert waren, zum Hafen hinausfahren, und als der Rauch des Schiffs am Horizont verschwunden war, hatte er die Lage der Dinge begriffen, schickte zum Gouverneur von Alexandrien, erbat sich dreißig Reiter und ritt noch am Abend über Damanur in der Richtung nach Kairo davon. Als er aber nach einem Ritt von hundertundzwanzig Kilometern in früher Morgenstunde durch Benha kam, hörte er, daß Abbas, der Vizekönig, am Abend zuvor mit Elfy Bey und dem Ulema abgereist sei, um nach der Abbasiye zurückzukehren. Die Effendis und Katibs der Stadt waren voll Rühmens, mit welchem Gepränge Seine Hoheit diesmal gereist sei; er habe sogar die vergoldete Staatskutsche benutzt, die seit Mohammed Alis Zeiten hier gestanden habe. Said erschrak. Wie konnte er sich das zusammenreimen? War das Telegramm eine Falle? Hatte er es vielleicht doch mißverstanden? Er blieb mit seinen Reitern den Tag über in Benha, nachdem er den Telegraphisten der Bahn ins Schloß geladen und ohne Federlesens eingesperrt hatte. Hätte er gewußt, daß Sukki Bey, der Leibarzt, im gleichen Keller, in einem andern Flügel, gefangen lag! Der eine sollte nichts von Abbas, der andre nichts von Said verraten können.

»So wartete er, bis es Nacht war, und dachte nach. Dann erst ritt er mit seinen Leuten weiter.

»Auch in Schubra gab mir der Tag genug zu denken,« fuhr Halim fort, nachdem wir schweigend wieder ein Täßchen Kaffee geschlürft hatten. »Nachmittags sandte der Scheich von Kaliub, der mir ergeben war, einen Läufer mit der Nachricht, der Vizekönig mit großem Gefolge komme soeben von Benha und sei, wie man höre, auf dem Wege nach der Abbasiye. Um fünf Uhr etwa mußte er auf der Straße nach Kairo durch Schubra kommen. So hatte mich also Rames belogen! Ein echter Mameluck! Schlangen sind sie alle, dachte ich bei mir und bereitete mich vor, den Vizekönig, wie es Sitte war, am Palasttor zu begrüßen, wenn er nicht eintreten wollte. Ehe ich jedoch meine Staatskleidung angelegt hatte, wurden mir zwei Mamelucken Abbas Paschas gemeldet, die dem Zug vorausgeritten waren. Sie hatten den Auftrag, mir zu sagen, daß Seine Hoheit, mein Neffe, mich grüßen lasse, aber nicht wünsche, gestört zu werden. Er habe Eile, die Abbasiye noch bei guter Stunde zu erreichen, da er etwas unpäßlich sei. Ich ließ die Burschen zu mir bringen. Der eine war Rames. Diese Frechheit! Und während der andre seine Botschaft ausrichtete, stand dieser mit gesenktem Kopf und geschlossenen Augen hinter ihm. Dies war nicht natürlich. War es ein Zeichen? Was sollte es bedeuten?

»Gegen Mitternacht des folgenden Tages kam Said, mein Bruder, mit seinen dreißig Reitern ebenfalls aus Benha. Ich versteckte sie, so gut es ging, in den Ställen und Schuppen des Landguts. Wir wußten, daß wir um unsre Köpfe spielten, denn es war sicher, daß der Vizekönig durch Kairo gefahren war. Ich hatte ein paar zuverlässige Fellachen dorthin geschickt. Sie berichteten, daß er mit großem Gefolge über die Esbekieh nach dem Bab el Nasir gezogen und gegen neun Uhr fränkischer Zeit in der Abbasiye angekommen sei. Zweifelnd berieten wir uns die ganze Nacht; die Fürstin, meine Mutter, wachte mit uns. Sie allein war ruhig. Weshalb, sprach sie, hat der Mameluck Rames die Augen geschlossen? Er ist tot. Aber Hunderte hatten ihn durch Kairo fahren sehen; und er habe ihnen herablassender als gewöhnlich zugenickt, versicherten die Fellachin.«

Halim schwieg, und nun begann Rames wieder, tonlos in sich hineinsprechend, wie wenn er einen Traum erzählte:

»Bei Gott, dem Allbarmherzigen, es war eine Fahrt! Ich war um zehn Uhr morgens wieder in Benha eingetroffen. Nur ein Pferd in der ganzen Welt konnte das tun, El Dogan! Niemand hatte nach den Ställen gesehen: so konnte ich unbeachtet wieder hineinschlüpfen. Aber es war die höchste Zeit. Zehn Minuten später suchte man nach mir; man rief die zwölf Leibmamelucken des Paschas zusammen. Zwei waren spurlos verschwunden: Hassan und Hussein. Nach ihnen wurde nicht gesucht; niemand schien sich über ihre Abwesenheit zu wundern. Auch zwei Pferde fehlten, aber auch nach den Tieren fragte niemand. über dem ganzen Hause lag es wie eine Betäubung.

»Die Mamelucken fanden sich in der Vorhalle vor dem Badezimmer zusammen. Wir warteten, ohne zu sprechen. Als die zehne vollzählig waren, traten Elfy Bey und der Ulema zu uns. Sie befahlen uns, das Glaubensbekenntnis dreimal zu wiederholen. Dann mußten wir beim gerecht strafenden, allwissenden Gott schwören, keinem sterblichen Menschen, keinem Tier, keinem toten Dinge, auch nicht einer dem andern zu sagen, was wir sehen werden. Der Ulema sprach die Worte vor. jeder mußte sie nachsprechen. Und wer von euch eine Silbe verrät, sagte Elfy Bey zum Schluß, dem werde ich mit eigner Hand die Zunge ausreißen, und sein Leib soll vor der Moschee Sultan Hassans lebendig gepfählt werden. Das schwöre ich, Elfy Bey, beim einigen Gott. Dann sagte er den andern, was ich wußte.

»Sechs von uns mußten ihn aus dem Bad heben er war in Stücken und die Stücke kleiden. Ich und die drei übrigen hatten die Staatskutsche Mohammed Alis aus dem Schuppen zu holen, säubern zu lassen und mit vier weißen Hengsten zu bespannen. Dann wurde das ganze Gefolge benachrichtigt, daß der Pascha um die siebente Stunde aufbrechen werde, um nach der Abbasiye zu fahren.

Ich hatte die Kutsche an das Harimstor zu bringen. Während ich sodann meine eignen Sachen zusammenraffte und sechs Pferde satteln ließ El Dogan für mich, hatten sie ihn hineingesetzt, aufrecht, in prächtigem Staatskleid, den Turban mit einem Schleier bedeckt, einen reichgestickten LitamLitam heißt das Tuch, mit dem die Beduinen sich den unteren Teil des Gesichtes verhüllen, um es vor der Sonne zu schützen. nach Beduinenart über den unteren Teil des Gesichts gebunden, als wollte er sich vor dem Staub schützen. Neben ihm saß der Ulema und stützte ihn, auf dem Vordersitze Elfy Bey und sein getreuer Freund, der oberste der Eunuchen, der ihn hielt, wenn er bei einem Stoß des Wagens nach vorne fallen wollte. Zwei von uns saßen auf dem Kutschbock, zwei standen hinten, nach französischer Art, auf dem Brett für die Diener. Die sechs Berittenen umgaben den Wagen. So zogen wir aus. In den Dörfern, durch die wir kamen, standen die Fellachen, segneten den Propheten und begrüßten den Herrn, dessen Wink für sie Leben und Tod war – gewesen war.

»Und so ging es um die erste Stunde der Nacht durch Kairo. Auch hier grüßte uns die hundertköpfige Menge lautlos, wie es Sitte ist, und sah ihren Herrscher schwankend zwischen seinen Begleitern, todbleich trotz des roten Scheins der Fackeln, die wir, wie gewöhnlich bei seinen Nachtfahrten, neben dem Wagen hertrugen. Die Stille war ehrfurchtsvoller, schwüler als sonst. Es war, als ob sie ahnten, was sie sahen. Doch ging alles gut. Er ist krank, sagten sie sich; keiner merkte die Wahrheit. Als wir das Bab el Nasir hinter uns hatten und in der Wüste wieder langsam durch den tiefen Sand fuhren, pries der Ulema Gott und ließ den Pascha fallen. Elfy wurde grob, nach Soldatenart, schimpfte den alten Herrn kräftig und richtete die Leiche wieder auf. Ich habe das selbst gesehen.

»Das geschah aber alles, um Zeit zu gewinnen. Il Hami, den der Ulema ›mein Söhnchen nannte, obgleich er schon ein großer Junge war, befand sich in Damiette. Man hatte ihn wegen seiner schwachen Gesundheit nach Syrien schicken wollen. Er sollte nun so rasch als möglich nach Kairo zurückgebracht werden, um dort auf der Zitadelle den Truppen und sodann in der Stadt dem Volke als ihr neuer Vizekönig gezeigt zu werden. Alles übrige wollte Elfy besorgen, der schon als Knabe geholfen hatte, die Mameluckenfürsten des großen Paschas abzuschlachten. Er hätte sich jetzt ebensowenig gescheut, die Hand an seine Söhne zu legen, wenn es Gott zugelassen hätte. Gelang der Plan, so waren er und seine Freunde Herr von

Ägypten, solange es ihnen beliebte und sie das Kind in Händen hatten.

In Kairo verliefen die folgenden Tage wie jeder andere. Man war es gewohnt und zufrieden, wenn sich der Vizekönig, wie er es häufig tat, wochenlang in der Abbasiye begrub. So kamen friedliche Tage für jedermann, und die Händler und Gewerbsleute taten, was ihnen gut dünkte. Niemand ahnte diesmal, daß kein Herr im Lande war.«

»Gegen Abend des zweiten Tages verließ mich die Geduld,« fiel Halim Pascha ein, wie wenn ihm Rames Bey zu langsam erzählte. »Auch war es unmöglich, Said und seine Reiter länger zu verstecken. Der Astrologe Soliman ben Aschraf war halb tot und fast verhungert von meinen Leuten am Nilufer gefunden worden. Er war, wie alles andere, auf dem Wege von Benha nach Kairo, um sich zu verbergen. Denn der alte Spitzbube hatte manches auf dem Gewissen, das er nur tragen konnte, solange sein Herr lebte. Ich ließ ihm zu essen und zu trinken geben, und als er wieder sprechen konnte, wollte er mir etliches aus den Sternen weissagen. Ich nahm ihn aber bei den Ohren und wußte bald mehr, als mir die Sterne sagen konnten. Meine Mutter hatte recht gehabt. Rames hatte nicht gelogen.

»Ich schickte im Namen des Vizekönigs einen Befehl an den Gouverneur der Zitadelle: um Mitternacht das Tor El Assab für den Herrn Ägyptens zu öffnen. In jener Nacht ritt sodann mein Bruder Said als Vizekönig in die alte Burg ein und ließ am frühen Morgen die Geschütze gegen die Abbasiye und gegen die Kasernen in der Stadt richten. Es war eine unnötige Vorsicht. In derselben Nacht war Prinz Il Hami aus Damiette zurückgekommen, und schon am frühen Morgen stand der Ulema vor dem Tor der Zitadelle und begehrte Einlaß im Namen des Vizekönigs. Man holte Said, und Said empfing den frommen Mann. Der Pascha, mein Bruder, erzählte mir nachher oft, wie er ihn ehrerbietig begrüßt und selbst in den Audienzsaal hineinkomplimentiert habe. Mit entsetztem Erstaunen habe sich der unglückliche Schriftgelehrte niedergelassen und die niedlichste Kaffeeschale auf dem Boden zerbrochen, so habe er gezittert. Doch Said, der zu jener Zeit ein freundliches und fröhliches Herz hatte, das nichts verstimmen konnte, lachte ihn aus und schickte ihn mit abgeschnittenem Bart zu Elfy Bey zurück, dem er sagen ließ: er möge sich beruhigen; das Spiel sei ausgespielt. Eine Stunde später erschoß sich der Kriegsminister. Er war kein Moslim, der sich beugt, wenn Gottes Hand ihn niederdrückt. Und auch der Ulema starb aus Gram. Er konnte den abgeschnittenen Bart nicht verschmerzen, obgleich ihn Said zu trösten suchte und ihn bei jeder Begegnung auf den Willen Gottes hinwies, der die Bärte abschneidet, wem er will.«

»Und EI Dogan hast du vergessen?« fragte Rames Bey in vorwurfsvollem Ton, als Halim schwieg und sich behaglich in seine Kissen zurücklehnte.

»Und dich, o Mameluck der Mamelucken!« lachte der Prinz. »Du hast recht. Die Geschichte ist noch nicht zu Ende. Sobald die Pistole Elfys ausgeraucht hatte, saß der Unglücksrabe wieder auf seinem Liebling und jagte nach Schubra. Ich nahm sie auf, wie sie es verdienten, Pferd und Reiter, und solange sie leben, sollen sie unter meinem Dache wohnen, was auch kommen mag. Rames Bey hat mir dieses Versprechen bezahlt, als er mich vor sechs Jahren bei Kassr-Seyat mitten aus meinen ertrinkenden Vettern und Brüdern herausfischte. El Dogan ja, Herr Eyth, das ist eine kuriose Geschichte bezahlt es täglich, heute noch.«

»Wie habe ich das zu verstehen, Hoheit?« fragte ich.

»Sie werden lachen; manchmal lache ich selbst. – Ich ritt das Pferd in jener unruhigen Woche zum erstenmal. Wahrhaftig, es ist die Perle der Koschlanis! Ich ritt mit meinem ganzen Hofe zur Zitadelle, um Said als meinen Herrn zu begrüßen. Er war wie ein großes Kind, voll guter Wünsche für uns alle, voll schöner Vorsätze für das Land, und wir freuten uns mit ihm. Man konnte wieder aufatmen.

»Als ich abends zurückkehrte und an der Moschee von Sultan Hassan vorüberritt, saß dort ein Bettler, ein zerlumpter Derwisch. Er lief herbei und küßte meinen Steigbügel. Ich warf ihm ein Geldstück zu; er segnete El Dogan und sprach:

»›Du reitest auf dem Pferde deines Glücks, o Pascha, Sohn des großen Paschas! Mein Herr! Und du, o Dogan, trägst das Glück des Volks und den Segen der Zukunft.

»›Woher weißt du seinen Namen, o Derwisch? fragte ich verwundert. Ich liebe das Derwischgeschwätz nicht allzusehr.

»›Weißt du nicht, daß die Sterne sprechen? antwortete er. Da erkannte ich Abbas Paschas Astrologen und wollte ihm einen Tritt geben. Der Spitzbube hätte ihn reichlich verdient.

»›Trete den Wurm nicht, o Fürst, der im Staube liegt, sagte er, nachdem er sich mit großer Behendigkeit durch einen Sprung aus dem Bereich meines Steigbügels gestellt hatte. Und pflege El Dogan, hüte El Dogan! Er trägt dein Glück und dein Leben! Es war der Unsinn eines Narren. Allein que voulez-vous? ich ritt nachdenklicher, als ich gekommen war, nach Schubra zurück.«

»Und du weißt jetzt, o Baschmahandi, was du getan hast,« sagte Rames Bey.

Wären wir zu Berlin gesessen Unter den Linden, oder zu Paris auf dem Boulevard des Italiens, fast denselben Sternenhimmel über uns, so hätte ich gedacht: Ich weiß, daß ihr alle arme, abergläubische Narren seid, die sich von Bettlern regieren lassen! Hier aber fühlte ich den Gedanken nur wie aus weiter Ferne und wie einen unangenehmen Mißton. Halims Augen, die, während er erzählte, meist halb geschlossen und wie verschleiert gewesen waren, sahen wieder klar und munter in den vollen Mond hinauf, auf dem man Berge und Täler unterscheiden konnte wie auf einer guten Landkarte. Ein feines Lächeln spielte um seinen Mund, die Ironie des Mannes, der seine eigenen Schwächen liebt und verspottet. Dann sah er auf die Uhr.

»Jetzt ist es geschehen, Herr Eyth, wenn unsere Schriftgelehrten die Wahrheit sagen. Jetzt hat Allah mit eigner Hand den Baum des Lebens geschüttelt, und mein Blatt, oder das Ihre, oder Rames Beys, oder alle drei sind zur Erde geflattert. Dann war dies unsre letzte Nacht des Nuß min Schaaban. Möchten Sie nicht unter dem Baume suchen? Jetzt zählt er die Blätter. Allah ist rasch im Zusammenrechnen. Sie lachen?«

»Ich lache nicht, Hoheit,« sagte ich. »Die Poesie des Todes ist nicht zum Lachen, welche Form sie auch annimmt.«

»Und die Wirklichkeit des Lebens auch nicht, die stündlich so nah am Tode vorbeistreift,« sagte er. In solchen Nächten packt uns der Kinderglaube. Sie haben auch den Ihren, denke ich mir. Übrigens es ist Zeit! gehen wir schlafen!«

Wir standen auf. Die Mamelucken stürzten herbei, um Rauchzeug und Kissen wegzutragen. Ein kurzes »Gute Nacht«, eine Verbeugung orientalischen Stils, bei der ich mir diesmal besondere Mühe gab, – dann ging ich nach meinem Zelt.

Unter der aufgeschlagenen Zelttüre blieb ich noch kurze Zeit stehen und sah mich um. Das Bild der einsamen, mondstrahlenden Nacht. wollte mich nicht loslassen. Ich sah Rames Bey, der zwölf Schritte von Halims Zelt einen kleinen Teppich sorgfältig auf den Boden breitete und dann verschwand. Nach einigen Minuten trat Halim aus seinem Zelt auf den Teppich zu. Er ging in Strümpfen und hatte den Stambulrock abgelegt. So betrat er den Teppich und stand feierlich, die Daumen der offenen Hände an die Ohren haltend, gegen Osten gewendet. Es war kein Zweifel: Halim Pascha tat, was ich ihn in Schubra nie hatte tun sehen: er betete. Scheinbar allein in der Welt ging er durch die eigentümlichen Zeremonien des Esche (des Nachtgebets), sich verbeugend, auf den Knien liegend, den Teppich mit der Stirn berührend, dann wieder aufstehend und zum zweitenmal den Kopf bis zur Erde beugend, alles mit der ruhigen, sanften Feierlichkeit, die aus dem betenden Araber ein Bild des Friedens und der Ergebung macht. Die halbeuropäische Tracht trug allerdings nicht dazu bei, diesen Eindruck zu verstärken. Aber sie störte kaum. Es war, als ob die ganze Natur mit der betenden Gestalt verschmelzen wollte und sie heiligte.

Wo bringt sie sie nur immer wieder her, diese Töne der Ruhe und des Friedens in einer Welt voll ruheloser Arbeit, voll kleinlicher Sorgen, voll häßlichen Kampfes?

Allahuh!

Mit dem Gefühl, daß ich für heute genug erlebt und gehört habe, ließ ich den Vorhang meines Zeltes fallen und suchte bei Streichholzbeleuchtung in dem aufgerissenen Koffer nach Papierlaterne, Drahtstift und Bindfaden, Dinge, die ich auf allen meinen Kreuz- und Querfahrten mitzuführen gelernt hatte. Der Drahtstift wurde kunstgerecht durch die Leinwand des Zeltdachs gesteckt, Bindfaden und Laterne daran befestigt und bald erstrahlte das Innere meiner Behausung in dem milden, dem sehr milden Licht einer Kerze, welches durch das geölte und teilweise bemalte Papier des »Fanus« drang und wie in einer gotischen Kirche da und dort einen grünen oder roten Streifen auf das Chaos warf, das mich umgab. Nach wenigen Minuten jedoch hatte alles leidliche Form und Gestalt angenommen und sah sogar wohnlich aus für ägyptische Begriffe. Luxuriös stand das frischgemachte Bett auf der Binsenmatte, die ich Halim verdankte, der Koffer bildete einen vortrefflichen Salon-, Eß- und Waschtisch, der Rest der Reisesäcke und Kameltaschen lag aufgeschichtet im Hintergrund, und der Glanzpunkt der Einrichtung, der Schaukelstuhl, lud zu üppigem Lebensgenuß ein. Ein leises Summen entlang dem Zeltdache erinnerte mich allerdings an die Möglichkeit kommender Leiden, und ich begann über einen Plan nachzudenken, wie ich mein Moskitonetz befestigen und ordnungsgemäß aufhängen könnte. Weitere Drahtstifte durchbohrten das Zeltdach. Aber es gelang nicht sofort. Wenn das Netz am einen Ende glücklich befestigt war, kam es am andern, wie von Geisterhänden bewegt, graziös wieder herunter, und die kleinen Teufel, die es umschwärmten, um sich beizeiten auf der richtigen Seite des verhaßten Gewebes zu befinden, schienen laut und vergnügt zu zischen. Doch Ungeduld half nicht weiter. Ich wußte, daß meine Seelenruhe für die nächsten sechs Stunden an diesem Netze hing, zog meinen Rock aus und begann die Arbeit von neuem.

Während ich, nicht ohne Lebensgefahr auf dem Schaukelstuhl stehend, neue Befestigungspunkte über meinem Kopf konstruierte, fühlte ich, daß der Zeltvorhang sich bewegte, und hörte ein schweres, stöhnendes »Uff!« hinter mir. Es klang düster, gespenstisch, fast nicht menschlich. Der harte, heiße Tag und die grusliche Geschichte von Abbas hatte meinen sonst nicht leicht erregbaren Nerven vielleicht über Gebühr zu gesetzt. Oder war es die Sumpffieberluft, an der es in Kassr-Schech nicht fehlte? Es rieselte mir kalt den Rücken herauf, während ein heißer Lufthauch über meine feuchte Stirne zog.

»Uff!« stöhnte es wieder, tiefer, herzbeklemmender als zuvor.

Ich sprang mit einem kühnen Satz vom Schaukelstuhl, auf die Gefahr hin, auf der Nase zu landen. Ein langes Gespenst stand im Zelt, in einen weißen Kaftan gehüllt, der auf dem Boden schleifte, und keuchte zum drittenmal »Uff!«

Aber es war nicht mehr gefährlich; es war Rames Bey. »Baschmahandi,« begann er mit schmerzlicher Heftigkeit flüstern, »hast du Wein mitgebracht? Ich verdurste.«

Wie das Tirolerdeutsch kennt das Arabische kein »Sie«. Wenn Rames Französisch mit mir sprach, ließ er es an Höflichkeit nicht fehlen. So oft ihn aber etwas tief bewegte, fiel er hilflos in die Landessprache zurück, in der wir uns selbstverständlich duzten.

»Wein, o Bey?« antwortete ich erleichtert und ebenfalls flüsternd, denn es war nicht nötig, das Lager zu alarmieren, wenn es sich hierum handelte. »Wein suchst du? Bist du ein Gläubiger, o Rames?«

»Ich verdurste,« versicherte der Bey und deutete mit dem Daumen vorwurfsvoll über die Schulter. »So ist er nun einmal. Hast du in Schubra jemals mit ihm gegessen, ohne daß er dir Wein vorsetzte? Und in Wien und in Paris gewöhnte er mich förmlich daran. Soll man jetzt in dieser trockenen Wüstenluft zugrunde gehen? Ich bitte dich bei dem Allbarmherzigen, gib mir einen Schluck Wein!«

»Heute, o Bey, in der heiligen Nacht des Verhängnisses!«

»Die Stunde ist vorüber; der Lotosbaum ist geschüttelt. Liegt mein Blatt am Boden, so hilft alles nichts mehr,« belehrte mich Rames. »Und wenn du keinen Wein hier hast und kein Erbarmen, so fällt es noch nachträglich zur Erde. Suche! Offne deinen Koffer! Der Allgütige wird dich segnen.«

»Bist du des Kuckucks? Wenn man dich erwischt!« mahnte ich mit einiger Besorgnis.

»Wir sind auf Reisen – ich bin krank; und mehr als all das: die Tore der Buße stehen dem Gläubigen offen zu jeder Zeit. Vorläufig aber muß ich etwas zu trinken haben.« Ein Lichtstrahl erhellte sein Gesicht. Er hatte sich selbst an den Koffer gemacht und eine der zwei Flaschen Ungarwein gefunden, die in einem Winkel desselben geborgen lagen. Aus der unerschöpflichen Tiefe seiner Beinkleider erschien mit erstaunlicher Geschwindigkeit ein Korkzieher.

Die Szene war mir weder überraschend noch neu. Rames Bey war kein Fanatiker seines Glaubens und hatte nicht zum erstenmal Trost und Stärkung bei mir gesucht, wenn ihm sein Adjutantendienst zu trocken oder zu heiß wurde.

»Gut!« sagte ich, brachte eine Teetasse und ein Weinglas hervor und wandelte den Koffer wieder in einen Tisch um. »Setze dich, Rames. Ich bin gerne bereit, wenn es dein Gewissen erlaubt, ein Gläschen mit dir zu trinken. Es war heute staubig und schwül genug. Setze dich!«

Er betrachtete den Schaukelstuhl mit mißtrauischer Miene. Dann warf er sich dröhnend auf mein Bett, griff nach der Teetasse und schlürfte das verbotene Getränk mit unendlichem Behagen.

»Gut, sehr gut,« schmunzelte er mit dem Gesicht eines Schuljungen, der Apfel stiehlt. »Warum ließ Allah Reben wachsen und will sie seinen Gläubigen entziehen? Sind wir Narren oder Wachabiten? Wer weiß, ob unsre Schriftgelehrten den Koran richtig verstehen. Er gibt uns die Wahrheit, aber wir müssen sie deuten. Schenke mir noch ein wenig ein, mein Bruder!«

Für einen Riesen wie Rames Bey war eine Teetasse Ungarwein allerdings keine Völlerei. Ich füllte seine Tasse und mein Glas wieder und setzte mich in den Schaukelstuhl, während sich Rames zurücklegte, wie wenn er die Nacht trinkend bei mir zuzubringen gedächte. Sein Gesicht wurde ernst, wie es gewöhnlich war.

»Du hast heute mehr gehört, als der Prinz den Fremden zu erzählen liebt,« sagte er nachdenklich, »aber doch nur die H.älfte.«

»Willst du mir die andre Hälfte erzählen?« fragte ich mit erwachender Neugier.

»Willst du mir ein klein wenig Wein geben, mein Bester?« fragte er.

Ich füllte seine Tasse zum drittenmal. Die Flasche war schon über die Hälfte leer. Er warf einen prüfenden Blick auf ihren Inhalt.

»Setze dich näher zu mir,« sagte er. »Es geht nicht, von diesen Dingen laut zu sprechen. O Allah, wie bist du gütig in allem, was du geschaffen hast!« Damit setzte er die dritte Tasse an den Mund, warf sich auf das Bett zurück, sah mit starren Augen an die Zeltdecke und begann zu erzählen, einförmig, flüsternd, wie wenn er aus einem Buche läse. Ich saß in dem Schaukelstuhl, mit gespannter Aufmerksamkeit lauschend. Es war nicht leicht, ihn zu verstehen, und es ist nicht unmöglich, daß ich ihn da und dort mißverstanden habe. Aber ganz unmöglich ist es, in seiner Sprache wiederzugeben, was er mir mitteilte, den düsteren Zauber dieser fremden Welt hervorzurufen, die in fast unartikulierten Lauten jener Nacht mich umspann. Er sprach meist Französisch, das Französisch eines ägyptischen Mamelucken. Dazwischen, wenn er in Eifer geriet, kamen lange arabische Sätze, dann türkische Worte und hier und da ein Ausruf, fremd und wild, der im Kaukasus verstanden worden wäre. Ich suche zu geben, was vom Wesentlichen seiner Erzählung mir in der Erinnerung haftet, und übersetze, so gut es geht, was unübersetzbar bleiben wird. Denn was auch die Gelehrten schreiben mögen, der Westen und der Osten sprechen keine Sprache, die beide verstehen.

»Sie kennen die Geschichte Mohammed Alis,« begann er, »des großen Vizekönigs, des Vaters unseres Herrn, wie er klein nach Ägypten kam, ein großes Reich eroberte und die Welt bis gen Stambul erschütterte. Doch als er starb, hinterließ er nichts als ein erschöpftes Land. So war es mit allem, was er besessen hatte; nach dem Willen Gottes. Von der Schar seiner Kinder lebten nur noch sieben, fünf Söhne und zwei Töchter. Dazu war der älteste, Ibrahim, der gewaltige Feldherr, nicht sein Sohn. Das wußte alle Welt, wenn man es auch nicht zu hören liebt. Denn unser heutiger Vizekönig, Ismael Pascha, ist dessen Sohn. Ibrahim aber war nur der Stiefsohn des großen Paschas und hat nicht einen Tropfen vom Blute Mohammed Alis in seinen Adern. Ebensowenig hat Ismael. Aber Gott gibt die Macht, wem er will.

»Mohammed Ali, Friede sei mit ihm, litt nicht an einem allzu weichen Herzen. Aber er liebte Tussun, seinen ältesten Sohn, wie er keinen andern geliebt hat. Dies war sehr merkwürdig, denn Tussun war sanft, griff lieber nach Büchern als nach dem Schwert und konnte seinen Feinden nichts zuleide tun. Trotzdem war er tapfer, wenn es seine Pflicht gebot, und focht in Syrien und Arabien gleich jedem andern wackeren Moslim. Ob er an der Pest starb, wie die einen glauben, die erzählen, daß er von einer schönen Griechin nicht lassen wollte, die sterbend in seinen Armen lag, oder an einem Trunke Scherbet, der allzu süß war, das weiß nur Gott und Ibrahim Pascha, sein Stiefbruder, der ihn haßte. Niemand wagte, dem Vater die Nachricht vom Tode seines Lieblings zu bringen. So legten sie die Leiche vor das Schlafgemach des Vizekönigs, daß er sie finden mußte, wenn er des Morgens aus dem Harim trat. Der starke, trotzige Mann, der nichts geliebt zu haben schien als seine Macht, brach zusammen wie ein Weib. Selbst die, die ihm den Schrecken bereitet und den Toten vor seine Türe gelegt hatten, entgingen der Strafe. Er selbst wurde fünf Tage lang von niemand gesehen. Dann kam er wieder zum Vorschein, ruhig und finster wie die Mitternacht, und befahl, den kleinen Sohn Tussuns aus dem verwaisten Harim seines Sohns in das des Großvaters zu bringen. Das war Abbas, der Knabe, der Abbas Pascha wurde.

»Aber auch eine Tochter hatte der große Vizekönig, die er liebte: Zohra. Ganz Kairo spricht heute noch nur flüsternd von ihr, denn sie wurde Zohra Pascha.

»Sie war im Alter von Abbas, vielleicht um ein Jahr jünger, und das Spielzeug ihres Vaters. Sie allein durfte ihn am Barte zausen und tanzte für ihn wie eine kleine Gazije, daß ihm die Tränen des Lachens in die Augen traten. Aber das war es nicht, weshalb er sie liebte. Aus ihren blitzenden, kohlschwarzen Augen sah der Vater, wie bei keinem seiner Kinder. Sie war eine Königin von fünf Jahren und herrschte in ihrem kleinen Kreise mit einem Willen von Eisen. Sie war ein Engel, wenn sie lächelte, aber wenn der Zorn sie beherrschte, war sie eine kleine Teufelin. Beides freute ihren Vater. So hatte er sein eisernes Regiment am Nil aufgerichtet, obgleich Tausende sich gegen ihn erhoben hatten. Er wußte, wenn er sie spielen sah, daß sein Ebenbild in dem Mädchen lebte, und er liebte sich selbst in dem Kinde.

»Abbas sollte ihr Gespiele sein. Die beiden Kinder waren noch klein genug, um auf ein paar Jahre zusammen erzogen zu werden, und der Pascha wollte sich in den Mußestunden an ihrem Geplauder vergnügen. Aber es ging nicht gut. Abbas war nicht wie sein Vater; er war ein böser, herrischer Junge von klein an. Auch bei ihm zeigte sich der Geist des Großvaters: sein Stolz, seine Herrschsucht, sein Eigenwille, aber nicht die Klugheit und die Selbstbeherrschung, die die Größten groß macht. Schon nach wenigen Tagen maßen sich die Kinder mit feindlichen Blicken. Ich bin ein Mann, sagte der Junge und ballte die Faust, wenn man ihm sein liebstes Spielzeug, seinen Dolch, entwand, du bist nur ein Mädchen. Ich bin seine Tochter, schrie Zohra, blau vor Zorn, du bist nur der Junge meines Bruders! Mohammed Ali hatte es leichter gefunden, der alten Mameluckenfürsten Herr zu werden, als diese zwei kleinen Feuerteufel zu regieren.

»Die gemeinsame Erziehung kam zu einem raschen Abschluß, als eines Tages in den Gärten zu Roda Abbas der Prinzessin das stolze Näschen blutig geschlagen und sie dem Prinzen die Haarlocke ausgerissen hatte, die auf seinem glattrasierten Köpfchen prangte. Beide bluteten, und aus zwei gellenden Kinderkehlen schrie das vergossene Prinzenblut gen Himmel. Diener und Dienerinnen, welche die Katastrophe nicht verhindert hatten, erhielten gebührend die Bastonade. Der kleine Prinz wurde mit einem französischen und einem arabischen Lehrer nach der Militärschule zu Kanka verbannt, mit der Weisung, daß er sich am Hofe nicht mehr zeigen dürfe, bis er lesen und schreiben gelernt habe, wogegen er sich bis jetzt beharrlich gesträubt hatte. Die Prinzessin erhielt eine englisch-französische Gouvernante, die in Paris gefunden worden war. Tatsächlich war Miß ODonald eine Irländerin, sonst hätte der Pascha sie wohl nicht berufen, denn die Engländer waren nicht seine Freunde, und es wäre klüger gewesen, er hätte sich auch vor den Iren besser gehütet; sich und seine Tochter. Die Europäerin war ein wunderliches Wesen, klug und verschlagen, aber voll Lebenslust und Neugier und Abenteuer. Damals waren noch wenige Frauen des Westens in unsre Harims gedrungen. Sie glaubte, die Geschichten aus Tausendundeine Nacht ließen sich weiterspinnen in unsern Tagen. Manchen Bey und manchen kleinen Pascha führte sie an der Nase herum und merkte kaum, wie gefährlich dies ist. Davon erzählen die alten Mamelucken noch, die zu jener Zeit am Hofe dienten. Die Prinzessin aber wuchs heran, und bald wußte man nicht mehr, wer die Erziehung leitete, die Gouvernante aus Irland oder die kleine Fürstin des Nils. Es war *eine* Freundschaft! Nur die alten Damen des Harims ärgerten sich und murrten, und die jungen schalten und flüsterten, und schon längst hätte es einen großen Aufruhr gegeben, wenn nicht Zohra ihrem alternden Vater alles vom Mund geküßt hätte, wie ihr bunter Kakadu den Zucker aus ihrem Munde nahm. Viele liebten sie, trotz allem. Sie konnten nicht anders, so schön war sie geworden.

»Damals war mein Herr, Halim Pascha, ein kleines Kind, ihr jüngstes Brüderchen. Sie scherzte und spielte mit ihm, und er hielt sie für einen Engel des Paradieses. So kam es, daß er noch heute nichts davon hören kann, was man von ihr erzählt, obgleich sie hinging, von wo kein Wiederkehren ist. Nicht ihr Leib. Der Allbarmherzige sei ihr gnädig. Er weiß, ob ihre Feuerseele Ruhe gefunden hat. Die ist dahin für immer.

»So verflossen acht Jahre. Abbas hatte lesen und schreiben gelernt und war längst wieder in Kairo. Auch hatte er jetzt sein eigenes Haus und Harim und war schlau genug, die Gunst seines Großvaters, der ihn mit kindischen Liebesbeweisen überhäufte, so rasch nicht wieder aufs Spiel zu setzen. Es rächte sich alte Härte. Der große Mann brauchte ein wenig Liebe in seinen letzten Jahren und wußte nicht, wo er sie suchen sollte. Da ereignete sich etwas Entsetzliches, von dem nur wenige Mamelucken und Eunuchen so viel erfahren haben wie ich. Denn damals schon gehörte ich zu Abbas Hause, und da ich ein allzu kleiner Junge war, achtete niemand darauf, daß ich mehr hörte, als gut für mich gewesen ist.

»Es war das Fest der Hassanen, an dem sich. Tausende in der Moschee des heiligen Märtyrers Hussein versammeln, um vor dem Schrein zu beten, in dem der Kopf des Helden Allahs begraben liegt. Besonders kommen Frauen. Das ist eine alte Sitte, wie du weißt, denn du hast sicher das Heiligtum auch besucht, obgleich du dich noch weigerst, den Propheten zu segnen. Gib mir noch etwas Wein, o Bruder! Die Geschichte macht mir warm! Uff!«

Ich füllte seine Tasse bis zum Rand und schmuggelte mit Taschenspielergeschicklichkeit die zweite und letzte Flasche, die ich besaß, aus dem Koffer. Er tat, als ob er nichts bemerkte, brummte befriedigt und fuhr fort:

»Frauen können es nicht lassen, den Helden des Glaubens nachzulaufen, in dieser und in jener Welt. Um die dritte und vierte Nachtstunde des großen Festes des Mulid el Hassanen wimmelte deshalb auch die Moschee der Heiligen, so daß die Derwische kaum Raum finden für ihre Sikrs, und das Allahu und das Geschrei den toten Krieger Gottes wecken könnten. Mitten im Gedränge war auch die Prinzessin Zohra mit ihrer Gouvernante und zwei Eunuchen des vizeköniglichen Harims. Auch sie wollte beten, denn sie verehrte die Helden mehr als den Propheten, der doch der erste aller Helden ist. Die Leute wichen aus, so gut es ging, aber es gelang den Eunuchen nur schlecht, Platz für die Damen zu machen. Wenn der Geist der Derwische die Menge packt, ist ihr eine Prinzessin wie ein anderes Weib. Da plötzlich erhob sich ein furchtbares Geschrei und Getümmel. Sie hatten einen Christen entdeckt, der in die Moschee geschlichen war. Heute ist es anders. Damals war es noch ein großes Verbrechen und eine Entheiligung, wenn ein Ungläubiger sich dem Schrein Husseins näherte. Hunderte Stöcke erhoben sich, Messer funkelten, Flinten gingen los. Es war ein großer blonder Mann, der gegen eine Säule lehnte und, wie ein Wolf von Schakalen umringt, sein Leben zu verteidigen hatte. Der Turban war ihm abgefallen. Das blonde Haar zeigte jedem, daß er aus dem Norden und ein Nusrani war. Er hatte eine nagelbeschlagene Keule in der Hand, die er einem daliegenden Derwisch entrissen hatte. Zwei andre stürzten heulend zu Boden. Aber sie drängten von hinten, namentlich die Weiber. Was war der eine gegen Tausende. Er mußte erdrückt werden.

»Da erkannte die Gouvernante den Mann und schrie auf. Es war ihr Bruder. Und die Prinzessin verstand alles, wie wenn ein Blitz des Allmächtigen sie erleuchtet hätte; erleuchtet und berückt. Auch sie stieß einen Schrei aus, so laut, so gellend, daß die tolle Menge stillstand, solange sie den Arm ausstreckte. Der junge Engländer aber, den blutenden Kopf gebeugt, gehorchte ihrer drohenden Hand und ging festen Schrittes durch die Menge, die ihm murrend eine Gasse öffnete. Als er verschwunden war, brach das Geheul aus wie ein entfesselter Sturm: Allahu! Allahu! und die Prinzessin warf ihre Arme gen Himmel und rief mit: Allahu! Das war ihre erste Begegnung.

»Auch zwei von den jungen Mamelucken Abbas Beys – er war damals erst Bey – hatten sich in der Moschee befunden. Sie hatten alles mit angesehen und brachten die Geschichte nach Hause. Er sei an der Säule gestanden wie ein wahrhaftiger Deli, ein Krieger aus der Zeit der Helden. Er hätte noch ein Dutzend erschlagen, ehe man ihn überwältigt hätte. Aber eine Schande sei es, daß ihn die Weiber gerettet hätten. Ich dachte ebenso. Abbas ließ sich alles dreimal erzählen und war still wie eine Schlange, die sich zum Sprung zusammenrollt.

»Einige von uns wurden auf Kundschaft geschickt. Wir erfuhren, daß er ODonald hieß. Er war ohne Zweifel der richtige Bruder der Gouvernante. Als Soldat war er mit den Engländern zum erstenmal nach Ägypten gekommen, während sie im Jahre 1840 nach der Belagerung Beiruts unter Napier vor Alexandrien lagen. Damals hatte das Glück den großen Pascha verlassen. Er konnte es nicht hindern, daß seine Feinde Nilwasser tranken, so viel ihnen beliebte. Und nun kamen sie zurück, einer um den andern. Denn wer Nilwasser getrunken hat, sagen die Araber und sie sagen die Wahrheit, kommt wieder an den Nil. Der Strom läßt dich nicht mehr los. Du wirst es noch erleben, O Baschmahandi, wenn du uns verlassen solltest. Vielleicht hatte ihm auch seine Schwester geschrieben, die seit einigen Jahren wie die Schwester Zohras gehalten wurde. Kurz, er war nach Alexandrien gekommen und lebte dort seit etlichen Monaten als Beamter der Schiffsgesellschaft, die den Überlandverkehr von dort nach Suez leitete. Er war keiner ihrer großen Kaufmannsfürsten, keineswegs! Aber er war schön und stark, und wenn er seiner Schwester glich, so hatte er heißeres Blut, als seine Landsleute gewöhnlich haben.

»Gott weiß, was dann geschah. Er ist der Allwissende und weiß, was er tut; nicht wir. Zohra hätte längst verheiratet sein können, aber ihr Vater verlangte einen Sultan für sie oder den Sohn des Kalifen. Der Schah von Persien wäre ihm zu gering gewesen, und so hatte es sich nicht machen wollen. Denn auch sie dachte wie ihr Vater. Aber nun kam es über sie gleich einem Wirbelwind. Die Liebe verzehrte sie wie ein Feuer. Sie weinte die heißen Nächte durch.

Sie biß seine Schwester in die Wange vor Sehnsucht, oder weil diese ihr nicht helfen wollte, ihn zu sehen. Denn die Engländerin erschrak vor solcher Leidenschaft. Immer wieder hatte sie von ihrem Bruder erzählen müssen: wie er als Knabe gelebt, wie er im Sudan Löwen gejagt und in Indien gefochten habe, und jedes Wort begann sie zu bereuen. Denn es war Gift für Zohra. Sie schrieb und warnte ihren Bruder, der nach Alexandrien zurückgekehrt war und bald alles wußte, was mit der Prinzessin vorging. Doch anstatt zu fliehen, ließ sich der Betörte nach Kairo versetzen, wo seine Gesellschaft ein Kaufhaus zu errichten gedachte.

»Sie sahen sich wieder in der dritten Nacht des folgenden Beirams. Du weißt, o Baschmahandi, wie in diesen Nächten arm und reich, groß und klein auf die Friedhöfe zieht, um an den Gräbern zu beten und den Toten zum Feste Glück zu wünschen. Im Süden und Norden der Stadt, auf den öden Sandhügeln, wo sonst nur der schrille Jammer der Klageweiber gehört wird oder das Heulen des Schakals, sammelt sich die halbe Stadt im Festschmuck. Es ist ein lustiges Leben. Die Kinder schaukeln mit den Alten, Derwische beten ihre Sikrs, und dazwischen tanzen die Gawasis»Gawasis« sind die zünftigen Tänzerinnen, die »Almehs« die Sängerinnen, die »Schoara« die Märchenerzähler des Landes., singen die Almehs und erzählen die Schoara ihre Geschichten. Für die Nacht werden Zelte aufgeschlagen, und das Getümmel wird kaum stiller, ehe die Morgendämmerung über die Felsen des Mokkatam heraufsteigt. Auch Zohra zog mit ihrem Harim nach der Grabstätte ihrer Brüder und Schwestern, und dort, unter der erbleichenden Mondsichel, sahen sie sich wieder.

»Ich glaube, sie liebte ihn, wie in alten Zeiten schöne Frauen die Helden des Glaubens geliebt haben, denen Allah einen Vorgeschmack des Paradieses geben wollte. Und auch er mag sie geliebt haben wie ein Wahnsinniger, denn er mußte wissen, daß er sich zwischen nackten Dolchen bewegte und Schlimmerem. Ob sie den Plan hatten zu fliehen oder nur an ihre Liebe dachten, weiß ich nicht; beides war gleich toll.«

»Aber, Rames Bey,« unterbrach ich den Tscherkessen endlich, denn auch mir wurde die Geschichte zu toll, »wenn das alles auch nicht ganz unmöglich klingt: woher weißt denn du, wie es in Zohras Harim und Herzen aussah? Du warst damals ein kleiner Mameluck, der Abbas Paschas Pfeifen blank hielt. Die Prinzessin hat dir ihre Geheimnisse wohl nicht anvertraut.«

»Auch ich weiß es erst seit vier Jahren,« antwortete Rames gekränkt. »Halim Pascha hielt sich zum drittenmal damals längere Zeit in Paris auf, und ich durfte ihn begleiten. Eines Tages gingen wir frühmorgens an der Kirche von St. Sulpice vorbei, als die Leute aus ihrer Messe kamen. Da ging ein bleiches großes Frauenzimmer mit schneeweißen Haaren dicht an uns vorüber, und Halim erkannte sie. Es war Lucie ODonald, die frühere Gouvernante seiner Schwester. Wir liefen ihr nach; wir besuchten sie. Halim wollte ihr Geld geben, aber sie hatte genug, mehr als genug. Sie erzählte ihm aus jenen Tagen des Glücks und des Schreckens, was ich nie zu erfahren erwartet hatte. Aber Gott sieht alles und redet, wann er will. Der Allgegenwärtige lebt in Paris unter den Ungläubigen wie in Musr und offenbart alle Geheimnisse zu seiner Zeit und an seinem Ort! Ich bitte dich um etwas Wein, o Baschmahandi.«

Ich öffnete, um die Gefühle des frommen Mamelucken nicht nutzlos zu verletzen, die zweite Flasche heimlich unter dem Koffer und füllte seine Tasse.

»Das Schicksal rollt seinen harten Weg entlang,« fuhr er fort; »es war nicht mehr zu halten. Zohra hatte eine prachtvolle DahabieDahabie heißen die Nilboote, die für den Personenverkehr eingerichtet sind, in denen man unter Umständen auch monatelang zu wohnen pflegt., das Geschenk ihres Vaters. In der Nacht des Nildurchstichs fuhr sie aus dem festlichen Gedränge der Boote, unter dem Schießen und dem Feuerwerk der Fantasia, die der Vizekönig gab, in die Nacht hinaus gegen Schubra. Der Engländer besaß eines jener langen Boote seiner Landsleute und ruderte wie ein Fisch. Er ruderte in tiefer Nacht dreimal um das Boot der Prinzessin. Sie sang ihm aus dem Fenster der goldglänzenden Kajüte ihre arabischen Liebeslieder, bis sie schluchzte. Auf dem Deck stand seine Schwester, zitternd vor Angst. Denn es war nicht die Nacht für ein solches Abenteuer, mit tausend Lichtern, die auf dem Nil hin und her schwammen wie warnende Geister. Aber sie wußten nicht mehr, was sie taten. Das Feuer hatte beide erfaßt.

»Später, und nicht nur einmal, fuhr die Dahabie der Prinzessin in finstrer Nacht von Roda, wo sie einen Garten besaß, den Nil herab über Bulak hinaus. Dort, im Schatten der hohen Dämme, lag sein Boot und schoß wie ein Gespenst über die braune, gurgelnde Flut, wenn sich das einsame Licht zeigte, das in ihrer Kajüte brannte. Ihr Mut wuchs mit der Gefahr: aber dies war allzu gefährlich. Sie war ihrer Dienerinnen sicher und des Eunuchen, der sie begleitete, aber die Schiffer und der Reis»Reis« heißen die Kapitäne der Nilboote., obgleich sie fürstlich belohnt wurden, konnten plaudern. Die Wasserfahrten mußten aufhören, und dann fand ODonald den Weg in den Garten ihres Harims.

»Niemand, selbst wir nicht, wußten, wie Abbas Bey, unser Herr, lauerte. Er hatte die Jahre der Militärschule zu Kanka nicht verschmerzt und glaubte, daß er sie nur Zohra zu verdanken gehabt habe. Er wußte bald mehr als genug. Es lebte damals eine französische Jüdin, Madame Ricochette, in Kairo, die mit Schmuck und Juwelen aus Paris handelte und in allen Harims der Vornehmen aus und ein ging. Abbas kannte das Weib und bezahlte sie mit der Freigebigkeit des Hasses. So erfuhr er, was er zu wissen wünschte.

Und so kam es, daß er mit vier bewaffneten Mamelucken ODonald am Gartentor des Harims der Prinzessin begegnete, als dieser den Garten im ersten Morgengrauen verließ. Sie hatten stundenlang gewartet. Doch wagte Abbas nicht, einzudringen. Es war das Harim der Tochter seines Großvaters. Von ungeduldiger Wut verzehrt, hielt er vor dem Türchen Wache, das ihm die Jüdin bezeichnet hatte. ODonald war nicht ohne Waffen. Zwei Mamelucken lagen blutend am Boden, ehe die zwei anderen vor dem wütenden Teufel, wie sie nachher gestanden, die Flucht ergriffen. Abbas, der kein Feigling war, trat ihm entgegen. Aber das Blut des Engländers war in Wallung. Ein Fußtritt schleuderte unsern dicken jungen Herrn in den Graben am Weg. ODonald ging langsam davon; hinter ihm ein wimmerndes Schlachtfeld.

»Er hatte Abbas schwerlich erkannt, aber er wußte, daß alles zu Ende war. Doch hatte er noch heilige Pflichten, ehe er an seine Rettung denken konnte. Er mußte Zohra warnen und seine eigne Schwester retten. In solchen Stunden verwirren sich die Sinne. Nur

Allah kann dann helfen. Aber weshalb sollte Allah den Ungläubigen retten? War er nicht frech genug und reif für seine Strafe?

»Er wendete sich, nicht zum erstenmal, ebenfalls an die Jüdin, die er als Kaufmann kannte und der er lachend manchen guten Dienst geleistet hatte. Alles ging wunderbar glücklich, wie es ihm schien. Madame Ricochette machte keinerlei Schwierigkeiten, trug seine Botschaft und brachte Antwort. Er mußte Zohra in der kommenden Nacht noch einmal sehen, zum letztenmal; und seine Schwester mußte Kairo mit ihm verlassen. Das war sein Plan, soviel man weiß.

»Aber sie sahen sich lebendig nicht wieder. An der Schwelle des Harims, in Zohras Garten, wurde er erschossen. Abbas Bey hatte seinen Großvater benachrichtigt. Dieser hatte ihm sechs Arnauten gegeben, gute, zuverlässige Schützen. Er stellte sie ins Gebüsch an den Weg, den der Engländer kommen mußte, und ODonald hatte sechs Kugeln im Leib, ehe er am Ende dieser feuerspeienden Gasse zusammenbrach. Dann kam Zohra aus dem Hause wie eine Löwin. Zwei der Arnauten hatten die Leiche schon auf ein Maultier geladen, das ebenfalls im Gebüsch des Gartens stand; denn Abbas war kein schlechter Organisator. Die andern sollten ihn schützen, als er der Prinzessin lachend entgegentrat. Sie hatten keine große Mühe. Zohra stürzte von selbst zu Boden, von einem Afrit gerissen, und mit den Händen im Blut ihres Geliebten wühlend. Solche Frauen werden nicht ohnmächtig wie die euern im Westen.

Aber es kam noch Schlimmeres. Der Teufel in Abbas war munterer geworden wie noch nie zuvor. Er ließ die Leiche des Engländers nach Schubra führen und sah, daß sie dort in einem abgelegenen Felde begraben wurde, aufrecht, mit dem Kopf nach unten, die Füße unbedeckt von Erde. Denn er sprach: Allah tue, was ihm gut dünkt! Die Hunde mögen die Füße fressen, die mich getreten haben. Eine Woche lang ließ er das Feld bewachen. Bei Tag durfte es niemand betreten; bei Nacht hatten Hunde und Schakale eine lustige Zeit. Nach drei Tagen war nichts mehr zu sehen. Du kennst das kleine Feld in der Nähe deines Hauses, hinter Mustapha Beys Garten. Es wächst nichts darauf als Disteln und Stachelkaktus, niemand getraut sich, es auszupflügen. Dort im Boden steht noch heute ein fußloses Geripppe auf dem Kopf. Allah wird dich segnen, wenn du mir noch ein klein wenig Wein gibst, o Baschmahandi!«

Ich nahm selbst einen Schluck.

»Die Gouvernante war in derselben Nacht, nur von zwei Diene-rinnen begleitet, nach Alexandrien abgereist und befand sich am folgenden Abend auf dem ersten Schiff, das am nächsten Morgen den Hafen verlassen sollte. Die Prinzessin hatte nach einer Stunde der Betäubung dies angeordnet und sie reichlich mit Geld und kostbaren Steinen versehen. In Alexandrien hatten die Freunde ihres Bruders sie weiterbefördert, so daß nichts ihrer Flucht in den Weg trat. Was in jener Nacht geschehen war, blieb im Dunkeln. Die O'Donalds hatten keine Verwandten von Einfluß, die in Ägypten Nachforschungen anstellen konnten; die englische Gesellschaft wußte genug von der Sache, um zu schweigen. Weder unsre Basare noch eure Zeitungen erfuhren von dem Geschehenen. Was hätten sie auch sagen können? Der junge Engländer hatte sein Leben an seine Liebe gewagt und hatte das Spiel verloren.

»Wochenlang war Zohras Geist nicht unter den Lebenden. Sie bemerkte kaum, daß ihre alte Dienerschaft verschwunden war wo-hin, können Sie sich denken, und gewöhnte sich wie ein Kind an die neuen Gesichter. Auch sie hatte ein neues Gesicht: finster, verzerrt vom Schrecken und voll heißer Sehnsucht nach dem, was nicht mehr sein konnte. Einmal, als sie schon ruhiger geworden war, gelang es ihr, in der Abenddämmerung mit zwei Dienerinnen nach dem Felde hinter Mustapha Beys Garten zu fahren. Dort brach es wieder aus. Sie wühlte sich in die Erde. Aber sie wußte nicht, wo er begraben lag; die Hunde hatten ihr Werk getan. Und mit Not und Mühe und laut schluchzend brachten die Dienerinnen sie wieder in die Kutsche und zurück nach ihrem Harim. Sie wurden schwer bestraft. Zohra sah das Feld nie wieder, denn sie wohnte von jetzt an im Palast ihres Vaters und wurde gut bewacht.

»Das war um die Zeit, in der der Defterdar Achmed Bey nach seinen blutigen Feldzügen im Sudan wieder nach Kairo zurückge-kehrt war. Er kam aus Kordofan. Dort war der dritte Sohn Mo-hammed Alis, Ismael, von den Arabern, die er zu unterjochen aus-gesandt war, hinterlistig überfallen und mit seinen Mamelucken im eigenen Zelt verbrannt worden. Der Defterdar hatte diesen Mord zu rächen und schwur bei dem Allwissenden und Allgerechten, daß zwanzigtausend Köpfe für den einen Kopf des Sohnes Mohammed

Alis fallen sollten. Er hielt sein Wort, wie es der Türke hält. Jahrzehnte nachher sprach niemand im Sennar seinen Namen aus, ohne zu zittern. Er war furchtbar wie das Unglück und glatt wie eine Schlange. Aber solche Leute konnte der große Pascha gebrauchen und ehrte sie, wenn sie seine Befehle ohne Zagen ausführten. Man sagte manchmal in Kairo, er habe ihm die höchste Ehre erwiesen: er habe ihn gefürchtet. Doch ist dies eine Lüge. Der große Pascha fürchtete Iblis, den obersten der Teufel, nicht. Aber er ehrte ihn, wie er keinen seiner Diener geehrt hatte, und gab ihm Zohra zur Frau. Die Tigerin dem Tiger von Sennar, sagte er lachend. Es fehlte nur, daß auch Zohra gelacht hätte. Doch sie schwieg.

»Achmed war stolz auf seine Frau und liebte die Pracht. Er baute sein Harim am Ufer des Kanals el Chalig, der durch die Stadt zieht, und schmückte es, wie seit der Zeit der Mameluckensultane kein Harim in Kairo geschmückt worden war. Dort lebten Tiger und Tigerin, wie Abbas höhnisch zu sagen pflegte, indem sie sich gegenseitig bewachten. Damit war Abbas wohl zufrieden, denn er fürchtete sich vor der Fürstin wie vor einer tollen Wölfin. Ob Achmed seine Frau liebte, weiß niemand. Er war kein Mann der Weiber. Er wartete auf ein zweites Sennar und verbarg seine Ungeduld nicht. Aber er wartete umsonst. Denn kurze Zeit nachdem er in sein neues Haus gezogen war und alle Frauen Kairos, die des Vizekönigs nicht ausgenommen, vor Neid krank geworden waren, nachdem sie Zohra besucht hatten, starb ihr Herr und Gemahl plötzlich. An einem Schlag, sagten die Hakims; an Gift, sagte Abbas. Gott weiß es; Gott und Zohra Pascha.

»Nun lebte sie wieder allein in ihrem Palast am Chaligkanal, und Jahre gingen vorüber. Mohammed Ali kämpfte mit der halben Welt. Nicht immer gab ihm Allah den Sieg, aber er blieb der größte Vizekönig der Welt, und seine Familie erhielt die Herrschaft über Ägypten für immer und allezeit. Aber das Land verblutete sich fast, und alles brauchte den Frieden, den uns Gott zuletzt schenkte.

»Von Zohra hörte man lange nichts, bis wunderliche und böse Gerüchte die Stadt durchliefen, erst leise, dann lauter. Die Leute erzählten sich's in den Winkeln des Basars. Man sprach davon in den Diwans und in den Konsulaten, und die jungen Herren wurden bleich, wenn es wieder aufs neue ausbrach, nachdem das alte Geschwätz verstummt und halb vergessen war. Ein schöner Levantiner, der an der Ecke der Muski einen Waffenladen gehabt hatte, war plötzlich verschwunden, dann der Dragoman des griechischen Konsulats, dann zwei Dalmatiner aus Triest, die im Sudan jagen wollten, dann ein Seidenhändler aus Lyon. Zwei-, dreimal fand man die Leichen der Vermißten in dem Kanal hinter Zohra Paschas Palast. Du weißt, was man sagte; man kann es heute in Büchern lesen, und ich glaube, man sagte die Wahrheit. Die Tigerin war toll geworden, hieß es. Aber sie war schlau und wußte die Männer zu locken, daß sie ihr von selbst in den Rachen liefen. Die Schoara sangen die alte Geschichte von der Kattalet-esch-Schugan, der Männertöterin, öfter als gewöhnlich, und die Leute winkten ihnen, zu schweigen. Das Treiben dauerte mehrere Jahre. Man erzählte sich's entsetzt, wenn wieder eine Leiche im Kanal gefunden wurde, doch wagte niemand, weiter zu suchen. Zu entdecken war so gefährlich wie zu verstecken. Selbst wir Mamelucken fürchteten uns und schlichen scheu an dem verschlossnen Palast der Prinzessin vorüber, wenn uns der Weg durch die enge Gasse der Gama el Benat führte. Wir zeigten uns das Türchen, durch das sie alle hineingegangen waren und keiner von ihnen herauskam. Ein totes Krokodil aus Sennar war über demselben aufgehängt wie über mancher andern Haustüre in der Stadt. Doch war dies ein ganz besonderes Krokodil. Man sagte, als es noch lebte, habe es der Defterdar mit den Kindern der Araber gefüttert, die er in Sennar erschlagen ließ. Nun hing es vor der Türe seiner Witwe. Und unter dem Krokodil mußten sie durch, die Narren, die sie liebte.

»Abbas, der jetzt Pascha und Gouverneur von Kairo geworden war, schlief nicht. Seine Kundschafter lauerten, aber vergeblich. Schließlich, als der Leibmameluck des kleinen Raschid Pascha in dem vertrockneten Graben gefunden wurde, ging er zum alten Vizekönig, erzählte ihm, was die Stadt sich erzählte, und fragte, was zu geschehen habe. Da schickte Mohammed Ali dreißig Maurer und Steine und Mörtel auf fünfundzwanzig Eseln und fünfzig Mann Soldaten und ließ an einem Morgen alle Fenster und Türen am Palast Achmeds, des Defterdars, zumauern, bis auf das Türchen unter dem Krokodil. Dem Türchen gegenüber stand das Haus eines koptischen Schreibers. Der Mann wurde in weniger als einer Stunde samt Weib und Kind auf die Straße gesetzt und mußte froh sein, am folgenden Tag sein Hausgerät holen zu dürfen. Ihr Europäer sagt, es gehe alles so entsetzlich langsam bei uns. Wallah! Sie hätten die Arbeit dieses Morgens sehen sollen. In das Haus aber legte der Pascha eine Wache von fünfundzwanzig Mann, die alle Freitag gewechselt wurden und nichts zu tun hatten, als das Türchen zu bewachen. Das Menschenfischen im Kanal war zu Ende. Niemand außer ihren Dienerinnen und einem alten Eunuchen Mohammed Alis sahen Zohra in langen fünf Jahren. Ihre Schätze und der Reichtum ihres Mannes blieben ihr. Aber nur Gott weiß, wie die Frau in ihrem Gefängnis gelebt hat.«

»Nein, nicht Gott allein!« fuhr Rames Bey nach einer Pause flüsternd fort, so daß ich mich zu ihm beugen mußte, um ihn zu verstehen. Auch Halim, der seine Schwester nicht vergaß. Sie erschien ihm wie ein Engel, als er noch ein kleiner Junge war, wie ich dir erzählt habe. Er glaubte nicht, daß sie anders geworden war. Er glaubt es heute noch nicht.

Er kannte die meisten Offiziere und bestach die Wachen. Dennoch war es nur selten möglich, daß er die Eingemauerte besuchen konnte, denn die Offiziere wußten, daß sie um ihren Kopf spielten. Der Mameluck, der die Frauenkleider aufbewahrte, die Halim zu seinen gefährlichen Besuchen bei seiner Schwester brauchte, erzählte mir dies. Aber niemand hat bis jetzt erfahren, was Halim im Innern des Hauses gesehen und gehört hat.

»Das dauerte, bis die Seele von Mohammed Ali wich, ehe er starb, und nach seinem Tode Abbas Herr von Ägypten wurde. Nun wußte Zohra, daß es an ihr Leben ging. Doch in der Verwirrung jener Tage gelang es ihr, auf der Kanalseite aus dem Hause zu brechen und mit einem Diener Halims auf Kamelen nach El Arisch und von dort nach Syrien zu entkommen. Sie floh nach Stambul und klagte dem Sultan ihre Not. Dieser gewährte ihr Schutz und befahl, das ganze Vermögen der Frau herauszugeben, was auch geschah. Damit baute sie sich einen kleinen Palast am Bosporus. Ägypten aber, ihre Heimat, vergaß sie nicht, und auch nicht Abbas und sein Haus.

»Nun verstehst du wohl, was du gehört hast, ehe Halim Pascha heute davon sprach; denn man weiß es in den Basaren von Kairo und von Stambul. Sie lebte am Bosporus wie die heimliche Königin des Nils und schützte und regierte ihre Vasallen aus der Ferne. Wenn Abbas einen Verwandten bedrohte, so wußte sie es; wenn er an der Vernichtung seiner Brüder arbeitete, so kannte sie seine Pläne. Und auch er wußte, von wo ihm das Verderben drohte: er zitterte bei jedem Mahle vor dem Gift, das sie in Stambul braute, jede Nacht vor den Zaubersprüchen, die sie den Nordwinden mitgab. Aber etwas ahnte er nicht, daß sie zwei Tscherkessenknaben für ihn erzog, und daß sie es war, die die schönen Mamelucken Hassan und Hussein verschenkt hatte. Schritt für Schritt, leise wie Katzen, geduldig und sicher wie die Bergpferde an den senkrechten Wänden unseres Kaukasus schlichen die zwei neben ihrem Herrn her, jahrelang, bis zur marmornen Badewanne zu Benha. Er merkte nichts. Zohra Pascha wußte, was sie wollte und was sie konnte. Noch in ihren alten Tagen ein heißes Leben wie das ihre macht alt in wenigen Jahren wußte sie die Männer zu verzaubern, daß sie für sie starben und für sie töteten, wie sie gebot, und Erbarmen kannte sie nicht seit jener Nacht, in der sie auf dem Felde von Schubra die Füße ihres Geliebten vergeblich gesucht hatte.«

»Aber Rames Bey,« unterbrach ich ihn endlich, fröstelnd, denn es war spät und kühl geworden, das ist schauderhaft, das ist zu bunt!«

»Nein, Baschmahandi,« entgegnete er heftig, »das ist nicht zu bunt. Das sind die Farben unseres Ostens, wenn du genauer zusiehst. Und es ist noch nicht alles. Du hast von Il Hami gehört, dem Sohn Abbas Paschas, den die Narren seines Vaters zum Vizekönig machen wollten an Saids Statt. Der arme Junge wußte nicht wohin, obgleich ihm Said nichts zuleide getan hätte; denn Said hat ein gutes Herz und konnte niemand elend sehen in seiner Nähe. Aber es litt ihn nicht in Kairo, wie wenn ihn die Erinnerung an seinen ermordeten Vater quälte. Auch er ging nach Stambul und lebte dort, wie junge Prinzen leben. Vor vier Jahren fuhr er an einem der schönen Abende, in denen sich das Paradies im Bosporus spiegelt, in einem Kajak am Ufer hin. Du weißt, wie dort die Wasser ziehen und wirbeln, an Stellen, wo man die Stille eines Teiches erwartet. Solch ein Wirbel packte das ungeschickt gesteuerte Boot. Der Schiffer und Il Hami stürzten ins Wasser und trieben rasch vorn Ufer ab. Das geschah bei Zohra Paschas Villa. Sie saß auf dem Dache, um die Abendluft zu trinken. Ihre eigenen Boote lagen am Ufer; ihre Leute saßen müßig am Strande. Sie befahl ihnen, die Ertrinkenden zu

retten. Aber sie hörte jetzt Rufe. Leute am Ufer hatten Il Hami erkannt. Sie schrien: Der Prinz! Il Hami, der Prinz! Da murmelte
Zohra wie von Sinnen: Der Prinz, Il Hami ben Abbas! und befahl
mit kreischender Stimme ihren Schiffern, sich nicht zu rühren. So
versank Il Hami mit einem Schrei. Sie wartete, starr wie eine Bild-
säule fünf Sekunden zehn er kam nicht wieder herauf. Da warf sie
die Arme gen Himmel und schrie: Allahu! Allahu! fiel auf ihr Gesicht und dankte Gott.«

»Betrunkener Lügner!« zischte in diesem Augenblick eine scharfe,
zornerstickte Stimme über uns weg, alles im Zelt wie mit einem
elektrischen Schlag erschütternd. Gleichzeitig krachte es, wie das
Zerreißen eines großen Stücks Leinwand, und durch die weitgeöff-
nete Zelttüre strömte das tageshelle Mondlicht, den kleinen Raum
bis in den hintersten Winkel überflutend. In der Öffnung stand
Halim in weißem Mantel, mit blitzenden Augen, braunschwarz im
Gesicht, die Zähne weißglänzend, den Arm zum Stoß erhoben, wie
ich ihn noch nie gesehen hatte. Weder ihn noch einen andern Menschen. Aus seinen verzerrten Zügen sah die Beduinin, seine Mutter,
der alte Arnaute, sein Vater, und etwas von Abbas Blut.

Rames und ich waren gleichzeitig aufgesprungen. Die geleerte
Teetasse klapperte am Boden. In jähem Schrecken warf sich der Bey
auf die Knie, beugte den Kopf bis auf die Erde und blieb in dieser
Stellung regungslos liegen ein häßlicher Anblick. Halim, sichtlich
außer sich vor Zorn, erhob den Fuß und schnellte ihn gegen den
Kopf des Daliegenden. Doch berührte er ihn nicht, und ich, alles
vergessend in solchen Augenblicken steht der Mensch dem Menschen gegenüber ohne Rang und Stand, frei und bloß, wie er geboren, trat rasch zwischen beide, um das Äußerste zu verhindern. Da
faßte sich Halim plötzlich. Man sah die gewaltige Anstrengung in
den sich versteinernden Zügen. Er warf mir einen Blick zu, eher
matt als zornig, eher traurig als finster, drehte sich um und ging
nach seinem Zelte zurück.

Und wie das Alltagsleben, das wir zu führen gezwungen sind,
uns auch in den erschütterndsten Augenblicken mit seinem kleinen
Hohn nicht verschont. als Halim mit gesenktem Kopf über den
mondbeglänzten Platz zwischen unseren Zelten hinging und ich
ihm, selbst ein wenig zitternd vor Aufregung, nachblickte, denn die

Minute, die wir verlebt hatten, war kein Scherz gewesen, da sah ich, daß er nur einen Pantoffel trug und sein rechter Fuß, in einem glänzend anilinblauen Strumpf, vorsichtig auf der harten Erde auftrat. Der andere Schuh, roter Saffian, auf den eine goldene Mondsichel und ein Stern gestickt waren, in dessen Mitte ein Edelstein funkelte, war über Rames Bey weggeflogen und lag breit und trutzig auf meinem Bett.

Der Tscherkesse hatte sich langsam erhoben. Wir betrachteten den greifbaren Beweis, daß das alles nicht geträumt war, ohne ein Wort zu sagen. Ich sehe die goldene Sichel und den blitzenden Stern noch heute. Das Symbol des Islams sah aus wie eine funkelnde Pupille, wie das zornige, blutunterlaufene Auge eines der alten Sultane von Musr el Kashira. Nach einer Minute nahm Rames, der bleich wie das Zelttuch geworden war, den Schuh mit bebender Hand und folgte, ohne gute Nacht zu wünschen, langsam seinem Herrn, hinter dessen Zelt er verschwand.

Im Sonnenschein

Wir waren auf dem Gipfel des Scherbenhügels von Sackra. Die Sonne war aufgegangen und übergoß das in seiner Einfachheit großartige Bild ringsumher mit ihrem Golde. Ein frischer Morgenwind wehte aus Nordost und hatte die dichten Nebel, die über den Sümpfen des Burlossees lagen, aufgerollt wie einen Schleier. Am Horizont sah man einen langen wasserhellen Streifen, als ob sich dort die ferne Meeresfläche im Blau des Himmels spiegelte. Im Osten lagen die gelben Wüstenhügel mit ihrer Ahnung grenzenloser Weite, die unwillkürlich die Brust ausdehnt und die Lungen freier atmen läßt. Gegen Süden grünte das alte Bild der unerschöpflichen Fruchtbarkeit der Erde, und wie ein liebliches Menschenidyll in der einsamen Natur glänzte die kleine Dorfmoschee von Kassr-Schech hinter ihren Sykomoren hervor.

Der Balsam der Morgenluft hatte die Nacht mit ihren schwülen Erlebnissen weggefegt. Kein Wort war über dieselben gesprochen worden. Es fehlte nicht viel, so hätte ich alles für einen Traum gehalten, und Halim und Rames Bey schien der Morgen in ganz ähnlicher Weise umgewandelt zu haben. Nur der Tscherkesse, der übrigens in Gegenwart seines Herrn stets eine zurückhaltende Ruhe bewahrte, war noch etwas stiller als gewöhnlich. Seine Würde litt allerdings unter dem »Stangenschießen«, das ich ihm in früher Morgenstunde beigebracht hatte und das ihm keineswegs gefiel.

Ein halbzertrümmertes ionisches Kapitell, das aus dem Schutt hervorragte, bildete einen vortrefflichen Tisch, auf dem ich die Zeichnung des Jagdschlößchens ausgebreitet hatte, das auf diesem herrlichen Gipfel erstehen sollte. Es war ein Projekt, an dem man wirklich seine Freude haben konnte. An keinen Stil lassen sich Eisenkonstruktionen so hübsch anpassen wie an den sarazenischen mit seinen schlanken Säulen und seiner Ornamentik hängender Stalaktiten. Dies war der Rahmen, in dem sich französischer Geschmack und englische Behaglichkeit zu überbieten suchten, um eine ideale kleine Wohnstätte für kurze Besuche in dieser entlegenen Wildnis zu schaffen. Ein Untergeschoß, in dem Küche und Keller reichlich Raum fanden, trug das luftige, einstöckige Gebäude, das von einer breiten Veranda umgeben war, die den freien Ausblick nach allen vier Himmelsgegenden gestattete. Es enthielt eine

hohe, halbdunkle Mittelhalle mit dem unvermeidlichen Springbrunnen und Stalaktitendom, umgeben von kleinen Zimmern, deren Wände auseinandergeschoben werden konnten, so daß man fast
wie im Freien schlafen konnte, wenn die Nacht dazu einlud. Es
mußte ein königlicher Genuß sein, nach einem heißen Jagdtage
unter dem riesigen Himmelsdom zu ruhen, der sich auf dieser Höhe über dem ungebrochenen, unabsehbaren Kreise unter uns wölb-
te.

Halim war voll Eifer und Arbeitslust. Die Leibmamelucken liefen
mit Pfählen umher, und ein Dutzend Fellachen schlugen sie nach
meiner Weisung in den Boden, ebneten hier eine knollige Erhöhung, den tausendjährigen Staub aufrührend, oder füllten dort ein
Loch mit den klappernden Scherben, aus denen alte Griechen ihren
Zypernwein getrunken hatten. Das Achteck der Grundmauern war
bereits abgesteckt. Wir wollten jetzt die Umgrenzungsmauer des
Gartens bestimmen, für den auf dem Gipfel noch Raum war.

Schon seit einiger Zeit, während mir Halim seine Ideen bezüglich
eines Goldfischteichs und zweier Eckpavillons am Haupteingang
deutlich machte, in denen rechts bunte Vögel, links Affen leben
sollten, sah Rames Bey abwechslungsweise bald nach Süden, bald
nach Osten und begann schließlich mit dem Theodolit zu spielen,
der augenblicklich unbenutzt auf dem höchsten Punkt unseres
Berggipfels stand.

»Sie sind es!« rief er endlich, wie wenn er trotz der gedämpften
Morgenstimmung, in der er sich noch befand, seine Freude nicht
länger unterdrücken könnte.

»Wer?« fragte Halim scharf, da er Unterbrechungen ohne Einleitung nicht liebte.

»El Dogan, Hoheit, und der Mameluck Achmed und ein dritter
Mann,« antwortete Rames, die Augenlider zusammendrückend.
»Wenn ich recht sehe, ist es Sadik Effendi, der Oberschreiber des
Nadirs von Schubra. Was will der hier?«

»El Dogan?« rief jetzt auch Halim, sichtlich erfreut. Er richtete
den Theodolit nach der Gruppe und sah lange schweigend durch
das Fernrohr. »Eine Kreatur, wie es nicht viele gibt, Herr Eyth,«
fuhr er nach einiger Zeit lebhaft fort, »unter Tieren und Menschen.

Man sieht ihm das Blut auf eine Meile Entfernung an. Wie er ausschreitet! Wie er den Kopf hält! jetzt wiehert er. Bei Allah, es ist ihm wohl.«

»Gott sei gepriesen!« seufzte Rames sichtlich bewegt. »Und dort reitet noch einer, der es eilig hat, nach Kassr-Schech zu kommen.«

»Ein Esel,« sagte Halim, der den Theodolit gegen Osten gedreht hatte, gleichgültig. »Kommen Sie, Herr Eyth, messen wir weiter! Hierher will ich den Fischteich haben. Mit Beton werden Sie mir das wohl machen können.«

»Umsonst ritt er nicht die Nacht durch,« bemerkte Rames nachdenklich, indem er wieder durch das Instrument sah. »Es ist der Nasir von Terranis, verstaubt wie ein Kamel des Mokattam. Sein Sais scheint auch genug zu haben; er hinkt. Nur der Esel ist noch munter.«

Halim Pascha war im eifrigsten Abstecken des Fischteichs versunken. Alles, was ihn an seine Pariser Schulzeit erinnerte, machte ihm noch immer ein fast knabenhaftes Vergnügen. Ich überlegte mir, nicht ohne Sorgen, wo ich das Wasser hernehmen und wie ich es am einfachsten in den künftigen Teich heraufschaffen konnte, in dem die kommenden Goldfische die Aussicht von der Spitze dieses herrlichen Hügels genießen sollten. Auf allen vieren kletternd kamen mittlerweile der Mameluck Achmed und seine Begleiter am steilsten Abhang des Scherbenhügels herauf. Halim ließ sie fünf Minuten lang stehen, ohne sie zu beachten. Dann rief er plötzlich:

»Du bist zurück, Achmed und kannst deinem Schöpfer danken. Wie geht es El Dogan?«

»Er ist so gesund, als er es je gewesen ist,« versetzte der Mameluck gesenkten Kopfes. »Es war ein Afrit; doch, Gott sei Dank, jetzt ist er gebannt.«

»Unsinn!« rief Halim. »Es war deine Dummheit und die Unwissenheit des Baschmahandis.«

»Ich bitte Gott um Vergebung, aber es war ein Afrit, o Effendini,« sagte Achmed mit ungewohnter Bestimmtheit. Er brauchte hierbei jene Form feinster arabischer Höflichkeit, von der wir rohe Europäer nur einen schwachen Begriff haben, indem er nicht den Angeredeten, sondern Gott um Verzeihung bat, daß er widersprechen mußte. Denn kann ein Mensch Sünde vergeben?

»Es wurde mit jeder Stunde schlimmer,« erzählte er auf einen ungeduldigen Wink Halims, »als ich nach Maraska zurückgekehrt war. El Dogan lag auf dem Boden, zitterte am ganzen Leib und verdrehte die Augen, so quälte ihn der Geist. Unser Hakim wußte sich nicht zu raten. Als es um die vierte Nachtstunde nicht besser wurde, saßen wir auf der Erde neben dem Kranken und baten Gott, den Allbarmherzigen, um Gnade; aber wir hofften nicht mehr. Da sandte der Allmächtige Ibrahim Emir, den Beduinen, deinen Freund, und seinen Sohn. Sie sahen das Tier und sprachen: Gott helfe uns, es ist ein Afrit. Dann fragte mich der Alte, wie es begonnen habe. Ich sprach die Wahrheit und sagte: Zu Tanta hat ihn ein Derwisch mit übelm Auge angesehen, dann hat ihn der Baschmahandi, Hoaga Eyth, geritten bis sein Herz stillstand. Und als er schwach war und dem Umfallen nahe, kam der Afrit, sah seine Schwäche und fuhr in ihn. Nun steht es, wie du siehst. Da sprach der Emir: Genug! Ich sehe, was ich sehe. Soll der Fremde, der Nusrani, büßen? Er deutete über seine Schulter nach Kassr-Schech. Ich verstand ihn und sagte: Nein! Du sollst ihm kein Leid tun; mein Herr, der Pascha, würde es nicht dulden. Er braucht ihn. Hat er Freunde? fragte der Emir weiter. Er ist ein Fremder, ein Deutscher; ich weiß es nicht, sagte ich. So hat er Diener? fuhr der Beduine fort. Ich brauche jemand, um den er sich gekümmert hat, seit der Mond des Schaaban am Himmel stand. Diener in Menge, belehrte ich ihn, zu Schubra, zu Terranis; Schmiede, Schlosser, Zimmerleute, Schreiber und Fellachen in Masse! Unser Pascha gibt ihm, was er bedarf, und er bedarf viel. Es ist gut! sprach der Emir; bring mir eine Blutorange oder eine kleine Melone. Wir fanden eine Melone im Garten des Scheichs. Der Mondschein half uns suchen. Er nahm sie und schnitt mit seinem Messer in ihre Rinde zwei Augen, eine Nase und einen Mund, so daß sie aussah wie der Kopf eines Mannes und uns angrinste. Dann sprach er: Nun wendet euch gen Mekka, das heilige, und betet das Glaubensbekenntnis siebenmal. Ich aber werde mich nach Westen wenden, und ihr sollt nicht sehen, was geschieht. Wir taten, wie er es haben wollte, der Hakim und ich; doch konnte ich die Neugier nicht ganz bemeistern, und so sah ich, daß er die Melone auf den Boden legte, vor den Kopf des Pferdes, das angstvoll zusah. Nachdem er ein wenig gebetet hatte, aber nicht gen Mekka, sprach er laut: Leben um Leben, setzte den Fuß auf das Gesicht, das er gemacht hatte, und zermalmte den Kopf, daß er ein Brei wurde. Diesen gab er El Dogan zu fressen. Das arme Tier fraß gierig. Dann brach ein Schweiß in ihm aus, daß es dampfte und das Wasser an seinem Leibe herabfloß. Ibrahim aber sprach: Er wird leben, euer Dogan. Gebt mir ein wenig Kaffee. Ich werde alt und bin matt von diesem Werk. Ich machte ein Feuer und kochte Kaffee, so schnell ich konnte. Als er getrunken hatte, ritt er mit seinem Sohn davon. El Dogan aber schlief schon und schlief ruhig bis zur Morgendämmerung.«

Der kleine Mameluck hatte seinen Bericht mit der pathetischen Beredsamkeit beendet, die mich nicht selten bei den einfachsten Fellachin in Erstaunen setzte, sah sich um wie ein Märchenerzähler, der den verdienten Beifall erwartet, und trat einige Schritte zurück. Halim hatte sein skeptisches Lächeln auf den Lippen, das ihn in Kairo selten verließ. Rames dagegen sah mit gespannter Aufmerksamkeit auf den Erzähler.

»Wallah!« rief er, »es war ein Afrit. Und ein großes Glück ist es gewesen, daß die Beduinen des Weges kamen, El Dogan wäre sicher gestorben. Menschen können Afrits ertragen, jahrelang. Ein Pferd hat eine feinere Seele. Es stirbt aus Schrecken, wenn ein zweiter Geist in seinem Leib wohnen will.«

»Narrheiten, dummer Mameluckenaberglaube!« rief Halim ärgerlich.

»Habe ich nicht in Abbas Paschas Ställen dreimal dasselbe tun sehen, was Achmed sah?« fragte Rames eifrig. »Wir hatten einen alten Beduinen, der die Sprüche kannte, zu keinem andern Zweck in Benha. Abbas Gott sei ihm gnädig glaubte an ihn und bezahlte ihn fürstlich. Wenn unser Hakim nicht mehr helfen konnte, holten wir ihn. Er gebrauchte Blutorangen. Es half immer, wenn es gelang.«

»Du bist ein Narr, Rames!« sagte Halim, nicht unfreundlich. »So weit haben es die Ärzte in London und Paris zum mindesten auch gebracht. Sie helfen alle; nur gelingt es nicht immer. – Was willst du?«

Der Pascha richtete die Frage mit einer raschen Wendung an den Begleiter Achmeds, der bis jetzt in demütiger Haltung zur Seite gestanden hatte, nun aber mit einer tiefen Verbeugung vortrat, seinen Turban abnahm und einen langen Zettel aus demselben herausbrachte. Halim ergriff das Papier ungeduldig, wandte sich ab und las. Als er zu Ende war, sah er lange schweigend nach Norden, als ob er etwas am Horizonte suchte. Ich konnte nur sehen, wie sein elegant beschuhter Fuß ungeduldig im Schutt wühlte. Dann las er den langen Papierstreifen zum zweitenmal. Darauf drehte er sich mit jener eigenen nervösen Bewegung um, die Kraft und Schwäche zugleich bedeuten konnte.

»Hier ist etwas für Sie, Herr Eyth,« sagte er. »Vorgestern hat mein Neffe, der Vizekönig, sämtliche Arbeiter bei den Dampfpflügen in Schubra Maschinisten und Pflüger, alles! holen lassen, um sie nach Oberägypten zu schicken, wo er mit seinen eignen Apparaten nicht zurechtzukommen scheint. Die Leute liefen in der Nacht wieder zurück zu Weib und Kind. Man kann sich das denken; eigentlich sind sie auch Menschen. Und nun wurden sie gestern nachmittag, wie man mir schreibt, unter militärischer Bedeckung abgeführt und sofort in Bulak auf Nilbarken gebracht. All Ihre Pflüge stehen still.«

»Aber Hoheit,« rief ich, »das ist ja rein unmöglich!«

»Das ist sicher, mein Lieber. Sie vergessen, daß wir in Ägypten sind,« sagte er mit unterdrückter Leidenschaftlichkeit und fuhr dann leiser fort: »Es ist das alte Lied, das nun wieder beginnt: einer gegen alle, alle gegen einen! das Totenlied des Hauses meines Vaters, mein Freund!«

Er lachte gezwungen; kein gutes Lachen.

»Aber was kann geschehen?« fragte ich entrüstet, denn ich sah im ersten Augenblick das harte Werk von drei Jahren plötzlich zusammenbrechen. »Was kann ich tun, Hoheit?«

»Von vorn anfangen,« erwiderte er ruhig und bestimmt. »Es bleibt nichts andres übrig; und wenn er Ihnen das zweite Kontingent wegnimmt, nochmals von vorn anfangen. Wer weiß, vielleicht ist es auch zu etwas gut, wenn unsere Leute in dieser Weise in alle Gegenden des Landes verteilt werden. jedenfalls kann so Ihre Dampfpflughochschule in Schubra zu ungeahnter Blüte kommen.

Sobald wir hier mit dem Abstecken fertig sind, reiten Sie nach Hause zurück und-«

Ein ungewöhnlich lautes Gelächter am Rande des Hügels unterbrach ihn. Wir wandten uns alle mit der Entrüstung, die in einem solchen Falle höfische Höflichkeit gebietet, nach. der Seite, von der der Lärm kam. Die sechs Leibmamelucken zogen lachend ein dickes Männchen über die Kante des Hügels, unter dem die Scherben prasselnd in die Tiefe rollten. Der Kleine war blaurot vor Anstrengung und Schrecken, sein Turban saß schief auf seinem kahlen Kopf. Er erhob sich, tränenden Auges, mit Schmutz und Staub bedeckt. Es war mein Freund, der Nasir von Terranis. Am Fuß des Hügels stand sein Esel und suchte sich schon, frech, wie Fellahesel sind, mit El Dogan zu unterhalten, während sein Herr bei der gefährlichen Besteigung von Sackra in seinem Übereifer fast verunglückt wäre.

Musa el Askari hieß der Wackere, und da er an den Umgang mit Prinzen weniger gewöhnt war als wir, wäre er beim Anblick Halims zum zweitenmal beinahe in den Staub gesunken. Er verneigte sich aufs tiefste, berührte mit der Hand die Erde und dann seine Stirne und versuchte den Saum von Halim Paschas Rock zu küssen, was dieser jedoch mit einer abwehrenden Bewegung verhinderte.

»Ah!« rief er freundlich, »ich kenne dich! Du bist der Nasir von Terranis. Was bringst du mir Schönes?«

»Ich bitte Gott um Vergebung, daß ich dir gute Nachrichten nicht geben kann, o Effendini!« klagte Musa. »Laß es deinen Diener nicht entgelten. Ich komme, um den Baschmahandi zu holen. Die Hand Gottes liegt schwer auf Terranis, o Pascha!«

»Nun was ist es?« fragte Halim etwas ungeduldig, da der Nasir aufs neue Angriffe auf seinen Rocksaum unternahm. »Sprich ohne Umschweife, mein guter Mann!«

»Die Reisfelder verdursteten, und die große Maschine pumpte nichts. Ein Fisch war in die umgekehrte Schüssel geraten, die tipp, tapp macht, wenn die Pumpe zufrieden ist. Dort blieb er stecken; der Baschmahandi weiß es, und Gott wollte es so. Mit dem Wasser aber war es völlig aus, und der Mechaniker Jusef wollte nichts anrühren, solange du, o Baschmahandi, nicht dabei seiest. Nun, gestern abend war unsre Not aufs höchste gestiegen. Ich sah, daß der Reis starb dreitausend Faddan! Da dachte ich: In der heiligen Nacht des Nuß min Schaaban wird uns der Allbarmherzige beistehen‹ und bedrohte Jusef und redete ihm freundlich zu, bis er versprach, den Fisch aus der Schüssel herauszuholen. jetzt ist er auch drin!«

»Was – wer?« rief ich erschrocken.

»Jusef,« sagte der Nasir halb weinend. »Er ging hinunter, willig genug; er war ein braver Moslim und glaubte an den Propheten und das jüngste Gericht. Auch hatte ich fünf Fellachen an den Strick gehängt, die die Schüssel in die Höhe zogen, wie du es uns gelehrt hattest. Aber die Fellachen, die Herde von Schweinen, ließen los und fielen zu Boden und lachten und zappelten, gerade wie wenn ein Afrit in sie gefahren wäre. Drunten im Schacht aber unter der Schüssel bei dem Fisch-«

Der gute Mann heulte.

»Ist er tot?« fragte ich bewegt, obgleich ich wußte, was die Antwort sein mußte.

»Das ist mein einziger Trost,« sagte der Nasir, seine Tränen mit dem Rücken beider Hände trocknend. »Es war mein eigner Schwiegersohn und ein frommer Moslim. Aber es geschah nach dem Willen des Allmächtigen, heute nacht um die fünfte Stunde. Schon seit zehn Stunden ist er im Paradiese.«

»Um die fünfte Nachtstunde!« brach der Mameluck Achmed los, nach Luft schnappend; »das war die Stunde, in der El Dogan den Kürbis fraß!«

»Um die fünfte Stunde,« sagte Rames düster, sich abwendend; »das war um die Zeit, als der Pascha mir den Pantoffel an den Kopf warf. Ich war selbst nicht weit vom Paradiese zu jener Stunde.«

Wir schwiegen alle. Das heiße, grelle Sonnenlicht des herannahenden Mittags leuchtete ringsumher, von einem Ende des Himmels zum andern. Die ganze Welt lag vor uns schattenlos, in glühender Tageshelle. Und doch zog etwas wie eine unheimliche, düstere Wolke über uns weg, deren fröstelnden Schatten wir fühlten, ich so gut wie der zitternde Nasir, Halim so deutlich als seine abergläubischen Mamelucken.

Halim sprach endlich. Er war wieder der Mann des Tages und der Tat.

»Reiten Sie mit dem Nasir sofort zurück nach Terranis,« sagte er zu mir, »setzen Sie dem Manne die Pumpe in Bewegung; er überschwemmt uns sonst mit seinen Tränen. Dann kommen Sie nach Schubra; dort werden wir sehen, was sich machen läßt. Ich habe mittlerweile meinen Neffen besucht. Ganz in der Tasche hat uns der Vizekönig noch nicht. El Dogan lebt wieder!«

In einer Stunde war ich reisefertig. Während ich mich von Halim Pascha verabschiedete, sagte er leichthin:

»Apropos – Rames hat Ihnen gestern nacht eine Masse dummes Zeug vorgeschwatzt. Sie wissen, in der Nacht des Nuß min Schaaban erzählen wir uns Sachen, aus denen die Schoara ihre Märchen machen. Mehr brauchen Sie sich auch nicht daraus zu machen. Au revoir, mon cher!«

Er lachte etwas gezwungen, wie mir schien, und machte ein Gesicht, aus dem kein Mensch klug werden konnte. Ich versuchte, schon aus Höflichkeit, das gleiche.

Es gelang.

Dann ritt ich durch das Zeltlager, das schon am Boden lag, gen Osten; hinter mir der Nasir auf seinem unerschöpften Eselchen, mein Dragoman Abu-Sa, der Koch auf dem Kamel, mit Bett und Gepäck. Auf dem stillen, achtstündigen Ritt hatte ich Zeit, mir zurechtzulegen, was ich in den letzten vierundzwanzig Stunden gehört und gesehen hatte. Aber es wollte sich nicht alles entwirren. Das ist so mit den Geschichten des Ostens, sonderlich wenn sie auf so dunkeln Blättern stehen.

El Dogan starb im Jahre 1867, zum Glück. nicht infolge meiner Reitkunst, denn ich bekam. ihn nie wieder zu reiten. Rames Bey schwört, er sei an Gift gestorben. Es war das Jahr, in dem der Vizekönig Ismael Pascha Halims Besitzungen konfiszierte und das ägyptische Erbfolgerecht zugunsten von Ismaels Sohn Tiusik geändert wurde. Das Jagdschlößchen für Kassr-Schech ist nie aufgestellt worden. Es liegt, in seine Teile zerlegt, noch heute bei Thalia am Nilufer, im Sand begraben. Dort kann es holen, wer Lust hat; es gehört niemand mehr.

###

Am Schraubstock

Backen aus Eisen,
Packt, bis ihr brecht!
Zähne, die beißen,
Halten nicht schlecht.

Härte den Meißel,
Halte ihn scharf,
Schleife ihn öfter,
Als er's bedarf.

Fasse den Hammer
Am Ende des Stiels,
Freu dich am Takte
Des klingenden Spiels.

Drücke drauf! 's ist um die
Feile nicht schad.
Was du auch tun magst,
Feile gerad!

Hart ist das Eisen,
Härter der Stahl,
Am härtesten die Stunden
Gar manches Mal.

Tropft von der Stirne
Schwarz dir der Schweiß,
Wird es dem Hammer,
Der Feile zu heiß.

Kannst du nicht biegen
Stahl oder Guß,
Will dir nicht brechen,
Was brechen muß.

Bist du nur selber
Nicht daran schuld:
Wahre dir, wahre
Mut und Geduld!

Hast du's erlebt?

Du bringst uns wunderliche Sachen,
Zum Weinen bald und bald zum Lachen;
Wahrscheinlich weißt du sie zu machen.

Doch ob sie wahr sind, weiß man nicht.
Zwar manches gleicht bekannten Zügen,
Dem äußern Scheine mags genügen.
Doch ungern läßt man sich belügen.

Und vieles klingt wie ein Gedicht.

Kaum stimmen manchmal Ort und Zeiten!
Du ließest sichtlich dich verleiten
Im Leichtsinn, Pegasus zu reiten;

Dies, werter Freund, ist uns zu viel.
Wir gehn zwar gern auf allen vieren,
Doch wer will Flügel kontrollieren?
Und schwer ist's nicht, uns anzuführen

Am Brahmaputra und am Nil.

Wohl hast du manches selbst gesehen.
Man spürt zuweilen fast das Wehen
Der Wirklichkeit: doch das Verdrehen

Scheint dir ein angeborner Hang.
»Gedächtnisschwäche?!« »Tropenhitze?!«
Nichts derart decket meine Mütze.
»Druckfehler?!« Bitte, keine Witze!

Druckfehler sind nicht seitenlang.

Man spielt doch nicht mit Metermaßen!
Auch ist mit Zahlen nicht zu spaßen,
Und du tust beides ganz gelassen:

Weißt du auch, Freund, wie du uns quälst?
Drum rund heraus, gesteh es ehrlich!
Das meiste glaubt man dir doch schwerlich,
Und diese Halbheit ist gefährlich:

Hast du erlebt, was du erzählst?

Ich hab's erlebt: aus dunkeln Schachten,
Wenn feurig rings die Wetter krachten,
Wenn sie die schwarzen Leichen brachten.

Die Leichen und das rote Gold!
Wie in der Werkstatt finstern Hallen
Die harten Hammerschläge fallen,
Zermalmend, schaffend, Heil uns allen.

Doch glaubet, was ihr glauben wollt!

Ich hab's erlebt – am öden Strande,
Im Meeresbrausen, fern vom Lande,
Im hoffnungslosen Wüstensande.

Auf den die Sonne tötend brennt,
Wie doch, gleich einer Himmelstaube,
Des Menschen arbeitsfroher Glaube
Ihm schaffen hilft, im Sturm, im Staube.

Doch glaubet, was ihr glauben könnt!

Ich hab's erlebt: im tiefsten Herzen
Erlebst du mehr an Lust und Schmerzen,
Als fünfzig Jahre auszumerzen

Vermögen, es vergißt sich nie.
Auch dort ist's Arbeit, Kampf und Streben.

Was könnet ihr dafür wohl geben,
Nähmt ihr aus diesem harten Leben

Die Wahrheit seiner Poesie?

Geld und Erfahrung

Im Süden

»Passen Sie auf, Mister Eyth, wenn ich Ihnen die Geschichte noch nicht erzählt haben sollte: Vor drei Jahren begegnete mir am Broadway in New York ein junger Engländer, frisch und grün, wie sie die Alte Welt manchmal noch liefert. Er hatte schon drei Wochen in der Metropole der Neuen verbummelt und darüber nachgedacht, wie er es angreifen könne, sein Glück zu machen, und hatte sogar mich darüber befragt, obgleich ich damals so wenig wie jetzt danach aussah, als ob ich das Problem gelöst hätte. Ein Bürschchen aus guter Familie, dem seine Mama tausend Pfund in die Tasche gesteckt hatte, um ihm den Anfang zu erleichtern. Er strahlte vor Vergnügen, als ich ihn das zweitemal sah. Er hatte einen entfernten Vetter gefunden, der Amerika seit fünfundzwanzig Jahren kannte und schon ein halber Yankee geworden sein mußte, scharf und hell wie ein Eingeborener. Sie wollten sich assoziieren, ein Agenturgeschäft gründen, Zucker, Baumwolle, Tabak verkaufen was weiß ich! Mein Engländer hatte das Geld, der entfernte Vetter die Erfahrung. Das mußte gehen! In fünf Jahren konnten sie Millionen verdient haben! Zwei Jahre darauf begegnete ich ihm wieder, fast am gleichen Fleck; aber er war traurig. Nun, wie geht's mit der Agentur? frage ich. Mittelmäßig, sagt er zögernd. Was! rufe ich, Ihr Vetter mit der Erfahrung und Sie mit dem Geld das mußte ja gehen! Wir haben uns gestern getrennt, mein Partner und ich, erklärte er seufzend. Jetzt hat *er* das Geld und *ich* die Erfahrung! Passen Sie auf, Mister Eyth, daß ich mit Ihnen in kurzer Zeit nicht etwas Ähnliches erlebe. Seit dem Krieg sind wir alle zweimal so scharf geworden als vor fünf Jahren.«

»Gehört habe ich die Geschichte schon, aber nicht von Ihnen,« sagte ich lachend. »Doch bange machen gilt nicht. Ein Mensch, der in Ägypten vier Jahre lang unter Mamelucken und Eunuchen gepumpt und dampfgepflügt hat und aus dem großen Baumwollkrach vor zwei Jahren lebendig herausgekrochen kommt, ist so grün nicht mehr wie Ihr Engländer. Die Griechen und Armenier von Alexandrien sind keine schlechten Lehrmeister.«

»Mag sein,« nickte der Oberst, indem er nachdenklich an seinem zweiten Frühstücksei herumknusperte. »Ich wünsche Ihnen alles Glück zu Ihrem Glauben und Ihrer Schlauheit und wollte nur, der nächste Dampfer brächte auch mir einen Dampfpflug, der achttausend Golddollar wert wäre. Ich wollte ihn geschwind genug losgeschlagen haben, unter Kostpreis, wenn nötig.«

Wir saßen beim Frühstück an einem der grünen Tischchen im Garten des deutschen Restaurants und Biersalons von Breitling, in der Tschapatulastraße von New Orleans, Louisiana. Der Garten war eine Schöpfung nach Erinnerungen Breitlings aus seiner deutschen Heimat und bestand aus sechs Tischchen und einem alten, knorrigen, schlecht belaubten Hickorybaum, an dein als natürlicher Festschmuck zerlumpte Fetzen hängenden Mooses klunkerten. Der Baum stammte ersichtlich aus der Zeit, in welcher der Mississippi an dieser Stelle noch wildes Swampland anzuschwemmen pflegte, und stand jetzt trübselig zwischen vier hohen Backsteinmauern, die ihm und uns den stets willkommenen Schatten gaben. Die Luft war dumpf und schwül; doch war man sozusagen im Freien. Die Mittagsglut, die über die große Stadt hereinzog, war morgens um acht Uhr noch nicht bis in diesen Winkel gedrungen, so daß schon seit vierzehn Tagen, seitdem ich in der Nähe wohnte, mir diese Frühstücksstunde zu den angenehmeren des Tages, zählte. Breitlings Figur, die seinem Namen, sonderlich von hinten, Ehre machte, und eine zerrissene, etwas bierbefleckte »Gartenlaube« sorgten dafür, daß man sich halb in Deutschland fühlen konnte.

Auch der Oberst, den ich hier kennengelernt hatte, trug dazu bei. Es war ein großer, hagerer, vierzigjähriger Mann, dem man allerdings ansah, daß er einiges erlebt hatte. Schmettkow, Herr von Schmettkow, erlaube ich mir ihn aus Rücksicht für seine Familie zu nennen. Er erzählte gerne von seinen leichteren Jugendstreichen, die er in die Zeit verlegte, in der er Rittmeister in der preußischen Garde zu Berlin gewesen sein wollte. Dies hatte wohl seine Richtigkeit; ich hatte wenigstens keinen Grund, daran zu zweifeln. Dagegen beobachtete er ein tiefes Schweigen darüber, wie es kam, daß er aufgehört hatte, es zu sein. Nach seiner eignen, etwas unzusammenhängenden Lebensskizze befand er sich plötzlich in Amerika, den üblichen Kampf ums Dasein fechtend, und zwar von der Pike auf; und von was für einer Pike! Der Ausbruch des Bürgerkrieges fand ihn bei Baltimore als Buchhalter einer Baumwollplantage, auf der Südseite der Sezessionsgrenze. Politische Grundsätze beeinflußten ihn sichtlich wenig. Er focht mit als braver Soldat und biederer Landsknecht, wo ihn der Zufall hingestellt hatte, und schied als Oberst von seinem nur noch aus vierundzwanzig Mann, meist Majoren, bestehenden Regiment, als die große Sache der Aristokratie des Südens zusammenbrach. Bei Atlanta, im letzten Gefecht, in dem sich das Regiment auszeichnete, hatte er einen Sergeanten der föderierten Armee unter Sherman samt der Kompanie, die dieser zufällig befehligte, beim Frühstück überrascht und gefangengenommen, oder vielleicht richtiger gesagt: er hatte Breitlings Frühstück gefangengenommen und diesen, der ihm sofort wieder entwischte, hierdurch unangenehm überrascht. Die beiden Herren konnten sich über den Hergang der Waffentat nie völlig einigen. Breitling war nach dem Friedensschluß mit andern politischen Kräften gen Süden gewandert und besaß nach kurzer amtlicher Tätigkeit als Steuereinnehmer genügend Mittel, seinen Biersalon in der Tschapatulastraße zu eröffnen. Dort überraschte ihn Oberst Schmettkow zum zweitenmal, den ein rauhes Schicksal ebenfalls nach Louisiana verschlug. Es war hohe Zeit, denn der Oberst, einer der wenigen Deutschen, die auf der verlorenen Seite des großen Bürgerkriegs gefochten hatten, war dem Versinken nahe. Breitling hatte ein gutes, dickes Herz und zwei Töchterchen im Alter von elf und neun Jahren, die während der Kriegsjahre in ihren Elementarkenntnissen etwas zurückgeblieben waren. Das paßte vortrefflich. Der Oberst wurde Haus- und Mädchenschullehrer, hatte bereits sechs höhere Töchter und bei Breitling freie Kost gefunden. Das Dameninstitut befand sich im Tanzsalon hinter der Bierwirtschaft. Wo der Herr Professor wohnte, wußte niemand. Aber seine Schnurrbartspitzen hoben sich aufs neue, und der auf »A« gestimmte Ton des einstigen Offiziers vom Tempelhofer Feld klang leise und gedämpft wieder durch. Ganz war er ja auch im größten Elend nicht verschwunden, denn er war hörbar waschecht.

Ich selbst hatte vor zwei Wochen das St.-Charles-Hotel verlassen und war in eine Privatwohnung in der benachbarten Tschapatulastraße übergesiedelt. Es war mir im Gasthof etwas zu unruhig geworden. Ein Senator von Alabama hatte am Hotelschenktisch nach dem Mittagsmahl im ruhigsten Gespräch sechs Schritte von mir einen Richter aus Texas niedergeschossen. Man hatte zwar den toten Richter sofort auf die benachbarte Polizeistation und den Senator, nach einem kleinen Wortwechsel mit den Umstehenden, nach seinem Zimmer gebracht. Auch ließ man dessen Tür von zwei nach und nach herbeigeholten Schutzleuten zur allgemeinen Genugtuung der ängstlicheren Hotelbewohner streng bewachen, nachdem der Senator kurz zuvor durch das Fenster abgereist war. Da ich diesen Herrn aus Alabama persönlich nicht kannte, mit ihm also auch nicht sympathisieren konnte, dagegen mit dem Richter, der gleichzeitig großer Grundbesitzer war, schon mehrere Cocktails getrunken und intime Beziehungen betreffs der Dampfkultur in Texas angeknüpft hatte, ärgerte mich dieser Zwischenfall lebhaft und veranlaßte, neben anderm, meinen Umzug nach der Tschapatulastraße. Auch fand ich, daß meine augenblickliche Beschäftigung, das Warten auf den englischen Frachtdampf er »Wild-West«, in einer Privatwohnung ebenso wirkungsvoll gefördert werden konnte wie in dem in ganz Louisiana, wenn auch nicht wegen seiner Billigkeit, berühmten St.Charles-Hotel. Meinen anderweitigen leiblichen Bedürfnissen genügte das Nachbarhaus, Breitlings Restaurant und Biersalon, vollständig. Und so genoß ich nach etlichen bewegten Reisewochen in unerwarteter Weise eine kleine wohlverdiente Ruhepause während meines ersten Aufenthalts in der Crescent City, der »Mondsichelstadt«, wie der poetische Amerikaner New Orleans zu nennen liebt, und konnte mir Land und Leute ansehen, ehe ich mit ihnen handgemein werden sollte.

Das heutige Frühstück war der letzte Takt dieser Pause. Ich hatte schon gestern abend einen Zettel von General Longstreet, dem Haupt der jungen Firma Longstreet, Owen & Co., erhalten, der mich benachrichtigte, daß der »Wilde Westen« signalisiert sei und an der Barre, der achtzig Meilen entfernten Mündung des Mississippi, nur auf die Flut warte, um heraufzukommen. Ich segnete meine Sterne und war schon in einem kleinen Arbeitsfieber, ohne etwas Greifbares tun zu können; denn es war hohe Zeit, daß ich meines Dampfpflugs habhaft wurde, wenn ausgeführt werden sollte, was ich mit Longstreet geplant hatte.

»Nur kühl,« rief mein Oberst, indem er auf die Uhr und die zwei internen Zöglinge seines Dameninstituts sah, die am Nachbartisch

Lotto spielten. »Und passen Sie auf. Die Geschichte mit Ihrem Obersten in Washington wie heißt er?«

»Olcott, Oberst Olcott, Kongreßmitglied aus Ohio,« antwortete ich mit Betonung, um meinen schwankenden Glauben zu stärken.

»Ich möchte vor allen Dingen wissen,« fragte sich Schmettkow nachdenklich, »ob er schon Pulver gerochen hat, Ihr Oberst, oder nur das riecht, was Sie mitbringen. Die Geschichte gefällt mir nur halb.«

»Aber sie kann kaum schiefgehen, so wie sie jetzt eingeleitet ist,« meinte ich zuversichtlich.

»Es kann in Washington alles schiefgehen, seitdem die große Sache schiefgegangen ist,« versetzte der Oberst mit einiger Wärme. »Sie kennen die Yankees noch nicht. Ein Kongreßmitglied in Washington! Guter Gott! Ehe Sie sich umsehen, hat man Ihnen die Augen von Ihrem Wassersüppchen geschöpft. Vollends ein Kongreßmann, den man Ihnen in der Quäker-City angehängt hat, in der Sie am Sonntag in Gegenwart von sechshunderttausend Mitmenschen verdursten können! Lieber Herr Eyth, es mag ziemlich heiß sein in Ihrem Ägypten, aber Sie sind trotzdem grüner geblieben, als Sie es selbst ahnen. Passen Sie mal auf!«

»Hexen können sie auch hier nicht,« meinte ich, etwas verstimmt. »ich sehe wirklich nicht ein, wie«

»Einsehen! Das ist gar nicht nötig. Das Einsehen kommt immer erst später. Sie werden Ihr Lehrgeld bezahlen wie jeder andre. Zum Glück haben Sie, wie es scheint, einen soliden Kassier im Hintergrund. Lernen Sie wenigstens den benutzen! Übrigens gebe ich zu, um Sie nicht zu ärgern, daß Sie die Sache nicht ganz ungeschickt angegriffen haben. Wenn Sie so fortfahren, werde ich Ihnen auch künftig gewogen bleiben.«

Er sagte dies im Ton gutmütiger Bevormundung, den wir bei unsern abendlichen Schachpartien unter dem Hickorybaum gegenseitig gebrauchten, um eine drohende Niederlage zu beschönigen. Die Sache aber, um die es sich handelte, war die folgende:

Ich war vor zwei Monaten mit dem Auftrag der Fowlerschen Fabrik ans Land gestiegen, unsre Dampfpflüge in Amerika einzuführen. Das war fast die einzige Weisung, die ich mitbrachte. Man steht mit einer solchen Aufgabe etwas zweifelnd am Strande eines neuen Weltteils; doch scheint der Zeitpunkt, aus der Ferne gesehen, nicht ungünstig. Die Südstaaten, die nach dem furchtbaren Kriege und nach der Befreiung der Sklaven in irgendwelcher Weise weiterleben mußten, hatten sich irgendwie den neuen Verhältnissen anzupassen. Für die Sklavenarbeit auf den Plantagen mußte ein Ersatz gefunden werden. Hier konnte die Dampfkraft eingreifen und nach der blutigen eine friedliche Revolution einleiten; wieder aufbauen helfen, was jene zerstört hatte. Ich war nicht ohne einige Begeisterung bei diesem Gedanken, wenn auch sehr seekrank, über den Atlantischen Ozean gekommen und suchte so rasch als möglich Angriffspunkte für meine Aufgabe zu finden. Leicht fand ich es nicht nach einigen Wochen, einen Weltteil zu erschließen: man mußte offenbar an die Arbeit im kleinen und einzelnen gehen. Doch hatte die Firma Fowler Freunde und sogar Verwandte in New York und Philadelphia, ein Haus, das »in Blei« groß geworden war und zur alten Aristokratie der Quäkerstadt gehörte. Hier fand ich wenigstens Ratschläge, auf die ich mich verlassen konnte.

Eins wurde mir sofort klar: mit einem Eingangszoll von fünfundvierzig Prozent des Maschinenwertes, der für jeden Dampfpflug viertausend Dollar in Gold, siebentausend Dollar in Papier jener Tage ausmachte, war die Einführung der Dampfkultur von England aus eine augenscheinliche Unmöglichkeit. Dieses Verhältnis mußte vor allen Dingen geändert werden. Mit einem Brief der Gebrüder Tatham, meiner Berater in Philadelphia, ging ich nach Washington und stellte mich am Schenktisch des Hotels Villard einem Herrn Oberst Olcott vor, Ich fand in ihm einen klugen, energischen Mann, der im Tone biederer Offenheit den kitzlichsten Verhandlungen den wohltuenden Schein der Ehrlichkeit zu geben wußte. »Der Zweck heiligt die Mittel«, war für ihn ein über alle Zweifel erhabener Grundsatz. Es schien ihm völlig ausgeschlossen zu sein, daß in unsrer Zeit noch Menschen geboren werden könnten, die in diesem Punkt nicht völlig kapitelfest waren. Was aber die Heiligkeit des Zwecks anbelangt, so kam es eben hauptsächlich darauf an, wieviel dabei zu verdienen war.

Ein gemeinsames Frühstück, zu dem ich mir erlaubte, ihn sofort einzuladen, genügte, ihm das Wesen und die Vorzüge eines Fowlerschen Dampfpfluges zu erklären, ein Mittagsmahl, ihn von der Notwendigkeit der Einführung und Verbreitung dieses großartigen Fortschritts auf dem Gebiete der landwirtschaftlichen Technik zu überzeugen. Mit Papieren aller Art war ich wohl vorbereitet. Ein begeisterter Aufsatz, noch im Manuskript, stellte fest, daß namentlich der wirtschaftliche Wiederaufbau des Südens, dem durch die Sklavenbefreiung die Hauptquelle von Kraft und Arbeit entzogen worden war, nur durch Fowlers Dampfpflüge möglich sei, die in Ägypten in der Hand halbwilder Fellachen Wunder geschaffen hätten und in Indien hier dichtete ich beträchtlich die vertrockneten Riesenflächen entlang des Ganges in blühende Teegärten zu verwandeln in Begriff stünden. Ist es nicht die patriotische Pflicht einer erleuchteten Gesetzgebung, fragte ich in einem Wald von Ausrufungszeichen, die Einführung eines derartigen menschenbeglückenden Apparates mit allen zu Gebote stehenden Mitteln zu fördern? jeden Schritt freudig zu begrüßen, der den von ihren Irrtümern befreiten, aber heute danniederliegenden Bruderstaaten ihre materielle Wohlfahrt wiedergibt und sie gleichzeitig dem Fluch einer sündhaften Ausbeutung der Menschenkraft entzieht? Darf nicht erwartet werden, daß die weitsichtige Vertretung des größten Volkes unsrer Zeit mit Freuden das einzige Hindernis entfernt, das der Erreichung dieses herrlichen Zieles Schwierigkeiten bereitet, und ohne Verzug die Abschaffung oder wenigstens die zeitweise Aufhebung eines Prohibitivzolls auf Dampfpflüge beschließen wird?

»Sehr gut!« sagte Olcott, als ich ihm mein Memorandum vorgelesen hatte; »was bezahlen Sie dafür?«

Obgleich selbst nicht Amerikaner, war ich in einen patriotischen Schwung geraten, dem ich so rasch als möglich Einhalt tun mußte, um antworten zu können.

»Wofür?« fragte ich, ein wenig nach Luft schnappend, um Zeit zu gewinnen.

»Nun – für das Spezialgesetz, für die Aufhebung des Zolls auf Dampfpflüge, sagen wir auf ein Jahr.«

»Sagen wir auf fünf Jahre,« schlug ich vor, nach Fassung ringend.

»Gut! Nehmen wir an auf fünf Jahre. Wieviel?«

Ich schwieg. So nahe hatte ich mir das Ziel nicht gedacht. Das schien ja über alles Erwarten einfach zu sein. Aber die Frage kam mir doch mit gar zu betäubender Wucht über den Kopf.

Olcott sah mich verwundert an. Nach einer Pause bemerkte er:

»Ihr Dampfpflug mag vortrefflich sein. Das müssen Sie am besten selbst wissen. Auch was Sie da auf Ihrem Papier haben, ist nicht übel. Jedenfalls läßt sich etwas damit machen. Aber Sie glauben doch wohl selbst nicht, daß man eine wertvolle Verordnung wie die, die Sie brauchen, durch den Kongreß drückt ohne Schmiermaterial. Da hat man zunächst alle möglichen Kosten: Druckkosten, Trinkkosten, Reisekosten, Konferenzkosten, Reklamekosten alle möglichen Kosten, die sich nicht spezifizieren lassen! Doch kommen wir zum Geschäft Zeit ist Geld Wieviel?«

So rasch ging es nun doch nicht, wie ich es voreiligerweise vermutet hatte. Die Verhandlungen dauerten drei Tage. Ich wand und krümmte mich, so gut ich konnte: Olcott hatte viel Geduld mit mir. Am zweiten Tage war ich nahe daran, in einem Anfall heiligen Zorns abzureisen: er half mir selbst meinen Koffer wieder auspacken. Ich sei furchtbar grün; das sei kein Wunder, meinte er, mich entschuldigend, bei meiner kurzen Anwesenheit in diesem großen freien Lande; aber ich sei sichtlich ehrlich. Beides würde sich wohl mit der Zeit geben; dann könne noch ein tüchtiger Mann aus mir werden. Jedenfalls werde er meine Laufbahn mit großer Anteilnahme verfolgen. Ich habe ihm vorläufig viel Spaß gemacht, das einzige, was er bedaure, sei, daß ich mit ihm auf politischem Gebiete nicht ganz übereinzustimmen scheine. Dann formulierte er den zehnten Vorschlag eines Abkommens, das ihm die Dampfkultur Amerikas zinspflichtig machen sollte.

Schließlich waren wir am Ziel; wo ein Wille ist, findet sich ein Weg. »Oberst Olcott verpflichtet sich,« lautete die geheimnisvolle Vereinbarung, »nach Kräften dahin zu wirken, daß der Kongreß der Vereinigten Staaten von Nordamerika innerhalb der nächsten zwölf Monate die zollfreie Einfuhr von Dampfpflügen auf eine Reihe von Jahren, jedoch nicht unter drei, zum Gesetz erhebt. Für die hierdurch entstehenden Geschäftskosten und Bemühungen erhält Oberst Olcott von der durch Herrn Eyth vertretenen Firma zunächst zur Einleitung der erforderlichen Schritte tausend Dollar bar, sodann siebeneinhalb Prozent von jedem unter dem Gesetz eingeführten Dampfpflug, bis die erhaltene Summe zehntausend Dollar beträgt, und später zweieinhalb Prozent bis zur Wiedereinführung des gesetzlichen Normalzolls für landwirtschaftliche Maschinen.« Damit konnten wir beide zufrieden sein. Ich oder vielmehr Olcott hatte mich überzeugt, daß man auch in der größten der Republiken dem Lande nicht umsonst Wohltaten erweisen kann. Ich fühlte eine gewisse Dankbarkeit gegen den Biedermann, der mit seinem offenen Lächeln der ganzen Verhandlung jeden bösen Schein abzustreifen gewußt hatte und mit Eifer an die Arbeit zu gehen versprach. Wir schieden an den Marmorstufen des Kapitols, mit lebhaften Versicherungen gegenseitiger Hochachtung. Mir jedenfalls war es um tausend Dollar leichter zumute, was auch aus der Sache weiter werden sollte.

»Und seitdem haben Sie nichts mehr von Ihrem Oberst und Gesetzgeber gehört?« lachte Schmettkow etwas verächtlich, nachdem ich ihm die Geschichte zu meiner eignen Beruhigung beim dritten Male etwas ausführlicher mitgeteilt hatte. »Na, das wird schon kommen. Mit tausend Dollar ist mein Herr Kamerad im Norden nicht zufrieden. Ich kenne meine Pappenheimer.«

»Wir werden ja sehen,« meinte ich etwas kleinlaut; »unter tausend Dollar konnte ich wohl kaum erwarten, mit dieser Aufgabe durch Washington zu kommen. So weit kennen glücklicherweise auch meine englischen Freunde das Land. Im übrigen soll mich das alles wenig kümmern, wenn ich in ein paar Tagen meinen Dampfpflug zwischen die Finger bekomme. Dann sollen die Herren Amerikaner schon die Augen aufmachen.«

»Na, na!« machte der Oberst, in dessen Seele der Stolz des werdenden Yankees mit dem Ärger, in Amerika zu sein, in fortwährendem Kampf lag. Wir hatten, wie es die Unsitte des Landes will, halb deutsch, halb englisch gesprochen und kaum bemerkt, daß sich auch am Nachbartisch jemand niedergelassen und zu frühstücken begonnen hatte: ein älterer, gutmütig aussehender Herr mit einem furchtbaren Knotenstock.

»Na, na!« sagte auch der neue Gast, sichtlich bestrebt, deutsch zu sprechen, fuhr aber dann sogleich auf englisch fort: »Entschuldigen Sie mich, Gentlemen; ich bin Mister Lawrences Bruder; Mister Lawrence, Magnoliaplantage, Plagueminegrafschaft, Louisiana – Sie kennen ihn?« –

Wir kannten nichts von all dem, glaubten ihm aber aufs Wort. Der Mann hatte ein so ehrliches, zutrauliches Aussehen, nahm seinen Knotenstock, ein wunderbares Naturerzeugnis, zwischen die Knie, stützte sein Kinn darauf und sah uns freundlich an.

»Dampfpflüge!« fuhr er nach einer Pause fort, »Dampfpflüge das interessiert mich. Wir haben in diesem großen Land Dampfpflüge in Menge. In Vicksburg läuft einer seit drei Jahren in Cincinnati in Chicago«

»Mein lieber Herr!« sagte ich etwas erregt, denn er hatte mich an einer wunden Stelle berührt, »das geht nicht! Ich bin noch nicht lange in Ihrem großen und ruhmgekrönten Land, aber eins weiß ich: den amerikanischen Dampfpflug, von dem mir jedermann erzählt hat, hat noch niemand gesehen. Haben sie ihn schon gesehen?«

»In Baltimore ist einer,« fuhr Herrn Lawrences Bruder ausweichend, aber eifrig fort, »in Sankt Louis hat erst vor wenig Wochen ein außerordentlich talentvoller Milchhändler einen Pflug erfunden, der mit dem Wind segelt. Warten Sie ein wenig; sehen Sie, hier!« Er zog aus seinem geräumigen Rock ein großes blaues Heft hervor, nachdem er sechs kleine Tüten, die mit Zuckerproben gefüllt waren, auf den Tisch gelegt hatte. Das blaue Heft enthielt zahllose kreuz und quer eingeklebte Zeitungsausschnitte, unter denen er eifrig nach dem gewünschten segelnden Pflug suchte.

»Haben Sie ihn gesehen?« fragte ich hartnäckig. »Nein!« »Nun will ich Ihnen erzählen, wie es mir in diesem großen und erleuchteten Land damit ging. Auf der Überfahrt von Liverpool nach Boston sagte mir die ganze Schiffsgesellschaft, soweit sie amerikanisch war, daß es bei ihnen von Dampfpflügen wimmeln müsse. Ein Herr aus Boston meinte, in seiner Vaterstadt seien allein drei, wahrscheinlich in vollem Gang, denn er erinnere sich, schon als Schuljunge davon gehört zu haben. Ich hielt mich zwei Tage auf, um sie zu finden. Niemand wußte etwas davon. Aber in Philadelphia sei ein blühendes Geschäft, das sie fabriziere. Ich interessiere mich ein wenig dafür: es ist mein Handwerk. Ich gehe also nach Philadelphia und finde mit Mühe und Not die Adresse eines Herrn in New York, der einmal mit einem englischen Geschäft korrespondiert habe, um sich einen kommen zu lassen. Es wurde nichts daraus wegen des hohen Eingangszolls. Aber in Cincinnati sei ein Mister Fox; der mache amerikanische Dampfpflüge, hauptsächlich fürs Präriepflügen, höre ich in der Metropole der Welt. Ich gehe nach Cincinnati. Mister Fox war tot. In einem Schuppen fand ich eine alte Straßenlokomotive, die seiner armen Schwester gehörte und aussah, als ob sie Noah gebaut hätte. Pflüge wollte ich sehen? Nein, das sei nicht zum Pflügen, das sei ein Lastwagen mit Dampfbetrieb, erklärte mir die Schwester. Aber in Chicago: dort werden für die Maisfelder von Illinois Hunderte von Dampfpflügen gebaut. Ich war auf dem Weg nach dem Süden, aber ich ließ michs nicht verdrießen: ich gehe nach Chicago. Die Firma Thompson & Smith, von der ich in Cincinnati gehört hatte, war bankrott. Einen Dampfpflug habe sie nie gebaut. Dagegen habe allerdings Mister Thompson einen erfunden, der zehn Morgen in drei Minuten aufbreche. Nur der Bankrott sei ungeschickterweise dazwischen gekommen, die epochemachende Erfindung auszuführen. jetzt sei er in Kalifornien, um das Geschäft fortzusetzen. Dort werde eigentlich nur noch mit amerikanischen Dampfpflügen gearbeitet. So werde es in Louisiana wahrscheinlich auch sein, namentlich in New Orleans, seitdem die Sklavenarbeit aufgehört habe. Hier bin ich jetzt, Mister Lawrence,« schloß ich, ganz warm von meinem Bericht, »und Sie schicken mich nach Vicksburg. Bei Gott, es ist ein großes Land, Ihr Amerika! Aber die Geschichte von seinen Dampfpflügen fängt an, etwas monoton zu werden.«

Lawrence tat, als ob er mir nicht zugehört hätte, und suchte eifrig in seinem blauen Heft.

»Sehen Sie hier!« rief er triumphierend. »Vicksburg, den 2. November 1866 – nanu! Das ist eigentlich etwas andres, aber nicht weniger interessant, und zeigt Ihnen, was unsre Erfinder leisten. Ein Land mit solchen geistigen Kräften ist nicht umzubringen, darauf können Sie wetten. Hören Sie zu. Vicksburg, den 2.November. Wir vernehmen mit Vergnügen, daß es einem unserer Mitbürger, einem genialen jungen Erfinder, Mr. Hodgekiß, nach langem Studium und kostspieligen Versuchen gelungen ist, einen Dampfneger zu konstruieren. Derselbe kann bereits Holz sägen, Maiskolben raspeln und Zuckerrohr kauen. In der gegenwärtigen verzweifelten Lage unsers Südens ist die Erfindung von der höchsten Bedeutung. Der Neger ist gegen ein Eintrittsgeld von fünfzig Cents zu New York, 218 Fultonstreet, zu sehen. Der geniale Erfinder ist nunmehr eifrig damit beschäftigt, auch ein Dampfmaultier anzufertigen, teilt uns jedoch in der liebenswürdigsten Weise mit, daß dies eine sehr viel schwierigere Aufgabe sei als die von ihm bereits glücklich gelöste. Es wird dies jedermann, auch der Nichttechniker, begreifen, wenn man bedenkt, daß ein Maultier gewöhnlich vier artikulierte Beine in Bewegung setzen muß, während der Neger nur zweibeinig ist. Mr. Hodgekiß ist übrigens noch nicht zweiundzwanzig Jahre alt und im Begriff, sich mit der reizenden Miß Evelin Sharp aus Warrenton zu verheiraten. Er geht mit dem Plane um, auf Grund seiner Erfindungen eine Dampfneger- und Maultier-Aktiengesellschaft mit beschränkter Haftung zu gründen, worauf wir Kapitalisten und Freunde der Regeneration des Südens besonders aufmerksam machen.«

»Wieviel Aktien haben Sie genommen?« fragte Oberst von Schmettkow Herrn Lawrence, der sich siegreich umsah.

»Vorläufig noch keine,« sagte Lawrence, ohne eine Miene zu verziehen. »Mein Bruder befindet sich augenblicklich im Norden und will sich den Neger erst ansehen. Das ist nicht mehr so einfach wie früher. Sie wissen, mein Bruder ist ein vortrefflicher Geschäftsmann und läßt sich nicht einseifen. Man muß sich mit den Yankees in acht nehmen. Auch in der guten alten Zeit haben wir keine Neger gekauft, ohne sie anzusehen. Und wenn Sie uns Ihren Dampfpflug zeigen, wer weiß, dann läßt mein Bruder am Ende den Dampfneger fahren und läuft Ihnen nach. Es soll mich freuen, Mister Mister wie heißen Sie?«

Ich befriedigte seine Neugierde.

Wir schüttelten uns heftig die Hände, während ich mich zum Fortgehen anschickte. »Mister Lawrences Bruder« gefiel mir, obgleich mir noch nicht ganz klar war, was ich aus ihm machen sollte. Jedenfalls war er ein lebender Beweis der Zuträglichkeit des Klimas von Louisiana, über das man mir in der Ferne viel Böses gesagt hatte. Sein breites Gesicht lachte harmlos, seine Äuglein blinzelten listig hinter den roten Wangen und unter den struppigen weißen Augenbrauen. Ein kindlicher Glaube an die unbegrenzten Möglichkeiten des menschlichen Fortschritts schien der leitende Gedanke, die Poesie seines Lebens zu sein und ihn häufig, nach Art der Poesie, in etwas nebelhafte Regionen zu entführen. Wenn jedoch von Dollars die Rede war, hatte er plötzlich festen Grund unter den Füßen. Er hoffte, mich wiederzusehen. Wenn mein Dampfpflug ankäme, wolle er der erste sein, der seinen Ruhm in der Crescent City verkündige. Und seinen Bruder wolle er mitbringen! »Sie wissen, wir haben dreitausend Acker Land in Zucker. Das ist kein Kinderspiel ein Jahr nach dem Krieg, wenn alles die Arme hängen läßt und die verfluchten Reisesäckler dem Süden den letzten Blutstropfen aussaugen. General Longstreet, sagen Sie? Sie gehen zu General Longstreet? Das ist ein Mann, wie er sein soll, Mister Eyth, unser bester Soldat und heute der ehrlichste Baumwollmakler in ganz Louisiana. Ich werde Sie begleiten. Es ist mir eine Ehre, Sie zu General Longstreet zu begleiten.«

»Passen Sie auf!« flüsterte mir Schmettkow zu, der sich's zur Lebensaufgabe gemacht zu haben schien, mich vor den üblichen Gefahren des Landes zu schützen.

Dann gingen wir in die glühende Helle der Kanalstraße hinaus.

Eine Generalversammlung

Die Geschäftszimmer der Firma Longstreet, Owen & Co. in der Jacksonstraße bestanden aus zwei geräumigen, hellen Gemächern mit dem freundlichen Ausblick auf einen etwas verwilderten Garten, in dem Palmetten, Kaktusbirnen und Aloes in der weißen Vormittagssonne schimmerten. Er mußte vor fünf Jahren ein prachtvolles Bild südlicher Pflanzenüppigkeit geboten haben. jetzt schien er sich selbst überlassen zu sein, und seine Lianen machten ernstlich Anstalt, über das Haus wegzukriechen, um sich dessen Straßenfront anzusehen. Im äußeren, größeren Zimmer hausten die zwei jungen Owen, von denen der eine Major, der andre Kapitän genannt wurde. Dies waren sichtlich keine bloßen Ehrentitel: der Major hinkte infolge eines Schusses im Bein, der Kapitän hatte einen tiefen Säbelhieb in der im übrigen rosigen Wange. Das zweite, kleinere Gelaß war das Geschäftszimmer des Generals Longstreet, den Freund und Feind im Süden mit sichtlicher Hochachtung die rechte Hand des Generals Lee zu nennen pflegten, seitdem Longstreet selbst nur noch eine linke hatte. Seine eigne Rechte lag auf dem Schlachtfeld bei Chattanooga. Alle drei waren jetzt ehrsame Baumwollmakler und Generalagenten für alles mögliche, was der Süden brauchen oder nicht brauchen konnte, auch für unsre Dampfpflüge. Ich selbst bin ein Mann des Friedens, und als mich der junge Owen mit der liebenswürdigsten Höflichkeit des Südländers bat, ein wenig zu warten, da sich General Beauregard und General Taylor augenblicklich bei General Longstreet befänden, wurde es mir doch etwas zu schwül in dieser kriegerischen Umgebung, trotz der Baumwollproben, die auf allen Tischen und Gesimsen umherstanden. Doch so ist nun einmal das amerikanische Leben. Gestern standen die drei Männer, die im Nebenzimmer das Sinken der Baumwollpreise besprachen, an der Spitze von Armeen und schrieben in blutigen Schriftzügen an der Geschichte der Neuen Welt. Beauregard hatte zur Eröffnung des großen Bürgerkriegs die ersten Schüsse bei Fort Sumter abgefeuert, Taylor war vier blutige Jahre lang der Soldatenliebling aller Damen Louisianas gewesen, und Longstreet, eine mächtige, echt ritterliche Gestalt, hatte bis zum bitteren Ende beim Appomatox-Courthouse mit seiner verstümmelten Rechten an der Seite seines großen Chefs gefochten, wobei ihm die beiden Owen als seine persönlichen Adjutanten zur Seite standen. Der Kapitän hatte mir schon davon erzählt, wie es ihm und den Tausenden seiner halbverbluteten Kameraden am Abend bei der Obergabe der Armee, die den furchtbaren Krieg beendete, zumute gewesen war, wie ihm und allen andern eine Zentnerlast vom Herzen gefallen sei, an der sie seit Monaten geschleppt, und wie er in der nächsten halben Stunde sein armes, halbtotes Pferd um zweiunddreißigtausend Dollar in konföderiertem Papiergeld verkauft und ein paar Stiefel um vierhundertachtzig Dollar gekauft habe. So stand es damals um Stiefel, Pferde und Geld. Etwas besser war's nun doch schon geworden. Taylor war Präsident des kleinen versumpften Kanals, der von New Orleans nach dem Pont Chartrin führt, Beauregard geschäftlicher Leiter einer im Bau begriffenen Bahn nach Texas, Longstreet und seine einstigen Adjutanten Baumwollhändler. Der Major war nicht anwesend. Er sagte mir, sein jüngerer Bruder sei auch in kaufmännischen Dingen noch heute Longstreets rechte Hand. Lauter rechte Hände, dachte ich, und doch ist die »große Sache« schiefgegangen.

Während mein neuer Freund Lawrence sofort in lebhaftem Gespräch mit dein jungen Owen seine Zuckertüten aus der Tasche holte, sie auf den Tisch schüttete und ihn für die herrlichen Kristalle der Magnolienplantage zu begeistern suchte, öffnete sich die Tür des Nebenzimmers, und Longstreets breites, treuherziges Soldatengesicht winkte mir zu, einzutreten. Die beiden andern Heerführer standen um ein Tischchen und zupften mit jener langsamen, sachverständigen Handbewegung Baumwollflocken auseinander, die bewies, daß sie wußten, was sie taten. Jedes Gewerbe hat gewisse zünftige Bewegungen, an denen sich die Eingeweihten sofort erkennen: man weiß, wie der richtige Getreidehändler das Korn von einer Hand in die andere rollen läßt, der Zuckersieder den zähflüssigen Zucker zwischen Daumen und Zeigefinger ausspinnt und der Gastwirt seinen Kaviar empfiehlt, indem er Daumen und Zeigefinger zusammendrückt und mit halbgeschlossenen Augen den Mund zuspitzt, als ob er küssen oder pfeifen wollte. So wußte ich nun auch, daß sämtliche drei Generale aus Familien stammten, die große Baumwollplantagen besessen hatten.

Longstreet stellte mich vor: »Herr Eyth, Ingenieur und Vertreter der berühmten Firma John Fowler & Co. aus Leeds in England; Herr Eyth ist im Begriff, Gentlemen, einen Ersatz für unsre Neger in

Louisiana einzuführen, so daß die farbigen Gentlemen sich in Zukunft mit größerer Ruhe der Anfertigung unsrer neuen Konstitution widmen können.«

Beauregard, ein schweigsamer Mann mit weißen Haaren, machte ein finsteres Gesicht und zeigte keine Lust, auf Longstreets Witzchen einzugehen. Der kleine elastische General Taylor dagegen lachte.

»Was hilft das Zähneknirschen, Beauregard?« sagte er munter. »Wir sind geschlagen. Darüber ist kein Zweifel. Man muß sehen, wie man sich daran gewöhnt. Waren Sie schon in unserem Abgeordnetenhaus?« wandte er sich an mich. »Dorthin müssen Sie gehen. Alles schwarz. So etwas hat man nicht gesehen, seit sich der Erdball um die Sonne dreht. Mein Plantagenhufschmied, der mich seinerzeit dreihundert Dollar kostete, ist erster Schriftführer. Aber reden sollten Sie den Mann hören! Alle sechs Wochen erhöhen die Herren in namentlicher Abstimmung ihre Tagegelder. Bis jetzt war dies ihre einzige gesetzgeberische Tätigkeit. Aber reden muß man sie hören. O Jerusalem! §§§«

»Mittlerweile müssen wir jetzt danach sehen, wie man Maulesel beschlägt,« meinte Longstreet, »und den Boden aufreißt, Kanalschiffe durch die alten Swamps schleppt und Schienen im Sand von Texas begräbt. Das ist Beauregards Spezialität. Sie wollen uns pflügen helfen, Herr Eyth?«

»Ich hoffe so, General,« antwortete ich mit erwachender Zuversicht und fühlte mich den drei Helden des großen Bürgerkriegs mit jeder Minute menschlich näher. »Der Dampf hat schon größere Schwierigkeiten überwunden.«

»Sie scheinen einen guten Glauben an den Dampf zu haben,« meinte Beauregard grimmig. »Vor fünf Jahren ging mirs ähnlich. mit dem Pulverdampf!«

»Wenn einmal die erste Lokomotive über seine Texasstrandlinie läuft, wird sein Glaube wieder lebendig werden,« sagte Taylor tröstend. »Nehmen Sie ihm ein paar hundert Aktien ab, Herr Eyth, wenn Sie den alten Bären lachen sehen wollen. Ich habe leider mit dem größeren Teil meines Vermögens meinen Salon tapezieren lassen: alles echte konföderierte Tausenddollarnoten, die die Yankees für uns fabrizierten. Das müssen Sie sich ansehen, ehe Sie uns verlassen. Verstehen Sie etwas von Kanalschiffahrt? Ich nicht; ein unbehagliches Gefühl ist es für einen Soldaten und Kanaldirektor.«

Als in diesem Augenblick Major Owen eintrat, verabschiedeten sich die Herren mir gegenüber mit allgemeinem Händeschütteln, untereinander mit halb militärischen Grüßen und kaum bemerkbaren Blicken, die jedoch erraten ließen, daß sich unter der Oberfläche einer zu lauten Heiterkeit manches regte, das der Fremde nicht zu sehen brauchte.

»Galgenhumor!« sagte Longstreet, von der Tür zurückkommend, mit einem leichten Schatten auf seinem guten, wohlwollenden Gesicht. »Taylor hat sein ganzes, großes Vermögen endgültig verloren. Er hat zwei Schwestern, vor fünf Jahren die Ersten Damen von New Orleans, die eine Nähschule anfangen wollen, um zu leben. Übrigens geht es uns allen nicht viel besser. Doch es wird wieder anders kommen! Bei Gott, schlechter kann's nicht werden! Ihr Schiff, der Wilde Westen, muß jeden Augenblick hier sein, Herr Eyth. Der Major ist auf dem Zollamt, um den Betrag des Zolls festzustellen. Er hofft, Ihren Pflug um fünfzehnhundert Dollar hereinzubekommen. Natürlich muß er erklären, daß die ganze Sendung aus rohem Gußeisen besteht. Das wird ihm um so leichter, als er noch nichts davon gesehen hat und einen Dampfpflug von einem Bienenkorb nicht unterscheiden kann, wenigstens zollamtlich. Sie sehen, wir haben schon einiges von unsern nordischen Freunden gelernt. Im schlimmsten Fall müßten Sie allerdings beschwören, daß die Angaben meines Geschäftsteilhabers ihre Richtigkeit haben.«

Ich schnappte nach Luft. jedermann kannte Longstreet als einen Ehrenmann ohne Furcht und Tadel, und seine treuherzigen blauen Augen sahen so kindlich in die Welt hinaus, daß ihm der größte europäische Spitzbube aufs Wort geglaubt hätte.

»Aber, General, das geht wirklich etwas zu weit,« stotterte ich. »Gußeisen! Seit zehn Jahren trompeten wir in Wort und Schrift in alle Welt hinaus, daß wir den besten Stahl an Stelle jedes Stückchens Gußeisen anwenden, das durch Stahl zu ersetzen ist. Ich habe erst gestern einen Zeitungsartikel an den ›New Orleans Picayune‹ gesandt, in dem ich mit Nachdruck darauf hinweise.«

»Und ist das alles, was Sie da geschrieben haben, so ganz wörtlich zu nehmen?« fragte Longstreet, indem er mich zutraulich anblinzelte. »Sehen Sie, lieber Herr Eyth, Sie müssen sich in unsere Sitten einleben. Geschworen wird bei uns das Blaue vom Himmel herunter; an das müssen Sie sich vor allen Dingen gewöhnen. Auf dem hiesigen Zollamt werden an guten Tagen etliche fünfzig Eide geleistet. Schweinefleisch, Baumwollballen, Stockfische, Seidenkleider, Guß- und Schmiedeeisen, alles was die Barre passiert, wird im Namen des allmächtigen Gottes für das erklärt, was es meist nicht ist. Die ganze Union ist entlang ihrer zwölftausend Meilen langen Grenze von einem Schnellfeuer von Meineiden beschützt, die jahraus jahrein ununterbrochen, außer am Sabbat, gen Himmel knallen. Das verlangt die Konstitution dieses großen und erleuchteten Landes und gehört zum Segen des Schutzzolles. Sie sehen, wir sind ein religiöses und gesetzliebendes Volk, seitdem wir wieder zur glorreichen, unteilbaren Republik gehören und ein Rudel Schwarzer unsre Gesetze macht. Auch uns, den alten Herrn von Louisiana, wird es nicht immer ganz leicht, im neuen Fahrwasser zu schwimmen, das kann ich Ihnen unter der Hand versichern.«

Major Owen trat ein, ein noch junger, hübscher Mann, dem man übrigens die Strapazen einer harten Zeit deutlich ansah und bei dem unter der höflich lächelnden Oberfläche häufiger als bei Longstreet der verhaltene Grimm, die kochende Bitterkeit gegen die Verhältnisse durchbrach, in denen wir lebten. Der kurze Gruß der beiden zeigte deutlich die soldatischen Beziehungen der kaum vergangenen Zeit und zugleich von seiten des jüngeren Mannes eine fast schwärmerische Verehrung für den älteren. Man weiß in langen Friedenszeiten so viel von der Verrohung zu erzählen, die der Krieg mit sich bringt. Mitten im Kampf und oft genug nach demselben sieht man nicht selten auch Blüten und Früchte andrer Art.

Nein, es sei nichts mit den fünfzehnhundert Dollar, berichtete der Major. Der Zolldirektor, ein regelrechter Reisesackpolitiker aus dem Norden, bestehe auf dem vollen Zoll von viertausendzweihundert Dollar in Gold, wenn ich nicht vielleicht bereit sei, andre Überredungskünste in Bewegung zu setzen.

»Wieviel?« fragte ich. Diese Form der Frage begann mir schon geläufiger zu werden.

»Ich denke, mit fünfhundert Dollar ließe sich der Gußeisenzoll erreichen,« sagte der Major nachdenklich. »Das wären noch immer zweitausend Dollar in Ihre Tasche. Aber bei Jupiter! das müssen Sie selbst regeln, Herr Eyth. Ich habe die Spitzbubengeschichte satt.«

»Und ich bin für eine solche Verhandlung noch nicht lange genug in Ihrem großen und erleuchteten Lande gewesen!« rief ich in einer Aufwallung moralischer Entrüstung, die beide Herren höchlich belustigte.

»Aber Sie kommen doch aus der Türkei oder aus Ägypten,« meinte Longstreet nach einer Pause.

»Wohl wahr, und ich überlege selbst gelegentlich, worin eigentlich der Unterschied liegt. Das tröstliche Wort Backschisch erklärt ihn vielleicht teilweise. Dort, einem schmunzelnden Effendi gegenüber, hat man das Gefühl, als sei dies alles, wie es der Schöpfer gewollt hat, als habe man es mit einer andern Gattung von Säugetieren zu tun, die nun einmal nicht leben können, wenn sie nicht geschmiert werden. Hier, im Verkehr mit Herren in schwarzen Sonntagshosen, mit einem Gesicht ernst und ehrenfest und wie aus Holz geschnitzt, finde ich den richtigen Ton noch nicht.«

»Das wird kommen, Herr Eyth,« meinte Longstreet, »ich fürchte, das wird rasch genug kommen. Eine im Grunde aufrichtige Natur wie Sie findet sich bei uns bald zurecht. Man muß uns nur verstehen. Sie haben noch keinen Begriff davon, mit welcher Ehrlichkeit unsre Spitzbuben zu Werke gehen. Lesen Sie die Verhandlungen, in denen der große Boß des Tamanyrings, Mister Tweed, in New York seit ein paar Wochen glänzt. Sie kommen gerade zur rechten Zeit hierher. Wir wissen das alles schon seit fünf Jahren: für Sie ist es eine gute Anfangslektion. Bitte, beachten Sie die Ehrlichkeit, mit welcher der Mann seine fünfzig Millionen aus dem Steuerbeutel der New Yorker gestohlen hat. Keine Intrigen wie in der alten, verrotteten Welt, aus der Sie kommen, keine Heimlichkeiten, keine Hintertreppengemeinheiten. Alles offen und geradeaus, was man auf beiden Seiten des Wassers fair play nennt. Ich greife in die Stadtkasse und hole mir eine Million heraus ungezählt. Sie, Mister Schatzmeister, drücken die Augen zu und erhalten hierfür dreimalhunderttausend Dollar. Abgemacht? sagt der eine. Abgemacht! sagt der andre. Das war die Formel für alle Geschäfte des großen Mannes, der New

York bis gestern regierte. Möglich, daß er jetzt ins Zuchthaus wandert. Alle zwölf Jahre schüttelt sich das unglaublich faule Volk der wirklich achtbaren Leute, und das Geschmeiß fällt ab. Wahrscheinlicher ist aber, daß er das Geschäft nach einigen Monaten wieder aufnimmt. Ein andrer, wenn nicht er, tut es sicher.«

Ich erzählte, was ich mit Olcott in Washington vereinbart hatte.

»Sehr schön,« sagte Longstreet, »für einen Anfang sogar recht brav gemacht! Olcott? Olcott? Ich erinnere mich des Namens.Major, wissen Sie, wo wir einem Olcott begegnet sind?«

»Wenn es der Artilleriehauptmann ist, der uns bei Chattanooga gegenüberstand,« sagte Owen, »so ist es wenigstens ein braver Soldat. Der Mann stand bei seinen zerschossenen Kanonen, bis der letzte Artillerist am Boden lag. James Olcott. Ich ließ mir den Namen von ein paar Gefangenen sagen, die zu seiner Batterie gehört hatten. Er selber entwischte uns schließlich doch.«

»James Olcott!« rief ich erfreut, »das stimmt! Da glauben Sie wohl auch, daß ich an den richtigen Mann geraten bin, der unsre Sache ehrlich vertreten wird?«

»Was das betrifft,« meinte Longstreet gedehnt, »warten wir's ab! Bei Chattanooga hätte ich dem Mann mein Vermögen samt Weib und Kind anvertraut, in Washington würde ich keinen roten Cent an ihn wagen. Für den Augenblick hilft uns Ihr Freund jedenfalls nichts. Sie müssen sich entscheiden: entweder bleibt der Pflug unter Zollverschluß, bis der Kongreß zu einer Entscheidung kommt das mag sechs Wochen dauern oder sechs Monate oder sechs Jahre, kein Mensch kann es wissen oder Sie entschließen sich, die viertausendzweihundert Dollar zu zahlen. Einen dritten Ausweg sehe ich nicht, wenn Sie dem Zolldirektor keinen Privatbesuch machen mögen. Was wollen Sie tun?«

»Aber so viel Geld habe ich nicht hier,« bemerkte ich sorgenvoll.

»Natürlich, doch das ist einfach!« tröstete Longstreet. »Ein Wechsel auf Ihre Freunde in London regelt die Sache in drei Minuten.«

Kapitän Owens rosiges Gesicht sah zu der sich leise öffnenden Tür herein:

»Kann Sie Mister Lawrence sprechen, General? Der Bruder des Mister Lawrence von der Magnoliaplantage. Es betrifft den Dampfpflug.«

»Sicherlich!« rief Longstreet fröhlich. »Wie geht es Ihnen, Mister Lawrence?« Mister Lawrence stand nämlich schon mitten im Zimmer, den Hut auf dem Hinterkopf, beide Hände auf dem Knotenstock, die stämmigen Beinchen ausgespreizt wie eine kleine Kopie des Kolosses von Rhodos, und lächelte uns der Reihe nach verständnisvoll an.

»Wie geht es Ihnen, General?« rief er eifrig. »Ich bin Mister Lawrences Bruder von Magnoliaplantage, Plagueminegrafschaft; Sie wissen, General? Ein guter Südländer in der Zeit der Sezession. Aber wir müssen mit den Wölfen heulen und schließlich auch dampfpflügen, wenn unsre farbigen Herren es wünschen. Übrigens bin ich im Ausschuß der Landwirtschaftsgesellschaft von Louisiana und habe Ihnen einen Vorschlag zu machen.«

»Was, sind Sie noch nicht bankrott?« fragte Longstreet verwundert.

»Die Landwirtschaftsgesellschaft? Noch nicht, im Gegenteil. Wir haben bloß kein Geld. Aber hier dieser Gentleman aus der Alten Welt hat mir eine Idee eingegeben, aus der sich etwas machen läßt. Wir haben unsern Ausstellungspark vor der Stadt, einen prächtigen Platz. Die Herren Owen kennen ihn; Rennbahn, Tribüne, alles. Wir machen den nötigen Lärm, dafür lassen Sie mich sorgen. Herr Eyth läßt dort seinen Dampfpflug laufen, und die ganze Welt strömt zusammen, das Weltwunder anzustaunen. Überall hört man vom Dampfpflug; kein Mensch hat das Ding je gesehen. Das muß ziehen. Die Landwirtschaftsgesellschaft nimmt das Eintrittsgeld; Sie, General, haben die Ehre, den Süden zum zweitenmal zu retten; das heißt« Lawrence wurde sichtlich verlegen »das heißt zum erstenmal, und Mister Eyth verkauft ungezählte Apparate an die Yankees, die unsre Plantagen in Besitz genommen haben und nicht wissen, was sie jetzt weiter tun sollen.«

»Und die Kosten?« fragte ich nicht ganz ohne Bedenken, obgleich Lawrences Plan wie ein Lichtstrahl in das zweifelhafte Dunkel fiel, in dem ich bis jetzt gelebt hatte. Denn auch ich wußte kaum, wie ich weiterkommen sollte. »Es kostet ein rundes Sümmchen, Herr Lawrence, den großen Apparat, sagen wir, eine Woche lang auf Ihrem Ausstellungsplatz in Gang zu halten.«

»Ganz einfach!« sprudelte mein neuer Freund. »Die Landwirtschaftsgesellschaft von Louisiana schreibt einen glänzenden Preis für den besten Dampfpflug aus. Sie erhalten den Preis, den wir aus den Eintrittsgeldern bezahlen. Was kostet der Rummel, wenn wir acht Tage arbeiten?«

»Ich denke, ich sollte mindestens fünfhundert Dollar haben, um die Kosten zu decken,« sagte ich, mit höchst unnötiger Gewissenhaftigkeit kopf rechnend.

»Sagen wir siebenhundertundfünfzig!« meinte Lawrence. »Gut! Morgen schreibt unser Komitee einen Preis von siebenhundertundfünfzig Dollar aus; dafür lassen Sie mich sorgen.«

»Sie können nichts Gescheiteres tun, als ja sagen, Herr Eyth,« sagte Longstreet, sichtlich erstaunt über mein Zaudern. »Mister Lawrences Bruder ist ein praktischer Mann, das sieht man auf den ersten Blick. Ich gratuliere ihnen, Herr Lawrence! Sie sind ein würdiges Ausschußmitglied unserer großen Landwirtschaftsgesellschaft von Louisiana!«

»Wann kann die Prüfung losgehen, Mister Eyth?« fragte Lawrence, ohne des Generals Komplimente zu beachten, indem er seinen Hut noch weiter auf den Hinterkopf schob, der vor Eifer zu dampfen schien.

Das war der rasche Pulsschlag des amerikanischen Lebens, der uns langsame Europäer manchmal fast betäubt. Ich hatte, wie es schien, zehn Sekunden Zeit, mir alles zu überlegen. Der Pflug, in etlichen fünfzig gewaltigen Kisten, schwamm noch wohlverpackt und unverzollt auf dem Mississippi. Ich wußte nicht, ob der unentbehrliche Monteur und Dampfpflüger mitgekommen war, ohne den es nahezu unmöglich war, eine öffentliche Vorstellung mit dem neuen Apparat und einer Bemannung von völlig unerfahrenen Heizern und Pflügern zu geben. Dann, wer weiß, in welch unpflügbarem Zustand sich der gerühmte Ausstellungspark befand, in dem das Experiment stattfinden sollte. Doch es war nicht mein erster rascher Entschluß. Frisch gewagt ist halb gewonnen, und die vierzehn Tage Wartens in der schwülen Luft des Mississippideltas hatten mich ein wenig ungeduldig und tatendurstig gemacht.

»Haben Sie ein Wechselformular zur Hand?« fragte ich.

Major Owen reichte mir die Feder; das Papier lag bereits säuberlich ausgeschrieben auf des Generals Schreibtisch, der es in wundersam wackligen, nach links fallenden Schriftzügen mit seiner noch vorhandenen Hand ausgefüllt hatte, während wir uns unterhielten. Ich unterzeichnete das Dokument, demzufolge die Herren John Fowler & Co. sich verpflichteten, vierzehn Tage nach Sicht dem Überbringer viertausendzweihundert Dollar in Gold auszuzahlen.

Der Major verabschiedete sich mit dem kleinen Zettel, um ihn zu versilbern. Es war keine Zeit zu verlieren. Ein Junge stand im äußeren Bureau mit der Nachricht, daß der »Wilde Westen« soeben am Fuß der Tschapatulastraße anlege. Der Kapitän wolle wissen, was mit den fünfzig Maschinenkisten geschehen solle, die sofort ausgeladen werden müßten, da der Pflug als Deckladung verschifft sei.

Und damit hatte ich ja meinen Pflug und konnte die Neue Welt fünfzehn Zoll tief aufbrechen, wann und wo ich wollte!

Die erste Großmacht unsrer Zeit

Herrn Lawrences Bruder nahm seinen Knotenstock unter den Arm und rieb sich die Hände vor Vergnügen, als wir Longstreets Bureau verließen. »Sehen Sie, das freut mich!« rief er noch unter der Türe. »Seit sechs Monaten gebe ich mir alle erdenkliche Mühe, den Dampfnigger hierherzubekommen. Aber der Kerl will zu viel Geld und verlangt dazu noch Vorausbezahlung. Das geht nicht. Der Erfinder ist kein Südländer, darauf können Sie wetten, und wenn er zehnmal in Vicksburg geboren wäre. Ein kniffiger Yankee, ohne Zweifel, der kein Herz unter den Rippen hat, wie alle. Nun haben wir dafür einen Dampfpflug und Sie! Und Sie Sie sind« er suchte offenbar nach einem schmeichelhaften Ausdruck, doch was ihm einfiel, schien diesem löblichen Streben kaum zu entsprechen, so kam schließlich nicht viel dabei heraus »Sie sind ein vernünftiger Mensch, ein ganz vernünftiger Mensch! Wenn ich etwas für Sie tun kann, Mister Eyth, rechnen Sie auf mich und meinen Bruder, der in vierzehn Tagen zurückkommt. Sie müssen sich die Magnoliaplantage ansehen, wenn Sie Land sehen wollen und Zucker. Haben Sie die hiesigen Zeitungsredaktionen schon besucht?«

»Nein. Wozu?«

»Was! Sie haben die Redaktionen nicht besucht und einen Dampfpflug am Fuße der Tschapatulastraße? Sie sind wohl nicht bei Trost! Das heißt verzeihen Sie Sie kennen dieses große Land noch zu wenig, lieber Freund. Das erste ist, allen Redakteuren von New Orleans Ihre Aufwartung zu machen. Es ist weitaus billiger als jeder andre Weg. Ich werde Sie begleiten.«

»Sehr gütig, Herr Lawrence,« versetzte ich, »aber ich wollte vor allen Dingen nach meinen Kisten sehen und hauptsächlich auch nach einem Monteur, der im Wilden Westen mitgekommen sein muß und sich nicht zu helfen weiß.«

»Das ist alles Nebensache,« erklärte mein hitziger Freund. »Die Redaktionen müssen Sie besuchen, ohne eine Minute zu verlieren. Ich werde Sie vorstellen. Und dann gehen wir zum Sekretär der Landwirtschaftsgesellschaft. Donnerwetter!« er blieb stehen; es schien ihm plötzlich etwas einzufallen »Ich glaube, ich habe Ihnen versprochen, daß die Gesellschaft morgen einen Preis von siebenhundertundfünfzig Dollar für den besten Dampfpflug aussetzen wird. Wir müssen doch wohl eine Komiteesitzung abhalten.«

Der Hickorystock setzte sich in Bewegung. Lawrence, flink wie ein Wiesel, hinterher. Ich folgte fast willenlos: die kleine Verkörperung eines Wirbelwindes riß mich mit. Ich mußte mich zum wenigsten vergewissern, ob es mit der Komiteesitzung ernst werden würde, von deren noch sehr zweifelhaften Beschlüssen meine nächsten Schritte abhingen.

In der St.-Charles-Straße fanden wir das übliche Gewimmel von Menschen und Tieren. Es war kaum möglich, meinem übereifrigen Führer zu folgen. Da plötzlich, hinter dem Rücken eines vierschrötigen Negers, war er verschwunden, als hätte ihn vor meinen Augen die Erde verschlungen, ohne sich zu öffnen. Ich stand etwas erschrocken und völlig ratlos da, ging auf den Fußsteig der Straße, vom Strom der Vorübergehenden geschoben und gestoßen, zehn Schritte weiter, dann zehn Schritte zurück, und wiederholte dies mit wachsendem Staunen. Lawrence blieb verschwunden. War die ganze Landwirtschaftsgesellschaft von Louisiana samt ihrem Ausschußmitglied eine amerikanische Sinnestäuschung gewesen, deren Bedeutung ich noch nicht begreifen konnte?

Plötzlich hörte ich aus dem Dunkel eines kleinen Tunnels, der unmittelbar von der Straße in ein altes, finsteres Gebäude führte, die mir wohlbekannte Stimme: »Wo stecken Sie denn? Hier haust der Picayune! Kommen Sie! Schnell!«

Ich stürzte mich erfreut in die stockfinstre Nacht, in der mein wiedergefundener Freund völlig zu Hause zu sein schien, erwischte ihn am Rockärmel und war entschlossen, ihn nicht mehr zu verlieren, bis der Preis für den besten Dampfpflug schwarz auf weiß ausgeschrieben war.

»Dies sind die Geschäftsräume des Picayune,« sagte er, mich an der Wand des Tunnels vorwärtstreibend; »das älteste Blatt der Stadt. Die größte Zeitung im Süden. Nehmen Sie sich in acht, was Sie sagen. Guter Demokrat. Südliche Sympathien. Der Redakteur ist Oberst, hat in Texas kommandiert, aber nicht viel Schlachten gewonnen. Mehr Federmann. Hier sind wir!«

Es dämmerte in der Wand, die sich teilweise auf meinen Rock übertragen hatte. Seitlich ging es eine schmale, steile Treppe empor, die den letzten Grad der Abnutzung erreicht zu haben schien, den eine Treppe erreichen kann. Mehrere Herren kamen uns hastig entgegen; auch Arbeiter mit Setzkästen. Es war nicht leicht, hinaufzudringen. Oben summten und rasselten die Pressen. Dort in dem schwülen Halbdunkel eines großen niederen Saals wurden in allen Richtungen feuchte Zeitungsblätter von wunderlich zuckenden und rollenden Maschinen in beängstigendem Takte ausgespien. Lawrence zog mich weiter, durch den Setzersaal. Es war jetzt nicht an der Zeit, Maschinenbewegungen zu studieren. In der kleinen, aber fürchterlichen Höhle, die wir ohne jede Zeremonie betraten, hauste der Geist, der diese halb dämonische Welt regierte.

Ein Räuberhauptmann dem Aussehen nach, braun wie ein Mulatte, mit gewaltigem Schnurrbart und einer imponierenden, unzweifelhaft römischen Adlernase, maß uns während des energischen Händeschüttelns mit schwarzen, stechenden Augen, machte jedoch gleichzeitig mit einer nicht unhöflichen Bewegung zwei Stühle frei, indem er die Berge von Manuskripten, Zeitungsschnipfeln und Fahnenabzügen, die sie bedeckten, auf den Boden fegte. Dann deutete er uns mit einer riesigen Schere an, Platz zu nehmen, wenn uns unser Leben lieb sei.

»Mit was ist Ihnen gedient, Mister Lawrence?« fragte er, indem er mit seiner Waffe nach der Wand wies, wo auf einem langen Papierstreifen in roten Buchstaben der Zauberspruch »Time is money!« prangte. Über der Inschrift waren zwei sich kunstreich kreuzende Revolver angebracht, der einzige Schmuck an den im übrigen kahlen Wänden. Man hatte den Eindruck, daß man sich hier nicht am richtigen Ort für ein gemütliches Plauderstündchen befand.

»Ich wünsche, Ihnen diesen Gentleman vorzustellen,« sagte Lawrence eifrig: »Mister Eyth, Mister Rawley; Mister Rawley, Mister Eyth mit dessen Ankunft eine neue Zeit für unsern unglücklichen Süden beginnen wird. Mister Eyth ist der Vertreter der größten und berühmtesten englischen Fabrik für Dampfkulturgeräte: Dampfpflüge, Dampfkultivatoren, Dampfeggen, Dampfwalzen, Dampfsämaschinen, Dampfzuckerrohrschneider und Dampfbaumwollpicker. Sie machen doch auch Dampferntemaschinen jeder Art, Herr Eyth? Versteht sich, natürlich!« wandte er sich an mich im Ton unerschütterlichen Glaubens an seine Inspiration. »Kurzum, Mister Rawley, die Negerfrage existiert nicht mehr, wenn wir Herrn Eyth in Louisiana aufnehmen, wie er es verdient.«

Rawley brummte mürrisch: »Hm! sehr angenehm! Immer noch lieber von England als von jenseits des Potomaks. Sehr angenehm, Mister Eyth. Ich nehme an, daß Ihr Dampfpflug uns besser hilft, als Ihre Landsleute es getan haben. Ah so Sie sind kein Engländer; um so besser! Wie gefällt Ihnen unser schönes Land in seinem jetzigen jammervollen Zustand? Nicht übel wie?«

»Longstreet, der General, hat die Agentur für die Sache übernommen,« fiel Lawrence ein.

»Der General Longstreet, die rechte Hand von Lee? Das ist etwas anderes! Warum haben Sie das nicht gleich gesagt?« fragte Rawley, während sich seine Räuberhauptmannszüge in etwas menschlichere Falten legten. »Wir werden Sie mit Interesse beobachten, Mister Eyth! Wann soll es losgehen?«

»Was meinen Sie, Herr Rawley?« fragte ich, etwas Mut schöpfend.

»Die Rettung des Südens, das Gepflüge,« versetzte der Redakteur. »Sie geben doch ein Frühstück, um die Sache einzuleiten. Wir werden einen Berichterstatter hinschicken, wenn ich nicht selbst kommen kann. Sie wünschen ohne Zweifel eine redaktionelle Notiz schon vor dem Frühstück? Natürlichl Wollen Sie die Gefälligkeit haben, mir einige Anhaltspunkte zu geben. Wie alt sind Sie? Verheiratet? Glücklich verheiratet? Wo wurden Sie erzogen? Bitte, teilen Sie mir alles mit, was zur Sache gehört. General Longstreet ist mein Freund, ein Mann, den ich hoch verehre. Nehmen wir einen Tropfen Rum echten Jamaika wie, Herr Lawrence?«

Sie winkten sich verständnisinnig. Eine geschäftige Freundlichkeit durchbrach endlich die rauhe Schale des Räuberhauptmanns. Es gelang mir zwar nicht, seine Aufmerksamkeit von meinem Curriculum vitae auf die Vorzüge des Fowlerschen Doppelmaschinensystems zu übertragen. Auch Lawrence half mit, meinem Jugendleben und meinen persönlichen Wünschen und Hoffnungen auf den Grund zu kommen, und fügte, gegen Rawley gewendet, von Zeit zu

Zeit die Versicherung bei, daß ich von Kindesbeinen an ein wirklicher Gentleman und unzweifelhafter Demokrat im amerikanischen Sinne des Wortes gewesen sei. In der Sklavenfrage halte ich noch jetzt »mit Zähnen und Klauen« an den geheiligten Gesetzen unsrer Vorfahren fest. Dies brachte mir jedesmal einen stummen, schmerzhaften Händedruck des Redakteurs ein, der seinerzeit selbst fünf Neger besessen hatte. Dazwischen wurde festgesetzt, daß Longstreet ein großes Frühstück geben müsse, zu dem die gesamte zu rettende Gesellschaft Louisianas sowie die Vertreter der Presse, in erster Linie aber des »Picayune«, einzuladen seien. Daran werde sich das Pflügen in würdiger Weise anschließen. Bezahlen werde ich es ja mit Vergnügen; eine solche Einführung des englischen Dampfpflugs sei etwas mehr wert, sollte man denken, als ein paar Dutzend Hummern und das erforderliche Zubehör. Ich selbst mußte dies zugeben und bekämpfte mannhaft eine vorübergehende Trübung meiner Stimmung. »Noch einen Tropfen Rum, Herr Eyth!« rief der finstere Redakteur, indem er nach der steinernen Flasche griff, die neben seinem Tintenfaß stand. »Nein? Das müssen Sie noch besser lernen, wenn Sie uns retten wollen. Das oder Temperenzler werden. Dazwischen liegt nichts. Adieu! Schicken Sie mir, was Sie gedruckt haben wollen, schon vor dem Frühstück!«

Wir gingen. Lawrence nahm im Tunnel den Knotenstock wieder unter den Arm. Ich vermerke es, weil er mich damit heftig in die Magengegend stieß. Es war der Ausdruck seiner Befriedigung. Dann lief er weiter, als ob er feurige Kohlen in den Stiefeln hätte. »Jetzt rasch, solange wir noch warm sind, in die Konkurrenzbude!« sagte er, mehr für sich als zu mir. Unser Ziel befand sich in derselben Straße, nur zwei »Blocks«, zwei Häuserviertel, entfernt; ein prächtiger, noch im Bau begriffener Palast, an dessen Steinfront der Titel der Zeitung: »The Crescent City News« in goldenen riesengroßen Buchstaben prangte. Eine prachtvolle Marmortreppe, deren vergoldete Eisengeländer man anzuschrauben im Begriff stand, führte in die hellen, luftigen Drucksäle. Alles glänzte und funkelte hier, selbst das Maschinengerassel hatte einen schärferen Klang als beim Nachbar. Auch flogen die Abendzeitungen nicht unordentlich aus allen Winkeln heraus wie dort. Ein schwarzgekleideter Herr empfing uns an der Türe eines geräumigen Bureaus, wohlwollend und würdig, so daß ich ihn für einen Geistlichen zu halten geneigt war. Es war Herr Smithson, der erste Redakteur der »Crescent City News«. Er war entzückt, Herrn Lawrence zu sehen, entzückt, daß Herr Lawrence mich mitgebracht hatte, direkt aus England. Er rang mit meiner Hand, als ob er sie aus dem Gelenke schütteln wollte. »Entzückt, Herr Eyth, Ihre Bekanntschaft zu machen. Ein Deutscher aus England, höchst interessant! Wie gefällt Ihnen dieses herrliche Land?«

Mister Smithson bot uns zwei große, mit braunrotem Leder überzogene Armstühle, aber keinen Rum an. Ich war ihm wahrhaft dankbar dafür, Lawrence dagegen ließ seine Blicke fragend im Zimmer umherschweifen: nirgends die Spur einer Flasche. Die Tatsache war in die Augen springend: Smithson war nicht bloß ein Yankee, er war ein Mäßigkeitsapostel. Zum erstenmal glaubte ich durchzufühlen, daß Lawrences überwallendes Herz ein wenig sank.

Der Redakteur dagegen blieb freudig erregt. »Dampfpflüge!« rief er, mir nochmals die Hand schüttelnd, »und schon auf dem Wege! Sehr schön! Im Begriff zu arbeiten; ausgezeichnet! Dem unglücklichen Neger, dem bedrückten Mitbruder die Last der Arbeit abzunehmen, welch glücklicher Gedanke; welch großes Ziel Ihres Wirkens, Herr Eyth! Die Rasse bedarf der Erziehung; unter uns muß ich dies zugeben. Aber wie kann sie erzogen werden, wenn sie nach wie vor vor den Pflug gespannt bleibt, um der alten verkommenen Aristokratie des Landes Sklavendienste zu leisten? Ich frage Sie, Herr Lawrence, als Mann den Mann, als Christ den Christen: Wie wollen Sie den Neger erziehen, solange er am Pflug zieht? Da kommt Herr Eyth mit seinem Dampfpflug, und die Sache ist gemacht. Große Gesichtspunkte; ich halte mich an große Gesichtspunkte! Nur indem wir an großen Gesichtspunkten festhalten, können wir den fürchterlichen Bürgerkrieg zu einem Segen für unsern teuern Süden ausgestalten. Nur so wird einem Volke von Brüdern die Kraft wiederkehren, das sternbesäte Banner der Union über dem unteilbaren Kontinent zu schwingen.«

»Das war Mister Eyths Ansicht schon von Kindesbeinen an!« rief Lawrence mit Überzeugung.

Smithson drückte auch ihm die Hand. »Dampfpflüge!« fuhr er fort, fast ohne Atem zu schöpfen. »Ich habe sie längst mit Spannung erwartet. Allerdings habe ich noch nie einen gesehen, aber in unserem Norden, in Philadelphia, in Cincinnati, in Chicago sind in diesem Augenblick Hunderte in Gang! Meine Landsleute, Herr Eyth, sind ziemlich erfinderisch und warten gewöhnlich nicht darauf, was sie drüben in der Alten Welt machen; Hunderte!«

»Das heißt », begann ich, bestrebt, ein paar Worte einzuschalten, kam aber nicht weiter.

»Das soll uns natürlich nicht hindern, den vortrefflichen Apparat gebührend zu würdigen, den Sie uns bringen. Sie wünschen natürlich eine präliminare, eine hervorragende präliminare Anzeige Ihrer Bestrebungen im redaktionellen Teil der Crescent City News. Vortrefflich! Fünfzig Cents die Zeile. Die Sache muß diesen Herren im Süden eindringlich ans Herz gelegt werden. Wie alt sind Sie? Wo sind Sie geboren? Sind Sie verheiratet?«

Ich kämpfte abermals, und sichtlich ebenso vergebens, gegen diese Art, die Dampfkultur dem Publikum näherzubringen. Auch hier ließ mich Lawrence völlig im Stich und hetzte den sprachseligen Redakteur nur noch tiefer in seine Forschungen nach meinem Stammbaum und nach anderen Einzelheiten, die für ihn von Interesse gewesen wären, wenn ich seine Tochter hätte heiraten wollen. Ich ergab mich, schließlich und erzählte ihm alles, was mir aus meinen Jugendjahren einfiel. Er schien befriedigt.

»Sehr schön! Höchst interessant!« rief er schließlich. Als ich selbst im besten Zuge war und ihm die Herkunft meiner Mutter aus einer Schweizer Adelsfamilie erklären wollte, glaubte er genug zu wissen und steuerte plötzlich rückwärts. »General Longstreet steht an der Spitze der Sache, wie Sie mir sagen; ein vortrefflicher Mann, der leider auf die falsche Seite geraten ist. Nehmen Sie sich ein wenig in acht, Herr Eyth, daß Ihr Dampfpflug nicht allzu konföderiert wird. Mister Lawrence versteht mich; er kennt beide Seiten; ein vortrefflicher Mann, Mister Lawrence! Also Longstreet wird ein großes Frühstück geben, ehe Sie zu pflügen anfangen. Ausgezeichnet! Wir werden einen Berichterstatter schicken, wenn ich nicht selbst kommen kann. Ich hoffe, ich werde selbst kommen können! Doch möchte ich um Limonade bitten; nur Limonade für mich! Adieu, Herr Eyth. Time is money! Die Rechnung für die heutige redaktionelle Anzeige werde ich Ihnen schon morgen zusenden können. Es war mir höchst angenehm! Adieu! Adieu!«

Damit komplimentierte er uns durch die Druckerei.

»Verfluchter Yankee!« brummte Lawrence schon auf der Prunktreppe. »Trinkt nur Wasser und schwatzt wie ein altes Brunnenrohr. Vor dem müssen Sie sich in acht nehmen, Herr Eyth: der regelrechte Reisesackpolitikus. Aber es hilft nichts, wir brauchen sie alle, solange sie mit Kind und Kegel auf unserm Land herumsitzen wie die Heuschrecken. Uff! Mister Eyth, wenn Sie vor fünf Jahren zu uns gekommen wären, hätten wir anders mit dem Herrn geredet. Aber wir brauchen sie, Gott sei's geklagt, wir brauchen sie alle!«

Lawrence schleppte mich weiter. Wir besuchten die hochdemokratische, das heißt aristokratische »Biene«, die republikanische »Louisiana Times«, die neutralen, leicht nach Süden hängenden »Commercial News«. Mein treuer Führer schien unermüdlich, bis sie alle wußten, wie alt ich sei, wo ich geboren wurde und daß ich mich vorläufig nicht zu verheiraten gedenke. Zuletzt kamen wir auch über die Kanalstraße, in das alte französische Viertel der Stadt. Dort, vor einem unansehnlichen Hause in der St.-Louis-Straße, blieb er stehen, wartete, bis ich ihn erreicht hatte, denn er war mir gewöhnlich zehn Schritte voraus, und sagte:

»So! da können Sie allein hinaufgehen, Herr Eyth. Hier hausen Ihre Landsleute, die Deutsche Zeitung. Ich muß jetzt nach meinem Komitee und nach Ihrem Preis sehen. Die Sache bekommt Hände und Füße, wenn Sie noch ein paar Stunden fortmachen.«

Er trocknete sich den Schweiß von der Stirne, und wahrhaftig, er hatte das Recht dazu. Es war glühend heiß geworden. Sein Eifer hatte mich jedoch angesteckt. Ich wußte jetzt, wie man Redakteure besucht, und machte mir nichts daraus, auch meinen Landsleuten die offenbar landesübliche Aufwartung zu machen.

»Und glauben Sie wirklich, daß Sie das Preisausschreiben seitens Ihrer Gesellschaft so rasch zustande bringen werden?« fragte ich Lawrence, ehe wir uns trennten. Ich konnte meine Zweifel immer noch nicht loswerden; es ging alles so verblüffend geschwind. »Man muß doch wohl eine Art Programm ausarbeiten, Bedingungen beraten, eine Prüfungskommission aufstellen«

Er unterbrach mich: »Verlassen Sie sich darauf, Herr Eyth! Morgen früh lesen Sie das Ausschreiben in allen Zeitungen. Was wetten Sie?«

Dies zu hören war mir außerordentlich lieb. Wenn ein Amerikaner so fragt, ist ihm die Sache ernst.

»Zehn Dollar!« sagte ich deshalb ohne langes Bedenken.

»Sie scheinen kein großes Vertrauen in Ihre Zweifel zu haben,« versetzte er lachend und fuhr dann mit einer gewissen Feierlichkeit fort: »Gut, zehn gegen zehn! Sie lesen das Preisausschreiben morgen in allen Zeitungen der Stadt, die täglich erscheinen. Eine ehrliche, geradlinige Wette. Ich kann sie verlieren, wenn ein Drucker Dummheiten macht oder ein Redakteur zu tief in die Whiskyflasche sieht, anders nicht. In Hunderten wäre mir die Wette lieber gewesen.«

Er machte mit einem Bleistift von einem halben Zentimeter Länge eine Notiz auf eine seiner Zuckertüten und war schon um die Straßenecke verschwunden, als ich die mit Papierfetzen reich geschmückte Treppe der »Deutschen Zeitung« hinaufkletterte und mit einer Beilage um das linke Bein oben anlangte. Es war alles etwas klebrig im Hause, trotz der Hitze. In der Druckerei, die kleiner war als die andern, die ich heute kennengelernt hatte, standen die Maschinen still. Dagegen schien eine Art Volksversammlung stattzufinden. An einen Setztisch gelehnt, stand eine teutonische Gestalt von echtem Schrot und Korn, mit blonden, wallenden Haaren, blauen Augen, einem mächtigen roten Bart. Auch der Schnitt ihres Anzuges, namentlich die Weite der Beinkleider, verriet etwas vom deutschen Studenten der älteren Generation, die noch Ideale kannte. Der Herr schien mitten in einer Volksrede für fünftausend Zuhörer zu schwimmen und ließ sich durch mich, der ich etwa der sechzehnte war, nicht unterbrechen.

»Ich wende mich an Sie, meine Herren,« rief er, »vertrauensvoll, schmerzbewegt! Wir haben ein gemeinsames Ziel: unsere Grundsätze der Wahrheit und Freiheit der deutschen Welt unseres großen neuen Vaterlandes täglich zu verkündigen, das Panier der Gleichheit und Brüderlichkeit, ohne Ansehen der Farbe unsrer Leser, im Süden voranzutragen. Wir haben dieselben Freuden, dieselben Sorgen. Im Schweiß unseres Angesichts haben wir wieder vierzehn

Tage lang der großen Sache gedient. Die Zahl unserer Abonnenten ist um fünf gestiegen; das Ergebnis des Straßenverkaufs hat jedoch bedauerlicherweise abgenommen, da unser tätigster Austräger samt seinen Freitagsexemplaren spurlos verschwunden ist; Fritz Kleile ist mit einem kleinen Vorschuß aus unsrer Mitte geschieden, ich fürchte, für immer. Sie, meine Herren, waren schon gestern berechtigt, den sauer verdienten Lohn für Ihr aufopferungsvolles Wirken aus meiner Hand zu empfangen. Ich mußte Sie auf heute vertrösten. Meine Herren, auch heute ist unsre Kasse« der Redner hob ein Blechkästchen, das neben ihm stand, in die Höhe, öffnete es feierlich und zeigte nach allen Seiten das glänzende Vakuum seiner Innenseite »diese unsre Kasse ist leer! Wollen Sie sich gefälligst selbst überzeugen,« fügte er in vertraulichem Tone bei, indem er sich an seine nächsten Nachbarn, einen grimmigen alten Setzer und zwei schmächtige zwölfjährige Jungen, wandte, die ihn hungrig ansahen.

»Aber wo zum Teufel ist das Geld von gestern?« fragte einer der fünfzehn, dessen trockene Kehle eigentümlich krächzende Laute hervorbrachte. Der Mann war sichtlich übermäßig durstig.

»Sie haben ein Recht, diese Frage aufzuwerfen, verehrter Freund!« entgegnete der Redakteur mit einem mitleidigen Blick auf den Sprecher. »Ich werde sie beantworten. Wir hatten das Unglück, gestern abend den Besuch des Geschäftsführers unseres Papierlieferanten zu empfangen. Ich stand vor der peinlichen Gewißheit, der heutigen Ausgabe der Deutschen Zeitung von Louisiana papierlos entgegensehen zu müssen. Ich hatte die Wahl, den nicht ganz unberechtigten Forderungen des unerbittlichen, ich darf sagen, herzlosen Geschäftsmenschen zu trotzen und damit uns alle zu vernichten, oder ihm den Inhalt unsrer Kasse einzuhändigen. Da gedachte ich Ihrer Seelenstärke, meine Herren, gedachte der deutschen Treue, die sich in schweren Zeiten seit zwei Jahrtausenden bewährt hat. Besser, sagte ich, noch einmal ohne Geld vor meinen Freunden zu erscheinen als ohne Papier. Und nun« der Ton des Redners wurde um eine halbe Oktave tiefer, seine Stirne legte sich in Falten und sein blonder Haarbusch schien in die Höhe zu steigen »und nun, meine Leidensgenossen, frage ich Sie. Sie selber werden entscheiden. In Ihre Hand lege ich das Panier unsrer großen Sache. Wollen Sie – ja oder nein wollen Sie nochmals zwei Wochen ungelohnt in alter Treue ihre Pflicht erfüllen? Oder wollen wir gemeinsam das sinkende Schiff verlassen und jeder für sich an unbekanntem Strande eine zweifelhafte Rettung suchen? Im ersteren Falle« er verfiel plötzlich wieder in den gemütlichen Gesprächston, in welchem er alle wichtigeren Teile seiner Rede vorzutragen schien »im ersteren Falle bekommen Sie vorläufig allerdings noch einmal nichts, aber es wird ohne Verzug weitergedruckt. Im zweiten Falle schließe ich die Bude, und Sie bekommen auch nichts.«

»Weiterdrucken!« riefen die zwei hungrigen Jungen mit vor Begeisterung glänzenden Augen.

»Abstimmen!« stöhnte der Durstige.

»Abstimmen!« riefen noch drei oder vier der Älteren, und so kam es nach den besten Regeln eines in Trübsal geläuterten Parlamentarismus zur namentlichen Abstimmung. »Herr Faktor Müller?« »Weiterdrucken!« »Herr Setzer Kunze?« »Der Teufel hole die ganze Bude samt dem Herrn Redakteur; schließen!« »Der nächste?« »Weiterdrucken!« »Weiterdrucken!« »Schließen!« »Weiterdrucken!« und so weiter.

Die Abstimmung war rasch beendet. Der Redakteur tat einen tiefen, theatralischen Atemzug und begann wieder: »Meine Herren und Freunde! Das Ergebnis unsrer Abstimmung ist das erwartete. Die deutsche Treue hat auch auf fremder Erde abermals glänzend gesiegt. Sieben Stimmen sind für den Schluß der Bude, acht fürs Weiterdrucken. Die gute Sache ist gerettet. Wie ein Phönix wird das Panier der Deutschen Zeitung von Louisiana aus der Asche dieser vorübergehenden Prüfung erstehen und Arm in Arm mit dem sternbesäten Banner dieses großen und freien Landes« er hielt plötzlich an, wie wenn ihm etwas Wichtiges eingefallen wäre »Meine Herren! Ich bitte die Herren Setzer, sich an ihre Plätze zu begeben. Es ist die höchste Zeit, wenn die Abendzeitung rechtzeitig auf die Straße kommen soll. Und, bei Gott, wir müssen heute abend etwas Geld haben. Was eingeht, wird verteilt. Rasch an die Arbeit, meine Kinder! Was wünschen Sie?!«

Das galt mir. Der kleine Bienenkorb war in einer halben Minute in voller Tätigkeit. Der Redakteur, Herausgeber und Eigentümer der »Deutschen Zeitung in Louisiana« trocknete sich den Schweiß von der Stirne und gab mir vorsichtig die Hand. Ich war ein Landsmann. Sollte ich gekommen sein, ihn anzupumpen?

»Sie kommen in einem nicht ganz glücklichen Augenblick, verehrter Herr!« sagte er, ohne jedoch im geringsten verlegen zu sein. »Das nennen wir den Kampf ums Dasein. Er ist ihnen vielleicht aus den neuesten Schriften eines gewissen Darwin bekannt. Hier sehen Sie die Theorien des großen Naturforschers in natura.«

»Es war mir höchst interessant, und ich wünsche Ihnen Glück zu Ihrem Siege,« sagte ich höflich. »Ich verstehe und würdige Ihre freudige Erregung, denn auch ich, Herr Doktor«

Er nickte freundlich.

»– auch ich bin damit beschäftigt, im Kampf ums Dasein ein kleines Gemetzel vorzubereiten.«

»Was? Doch nicht hier bei uns?« rief der Redakteur. »Sie haben gehört, wie es augenblicklich bei uns steht. Augenblicklich? Der Zustand ist chronisch, Verehrtester. Ich kann Sie nicht brauchen!«

»Vielleicht doch,« entgegnete ich zuversichtlich und erklärte ihm, um was es sich handle. Jetzt erst schüttelte er mir die Hand nach gut amerikanischer Art und dann beide Hände wie ein Deutscher, der seinen längst erwarteten Schutzengel gefunden hat. Um fünfzig Dollar wollte er meinen Dampfpflug über alle Himmel erheben. Um die Hälfte, wenn ich sofort bar bezahle. Zwei Artikel von je zwei Spalten, die ich morgen selbst liefern könne, wenn ich wolle. Dies war in der Tat billig. Die Zeitung hatte ohne Zweifel wenig Einfluß und keine Abonnenten. Aber wer weiß? ein geschickt geschriebener Artikel aus dem Süden ging in andre Zeitungen über. Man war gegenwärtig in der ganzen Union neugierig, was in New Orleans vorging. Ich legte fünfundzwanzig Dollar auf den Tisch, lud den Redakteur zum kommenden Dampfpflugfrühstück ein und hatte in Doktor Wurzler nach seiner Versicherung den treuesten Freund gewonnen, den ich in diesem ebenfalls nach Doktor Wurzler gottverfluchten Süden finden konnte.

Wolken

Mit all diesen Seitensprüngen war es spät am Tage und höchste
Zeit geworden, nach der Hauptsache zu sehen, von der alles andere
abhing. Ein hastiges Gabelfrühstück, Mittag- und Abendessen, in
einheitlicher Zusammensetzung, die eine Wirtschaft in der Kanalstraße bot, setzte die menschliche Maschine wieder in arbeitsfähi-
gen Zustand. Aber es war fast Dämmerung, ehe ich auf die Levees
einbog, um nach dem »Wilden Westen« zu fahnden. Der gewaltige,
halbkreisförmige Landungsplatz, den der Mississippi gegen die
Stadt hin ausgegraben und vertieft hat, lag schon in seiner Feier-
abendstille vor mir. Für eingeborene Landratten bleibt ein Seehafen,
in welcher Form er sich auch darstellt, zeitlebens ein Anblick, der
das Blut in lebhaftere Wallung bringt. Der Bogen der Levees von
New Orleans, der zu einem großartigen Staden ausgebauten
Schutzdämme der Stadt, macht hiervon keine Ausnahme. Man
sieht, wie der gewaltige Strom schon hier, achtzig Meilen von der
See, einen großen Kontinent mit den Meeren aller Weltteile verbindet. Gegen Norden reiht sich, enggedrängt, nur mit den Vordertei-
len das Ufer berührend, Boot an Boot; die phantastisch verzierten
schwimmenden Paläste des Mississippi, des Missouri, des Ohio mit
ihren Riesenrädern und ihren barock gekrönten Doppelschornstei-
nen; dazwischen auch kleinere Dampfer, unter ihrer Last von
Baumwollballen und Zuckerfässern fast versinkend. Nach Süden
liegen die Seeschiffe, schwarze, wuchtige Massen, die volle Breitseite gegen das Ufer gekehrt, haushoch aus dem Wasser ragend, die
roten Schraubenflügel, unheimlichen Seeungeheuern gleichend,
halb in der Luft, ihre stumpfen, trutzigen Kamine kaum über der
Brüstung sichtbar. Noch weiter unten liegen die Segelschiffe: Schoner, Brigantinen und Dreimaster jeder Art und Größe, die mit ihren
Rahen und Tauen eine zierliche, wenn auch unentwirrbare Filigran-
arbeit in den goldenen Abendhimmel zeichnen. Das sind die Gäste
aus Havanna und New York, aus Rio und Quebek, aus Genua und
Stockholm, aus Liverpool und Southampton und vor allem aus der
eignen Heimat, aus Bremen und Hamburg. Auf der Levee selbst,
der riesigen Holzplattform, die sich in stattlicher Breite und mehrere Meilen lang zwischen Fluß und Stadt hinzieht, liegen Hunderte
von Zuckerfässern, Tausende von Baumwollballen, Pyramide an
Pyramide von Fäßchen mit gesalzenem Schweinefleisch aus Ken-

tucky und Illinois, Berge von Mais aus Illinois und Missouri, alles hübsch geordnet und aufgestellt wie die Bataillone einer Armee, die vor dem Abmarsch ins Feld ihre letzte Parade erwartet. Dieses Bild beleben trotz der Abendstunde Gruppen von Negern, auf den Ballen umherlungernd, unermüdlich schwatzend und lachend, und da und dort ein paar Matrosen, die der Stadt zueilen, sichtlich entschlossen, mit leeren Taschen und schwerem Kopfe zurückzukehren. Doch der Lärm der Tagesarbeit war verstummt. Eine schwüle Stille lag über dem Ganzen, und der Mond, eine blutrote Riesenscheibe, stieg hinter der Stadt zwischen den Türmen der Kathedrale des heiligen Ludwig auf dem Jacksonsquare langsam in die Höhe.

Wo die Tschapatulastraße in den Landungsplatz einmündet, ragte ein gewaltiger, pechschwarzer Dampfer über die kleineren Schiffe heraus, die ihn umgaben, und sandte noch zarte Rauchwölkchen in den Abendhimmel empor. Er hatte die schmucklosen, trotzigen Formen englischer Frachtschiffe, die man überall auf den ersten Blick erkennt: kein Bogen, keine Krümmung, die nicht unbedingt erforderlich waren, kein Farbenfleck, der seine dunkle Geschäftsjacke verunziert hätte. Das war mein »Wilder Westen«; es war unmöglich, sich zu irren.

Und in der Tat, am Fuß der haushohen Schiffswand, die fensterlos und senkrecht von der Landungsplattform aufstieg, standen schon in wildem Gewirr etliche dreißig wuchtige Kisten, ein Lokomotivkessel, ein halbes Dutzend schmiedeeiserner walzenförmiger Riesenräder, wie sie auf dem leichten Bretterboden der Levees noch nie gesehen worden waren. Der »Wilde Westen«, das war klar, ließ sich nicht viel Zeit. Die Kisten und Räder gehörten mir; mein Dampfpflug war schon halb ausgeladen. Da er als Deckladung herüberkam, war er das erste, was das Schiff ans Land setzen mußte. In reiner Freude kletterte ich über die Kisten und feierte ein kleines Wiedersehen; ich war zu Hause in diesem zyklopischen Wirrwarr.

»Hallo! Wer ist da drunten?« schallte plötzlich hoch über mir eine scharfe Stimme, und ein Kopf erschien über der Schiffsbrüstung. »Wozu krabbeln Sie auf den Kisten herum?«

»Eigentümer der Kisten!« schrie ich hinauf.

»Gut, daß Sie kommen!« rief es zurück. »Wir brauchen Platz. Morgen früh müssen sie abgefahren sein.«

»Na, so geschwind schießen die Preußen nicht!« rief ich hinauf, mich in meinem Kistenheimatsgefühl ein wenig vergessend.

»Was?« brüllte es herunter.

»So schnell werden die Nigger von Louisiana nicht kutschieren,« übersetzte ich dem Mann, der jetzt am Nachthimmel etwas deutlicher zu sehen war. »Haben Sie einen Engländer mitgebracht, einen Monteur?«

»Nicht daß ich wüßte,« war die Antwort.

»Was!« schrie ich entsetzt, »keinen Monteur von Fowler aus Leeds? Einen Passagier, James Parker. Sie müssen einen Passagier mitgebracht haben.«

»Wir führen keine Passagiere. Nur manchmal aus Gefälligkeit – ausnahmsweise!« erklärte der Mann von oben.

»Dann ausnahmsweise! Sie müssen James Parker an Bord haben! Den Mann, der zu den Maschinen gehört!« Ich bestand darauf und fühlte, daß ich zornig wurde.

»Mein guter Herr«, rief es begütigend zurück, ich bin der Zahlmeister des Wilden Westens und sollte es wissen. Wir haben ausnahmsweise einen Methodistenpfarrer mitgenommen und seine zwei Töchter. Wenn Ihnen mit diesen gedient ist aber sie sind aus Bradford.«

»Also keinen Monteur, der zu den Kisten gehört?« rief ich nochmals hinauf und fühlte, daß mich die Kraft meiner Lungen verließ.

»Keinen Monteur!« tönte es wie aus weiter Ferne zurück. Der Kopf des Zahlmeisters war verschwunden.

Ich setzte mich und dachte nach. Also kein Monteur, kein Brief, keine Erklärung nach der feierlichen Zusage, daß Parker mit den Kisten ankommen solle! Was konnten sie in Leeds gedacht haben? Wußten sie doch so gut wie ich, daß kein einzelner Mann mit seinen zwei Händen einen Doppelmaschinendampfpflug in Bewegung setzen kann, der sich vom ersten Tag an wenigstens leidlich präsentieren sollte. Es handelte sich hier, wenn der Himmel nicht eingriff, um eine physische Unmöglichkeit.

Die Kisten um mich her, die jetzt der Mond grell beleuchtete, wuchsen mit ihren schwarzen, viereckigen Schatten ins Ungeheure; um das offene, rot angestrichene Feuerloch des ausgeladenen Kessels spielte ein dämonisches Lächeln. Ich kochte vor Zorn. Was konnten sie in Leeds gedacht haben? Mich so hinzusetzen! Aber ich kam nicht über die Frage hinaus. Über mir begannen die Sterne zu funkeln, still und friedlich, als ob hier unten alles in Ordnung wäre. Der reinste Hohn!

»Was machen Sie da droben?« näselte jetzt eine grätige Yankeestimme von unten, die zu einem herumlungernden Schutzmann gehörte, der wahrscheinlich an der Nachtwache der Levees beteiligt war.

»Luft schöpfen! Eigentümer!« brummte ich ohne Anstrengung, so mürrisch als möglich.

»Gut, daß Sie kommen!« sagte auch dieser Mann. »Die Kisten müssen morgen früh von der Levee abgefahren werden, Mister! Und so schnell als möglich. Die Levees sind für Baumwolle gebaut, nicht für vierschrötige Eisenklumpen wie diese Engländer.« Er klopfte entrüstet auf meine Kisten. »Die Fundamentpfähle sind heute abend schon um drei Zoll gesunken, sagte der Leveeinspektor. Sie werden eine gesalzene Rechnung bekommen, Mister Eigentümer! Wenn die Bohlen brechen, ist der Teufel los.«

Ich hütete mich, zu antworten, und schlüpfte lautlos von meiner mondbeglänzten Höhe auf der andern Seite des Kistengebirge in die Tiefe.

Fünf Minuten später sah man entlang der finsteren Schattenseite der Tschapatulastraße einen Mann, den Hut über die Augen gedrückt, mit gesenktem Kopfe langsam seiner Wohnung zusteuern. Manchmal murmelte er halblaut vor sich hin. Dann versank er wieder in Nachdenken. Der Mann war ich.

Und ich fühlte nur eins: noch ehe ich heute einschlief, mußte ich wissen, was am nächsten Morgen zu geschehen hatte.

Arbeitstage

Ein kurzer, tiefer Schlaf tat das übrige.

Mit beiden Füßen sprang ich in den jungen Tag; ich wußte jetzt, was zu tun war. Zuerst mußte Kapitän Owen auf gefunden werden. Die seine war die einzige Adresse einer Privatwohnung in der Stadt, die ich kannte. Auf dem Wege sang ich eine meiner Schlachthymnen, aber nur und wiederholt, den ernsten Zeiten entsprechend, ihren dritten Vers: »Und wenn die Welt voll Teufel wär« Er war mir schon als kleinem, ahnungslosem Jungen der liebste gewesen und hat mir im späteren Leben mehr als einmal treulich gedient, wenn ich nicht mehr genau wußte, wo hinaus. Warum auch nicht? Hatte ich nicht ein Recht zu dem Vers, so gut als ein andrer? Stand ich nicht seit Jahren mitten in einer Art von Bodenreformation, in der »der arg böse Feind« oft genug sein Wesen trieb?

Sie sind im allgemeinen keine Langschläfer in New Orleans. Der frühe Morgen ist der beste Teil des Tages an den Bayous des Mississippi. Doch schlief Owen noch, als ich versuchte, ihm die Adresse der nächst besten Maschinenfabrik zu entlocken, und war, sich die Augen reibend, über meinen Besuch nicht wenig erstaunt. Eine halbe Stunde später stand ich in einem fast leeren Fabrikhof, der müde und lebenssatt aussah. Wie alles in der Stadt, war das Geschäft halb bankrott und hatte keinen Mangel an müßigen Arbeitern. Man ließ mir die Wahl. Nach weiteren dreißig Minuten hatte ich zwei junge Monteure ausgesucht der eine war allerdings, wie sich später herausstellte, ein gelernter Schneider, die, mit Brechstangen, Hämmern und Meißeln bewaffnet, hinter mir drein liefen. Auf den Levees war alles schon voll Leben. Zuckerfässer rollten hin und her, Baumwollballen flogen durch die Lüfte. Dampfer rauchten und spien Wasser und Feuer aus. Geschrei, Gerassel und dröhnendes Gepolter auf dem hohlen Bretterboden in allen Richtungen. Hunderte von Negern aller Schattierungen, darunter wahre Herkulesse, rollten im Eifer der Arbeit lachend über die Ballen und sprangen singend hinter den Fässern her. Es wurde viel und kräftig geflucht; aber auch des Herrn Lob erschallte in wundersamen Liedern unter Lachen und Gejauchze. »Wir gehen alle über den Jordan o Jerusalem!« war ein besonders beliebter Kehrreim der Ernstergesinnten. Den Schwarzen war es in diesen Morgenstunden sichtlich wohler als ihren einstigen weißen Herren.

Auch auf Deck des »Wilden Westens« war schon alles in Bewegung. Mein zweiter Kessel schwebte an einem kräftigen Schiffskranen hoch in der Luft, machte eine elegante Schwenkung über Bord, als sei ihm das Fliegen zeitlebens eine liebe Gewohnheit gewesen, und sank in der nächsten Minute auf die krachende Levee nieder. In zehn Minuten hatte ich sechs Neger, Jem, Jo, Jak, Cato, Alexander und Bucephalus, in meine Dienste genommen. Neugierig und energisch machten sie sich daran, die Deckel der Kisten aufzureißen, die ich den Monteuren bezeichnete, und die blanken Stangen und Wellen, die schweren Lager und Ständer aus den Spänen herauszuschälen, welche sich in gewaltigen Haufen um uns auf türmten. Vor der Frühstückspause noch war mein Trüpplein im besten Zuge; mir selbst begann es ganz leicht ums Herz zu werden. Dazu kam noch »Lawrences Bruder«, der schon von ferne eine Zeitung in der Luft schwenkte, als er den »Wilden Westen« und mich entdeckt hatte.

»Sie haben verloren, Mister Eyth, Sie haben verloren!« rief er aus weiter Ferne. »Geben Sie mir zehn Dollar und hören Sie zu!«

Er kletterte auf eine der Kisten, setzte sich, entfaltete die nasse Morgenzeitung und las:

»'Die berühmte und stets auf das Wohl unsres Staates bedachte Landwirtschaftsgesellschaft von Louisiana hat sich entschlossen, den beträchtlichen Preis von siebenhundertfünfzig Dollar für den besten Dampfpflug zur Bearbeitung von Baumwoll- und Zuckerland auszusetzen. Man hofft mit Recht, auf diese Weise der unglaublichen Not des Südens, dem Mangel an Arbeitskräften jeder Art, für alle Zeiten abhelfen zu können. Wie wir hören, soll sich bereits ein Bewerber für diesen ansehnlichen Preis eingestellt und am Fuß der Tschapatulastraße seine Vorbereitungen begonnen haben. Ehre einer Gesellschaft, die auch in den schwersten Zeiten Mut und Tatkraft beweist, an dem Wiederaufbau und der Wohlfahrt unseres glorreichen Südens weiterarbeiten zu können! Wie gefällt Ihnen das? Sie brauchen die andern Zeitungen nicht nachzusehen. Sie bringen alle denselben packenden Artikel, den ich und unser Geschäftsführer noch gestern nacht ausgebrütet haben. Er wollte zuerst nicht recht dran; die Komiteesitzung kann erst übermorgen stattfinden, und so ist eigentlich noch nichts beschlossen. Merken Sie allmählich, daß Sie in Amerika sind?«

»Merken Sie, daß Sie auf einer englischen Maschine sitzen?« antwortete ich vergnügt, indem ich gleichzeitig Bucephalus anwies, meinem Freund eine Brechstange zwischen die Beine zu stoßen, denn er saß auf der Kiste, die ich vor allen andern geöffnet haben wollte.

Bucephalus war energisch, aber etwas ungeschickt. Lawrence sprang deshalb mit jugendlicher Behendigkeit in die Höhe, um dem gefährlichen Stoß zu entgehen.

»Und sehen Sie, da kommen Sie selbst!« rief er aus der Zeitung heraus, seinen Knotenstock schwingend, ohne jedoch den Zwischenfall eines weiteren Wortes zu würdigen.

»Frühstück, Frühstück!« schrien die Neger, während ein halbes Dutzend Glocken und hundert heulende Dampfpfeifen entlang der ganzen Levee einen infernalischen Lärm erhoben. Ein paar Stunden nüchterner Morgenbeschäftigung mit dreiundfünfzig Kisten eines demontierten Dampfpflugs verfehlen ihre appetiterregende Wirkung auch in einem halbtropischen Lande nicht. Ich war deshalb mit den Negern völlig einverstanden und bat Lawrence, mir Gesellschaft zu leisten. Er kannte eine Wirtschaft in unmittelbarer Nähe, wo wir unter Schiffskapitänen, Baumwollmaklern und Zuckerbörsenleuten rasch ein Tischchen und ein »elegantes« Frühstück fanden. Als Beilage las er mir eifrig die Morgenzeitungen vor, deren Inhalt, soweit er unsre Sache betraf, ihn sichtlich mit dem erhebenden Gefühl der Vaterschaft beglückte.

Der »Picayune« erzählte in Sperrdruck:

»Wir hatten gestern das Vergnügen, den Besuch des Herrn Eyth, des gentlemanlichen Vertreters der großen englischen Firma John Fowler & Co. in Leeds und London, zu erhalten, der uns von dem Bruder unsers großen Zuckenplantagenbesitzers Herrn Henry Lawrence freundlich zugeführt wurde. Herr Eyth beabsichtigt, durch die Einführung der weltberühmten Dampfpflüge seiner Firma, die alles bisher Dagewesene übertreffen sollen, an der Regeneration des Südens mitzuwirken, und wird damit voraussichtlich in wenigen Tagen im Ausstellungspark der Landwirtschaftsgesellschaft von

Louisiana den Anfang machen. General Longstreet und die hervorragendsten Männer unseres Staats nehmen den lebhaftesten Anteil
an seiner Tätigkeit. Sein Pflug soll stündlich fünf Acker des
schwersten Zuckerbodens auf eine Tiefe umbrechen, die nach der
Versicherung unseres Freundes, Herrn Lawrence, von sechs Paar
Ochsen nicht erreicht wird. in liebenswürdigster Weise teilte uns
Herr Eyth mit, daß er ein Deutscher von Geburt und, im Gegensatz
zur Mehrzahl seiner übrigens hochachtbaren Landsleute, der Sache
der Südstaaten stets aufs wärmste zugetan gewesen sei. Hochinteressant finden wir, daß Herr Eyth aus einer alten Schweizer Fürs-
tenfamilie abstammt und daß er in einem mittelalterlichen Männer-
kloster seines Vaterlandes das Licht der Welt erblickte. Der letztere
Punkt bedarf jedoch noch der Aufklärung. Trotz dieser geheimnisvollen und hochromantischen Vergangenheit scheint Herr Eyth ein
lebhaftes Verständnis für die modernen Verhältnisse unseres glorreichen Vaterlandes mit nicht gewöhnlicher Geschäftsenergie zu
verbinden. Unsre geschätzten Leserinnen dürfte es jedoch mehr
interessieren, zu vernehmen, daß Herr Eyth durch keine zarten
Bande an den alten Kontinent geknüpft ist und nicht unweigerlich
an den klösterlichen Grundsätzen seiner Jugend festzuhalten ge-
denkt. Wir wünschen ihm in dieser und jeder anderen Beziehung
einen erfolgreichen Aufenthalt in den wiederauflebenden Golfstaa-
ten.«

»Das ist gut, das ist sehr gut für den Anfang!« meinte Lawrence.
»Sie werden sehen, unsre schönen Kreolinnen werden sich nach
Ihnen umsehen; das kann nichts schaden. Weiter!«

Er griff nach den »Crescent City News«. Der Anfang des Artikels
der republikanischen Zeitung, den er mit raschem Kennerblick gefunden hatte, war nahezu der gleiche. Auch hier war der Vertreter
der großen Firma John Fowler & Co. vor allen Dingen »gentleman-
ly«, ein Ausdruck südlichen Zeitungsstils, dem kaum jemand
entgeht und den ich oben in der Not mit »gentlemanlich« zu über-
setzen suchte. Geboren war ich hier, nach meinen eignen liebens-
würdigen Mitteilungen, in den Tiefen des Schwarzwaldes und der
rauhen Alb, wo mein Vater, »wenn wir Herrn Eyth, der ein Deutscher ist, richtig verstanden haben,« teils dem Holzhandel, teils der
schon von Tacitus erwähnten Jagd auf Bären und Wölfe oblag.
Schon von Jugend an hatte deshalb Herr Eyth eine fast schwärmeri-

sche Zuneigung für das große Amerika, namentlich aber für unsern lebenskräftigen Norden, der in dem soeben glorreich zu Ende geführten Kampfe seine Stärke und seinen gesunden Sinn zum Wohle des Ganzen mit blutiger Energie bewährt hat. Die Jugendzeit, verbracht in der finsteren Einsamkeit primitiver Wälder, mag auch die Ursache gewesen sein, daß der übrigens nicht unsympathische Vertreter der englischen Firma, dessen politische Ansichten im Gegensatz zu der in England herrschenden bedauerlichen Stimmung durchaus korrekt zu sein scheinen, sein Geschick noch nicht mit dem Rosenband einer glücklichen Liebe umwunden hat. Eigentümlicher ist, daß die englische Firma es für nötig hält, dem erfindungsreichen Amerika, das in nichts, somit auch nicht in Dampfpflügen, hinter irgendwelchem Lande zurücksteht wir machen nur auf die Dampfkulturgeräte in Pennsylvanien, in Ohio, in Illinois und neuerdings auch in Kalifornien aufmerksam, derartige Apparate zuzusenden. Ihre Nützlichkeit bleibe hierbei umstritten. Wir zweifeln keinen Augenblick, daß Herr Eyth, dessen offener Blick uns sofort sympathisch berührte, mannigfach und reichlich belehrt zu seinen englischen Freunden zurückkehren wird, und wünschen ihm hierzu wie in jeder andern Beziehung den besten Erfolg.«

»Ein verfluchter Yankee!« meinte Lawrence ohne große Aufregung, während ich, etwas grimmiger als er, ein Beefsteak von landesüblicher Zähigkeit zersäbelte. Sämtliche sieben Morgenblätter brachten ähnliche Aufsätze, so daß sich, seitdem sieben verschiedene Städte um die Ehre streiten können, meine Wiege beherbergt zu haben. Alle aber waren in einem Punkte einig: daß meinem armen, unschuldigen Dampfpflug eine hervorragende politische Rolle zukomme. Ein unverkennbarer, wenn auch leichter Hang gegen den demokratischen Süden schien von der einen Seite das höchste Lob, von der andern den schärfsten Tadel zu verdienen. Nur mit Rücksicht auf das noch nicht ganz ausgesprochene pekuniäre Verhalten des sympathischen Vertreters der Firma John Fowler & Co. legten sich die kleineren Blätter noch einige Zurückhaltung auf. Das Beefsteak aus Texas war wirklich zu zäh; ich warf Messer und Gabel weg und stand auf.

»Lieber Herr Eyth,« sagte Lawrence, der meine Verstimmung kopfschüttelnd bemerkte, »an das müssen Sie sich gewöhnen, wenn es Ihnen bei uns wohl werden soll. Es tut nicht weh, sobald mans gewöhnt ist. Was Sie zu tun haben, ist, ihren Pflug auszupacken. je mehr man über Sie schimpft, um so besser. Man wird auf Sie aufmerksam; das ist alles, was Sie brauchen, und kostet Sie nichts. Übrigens läßt sich die Sache auch sehr leicht in Ihrem Sinn regeln. Ich will Ihnen das besorgen. Wieviel wollen Sie an die Crescent City News rücken?«

»Keinen roten Cent!« rief ich grimmig, indem ich unser Frühstück bezahlte.

»Sie sind aufgeregt!« meinte Lawrence begütigend. »Das ist nicht gut. Kühl bleiben ist die erste Regel des Lebens, namentlich im Süden und heutzutage. Wir wären alle besser dran, wenn wir sie vor fünf Jahren mehr beherzigt hätten.«

Ich ging wieder nach den Levees, dem »Wilden Westen« zu. Ein gewaltiger Menschenhaufen umstand jetzt die Ausladestelle des Schiffes. Im Kern des Knäuels schien es lebhaft zuzugehen. Meine sechs Neger hatten sich auf die übereinandergetürmten Kisten geflüchtet und verteidigten ihre günstige Stellung mit rühmlicher Hartnäckigkeit. Zoll- und Leveebeamte waren die Angreifer. Das unparteiische Publikum begrüßte jede Wendung des Wortgefechts mit lauten Lachsalven.

»Herunter von den Kisten!« schrie ein bärtiger Mann, der in Reste einer unbekannten Uniform gekleidet war. »Herunter, verdammte Nigger! Die ganze Bagage muß in dreißig Minuten verschwunden sein. Nichts darf auf den Levees ausgepackt werden. Fort mit dem Zeug!«

Der aufgeregte Herr hatte eine Hilfstruppe von drei Mann in Zivil, die nach den nackten Beinen meiner Neger griffen. Eine Brechstange, die zufällig auf die Finger eines der Angreifer fiel, veranlaßte die heftige Fortsetzung des bloßen Wortgefechts. Ich drängte mich durch.

»Hier ist unser Herr!« schrien die Neger triumphierend. Hurra für Alt-Dixies Land!«

Der Levee-Inspektor wandte sich zornig an mich.

»Wissen Sie nicht, Mister, daß nichts auf den Levees montiert werden darf?« fragte er mich mit ausgesprochener Unhöflichkeit. »Wollen Sie Ihren Kram fortführen?«

»Wollen Sie ihn fortführen?« fragte ich mit völlig wiedergewonnener Ruhe, seitdem ich die Zeitungen nicht mehr sah. »Soll ich ein paar Kesselwagen und zwanzig Pferde auf Ihren Tanzboden bringen lassen und die alten Bohlen durchbrechen?«

Er starrte mich an.

»Seien Sie vernünftig und lassen Sie mich machen,« fuhr ich zutraulich fort. »Ich vermute, ich verstehe mein Geschäft besser als Sie. Zum Vergnügen bleibe ich nicht hier. Ich bringe meine Sachen weg, so schnell ich kann. Mehr kann ein Yankee nicht tun, soviel ich weiß.«

»Aber es ist gegen das Gesetz; es darf auf den Levees nichts montiert werden,« erklärte mein Gegner.

»Was wollen Sie machen?« fragte ich ruhig. »Es gibt nur einen Weg, die Sachen fortzuschaffen: ich montiere meine Maschinen, mache Dampf in den Kesseln und fahre davon, wie ich es bis jetzt überall gehalten habe. Haben Sie noch nie von einem Dampfpflug gehört? Wenn Sie's besser wissen, greifen Sie zu. Ich werde Ihnen sehr dankbar sein.«

»Aber die Instruktion, das Gesetz!« rief er etwas kleinlauter. »Donnerwetter, ich bin hier, um Ordnung zu halten.«

»Was wollen Sie machen?« fragte ich ruhig. »Ich stelle die Ordnung auf dem schnellsten Wege her, der überhaupt möglich ist. Sehen Sie das nicht?«

Er starrte mich aufs neue fragend an, dann die Kessel, dann die dreiundfünfzig Kisten.

»Was will ich machen?« fragte er endlich, sehr nachdenklich werdend.

»Ich will Ihnen das andeuten!« antwortete ich und drückte ihm zwei Fünfdollarscheine in die Hand. »Dort in der Ecke ist ein Biersalon. Von dort aus können Sie die Fortschritte, die wir machen, genau kontrollieren. Wenn Ihnen die Sache nicht flott genug zu gehen scheint, so wenden Sie sich nur gütigst an mich. Wir wollen schon Ordnung halten, Sie und ich.«

Er lachte befriedigt. »Vorwärts, Jungen!« rief er seinen Hilfstruppen zu. »Dieser Herr ist ein Gentleman. Guten Morgen, Sir!«

Die vier Männer des Gesetzes marschierten in geradester Linie dem angedeuteten Biersalon zu und erschienen erst am folgenden Morgen wieder, um sich weitere Instruktionen zu holen, die mich fünf Dollar täglich kosteten. »Billig!« meinte Lawrence. »Sie machen Fortschritte. Aus Ihnen kann schon noch etwas werden.«

Gegen Abend stand der erste der zwei Kessel auf seinen vier Straßenrädern. Meine Negertruppe hatte sich auf zwölf Mann vermehrt, die mit wachsendem Stolz ihr eigenes Werk betrachtete. Auch die Zeitungsartikel hatten sichtlich schon gewirkt. Wir bekamen Besuche von Herren, denen der »Picayune« aus der hinteren Rocktasche sah und die viertelstundenlang still beobachtend unter meinen Kisten und Kasten herumstöberten. Keiner versäumte, die Breite der mächtigen Fahrräder mit den ausgespreizten Fingern beider Hände abzugreifen. Die meisten zogen hierauf verstohlen einen Maßstab aus der Tasche, steckten ihn aber rasch wieder ein, wenn sie bemerkten, daß sie beobachtet wurden. Dann kamen sie gewöhnlich etwas verlegen an mich heran.

»Dies soll wohl der neue englische Dampfpflug sein?« begann die Unterhaltung.

»Jawohl!« antwortete ich zuvorkommend. »In einigen Tagen werden Sie deutlicher sehen, wie das alles zusammenhängt. Vorläufig sind es nur zerbrochene Kisten.«

»Ich denke, ich könnte wesentliche Verbesserungen in Vorschlag bringen,« war fast regelmäßig die nächste Bemerkung, und dann, wenn ich hierauf nicht einging, studierte der Mann mit dem Ausdruck wohlwollenden Mitleids in seinem intelligenten Gesicht weiter.

Einer derselben hatte in dieser Weise mehrere Stunden des Nachmittags zugebracht, ehe er sich an mich wandte, ein Mann von mittleren Jahren, in schwarzem Anzug, mit einem scharfen Yankeegesicht, das seinen nördlichen Ursprung nicht verleugnete. Erst am Schluß der Arbeit, als ich die Neger unsre Winden, Hebel und

Brechstangen für die Nacht zusammenstellen ließ, kam auch, dieser Herr mit seinem: »Dies ist wohl der neue englische Dampfpflug?« an mich heran.

»Jawohl,« sagte ich, »in einigen Tagen werden Sie deutlicher – «

Er unterbrach mich mit einem leisen, nicht unfeinen Lächeln um den zusammengepreßten Mund. Er hatte meine Antwort wohl schon mehrmals gehört und wollte mir die weitere Mühe ersparen.

»Ich bin Maschinenbauer,« sagte er, »und habe eine Stellung bei den städtischen Wasserwerken in Aussicht. Augenblicklich habe ich nichts zu tun und Langeweile. Lassen Sie mich mitarbeiten.«

»Aber ich habe die Leute, die ich gebrauche,« bemerkte ich.

»Ohne Lohn,« antwortete er. »Ich habe genügend Geld und muß fünf Wochen warten, ehe ich bei den Wasserwerken eintreten kann. Ihr Pflug würde mich unterhalten.«

»Sehr hübsch!« sagte ich etwas mißtrauisch. »Sie wollen ihn wohl verbessern?«

Er lächelte wieder, kaum merklich.

»Ich bin ein praktischer Maschinenbauer von Beruf,« versicherte er, »und mit dem Verbessern nicht so rasch bei der Hand. Aber ich möchte sehen, was sie im alten Land drüben zuwege gebracht haben, und will dafür arbeiten. Versuchen Sie mich.«

»Ich lasse niemand gern umsonst für mich arbeiten; das bezahlt sich nicht,« versetzte ich. »Und ich bin nicht in der Lage, Ihnen so viel zu geben, als Sie, wie mir scheint, beanspruchen können. Die zwei Monteure der Ankerwerke, die Sie hier sehen, werde ich zurücksenden, sobald die Maschinen zusammengestellt sind. Dann will und werde ich mit den Schwarzen auskommen. Ich kann Ihnen deshalb nicht mehr zahlen, als ich einem dieser Leute gebe: zwei Dollar den Tag.«

»Ganz vernünftig!« sagte der Amerikaner trocken. »Ich heiße Stone. Morgen früh werde ich hier sein.«

Der Mann in seiner ruhigen, geraden Weise gefiel mir wohl. ›Es gibt doch auch in diesem kuriosen Lande vernünftige Menschen,‹ überlegte ich. Wenn sie Dampfpflügen lernen wollen, um so besser;

Hunderte müssen es lernen, ehe ich hier fertig sein kann. Geheimnisse gibt es bei der Dampfpflügerei kaum. Die es gibt, lernt man nur in ein paar Jahren harter Arbeit, zu der mir jeder Yankee willkommen sein soll. Der Horizont fing an, sich ein wenig auf zuhellen und der Mut mir fühlbar zu wachsen, als ich in der Abenddämmerung einen letzten Blick über die Levees warf und den Schornstein der ersten meiner Maschinen über die Baumwollballengebirge hervorragen sah. Ich hatte ihn bloß zu diesem Zweck im letzten Augenblick noch aufstellen lassen. Es war unsre Standarte, die ich auf dem Boden von Louisiana aufgepflanzt sah, und die Hoffnungen, die ein solches Zeichen weckt, erfrischen, auch wenn sie niemals in Erfüllung gehen.

Die nächsten fünf Tage verliefen in gewohnter Arbeit, wenn auch in etwas ungewohntem Geleise. Stone war eine große Errungenschaft und arbeitete fleißig mit Kopf und Händen. Bei den Negern war die Neugierde und der Eifer des ersten Tages allerdings rasch verdampft, aber die gutmütige und gutwillige Kraft des Herrn Bucephalus und die naseweise Intelligenz des kleinen Jem, der als der Schlauste der Bande die andern mit komischer Überhebung kommandierte, förderten die Zusammenstellung der Maschinen so, daß die Arbeit hinter dem üblichen Tempo nicht zurückblieb. Der junge Owen besuchte uns gelegentlich, beschäftigte sich aber allerdings ausschließlich mit dem geplanten Frühstück, mit dem der erste englische Dampfpflug auf dem Boden der Südstaaten seine rettende Tätigkeit beginnen sollte. Ich war hierfür von Herzen dankbar und überließ ihm mit Freuden die ganze Sorge für diesen, wie es schien, hochwichtigen Teil unsrer Aufgabe. Lawrence stattete mir zweimal seinen Besuch ab. Sein Bruder war noch immer im Norden. Er selbst wohnte im Hause seiner Schwägerin, einer reichen Kreolin, und war damit beschäftigt, Verkaufsverträge für den Zucker der nächsten Ernte abzuschließen. Dies hielt ihn noch auf mehrere Wochen in der Stadt zurück und gab ihm Zeit, sich dem Dampfpflug zu widmen, den er mehr und mehr als seine Schöpfung ansah und mit wachsendem Eifer unter seinen Schutz nahm. Seine Sonderaufgabe blieb die Leitung der Presse. Der »Picayune« machte schon zum drittenmal auf die bevorstehende Rettung des Südens aufmerksam, während die mir persönlich weniger bekannte »Tribüne« laut auf die großartige Feier hinwies, die bei dieser Gelegenheit im Ausstellungspark stattfinden und voraussichtlich die ganze landbesitzende Aristokratie Louisianas an festlicher Tafel vereinigen werde. Wohl zum erstenmal, nach langer, bitterer Unterbrechung, dürfte in greifbarer Weise die Erinnerung an den alten Glanz des Südens wieder auftauchen. Ohne indiskret zu sein, glaubte die »Tribüne« darauf hinweisen zu können, daß Monsieur Mercier, der Chef de cuisine des ersten Restaurants der Kanalstraße, seit Wochen mit der Zusammenstellung eines exquisiten Menüs beschäftigt sei und daß eine schwere Sendung Sekt mit dem nächsten Dampfer von New York erwartet werde; Nachrichten, die ich nicht ohne Besorgnis entgegennahm. Nur die »Crescent City News« blieben weniger guter Laune und erzählten von den riesigen Eisenmassen des englischen Dampfpflugs, »die unsere herrlichen Levees am Fuß der Tschapatulastraße mit Zerstörung bedrohten«. »Geduld!« meinte Lawrence, bis wir den Redakteur bei dem Eröffnungsschmaus gehabt haben. Er ist von Natur kein schlechter Mensch, aber hungrig wie alle ReisesackPolitiker. Ich selbst kam jeden Abend müde genug nach Hause und war mit der Arbeitsteilung, die sich wie von selbst unter meinen unerwartet heranwachsenden Mitarbeitern vollzogen hatte, höchlich befriedigt. Es kam sichtlich ein gewisser Zug in die Sache; auch gewöhnt man sichs ab, in derartigen Lagen allzuweit in die Zukunft sehen zu wollen. Jeder Tag bringt schließlich von selbst seine Aufgabe und die Zeit deren Lösung.

Auch den Geschäftsführer der Landwirtschaftsgesellschaft, Herrn Delano, lernte ich in diesen Tagen kennen, der sehr elegant gekleidet war, sieben Ringe an jeder Hand trug und durchbohrte Ohrläppchen besaß, die in seiner Jugendzeit wohl auch. mit Ringen geschmückt gewesen waren. Trotzdem gefiel er mir nicht allzusehr. Die Komiteesitzung seines Vereins hatte mittlerweile stattgefunden und nach einer stürmischen Beratung den Preis von siebenhundertfünfzig Dollar für den besten Dampfpflug nachträglich bewilligt. Herr Lawrence hatte mit dem Austritt seines Bruder. drohen müssen, der im fernen Norden von der ganzen Sache natürlich nichts wußte, um die Opposition der Herren zu überwinden, die mürrisch auf die völlige Ebbe in der Gesellschaftskasse hinwiesen. Aber mein Freund hatte einen guten Tropfen echten Yankeeblutes in den Adern und damit ein unzerstörbares Vertrauen in die Zukunft.

»Kein Geld!« rief er; »Unsinn! Wir brauchen kein Geld. Dieser gute Eyth pflügt uns acht Tage lang im Ausstellungspark. Unser Herr Delano rührt die Trommel, was er meisterlich versteht. Ganz Louisiana will den Dampfpflug sehen. In zwei Tagen was! in einem halben Tag hat sich Eyth seinen Preis selbst verdient. Alles übrige fließt in die Gesellschaftskasse.«

»Und wenn der ganze Dampfpflug ein verflixter englischer Humbug ist?« warf der mürrische Geschäftsführer ein. Fragen Sie einmal im Bureau der Crescent City News nach, Herr Lawrence.«

»Um so besser!« rief Lawrence, entrüstet über Delanos böswillige Kurzsichtigkeit. »Dann will jedermann den englischen Humbug sehen; wir brauchen keinen Preis zu bezahlen, und das ganze Eintrittsgeld gehört der Gesellschaft!«

Die Opposition war vernichtet. Lawrences Vorschlag wurde einstimmig angenommen, worauf er mir mit der größten Zutraulichkeit den Verlauf der Verhandlung mitteilte. Er hatte die große Gabe, jedermann davon zu überzeugen, daß er unter einer Decke mit ihm stecke. Da der Beschluß schon zwei Tage zuvor in allen Zeitungen gestanden hat, war mirs doch nicht unangenehm, daß wir durchdrangen,« schloß er seinen Bericht. »Wann kann die Vorstellung losgehen, Herr Eyth?«

Die zwei Straßenlokomotiven mit ihren Drahtseiltrommeln, ein Sechsfurchenkipppflug, ein Kultivator, eine Egge und zwei Wasserwagen standen fast fertig um uns her, als mir Lawrence all dies erzählte. Ich fuhr nun zum erstenmal mit ihm nach dem Ausstellungspark im Osten der Stadt, um unser künftiges Schlachtfeld anzusehen. Etliche sechzig Hektar leidlich. flachen Landes waren dort von einem eleganten weißen Zaun und einem tiefen Entwässerungskanal umgeben, über den eine breite hölzerne Brücke führte. Da und dort standen malerische Gruppen von Akazien und uralten Hickorybäumen, deren knorrige, teilweise kahle Äste die wirren Girlanden des »hängenden Mooses« schmückten, das den Sumpflandschaften des Mississippi eigentümlich ist. Da und dort ragten aus dem Boden noch verkohlte Stämme und Wurzeln; ein nicht unbedenklicher Anblick für einen Dampfpflüger. Ob der Boden, der an vielen Stellen unter unseren Tritten fühlbar schwankte, meine Maschinen tragen würde, mußte ebenfalls erst die Erfahrung zeigen. Aber alle diese Bedenken konnten das rollende Rad des Geschicks jetzt nicht mehr aufhalten. Im stillen nagte eine viel schwerere Sorge an meinem Herzen. Wie wird vor der ganzen Aristokratie Louisianas, von der ich fortwährend hören mußte, das Pflügen gehen, mit nicht einem Manne außer mir selbst, der die Behandlung der Maschinen und die notwendigsten Handgriffe bei ihrer Bedienung kannte? Wenigstens an drei Punkten, die Hunderte von Metern auseinander liegen: auf dem Pflug und auf jeder der zwei Dampfmaschinen war ein Mann dringend erforderlich, der wußte, was er zu tun hatte, wenn nicht alles in Stücke gehen sollte. Aber es wäre Wahnsinn gewesen, diese Sorge meinen neuen Freunden anzuvertrauen. Ihr Glaube mußte aufrechterhalten werden, solange noch eine Möglichkeit vorhanden war, in diesen Park hinein und mit heiler Haut herauszukommen. Mit einer nagenden Angst auf der Seele mutig zu lächeln, will gelernt sein. Ich hatte zum Glück diese Kunst nicht zum erstenmal geübt.

Die Herren, die meinen Pflug zu verbessern wünschten, hatten sich mit der Zeit stetig vermehrt und waren unerschöpflich in ihren Vorschlägen. Als ich am sechsten Tage die Kessel mit Wasser füllen ließ und die ersten weißen Rauchwölkchen schüchtern aus den Schornsteinen stiegen, waren sie in Scharen versammelt und prophezeiten allerhand Unheil. Ich hatte beschlossen, zuerst nur eine Maschine mit dem Pflug nach dem Ausstellungsplatz zu führen und die zweite am folgenden Tage zu holen. Deshalb nahm ich zunächst Stone und den kleinen Jem auf den Tender, um ihnen den ersten Unterricht im Führen einer Straßenlokomotive zu geben. Dies beleidigte Bucephalus aufs schwerste. Der riesige Neger konnte nur durch das Versprechen getröstet werden, daß er am folgenden Tage die zweite Maschine führen solle und heute mit einer roten Flagge vorauslaufen dürfe, um uns die Straße freizuhalten. Mit fast übermäßigem Eifer stellte er sich auf seinen Posten, wo er seine Tätigkeit damit begann, an die sich ansammelnde, hundertköpfige Volksmenge erklärende Reden zu halten. Als aber nach einer Stunde, die wir zur Dampfentwicklung brauchten, die Maschine ihre ersten Bewegungen machte und das Ungetüm langsam über die krachende Levee hinschlich, erschrak er so heftig, daß er eine halbe Stunde lang still, mit gesenktem Kopfe und in achtbarer Entfernung von der Maschine voranging, ohne sich seiner führenden Stellung bewußt zu werden. Später kam er wieder zu sich und begann aufs neue der Menge zu predigen, wobei er alte Bibelsprüche und seine jüngst erworbenen, noch etwas wirren technischen Kenntnisse wundersam zu mischen verstand. Beim Einbiegen in die Kanalstraße liefen einige Droschkenpferde in wildem Schrecken davon. Dies setzte die Stadtpolizei in Bewegung. Fünf Dollar genügten auch hier, ihr wohlwollendes Interesse an uns zu fesseln, so daß der brausende Festzug ohne Zwischenfall von Bedeutung nach drei Stunden einer ermüdenden Fahrt mitten durch die große Stadt im Ausstellungspark anlangte. Nur in der äußersten Vorstadt, wo ich Jem seinen ersten Versuch machen ließ, die Maschine allein zu steuern, hatten wir den Eckpfeiler eines unbedeutenden Biersalons mitgenommen. Da sich jedoch infolge dieser kleinen Verirrung die Kundschaft des Wirts für den Augenblick verzehnfachte, fand derselbe zu unliebsamen Auseinandersetzungen weder Zeit noch Lust. Die Sache wäre völlig unbemerkt geblieben, wenn nicht am folgenden Morgen die »Crescent City News« eine Notiz gebracht hätten, die bewies, daß der Redakteur noch immer hungrig war. Sie lautete:

»Der englische Dampfpflug begann gestern seine Tätigkeit damit, den eleganten Biersalon des Herrn Henry Cooper an der Ecke der 42. Avenue und der Show Park Road mitzunehmen. Menschenleben sind nicht zu beklagen. Im Gegenteil. Die Frau des Gastwirts, eine unsrer geschätztesten Mitbürger, die sich zur Zeit der Katastrophe im oberen Stockwerk des mitgenommenen Hotels befand, soll unsrer großen Republik fast gleichzeitig, wenn auch in etwas überstürzter Weise, einen gesunden kleinen Mitbürger geschenkt haben. Wir wünschen dem achtbaren Ehepaar von Herzen Glück zu dieser Wendung der Dinge, möchten es dem unförmigen englischen Dampfpflug aber trotzdem nahelegen, namentlich mit Rücksicht auf unsere Damen, seine Tätigkeit für die Regeneration des Südens in etwas weniger gewaltsamer Weise auszuüben.«

Als wir am Abend des folgenden Tags mit der zweiten Maschine an dem erschütterten Salon vorüberkamen, unterließ ich nicht, einzutreten, um auch meinerseits der Familie meine Glückwünsche darzubringen. Ich fand den Salon schon provisorisch genügend gestützt und in blühendem Geschäftsaufschwung. Herr Cooper war vollständig befriedigt, denn meine Maschinen brachten ihm Gäste, wie er sie in seiner bescheidenen Trinkstube noch nie gesehen hatte.

Im übrigen versicherte er mir, er sei kein Amerikaner, sondern ein Irländer, sei nie verheiratet gewesen und denke nicht daran, es zu werden. Und da der Salon kein zweites Stockwerk besaß, in dem das interessante Ereignis, von dem die »Crescent City News« berichteten, hätte stattfinden können, so mußten wir wohl annehmen, daß die Nachrichten auf einem kleinen Mißverständnis beruhten. Erfreut hierüber trank ich mit meinem auf diese Weise gewonnenen neuesten Freund zwei Gläschen seines schauderhaften Whiskys und versprach, ihm auch künftig meine Kundschaft zuzuwenden, sobald ich körperlich genügend gekräftigt sein würde.

Doch eine weit größere Freude und Überraschung stand mir an jenem sichtlich glückbringenden Tage bevor. Es war schon Abenddämmerung, als Bucephalus mit seiner roten Flagge über die Holzbrücke des Ausstellungsparks einzog. Er hatte nämlich selbst vorgezogen, ständiger Bannerträger der Dampfkultur zu bleiben, nachdem ihm tags zuvor der kleine Jem, schwärzer als je und halb gebrochen, die Leiden eines Heizers geschildert hatte. Da bemerkte ich schon aus der Ferne und mit wachsender Entrüstung, auf der ersten Maschine, die gestern unter dem Hickorybaum mitten im Park stehengeblieben war, eine geheimnisvolle Gestalt. Der Mann hatte die die Maschine schützende geteerte Leinwanddecke halb zurückgeschlagen und schien, auf dem Tender kniend, in seine Arbeit versunken zu sein. Als wir näher kamen, bemerkte ich sogar, daß der Werkzeugkasten vor der Rauchkammer jener Maschine geöffnet war. Das war denn doch zu bunt, selbst für die Neugier eines verbesserungssüchtigen Yankees. Ich gab Stone den Anlaßhebel unsrer Maschine in die Hand, sprang ab und lief auf die andre zu, um den Eindringling womöglich in flagranti abzufangen. Er bemerkte mich nicht, so fleißig war er an der Arbeit, und mein Erstaunen wuchs, als ich wahrnahm, daß der Mann damit beschäftigt war, ein neues Wasserstandsglas einzusetzen, das er in dem Werkzeugkasten gefunden haben mußte. Das alte war nämlich bei dem Zusammenstoß mit dem Biersalon schon gestern zerbrochen. Unerklärlich! Aber dennoch, welche Unverschämtheit! Der Fremde kniete mit gesenktem Kopf vor der Kesselwand, noch immer ohne aufzusehen. Ich sprang auf den Tender, entschlossen, ihn an den Ohren zu packen, was auch aus der Begegnung werden würde. Da, nicht eine Sekunde zu früh, hob er den Kopf auf. Ein rundes, mir wohlbekanntes Gesicht mit treuherzigen blauen Augen, aber mit der mir ebenso bekannten steinernen Ruhe, sah er mir entgegen und sprach: »Guten Abend, Sir!« Dann fuhr der Fremde in seinen Versuchen fort, einen eigensinnigen kleinen Kautschukring über die neue Glasröhre zu ziehen, die er an Stelle der zerbrochenen einschalten wollte.

Es war Jem! Jem Parker, der Monteur und Dampfpflüger, den ich mit dem »Wilden Westen« erwartet hatte. Er hatte sich in Schottland bei der Aufstellung eines andern Dampfpflugs verspätet, wurde mit einem der nächsten Schiffe nach New York geschickt und kam von dort über Land mit der Bahn nach New Orleans. Er hatte heute früh nach viertägiger Eisenbahnfahrt die Stadt erreicht, hatte sich nach dem Ausstellungspark durchgefragt und dort die einsame Maschine gefunden. Und da er bei näherer Betrachtung das zerbrochene Wasserstandsglas entdeckte und der Werkzeugkastenschlüssel tags zuvor steckengeblieben war, hatte er in aller Gemütsruhe angefangen, ein neues Glas einzusetzen, wie wenn nicht viertausend Meilen zwischen seiner heutigen und seiner letzten Beschäftigung lägen. Er habe gedacht, es werde schon jemand kommen und nach ihm sehen. Das alles kam in kurzen, trockenen Sätzchen heraus, ohne daß er seine Arbeit dabei unterbrach. jetzt saß das Glas zu seiner Zufriedenheit an der richtigen Stelle; er probierte die Hahnen und schüttelte wegen des niederen Wasserstandes vorwurfsvoll den Kopf. Dann richtete er sich auf, zog wortlos einen Brief aus der Jacke, die er unter dem Rock trug, und gab ihn mir. Derselbe war von Herrn Fowler in London und erklärte, wie es kam, daß Parker erst mit einem späteren Schiff abgereist sei. Zwei Leute könne er mir zu seinem Bedauern nicht schicken. Es seien alle verfügbaren brauchbaren Kräfte vollauf beschäftigt. Ich müsse mich mit Parker behelfen, so gut ich könne. Ich hätte mich in Ägypten ja auch schon in ähnlichen Lagen glücklich herausgewunden.

Dies war richtig; und zugleich war mir ein förmlicher Stein vom Herzen gefallen. Stone und der kleine schwarze Jem, wenn sie auch gelegentlich einen Biersalon umfahren mochten, waren anstellige Leute. Nun hatte ich noch den weißen Jem, der das Handwerk verstand, und mich. So konnte die Sache doch nicht völlig schief gehen und die Regeneration des Südens, von der seit acht Tagen halb New Orleans sprach, allen Ernstes beginnen.

Seit ich Amerika betreten hatte, war ich nie so müd und wohlgemut nach Hause gekommen wie an jenem Abend, spielte zum erstenmal wieder Schach mit Oberst Schmettkow und gewanns.

Ein Fest

Niemand hat übrige Zeit in Amerika. Lawrence, obgleich um eine volle Generation der ältere der beiden, war ungeduldiger als selbst der junge Owen, seitdem der letztere die Speisenfolge seines Gabelfrühstücks mit Hilfe Monsieur Merciers und mehrerer Privatgelehrter auf dem Gebiet festgestellt hatte. Sie ließen mir kaum einige Stunden zu, wie es ihnen schien, nutzlosen Proben meiner Maschinen. Delano, dem mürrischen Geschäftsführer der Landwirtschaftsgesellschaft, wurde überdies um seinen Park bange, als ich die erste Furche durch den jungfräulichen Grasboden zog, der nie zuvor mehr als leise gekratzt worden war, und mein Pflug den schwarzen Urschlamm des verschwundenen Sumpfwaldes ans Tageslicht förderte. Nach seiner Ansicht sei es um so besser, je weniger ich ihnen von meiner Kunst zeige, an der er nicht mehr zweifelte, seitdem er im ersten Schrecken über das gespannte Drahtseil gefallen war. So wurde der nächste Donnerstag, zwei Tage, nachdem der Dampfpflug sein Arbeitsfeld erreicht hatte, für die Eröffnungsfeier bestimmt.

Das Programm war einfach. Zwischen zehn und elf Uhr sollten die geladenen Gäste erwartet werden. Von elf Uhr an hatte ich eine halbe Stunde lang den Pflug, eine weitere halbe Stunde den Kultivator laufen zu lassen. Um zwölf Uhr mußte in dem Pavillon, der sich neben der Rennbahn befand, das Gabelfrühstück bereitstehen. Um zwei Uhr sollte das Publikum gegen ein Eintrittsgeld von einem Dollar zugelassen und das Pflügen bis gegen Abend fortgesetzt werden. Am folgenden Tag konnte die Presse sodann erklären, daß der Dampfpflug den seitens der Landwirtschaftsgesellschaft von Louisiana ausgesetzten großen Preis von siebenhundertfünfzig Dollar nach eingehender Prüfung errungen habe, und ich sollte in der Freude meines Herzens drei Tage lang langsam und mit häufigen Ruhepausen, um den Park nicht allzusehr zu ruinieren, weiterpflügen. Während dieser Zeit hatte die herbeiströmende Volksmenge ihre fünfzig Cents an der Parktorkasse abzuliefern, teils um die Gesellschaft in die Lage zu versetzen, mir möglichst schmerzlos siebenhundertundfünfzig Dollar auszubezahlen, teils um ihr selbst eine sorgenlosere Zukunft anzubahnen. Im ganzen ließ sich gegen diesen Plan nichts einwenden. Er kostete mich ein, wie mir schien, allzu üppiges Frühstück, verschaffte dagegen, wenn alles gut ging, dem Dampfpflug, was er vor allen Dingen brauchte: eine tüchtige, gut amerikanische Reklame.

Die kurzen Versuche, die ich anstellen konnte, verliefen erträglich. Der Pflug rannte nur zweimal in die Dampfmaschine, die Herrn Stone und seinem Heizer Cato anvertraut werden mußte, während auf der anderen Lokomotive der weiße und der schwarze Jem als Lehrer und Schüler gut miteinander auskamen; abgesehen davon, daß der schwarze sich laut und lebhaft beschwerte, durch seinen Ehrgeiz in eine hervorragende Stellung gedrängt worden zu sein, die unerwartet viel Mühe und Arbeit mit sich brachte. Ich selbst saß mit Bucephalus auf dem Pflug und suchte ihm das Steuern des Gerätes und den Begriff einer geraden Linie im allgemeinen beizubringen. Der Mann hatte eine Riesenkraft und ließ sich mit großer Gutmütigkeit an den Ohren ziehen, wenn er gar zu krumm dreinfuhr. Ich tat dies zwar energisch, da er sonst nichts bemerkt hätte, aber doch stets mit der Miene väterlichen Wohlwollens; denn es war von der höchsten Bedeutung, meine rohen Hilfstruppen bei guter Laune zu erhalten. Das erkannte Bucephalus auch grinsend an und hatte bald die Genugtuung, mich wiederholt darauf aufmerksam zu machen, wie gerade seine krummen Furchen ausfielen. überdies hielt ich es selbst für gut, nicht allzu viele Proben abzuhalten. jeder Augenblick, wenn das böse Schicksal es wollte, konnte, während ich an einem Ende des Feldes das Drahtseil regulierte oder dem mangelnden Wasserstand im Kessel nachhalf, am anderen Ende eine zerschmetternde Katastrophe herbeiführen und uns unter Umständen auf Wochen und Monate das Handwerk legen. Das wichtigste blieb zunächst, wenigstens mit heiler Haut und ganzen Gliedern über das drohende Frühstück hinwegzukommen.

Eine prachtvolle Frühlingssonne strahlte über dem lieblichen Parke mit seinen moosbehangenen Baumgruppen und den noch nicht verbrannten Grasflächen, die in dem Untergrund des Mississippideltas reichlich Wasser finden. Die beiden Maschinen standen kampfbereit an den Enden eines dreihundert Meter langen Feldstücks und sandten weiße, senkrechte Rauchsäulen friedlich in den blauen Himmel empor. Jem, Bucephalus, Cato und ein halbes Dutzend weiterer Nigger, die als Extrakräfte im Wege standen, waren nicht nur infolge der Wichtigkeit des Tages und ihrer eignen Per-

son, sondern auch durch das Versprechen eines königlichen Trink-
geldes, wenn alles gut gehe, in gehobener Stimmung. Zwischen
Stone und Parker war eine gewisse ehrgeizige Wettbewerbstim-
mung entstanden, die sich in kleinen trockenen Neckereien äußerte
und mir im Interesse der Sache wohl gefiel, so daß ich sie bei beiden
heimlich schürte. Es war das instinktive Gefühl zwischen jung und
alt; zwischen Amerika und Europa. Beide waren stille, wortkarge
Leute und sich kaum bewußt, was sie reizte. Aber ich sah des Gefühl deutlich in ihnen arbeiten, und in beiden arbeitete es für mich.
Im Pavillon hinter userm Felde deckten sechs schwarze Kellner in
tadellosen Fräcken und weißen Halsbinden eine hufeisenförmige
Tafel, und geheimnisvolle, angenehm duftende Korbwagen fuhren
durch das Parktor. Lawrence hing seit dem frühen Morgen an meinen Fersen, und Kapitän Owen erwartete in fieberhafter Aufregung
den Champagnerwagen, der irgendwo aufgehalten, wenn nicht
umgeworfen worden war.

Dann kamen in leichten, eleganten Kabrioletts und Buggies die
vornehmeren, in den maultierbespannten Tramwagen die einfache-
ren der geladenen Gäste: Longstreet mit Beauregard, Taylor mit
Burnside und Jackson, leider nicht der berühmte Stonewall Jackson,
der wenige Wochen zuvor gestorben war. Auch General Lee hatte
zum allgemeinen Bedauern abgesagt. Doch fehlte es nicht an Gene-
ralen, Regimentskommandeuren, Majoren und Kapitänen in verwirrender Menge; dann aber kamen auch große Grundbesitzer vom
oberen und unteren Mississippi und weltbekannte Politiker aus der
alten Zeit, die heute von ihren Erinnerungen lebten und jeden ein-
luden, sie mit ihnen aufzufrischen; kurz, es sammelte sich rasch eine
zahlreiche, fröhlich belebte Gesellschaft, in der sich jedermann zu
kennen schien und in deren Mitte der wackere Longstreet den lie-
benswürdigen Wirt spielte, während mir Owen die Heldentaten
jedes einzelnen ins Ohr flüsterte. Auch unbekannte Gestalten erschienen zur Genüge. Ich selbst hatte nur dafür gesorgt, daß Oberst
Schmettkow nicht fehlte und der teutonische Redakteur der »Deutschen Zeitung« seine Einladung erhielt. An alles übrige ließ ich
Owen denken, der seinerseits vertrauensvoll auf meine Fähigkeit
baute, mit einem Scheck auf meine englischen Freunde am Tage der
Abrechnung die kleinen Schwierigkeiten auszugleichen, die etwa
entstehen sollten.

Alles sammelte sich in dem Felde, in welchem der Dampfpflug kampfbereit aufgestellt war. Noch nie hatte dieser friedliche Träger der Kultur ein so kriegerisches Publikum um sich gesehen. Die alten Haudegen des großen Bürgerkrieges standen entlang dem ausgespannten Drahtseil und sahen verständnisvoll oder auch anders in die tiefe Furche hinab, die gestern abend noch gezogen worden war. Longstreet erklärte, mich von Zeit zu Zeit zu Hilfe rufend, was er von der Sache wußte, sichtlich bemüht, das Interesse dem Pflug zuzulenken; aber unwillkürlich verirrte er sich samt seinen Freunden jeden Augenblick wieder in die Erinnerung an ein abenteuerliches Gefecht, in die Beurteilung einer strategischen Bewegung und vor allem in die Betrachtung der jammervollen politischen Lage der »alten und wahren« Herren des Landes. Alle Stimmungen kamen zum lebhaften Ausdruck, vom Galgenhumor völliger Hoffnungslosigkeit bis zur finsteren Entschlossenheit, sich knirschend zermalmen zu lassen. Der Dampfpflug schien mit jeder Minute mehr vor den Augen der ganzen Gesellschaft zu verschwinden.

Da ließ ich pfeifen. Das Drahtseil schnellte in die Höhe und zog an. Die lange Reihe der leidenschaftlich gestikulierenden Herren sprang mit Entsetzen und militärischer Präzision auf die Seite. Der Pflug setzte sich in Bewegung, die schweren schwarzbraunen Schollen in sechs glatten gradlinigen Reihen aufstellend. Dies brachte meine Gäste zur Sache zurück. Eifrig liefen die meisten hinter dem Pfluge her, nachdenklich maßen andere die Tiefe der Furche. Es ging in der Tat nicht schlecht, wenn man den Umständen einigermaßen Rechnung trug. Stone und Cato auf der fernen Maschine übertrafen sich selbst. Stolz saß Bucephalus auf dem Pflug und steuerte ihn in sanftem Zickzack über das Feld. Er war überglücklich, da er unter den Eingeladenen seinen alten Herrn aus der Sklavenzeit entdeckt hatte und ihm die Geheimnisse seiner neuen Würde als erster Dampfpflüger Amerikas auseinandersetzen konnte. Nachdem der Pflug sechs- bis siebenmal auf und ab gefahren war, ohne Schiffbruch zu leiden, näherte sich allerdings das Aussehen der letzten Furche den Windungen eines durch ein Wiesental sich hinschlängelnden Bächleins. General Burnside tröstete mich. Die Linie erinnere ihn lebhaft an seinen ersten Sieg: an die Schlachtlinie der Föderation bei Bull Run. Dank seiner südlichen Lebhaftigkeit hatte General Taylor mittlerweile alles begriffen und hielt den Augenblick für gekommen, tatkräftig einzugreifen. Er schob Bucephalus von seinem Sitz, setzte sich auf das Gerät und erfaßte das Steuerrad. Dreißig Schritte weit ging alles gut. Der Pflug blieb in seinem durch die Furche gegebenen Gleise, und Taylor sah sich triumphierend um. Dann aber nahm das Instrument plötzlich eine Wendung nach dem ungepflügten Teil des Feldes und lief, als sei es verrückt geworden, trotz der verzweifelten Steuerbewegungen des Generals querfeldein. Kein Pfeifen von Parkers Maschine half. Stone, dessen Maschine an andern Ende des Feldes während der Katastrophe den Pflug zog, war mit seinem Feuer beschäftigt und merkte zu spät, welches Unheil vor sich ging, so daß er erst dazu kam, anzuhalten, als sich der General mit dem entlaufenen Pflug mitten auf dem ungepflügten Feld befand, hundert Schritte von dem Platz, wo er hätte sein sollen. Er hatte allerdings eine merkwürdige gerade Linie diagonal zur Pflugrichtung über das Feld gezogen. Beschämt stieg er ab und betrachtete sein Werk. Seine alten Kriegskameraden waren außer sich vor Vergnügen. Selbst der unehrerbietige Bucephalus, der staunend dem Pfluge nachgesehen hatte, lachte mit, daß sein roter Mund das schwarze Gesicht von Ohr zu Ohr spaltete. Der Erfolg der Heiterkeitserfolg des Dampfpflugs war großartig. Der ältere Owen, der mehr Verständnis für die wahre Lage der Dinge zu haben schien als alle andern, sagte leise zu mir: »Lassen Sie aufhören! Die Schildkrötenbouillon wird sonst kalt!« Longstreet nahm Burnside unter den Arm. Taylor wurde von den andern im Triumph herbeigeholt und als preisgekrönter Dampfpflüger Louisianas fast auf den Händen getragen. Alles strömte dem Gartenpavillon zu, wo sich das blinkende Hufeisen von Tischen im Nu gefüllt hatte und die Sektkorken zu knallen begannen.

Es ging hier noch brillanter als im Felde. Die Not der Zeit löste sich fühlbar in dem warmen Sonnenschein, der durch den luftigen kleinen Saal, und im perlenden Wein, der kühlend durch unsere Adern strömte. Longstreet hielt eine prächtige kleine Rede: ernst, männlich, geradeaus: Die große Sache sei verloren; wozu die Augen schließen und die Hände sinken lassen? Die Männer seien noch da, die ehrlich für sie geblutet hätten; sie würden sich nicht erdrücken lassen. Die alte Kraft rege sich wieder und werde auf andern Feldern neue Siege bringen. »Das Schwert ist in unsrer Hand zerbrochen,« schloß er. »In Gottes Namen nehmen wir die Lage, die uns der Himmel geschickt hat. Es lebe der Pflug!« Darauf verlangte es der Anstand, daß ich etwas sagte. Der Staub der Pflugfurchen steckte mir noch in der Kehle und die Angst vor dem jeden Augenblick möglichen Zusammenbruch der einen oder der andern Maschine in der Seele; aber ich ließ getrost den Süden leben, dessen tropische Lebenskraft schon mehr als einmal aus den Sümpfen um den Mississippi ein Paradies geschaffen habe. Dann kamen andere, weniger harmlos, manchmal bitter zornig, manchmal allzu laut der wieder keimenden Hoffnung entgegenjubelnd. Der Pflug war vergessen.

Die politischen Phrasen rollten mächtig über die erhitzten Köpfe weg. Doch fühlte ich mich ziemlich beruhigt, als ich unter den letzten, die das Gartenhaus verließen, den Chefredakteur des »Picayune« Arm in Arm mit seinem Feind, dem Chefredakteur der »Crescent City News«, bemerkte, die abwechslungsweise versuchten, föderierte und konföderierte Kriegslieder zweistimmig zu singen. Ein erstaunlicher Grad mangelhaften musikalischen Sinns und der gute Wille, mit dem sie sich gegenseitig unterstützten, ergab eine Verschmelzung von Dissonanzen, die das Beste für die Zukunft hoffen ließ. Nur ein einziger Mißton trübte den Schluß der schönen Feier. Meine zwei deutschen Freunde waren sich in die Haare geraten. Oberst Schmettkow versuchte den Redakteur der »Deutschen Zeitung« über die Irrtümer seiner politischen Auffassung des Zustandes der Südstaaten aufzuklären. Doktor Wurzler machte vergebliche Anstrengungen, den Obersten zu überzeugen, daß ein verunglückter Jardeoffizier von der Sache nichts verstehen könne. Sie wurden laut und heftig, und nur mit Mühe konnte ich sie bewegen, in zwei getrennten Trambahnwagen nach der Stadt zurückzukehren.

Rettungspläne

Regen nach Sonnenschein – können wir mehr fordern vom wechselnden Leben? Aber allerdings, es braucht nicht gerade ein Donnerwetter zu sein, mit der Aussicht, in einen vierwöchentlichen Landregen überzugehen.

Am folgenden Morgen brachten die »Crescent City News« einen zornigen Aufsatz über England und die heimtückische Art und Weise, wie John Bull die Einführung der sonst nicht ganz nutzlosen Dampfkultur benutze, um einer verderblichen und verlorenen Sache neue Lebenshoffnungen einzuflößen, die nie in Erfüllung gehen könnten. Doppelt bedauerlich sei, daß der in andrer Beziehung anständige und nicht unintelligente Leiter des unförmlichen englischen Dampfpflugs sich zu Kundgebungen mißbrauchen lasse, die einem förmlichen Wiedererwachen der alten sezessionistischen Bestrebungen gleichkämen. Der Herr möge sich nicht täuschen: neuer Wein, auch der, den er zu verzapfen wünsche, lasse sich nicht in alte Schläuche füllen. Weder Dampf noch Sekt werde die verbrauchten Männer einer verlorenen Partei zu neuem Leben erwecken. Die Sezession sei tot. Den Dampfpflug an die tote Sezession binden zu wollen, sei sicherlich das Törichtste, was dieser fremde Herr jemals versucht habe. Es wäre ihm vielleicht nützlich gewesen, wenn er sich zuvor über die Verhältnisse des Südens etwas eingehender belehrt hätte. Als charakteristisch sei zu erwähnen, wie ein gewisser, in Louisiana sehr überschätzter General, der sich neuerdings mit Kanalschiffahrt beschäftige, den Pflug quer über das Feld gesteuert und das unglückselige englische Instrument in einer Lage steckengelassen habe, über die mehrere Sachverständige sich heute noch den Kopf zerbrächen. Übrigens sei Wohlwollen und Gerechtigkeit auch dem Gegner gegenüber stets der Grundsatz der »Crescent City News« gewesen. Die Schriftleitung stehe deshalb nicht an, ihren Lesern die vortreffliche Speisefolge des Gabelfrühstücks mitzuteilen, das den Kern der Eröffnungsfeier des englischen Dampfpflugs gebildet habe: Schildkrötensuppe mit Heidsieck und so weiter.

Der freundlicher gesinnte »Picayune« begann mit der Speisekarte, brachte eine enthusiastische Beschreibung des Dampfpflugs, die kein Mensch verstehen konnte, und war überzeugt, daß der erste

Stein zum Wiederaufbau des Südens gelegt worden sei, »dank den Männern,« schloß er, »die entschlossen den großen Aufgaben unsrer Zeit entgegentreten und die Not der Gegenwart mit den glänzenden Waffen der Zukunft zu bekämpfen wissen«.

Da Lawrence, der energisch mitgekämpft hatte, ebenso wie Schmettkow am folgenden Tag etwas unwohl waren, hörte ich von dem kleinen Zeitungskrieg, der um meinen Dampfpflug entbrannt war, zunächst so viel wie nichts. Die ruhigere, planmäßige Arbeit nahm ihren Fortgang. Ich pflügte in den nächsten Tagen jeden Morgen und Abend für das Fünfzigcentpublikum ein paar Stunden lang. Meine Leute kamen nach und nach in Übung, es ging mit jedem Versuch etwas besser; nur der Strom der erwarteten Volksmassen blieb aus. Der Geschäftsführer der Landwirtschaftsgesellschaft war mein getreuester Zuschauer, und sein Gesicht wurde nach jeder Vorstellung um einen Zoll länger. Am zweiten Tag wurde der zweite Kassier am Eingangstor als völlig überflüssig eingezogen, und am dritten konnte auch der noch im Dienst stehende seine Siesta, die um die Mittagsstunden in seinem kleinen Brathäuschen verzeihlich war, über den Rest des Tages ausdehnen, ohne seine Amtspflichten zu vernachlässigen.

Am Abend dieses dritten Tages kam Lawrence mit Delano in ungewöhnlicher Eile über das Feld, als ich soeben die Vorstellung, die wir den zwei Söhnchen des eingeschlafenen Kassierers gegeben hatten, abzuschließen im Begriff war. Man sah es dem Gang der beiden Herren an, daß sie ein neuer, belebender Gedanke trug. Lawrence grüßte vergnügt, der Geschäftsführer grämlich und betrachtete sodann kopfschüttelnd die beiden Knäblein, die eifrig auf dem stillstehenden Pflug herumkletterten und nach Yankeejungenart versuchten, ob nicht da oder dort eine Mutter loszuschrauben, eine Schraube abzudrehen war.

»Nun, wie ging's heute, Herr Eyth? Mehr Publikum hier gewesen?« rief Lawrence, als ob alles, was er sah, seine höchste Befriedigung erregt hätte.

»Sie sehen, welches Interesse die Bevölkerung an unserm Pfluge nimmt,« antwortete ich, auf die zwei Jungen weisend, die wirklich eine lose Mutter gefunden hatten und emsig an der Arbeit waren. »Heute vormittag war auch ein alter Herr hier, der sich ernstlich nach der Leistungsfähigkeit der Maschinen erkundigte. Er brauche eine billige Lokomobile zum Wasserpumpen, erzählte er mir.«

»Der Kassierer behauptet, er müsse am Ostende des Platzes über den Parkzaun gestiegen sein,« bemerkte Delano, die zwei Bürschchen mit finsteren Blicken messend. »Das kann so nicht fortgehen, Herr Lawrence. Wir müssen den Zaun am Ostende reparieren lassen. Wenn nur Geld in der Kasse wäre! Guter Gott, wenn nur etwas Geld in der Kasse wäre!«

»Man wird doch deshalb den Mut nicht sinken lassen!« rief Lawrence, ohne den Geschäftsführer zu beachten. »Zweifellos haben wir den richtigen Weg noch nicht gefunden, das gesamte Interesse des Südens auf unsre Sache zu lenken, Herr Eyth. Die Crescent City News fahren allerdings fort, Ihnen Opposition zu machen. Das ist gut; das regt an.«

Erholte das widerwärtige Blatt aus der Tasche.

»Mir scheint es eher abzuschrecken,« meinte ich. »Der Lump von Redakteur schrieb gestern wieder ein paar Zeilen über den plumpen englischen Dampfelefanten, der in blinder Arbeitswut unsern schönen Ausstellungspark aufwühle.«

»Sehr gut! Sehr gut!« rief Lawrence. »Sehen Sie, Herr Eyth, Sie verstehen unsre Sprache noch nicht völlig. Das ist ja verzeihlich; aber Sie sollten mit sich selber etwas mehr Geduld haben. Wir müssen den Mann bezahlen, wenn er verspricht, kräftiger zu schimpfen. Hören Sie einmal, was der Picayune heute früh sagt. Es gefällt Ihnen vielleicht besser, aber es ist nicht halb so wirksam.«

Er zog eine zweite Zeitung hervor, setzte sich auf den Pflug und las mit pathetischem Feuer:

»Der glänzende Erfolg der großen englischen Erfindung, die uns einen Ersatz für die wohl für immer verlorene Arbeit unsrer farbigen Mitbürger zu schaffen bestimmt ist, zieht täglich Tausende von Schaulustigen nach dem Ausstellungspark der Landwirtschaftsgesellschaft von Louisiana. Die Prüfungskommission dieses wahrhaft patriotischen Vereins, bestehend aus den Herren Lawrence hier folgten zehn weitere, mir völlig unbekannte Namen hat dem riesigen Kulturinstrument einstimmig den ausgesetzten Ehrenpreis von siebenhundertundfünfzig Dollar zuerkannt. Wenn in Indien der

Elefant am Pfluge des Rajahs Wunder der Kraft und Klugheit verrichtet, so arbeitet in unserm erleuchteten Lande die elefantine Kraft des Dampfes an der neu erstehenden Wohlfahrt unsres zu Boden getretenen Südens. Ein Volk, das im Handumdrehen den Pflug mit dem Schwert zu vertauschen weiß, wie unser wackerer Longstreet so wahr bemerkte, kann nicht untergehen.«

»Wenn ich nur wüßte, wo ich die siebenhundertundfünfzig Dollar auftreiben sollte, mit denen mir das verehrliche Komitee seit acht Tagen in den Ohren liegt,« brummte der Geschäftsführer.

»Deshalb kommen wir zu Ihnen, Herr Eyth,« sagte Lawrence mit wachsendem Frohsinn. »Die Elefantenidee hat gezündet; ich weiß es von verschiedenen Seiten. Wenn Sie uns ein wenig die Hand bieten, wird sich alles zum besten wenden.«

»Aber was kann ich mehr tun, als Ihren Park vierzehn Zoll tief aufreißen?« fragte ich, ziemlich ratlos um mich blickend. »Wenn dies Ihren ruhmbedeckten Süden nicht interessiert, so bleibt mir schließlich nichts andres übrig, als ihn seinem Schicksal zu überlassen.«

»Fangen Sie nicht auch an, die Flügel hängen zu lassen!« mahnte Lawrence. »Das tut unser Geschäftsführer schon hinreichend für uns alle. Aber hören Sie mir zu! Das Pflügen interessiert die Stadtleute nicht; zugegeben! Die großen Gutsbesitzer sind keine Volksmasse; auch kommen sie nicht in die Stadt. Sie haben kein Geld mehr wie vor fünf Jahren. Wir müssen es anders angreifen. Wenn Sie damit einverstanden sind, lasse ich heute abend in alle Zeitungen eine Anzeige einrücken. Ich habe sie schon im Entwurf in der Tasche. Hören Sie! Passen Sie auf, Delano!«

Er zog einen Bogen Papier aus der Brusttasche, auf dem in viel korrigierter Schrift folgendes zu lesen war:

»Große Sensation! Wettrennen der zwei Dampfelefanten John Bull und Jonathan! John Bull, geritten von dem berühmten englischen Dampfelefantenjockei Mister Jem Parker; Jonathan von dem amerikanischen Gentlemanreiter Mister Eleazor Stone. An die gesamte Bevölkerung, Damen und Herren, groß und klein, alt und jung, der Staaten Louisiana, Alabama, Mississippi und Texas! Nachdem die berühmten Dampfelefanten John Bull und sein Bruder

Jonathan während der vergangenen Woche in gewaltiger Arbeit den Urgrund des Mississippitales aufgewühlt haben, beabsichtigen diese gewandten und zu heiterem Spiel geneigten Tierchen, ihre angeborene Munterkeit in einem kleinen Wettlauf zum Ausdruck zu bringen, der auf der Rennbahn des Parks der Landwirtschaftsgesellschaft von Louisiana am Donnerstag, dem 4. März, nachmittags fünf Uhr, stattfinden wird. Besondere Anziehung wird das Rennen dadurch ausüben, daß der Elefant Jonathan von dem amerikanischen Amateur Mister Stone, John Bull dagegen von dem berühmten englischen Berufsjockei Parker gesteuert werden wird. Es sollen bereits beträchtliche Wetten auf den Erfolg des einen oder andern der kühnen Reiter angeboten und angenommen worden sein. Herr Stone stammt aus einer alten Familie Virginiens und wird die Ehre des neuen Kontinents aufrechtzuerhalten wissen, während Parker vor einigen Tagen aus England eintraf, so daß ihm die ganze Geschicklichkeit und Erfahrung der älteren Kulturwelt zur Verfügung steht.

»Achtung, Bürger von Louisiana, Alabama, Texas und Mississippi, Achtung! Der Riesenmammutwettkampf zweier Welten, in Arbeit und Sport! Amerika gegen England! England gegen Amerika! Wer wird der Sieger bleiben? Parkkassenöffnung um zwei Uhr. Eintritt einen Dollar. Tribünenkarten drei Dollar.«

Lawrence sah sich um, als habe er zu eigner Verwunderung das Ei des Kolumbus auf den Kopf gestellt; die trüben Augen des Geschäftsführers blitzten, eine hektische Röte war in seine gelben Wangen gestiegen. Mir standen die Haare zu Berge.

»Das ist ja aber rein unmöglich, mein lieber Herr Lawrence,« rief ich, nach Luft schnappend.

»Unmöglich!« schrie Lawrence stürmisch. »Unmöglich! Mein bester Gedanke seit dreißig Jahren! Aber warum denn, mein lieber Herr Eyth?«

Ich suchte mich zu fassen und ruhig zu sprechen.

»Ich kann doch ganz unmöglich meinen Dampfpflug zu einem solchen Karnevalsstreich, zu einer so verrückten Barnumiade hergeben.«

»Ich bitte Sie! Barnum ist einer der geachtetsten Bürger unsrer großen Republik. Ein Charakter! Ein Charakter, Herr Eyth! Er hat kleiner angefangen als Sie und hat heute das größte Museum der Welt. Er ist Millionen wert, Millionen, hat schon drei Kirchen gebaut, ist dreifacher Kirchenältester in seinen eignen Gotteshäusern und kann sich den Degen umschnallen, den Napoleon bei Waterloo verlor, wenn es ihm beliebt. ich bitte Sie, warum denn nicht?«

»Meine Dampfpflugmaschinen – wettrennen!« rief ich mit neu erwachendem Entsetzen. »Die plumpen englischen Dampfelefanten, wie die ›Crescent City News‹ sagen! Sie laufen ja keine vier Meilen in der Stunde, beim besten Willen.«

»Das ist ja eben das Pikante! Ein Elefantenwettrennen, ein Dampfmammutwettrennen! Nichts von Ihren windigen Vollblutskniffen der Alten Welt; keine brutale Tierquälerei ihrer barbarischen Vergangenheit das Ganze elegant, human, würdig Zukunftsmusik! Der Picayune wird jubeln; der Crescent City News-Redakteur wird sich die Haare ausreißen. Die ganze Stadt wird auf unsrer Seite sein. Und diese Reklame! Diese Reklame! Bedenken Sie doch!«

»Vor der ganzen Welt werden wir dastehen wie blamierte Hanswurste,« sagte ich düster, denn ich fühlte, daß etwas in mir nachgab, daß eine Feder meines Innersten brechen wollte, die ich bis jetzt für stahlhart gehalten hatte. Lawrence merkte es ebenfalls, setzte sich wieder auf den Pflug, von dem er in der Hitze des Gefechts aufgesprungen war, und fuhr ruhiger und eindringlich fort:

»Sie verstehen dieses Land nicht. Sie können den mächtigen Strom des Fortschritts nicht fassen, der uns über solch kleinliche Bedenken wegträgt und uns größer gemacht hat als alle andern Nationen des Erdballs. Aber Sie müssen einsehen, was ich Ihnen hier biete. Jetzt sitzen Sie da vor zwei kleinen Jungen, die Sie auslachen. In ein paar Tagen haben Sie fünfzigtausend Menschen hier, die Sie anstaunen.«

»Ich glaube gar nicht, daß ich Jem Parker bewegen kann, den Narren zu spielen,« brummte ich.

»Dafür lassen Sie mich sorgen!« rief Lawrence freudig, denn er sah, wie schwach ich wurde. »Sechs Glas Jamaikarum und fünfzig Dollar Trinkgeld! Damit zieht er uns eine brennrote Jockeijacke an.

Stone, der ein Vater von sieben Kindern ist und Professor an einem Technikum in Buffalo war, will in grünem Spenzer und gelben Hosen antreten. Er denkt wie ich. Aber wohl gemerkt, Sie müssen es ihn gewinnen lassen. Er repräsentiert Amerika.«

»Das ist ein weiterer Punkt,« warf ich ein. »Die beiden Maschinen gleichen sich wie ein Ei dem andern und laufen genau gleichschnell. Von einem Wettrennen ist also nicht die Rede.«

»Kann man dies nicht machen, wie man will?« fragte Lawrence, fast wieder aufgebracht über meine Borniertheit. »Das wird mit Stone und Parker ganz genau verabredet. Dreimal über die Bahn, denke ich mir; zuerst Stone voraus; dann Parker voraus, immer weiter voraus, eine halbe Bahnlänge zwischen beiden. Stone in Nöten Parker lachend. Dann auf einmal Stone hinterher wie der Teufel, mit offenen Zylinderhähnen, damit man sieht, daß sein Elefant sich anstrengt. Parker pustet und keucht. Vergeblich. Fünfzig Schritte vom Ziel sind sie beide Schornstein an Schornstein. Parker hat die Innenseite der Bahn; noch immer kann er gewinnen aber in den letzten drei Sekunden, unter dem donnernden Jubel von fünfzigtausend Menschen, siegt Amerika mit einer Nasen- oder Rüssel- oder Kessellänge, ganz wie Sie wollen. Was sagen Sie jetzt?«

»Die einzige Rettung für uns alle!« stöhnte Delano, der mich ängstlich betrachtete. Es mußte mit der Landwirtschaftsgesellschaft von Louisiana in der Tat schlecht stehen.

»Ich will mir's überlegen,« sagte ich zögernd und fühlte, wie die scharfe Luft Amerikas mein Lungengewebe durchdrang und das schwere deutsche Blut rascher oxidierte. Die Empfindung steigender Wärme war nicht unangenehm. Auch leichter fühlte ich mich, wie ein Ballon, dem plötzlich mit weiteren fünfzig Kubikmeter Gas unter die Arme gegriffen wird.

»Und ich,« rief Lawrence, indem er mir rasch die Hand drückte, »laufe auf die Redaktionen. Für die Morgenblätter wird es gerade noch Zeit sein. Aus Ihnen, Herr Eyth, kann immer noch etwas werden. Ich gebe Sie nicht ganz verloren. Adieu!«

Er lief, den nächsten Weg über das gepflügte Feld nehmend, dem Parktor zu, und zwar so eifrig, daß er, über die mächtigen Furchen stolpernd, zweimal auf die Knie fiel, ohne Zeit zu verlieren.

Delano und ich sahen einander an, zaghaft, trübselig, ich noch immer in einem unbeendeten Seelenkampf, in dem die Neue und die Alte Welt miteinander rangen und mich qualvoll hin und her zerrten; Delano mich mißtrauisch betrachtend, als ob er fürchtete, es könne doch noch alles schief gehen.

»Es ist gut, daß Sie sich entschieden haben,« sagte er endlich mit dem ersten Lächeln auf seinem gelben Gesicht. »Wenn Sie nein gesagt hätten, wäre ich morgen früh nach Kuba abgereist. Ohne die Gesellschaftskasse. Die ist leer.«

Neue Hoffnung

Die »Crescent City News« waren besiegt, sogar vor dem großen Tage, auf den Lawrence seine ganze Hoffnung setzte. Wie er dies zuwege gebracht hatte, blieb ein Geheimnis. Die spaltenlangen Inserate, in denen das kommende Wettrennen zur Anzeige kam, konnten den Stimmungswechsel kaum hervorgebracht haben, dafür waren sie trotz der fetten Buchstaben nicht groß genug. Aber die spitzen Bemerkungen über die plumpen Dampfpflüge hörten plötzlich auf. Die löbliche Absicht, ein Wettrennen abzuhalten, wurde laut und dankbar anerkannt, die beiden Dampfelefanten John Bull und Jonathan in begeisterten Farben geschildert, ihre merkwürdige äußere Ähnlichkeit nicht verschwiegen, jedoch darauf hingewiesen, daß in ihrem Innern wesentliche Verschiedenheiten bestehen dürften. Das Verhältnis von Heiz- und Rostfläche, vom Zylinderraum zum Dampfraum im Kessel, eine künstliche Zugvorrichtung, ein heimlicher Expansionsschieber, kurz das eigentliche Seelenleben beider Maschinen lasse den Ausgang des Kampfes durchaus zweifelhaft erscheinen. Übrigens komme es, wie bei jedem Rennen, doch auch wesentlich auf die Jockeis an, und da Jonathan von dem berühmten Amerikaner Stone (grün und gelb), John Bull von einem nicht minder hervorragenden Engländer, Jem Parker (rot und blau), geritten werde der Berichterstatter entschuldigte sich hier, daß er beim Anblick der eleganten Dampfrenner unwillkürlich in die Sprache des Turfs verfalle, so sei der Sieg des einen oder des andern keineswegs eine leicht vorauszusehende Sache. An den Schenktischen der Hotels und Salons von St.-Charles- und Kanalstraße sei das Wetten bereits in lebhaftem Gang. Im allgemeinen sei in den Kanalstraßenrestaurants Jonathan der Favorit, während im St.-Charles-Hotel Wetten von zwei gegen eins auf John Bull, dessen Jockei man größere Erfahrung zuschreibe, bereitwillig angenommen werden.

Unser nutzloses Pflügen im Ausstellungspark wurde nicht wieder aufgenommen. Das amerikanische Fieber, das den wohlakklimatisierten Lawrence in einen jungen Mann voll Feuer und Energie verwandelt hatte, packte auch mich mit jeder Stunde mehr. Am Morgen nach unsrer Besprechung im Park, nachdem ich nicht ohne Herzbeklemmung die bekannte Anzeige in fünf Zeitungen gesehen und mich an deren Aussehen ein wenig gewöhnt hatte, schlug ich mit einer entschlossenen Aufwallung alle Bedenken in den Wind. Ein Trost blieb mir ja immer: Louisiana war viertausend Meilen vom würdevollen England entfernt. Wenn es nun einmal sein mußte und mein ernster, ehrbarer Dampfpflug auf ein paar Stunden den Narren spielen sollte, nun, dann lieber auch recht! General Longstreet fand nichts Bedenkliches in der Sache. Im Gegenteil; er lobte mich, daß ich Land und Volk so rasch begreifen lerne. Persönlich wünschte er allerdings in diesem Falle mehr in den Hintergrund zu treten. Um so tätiger waren seine jungen Geschäftsteilnehmer, die beiden Owen, die das Wetten unter ihren Freunden in einen Schwung brachten, der mich kleinen Anwandlungen von Gewissensbissen aussetzte. Lawrence lachte mich aus: »Ist es unsre Aufgabe, dafür zu sorgen, daß die jungen Leute ihr Geld in der Tasche behalten?« fragte er. »Ist es für das gemeine Wohl von irgendwelcher Bedeutung, in wessen Taschen des Volkes es schließlich sitzenbleibt?« Ich mußte ihm recht geben.

Parker machte keine Schwierigkeiten. In seiner trockenen Weise sagte er: »Mister Fowler schickte mich hierher und befahl mir, zu tun, was *Sie* befehlen. Das sind meine Anweisungen. Wenn ich mit meiner Maschine wettrennen soll, so wettrenne ich; das ist einfach!« Ich klopfte ihm auf die Schulter und begann, etwas zögernd, von der roten Jacke zu sprechen. Aber auch hier kam mir ein unerwarteter Zwischenfall zu Hilfe. Der ruhige Jem hatte bereits die intime Bekanntschaft einer jungen Dame gemacht, der hübschen, wenn auch etwas bronzierten Tochter eines Handelsgärtners, der in der Nähe des Parks einen stattlichen Bananen- und Orangenwald pflegte. Der Engländer teilte die amerikanische Abneigung gegen leichte Farbenmischungen nicht, und die junge Dame war Feuer und Flamme für den hübschen, kräftigen, wenn auch stummen Liebhaber, dessen ehrliche Augen die besten Absichten verrieten. Fräulein Sally war begeistert für die rote Jacke, half sie anmessen und setzte Goldborten auf den Kragen. Ihr Jem sah prächtig aus, wie ein Kakadu! Jetzt erst war sie wirklich überzeugt, eine glückliche Frau zu werden. Er brummte, aber er war ein herziger Junge, ihr Jem, wenn er die Kakadujacke anhatte.

Die Ackergeräte blieben im Felde stehen, wo sie standen, verstaubt und verachtet. Beide Dampfmaschinen dagegen wurden drei

Tage lang geputzt und geschmirgelt, daß sie in der Sonne blitzten. Auf der Rückseite des Tenders und auf dem Deckel der Rauchkammer ließ ich durch einen hervorragenden Künstler aus Deutschland, der drüben mehrere Malerschulen besucht hatte und dementsprechend am Hungertuch nagte, die eine mit den Worten »John Bull«, die andre mit dem Namen »Jonathan« bemalen, so daß ich nun auch selbst wußte, welches die eine und welches die andre war. Stone brachte auf eigne Kosten nationalfarbene, besternte Tücher, mit welchen er Jonathan schmückte. John Bull fand sich am Mittwoch nachmittag mit Girlanden über und über bedeckt, in denen sich reife Orangen besonders reizend ausnahmen. Das war Sallys Werk. Ich selbst sorgte dafür, daß am Tender jeder Maschine zwei Banner befestigt wurden: Parker erhielt den englischen Union-Jack, den er mit ruhigem Stolz aufsteckte, Stone die sternbesäte Flagge seiner amerikanischen Heimat. Das eigentümliche Verhältnis beider war auch nach längerem Zusammenarbeiten das gleiche geblieben. Sie sprachen nicht viel und nicht höflich, wenn sie sich etwas zu sagen hatten, aber die magnetische Antipathie, mit der sie sich betrachteten, war im Wachsen. Parker verachtete Stone, Stone ärgerte sich über Parker. Das geschah aus nationalem Instinkt. Hätten sie sich als Individuen gegenübergestanden, so wäre das umgekehrte Verhältnis natürlicher gewesen. Stone, der ältere, verhältnismäßig gebildetere Mann hätte Jem verachten, Jem sich über Stone ärgern sollen. Aber das unbewußte Rassengefühl ist meist stärker als das bewußte Empfinden des einzelnen. Zum Glück hatten sie bis jetzt nicht viel Gelegenheit gehabt, sich aneinander zu reiben. Es ist dies schwierig, wenn jeder den ganzen Tag an einem der beiden Enden eines vierhundert Meter langen Drahtseils beschäftigt ist.

Auch Delano hatte nun genügend zu tun und wurde deshalb etwas heiterer. Er ließ die Tribüne abstäuben und stützen, da sie sich gefährlich nach hinten neigte, und ein drittes Kassenhäuschen aufstellen. Man sah, meine amerikanischen Freunde glaubten an die englischen Elefanten. Ich selbst war sehr beschäftigt und warf kaum einen Blick auf die Zeitungsnotiz, die mir Lawrence, der jetzt alle Taschen voll Fahnenabzügen und Ausschnitten hatte, am Dienstag vor dem Rennen auf die Maschine heraufreichte. Einen Augenblick später sprang ich jedoch erregt zur Erde. Der Himmel klärte sich.Es regnet auch im Mississippidelta nicht immer. Dann las ich mit gespannter, aber freudiger Aufregung:

»Washington, den 1. März 1867. Der unerwartete Schluß der Sitzungen des Kongresses war in den letzten Tagen die Veranlassung, eine ganze Reihe weniger bedeutender Vorlagen, namentlich auf wirtschaftlichem Gebiete, zur Beratung zu bringen, die meist ohne längere Diskussion zur Annahme kamen. Die sichtliche, die Arbeit fördernde Ermüdung der würdigen Vertreter des souveränen Volkes mag hierbei ebenso kräftig mitgewirkt haben wie die sachlichen Interessen, die von einzelnen Mitgliedern mit Gewandtheit und Umsicht vertreten wurden. Namentlich war dies am letzten Tage der Session der Fall, an dem die folgenden neun Anträge die Zustimmung des hohen Hauses erhielten.« Dann folgte die Liste von acht mir völlig gleichgültigen Bestimmungen, die sich auf die Gewährung von Pensionen, die Bezahlung von Komitees, die Erhöhung von Beiträgen zu verschiedenen Verkehrsunternehmungen bezogen. Dem neunten Paragraphen sah man es fast an, wie hastig er im letzten Augenblick noch angehängt worden war. Er lautete:

Ferner wird beschlossen, daß Geräte und Maschinen, die zur Bearbeitung des Bodens mittels Dampfkraft bestimmt sind, zoll- und steuerfrei eingeführt werden können, und soll diese Zollbefreiung auf die Dauer von drei Jahren festgesetzt sein. Auch soll die Bestimmung rückwirkende Kraft besitzen und vom 1. Januar 1866 an Geltung haben.

›So hat mein zweifelhafter Freund Olcott doch nicht umsonst gearbeitet, und Schmettkow wird mir beschämt zugestehen müssen, daß auch im Norden noch Menschen wohnen, auf die man sich verlassen kann! rief ich innerlich hocherfreut und schickte Stone in die Stadt, um noch zwei Banner zu bestellen, mit denen ich Jonathans Schornstein schmücken wollte. Die Sterne und Streifen waren nicht so schlimm, wie ich seit einigen Wochen zu fürchten begonnen hatte.

Noch am gleichen Nachmittag, als meine zwei Renner blank und glänzend, mit Kohlen, Wasser und Öl versorgt, hinter der geschmückten Tribüne aufgestellt waren, fuhr ich nach dem Hauptzollamt und überreichte dem Generalzolldirektor von New Orleans den »Picayune« und die »Crescent City News« mit ihren Telegrammen aus Washington. Der Herr, ein dünner, schwarzgekleideter Yankee mit der Miene eines Kirchenältesten, schien in eifrigem Geschäftsgespräch mit einem seiner Unterbeamten. Beide hatten zerrissene Taschenbücher in der Hand und ließen sich durch meinen Eintritt kaum stören. Zwei gegen eins auf Jonathan; so weit wollte der Zolldirektor gehen, während der Assistent zögernd an seinem Bleistift kaute. Beide Herren empfingen mich unwirsch, als ich eintrat, und sehr höflich, als ich mich zu erkennen gab. Mit sichtlichem Widerstreben entfernte sich der Assistent auf einen energischen Wink seines Vorgesetzten. Ich zog den »Picayune« hervor und zeigte ihm den dickunterstrichenen Paragraphen.

»Sehr gut, sehr gut, Sir!« sagte er mit unerwarteter Zuvorkommenheit. »Ich gratuliere Ihnen, Herr – Herr Jed! Nebenbei: würden Sie vielleicht die Güte haben, mir den Unterschied, die wesentlichen inneren Eigenschaften von Jonathan und John Bull zu erklären. Ich verstehe nicht viel von Dampfmaschinen, interessiere mich aber doch außerordentlich für die Fortschritte der Technik. Die beiden Elefanten seien äußerlich ziemlich ähnlich, habe ich mir von sachverständiger Seite sagen lassen. Welchen ganz unter uns welchen halten Sie bei einem Viereinhalbmeilen-Rennen für den leistungsfähigeren? Sie wissen, die Bahn ist anderthalb Meilen lang.«

Hier handelte es sich offenbar um ein unerwartet glückliches Zusammentreffen von Umständen, das ich nicht ungenützt vorübergehen lassen durfte.

»Ich komme, verehrter Herr,« sagte ich, »um Sie auf den Paragraphen bezüglich der rückwirkenden Kraft dieser Zollbestimmung aufmerksam zu machen.«

»Sehr interessant!« rief der Zöllner. »Ich höre, Jonathans Feuerbüchse sei um zehn Zoll länger. Wenn dies der Fall ist, muß er ein verdammt guter Dampfer sein«

»Wie Sie wissen,« unterbrach ich ihn mit großer Ruhe, »haben wir, unsere Vertreter Longstreet, Owen & Co., in meinem Namen viertausendzweihundert Dollar Zollgebühren für den Dampfpflug bezahlt, der sich augenblicklich im Ausstellungspark befindet.«

»Gewiß, gewiß! ich erinnere mich. Dagegen habe ich gehört, daß John Bull größere Straßenräder hat. Das müßte man aber doch sehen, und mein Sohn, den ich gestern nacht hinausschickte, konnte einen Unterschied nicht mehr feststellen; es war allerdings schon dunkel. Niemand kann mich nun hierüber so gut aufklären wie Sie, mein werter Herr Jed. Ich betrachte es als eine ganz besondere Vergünstigung, daß ich die Ehre habe, Sie heute bei mir zu sehen.«

»Nun denke ich,« fuhr ich mit Beharrlichkeit fort, »werden wir wohl die viertausendzweihundert Dollar ohne weiteres zurückerhalten können. Etwas Bargeld wäre mir augenblicklich nicht unangenehm, Herr Generalzolldirektor; Jonathan frißt, wie Sie richtig vermuten, eine erstaunliche Menge Kohlen.«

»Sie glauben also auch, daß Jonathan, namentlich auf viereinhalb Meilen, die Wahrscheinlichkeit für sich hat,« drängte der Kirchenälteste.

»Ich kann natürlich nichts Bestimmtes sagen, Sir,« sagte ich zurückhaltend. »Jonathan ist ein feiner junger Dampfelefant, dem ich viel zutraue viel zutraue, Herr Direktor, und John Bull ist nicht schlecht für sein Alter. Beide sind am gleichen Tage geboren. Es wäre nicht ehrlich, wenn ich mehr plaudern wollte. Auch kann man ja nie wissen, wie es geht. Der Zustand der Bahn, das Wetter, Wasser und Kohle, die Jockeis, alles hat seinen Einfluß. Von den Elefanten als Rennern wissen wir alle nicht zu viel. Was die viertausendzweihundert Dollar betrifft-«

»Das genügt,« unterbrach mich der Direktor mit schlauem Augenblinzeln. »Jonathan ist fein und jung. Sie sagen, Jonathan kann man viel zutrauen. Mehr als einen Wink darf ich von Ihnen nicht verlangen. Ich hoffe, Sie zu verstehen.«

»Und was die viertausendzweihundert Dollar betrifft,« mahnte ich, zutraulich lächelnd, als ob wir jetzt unter einer Decke steckten.

»Ja, sehen Sie,« sagte der Kirchenälteste mit der wohlwollendsten Freundlichkeit, »das ist so eine Sache! Das Geld werden Sie ohne Zweifel bekommen, namentlich namentlich wenn Jonathan gewinnt. Aber ich muß doch erst Weisungen von Washington haben; direkte Anweisung. So geschwind wie mit Ihren Dampfelefanten geht es in den Regierungsbureaus gewöhnlich doch nicht. Besuchen Sie mich in einer Woche wieder, Herr Jed. Da soll die Summe auf dem Tisch liegen, wenn der Picayune nicht gelogen hat; mein Wort darauf! Also Jonathan? Sie denken wirklich Jonathan?«

»Wie Sie sagen: ich denke Jonathan,« bestätigte ich halblaut, sinnend, wie wenn ich meine eignen Gedanken belauschte, und dachte dabei an das Orakel von Delphi. Dann verabschiedeten wir uns mit lebhaftem Händeschütteln. Ich kann es nicht leugnen, so unerklärlich es ist: noch nach Jahren meines amerikanischen Lebens machte dieses biedere Händeschütteln einen gewissen Eindruck auf mich.

In dem dunkeln Gange vor der Türe kam der kleine, aber greisenhafte Assistent aus einer Nische hervor. Er hatte auf mich gelauert und schüttelte mir noch heftiger die Hand.

»Sie kommen wegen des Zolls auf Ihren Dampfpflug,« sagte er leise und eifrig. »Ich weiß, ich weiß! Ich las die Nachricht selbst heute früh in den Crescent City News und dachte sofort: hier gibt es etwas für mich zu tun. Ohne mich geht das nämlich nicht. Er ist zäh wie ein Hickorystock, wenn er herauszahlen soll« dabei deutete der Kleine auf die Zimmertüre des Großen. »Eine höchst wichtige Nachricht für Ihr Geschäft. Gratuliere, gratuliere! Die viertausendzweihundert Dollar werden Sie übrigens im Handumdrehen bekommen, wenn ich die Sache in die Hand nehme, und das habe ich zu tun im Sinn, Mister Eyth! Nebenbei was halten Sie von John Bull? Ich glaube nicht, daß die beiden Elefanten so verschieden sind, wie sie aussehen. Sie sehen verschieden aus, höre ich von sachverständiger Seite, aber nicht so verschieden, daß man daraus seine Schlüsse ziehen könnte. Auf die Jockeis wird es wohl ankommen unter uns«

»Die Jockeis sind allerdings auch bei wirklichen Elefanten ein wichtiges Element,« sagte ich zustimmend.

»Herr Eyth, ich heiße Smith und habe die Geldanweisungen auszuschreiben. Es wird mir das größte Vergnügen machen, Ihnen gefällig zu sein. Ich weiß, die Engländer lieben einen prompten Geschäftsgang; ich war selbst drei Wochen in England. Und da John Bulls Jockei, wie ich höre, ein Engländer ist und natürlich besser mit diesen Dampfelefanten umzugehen weiß«

»So würde ich selbst vermuten,« unterbrach ich ihn entgegen-kommend, »daß John Bull die größere Wahrscheinlichkeit für sich hat, als Sieger aus dem Rennen herauszukommen.«

»Das genügt, das genügt!« rief der Kleine stürmisch. »Natürlich, es wäre unrecht, Sie zu veranlassen, weiter aus der Schule zu schwatzen. Aber kommen Sie nach dem Wettrennen wieder. Sie sollen Ihr Geld haben, ehe wir ein Schnippchen schlagen. Mein Chef?« Herr Smith machte eine unehrerbietige Grimasse »er läßt niemand in Ruhe, die alte Schraube! Er hat mir bei unsrer letzten Wette meinen halben Jahresgehalt abgeschwindelt, und ich bin ein verheirateter Mann mit einer kleinen Familie von sieben. Diesmal soll er mir einmal bluten! John Bull; natürlich! Sie werden den Ame-rikaner nicht gewinnen lassen; das kann ja ein Kind sehen. Diesmal soll er geschröpft werden. Besten Dank, wertester Herr Eyth!«

Er klopfte mit schneidiger Schärfe an die Zimmertüre seines Vor-gesetzten. Ein freudiges Herein! der etwas krächzenden Stimme des kirchenältesten Zöllners drang bis zu mir. Ich konnte noch auf der Treppe an dem heiteren Ton ihres Gesprächs hören, wie sie beide glaubten, sich gegenseitig in der Tasche zu haben. Ein schöneres Verhältnis zwischen Vorgesetzten und Untergebenen konnte es doch wohl kaum geben. Und hierfür, sagte ich mir mit heimlichem Stolze, sind mir beide jetzt gleich dankbar.

Das Elefantenrennen

Ein kurzer scharfer Regenguß, der in der Nacht gefallen war und die Frühlingsregenzeit einleitete, konnte unsrer Rennbahn zwar nicht sonderlich zuträglich sein, doch trocknete der sonnige Morgen die Wege, die Tribüne und deren etwas spärliche Dekoration genügend, so daß alles glänzte und prangte, wie es sich für einen großen Tag geziemt. In der Stadt war für ein kundiges Auge eine gewisse Bewegung deutlich erkennbar. Gruppen umstanden die Anschlagsäulen und die Bretterwände der im Bau begriffenen Häuser, an denen sich das von Lawrence gedichtete Plakat in Riesenbuchstaben breit machte: »Unerhörte Sensation! Amerika gegen England; England gegen Amerika! Das Mammutwettrennen der zwei Dampfelefanten Jonathan und John Bull,« und so weiter. An Straßenecken wurden von zweifelhaften Gestalten Wetten angeboten und angenommen. Gegen Nachmittag war die Trambahnlinie in der Richtung des Ausstellungsparks belagert, und von vier Uhr an hingen aufgeregte und im allgemeinen fröhliche Menschen in lebensgefährlicher Weise an den Geländern und Treppen der Wagen, von denen alle acht Minuten fünf und sechs unmittelbar hintereinander nach Osten fuhren.

Schon um elf Uhr hatten wir bei verschlossenen Türen im Parkpavillon eine geheime Sitzung abgehalten: Lawrence, Delano, ich und die zwei Elefantenjockeis Parker und Stone. Es handelte sich um genaue Anweisungen für die beiden Letztgenannten. Flüsternd ersuchte ich sie, nachdem die Türen verriegelt waren, ihr heiliges Ehrenwort abzugeben, daß nichts aber auch nichts!, was sie in dieser feierlichen Stunde hören sollten, jemals über ihre Lippen kommen werde. »I will be blown,« sagte der Engländer bereitwillig, aber ernst, »wenn ich je etwas ausplaudere,« »I will be darned!« schwur der Amerikaner. Wörtlich übersetzt heißt das eine-. »Ich will geblasen,« das andre: »Ich will gestopft sein« und ist in der Heimat der Betreffenden die landesübliche Umschreibung für den Wunsch, in der untersten Hölle zu braten. Ich konnte beruhigt fortfahren:

»Sie wissen, meine Herren, daß, was wir heute zu tun haben, die Grenze eines kleinen heiteren Humbugs nicht überschreitet. Ich brauche Ihnen, bei Ihrer Intelligenz, nicht mitzuteilen, daß unsre

Elefanten keine wirklichen Elefanten, unser Wettrennen kein wirkliches Wettrennen ist. Herr Lawrence wird Ihnen vielleicht auseinandersetzen, wenn Sie dies wünschen sollten, wie weit unser Vorgehen vom ethischen Standpunkte aus haltbar ist. Ich überlasse ihm diesen Punkt, da derselbe ausschließlich die Anschauungsweise der großen und erleuchteten Nation betrifft, die wir heute zu erfreuen und zu belehren hoffen und für deren hervorragenden Vertreter ich ihn ansehe. Ich beschränke mich darauf, Ihnen die Versicherung zu geben, daß Herr Lawrence in diesem Punkte völlig beruhigt ist.«

Stone nickte mit einem kaum merklichen Anflug eines Lächelns um seine dünnen Lippen, Parker in stummem Staunen.

»Die Sache ist also einfach die,« begann ich wieder in geschäftsmäßigerem Ton, »Punkt halb fünf Uhr haben Sie sechs Atmosphären Dampf im Kessel, Wasser und Kohle in Ordnung, alle Lager gut geölt vergessen Sie das Bremsband auf der Hinterachse nicht, Herr Stone, kurz, die Maschine zur Abfahrt vollständig bereitzuhalten. Sie fahren dann vor die Tribüne, wo ich Ihnen Ihre Plätze anweisen werde. Punkt fünf Uhr gibt Herr Delano ein Zeichen; er wird einen Revolver abschießen, wenn ich recht weiß, und Sie, meine Herren fahren dann dreimal auf dem großen Ring herum. Keine Übereilung; keine unnötige Anstrengung. Zuerst bitte ich Herrn Stone, vorauszufahren dann, nach etwa hundert Schritt, muß Parker ihn überholen und einen ziemlichen Vorsprung beibehalten, bis bei der dritten Umfahrt, kurz vor dem Ziel, Herr Stone ihn wieder einholt und eine halbe Minute oder besser nur ein paar Sekunden vor Parker durchs Ziel fährt. Hier zum Schluß müssen Sie natürlich ein wenig aufpassen, daß die Sache nicht umgekehrt ausfällt. Sie haben mich verstanden?«

Parkers rundes harmloses Gesicht verdüsterte sich. »Aber« fing er an.

»Kein ›Aber‹, Parker,« sagte ich bestimmt, »Sie tun, wie ich Ihnen sagte. Wir sind in Amerika und müssen den Herren Amerikanern zeigen, daß ein englischer Gentleman höflich sein kann.«

Stone lächelte mitleidig; Parker hing den Kopf. »Ich möchte mit Ihnen allein sprechen,« murmelte er in sichtlicher Seelennot.

Wir traten in eine Fensternische, und Jem flüsterte, während sein Kopf purpurrot wurde:

»Mir wäre es ja gleichgültig, Sir, wer am Schluß vorausfährt; aber Sally ich habe Sally versprochen«

»Weibergeschichten! Dummheiten! Schämen Sie sich, Parker!« sagte ich entrüstet. »Ich hoffe die Herren Fowler in England hoffen, daß Sie Ihre Pflicht tun werden.«

Er schwieg und schämte sich. Hiermit konnte die geheime Konferenz geschlossen werden. Stone und Parker entfernten sich, um ihren Maschinen, die hinter der Tribüne und einer provisorischen Zeltwand friedlich nebeneinander rauchten, vor dem großen Kampfe die letzten liebevollen Handreichungen angedeihen zu lassen und sich sodann in den dunkeln Hohlräumen der Tribüne in ihr schmuckes Jockeikostüm zu werfen. Delano eilte in fieberhafter Stimmung nach den Kassenhäuschen am Eingang, wo bereits zwei Kassierer auf ihre kommende Tätigkeit warteten. Sie kam auch, mit jeder Viertelstunde sichtlich wachsend. Der Ausstellungspark, sonst ein Bild tiefer, melancholischer Einsamkeit, begann sich zu beleben. Lawrence strahlte wie eine zweite Sonne über den Platz, Freunde begrüßend, Fremde zurechtweisend. Es war sein Werk, das sich ringsumher entwickelte, und er fühlte, daß die Augen von zwei Weltteilen auf ihm ruhten.

Die Tribüne füllte sich langsam; um die Barrieren des großen Rings schloß sich ein Menschenring in Form einer dünnen, riesigen Mondsichel, deren Hörner sich bereits zu einem Kreis zusammenschlossen. Daß das Sonntagspublikum der Stadt in Bewegung geraten könnte, hatte ich halb und halb gehofft; daß aber auch die Aristokratie der Crescent City erscheinen werde, war mehr, als ich erwartete. Longstreet kam man hörte sein vergnügliches lautes Lachen schon von weitem, der ernste Beauregard, Taylor, unruhig wie ein Wiesel, nach allen Seiten auf Jonathan und gegen John Bull wettend. Die Owens mit der jüngeren Generation belebten das Innere des Rings und brachten ganze Scharen von Damen in glänzenden Toiletten. Es gab doch noch schwarze leuchtende Augen und blitzende Diamanten in der Stadt. Gelegentlich sah man Delano mit einem Leinwandbeutel im Arm vom Eingangstor nach dem Pavillon laufen. Es waren Geldsäcke, die er in Longstreets Bureau entlehnt hatte. Er lachte förmlich, zum erstenmal nach dem Bürgerkriege, wie mir Owen, ebenfalls lachend, versicherte. Eine heitere Aufregung bemächtigte sich der Menge in steigendem Grade. Der improvisierte Zeltverschlag, hinter dem in stoischer Ruhe die zwei Maschinen ihre Rauchwolken zum Himmel sandten, war von hundert Jungen umdrängt, die die Leinwandwände einzudrücken versuchten und von Zeit zu Zeit von Bucephalus und dem schwarzen Jem mit entrüsteter Beredsamkeit verjagt wurden. Es half wenig, da der eine eine riesige amerikanische, der andre eine englische Kokarde trug, die sofort der Mittelpunkt jubelnder Bewunderung wurden.

So wurde es halb fünf Uhr. Aus einem Loch in der Rückwand der Tribüne schlüpfte jetzt Stone in hellgrüner Jacke und gelben Beinkleidern und marschierte, von dreißig Jungen geleitet, ernst, als ob er in einer grünen Jacke geboren wäre, dem Maschinenzelt zu. Kein Muskel rührte sich in seinem steinernen Gesicht. Er war der echte Jockei, der mit zusammengebissenen Zähnen einem Kampf auf Leben und Tod entgegengeht.

Vor dem Loch in der Tribüne wartete in sichtlicher Ungeduld eine junge Dame in feuerrotem Seidenkleid und einem wogenden Federhut von erstaunlicher Größe. Als Parker in seinem prachtvollen Kakadugefieder, rot und blau, in der Öffnung erschien, wollte er wieder zurückschlüpfen. Der große Junge war so rot wie seine Jacke. Aber es half ihm nichts; die begeisterte Sally erfaßte ihn beim Arm, zog ihn heraus und begleitete ihn stolz nach dem Maschinenzelt, wo sie in ein entrüstetes Zwiegespräch mit Bucephalus geriet, der ihr rund erklärte, daß hier Damen nicht zugelassen würden.

Fünfzehn Minuten vor fünf öffneten sich die Zeltwände mit erfreulicher Pünktlichkeit. Es ging alles wie am Schnürchen. Die beiden Elefanten dampften keuchend und rasselnd, aber mit feierlichem Ernste, aus der Hütte hervor und wälzten sich in den Ring, der Tribüne zu. Die Aufregung wuchs; die Volksmenge umringte sie schreiend, manchmal in jähem Schreck auseinanderstiebend, dann wieder sich gefährlich zusammenballend. »Das ist Jonathan!« »Das ist John Bull!« erklärten sie sich hundertstimmig. »Ein feiner Bursche, John Bull!« »Sehen Sie, die Räder! diese Breite!« »Und wie Jonathan dampft! Das heiß' ich ein Paar Lungen!« »Aufpassen! Aus dem Weg!« »Vier gegen drei auf Jonathan!« »Zwei gegen eins auf John Bull!« »Hipp hipp hurra für Amerika!« »Zwei gegen eins auf Jonathan!« So schwirrte es durcheinander, bis die beiden Maschinen vor der Tribüne angelangt waren und nebeneinander zum Stillstand kamen. Der kleine schwarze Jem, der bei Jonathan, und Bucephalus, welcher bei John Bull Heizerdienste versah, grinsten sich an. Parker und Stone lehnten auf ihren Steuerrädern und sahen ernst und schweigend auf die brausende Volksmenge herab, die zögernd die Rennbahn freigab und, heftig protestierend, von sechs Schutzleuten unter den Barrieren durchgejagt wurde, wobei abgestreifte Zylinderhüte die Heiterkeit wiederherstellten. Das Ganze schien einen durchaus würdigen Verlauf nehmen zu wollen. Lawrence, der an alles zu denken schien, hatte selbst für Komiteemitglieder gesorgt, die in amerikanischen und englischen Schärpen um die Maschinen herumliefen, sichtlich ohne zu wissen, was sie zu tun hatten, und dadurch dem Publikum zu denken gaben.

Auf der Pavillonuhr schlug es fünf. Atemlos kam Delano aus der Richtung des Kassentors herbei, eine riesige Pistole in der Hand. Er wechselte mit Parker und Stone einige hastige Worte, um sicher zu sein, ob er das Zeichen geben könne. Beide nickten. Fräulein Sally, die ihre nächste Umgebung nur mit Mühe verhindern konnte, die Barriere zu überklettern, rief ihrem Jem ermunternde Zärtlichkeiten zu. Dann knallte der Schuß. Sally stieß einen gellenden Schrei aus, sank in die Arme ihres Nachbars, raffte sich aber ebenso rasch wieder empor. Mit acht offenen Zylinderhähnen, Dampf und Feuer speiend, beide Pfeifen schrill trompetend, hatten sich die zwei Maschinen in Bewegung gesetzt. Das war nicht der Augenblick für weibliche Schwächen. »Hurra Jonathan!« »Hurra, John Bull!« brüllte die beglückte Menge. »Vorwärts, vorwärts!« »Hurra, Jonathan!« »Amerika für immer!« »Hurra, Jonathan!«

Der Start war untadelhaft; das Wettrennen hatte durchaus programmgemäß begonnen. Beide Maschinen liefen in behaglicher Ruhe hintereinander her die Rennbahn entlang. Da aber sämtliche Zylinderhähne geöffnet blieben und sie demgemäß unter lautem Zischen Wolken von Wasser und Dampf ausspien, machten sie den Eindruck außerordentlicher Kraftanstrengung, so daß das Publikum hochbefriedigt war. »Hurra, John!« »Vorwärts, Jonathan!« schrie es in steigender Erregung. Ich wunderte mich anfänglich, daß der

England repräsentierende John Bull mindestens ebenso viele brüllende Freunde zu haben schien wie Jonathan. Aber eine große Anzahl Wetten waren zugunsten Johns abgeschlossen worden. Der schlauere Teil der Wettlustigen traute der Sache doch nicht ganz und vermutete, daß ich, der Leiter und Besitzer der Elefanten, dem Engländer geheime Vorteile verschaffen werde. Daß ich weder Engländer noch Amerikaner, sondern »nur« wir schrieben, wie erwähnt, noch nicht 1870 ein ehrlicher Deutscher war, wußten natürlich die wenigsten. Eine schrille, den größeren Teil des Rings beherrschende Stimme leitete den Chor der Rotblauen. Es war Sally, die den Tribünenaufgang erklettert hatte, auf dem ich selbst stand und mich vergeblich bemühte, unberechtigte, aber enthusiastische Zuschauer hinunterzujagen. Sally sah mir mit ihren blitzenden, kohlschwarzen Augen lachend ins Gesicht, ohne ihr Schreien einzustellen, und klammerte sich fest ans Geländer an. Man sah, sie war entschlossen, nicht zu weichen, ohne das Gebälk mitzunehmen. Ich kapitulierte ohne weiteres. Diese Lungen! Ein gewaltiger Perlmutterknopf über ihrem königlichen Busen sprang mit einem hörbaren Knall ab und flog in großem Bogen in die untenstehende Volksmenge. »Hurra, Jonathan!« »Hurra, Jem!« Ihre Gefühle für die Lokomotive mischten sich bereits bis zur Unkenntlichkeit mit denen für den Lokomotivführer, und als die Maschinen die Bahn zum erstenmal umkreist hatten und John Bull sechs Maschinenlängen vor Jonathan durch das Ziel dampfte, kannte ihre Freude und ihr Stolz keine Grenzen mehr. »Hurra, Jem! Hurra, Jem!« jubelte sie dem Blauroten zu, der in stoischer Ruhe, den Anlaßhebel in der einen, den Regulator in der andern Hand, auf seinem Tender stand und sich sichtlich bemühte, die Freudenrufe seiner jungen tropischen Liebe nicht zu stören. Zu unsern Füßen sahen die Leute entrüstet herauf und suchten ihre Chorführerin zu belehren, daß ihr Elefant nicht Jem heiße, sondern John, John Bull. Aber nichts in der Welt hätte Sally irregemacht. »Hurra, Jem! Hurra, Jem!«

Höhnend behandelte sie Jonathan, der eine halbe Minute später an uns vorüberdampfte. Auch Stone sah ruhig und trocken, wie sichs geziemt, von seiner Maschine herab. Das Brüllen der Grüngelben, aus dem schon Angst und Zorn deutlich durchklang: »Vorwärts, Jonathan!« »Nicht nachlassen, nicht nachlassen!« »Schneller!« »Hurra für Amerika!« »Schneller, schneller!« schien an seinem starren Yankeegesicht abzuprallen wie ein tosender Gebirgsbach an einem Felsblock. Dagegen konnte ich jetzt mit meinem Opernglas bemerken, daß der schwarze Jem, sein Heizer, in sichtlicher Aufregung große Klumpen Kohle in das Feuer warf und dazu zornig in das Feuerloch hineinschrie. Trotzdem erweiterte sich die Entfernung zwischen den beiden Rennern mehr und mehr.

»Donnerwetter, der Amerikaner verliert's!« sagte Longstreet, der unmittelbar hinter mir auf der Tribüne stand, zu seinem Freund Beauregard. Die Aufregung und das Geschrei der tausendköpfigen Menge hatten ihre bekannte magnetische Wirkung. Selbst die beiden, damals weltberühmten Generale der konföderierten Armee, die in blutigen Schlachten kühl ihre Befehle gegeben hatten, begannen den Einfluß der wunderlichen Nervenströmung zu fühlen, die in solchen Augenblicken durch die schwüle, brausende Luft zieht. »Was wetten Sie, Beauregard, der Amerikaner verliert's?«

»Zwei gegen eins in Zehndollarnoten,« sagte der andre trocken. »Vor dem Krieg hätten wir mit Hundertdollarnoten gespielt, Longstreet, aber es geht auch so.«

»Und es geht ehrlich zu da drunten?« fragte Longstreet, sich über meine Schulter neigend.

»So ehrlich wie irgendwo in diesem großen und erleuchteten Lande!« antwortete ich in der Hoffnung, er werde mich verstehen. »Es ist alles aufs beste geordnet und geregelt, General!«

Aber Longstreet war zu ehrlich für sein großes und erleuchtetes Vaterland und verstand mich nicht. Die beiden notierten die Wette und verfolgten jetzt das behagliche Elefantenrennen mit derselben Teilnahme wie die Volksmasse unter uns, deren brausendes Geschrei mit den Maschinen zum zweitenmal um den Ring lief.

Jonathan, welcher keuchend schwarze Rauchwolken ausblies, war jetzt über hundert Schritt hinter John Bull geblieben, mehr als ich für gut hielt. War nicht alles in Ordnung? Wollte Stone den Schlußeffekt um so glänzender gestalten? Schon bewegte sich seine Maschine in einem Sturm von Entrüstung entlang der Barriere. Höhnische Zurufe, zornige Mahnungen, sein Vaterland nicht zu verraten, wurden ihm zugeschleudert. Der schwarze Jem, in heftigem Wortwechsel mit seinem Vorgesetzten, warf eine Schaufel

Kohle nach der andern ins Feuer. Und wirklich, jetzt endlich schien die Maschine sich aufzuraffen. Rasselnd und klappernd brauste sie ihrer Genossin nach. Der Zwischenraum nahm sichtlich ab. »Hurra, Jonathan! Hurra, Jonathan!« Die Grüngelben gewannen wieder Mut.

Bei der zweiten Vorbeifahrt am Ziel war Jonathan eine halbe Elefantenlänge voraus! Dies war gegen das verabredete Programm. Als sie aneinander vorübergefahren waren, hatte Parker seinem Kollegen Stone zornige Blicke zugeworfen. Stone sah nach der andern Seite, als ob er allein in der Welt wäre. Die beiden Heizer, der schwarze Jem und Bucephalus, hatten ein lebhaftes Zwiegespräch eröffnet, sobald sie sich hören konnten.

»Glaubst du in den Himmel zu kommen mit deinem Gekeuch, du großer Maulesel?« erkundigte sich Jem.

»Wir alle gehen über den Jordan, o Jerusalem!« sang Bucephalus mit lauter Stimme, indem er das alte Baptistennegerlied benutzte, um seinen schwarzen Mitbruder außer sich zu bringen. Aber auch er tanzte vor Wut auf dem Tender, als seine Maschine wirklich langsam zurückblieb. Es war für den Augenblick nicht zu ändern. Parkers Dampf war um etwas gesunken, während bei Stone beide Sicherheitsventile abbliesen wie toll. Der weiße Jem unterbrach die nutzlosen Wutausbrüche seines Heizers mit einer gelinden Ohrfeige und stieß ihm den Kopf gegen das Feuerloch. Diesen Wink billigte der Schwarze und begann wie wütend Kohlen in die Feuerbüchse zu schaufeln.

Sally war zum erstenmal seit Beginn des Rennens still geworden und starrte mit weitaufgerissenen Augen dem Unheil entgegen, das ihren Jem betroffen hatte. jetzt riß sie ihren prachtvollen Federhut vorn Kopf und schwenkte ihn an den Bändern wie ein Rad in der Luft, um den Geliebten aufzumuntern. »Hurra, Jem! Schnell, schnell! Vorwärts! Hurra!« Der Chor der Blauroten, der etwas schwächer geworden war, brauste unter diesem Gefühlssturm seiner Führerin wieder auf, die sich durch das Hutschwenken rasch Platz verschafft hatte und jetzt auf der Tribünentreppe eine hervorragende Stellung einnahm. Aber Jonathan gewann noch immer. Fünf Minuten mußten vergehen, ehe Parker Dampf genug hatte, um das verlorene Terrain wiederzugewinnen.

Nun aber war es an mir, etwas bange zu werden. Mein Opernglas war gut, so daß ich die Bewegungen der zwei Leute auf jeder Maschine genau beobachten und fast sehen konnte, was sie sich sagten. Es war klar, sowohl Stone als Parker hatten das Programm völlig vergessen. Vielleicht hatte der erstere den Hohn seiner Landsleute nicht länger ertragen können, vielleicht war der Stoizismus Parkers den leidenschaftlichen Ausbrüchen seiner hitzigen Geliebten erlegen. Tatsache war: Die Maschinen liefen nicht mehr hintereinander her, wie es der Würde eines braven Dampfpflugs entspricht; sie stießen zornige Rauchwolken aus, sie rannten, sie suchten sich zu überholen. Beide Maschinenführer hatten die eine Hand auf den Sicherheitsventilhebeln ein böses Zeichen, die erregbaren Heizer drohten sich mit Kohlenschaufeln und stimmten jauchzend in das Geschrei der Menge ein. Das Wettrennen war ernst geworden, und von allen Beteiligten wußte eigentlich nur Parker genau, was er tat. Wenn es so fortging, konnte der Spaß jeden Augenblick mit einer Katastrophe endigen, und die Zeichen mehrten sich, daß wir einem tragischen Ende entgegentrieben.

Auch der Himmel hatte sich plötzlich verdüstert. Eine schwarze Regenwolke trieb mitten durch den Sonnenschein über den Park hin, eine im März gewöhnliche Erscheinung des Klimas von Louisiana. Das helle Bild lag plötzlich in tiefem Schatten, und eine Minute später schüttete der Himmel Wasser in Strömen auf die Rennbahn. Doch dauerte der sündflutartige Guß nur zwei Minuten lang, dann glänzte die Abendsonne wieder durch das dampfende Gewölke, und alles strahlte und funkelte in frischen Farben.

Auf die Volksmenge hatte das gewohnte Zwischenspiel kaum einen merklichen Eindruck gemacht. Lachend wurden tausend triefende Regenschirme wieder zugeklappt und der gefüllte Rand von hundert Hüten dem zu nahe stehenden Nachbarn in den Nacken geschüttet. Dagegen hatten die Elefanten mit einer neuen und jedem, außer mir und Parker, unerwarteten Schwierigkeit zu kämpfen. Während des Regens war John Bull wieder vorgeeilt und hatte Jonathan um zwanzig Schritt überholt. Beide rangen jetzt mit allen Mitteln um den Sieg. Sie waren noch hundert Schritt vom Ziel, aber auf dem nassen Rasen, auf dem der kurze stürmische Regen da und dort kleine Seen zurückgelassen hatte, glitten und glitschten jetzt die Triebräder in hilflosem Eifer. Auch die Vorderräder, durch deren Stellung die Maschine gesteuert wird, hatten keinen Halt mehr und schlüpften nach rechts oder links mit unberechenbarer Willkür. Die wuchtigen Lokomotiven schwankten hin und her wie Betrunkene, blieben stecken, schossen vorwärts, versuchten sich quer zur Bahn zu stellen. Es war ein tolles Ringen mit den Elementen, die sich gegen beide Renner gleichmäßig verschworen hatten.

Da hielt Parker plötzlich still und sprang von seiner Maschine, Bucephalus ihm nach. Zischend heulte der gepreßte Dampf durch die sich weit öffnenden Sicherheitsventile. Stone, wenn auch mühselig und in unregelmäßigen Stößen sich fortbewegend, fuhr an der stehenden Maschine vorüber. England brüllte vor Wut; Amerika brach in brausenden Siegesjubel aus. Sally verlor den zweiten Perlmutterknopf über dem gepreßten Herzen: »Vorwärts, Jem! Vorwärts! O Jerusalem, vorwärts!«

Parker, der noch hundert Meter der überfluteten Rennbahn vor sich sah, war nicht stehengeblieben, um Luft zu schöpfen, und verstand sein Geschäft. Mit aller Macht, aber stumm drauflos arbeitend, den willigen, aber ungeschickten Bucephalus nur mit Rippenstößen anleitend, seine rotblaue Jacke mit Schmutz und Lehm bedeckend, befestigte er an den Triebradreifen ein halbes Dutzend sogenannter »Sporen«, gewaltige eiserne Schaufeln, die, in den Boden einhauend, auch auf nassem, schlüpfrigem Felde die Maschine vorwärtsbringen. Stone hatte trotz seiner Nöte sechzig Schritt Vorsprung gewonnen, ehe Parker mit dieser Arbeit fertig war. Er war noch vierzig Schritt vorn Ziel, aber seine Maschine, kaum mehr steuerbar, die Räder handhoch mit Lehm bedeckt, taumelte hilflos hin und her. Jetzt sprang Parker wieder auf den Tender, ließ die Dampfpfeife spielen, und stolz und ruhig hieb sich die Maschine vorwärts.

Das Geschrei wurde betäubend. John Bull klatschte mit einer Sicherheit durch das Wasser, als sei er darin geboren. Sally warf ihren Federhut in die Luft, der einen wild gestikulierenden achtbaren Geistlichen unter ihr zudeckte. »Hurra, Jem! Hurra, Jem!« So dampfte Parker an uns vorüber. Noch zwanzig Schritte, und England hatte gesiegt.

Doch plötzlich stockte auch John Bull wieder. Die Hinterräder drehten sich, aber die Maschine ging nicht vorwärts. Auf einen

Augenblick wurde die tausendstimmige Menge fast still; das Interesse war aufs höchste gestiegen. Wasser spritzte nach allen Seiten; große Klumpen Erde flogen in die Luft. Die Nächststehenden stoben entsetzt auseinander; sie wußten nicht, was vorging. Ich wußte es nur zu gut. Parkers Maschine war auf eine besonders weiche Stelle geraten; die Sporen, anstatt einzuhauen und die Maschine vorwärtszutreiben, warfen den Boden nach hinten und begannen nach den besten Regeln der Kunst der Maschine ihr eigenes Grab zu graben. Parker sprang wieder herab und riß Bucephalus mit. Beide hoben mit Anstrengung aller Kräfte, Bucephalus laut heulend vor Wut, ein Stück der nächstgelegenen Barriere aus dem Boden und warfen das gewonnene Gebälk unter die Räder. Aber es half nichts. Knirschend, alles zermalmend arbeiteten die Sporen das Holz in die tiefer und tiefer werdende Grube. Die Maschine sank sank! Der Schornstein neigte sich wie zum Sterben. Im nächsten Augenblick saß der Tender auf dem Boden, und alle weiteren Versuche, vorwärtszukommen, waren zu Ende.

Und langsam, bedächtig, durch nichts entmutigt, kroch Stones Maschine hinterher. jetzt passierte sie Parker. »Hipp hipp hurra!« schrie der kleine Jem ganz außer sich vor Freude, obgleich ihm Bucephalus ein Stück Kohle an den Kopf warf. Glitschend und gleitend, oft fast quer über die Bahn stehend, quälte sich Jonathan weiter. Drei Minuten brauchte er zu den letzten zehn Schritten. Aber keuchend und röchelnd, platschend und scheinbar halb schwimmend, über und über mit Schmutz bedeckt, glitt er endlich durch das heiß erkämpfte Ziel.

Jonathan hatte gewonnen – programmgemäß.

Stone sprang ab.«Hurra für Amerika!« schrie er laut und schwenkte feierlich seine Mütze. »Hurra für Amerika!« heulten tausend Stimmen in dem rasch sich füllenden Ring. Dreißig Schritte davon stand Parker trotzig und stumm neben seiner versunkenen Maschine und versuchte vergeblich, sich Sallys zu erwehren, die laut schluchzend an seinem Halse hing.

Hans im Glück

Leider verläuft nicht alles programmgemäß unter diesem wechselnden Mond.

Die drei folgenden Tage waren der Aufgabe gewidmet, meist unter strömendem Regen die beiden Maschinen aus dem Sumpf herauszuschleppen, in den sich der Ausstellungspark der Landwirtschaftsgesellschaft von Louisiana verwandelte. Dabei galt es, nicht bloß die Maschinen, sondern auch den Mut meiner farbigen Hilfstruppe aufrechtzuerhalten, die an derartige Zwischenfälle nicht gewöhnt war und in den entscheidenden Augenblicken mehrfach davonzulaufen drohte. Nur fröhliches persönliches Zugreifen konnte hier eine schwere Katastrophe verhindern. Nachdem wir mehrere Klafter Holz in dem schwarzen Untergrund des Mississippideltas begraben und den Weg von der Rennbahn zum Parktor in den Zustand des Chaos vor der Scheidung von Wasser und Feste verwandelt hatten, nachdem schließlich auch die Holzbrücke, welche über den den Park umgebenden Kanal führt, unter der Last John Bulls zermalmt zusammengebrochen war ein großartiger Augenblick für die nicht unmittelbar Beteiligten! und wir uns selbst täglich zweimal mit einer klebrigen Schicht aus den Urbestandteilen der Schöpfung überzogen hatten, standen endlich am Abend des dritten Tages die beiden berühmt gewordenen Renner erschöpft und mannigfach zerstoßen und verwundet auf dem festen Straßendamm, der nach der Stadt führt.

Während ich so drei harte Tage lang mit den Mächten der Unterwelt rang und mich damit tröstete, daß in dem einsamen, sturmgepeitschten Park wenigstens keine Seele diesen Kampf mit ansah, erschienen glänzende Beschreibungen des großen Rennens in der Presse der Stadt. Selbst die »Crescent City News« erklärten sich für überwunden. Wenn in der Alten Welt, sagten sie, der plumpe indische Elefant den Pflug einer modernen Kultur mühselig durch den entkräfteten Boden schleppe, so mache die Neue Welt in unserer Zeit, der Zeit des Fortschritts und der Intelligenz, sich die Arbeit des Dampfes nutzbar. An Stelle der rohen tierischen Kraft trete der Genius der Menschheit und schaffe sich aus Kohle und Wasser die Diener seiner Macht. Für seine Bedürfnisse, für sein Wohlergehen, für seinen Genuß, ja selbst für jene Verbindung von höchster Arbeitsleistung und höchstem Genuß, die in jedem Sport zum Ausdruck komme, dienen ihm heute wunderbare, selbstersonnene Werkzeuge. Das Wettrennen der beiden Dampfelefanten Jonathan und John Bull sei ein Beweis dieser jedes Herz mit freudigem Stolz erfüllenden Tatsachen. Dann folgte eine lange, etwas konfuse Beschreibung des großen Ereignisses, in welcher meist richtige Sportausdrücke, meist falsche maschinentechnische Erörterungen und die dem Konversationslexikon entnommene Zoologie des Elefanten wundersam gemischt waren. Einen kleinen Stoßseufzer konnte zum Schluß die Schriftleitung des Blattes nicht unterdrücken. Daß die zwei Elefanten von England importiert seien, sei zwar bedauerlich, aber, bei Licht betrachtet, nebensächlich. Hier erst, auf amerikanischem Boden, sei ihnen Gelegenheit gegeben worden, ihre Kraft im Dienste der Menschheit völlig zu entwickeln, und doppelt erfreulich sei es, daß dies mit dem Sieg des zäh ausdauernden, froh einherbrausenden Jonathan über den schwerfälligen John Bull geendet habe. Während jener spielend das Ziel erreichte, habe sich dieser unter dem Jubel einer tausendstimmigen Volksmenge mit den hinterlistig benutzten Radsporen sein eigenes Grab gegraben.

Der glänzend geschriebene Artikel ging durch alle Zeitungen von Alaska bis Texas. Noch zwei Wochen später bekam ich ihn aus entlegenen Wald- und Präriegegenden zugesandt mit dem gedruckten Winke, mich doch auf die »Bluff Creek Times« oder den »Jacksonville Herald« zu abonnieren, die in so aufopferungsvoller Weise meine Bestrebungen unterstützten. Ich war für die Zeit meines irdischen Daseins mit allerdings brüchigem Packpapier überreichlich versorgt.

Was aber nun? Todmüde und mit Schmutz bedeckt war ich am Abend des dritten Tages nach dem Rennen nach Hause gekommen. Der ganze Apparat stand gerettet, aber wie ein großes Fragezeichen, dazu nach europäischen Begriffen völlig polizeiwidrig auf der muschelgepflasterten Chaussee drei Kilometer vor der Stadt. Parker, Stone und die schwarze Gesellschaft brauchten, so gut wie ich, zunächst ein paar Ruhetage. Soweit war die Sache gut. Aber was dann?

Doch die Welt steht nicht still, wenn wir selbst keinen Weg mehr sehen. Während ich, alle Fragen und Sorgen des Daseins vergessend, noch in tiefem Schlafe lag, war ein ereignisvoller Tag angebrochen.

Mein erster Gang galt dem Hauptzollamt und seinem Direktor. Der Herr empfing mich mit der Herzlichkeit, welche keiner der mir bekannten europäischen Zollbeamten, deren Herzlichkeit gemäßigt zu sein pflegt, auch nur entfernt erreicht hätte.

»Sehr angenehm, Herr Eyth! Entzückt, Sie zu sehen, Herr Eyth!« rief er mir entgegen, indem er gleichzeitig seinen Assistenten aus dem Zimmer jagte, der ein Gesicht schnitt wie die letzten Regennächte gegen zwei Uhr morgens. »Ich gratuliere Ihnen zum Sieg Jonathans! Das wird ihr Glück machen; ich bin fest überzeugt, das muß Ihr Glück machen. Mein Assistent hat zwar ein verteufeltes Häufchen Geld verloren; der wird Ihnen nicht gratulieren. Aber er hat mir die Wette förmlich aufgedrängt. Geschieht ihm recht, dem Querkopf! Er konnte sich doch denken, daß ich die Elefanten besser beurteilen kann als er. Ich und Sie, Herr Eyth! Haha!«

Er lachte mit einer Stimme, die dem Klang eines zersprungenen Zinntellers nicht unähnlich war.

»Sie haben wohl Nachrichten aus Washington, Herr Generaldirektor?« bemerkte ich, um etwas rascher zur Sache zu kommen.

»Von Washington, Herr Eyth?« fragte er, mich groß ansehend. »Alle Zeitungen sind voll! Natürlich, auch dort. Es soll mich nicht wundern, wenn Sie bald Anträge bekommen, mit Ihren Dampfelefanten in allen größeren Städten der Union aufzutreten. Bei Zeus, das wäre keine schlechte Spekulation. Wie ich sage: alle Zeitungen sind voll! Der Sieg des amerikanischen Dampfrenners JonathanMister Harris, bringen Sie uns doch die neuesten Zeitungen von Washington!«

»Ich meine eigentlich unsre Zollangelegenheiten,« warf ich ein.

»Ach – das!« rief der Direktor mit einem leichten Schatten auf den mehr und mehr in Leder übergebenden Zügen. »Gewiß! Ich habe für Sie telegraphiert. Soeben Antwort erhalten; interessant etwas unerklärlich.«

»Weshalb? Die Sache schien mir doch ziemlich einfach,« bemerkte ich.

»In der Hauptsache ist alles in Ordnung, gewiß!« versetzte der Zollmann mit unangenehmem Zaudern. »Sie bekommen die viertausendzweihundert Dollar zurück, die Sie für den Pflug bezahlt haben. Ich garantierte Ihnen dies schon vor dem Rennen. Kongreßbeschluß unzweifelhaft und ganz klar, Sie müssen sie zurückbekommen.«

»Sehr schön,« sagte ich freudig. »Können Sie mir gleich eine Anweisung ausstellen? Bargeld wäre mir augenblicklich nicht unangenehm. Elefantenrennen kosten runde Sümmchen.«

»Bringen auch hübsch Geld,« lachte der Direktor mit einem Wink auf die Türe, hinter der der Assistent verschwunden war. »Ja, ja, Herr Eyth, die Sache ist ganz in Ordnung. Sie sollen die viertausend Dollar zurückerhalten. Aber«

»Was aber?« drängte ich ungeduldig.

»Der Generalzolldirektor von Washington schreibt mir, daß am Tage nach dem Kongreßbeschluß einer Ihrer Freunde die ganze Summe für Sie in Washington erhoben habe.«

»Olcott!« rief ich, während mein ganzes Innere von einem elektrischen Gedankenblitz erhellt wurde.

»Oberst Olcott. Wissen Sie es schon?« bestätigte der Direktor. »Sie sehen, daß sich alles bei uns ziemlich prompt und flink abwickelt. Ein anderes Tempo als in Ihrer alten Heimat, das müssen Sie zugeben. Oberst Olcott, einer unsrer schneidigsten Kongreßleute ich gratuliere Ihnen dazu, daß Sie mit dem befreundet sind. Ich habe schon öfter von ihm gehört und wollte, er wäre mein Freund!«

»Und dagegen ist nichts zu machen?« fragte ich halb betäubt.

»Zu machen? Was wollen Sie dagegen machen?« fragte der Direktor. »Ich gratuliere Ihnen zu Ihrem Freund, und Sie wollen etwas dagegen machen?«

»Aber das Geld sollte nicht Olcott, sondern ich erheben! Olcott hatte nicht entfernt die Berechtigung – «

»Was, ist er nicht Ihr Freund?«

»Gewiß, aber wie bekomme ich jetzt das Geld von dem Obersten?« fragte ich aufs tiefste beunruhigt.

»Ja, das ist eine ganz andere Sache, lieber Herr Eyth,« versetzte der Direktor und preßte einen leisen, dünnen Pfiff durch seine schmalen Lippen. »Dies geht das Zollamt eigentlich nichts an. Ich würde ihm schreiben.«

»Donnerwetter!« rief ich mit überwallendem Gefühl, »das will ich auch. Einen gepfefferten Brief!«

»Freilich, es wird seine Häkchen haben. Ich würde mit dem Pfeffer vorläufig recht sorgfältig umgehen,« sagte mein Berater sehr nachdenklich. »Ein Kongreßmann, der vierundzwanzig Stunden nach der Annahme einer derartigen Verordnung viertausendzweihundert Dollar aus der Hauptzollamtskasse gabelt und für seinen Freund in die Tasche steckt, versteht das Geschäft. Aber schreiben Sie nur. Ich würde ihm sehr höflich schreiben. Und wenn er nicht antwortet, telegraphieren Sie, am sichersten mit bezahlter Antwort. Die Herren haben nicht immer bar Geld bei der Hand.«

Er lachte vergnügt mit seiner dünnen, zersprungenen Stimme und schob mich höflich zur Tür hinaus. Ich war selbst in Eile. Der Brief an Olcott brannte mir unter den Fersen. Diese Unverschämtheit!

Eine Stunde später war die Epistel im Briefkasten, leidlich gesalzen, trotz der Warnung des Direktors, und ich auf dem Wege nach dem Bureau der Landwirtschaftsgesellschaft von Louisiana. Das Ereignis des Morgens hatte mich aufgeweckt. ich wollte wenigstens zunächst die siebenhundertfünfzig Dollar sichern meinen Ehrenpreis für den besten Dampfpflug, den ich mir wettrennend redlich verdient hatte. Wer weiß, dachte ich, ob mein zweiter Freund Delano mit dem bescheidenen Betrag nicht schon auf dem Weg nach Havanna ist!

Doch nein, Delano war noch in Amt und Würden. Seine trübselige Stimmung hatte ihn allerdings wieder erfaßt; auch war er gelber als je und empfing mich mit dem hoffnungslosen Lächeln, das ihm eigen war. Ich begrüßte ihn mit künstlicher Fröhlichkeit. Es war für meine Zwecke notwendig, seinen Mut aufzurichten.

»Ich besuche Sie hauptsächlich, Verehrtester, um Ihnen zu den glänzenden Einnahmen Glück zu wünschen, die uns der Donnerstag gebracht hat,« log ich, mit derselben Absicht, munter. Es machte mir nicht die geringsten moralischen Bedenken, denn Delano durchschaute mich, trotz seines trüben Blicks, ohne alle Schwierigkeit, und ich wußte dies.

»Glänzende Einnahmen!« stöhnte er. »Wenn Sie nur wüßten! Es reichte gerade, um die dringendsten Schulden zu bezahlen, wenn wir weiter existieren wollen. Fünf Minuten vor Ihnen war ein Mann hier, der die zweite Anzahlung für die Holzbrücke haben wollte, die Sie uns zusammengefahren haben. Sieht das wie Kredit aus? Ah, dieser Krieg, dieser Krieg? Das war anders vor fünf Jahren, und ich fürchte, selbst Ihr Dampfpflug wird uns nicht herausreißen.«

»Fassen Sie Mut, Herr Delano,« sagte ich mit steigender Besorgnis. »Selbst in den alten Sklavenzeiten haben Sie sicherlich nie einen besseren Tag gehabt als den letzten Donnerstag. Sie müssen fünfzigtausend Dollar eingenommen haben, nach dem Gesicht zu urteilen, mit dem Sie abends in Ihrer Gelddroschke saßen. Seinen Ehrenpreis hat der Dampfpflug zehnmal verdient.«

»Mein Gesicht!« rief Delano mit schmerzlicher Entrüstung. »Kann ich dafür, daß ich mit einer heiteren Miene geboren wurde? Sie täuschen sich bitter. Mein Gesicht wird noch mein Tod sein. Alle Welt zieht mich mit meinem vergnügten Gesicht auf, wenn ich vor Sorgen zusammenbreche. Dieser Krieg hat uns alle ruiniert. Nichts aus der guten alten Zeit ist übriggeblieben als mein Gesicht; glauben Sie mir das. Aber daraus Schlüsse zu ziehen auf unsere Kasseneinnahmen, das ist grausam!«

Delano war offenbar kein Freund seines Rasierspiegels. Er hätte sich sonst besser kennen müssen. Ich suchte jetzt ohne Umschweife auf mein Ziel loszugehen.

»Jedenfalls wird es Ihnen Vergnügen machen, mir meinen Ehrenpreis auszuhändigen. Ich wenigstens könnte mir keinen größeren Genuß für den Generalsekretär einer Landwirtschaftsgesellschaft denken. Siebenhundertfünfzig Dollar ist wahrhaftig ein bescheidenes Sümmchen, alles in Betracht gezogen! Mir selbst liegt eigentlich mehr an der Ehre. Es ist der erste Preis, den unser Dampfpflug in Amerika erringt.«

»Das freut mich, Herr Eyth, das freut mich in der Tat,« sagte Delano mit ungewohnter Wärme. »Ich dachte mirs eigentlich sogleich, daß Ihnen die Ehre genüge. Die Sache wird in der ganzen Welt Aufsehen erregen und Ihnen tausendfältige Früchte bringen, davon bin ich fest überzeugt.«

»Ich auch. Aber doch wäre mirs lieb, wenn Sie mir, der Ordnung wegen, die siebenhundertfünfzig Dollar einhändigen wollten, Herr Delano!« drängte ich mit einer Deutlichkeit, die nichts zu wünschen übrigließ.

»Und an die Parkwege, die Sie uns zerfahren haben, denken Sie nicht, Herr Eyth,« entgegnete Delano vorwurfsvoll. »Sie hätten gestern unser Rennkomitee schimpfen hören sollen über den Zustand, in den Sie den großen Ring versetzt haben. Was glauben Sie wohl, was es uns kosten wird, die Löcher und Gruben, die Berge und Täler wieder einzuebnen, die Ihre Elefanten auf meinem Rasen angelegt haben? Von den zwei Klaftern Holz will ich gar nicht sprechen, die ich für Sie anfahren ließ und die spurlos versunken sind. Sagen Sie einmal, wie ging das denn eigentlich zu? Wie machten Sie es? Der Erdboden in Louisiana hat doch kein Loch, so daß zwei Klafter Holz spurlos unten durchfallen könnten?«

Unser Gespräch nahm eine bedenkliche Wendung. Ich fühlte, daß ich zornig wurde. je düsterer ich aber dreinsah, um so heiterer wurde Delano, während er mir die Not der letzten drei Tage mit wachsender Beredsamkeit vorhielt. Zum Glück trat in diesem Augenblick Lawrence ein, guter Dinge und voller Geschäfte wie immer. Ich weihte ihn sofort in unser Gespräch ein, während Delano wieder gelb und traurig wurde.

»Natürlich! Selbstverständlich!« rief mein Freund und Gönner, »Ihren Ehrenpreis müssen Sie haben. Die Landwirtschaftsgesellschaft von Louisiana läßt sich nicht lumpen; dafür stehe ich Ihnen, ich, Mister Lawrences Bruder! Machen Sie keine Umstände, Delano! Heraus mit der Kasse!«

Mit allen Anzeichen hoffnungsloser Gebrochenheit wandte sich Delano zögernd nach dem Kassenschrank. Auf dem Wege machte er einen letzten Versuch, sich an die zwei Klafter Holz anzuklammern, und wollte von Lawrence wissen, wie zwei ganze Kubikmeter wertvoller Hickoryscheiter spurlos verschwinden können. Lachend half ihm Lawrence den Schrank öffnen und erklärte, daß sie beide nichts von Elefanten verstünden. Dann zählten sie siebenhundertfünfzig Dollar in Papierscheinen auf den Tisch, wobei Delano mit der peinlichsten Vorsicht, Lawrence mit jugendlicher Unbesonnenheit drauflos arbeitete. Ich hatte in meinem ganzen Leben eine solche Lumpensammlung nicht gesehen. Ein halbes Dutzend völlig entwerteter konföderierter Papiere wurden von Lawrence mit ehrlicher Entrüstung auf den Boden geworfen und von Delano sorgfältig wieder aufgehoben.

»Aber das ist ja lauter Stadtgeld,« sagte ich, als die beiden Herren fertig zu sein schienen und Lawrence mich triumphierend heranwinkte, um die Kolonnen zu bewundern, die er mit militärischer Präzision aufgestellt hatte.

»Stadtgeld!« rief er, mich mit einem Anflug von Verstimmung ansehend. Delano brach in ein bitteres Lachen aus.

»Guter Gott!« rief er, »Herr Eyth wünscht ohne Zweifel Golddollars zu sehen; Golddollars in New Orleans.«

»Das nicht,« entgegnete ich etwas niedergeschlagen. »Aber Greenbacks, Unionsgeld, glaube ich beanspruchen zu dürfen. Das ist wahrhaftig schlecht genug. Bedenken Sie, meine Herren, die Dampfelefanten fressen gute englische Pfunde, und nicht wenige.«

Delano und Lawrence sahen sich an, Lawrence etwas verlegen, Delano mit dem Mephistogesicht aus der Papiergeldszene im zweiten Teil des Faust, boshaft, höhnisch und voll Profits.

»Ihr Stadtgeld nimmt kein Mensch außerhalb New Orleans,« fuhr ich fort, »und auch hier weiß niemand, was er in der Hand hat. Vorige Woche waren Ihre Kommunalwahlen. Die Zeitungen sagen, daß die Crescent City nun auch mit ihrem Tweed gesegnet sei wie das glückliche New York. Am Tag nach der Entscheidung fiel das Stadtgeld um zwanzig Prozent, gestern wieder um fünf. Siebenhundertfünfzig Dollar sind heute keine dreihundertfünfzig Dollar in Gold wert, keine fünfhundert in Greenbacks! Ich glaubte mit einer achtbaren, zahlungsfähigen Körperschaft zu tun zu haben, Herr Lawrence, als wir unser Abkommen besprachen.«

Meine Stimme zitterte vor innerer Bewegung.

»Achtbar ohne allen Zweifel,« antwortete Delano für ihn mit einiger Schärfe, zahlungsfähig, lieber Herr Eyth, solvent, wie Sie noch entdecken werden, ist nichts in der Welt, in der Sie sich seit einiger Zeit bewegen. Glauben Sie, wir haben Golddollars am Parktor eingenommen? Glauben Sie, die achtbaren Bürger dieses blühenden Gemeinwesens haben sich verdammte Greenbacks gekauft, um Ihre Elefanten ansehen zu können? Waren übrigens, wenn ich mir die Frage erlauben darf, diese Elefanten echte Elefanten oder, unter uns, auch nur halb so echt, als unser Stadtgeld echtes Geld ist? Wir bezahlen in dem Geld, das wir empfingen. Wenn Sie klug sind, machen Sie es bei der nächsten Gelegenheit auch so. Nebenbei zahlen Sie Ihre Nigger in englischen Sovereigns?«

Der Geschäftsführer war warm geworden, und ich schwieg. Ich schweige immer, wenn die Währungsfrage in irgendwelcher Form auftaucht. Auch wäre es nicht weise gewesen, um siebenhundertfünfzig Dollar mit der Landwirtschaftsgesellschaft von Louisiana in ernstlichen Streit zu geraten, wenn man an den Ufern des Mississippi dampfpflügen will.

»Delano hat recht,« sagte Lawrence begütigend und klopfte mir tröstend auf die Schulter. »Man muß das Leben nehmen, wie man es findet. Auch die Menschen. Auch das Geld. Packen Sie die Papierpäckchen zusammen, Herr Eyth. Gehen Sie in Frieden und preisen Sie mit uns den Herrn, der das alles geschaffen hat. Bei Gott, Mann!« rief er plötzlich, als ob ihn der glücklichste Gedanke beseelt hätte, »bei der nächsten Kommunalwahl steigt der Plunder wieder um fünfzig Prozent. Das geht wie der Wassereimer in einem Ziehbrunnen, seitdem die Reisesäckler unsern Staat regieren. Packen Sie ein, Sie Glücksvogel!«

Es war sichtlich das klügste, was ich tun konnte. Delano gab mir mit großer Zuvorkommenheit ein mächtiges Kuvert, das ich mit meinem ungefähr um die Hälfte geschwundenen Sieges- und Ehrenpreis vollstopfte. Es war noch immer ein sehr ansehnliches Paket. Dann unterzeichnete ich eine Empfangsbescheinigung, die der Geschäftsführer seufzend in den Kassenschrank legte, und verabschiedete mich von den Herren mit dem unbehaglichen Gefühl, den amerikanischen Verhältnissen vielleicht doch noch nicht ganz gewachsen zu sein.

Nachdenklich ging ich die schöne Kanalstraße hinunter, ohne sie sehen. Anstatt ruhiger zu werden, fühlte ich, wie mein Zorn wuchs und sich langsam gegen mich selbst wendete. Als ich um die Ecke in die St.-Charles-Straße biegen wollte, stieß ich mit Oberst Schmettkow zusammen, der in seinem abgeschabten Schulmeisterströcklein mit gewohnter Sorglosigkeit dahergeschlendert kam. Es war mir lieb. Er war, soweit ich ihn kannte, eine ehrliche Haut und ein Landsmann. Ich brauchte jemand, um mein Herz auszuschütten, jemand, mit dem ich über Amerika schimpfen konnte, und der Oberst war hierzu wie geschaffen. Wir gingen langsam die St.-CharlesStraße entlang und taten es.

Ich erzählte ihm, was ich erlebt hatte. Er wurde mit einemmal sehr nachdenklich, tiefsinniger, als ich ihn je gesehen hatte. Er ließ mich sogar fünf Minuten lang reden, ohne mir zu widersprechen. Auch das war noch nie vorgekommen, denn trotz all der bunten Erlebnisse, die sein Gesicht gefurcht und seine Haare gebleicht hatten, war er doch immer noch ein halber Berliner. Plötzlich blieb er stehen.

»Herr Eyth!« sagte er, war dann wieder still und atmete, wie wenn es ihm schwer würde, weiterzusprechen. Ich sah ihn verwundert an; es wurde auch mir etwas unbehaglich. Einen so tiefen Eindruck hatte ich mit meinem leidvollen Bericht kaum hervorzubringen gehofft. Nach einer qualvollen Pause begann er mit gedämpfter Stimme aufs neue:

»Herr Eyth, wollen Sie mir – «

So kam es endlich! Ich hatte es schon längst erwartet.

»Herr Eyth, wollen Sie ein altes Menschenleben retten?«

»Eine meiner Liebhabereien, Oberst!« antwortete ich, in dem Bestreben, die Schärfe des Angriffs durch einen schlechten Witz zu mildern.

»Ohne Scherz,« fuhr Schmettkow rasch fort; seine Worte überstürzten sich jetzt. »Gestern abend begegnete ich dem Kapitän eines deutschen Schoners, der morgen nach Bremen absegelt. Ein braver Kerl, der aus Danzig stammt und die Schmettkows kennt. Er will mich für achtzig Dollar Greenbacks mitnehmen. Ich habe einige Schulden hier, die bezahlt sein wollen: zweihundertfünfzig Dollar bei unserm Wirt in der Tschapatulastraße, ungefähr fünfzig Dollar in dem deutschen Zigarrenladen an der Ecke dort, fünfundsiebzig bei meinem Schneider. Man sieht mir das nicht an. Die Leute sollen nicht glauben, ich habe sie um ihr Geld gebracht. Die Schulden müssen bezahlt werden, ehe ich abreise. Dann, das werden Sie einsehen, Herr Eyth, muß ich mich ein wenig ausstatten, Kleider, Koffer kaufen; ich kann nicht wie ein fechtender Handwerksbursche in Bremen ankommen. Hundert Dollar laufen Ihnen hierbei wie Wasser durch die Finger.«

Er schwieg und rechnete in der Stille mit aller Macht. Dabei stieg seine Aufregung.

»Ungefähr siebenhundert Dollar Stadtgeld, Herr Eyth, nur Stadtgeld muß ich haben. Sobald ich deutschen Boden berühre, bin ich gerettet. Ich habe reiche Verwandte, die mich nicht stecken lassen, wenn sie mich wieder sehen. Mein Onkel, wenn er noch lebt, ist Rittergutsbesitzer bei Bromberg. Alte Streiche sind längst vergessen. An alte Zeiten denkt er noch. Ist er tot, so hat mein Vetter das Gut, dem fünfhundert Dollar von jeher eine Prise Tabak waren, wie mir seinerzeit auch. Mein Bruder muß jetzt Generalleutnant sein, zum mindesten. Sie müssen nicht glauben, daß ich bettle; so weit hat es noch kein Schmettkow gebracht. Drei Tage nach meiner Ankunft in Bremen schicke ich Ihnen fünfhundert Dollar in Gold. Leihen Sie mir die siebenhundertfünfzig Lumpen, die Sie in der Tasche haben. Sie machen ein gutes Geschäft, und Sie retten einen Mann, der nicht schlechter ist als andre, aber am Zugrundegehen. Der Schoner heißt Die Hoffnung, Kapitän Petersen; wie das stimmt!«

Seine Stimme bebte. Er faßte meine Hand; die seine war heiß und naß. Daß es ihm Ernst war mit meinem Geld, war nicht zweifelhaft, er keuchte fast, indem er fortfuhr:

»Was riskieren Sie, wenn ich mein heiliges Ehrenwort gebe, daß die Summe mit der nächsten Post Ihnen zurückgeschickt wird? Fünfhundert Dollar in Gold; die kleine Differenz ist unter Freunden nicht erwähnenswert. Wollen Sie? Sie schinden sich die Haut ab für diese Engländer; tun Sie einmal ein gutes Werk für einen Deutschen. Wollen Sie?«

Wir standen vor einem der eleganten Austernsalons der Charlesstraße. Er zog mich am Arm hinein und rief dem Austernmann zu, uns Tinte und Papier zu geben. Dann, leiser und dringender, setzte er seine Auseinandersetzungen fort: wie er sich fünfzehn Jahre lang in Amerika herumgeschlagen, bald im Elend, bald in ehrenhaften Verhältnissen, gleich tausend andern, die dazu bestimmt scheinen, aus unerklärlichen Gründen im Leben auf keinen grünen Zweig zu kommen; wie er jetzt in seinem achtundvierzigsten Jahr als Oberst und Schulmeister sich ermatten fühle und wisse, daß er auf Stroh sterben werde, wenn es noch länger so weitergehe. Da sende ihm der Himmel diese Möglichkeit!

Wieder drückte er mir die Hand. Seine matten Augen glänzten; seine etwas rote Nase glühte. Was mich aber mehr als alles bewegte, war die geheime Angst, die aus seinen zitternden Gesichtszügen sprach; die Sorge, ob es ihm gelingen werde, mich bis zum Jasagen hinaufzuschrauben, denn ich hatte noch immer nicht zugestimmt. Er nahm den großen weißen Bogen, den ihm der Wirt reichte, und schrieb leise murmelnd, aber mit großer Gewandtheit eine Schuldverschreibung, indem er mich von Zeit zu Zeit ansah. Sie lautete:

»New Orleans, den 14. März 1867. Der Unterzeichnete bekennt sich zum Empfang eines Anlehens von siebenhundertundfünfzig Dollar in New-Orleans-Stadtgeld zum heutigen Kurse von fünfundvierzig Prozent und verpflichtet sich, in Bezahlung dieser Schuld drei Tage nach seiner Ankunft in Bremen fünfhundert Dollar in Gold an Herrn Ingenieur Eyth zu New Orleans, Tschapatula-straße Nr. 21, abzusenden.

»Genügt uns das?« fragte er, aufblickend und mich mit einer Miene ansehend, wie wenn ich der Schuldner und er der Gläubiger werden sollte.

Ich hatte meinen Entschluß gefaßt.

»Sie brauchen das Geld nicht hierher zu schicken,« sagte ich. »Senden Sie nicht fünfhundert Dollar, sondern den richtigen Betrag, dreihundertsiebenunddreißig Dollar fünfzig Cent an meinen Vater in Württemberg, mit dem ich die Sache dann leicht regeln kann.«

»Sehr gut, sehr gut!« rief er, fröhlich aufatmend, bestellte zwei Dutzend Austern der besten Sorte und eine Flasche englisches Stout, öffnete das Paket, das ich ihm überreicht hatte, nahm zwei Dollar heraus und bezahlte die Zeche. Wir aßen plaudernd die prachtvollen Seetiere des Golfs. Dann unterzeichnete er die Schuldverschreibung mit fester Hand und einer Handschrift, die an energischer Entschlossenheit von keiner Keilschrift übertroffen wird. Ich steckte das wertvolle Schriftstück sorgfältig in meine Brusttasche, an Stelle des beschwerlichen Pakets. Erklärlicherweise war er jetzt etwas in Eile. Er mußte vor Abend Schulden bezahlen, Koffer und Ausstattung einkaufen, das Dameninstitut auflösen! So schied ich von Oberst von Schmettkow mit einem warmen Händedruck an der Tür des Austernsalons. Ich habe ihn nie wieder gesehen, auch nie mehr von ihm gehört; weder von ihm noch von den dreihundertsiebenunddreißig Dollar in Gold, eine Summe, die ich so gewissenhaft ausgerechnet hatte. Möglich, daß die »Hoffnung« untergegangen ist oder aus andern Gründen nie in Bremen ankam. Zur Ehre des Menschengeschlechts habe ich das schon längst als selbstverständlich angenommen.

Es war ziemlich spät am Tage geworden, als ich selbst nach Hause kam; noch nachdenklicher als zuvor. Ich legte Schmettkows Schuldverschreibung in ein geheimes Fach meines Blechkoffers neben die Kopie meines Briefs an Olcott. Noch nie und nirgends, seit dem ersten Kanonenschuß bei Fort Sumter, lagen ein föderierter und ein konföderierter Oberst so friedlich und einträchtig beisammen wie diese beiden. Und was mich anbelangt, so war das friedliche Zusammenwirken der zwei Herren von gleich erfreulichem Erfolg für sie. Eine geheimnisvolle Ahnung sagte mir dies schon in jener Dämmerstunde; ich fühlte mich deshalb so ziemlich wie Hans im Glück in modern umgearbeiteter Auflage, nur etwas weniger vergnügt. Was sollte nun aber werden? Wie sollte die Sache weitergehen? Wo konnte ich für teures Geld meinen Pflug einsetzen? Es war offenbar nicht so leicht, wie ich mir vorgestellt hatte, diesen starren Kontinent aufzureißen. Ich sammelte allerdings Erfahrungen in erstaunlichem Grad, und keine von den billigen. Aber das Ergebnis war vorläufig nicht ermutigend, es war nicht zu verhehlen.

Ich war müde schon amerikamüde! und starrte wohl eine Stunde lang über die Dächer der Nachbarhäuser hinweg in den glänzenden Abendhimmel, die ungelesenen »Crescent City News« auf den Knien, ohne Ziel und Zweck, denn ich wußte wirklich nicht, was dabei herauskommen sollte. Doch ist es manchmal auch gut, die Ruder sinken zu lassen und ruhig zu warten, bis sich das müde Segel wieder rührt.

Da klopfte es. Ich schreckte auf, denn ich war halb eingeschlafen in trübseliger Erschöpfung. »Herein!«

Es war Lawrence, munter und quecksilbern wie immer – wurde dieser Mann nie müde?, und hinter ihm ein Fremder, ein großer, stattlicher Herr, der wie gewohnheitsmäßig sich bückte, um zur Tür hereinzukommen, und, gut amerikanisch, erst den Hut abnahm, als er mitten im Zimmer stand.

»Frederic, hier ist Herr Eyth!« sagte der kleine Lawrence. »Herr Eyth, ich bringe Ihnen meinen Bruder, Herrn Frederic Lawrence von Magnoliaplantage.«

Es wäre nicht leicht gewesen, unähnlichere Brüder zu finden. Herr Lawrence der Ältere war eine schöne, imponierende Gestalt mit schwarzen Haaren, gebräuntem Gesicht und hellen, durchdringenden Augen, elegant gekleidet, sehr bestimmt in seinem Auftreten und klug und klar in dem, was er sagte. Man hatte das Gefühl, jemand vor sich zu haben, der wußte, was er wollte, und es gewöhnlich auch bekam. Der Mann gefiel mir auf den ersten Blick.

»Freut mich, Sie kennenzulernen,« sagte er, mir die Hand schüttelnd. »Ich kam gestern aus dem Norden zurück und sah heute Ihren Dampfpflug vor dem Ausstellungspark. In Baltimore hatte ich schon von den Dampfelefanten gelesen und hielt sie für einen Humbug. Natürlich. Aber ich muß sagen, die Art, wie Sie die Maschinen aus dem Sumpf herausgezogen haben, in den Sie den Park verwandelt haben, hat mir imponiert. Damit läßt sich bei uns etwas machen. Ich bin jetzt überzeugt, daß Ihre Maschinen mehr können als wettrennen. Der Park sieht aus, wie wenn sich hundert Riesenschweine drin herumgewälzt hätten. Meine Glückwünsche, Herr Eyth!«

Er lachte ermunternd. Ich wußte kaum, sollte ich es für Spott oder Ernst nehmen, und sagte ausweichend: »Leider finden Sie mich augenblicklich in einiger Verlegenheit, ein weiteres Feld der Tätigkeit für meine Elefanten zu finden.«

»Deshalb komme ich zu Ihnen, Herr Eyth,« sagte Frederic. »Schon in Baltimore, wo ich von dem Wettrennen las und nachträglich von dem Pflügen hörte der Unsinn läuft immer flinker als der Sinn, war es meine Absicht, Sie aufzusuchen. Für einen bloßen Schwindel sah mir die Sache selbst von der Ferne zu groß aus. Aber fix war es von Ihnen, das Wettrennen zu veranstalten. Man muß Lärm machen in unserm großen Land, wenn man gehört werden will; ob die Trommel rot oder blau lackiert ist, die Sie benutzen, tut nichts zur Sache.«

»Den Lärm verdanke ich Ihrem Bruder, Herr Lawrence,« bemerkte ich, »ganz allein Ihrem Herrn Bruder. Und ich beginne zu glauben, daß ich ihm mehr zu danken habe, als ich ahnte.«

»Fangen Sie an zu begreifen?« lachte Henry, sich vergnügt die Hände reibend. »Es ist einfach phänomenal, Frederic, wie langsam die Deutschen sind. Er fängt an zu begreifen!«

»Kurz, ich haben Ihnen einen Vorschlag zu machen,« fuhr Lawrence der Ältere fort, ohne sich um seinen Bruder zu kümmern, was diesem ganz natürlich vorkam. »Sie packen Ihren ganzen Apparat morgen zusammen und bringen ihn nach der Magnoliaplantage, sechzig Meilen stromabwärts. Ich stelle Ihnen einen Flußdampfer zur Verfügung. Drunten finden Sie tausend Acker Ratoons, an denen Sie pflügen können, solange Sie Lust haben. Ebensolange sind Sie mein Gast. Ihre Leute finden ein bequemes Unterkommen auf dem Gut. Alle Auslagen bezahle ich. Wenn mir nach einem Monat Ihr Pflügen gefällt, so behalte ich den Pflug und bin und bleibe der erste Dampfpflüger in Louisiana. Was kostet er?«

»Magnolia liegt im besten Zuckerdistrikt des Staats,« fuhr er fort, als ob er mich überreden müßte. »Eine stolze Plantage, Sir, trotz des Kriegs. Aber nur eine von fünfzig, entlang dem Strom. Und alle wissen nicht mehr, wie sie pflügen sollen, seitdem die Schwarzen in die Stadt zu laufen anfangen. Ein Feld für Sie, ein kolossales Feld. Aber den Anfang müssen Sie bei mir machen. Ich biete Ihnen, was ich vernünftigerweise bieten kann.«

Ob ich einschlug?!

Es wurde wie Sonnenschein um mich her, trotz der Dämmerung. Hurra! sagte ich im tiefsten Innern, und war kaum imstande, es nicht laut zu rufen. Endlich kommt die ehrliche, einfache Ochsenarbeit, um die ich seit einem Monat kämpfe! Dem Himmel sei's getrommelt und gepfiffen; das Elefantenrennen hat ein Ende!

Unter der Erde

Nie hat, seitdem die Erde steht,
Seitdem ihr Steingeripp' erkaltet,
Des Lebens Odem hier geweht,
Ein Strahl des Lichts die Nacht gespaltet,
Noch hat ein Laut sich hier geregt,
Wo seit Uranfang unbewegt
Der stumme, starre Tod gewaltet.

Nie drang in diese liefen ein
Der Gnomen wunderliche Gilde,
Kein Gold verlockt, kein Edelstein,
Der diese grauen Massen füllte.
Kluftloser Fels, demantenhart!
In der granitnen Nacht erstarrt
Selbst jeder Sage Luftgebilde.

Dort klopft es jetzt seit Jahr und Tag.
Senkt doch ein Zwerg, nach altem Rechte,
Mit ruhelosem Hammerschlag
Im ewgen Dunkel seine Schächte? Dort
krachts mit rotem Blitzesschein,
Mit Donnerschlägen durchs Gestein,
Als regten sich der Höllen Mächte.

Halbnackte Männer, schweißbedeckt,
Sind's, die im engen Raum sich drängen
Um scheue Lämpchen, fast versteckt,
Umringt von rasselnden Gestängen;
In Rauch und Pulverdampf erstickt,
Von Trümmerresten fast erdrückt,
Die von der Decke drohend hängen.

Ein Bach stürzt in die Felsenkluft
An einem meilenfernen Raine.
Das wilde Wasser preßt die Luft,
Die Luft zermalmt das Felsgesteine.

Sie fürchtet Gneis nicht noch Granit,
Und zornig schlägt der Dynamit
Sich Bahn mit seinem Flammenscheine.

So wühlen sie im Erdenschoß,
Und unter ihrer Faust zerreißt er.
Wär's vor dreihundert Jahren bloß,
Man steinigte die Hexenmeister;
Ist es nicht Zauberei im Berg?
Ist es nicht halb Titanenwerk,
Dies Werk der Zeit und ihrer Geister?

Neun Schritte nur mit jedem Tag
Gelingt es durch den Gneis zu dringen;
Und immer härter wird der Schlag
Und eiserner des Felsens Klingen.
Geduld! Sie wächst mit jedem Schritt.
Geduld! Sie bohrt und sprengt euch mit:
So nur sind Berge zu bezwingen.

Neun Jahre bohrten sie drauflos,
Durch Sorg und Hoffnung, trüb und heiter.
Es starben in der Erde Schoß
Die einen; andre bohrten weiter.
Nur immer zu! Dort unten tief,
Wo die Geduld der Urwelt schlief,
Ist sie auch heut noch Grubenleiter.

Da kam's zuletzt, eh' wir's gedacht,
Es war hohe Zeit für eine Wende!
Im Nordschacht, kurz vor Mitternacht,
Zwei Meilen fast vom Tunnelende.
Seit Jahren war's derselbe Ton,
Seit sieben Jahren reichten schon
Die Arbeitsschichten sich die Hände.

Und unsre Stunde war vorbei;
Die letzten dumpfen Schüsse dröhnten.
Halbtot, ohnmächtig lagen drei,

Wir andern warteten und stöhnten.
Es herrschte Stille ringsumher,
Die Schwaden qualmten dick und schwer,
Als ob sie giftig uns verhöhnten.

So lagen wir und fühlten fast
Den stummen Fürsten aller Toten.
Die Millionenzentnerlast
Des Berges drückte uns zu Boden;
Und noch schlug die erschöpfte Hand
Hart an die regungslose Wand
Der Felsen, die Vernichtung drohten.

Da plötzlich bebte durchs Gestein,
Fern, kaum vernehmbar leis, ein Klingen.
»Bei Gott, es klopft!« »Nein!« »Ja doch!« »Nein!«
Mir schlug das Herz, als wollt' es springen.
s ist wieder still. Jetzt hört man's kaum:
Jetzt wieder; wie im Fiebertraum
Dem Kranken oft die Ohren singen.

Wir drücken an die Felsenwand
Den Kopf in atemlosem Lauschen.
Es knirscht, es knistert. Wo ich stand,
Hört man ein fernes, fernes Rauschen,
Wie bröckelnder Gesteine Fall.
Und jetzt bei Gott, das war ein Knall!
Nun möcht' ich nicht mit Fürsten tauschen.

Frisch! Setzt die Bohrer wieder an!
Was kümmert jetzt uns das Ersticken?
Und stirbt beim nächsten Schuß ein Mann,
Er stirbt in siegendem Entzücken.
Der letzte Schuß! Hei, wie er kracht!
In Freudenflammen steht der Schacht.
Wir wußten ja, es mußte glücken.

Ein schwarzes Loch klafft in der Wand;
Die Finsternis scheint sich zu regen.

Und aus dem Loch kommt eine Hand,
Ein schwarzer Schädel uns entgegen.
Er schüttelt sich, er schnappt nach Luft.
In einer fremden Sprache ruft
Er lachend Bergmannsgruß und -segen.

Und durch die schweren Dämpfe geht
Ein mächtig ungewohntes Ziehen.
Ein reiner, duftger Hauch durchweht
Den Schacht, daß uns die Herzen glühen.
Vollendet ist das große Werk!
Es saust und rauscht jetzt durch den Berg
Vom Land her, wo die Myrten blühen.

Der Tartarenrebell hinter dem Dampfpflug

Es war Kopf und Herz eines Unternehmens, das großartige Verhältnisse anzunehmen versprach, und doch nur ein bescheidenes Häuschen, weniger solid gebaut und kaum so wohnlich wie ein russisches Blockhaus. In dem kleinen Stübchen, welches das Gesellschaftszimmer bedeutete, saßen wir an einem rohgezimmerten Tisch beisammen: Kaminsky, der Administrator des Landgutes Timaschwo, Akasin, ein Ingenieur aus dem Kaukasus, der die Reparaturwerkstätten aufstellen und später leiten sollte, deren Bestandteile ich von der Wolga und dem achtzig Werst entfernten Samara durch die flache Talmulde des Kinel heraufzuschleppen begonnen hatte, ein russischer Geometer mit unaussprechlichem Namen, der im Begriff stand, zum Zwecke künftiger Bewässerung, für die ich einen vorläufigen, skizzenhaften Plan in der Tasche hatte, die achttausend Hektar einer verwilderten Steppenwirtschaft kunstgerecht zu nivellieren, und ich.

Der Herbst fing bereits an, sich fühlbar zu machen. Ein nasser Tag war dem Strohfeuer in meinen drei Dampfpflügen wenig günstig gewesen und hatte nicht dazu beigetragen, meine Stimmung zu heben, die seit geraumer Zeit an das Problem des Pflügens mit Stroh geknüpft war. Hatte ich doch demselben in den letzten zwei Jahren auf Versuchsfeldern in England, in der Ukraine und nun zwischen der Wolga und dem Ural all meine Reiseanzüge, einen halben Backenbart und viele tausend Zentner Stroh zum Opfer gebracht. Derartige Exerzitien im Feuer gehen im Leben eines Ingenieurs nicht ohne persönliche Unannehmlichkeiten ab. Auch der Landmesser war übelgelaunt und seit zwei Tagen kaum arbeitsfähig. Seine Stangenschießer sagten: infolge von Wodka, den er übrigens mit musterhafter Ruhe und Stetigkeit zu führen wußte. Er selbst erklärte: weil er Nachricht bekommen habe, daß seine Frau aus dem fernen heimischen Nischni in Samara angekommen sei und ihn bleibend in Timaschwo besuchen wolle. Es mochte beides richtig sein und in geheimem innerem Zusammenhang stehen.

Trotzdem saßen wir mit dem Gefühl der Behaglichkeit beisammen. Man versteht dies in Rußland vortrefflich, Die kleinen Fenster wurden geschlossen, denn es fing wieder an zu regnen. Der Kinel rauschte vor dem Haus über die zwei Räder der benachbarten Mühle, der Samowar summte traulich und warm auf dem Tisch, auf dem eine riesige Schüssel voll Krebse, unser fast tägliches Abendessen, zu stundenlangem Genuß einlud. Eine alte deutsche Studierlampe mit grünem Blechschild, die aus politischen Gründen schon vier Jahre in Sibirien zugebracht hatte, beleuchtete mit ihrem milden, zufriedenen Licht dieses harmlose Bild russischen Stillebens.

Ich war zum zweitenmal in Timaschwo und hatte diesmal schon zwei Monate lang mit Kaminsky zusammen gewohnt. Ein kleiner stiller Mann mit langem, nicht immer glattgekämmtem Haar, stahlgrauen Augen und jenen sanften, gottergebenen Zügen, denen man häufig in Rußland begegnet, dabei sehr intelligent, wissenschaftlich gebildet und voll sanguinischen Eifers für die großen Pläne, an deren Ausführung er in erster Linie beteiligt war. Erst seit ein paar Wochen waren wir uns durch eine gemeinsame Reise nach Samara und durch geschäftliche Nöte, die ein Pionierleben in den Steppen der Wolga genau wie anderwärts mit sich bringt, nähergekommen. Er fing an aufzutauen und mir, scheinbar unwillkürlich, kleine Stückchen seiner Lebenserfahrungen zuzuwerfen, die ich mit heimlichern Vergnügen auffing, ohne ihn weiter zu drängen. Heute abend war er der einzig gut Aufgelegte. Er hatte Zuckerrübensaft analysiert, der aus einem Probegärtchen mon jardin d'acclimatation hieß er die acht Quadratmeter hinter dem Hause stammte, und zehneinhalb Prozent Zucker gefunden. Daraus konnte noch vieles werden. Vorläufig warf er ein zweites Stückchen Zucker aus dem fernen Kiew in den Tee und nippte hinter seinen Krebsschalen mit Behagen am zehnten Glase.

»Wenn auch das nasse Stroh sich heute nicht bequemen wollte, an Ihrem täglichen Freudenfeuer teilzunehmen, Herr Eyth, so brennt es noch immer besser in Timaschwo als in Sibirien!« meinte er in seinem f ast tadellosen Russisch-Französisch, einen gewaltigen Krebsschwanz kunstgerecht zerpflückend.

»Sie müssen das wissen,« entgegnete ich, ohne mich in der gleicher. Arbeit stören zu lassen. »Sie waren unklug genug, beides zu versuchen.«

Und nun kam er zum erstenmal ins Erzählen. Er hatte in der Mitte der sechziger Jahre in Petersburg Medizin und Naturwissenschaften studiert. In diese Zeit fiel eine der ersten ernsthafteren Studentenbewegungen, die mit dem aufkeimenden Nihilismus zusammenhingen. Etliche sechzig Studenten bezogen infolge derselben unfreiwillig die Kasematten der Peter-und-Pauls-Festung. Eine lange, wirre Untersuchung brachte nicht viel mehr zutage als die wirren Ideen und Bestrebungen sehr jugendlicher Weltverbesserer. Ein Teil der jungen Leute wanderte nach Sibirien, ein andrer in die russischen Gefängnisse, einige ließ man laufen. Meinen Freund Kaminsky, der aus Raummangel in einer abgelegenen, selten gebrauchten Zelle untergebracht worden war, hatte man bald völlig vergessen. Erst nach einigen Monaten führte ein glücklicher Zufall zu der Entdeckung, daß ein Untersuchungsgefangener des längst abgeurteilten Studentenputsches aus Versehen unverurteilt geblieben war. Er wurde nach vielem Umfragen und Suchen und Vergleichen von Aktenbündeln herbeigeholt. Nein! er war nicht der aus Versehen längst entlassene Raubmörder Koprinsky. Die Richter setzten ihre wohlwollende Amtsmiene fur jugendliche Verirrte wieder auf. Da er aber ein halbes Jahr länger als alle andern in Untersuchungshaft gesessen hatte, konnte man ihn jetzt unmöglich freilassen. Auch russische Justizbehörden haben Gefühl für Anstand und Ordnung. So wurde er ohne weitere ermüdende Präliminarien zu vier Jahren Zernierung in ein sibirisches Dorf Tschugajewa im Gouvernement Tobolsk verurteilt und konnte sich auf die Reise machen. Die ersten sechs Monate sollte er dort im Gefängnis gehalten werden. Ein Grund für diese Verschärfung der Strafe wurde, wie üblich, nicht mitgeteilt. Vermutlich wegen böswilliger Vergeßlichkeit, die in seinem Prozeß zutage getreten war.

Bekanntlich ist dies die leichteste Art der sibirischen Verbannungsstrafen. Der Zernierte darf sich nicht aus seinem Dorfe entfernen, muß sich in kurzen Zeitzwischenräumen dem Polizeichef des Ortes vorstellen, hat jeden Augenblick des Besuchs der Gendarmerie seines Distrikts gewärtig zu sein, soll für seinen eigenen Unterhalt sorgen und kann im übrigen nach Gutdünken sich beschäftigen, wie er will. Nur die Lehrtätigkeit ist ihm streng verboten.

Kaminsky hatte einiges Vermögen und keine Eltern mehr; auch einen großen Drang, die unterbrochenen Studien fortzusetzen. Er konnte sich die harte Reise etwas bequemer einrichten als ein gewöhnlicher Verbrecher. Nach wochenlanger Fahrt durch nicht endenwollende Wälder erreichte er in Begleitung seiner Studierlampe, seiner Bücher, seines Bettes kein Russe reist, ohne wenigstens Teile seines Bettes mitzunehmen und seines Gendarmen, der in demselben schlief, das ihm bestimmte Ziel, Das Dorf hatte seit fünfzig Jahren ein ähnliches Ereignis nicht erlebt. Seine Ankunft rief eine allgemeine Aufregung hervor. Die eigentümlich demokratische Verfassung russischer Dorfgemeinden war jedoch der plötzlich auftauchenden Aufgabe gewachsen. Eine Volksversammlung wurde einberufen, um zu beraten, in welcher Weise die Befehle von St. Petersburg ausgeführt werden könnten. Man erklärte einstimmig Kaminsky für einen gebildeten Herrn. Man konnte einen Mann, der mit zehn Büchern reiste, unmöglich in das Hundeloch eines Ortsgefängnisses sperren, das allerdings den Dorfbewohnern seit Menschengedenken zum eigenen Gebrauch genügt hatte. In dem schlichten Rathause befand sich jedoch eine nur bei Festgelegenheiten benutzte kleine Küche. Diese wurde durch eine Bretterwand rasch in zwei Teile geteilt und die eine Hälfte dem geehrten Herrn Staatsverbrecher übergeben. Nachdem er jedoch in derselben unter allgemeiner Beteiligung der Bevölkerung sein Bett aufgeschlagen hatte, zeigte sich bedauerlicherweise, daß er aus Raummangel nicht aufstehen und kaum die Tür öffnen konnte. In letzterem fanden einige, alle aber in dem Umstande einen Vorteil, daß sich das einzige kleine Küchenfenster unmittelbar über seinem Kopfkissen öffnen ließ. Fünf Monate brachte Kaminsky nunmehr im Bett liegend zu. Jeden Morgen versammelten sich die Honoratioren der Gemeinde unter seinem Fenster und ließen sich Vorträge über Petersburg, Paris und Wien, über die Politik des Reiches, über die Fortschritte von Kunst und Wissenschaft halten. Selbst die Lehren Liebigs wurden in dieser Weise durch das Fenster der sibirischen Rathausküche verbreitet.

Um den Beginn des sechsten Monats dieser Gefangenschaft wurde die älteste Tochter des Polizeichefs von Tschugajewa, eines pensionierten Feldwebels, mündig, was nach russischem Brauch mit einem großen Familienfest gefeiert werden mußte. Aus weitem Umkreis strömten die Geladenen herbei. Ein Ball sollte die Feier beschließen. Aber wie anderwärts so häufig, bildeten auch hier die tanzlustigen Damen eine betrübende und betrübte Majorität. Mitten in der Nacht nahm infolge hiervon die Gefangenschaft Kaminskys ein plötzliches und festliches Ende. Er wurde von zwei Gendarmen

geholt, um als Tänzer mitzuwirken. Nach fünf Monaten erzwungener Ruhe waren seine Leistungen ohne Zweifel von entzückender
Anmut, Er hatte in diesen fünf Monaten durch sein Fenster die Intelligenz des Städtchens erobert, er gewann jetzt in einer Nacht
mittels seiner befreiten Beine die Herzen aller. In der anbrechenden
Morgendämmerung erklärte ihm der gerührt schwankende Polizeichef, daß seine sechs Monate verstrichen seien und daß er ihn als
verhältnismäßig freien Mitbürger von Tschugajewa begrüße. Da
überdies der alte Feldwebel eine zahlreiche und sehr unerzogene
Familie besaß, so wurde auch sofort von dem Paragraphen Abstand
genommen, der dem Zernierten verbietet, Unterricht zu erteilen. So
führte Kaminsky ein verhältnismäßig erträgliches Leben als Haus-
und später als Dorfschullehrer bis zum Schluß dieses sibirischen
Zwischenaktes. Bei seiner Rückkehr nach Rußland wurde ihm die
Hauptstadt des Gouvernements Samara zum Aufenthalt angewiesen, wo er, unter strengster Polizeikontrolle stehend, am dortigen
Gymnasium als Lehrer der Physik und Chemie eine Anstellung
fand. Die vier sibirischen Jahre hatten seine Gesundheit jedoch
ernstlich angegriffen, so daß der Anfang eines bedenklichen Lun-
genleidens in Aussicht stand. Dies veranlaßte ihn, seine Ferien in
einer der Kumyskuranstalten zuzubringen, deren Pferdemilch aus
den Steppen um Samara sich eines großen Rufs erfreut. Dort traf er
mit Gardner-Jackson zusammen, dem merkwürdigen neuen Eigentümer von Timaschwo, der ihn zum Administrator der Besitzung
machte, auf der wir uns befanden.

Unsere Krebsschalen waren mittlerweile zu Gebirgen angewach-
sen. Kaminsky schenkte mir das sechste und sich das fünfzehnte
Glas Tee ein. Die Studentenlampe brannte nur noch trüb, und der
Regen schlug an die Fenster. Die sibirischen Schauergeschichten,
die er ohne Zorn, mit einer eigentümlichen Mischung von Humor
und Ergebung erzählte, taten das übrige. Es fing an, wirklich gemütlich zu werden.

»Das wäre alles recht gut und schön,« fuhr er fort, »wenn nur die
infame Polizeikontrolle nicht wäre. Alle vier Wochen nach Samara
zu kutschieren und keinen Augenblick sicher zu sein, daß einem
wegen einer unglaublichen Dummheit der hohen Behörde das Le-
benslicht ausgeblasen wird! Würden Sie es zum Beispiel für möglich halten, daß ich im letzten Monat meiner Gymnasiallehrerzeit

drei Tage in Untersuchungshaft saß, weil die Mehrzahl der jungen meiner Klasse hohe Stiefel von verdächtig einheitlichem Zuschnitt trug? Es stellte sich zu guter Letzt heraus«

Er schwieg plötzlich und warf die Krebsschale, die er in der Hand hielt, nach dem Fenster. Keine seiner sonstigen Bewegungen verriet etwas Ungewöhnliches, kein Muskel rührte sich in seinem Gesicht. Ich folgte der Schere mit dem Blick, und ein kurioses Gefühl begann mir den Rücken heraufzurieseln. Gegen die schwarze, triefende Scheibe drückte sich von außen eine breite Stumpfnase, und zwei kleine glitzernde Augen waren deutlich von den blitzenden Regentropfen zu unterscheiden, die am Glase herabbrieselten. Kaminsky schlug wie zufällig den Lampenschirm in die Höhe. Ein greller Lichtstrahl fiel auf das Fenster. Man sah deutlich, aber nur für einen Augenblick, den schwarzen, struppigen Bart, die weiße Militärmütze, das Glänzen eines Gewehrlaufs. Dann war das Gespenst verschwunden.

Kaminsky krebste still weiter. Dann sagte er etwas leiser: »Der Teufel weiß, was wieder los ist. Seit acht Tagen sind sie alle Nacht hier.«

Der Samowar hatte aufgehört zu summen. Wir gingen zu Bett.

Ein glänzender Sonnenaufgang begrüßte die Welt am nächsten Morgen. Ich ritt vergnügt am Kinel hinauf, meinen Dampfpflügen entgegen. Es war auch ein Anblick, der das Herz eines Dampfpflügers erfreuen konnte. An sechs Punkten in der weiten, wellenförmigen Steppenlandschaft stiegen kerzengerade weiße Säulen Rauches gen Himmel. Bald von da, bald von dort hörte man das klingende Rasseln der Stahlräder, das emsige Keuchen der Maschinen, die kurzen, eifrigen Signalpfiffe, die anzeigten, daß eine der Lokomotiven vorrückte und wieder ein Streifen der Erde, die noch nie das Licht des Tages erblickt hatte, in den Dienst der Menschheit getreten war. Und das alles mußte wertloses Stroh und weniger als wertloses Unkraut selbst verrichten, das Gewächs des Bodens, den wir pflügten. Vor zwei Jahren hatte ich mit der Lösung dieser Aufgabe in England den Anfang gemacht. Die Schwierigkeiten waren unerwartet groß, die ersten Versuche sehr ermutigend, obgleich strohbrennende Dreschlokomobile bereits seit einiger Zeit im Gang waren. Der Unterschied zwischen beiden Aufgaben des Pflügens und des Dreschens mit Stroh als Brennmaterial war der, daß für das Dreschen acht bis zehn Pferdekräfte in einer stehenden, für das Pflügen dreißig bis vierzig Pferdekräfte in einer beweglichen Maschine erzeugt werden mußten. Die bloße Handhabung der ungeheuren Massen des leichten, losen Brennmaterials in einer den Platz ständig wechselnden Lokomotive war die erste Schwierigkeit, die zweite und gefährlichere die fortwährende Verkalkung der brennenden Strohmassen, die das Feuer erstickte. Bei den englischen Strohpreisen kostete jedes Experiment Hunderte allein in Stroh, so daß schon das zweite für weitere Versuche gebaute Maschinenpaar samt mir in die Gegend von Kiew geschickt wurde, wo das Stroh nichts kostete. Dort, nach einigen Monaten harter Arbeit, fand das Problem seine Lösung. Die Sache ging schließlich flott und hatte nunmehr unsere Dampfpflüge fast bis an die Grenzen Sibiriens geführt. Dies nämlich ging so zu:

Im Jahr 1870 fand die Ausstellung der Königlichen Landwirtschaftsgesellschaft von England in Oxford statt. Dort wurde ich einem Herrn Gardner-Jackson vorgestellt, einem kleinen, lebhaften jüngeren Herrn, den man leicht für einen Ausländer hätte nehmen können, denn er hatte weder den Typus des langen Engländers der »Fliegenden Blätter«, noch den des runden aus »Punch«. Trotzdem war er Parlamentsmitglied für Canterbury. Auch wünschte er nicht allein über Fowlers Dampfpflüge, sondern soviel als tunlich auch über die fünftausend andern landwirtschaftlichen Maschinen belehrt zu werden, die eine Ausstellung der Landwirtschaftsgesellschaft von England zusammenführt, und schien selbst nach drei Stunden eines erregten Privatissimums, verbunden mit Fröbelschem Anschauungsunterricht, mehr verwirrt als befriedigt zu sein. Denn er gab mir abends das beste Diner, das in Oxford zu haben war, und veranlaßte mich, den begonnenen Unterricht unter vier Augen fortzusetzen. Hierbei erfuhr ich nach und nach, mit wem ich es zu tun hatte. Gardner-Jackson war einer der reichen Leute Londons, besaß eine der schönsten Privatbildergalerien in Mayfair, eine italienische Gräfin zur Frau, bar Geld genug und einen leidenschaftlichen Drang, der Welt im großen nützlich zu sein. Ein angehendes Lungenleiden hatte ihn veranlaßt, die bereits erwähnten Kumyskuranstalten an der Wolga zu besuchen, ein Brief des Prinzen von Wales, den er persönlich kannte, ihn am Hof von Petersburg aufs beste eingeführt. Das Studium der russischen Verhältnisse, deren Großartigkeit in Breite und äußerem Umfang auf jeden einen überwältigenden Eindruck macht, der ihnen unvorbereitet nahetritt, hatte offenbar das sanguinische Temperament des jungen Herrn lebhaft erregt. Eine Reihe von Aufsätzen aus seiner Feder, die in einer der hervorragendsten Monatszeitschriften Englands erschienen, machten besonders zu einer Zeit Aufsehen, in der die russenfeindliche Strömung im Lande wieder einmal im Steigen war. Auch in Petersburg verfehlten sie ihre Wirkung nicht. Gardner-Jackson wurde am Hofe als der anerkannte englische Freund Rußlands gefeiert. Dabei konnte er dem echt englischen Drang, seinen Gedanken eine greifbare Form zu geben, nicht lange widerstehen. Dies führte ihn rasch um einen Schritt weiter. Die Witwe eines früheren russischen Staatsministers, Tschemschuschnikoff, hatte im Gouvernement Samara, achtzig Werst östlich der Wolga, den achttausend Hektar umfassenden Besitz Timaschwo zu verkaufen, und Gardner-Jackson ergriff die Gelegenheit mit Begeisterung, im Herzen des Reichs, an der Grenze zwischen dem europäischen und dem asiatischen Rußland eine Musterwirtschaft in englischem Stile aufzubauen und zwei Weltteilen gleichzeitig zu zeigen, was englische Landwirtschaft, von der er nichts verstand, auf dem jungfräulichen Boden der Steppe, den er zum erstenmal sah, mit Wasser, Maschinen und Eisenbahnen zu leisten imstande ist.

Timaschwo liegt am Kinel, einem vom Fuße des Urals kommenden, nicht mehr schiffbaren Zufluß der Samara, der bei der gleichnamigen Hauptstadt des Gouvernements in die Wolga mündet. Obgleich eine der Hauptstraßen nach Sibirien durch das kleine Dorf führt, ist doch die Verbindung mit der Stadt eine sehr mangelhafte und bei schlechtem Wetter fast lebensgefährliche. Doch war die Bahn, die später einen Teil der Riesenlinie durch Sibirien bilden wird, im Bau begriffen und ist heute im Betrieb. Das Gut selbst umfaßt siebentausendfünfhundert Hektar offenen Steppenlandes und etwas Wald, der in jener holzarmen Gegend von großem Werte ist. Der Boden, nicht mehr zur sogenannten schwarzen Erde Südrußlands gehörig, ein mittelschwerer, gelblicher Lehm, konnte sich einer erstaunlichen Fruchtbarkeit rühmen, die zunächst in der Erzeugung von Unkraut aller Art, namentlich von Disteln, Übermenschliches leistete. Am Kinel stand eine alte Mühle. Die Wasserkraft des Flusses betrug an dieser Stelle nach meinen Messungen zweihundertachtzig Pferde. Die Kraft sollte künftig vier Turbinen in Bewegung setzen und zur Bewässerung des Gutes verwendet werden, das, über ein sanftes Hügelland sich ausdehnend, eine für einen derartigen Plan nicht ungünstige Gestalt besaß. Leider weigerte sich die Barina Tschemschuschnikoff hartnäckig, das zum Gut gehörige stattliche Herrenhaus zu verkaufen. Sie wollte dasselbe und fünfhundert Hektar des umliegenden Landes bis zu ihrem Lebensende für sich behalten. So waren Gardner-Jackson und seine Verwaltung vorläufig genötigt, in dem neben der Mühle gelegenen besten Haus des Dorfes ein verhältnismäßig bescheidenes Unterkommen zu finden. Manche wahrhaft rührende Szene hatte sich in diesen unansehnlichen Räumen während der kurzen Besuche des neuen Herrn von Timaschwo abgespielt, in dessen Absichten es lag, nicht bloß das Land, sondern namentlich auch das Volk zu reformieren und aus Timaschwo ein Mustergut, aus dem Dorfe eine Mustergemeinde zu machen.

Dieser schöne Doppelgedanke forderte zunächst zu entschlossenem Doppelkampfe auf, einerseits gegen das Unkraut, anderseits gegen die Trunksucht. Erfolg in der ersten Richtung schien nur die Dampfkultur, in der zweiten energische moralische Einwirkung zu versprechen. Das erste war meine Aufgabe, das zweite wollte Gardner-Jackson selbst in die Hand nehmen. Er versäumte keine Gelegenheit, seinen Bauern mit Hilfe Kaminskys die Reize eines geläuterten Kulturzustandes in ernsten und warmen Worten ans Herz zu legen; eine Eigentümlichkeit des neuen Herrn, die nur unvollkommen verstanden wurde. Da die Leute jedoch bald merkten, daß jeder augenblickliche Sieg über das Nationallaster mit einem freudig gespendeten Trinkgeld belohnt wurde, so schienen die ethischen Bestrebungen Gardner-Jacksons wenigstens anfänglich zu den besten Hoffnungen zu berechtigen. Einige der hervorragendsten Wodkakonsumenten des Dorfes machten es sich zur förmlichen Pflicht, wenn immer möglich, sich in unbetrunkenem Zustande in der Nähe der Mühle aufzuhalten, um eine Audienz zu bitten und auf die bemerkenswerten Umstände hinzuweisen, in denen sie sich befanden. Bedauerlich. war, daß im zweiten Jahre dieses Kampfes ein Rückfall eintrat, der geeignet war, Herrn Gardner-Jackson tief zu entmutigen.

Bei seiner Abreise von Timaschwo nach einem zweiten längeren Aufenthalt hinterließ er in der Freude über die Fortschritte, welche er zu bemerken glaubte, drei nicht unbeträchtliche Geschenke: tausend Rubel für die Kirche, tausend Rubel für die Schule und tausend Rubel für die Gemeindeverwaltung. Die ersten zwei Summen übergab er dem Popen, einem überaus würdigen, allerdings aber rotnasigen Greise mit langen, in der Mitte gescheitelten Silberhaaren, die letztere dem äußerlich weniger Vertrauen erweckenden Gemeindevorsteher. Erst fünf Monate später fand er wieder Gelegenheit, den Geistlichen zu fragen, was mit dem Gelde geschehen sei. Mit der größten Offenheit und mit dem ihm eignen sanften, weltentfremdeten Lächeln berichtete dieser Diener des Herrn, daß er mit der ersten Summe seine beiden Töchter ausgestattet habe. Von der zweiten Summe habe er als Schulinspektor zwei Drittel behalten und ein Drittel dem Schulmeister gegeben, einem armen Kerl, der es wohl brauchen könne, da er zehn Kinder habe und dein Trunk etwas ergeben sei.

Weniger einfach hatte sich die Verwendung des der Gemeinde zugewiesenen Geldes gestaltet. Jener demokratische Geist, der aus uralter Zeit in den russischen Dorfgemeinden fortlebt, hatte hier ein Wort mitzusprechen. Zwei Volksversammlungen, die einen stürmischen Verlauf nahmen, erörterten die brennende Frage. Ein neues Gemeindehaus, die Pflasterung der Dorfstraße, eine Brücke über den Kinel waren Vorschläge, die der Reihe nach von großen Majoritäten verworfen wurden. Man schien ratlos zu werden. Da erhob sich ein greiser Dorfältester und sprach: »Liebe Brüder! Wir haben einen neuen Herrn bekommen, ein Väterchen, wie wir es kaum erhofft hatten. Er hat Eigentümlichkeiten, die wir nicht begreifen. Er ist ein Fremder und weiß wohl nicht, was für uns Russen paßt. Aber er ist ein gütiger Herr. Wir sind ihm Dank schuldig. Man soll den Leuten von Timaschwo nicht nachsagen, daß sie kein dankbares Herz haben. Darum schlage ich vor, daß alle die, welche Gespanne haben, morgen früh nach Samara aufbrechen und daselbst für das uns geschenkte Geld Wodka kaufen. Starken Wodka, vom Juden an der oberen Fähre; kein Wasser! Damit wollen wir zurückkehren, und das ganze Dorf soll auf des guten neuen Herrn Gesundheit trinken, bis alles ausgetrunken ist. Nein! Man soll nicht sagen, daß wir keine Herzen für unsern neuen Herrn haben!« Der Beifall war stürmisch, eine Abstimmung völlig unnötig. Der Alte hatte die tiefste Saite des russischen Gemüts in Schwingung versetzt. Schon in der Nacht brach eine Karawane auf, wie sie Timaschwo noch nie gesehen hatte. Selbst die gelbe Ministerialstaatskutsche der Madame Tschemschuschnikoff schloß sich an und konnte nur mit Mühe von der Kammerfrau der Barina ein- und zurückgeholt werden. Kinder liefen singend meilenweit nebenher. Frauen riefen den Segen des Himmels auf die Expedition herab. Trotzdem verunglückten einige Fuhrwerke auf der Rückkehr, sozusagen mit Mann und Maus. Das ganze Dorf aber schwamm halb bewußtlos eine Woche lang in Tränen der Rührung und überschwellender Dankbarkeit gegen Gott, Gardner-Jackson und alle Menschen. Nur Gardner-Jackson selbst, als er all dies hörte, war etwas verstimmt und fühlte die ersten Zweifel an seiner Methode der Regeneration des russischen Volkes in sich aufsteigen.

Er brachte den Winter von 1875 in Konstantinopel zu und sah zum Unheil für seine russischen Unternehmungen von dort aus die Welt in einem andern Licht. Die Türken taten es ihm an wie früher die Russen. In der Londoner »Pall-Mall-Gazette« erschien eine Reihe von Briefen, welche nachzuweisen suchten, daß der Türke mit seiner Ruhe, seiner Geradheit, seiner vornehmen Gleichgültigkeit gegen alles irdische Glück und Unglück der einzige wahre Gentleman Europas sei. Zum zweitenmal erregten Gardner-Jacksons Briefe auch in St. Petersburg das größte Aufsehen, denn man stand mitten in den Intrigen und Vorbereitungen, welche die russische Armee nach Plewna führten. Die Entrüstung in hohen Kreisen wuchs mit jeder neuen G. J. unterzeichneten Mitteilung vom Goldenen Horn. »Das war derselbe Gardner-Jackson, den der Großfürst Michael zur Tafel gezogen, derselbe, der in Samara unter dem Vorwand eines landwirtschaftlichen Unternehmens Fuß gefaßt hatte!« In der Hitze der Begeisterung schenkte er seinem neuen Freunde, dem Sultan, sechzig Pferde für eine Musterschwadron, die im kommenden Kampfe um die Existenz des türkischen Reiches siegen oder sterben sollte. Ein Wunder war es nicht, daß man in St. Petersburg die Köpfe schüttelte.

Wie erwähnt, hatte ich mittlerweile selbst zweimal längere Zeit in Timaschwo zugebracht; das erstemal, um die allgemeinen Pläne für das Unternehmen festzulegen, das zweitemal, um mit der Ausführung eines Teils derselben zu beginnen. Sechs strohbrennende Dampfpflugmaschinen hatten die phantastische Fahrt über halsbrecherische Brücken und Stege durch die fast unwegsame Steppe von Samara bis Timaschwo mit eignem Dampf erfolgreich zurückgelegt. Sechs englische Arbeiter bemühten sich seit einigen Wochen, einer bunten Gesellschaft von Russen, Kirgisen und Tataren die Anfangsgründe der praktischen Dampfkultur beizubringen. Die Grundmauern einer Reparaturwerkstätte und einer Sägemühle begannen aus dem Boden zu wachsen. Die Wasserkraft des Kinel war nicht ohne Schwierigkeiten mit improvisierten Instrumenten gemessen worden.Vier Turbinen von je vierzig Pferdekräften, acht entsprechende Druckpumpen und ein zwei Kilometer langer Röhrenstrang konnten mit der letzten Post bestellt werden. Das Netz der Bewässerungsgräben war so weit festgelegt, als es die Nivellierarbeiten unseres Landmessers gestatteten. Kaminsky analysierte Zuckerrüben, die im Laufe des Sommers an verschiedenen Stellen des Besitztums versuchsweise gezogen worden waren. Er war überzeugt, daß die untere Wolga und das ganze Kaspische Meer nur auf den Timaschwozucker warteten, um eine höhere Stufe der Zivilisation zu erklimmen. Kurz, das Unternehmen war im vollen Schwung des Werdens, und es war eine Freude, an die nächste Zukunft zu denken, wenn uns auch von allen Seiten harte Arbeit umgab und ohne Zweifel noch härtere bevorstand.

Der Morgen verlief in gewohnter Weise nicht ohne unerwartete Zwischenfälle. Bei dem einen Dampfpflug, den Murray, mein bester englischer Arbeiter, leitete, war ein Aufstand ausgebrochen. Der Monteur hatte seine Russen gehauen, und diese machten zum erstenmal Miene, den Stiel umzudrehen. Es war ein Religionskrieg, wie sich nach vielem Geschrei nach und nach herausstellte; sonst hätte die Sache sicherlich nicht solch leidenschaftliche Formen angenommen. Mein Engländer hatte gleich in den ersten Tagen die unglaublich ärmliche Kost, welche die Leute nach Landessitte erhielten und mit vollkommener Zufriedenheit verdauten: Roggenbrot und gesottene Linsen, für durchaus ungenügend erklärt. Dampfpflüger mußten nach seiner Überzeugung schlechterdings wenigstens einmal des Tages Fleisch bekommen. Kaminsky hatte dem Drängen des Mannes nachgegeben. Die ganze russische Dampfpfluggesellschaft erhielt nunmehr täglich einmal gekochtes

Hammel- oder Rindfleisch zu ihren Linsen. Murray überwachte die Fütterung seiner Leute sorgfältig. Es war ihm ein Glaubensartikel geworden, daß Dampfpflügen ohne Fleisch nicht erlernt werden könne. Auch war der moralische, wenn auch noch nicht der physische und intellektuelle Einfluß des neuen Kurses unverkennbar. Die Leute wurden stolz auf ihr Fleisch, und dieses erhebende Gefühl umfaßte bald auch Pflug und Maschinen, die sie auf eine höhere Fütterungsstufe emporgehoben hatten. An jenem Morgen nun hatte sich die ganze Gesellschaft aus unerklärlichen Gründen, jedoch mit heftigen Pantomimen, plötzlich geweigert, ihr Fleisch zu essen. Murray bat, mahnte, fluchte ohne Erfolg. Die Leute wollten nichts anrühren. Die Ursache, die nach und nach mir und endlich auch Murray verständlich gemacht werden konnte, war der Namenstag des Schutzheiligen von Samara, der heute durch ein großes Fasten gefeiert werden mußte. Wir beruhigten uns; die Russen bekreuzten sich, glücklich, daß sie ohne Fleisch arbeiten durften, und das Pflügen konnte seinen Fortgang nehmen.

Auch der zweite Apparat stockte. Eine seiner Maschinen hatte noch keinen Dampf. Dies war ein Hauptverbrechen, eine Todsünde, die mich stets aufs tiefste entrüstete. Doch mußte ich diesmal die Entschuldigungen gelten lassen, welche in erregter Weise auf russisch, englisch und kirgisisch auf mich einstürmten. Zwei Wölfe hatten unter der Feuerbüchse der einen Dampfmaschine übernachtet und wurden bei der Abnahme der Planen, welche die Maschinen über Nacht einhüllten, entdeckt. Eine überstürzte Flucht des ganzen Pflugpersonals war die Folge, und erst, als sich nach einer halben Stunde die ungebetenen Gäste gemächlich entfernt hatten, war es möglich geworden, Feuer anzuzünden. Ich beschloß, in Zukunft jeden Dampfpflug östlich der Wolga mit einem Schießgewehr auszustatten.

Auf dem Weg zu den Geometern, die eine Art Talsperre und das künftige Hauptreservoir der Bewässerungsanlage absteckten, berührte ich die äußerste östliche Grenze des Gutes. Dort stand seit mehreren Wachen das Lager einer Horde nomadischer Tataren, die um die Erntezeit bis in diese Gegend kommen, um einige Zeit als Taglöhner mitzuarbeiten und zum Schluß mitzunehmen, was nicht niet- und nagelfest ist. Im übrigen sind es einfache, ehrliche Menschen. Es machte mir Vergnügen, so oft ich Zeit hatte, das eigen-

tümliche Bild aus Innerasien, aus diesem geheimnisvollen Hexen-
kessel aller Völker der Alten Welt, zu betrachten: braune, wild aussehende Männer in Pelzen und Lumpen, braune, entsetzliche Weiber, braune, kleine, dürre Pferdchen, wie wenn das Ganze aus der
braunen Erde gekrochen wäre und im Begriffe stände, wieder in die
Erde zu verschwinden. Äußerlich nichts, was an den farbenprächti-
gen Orient erinnern könnte, aus dem sie ihren Glauben und etwas
von ihren Sitten mitbrachten. In unbekannten Lauten bettelnd liefen
mir Kinder und Weiber eine Strecke weit nach; die Männer, ernst
und zurückhaltend, ließen sich in ihrer Siesta nicht stören, die sie
offenbar über den größeren Teil des Tages ausdehnten.

Gegen ein Uhr mittags kam ich zurück. Kaminsky erwartete mich
auf der kleinen Veranda unseres Wohnhauses. Wir nahmen den
üblichen Wodka und Kaviar echten Astrachan, womit jedes halbwegs anständige Mittagessen jener Gegend eingeleitet wird.

»Ich komme etwas spät,« sagte ich, mich entschuldigend. »Ich
war draußen bei den Tataren. Die Kerls sind noch immer da.«

»Bei den Tataren?« rief er. »Nun, das kann gut werden.«

»Gut – warum?« fragte ich.

»Wissen Sie das Neueste?« fragte er, ohne mir zu antworten,
plötzlich leise sprechend. »Der Kosak gestern nacht an unserm
Fenster der Kosak galt nicht mir, sondern Ihnen.«

»Unsinn!« rief ich lachend.

»Allerdings, aber doch richtig!« flüsterte Kaminsky. »Heute vormittag bin ich durch den Kutscher der Barina hinter die Geschichte
gekommen. Seit vierzehn Tagen kommt regelmäßig, jede Nacht,
eine kleine Abteilung Gendarmen aus Samara, um Sie und ihre
Engländer zu beobachten. Sie haben ihr Hauptquartier bei der Barina in der Schlafstube ihres Kutschers aufgeschlagen. Das Gouvernement von Samara weiß alles.«

Zum erstenmal sah ich Kaminsky mit einer gewissen Bitterkeit lachen, wozu, wie mir schien, keine dringende Veranlassung vorlag.

»Es weiß,« fuhr er fort, »daß Gardner-Jackson einer der einfluß-
reichsten und gefährlichsten Agenten Englands in Konstantinopel
ist; es weiß, daß er Timaschwo gekauft hat, um eine Beobachtungs-

station im Süden des Reiches zu haben; es weiß, daß er mich zum Administrator machte, weil ich nicht allzu verliebt in unsre russischen Verhältnisse sein kann; es weiß, daß Sie und Ihre sechs Engländer als Spione hier sind. Es ist seit acht Tagen vollständig überzeugt, daß Sie mit den Tataren nächtliche Zusammenkünfte abhalten, und daß die ganze mohammedanische Bevölkerung der Steppe von hier aus aufgewiegelt werden soll. Es weiß nämlich auch ganz genau, daß Sie in Ägypten waren und vielleicht selbst ein halber Türke sind.«

Ich gestehe, die Haare standen mir zu Berge, obgleich ich lachte.

»Sind die Leute verrückt?« rief ich.

»Merken Sie das jetzt erst? Aber nicht so laut, wenn ich bitten darf. Es sollte mich nicht wundern, wenn wir zwei Kosaken in der Küche sitzend fänden.«

»Aber was ist zu tun?«

»Zu Mittag zu essen. Dort kommt unser Geometer. Noch ein Gläschen Wodka gefällig?«

Nach Tisch besprachen wir die Sache ernsthaft in Kaminskys kleinem Laboratorium hinter verschlossenen Türen. So viel war klar, daß die Verhältnisse jeden Augenblick eine überraschende Wendung zum Schlimmsten nehmen konnten. Ich wohnte, in einer Zeit, in welcher der Russisch-Türkische Krieg in der Luft lag, auf dem Gut eines Engländers, der dem Sultan sechzig Pferde geschenkt hatte, bei einem unter polizeilicher Aufsicht stehenden, des Nihilismus verdächtigen Administrator, nur ein paar hundert Werst von der sibirischen Grenze. Selbst meine Dampfpflüge, unschuldig wie weiße Lämmchen, konnten unter solchen Umständen eine europäische Verwicklung heraufbeschwören.

Auf Kaminskys Wunsch versprach ich, die Tataren nicht mehr zu besuchen. Auf meinen Wunsch schrieb er einen ausführlichen Brief an Gardner-Jackson nach Konstantinopel, Hotel Misiri, worin er seinem Chef die ganze Sachlage wahrheitsgetreu schilderte. Dann fuhr er fort, in stiller Beschaulichkeit Rüben zu analysieren, ich, die phänomenalen Disteln der Steppe unterzupflügen. Vierzehn Tage später kam die Antwort auf Kaminskys Schreiben und lautete:

»Dear Sir! Ich danke ihnen für Ihre Mitteilung. Wenn Ihre Lands-leute es nicht lieben, daß ich mein Geld an der Wolga vergrabe, so finde ich hierfür mannigfache Gelegenheit anderwärts. Tun Sie so schnell wie möglich alle erforderlichen Schritte, Timaschwo zu ver-kaufen, und treffen Sie mich in acht Tagen in Odessa, Hotel Deux-Mondes, um das Nähere zu besprechen.

Yours truly

Gardner-Jackson.«

Vier Tage später setzten wir uns beide in ein Eisenbahncoupé zu Samara, auf dem Wege nach Kiew. Kaminskys Reiseziel war Odes-sa, das meine Wien. Meine Aussichten, Rebellenführer der Tataren zu werden, waren vernichtet.

Die Sphinx von Giseh

Vor ungezählten Hunderten von Jahren,
Als noch das Meer bespülte diesen Sand,
Noch ehe Felder, ehe Menschen waren.

Lag hier ein Stein im stummen Sonnenbrand,
Halb Mensch, halb Tiergebild, fast ohne Glieder
Und ohne Antlitz, ohne Fuß und Hand.

Ein Rätselwesen, starrte es hernieder
Auf einen Urweltskampf voll stummer Wut
Und sah durch halbgeschlossne Augenlider

Wohl tausendmal den Sturm der gelben Flut
Des Nils im Ringen mit den Meereswellen,
Wo jetzt das stille Grün der Fluren ruht;

Und sah das salz'ge Naß in Schaum zerschellen
Und aus der Brandung, die der Strom durchbrach,
Der Muttererde heilgen Busen schwellen.

Da riß der Fels die Augen auf und sprach:
»Nun will ich nie mehr staunen noch verzagen.
Der Friede steigt empor; das Glück ist wach!«

Dann schwieg die Sphinx und schwieg seit jenen Ta-
gen,
Als wär sie wirklich Stein. Kein Ohr vernahm
Ihr Rufen mehr, in Freude oder Klagen.

Doch weiß das Urgebild, wie alles kam:
Es sah die Erde wachsen aus den Wogen
Und sah den Nil sie bauen wundersam.

Seitdem die Menschen in das Tal gezogen,
Hat es ein Antlitz, niemand weiß, woher:
Die niedre Stirne, leicht zurückgebogen.

Die Augen offen, lichtlos kalt und leer,
Und doch ein Blick, als blieb ihm nichts verborgen;
Ein Lächeln um den Mund, wehmütig, schwer.

Als ahnte es der Erde Müh' und Sorgen;
Und fast, als sucht' es andrer Sonnen Licht,
So starrt das Rätsel unverwandt gen Morgen.

Zu aller Anfang sah das Steingesicht,
Wie sich das größte von den Totenmalen
Der Welt erhob, und wunderte sich nicht.

Daß schweißbedeckt und unter tausend Qualen
Lebendge Menschen wälzen Stein auf Stein,
Um ihre Schuld den Toten zu bezahlen.

Dann sah es feierliche Priesterreihn
Aus Memphis nahn, mit Opfer und Gebet,
Und wunderte sich nicht und ließ es sein.

Sie bauten einen Tempel, der noch steht,
Dem Rätselwesen, doch ihr Festgesang
Und all ihr brünstig Fragen ist verweht.

Dann zog halb lachend und halb todesbang
Vorbei an seines Tempels stummen Pforten
Der Griechen Schar in frohem Lebensdrang;

Und dann der Römer klirrende Kohorten,
Die Herrscherhand vom Blut der Völker rot.
Sie fragten nichts. Auch sie sind still geworden;

Memphis versank, Kleopatra war tot. –
Da stieg im Osten ein leises Flimmern,
Der Himmel flammt im Christenmorgenrot.

Ein neuer Gott tritt sieghaft aus den Trümmern,
Erlösung, Leben strahlt sein Heilgenschein,
Lebendge hört man aus den Gräbern wimmern.

Um Liebe streitend und um Glauben schrein;
Auf Säulen stehn sie betend, Tag und Nacht.
Groß ist die Wahrheit, doch der Mensch bleibt klein.

Auch Feuer, die der Himmel angefacht,
Erlöschen in des Erdenlebens Mühen.
Doch wieder flammt der Ost in roter Pracht.

Das ist der Islam. Wenn die Wüsten glühen,
Dann brennt die Welt. Hört ihr das Allahrufen?
Seht ihr die Tausende den Nil durchziehen?

Es bebt die Erde unter Pferdehufen;
Sie stoßen eure Kirchentüren ein
Und schlagen Zelte auf den heilgen Stufen.

Dann bau'n auch sie, sich Tempel neu zu weihn.
Kairos Minaretts und Prachtpaläste
Erblickt die Sphinx in schimmernd weißen Reihn

Dort drüben. Blumen, Laubwerk und Geäste
Verschlingen sich zum Gartenparadies,
Im Schutz des Mokattam und seiner Feste.

Vergessen ist die Sphinx; der Faden riß;
Ein Aug' zertrümmert und ihr Leib begraben;
Dem neuen Volk ein Spott und Ärgernis.

Doch mit dem Aug', das sie vergessen haben
Ihr auszuschlagen, sieht sie klar wie je,
Den ewgen Wechsel aller Schicksalsgaben:

Sieht sinken von der stolz erklommnen Höh'
Die Wüstenfürsten, und sieht Sklavenscharen
Vom rauhen Kaukasus und seinem Schnee

Beherrschen die, die einst die Herrscher waren;
Sieht lächelnd auch die wilde Sklavenbrut
Mit blutgen Köpfen in die Hölle fahren.

Dann eine Nacht, schwarz von ersticktem Blut,
Die Welt bedeckend, öd und hoffnungslos,
Die halb betäubt in dumpfem Schlafe ruht.

Doch wieder dämmerts. Glänzend, hell und groß
Steigt diesmal aus dem Westen neues Leben.
Ob es der Himmel barg, der Erde Schoß.

Der unerschöpfliche, es uns gegeben?
Denn schöpfungsartig ist ein Auferstehn,
Ein unaufhaltsam mächtig Vorwärtsstreben.

Und wunderbare Zauberkräfte wehn
Im Sturm durch Wasser, Erde, Luft und Feuer,
Wie sie die Menschheit nie zuvor gesehn,

Sie fragen nicht, ob es ein Ungeheuer,
Ein Himmelswesen, das in ihnen schafft;
Sie wissen nur, es ist ein fremder, neuer,

Ein unbekannter Geist mit seiner Kraft.
Er reißt die alten Welten auseinander
Und überbrückt die Meere, riesenhaft.

Was nicht ein Cäsar, nicht ein Alexander
Sich träumen ließ, sie treibens wie ein Spiel;

Als lehrte sie ein höllscher Abgesandter
Mit Dampf und Feuer stürmen an ihr Ziel.
Sie blitzen sich Gedanken zu auf Drähten,

Und rauschen aufwärts, bis zum Quell des Nil.
Die heilgen Wasser, die sie mit Gebeten
Einst ehrten, führen sie in kreuz und quer
Bergauf, wenn sie auf Bergesgipfeln säten!

Sie dämmen ein, sie graben ringsumher,
Und graben selbst das alte Rätselbild,
Die tausendjährge Sphinx aus ihrem Meer

Von Sand. Ihr Lächeln auf den Lippen, mild
Und spöttisch steigt sie schweigend aus dem Grunde,
Die Züge halbverwittert, wie verhüllt.

So eines Tags, zu später Abendstunde,
Fand ich das Steingebild am Wüstensaum.
Als ich allein noch ging die stille Runde

Vor meinem Zelt. Kein Halm mehr und kein Baum.
Kein Tier, kein Mensch schien nah. Rings Mondeshelle.
Auf kahlen Hügeln lag die Welt im Traum.

Im fernsten Dunste ragt die Zitadelle
Kairos dort und seiner Minaretts.
In Nebelschleier hüllt des Niles Welle

Die Palmenufer des versunknen Betts.
Und scharfe Schatten wirft der Pyramiden
Schwarzdunkle Wucht, nach ewigem Gesetz,

Aus grauser Nähe in des Bildes Frieden:
Ein stummer Gruß aus ururalter Zeit,
In stiller Nacht, von denen, die geschieden.

Doch auch das Leben ist noch grußbereit,
Mit Lachen da, und dort mit seinen Tränen:
Manchmal am Wüstenrand, nicht allzu weit,

Hört man den Schrei der hungrigen Hyänen,
Und aus dem nahen Beduinenzelt
Die Fellahlieder, die sich endlos dehnen;

Auch manchmal wie aus einer andern Welt,
Von Giseh her das lange dumpfe Grollen,
Den scharfen Pfiff, der durch die Stille gellt,

Die Klänge unsrer Zeit, der arbeitsvollen,
Die niemals schläft. 's ist wohl der letzte Zug
Aus dem Fayum; man hört die Räder rollen

In ihrem ruhelosen Feuerflug.
Und auch vom Nil her kommt noch dumpfes Rau-
schen:
Ein später Dampfer hat noch nicht genug,

Das graue Steingebild schien jetzt zu lauschen;
Da hub ich an, ich fürchtete mich nicht,
Wortlos Gedanken mit ihm auszutauschen:

»Wir kommen vorwärts, altes Traumgesicht!
In jedem deiner Tausende von Jahren
Dem Glücke näher und dem Sonnenlicht!«

Da sprach's: »Ich seh die ungezählten Scharen
Der Menschen kommen und auch gehn im Nu!
Sie sind noch immer, wie sie waren,

Voll Stolz und froher Hoffnung, ganz wie du;
Doch alles, was ihr schafft, in wengen Tagen
Geht's mit dem eignen Dampf dem Ende zu.

Da wird erst Pfeifen sein und heulend Klagen! –
Doch andre kommen, hoffnungsfroh wie du.
Ich werde niemals staunen noch verzagen.«

Berufstragik

In der Grünheustraße

Hat jemals ein kühner Psychologe dem Bewegungsgesetz der Erinnerungen nachgespürt? In seltenen Fällen ziehen sie ruhig dahin, auf ihrem stillen Weg nach rückwärts; meist tanzen sie in wunderlichen Sprüngen wie Irrlichter, kreuz und quer, beleuchten auf einen Augenblick hier eine alte Haustür, dort ein schwimmendes Stückchen Holz, hier ein wedelndes Hündchen, dort das Lächeln eines Menschenangesichts, das längst zu lächeln aufgehört hat. Heller leuchten sie auf, je weiter sie rückwärts hüpfen, lassen lange Strecken in tiefer Nacht, um mit einemmal ein jugendliches Glück, einen kindlichen Jammer zu überstrahlen, als schiene die Sonne von heute darauf, ehe alles wieder in bläulicher Dämmerung verschwindet. Es gehört einiger Mut dazu, die Formel zu suchen, welche die Kräfte dieser Bewegung beherrscht, gleitend, haltend, springend, stockend, fast immer rückläufig, bis an einem kritischen Punkt die Auslösung einer geheimnisvollen Feder den ganzen Mechanismus auf den gestrigen Tag vorschnellt und das Spiel von neuem beginnt. Meines Wissens hat es noch niemand gewagt. Ich kann deshalb, unbesorgt, eine Regel zu brechen, den letzten Abschnitt der Erinnerungen, die diese Bändchen zusammenhalten, beginnen, fast wo ich den ersten begann.

Es wird seit bald vierzig Jahren mit jedem Tage unerklärlicher geworden sein, wie das Sträßchen zu seinem Namen gekommen ist. »Grünheustraße«. Der Gedanke an schnittreife Wiesen, an duftendes Heu, selbst an einen einfachen ländlichen Kuhstall lag wohl keiner Gasse in der weiten Welt ferner als ihr. Von allen diesen lieblichen Dingen trennten sie Meilen von Back- und Pflastersteinen, die der grimmige Kohlenstaub langsam zudeckte, der auch sie schon mit einer Hülle überzog, ähnlich dem bläulichen Duft auf einer Pflaume. Dies wird heute wohl völlig gelungen sein. Damals war das Sträßchen noch jung und hatte seinen phantasievollen Namen vielleicht der Jugend zu danken. Selbst auf den neuesten Stadtplänen von Manchester war es nur in schüchtern punktierten Linien angedeutet, und wer nicht wußte, daß es im Südosten der gewaltigen Fabrikstadt zu suchen war, konnte es kaum finden.

Auch der Verkehr der großen Welt ringsumher hatte es noch nicht entdeckt. Sein etwas mangelhaftes Pflaster und seine schmalen Bürgersteige aus Sandsteinplatten waren sauber wie ein Tanzboden, die zwei niederen Häuserreihen rechts und links hinter umzäunten Zwerggärtchen, die eine fortlaufende Front bildeten, strahlten im warmen Rot frisch gebrannter Ziegel. Zu sechsunddreißig geometrisch gleichen Haustüren führten zweimal sechsunddreißig sauber gescheuerte Sandsteinstufen. Sechsunddreißig Fenster im Grundstock, die durch eine erkerartige Ausbuchtung den Blicken der Neugierigen besonders preisgegeben waren, zweimal so viele kleine Fenster im ersten und einzigen Stock sahen regungslos in die stille Straße. In den Erkern, die zu der schönen Stube des Hauses gehörten, standen genau am gleichen Platze sechsunddreißig Tischchen, auf denen sechsunddreißig Kunstgegenstände den ästhetischen Sinn der Bewohner der Grünheustraße bekundeten. Hier aber zeigten sich Unterschiede. Im ersten Erker kniete ein betender kleiner Gipsengel, im nächsten stand ein Teller mit prachtvollen Äpfeln aus Seife. Dann kam eine Kathedrale aus Papiermasse unter einer Glasglocke. Dieser folgte, nicht unpassend, der betende Engel aus dem ersten Fenster noch einmal, in verkleinertem Maßstab, aber auf einem schwarzen Untersatz, und so weiter. Die zwei Sandsteintreppen und der messingene Klopfer an den kleinen braunen Haustüren waren ohne Ausnahme von musterhafter Sauberkeit. Die Kathedrale, die Seifenäpfel sowie die Engel zeigten auch in dieser Beziehung beachtenswerte Eigentümlichkeiten. Gegen die Fensterscheiben gedrückt stand da und dort neben denselben ein Stück weißer Pappe, auf dem in schwarzen Buchstaben zu lesen war: Zimmer zu vermieten. Das war die Grünheustraße.

Ihre Bewohner waren im Durchschnitt achtbare arme Leute; zum guten Drittel Witwen oder Frauen, denen ihr Mann auf andre Weise abhanden gekommen war; dann aber auch kleine Familien mit selten weniger als sechs Kindern. Die Familienhäupter waren Verkäufer in großen Lagerhäusern, Werkführer in Spinnereien, Buchhalter kleinerer kaufmännischer Geschäfte; alles Leute, die morgens mit großer Pünktlichkeit verschwanden und abends mit der Regelmäßigkeit eines Uhrwerks wieder auftauchten. Den Tag über war die Straße ein Kindergarten ohne Baum und Strauch, der an den biblischen »Sand am Meer« erinnerte. Dies gab ihr etwas Sonnenlicht, an dem sie keinen Überfluß hatte. Die schwarzen Rauchwolken der Hunderte von Fabrikschornsteinen im Innern der Stadt sorgten hierfür, wenn der Wind aus Osten kam. Drehte er sich, so kam das schwarze Gewölk aus Salford. Die Witwen, die in der Küche unter dem Erdboden hausten, pflegten ihre schöne Stube einschließlich der Benutzung der Kathedrale oder der Seifenäpfel und eines der Schlafzimmer im oberen Stock an einzelne Herren zu vermieten. Gelang dies, so verschwand das Stück weißer Pappe auf einige Zeit, manchmal auf Jahre aus dem Fenster. Manche der Frauen verstanden es, ihrem Mieter das Leben in dieser Einöde von Ziegeln und Bausteinen, von endlosen Häuserreihen und kahlen Straßen in allen Ehren erträglich zu machen. In dieser Beziehung sind sie in England geschickter als auf dem Festland. Es wäre auch sonst nicht zu tragen.

Wie die ansässigen Bewohner der Grünheustraße waren auch diese Mieter im allgemeinen achtbare arme Leute. Ich darf so weit gehen, es kühn zu behaupten, ohne die geziemende Bescheidenheit zu verletzen, obgleich ich selbst seit zwei Monaten bei Missis Matthews in Nr. 23 wohnte. Meine Wirtin war die Witwe eines verstorbenen Schloßbesorgers des verstorbenen Lords von Harewoodcastle, hatte, wie die meisten dieser Damen, bessere Tage gesehen, klagte, wie die wenigsten, nicht allzuviel hierüber und lebte von einer kleinen Pension und ihrem Mieter. Sie war eine Musterwirtin ihrer Art, still, aufmerksam, mütterlich. Mein Englisch jener Tage machte ihr den Eindruck rührender Hilflosigkeit, so daß es ganz natürlich war, wenn sie mich auch in andrer Beziehung wie ein noch nicht ganz sprachreifes, allerdings übergroßes Knäblein betrachtete. Dieses Mißverständnis rührte mich meinerseits wieder, so daß sich unser auf gegenseitiger Rührung beruhendes Verhältnis vortrefflich, gestaltete und sie namentlich meine täglichen, bisher erfolglosen Wanderungen durch Manchester und seine Umgebung mit besorgter Teilnahme verfolgte.

Ein solches Nest gefunden zu haben, verdankte ich nicht unmittelbar meinem Glück, das sich damals mit auffallender Beharrlichkeit hinter den Rauch- und Rußwolken der Fabrikstadt verbarg. Gleich am zweiten Tage meines Hierseins, als ich mich mit dem Mut der Unwissenheit, den besten Zeugnissen der Welt und einem warmen, wenn auch sehr allgemein gehaltenen Empfehlungsschreiben aus London stammelnd in einer der ersten Fabriken ManchestersSharp, Steward & Co. vorstellte, teils um die Fabrik besichtigen zu dürfen, teils und noch viel mehr in der Hoffnung, ein bescheidenes Plätzchen als Zeichner zu finden, begegnete ich einem halben Landsmann. Dieser, wie ich rasch herausfand, mit einem geringeren Grad von Unwissenheit, mit noch besseren Zeugnissen und zwei Empfehlungsschreiben aus London ausgestattet, verfolgte genau die gleichen Absichten. Wir erzielten auch beide in sehr kurzer Zeit das gleiche Ergebnis, eine artige Verabschiedung, und wanderten gemeinsam eine Stunde später mit hängendem Haupte weiter, jedoch nicht, ehe durch die Besichtigung der brausenden Werkstätten meine Sehnsucht, Zeichner in einer englischen Fabrik zu werden, eine krankhafte Steigerung erlitten hatte. Vielleicht hätte ich meinen neuen Freund nicht kennengelernt, denn ich schleppte noch zu viel schwäbische Schüchternheit und Menschenscheu mit mir herum. Zum Glück aber war Harold Stoß eine andere Natur, und ehe wir durch das Fabriktor von Sharp, Steward & Co. abzogen, empfand ich die Wahrheit des Horazschen: Solamen miseris socios habuisse malorum; vollends als wir zu dritt waren. Denn unter dem Tor befand sich noch ein junger Herr von unzweifelhaft teutonischem Kleider- und Haarschnitt, der soeben ängstlich den Inhalt seiner Brusttasche ordnete: Visitenkarte, beste Zeugnisse und drei Empfehlungsbriefe, um dies alles gleich uns und mit gleichem Erfolg den Herren Sharp, Steward & Co. zu Füßen zu legen. Die beiden nickten sich zu, der Austretende mit einem spöttisch belustigten Lächeln, der Eintretende mit einem Seufzer, der sich kaum hinter einem freundlichen Gruß verstecken lassen wollte. Dann bat mich Stoß, in der nächsten Bierstube ein Glas Porter mit ihm zu trinken und auf Schindler zu warten, der unfehlbar in zehn Minuten wieder erscheinen werde. Der arme Kerl habe Fabriken genug angesehen und werde sich damit nicht aufhalten. Beide wohnten schon seit einigen Wochen in der Grünheustraße. Stoß empfahl mir sein Nachbarhaus. So kam ich zu Missis Matthews und wurde der Dritte in dem Bunde, der sich das Ziel gesteckt hatte, irgendwo und um jeden Preis in dem damaligen schwarzen Eldorado junger deutscher Ingenieure auf ein paar Jahre unterzuschlüpfen. Es war dies keine kleine Aufgabe, denn es gab zu jener Zeit ähnliche Bünde in erschreckender Anzahl, und das Sprichwort von den vereinten Kräften viribus unitis wollte schlechterdings nicht passen, so daß wir schließlich eine geographische Einteilung von Manchester feststellten und wochenweise jedem sein Interessengebiet zuteilten, um uns nicht immer wieder unter den gleichen Fabriktoren schmerzlich lächelnd begegnen zu müssen. Die Zeiten waren schlecht, wie sie es gewöhnlich sind, wenn man etwas von ihnen erhofft. Wir merkten dies nach wenigen Wochen des Suchens und Anklopfens. Aber es half nichts. Jeder Gang durch eine der tosenden Fabriken, jeder Blick auf das Gewirr einer halbmontierten Riesenlokomotive, eines unbegreiflichen Jacquardstuhls, einer Werkzeugmaschine mit ihren ungewohnten, stämmigen Formen kräftigte den sinkenden Entschluß aufs neue, zu siegen oder zu verhungern.

Stoß und Schindler nahmen diese Wochen der Prüfung, die zu Monaten zu werden drohten, verschieden hin. Stoß, ein hübscher, großer junger Mann von fast aristokratischem Äußern und den gefälligsten Umgangsformen, war eine heitere Natur, die sich von der Last des Lebens nicht drücken ließ, solange sie nicht allzu schwer wurde. Er war Österreicher, wenigstens zur Hälfte; das leichtere, muntere Blut des Südens verriet sich in zahlreichen kleinen Zügen. Sein Vater war als pensionierter Major gestorben. Seine Mutter, eine Engländerin, die der Österreicher während der Feldzüge Radetzkys in Italien kennengelernt hatte, lebte in Karlsruhe von ihrer bescheidenen Pension. Auf der dortigen Polytechnischen Schule hatte Stoß die Weisheit und die Formeln Redtenbachers eingesogen, an denen zu jener Zeit die technische Jugend Deutschlands mit Andacht und Verehrung hing. Wie sich so oft die Gegensätze in einer Menschennatur begegnen, hatte er ausgesprochenes mathematisches Talent und eine begeisterte Vorliebe für die trockensten Spekulationen, wenn sie sich in algebraische Formeln pressen ließen. Sobald er seine Konzepthefte, die mit endlosen Berechnungen gefüllt waren, auf die Seite warf, war er dagegen der fröhlichste Gesellschafter, der unverwüstlichste Optimist, und hatte das große Geschick, seiner Umgebung einen Teil der eignen Lebensfreudigkeit einzuflößen. Er war sicher, in der Heimat seiner Mutter nicht bloß sein eigenes, sondern auch seiner Freunde Glück zu machen, und wir glaubten ihm fast, so wenig bis jetzt davon zu verspüren war. Der natürliche Umstand, daß er seine nordische Muttersprache Muttersprache im wörtlichsten Sinn mit südlicher Gewandtheit sprach, gab ihm Vorteile, die uns bei einem andern mit schmerzlichem Neid erfüllt hätten. Stoß konnte niemand beneiden.

Ganz anders, eine schwerfällige, echt deutsche Natur war Schindler. Er stammte aus einer Pastorenfamilie in Thüringen und hatte sich an einer preußischen Gewerbeschule für seine englischen Abenteuer vorbereitet. Still und scheinbar melancholisch sah er in die Zukunft, und doch machte er, allerdings mit einem Seufzer, die besten Witze in unserm kleinen Kreise, an denen nur er sich nicht zu erfreuen schien. Er hatte einen Herzenskummer; er liebte, seit seiner Schulzeit, treu und geduldig. Deshalb wollte er so rasch als möglich sein Glück machen, und die Aussichten trübten sich mehr und mehr. Mit einer komisch kleinen Summe war er in Manchester angekommen, hatte hier auf einige Wochen als Zeichner bei einem Zivilingenieur Beschäftigung gefunden, denn Gott verläßt keinen Deutschen ganz, und lebte seitdem von der Summe, die er hier in rätselhafter Weise zurückgelegt hatte, in ebenso rätselhafter Weise weiter. Dabei war er krankhaft fleißig, zeichnete und skizzierte tage- und nächtelang und besaß mnemotechnische Einrichtungen in seinem Gehirn, die es ihm ermöglichten, nach einer einmaligen flüchtigen Besichtigung die komplizierteste Maschine geistig nach Hause zu tragen, aufzuzeichnen und wieder zu vergessen, um für andere Platz zu machen. »Denn was man schwarz auf weiß besitzt!« pflegte er kurz abbrechend mit leuchtenden Augen auszurufen, wenn er uns die Berge von Skizzenpapier zeigte, die seine einzigen irdischen Schätze vorstellten, die er aber für die Grundmauern seines künftigen Hauses und Herdes ansah. Sonst leuchteten seine blauen, etwas kurzsichtigen Augen hinter der großen Stahlbrille nie. Man konnte es ihm nicht verargen; es ging zu Ende mit ihm. Seit einigen Tagen schon hatten Stoß und ich vermutet, daß er in Manchester blieb, weil er nicht mehr weiter konnte. Auch in England befördern Eisenbahnen nur gegen Vorausbezahlung; wenigstens menschliche Ware, die naturgemäß weniger Vertrauen genießt als eine Kiste Stiltonkäse oder eine Dreschmaschine.

Manchmal zeigten sich Lichtblicke am Horizont. Vor ein paar Wochen hatte ich einen Ausflug nach Leeds unternommen und zum erstenmal eine Ausstellung der Königlichen Landwirtschaftsgesellschaft von England gesehen. Ich machte mich ohne Hoffnung und mit wenig Freude auf den Weg, eines Empfehlungsbriefes we-

gen, den ich von einem Herrn in London erhalten hatte und der an
John Fowler gerichtet war. Eine landwirtschaftliche Ausstellung!
Vieh, Schweine, Gänse und Enten und landwirtschaftliche Maschinen! Für die letzteren hatte ich wie jeder junge Ingenieur, der sich in
den höheren Regionen einer technischen Hochschule bewegt hat,
die ausgesprochenste Mißachtung und für die Landwirtschaft von
Geburt an eine schwer erklärliche Gleichgültigkeit. Aber ich riß die
Augen doch ein wenig auf, schon weil ich in der gewaltigen Fabrikstadt, die ich kaum dem Namen nach gekannt hatte, unter Tausenden von behäbigen Landleuten nur mit größter Schwierigkeit ein
Unterkommen finden konnte. Und dann der Maschinenplatz der
Ausstellung! Dieses Leben, dieses lustige Klappern und Rasseln,
Pusten und Pfeifen, Brummen und Sausen! Diese Hunderte mir
völlig unbekannter Formen und Dinge. Mit ehrlichem Staunen
stand ich einer großen Industrie gegenüber, die sichtlich ihre Fühler
über die ganze Erde streckte und von der ich keine Ahnung gehabt
hatte. Man sah den zahllosen Maschinen an, daß sie im praktischen
Leben ihre natürliche Eleganz und die Bestimmtheit ihrer Formen
gewonnen hatten, daß hundert kluge Köpfe, tausend fleißige Hände
an ihrer Entwicklung weiterarbeiteten. Wir schrieben 1862. Wer jene
Zeit miterlebt hat, wird mir mein naives Erstaunen verzeihen.

Der Empfehlungsbrief führte wie alle andern zu nichts. Doch
lernte ich auf dem Ausstellungsplatz John Fowler kennen, der neben seinem Dampfpflug in der Mitte eines Kreises fröhlich begeisterter Landwirte stand, die nicht aus dem allseitigen Händeschütteln hinauskamen und ihm zu dem eben gewonnenen Preis der
Landwirtschaftsgesellschaft Glück wünschten. Ein prächtiger Mann
von etwa vierunddreißig Jahren, groß und stattlich, schwarzhaarig
und freundlich, mit einem Lachen, das seiner Umgebung auf hundert Schritte wohl tat. Er las meinen Brief, drückte mir die Hand
und konnte mich nicht brauchen; jetzt nicht. Vielleicht später. Das
sagten die meisten; aber Fowler dachte es auch, man konnte es ihm
ansehen. Mein Brief war von einem Quäker, und auch Fowler war
Quäker. In dem Brief stand, »daß ich auf dem richtigen Weg sei,«
woran ich völlig unschuldig war. Allein mein Freund in London
meinte es gut mit mir, und solche Dinge sind in England nicht be-
deutungslos. Trotzdem mußte ich mich nach zehn Minuten anstandshalber verabschieden, so gerne ich ohne weiteres geblieben

wäre. Für Pflüge stand meine Mißachtung noch in voller Blüte. Aber Fowler war einer der seltenen Menschen, die man lieb gewinnt, wenn sie sich mit dem Taschentuch den Schweiß abtrocknen. Zwei Tage schlich ich ab und zu um den Fowlerschen Stand und studierte die Geheimnisse des »Clipdrums«, ohne zu ahnen, daß ich mit dessen wirklichem Erfinder, einem bescheidenen Männchen, das noch vor kurzem als Klavierfabrikant tätig gewesen war, mehrfach ins Gespräch geriet; aber auch ohne Herrn Fowler wiederzusehen. Mein Gefühl gegen landwirtschaftliche Maschinen aber hatte eine schwere Erschütterung erlitten, ehe ich mich wieder auf den Heimweg nach Mandiester machte. Doch was halfs? Ernstlich hatte ich ja nicht erwartet, auf einer landwirtschaftlichen Ausstellung dem ersehnten Ziele näherzukommen. Damit tröstete ich mich auf dem Rückweg, während ich eine Liste der mir bekannt gewordenen Fabriken von Liverpool zusammenstellte, die besuchsweise von Manchester aus abgemacht werden konnten, ehe ich mein Hauptquartier nach Glasgow verlegen wollte.

Acht Tage später machten Stoß und ich einen Ausflug nach Anglesea, der eigentlich der die Insel von Wales trennenden Meerenge, der Menaistreet, galt. Es war unsre erste Vergnügungsfahrt, eine notwendige Unterbrechung der entmutigenden Wanderungen von Fabrik zu Fabrik, die hinter und vor uns lagen. Schindler begleitete uns nur bis zum Bahnhof. Die Ebbe in seiner Kasse erlaubte derartige wilde Ausschweifungen nicht mehr. Die lieblichen Ufer um Bangor, die gewaltigen Berge von Nordwales, der glorreiche Ozean und der frische Seewind, der den Salzgeruch. des Meeres bis über die Gipfel von Snowdon und Kadr Idris trug, gaben uns in drei Tagen all den Lebensmut wieder, den wir im Dunst von Manchester seit den letzten drei Monaten eingebüßt hatten. Auch waren wir nicht ganz ohne einen technischen Reisevorwand ausgezogen. Stephensons weltberühmte Menaibrücke, die erste ihrer Art, die einen Meeresarm überspannt, hatte namentlich Stoß schon längst angezogen. Zwar übten und ärgerten wir uns an Ort und Stelle gegenseitig ein wenig. Er bestand darauf, nachdem wir einen Vormittag lang an den steilen Abhängen bei Bangor, mit der kastenförmigen Riesenröhre hoch über unsern Köpfen, herumgeklettert waren, mein Skizzenbuch mit Berechnungen anzufüllen, in denen er zu beweisen suchte, daß die Brücke mit der Hälfte des Eisens hätte gebaut werden können, das heute in ihr stak. »Wenn sie rechnen könnten, Eyth! Wenn sie ihren Redtenbacher studiert hätten, diese Engländer!« rief er mit der Begeisterung eines echten Karlsruhers jener Tage und begann das vierte Blatt des besten Whatmanpapiers, das ich je besessen hatte, mit einer neuen Entwicklung seiner Prinzipien zu verunreinigen. Und das alles mitten in einer Gegend, die uns wie ein Paradies anlachte, die mit ihrem sonnigen Meereshorizont hinter jedem Strauch und Felsen einem das Herz vor Sehnsucht sprengte. Ich ließ ihn schließlich machen, was er nicht lassen konnte, und tröstete mich: Ein solcher Kerl wird noch ein berühmter Mann. Dann habe ich auf diesen Blättern ein Andenken von ihm und kann sie vielleicht teuer verkaufen.

Wieder gingen zwei Wochen vorüber mit ihrer einförmigen Folge von Hoffnung und Enttäuschung; dann aber kams anders. Stoß hatte uns zu einem Abendtee eingeladen, um seinen Abschied zu feiern. Er wohnte bei der Frau eines kleinen Schiffskapitäns, deren Gatte nur alle fünf Jahre auf ein paar Wochen nach Hause kam; eine sehr nette, angenehme Frau, die gelernt hatte, mit außerordentlich bescheidenen Mitteln große Festlichkeiten zu veranstalten, und deshalb von uns dreien hoch verehrt wurde. Die deutsche Kneipe bestand für uns kaum mehr: man gab sich gegenseitig Tee mit darauffolgendem Whisky oder Brandy. Nach deutscher Art rollten wir bereits auf der schiefen Ebene der Anglisierung lustig dahin. Stoß war wesentlich schuld daran. Bei ihm kam es natürlich von der Mutter Seite. Man zog sogar in solchen Fällen zu gegenseitiger Ehrung seinen besten Rock an. Zum landesüblichen Frack hatten wir es allerdings in dieser Vorbereitungsklasse des Lebens, in der wir saßen, noch nicht gebracht.

Pünktlich um sieben Uhr abends setzte ich Missis Stevens' glänzend gescheuerten Türklopfer in Bewegung und wurde von Stoß mit seiner gewohnten, etwas stürmischen Freude empfangen. Er hatte in der Tat Ursache, fröhlich zu sein; denn nach allen Anzeichen war für ihn die harte Zeit des Suchens und Wartens vorüber. Und auch Schindler schien endlich ernstliche Aussichten zu haben, den Lohn seiner Beharrlichkeit zu finden. »Wir werden ihn wahrscheinlich erst in einer Stunde sehen,« erklärte mir Stoß. Er hatte sich noch gestern abend in der Aufregung über den bevorstehenden Abgang unseres Freundes rasch entschlossen, nach Derby zu fahren, wo ihm das heißersehnte Ziel wieder einmal winkte. »Ein kurioses Ziel!« lachte Stoß, halb verlegen, halb belustigt, wollte aber nichts weiter mitteilen. Schindler werde schon selbst berichten, wenn er komme. Sein Zug könne nicht vor acht Uhr hier sein. Das sei aber kein Grund, weshalb wir nicht unsern Tee trinken sollten, da Frau Stevens ihm später einen frischen Topf brauen könne.

Wir setzten uns an dem sauberen, wohlversehenen Teetisch nieder, dem ein Strauß mächtiger Dahlien das erforderliche festliche Aussehen gab, Den Umständen entsprechend bestand das Festmahl aus zwei Gebirgen von goldgelbem köstlichem Toast und zwei gebratenen Heringen; der dritte wurde zurückgelegt. Dann sahen wir der üblichen kalten Hammelkeule mit Pfefferminzsauce und Pickles entgegen, und zum Schluß winkten zwei Töpfe Marmelade, eingemachte Johannisbeeren und die Reste eines Stiltonkäses; alles reinlich, nett und freundlich. Nur Frau Stevens selbst warf einen bekümmerten Scheideblick auf den Tisch und wollte sich durch das Lob, das ich der vortrefflichsten Wirtin der Grünheustraße spendete, nicht aufrichten lassen. Der Verlust ihres Mieters lag schwer auf ihrem Gemüt, und da ihr Mann erst vor drei Jahren hier gewesen war und vor kaum vier Monaten geschrieben hatte sein Schoner lebte zwischen Hongkong und Singapore, so sah sie einer freudlosen Zukunft entgegen.

Stoß, dieses fröhliche Kieselherz, war um so vergnügter und erzählte mir zwischen dem Hering und der Marmelade, wie sich alles so plötzlich und unerwartet gestaltet hatte.

»Ich bin zu der Überzeugung gekommen, Eyth, daß man nichts in der Welt verachten darf nichts!« sagte er, indem er mit der ihm eignen aristokratischen Feinheit das Gerippe seines Herings umdrehte, um zu sehen, ob auf der unteren Seite nicht noch etwas Fleisch hängengeblieben war. »Meine Mutter hat aus ihrer Jugendzeit noch ein paar alte Freundinnen in London, von denen ich natürlich nichts erwartete. Eine derselben eine Miß Plunder hat ein kleines Pensionat bei Richmond, soviel wir wußten. Die Nachbarvilla gehört einem Mister William Bruce, Zivilingenieur seines Zeichens und beratendes Mitglied des Direktoriums der Nordflintshire-Eisenbahn, welcher sein Geschäftsbureau in London hat und seit zwanzig Jahren in aller Welt Brücken baut. An diese Freundin schrieb meine Mutter in ihrer Herzensangst um ihr Söhnchen, und Bruce hatte das Glück, über die gemeinsame Gartenmauer hinweg von meinem Dasein zu hören, das ihm bisher völlig entgangen war. Auch ich hatte von dem Vorhandensein des berühmten Herrn Bruce erst über Karlsruhe einige verschwommene Nachrichten erhalten, beehrte ihn aber trotzdem vor acht Tagen mit einem Schreiben, in welchem ihm meine unschätzbaren Dienste angeboten wurden. Merkwürdigerweise nahm er dies ziemlich kühl auf. Doch erhielt ich, nicht ganz umgehend, eine Antwort mit der Aufforderung, wenn ich gelegentlich nach London komme, möge ich ihn in seinem Bureau, Westminsterstraße Nr. 18, aufsuchen. Das war letzten Freitag. Die Gelegenheit bot sich unerwartet rasch; denn am Samstag früh saß ich bereits in einem Eisenbahnwagen, auf dem Wege nach London, und fuhr vom Bahnhof mit dem besten Pferd eines guten Cabs nach Westminsterstraße, wo bekanntlich, wie in einem Bienenkorb, alle berühmten Zivilingenieure der Welt, das heißt der englischen Welt, beisammen hausen. Nicht ganz ohne Hochachtung betrat ich das geheiligte Pflaster, und die palastartige Häuserfront mit ihren weltberühmten Namen auf glänzenden Messingplatten rieselte mir über den Rücken wie ein Anflug unpassender Bescheidenheit. Es war fast ein Uhr, ehe ich vor Nr. 18 anlangte, am Sonnabendnachmittag aber schließen die Könige unseres Berufs die Bude. So kam es, daß ich Herrn Bruce kennenlernte, als er eben seine strohgelben Handschuhe anzog und seine sechs Zeichner, die in einem großen hellen Saal hausen und sechs Brücken für fünf Weltteile entwarfen, bereits freiheitstrunken mit den Reißschienen klapperten. Ein schöner, stattlicher Mann in weißer Weste, mit einem gewaltigen goldblonden Bart, den er liebevoll streichelt, so oft ihm die Gedanken stillstehen. Man kann sich in seiner Gegenwart vernunftloser Hochachtung kaum erwehren. Er las meine Karte, sah mich fragend an und strich seinen Bart etwas ungeduldig; es half offenbar nichts. Ich fing an, mich zu erklären, und war bald im ruhigen, gewohnten Fahrwasser. Wir haben uns in den letzten zwei Monaten einige Übung in der Behandlung ähnlicher Fälle erworben. Sein Antlitz verdüsterte sich. Ich fühlte, wie mitten in meinem schönsten Satz die Hoffnungslosigkeit ihre eiskalte Hand auf meine Schulter legte. Auch das kennen wir zur Genüge. Plötzlich überzeugte mich ein leises vergnügtes Zucken im Gesicht des großen Mannes, daß ihm ein Licht aufging. Ah ah die alte Miß Plunder über der Gartenmauer murmelte er, ich weiß, ich weiß! Aber ich habe keine Zeit jetzt, Herr Stoß. Man kommt nicht Samstag nachmittags. Wissen Sie was? Morgen ist Sonntag. Sie sind ein Verwandter von Miß Plunder wie? Kommen Sie morgen nachmittag zu mir nach Richmond hinaus, Princess Road, Irawaddyvilla. Kommen Sie um vier; wir speisen um fünf. Dann kann ich Sie in Ruhe anhören. Adieu! Er war zur Türe hinaus und die Marmortreppe hinunter, ehe ich recht wußte, wie mir geschah. Die sechs Zeichner sahen mich einen Augenblick mißtrauisch an, klapperten dann noch heftiger mit Schienen und Winkeln auf ihren Reißbrettern und warfen mit der Behendigkeit von Verwandlungskünstlern ihre Geschäftsröcke ab. Als ich zur Türe hinausging, hörte ich einen zu den andern sagen: Das verdammte Narrenglück dieser Ausländer! Der Teufel soll sie holen! Wir haben seit drei Monaten nicht viel von ihm verspürt, Eyth? Wie?«

»Vom Teufel?« fragte ich, bereit, meinem Freund heftig zu widersprechen.

»Vom Glück!« erklärte er begütigend, so daß ich ihn fortfahren lassen konnte. »Nun aber kams wirklich und wahrhaftig in seiner ganzen Glorie, wenigstens auf einen Sommernachmittag. Es war ein prachtvoller Tag, und das Themsetal um Richmond herum ist ein Paradies, wenn die Sonne scheint. Diese Blumen und Sträucher, diese Gärten und Parke, diese vornehme Stille, dieser freudige Glanz, dieser Duft über allem, der den nächsten grünen Hügel zu einem Waldgebirge macht und den kleinen Fluß in der Ferne blitzen läßt, als sei's der stolzeste Strom des Kontinents. Ich hatte einige Mühe, Irawaddyvilla zu finden. Ein wundervoll gehaltener Garten, mit Bananen und Palmetten, Blutbuchen und weißem Flieder bestockt, führte zum Haus hinauf und auf der andern Seite nach der Themse hinunter. Das Haus war nicht groß, nicht allzu vornehm, aber behaglich und reich ausgestattet mit allem, was das Leben lebenswert macht. Wenn ich diesen verspeisten Hering ansehe, Eyth, welcher Gegensatz!«

Er ergriff den Glockenzug am Kamin.

»Frau Stevens, Sie können die Heringe wegnehmen! Lassen Sie das dritte Gedeck nur liegen; Herr Schindler muß in zwanzig Minuten hier sein.«

»Wo steckt er denn eigentlich? Derby ist keine bedeutende Fabrikstadt, soviel ich weiß,« bemerkte ich, indem ich mich nach englischem Brauch daranmachte, die kalte Hammelkeule meines Freundes zu zerlegen, die vor mir stand.

»Man soll nichts im Leben verachten!« rief Stoß zum zweitenmal. Er triefte heute von Lebensweisheit, vermutlich, weil er jetzt im Hanfsamen saß und wir armen Sperlinge noch nestlos auf den Hecken umherhüpften. Das gab ihm ein Recht, uns zu belehren. Dann fuhr er fort: »Meine mehrerwähnte Miß Plunder, die ich übrigens noch heute nicht gesehen habe, schrieb im gleichen Brief, in welchem sie meiner Mutter die Irawaddyvilla verriet, daß ihr Bruder mit großem Erfolg die maschinenmäßige Erziehung von kleinen Jungen in Derby betreibe, und daß dieses hervorragende Institut einen Lehrer der französischen Sprache suche. Du weißt doch, daß Schindler in Paris geboren ist?«

»Nicht möglich,« rief ich fast entsetzt. Ich kannte keinen Menschen, der urdeutscher aussah als der gute Schindler.

»Tatsache!« versicherte Stoß. »Sein Papa ist in jüngeren Jahren Prediger an einer deutsch-evangelischen Kirche oder Kapelle in Paris gewesen. Wie er dazu kam, wissen die Götter, die die deutschevangelische Kirche im modernen Babylon damals geleitet haben mögen. Auf dieser Grundlage weiterbauend, ließ der betörte Mann das Pfarrtöchterlein aus Westfalen kommen, das er seit fünfzehn Jahren treu geliebt hatte, und heiratete sie, wahrscheinlich auf dem Wege der Selbstkopulation. Du siehst, unser Schindler hat seine rührende Treue nicht gestohlen; er ist erblich belastet. Jedenfalls waren seine Eltern ein seltenes Pärchen in Paris. Auch dauerte es nicht lange. Kaum erblickte unser Freund das Licht der Welt, so schrie er unablässig nach seinem wahren Vaterland. Der bedrängte Vater erhielt endlich sein geordnetes Pfarramt in Thüringen; der kleine Schindler verließ in seinem siebenten Monat Paris und war von dieser Stunde an der zufriedenste Mensch auf Gottes Erdboden. Ich habe das alles von ihm selbst; es muß also wahr sein.«

»So erklärt es sich zur Not!« sagte ich, mich beruhigend.

»Seine Zufriedenheit hindert ihn jedoch nicht,« fuhr Stoß fort, »augenblicklich in einer wirklichen Notlage zu sein. Er hat nämlich seit einiger Zeit tatsächlich nicht mehr genügend Geld, um nach

Hause zu kommen, auch eine Folge der wahnwitzigen Sucht, in übereilter Weise eine Familie zu gründen. So viel könnten wir ihm vielleicht vorstrecken. Wenn einer seine Schulden bezahlt, so ist es Schindler. Eine sicherere Kapitalanlage wäre nicht zu finden, wenn wir einmal unter die Kapitalisten gehen, wozu du besonders veranlagt bist, Eyth. Also, geniere dich nicht. Inzwischen habe ich ihm verraten, was der Schulmeister in Derby sucht. Meine Londoner Erfolge haben ihn dermaßen aufgeregt, daß er heute früh hinfuhr.«

»Kann er Französisch?« fragte ich entrüstet. Der leichtfertige Ton, den Stoß anschlug, gefiel mir nicht. Die Sache war doch zu ernst für unsern guten Schindler.

»Ist er nicht in Paris geboren? Hat er nicht eine Braut in Thüringen? Die Liebe kann schließlich alles,« antwortete Stoß mit einem siegreichen Lächeln. »Aber unterbrich mich nicht fortwährend. ich komme jetzt zum interessanteren Teil meines Reiseberichts.

»Unter den Riesenblättern eines Bananenbusches empfing mich in dem Paradiesgarten, den ich nicht weiter schildern will, eine kleine Eva, die ich dir nicht schildern kann. Blaue Augen, goldene Haare, ein Wuchs wie eine Tanne in deinem Schwarzwald, ein Mund eine Nase ein Paar Ohren kurz, wie um aus der Haut zu fahren und ihr an den Hals zu fliegen. Du verstehst mich. Dabei nichts Gefährliches: zwölf oder dreizehn Jahre, das Alter, in dem sie bei uns völlig unmöglich sind. Ich mußte mich tüchtig zusammennehmen, als sie mich nach dem schattigsten Teil des Gartens führte, wo ihr Papa im Gras lag, so lang er war. Er befand sich in Hemdsärmeln; in seinem Bart hing etwas Heu; er war ein völlig andrer Mensch als der von der Westminsterstraße. Als er seinen Engel sagen hörte: Papa, hier ist der fremde Herr! drehte er den Kopf ein wenig, ohne sich zu erheben. Hallo, Herr Plunder, sagte er dann sehr ruhig, schön, daß Sie kommen. Legen Sie sich hierher. Wir können am besten so sprechen. Ich gehorchte, nicht ohne einige Verlegenheit, und blieb Herr Plunder für den Rest des Nachmittags. Der Empfang hatte etwas Ungewohntes, namentlich da Herr Bruce längere Zeit kein Wort mehr sagte und, wie mir schien, einzuschlafen drohte. Tiefe Stille herrschte ringsum. Bienen summten. Da und dort regte sich ein leises Rauschen in den Bäumen. Nur von der

Themse her, die sonnig durch, das Buschwerk blinkte, hörte man von Zeit zu Zeit einen fernen, fröhlichen Ruf.

›Wie gefällt Ihnen das?‹ begann er nach einer Zehnminutenpause. ›Sehen Sie, das ist der einzig wahre Genuß im Leben. Im Gras liegen, den blauen Himmel ansehen und ein Blatt oder zwei, die im Wege hängen. Ich kenne nichts Himmlischeres zwischen der Themse und dem Irawaddy.‹

Dann war er wieder still, fünf Minuten lang.

Doch nach und nach kam ein Gespräch in Gang. Er wollte wissen, woher ich komme, was ich getrieben habe, wie ich zu meinem Englisch gekommen sei. Ich erzählte ihm gewissenhaft, was ich davon wußte, sprach von den polytechnischen Schulen in Deutschland und begann von meinen Zeugnissen zu fabulieren, ich hatte sie natürlich in der Tasche und lag darauf.

›Der Kuckuck hole Ihre Zeugnisse!‹ rief er plötzlich lebhaft, zog eine goldene Bleifeder aus der Westentasche, griff nach einer der Zeitungen, die um ihn her im Grase lagen, schrieb nachdenklich etwas auf ihren Rand und reichte mir das Blatt. Lösen Sie mir das!

»Es waren zwei ziemlich harmlose Gleichungen zweiten Grades mit zwei Unbekannten, deren Lösung ohne Schwierigkeit auf dem Rest des Zeitungsrandes Platz fand. Jetzt erst setzte sich Herr Bruce auf, sah mich näher an und schien plötzlich zu energischer Tätigkeit zu erwachen. Es ist Zeit zum Ankleiden fürs Mittagessen, Herr Plunder, vielmehr Herr Stoß, sagte er im freundlichsten Tone. Sie haben keinen Frack hier?

›Ich hatte keine Ahnung, daß ich die Ehre haben würde‹ stotterte ich, nun ebenfalls aufstehend.

›Auch gut!‹ meinte Bruce. ›Missis Bruce wird Sie entschuldigen. Kommen Sie!‹

Wir holten ohne weitere Umstände Missis Bruce, die im benachbarten Gebüsch zwischen zwei Bäumen hing, aus ihrer Hängematte herunter. Nach einer Viertelstunde saßen wir unter der schattigen Veranda bei einem kleinen, einfachen, aber vortrefflichen Mittagsmahl. Bruce, der aufmerksamste Wirt, behandelte mich, als ob ich zehn Brücken für Indien zu vergeben hätte; Missis Bruce war liebenswürdig, wenn auch etwas zurückhaltend und erschöpft, von der Hängematte her; die zwei kleinen Miß Bruce waren dagegen um so lebhafter. Ich war ihnen als Deutscher hochinteressant, weil davon die Rede gewesen war, sie auf ein Jahr nach Bonn zu schicken. Sie wollten wissen, weshalb nicht alle Welt Englisch spreche, da ich es doch auch könne und es die einzige Sprache sei, in der man sich verstehe.

›Es wird schon kommen, Ellen!‹ meinte Bruce mit der Überzeugung des Engländers aus der Zeit Palmerstons.

›Also!‹ rief Miß Ellen. ›Warum soll ich dann nach Bonn? Wenn manchmal ein deutscher Herr zu uns herauskommt, so spricht er ganz ordentlich Englisch. Das genügt mir völlig, Papa. Maud, es ist nichts mit Bonn. Mama behält recht; wir bleiben, wo es am schönsten ist. Komm, spielen wir!‹

Die Mädchen ich kann dir sagen, Eyth, ein wahres Engelspärchen verliefen sich wieder im Garten, und die Mama folgte ihnen. Bruce und ich blieben beim Sherry sitzen, bis es Dämmerung und Zeit für mich wurde, an meinen Zug nach der Stadt zu denken. Er hatte mir ein zweites Problem vorgelegt: die Berechnung eines eigentümlichen Gitterbalkens unter einer Belastung an drei Punkten. Es schien etwas aus seiner Praxis zu sein, denn er sah das Ergebnis die Stärke der zu verwendenden Flacheisen lange schweigend an, schüttelte den Kopf, nickte wieder, sagte dann kurz: Das geht nach Kanada! und steckte das Papier in die Tasche. Dann begann er in der harmlosesten Weise von seinen Arbeiten zu erzählen, von Viadukten in Neuseeland, von Brücken in Bengalen, von einer riesigen Markthalle in Kalkutta. Die Welt schrumpfte zu einem Kügelchen zusammen, auf dem wir herumhüpften, bald mit dem Kopf, bald mit den Füßen nach oben, wie Fliegen auf einem Apfel. Und überall große Pläne, Arbeit in Menge und Ausblicke in die Zukunft, daß einem die Augen übergingen. Dabei blieb er so ruhig und kühl, als verstände sich alles von selbst, als brauchte er nicht vom Stuhl aufzustehen, um alle Weltteile zu übersehen. Ein andrer Horizont als in Karlsruhe, Eyth! Ich wunderte mich schließlich mehr über mich als über ihn, daß er mir das alles sagte und dabei nicht vergaß, mein Sherryglas zu füllen. Aber ich brauchte mich nicht zu beunruhigen. Er sprach mehr für sich als zu mir. Es war sein Sonntagnachmittagstraum. Schließlich begleitete er mich bis an das Gartentor, unter dem er plötzlich stehenblieb. Wie mit einem Ruck ging eine Veränderung in ihm vor. Das Traumgesicht verschwand, das Geschäftsgesicht kam zum Vorschein, bestimmt, scharf, mit einem leisen Zug von Ironie um den halb versteckten Mund. Dann sagte er:

›Ich brauche einen Rechner. Wann können Sie eintreten?‹

›Am Mittwoch, Herr Bruce!‹ sagte ich. Du kannst dir denken, wie mir zumute war.

›Gut! Bis Mittwoch also. Adieu!‹

›Und um es nicht zu vergessen!‹ – Stoß machte einen völlig mißlungenen Versuch, Gleichgültigkeit zu heucheln ›am Ende der Gartenmauer, an der mich der Weg zum Bahnhof hinführte, steht auf derselben ein mit Efeu völlig überwachsenes Gartenhäuschen, eine kleine eiserne Pagode, wenn man das Ding näher ansieht. Als ich, noch halb betäubt von der plötzlichen Wendung der Dinge, unter demselben weiterging, wurde von unsichtbaren Händen ein Korb voll Blumen auf mich herabgeschüttelt, so kunstvoll und energisch, daß mein Hut in einem Blumenregen davonrollte und das silberne Lachen von zwei Kinderstimmen das heißt ziemlich großen Kinderstimmen mich in keinem Zweifel ließ, wer mich in dieser lieblichsten Weise verabschiedet hatte. Das nennen sie hierzulande practical jokes. Sie sind eben praktisch, wo sie die Haut anrührt, diese Engländer!‹

Ich fand Stoß Begeisterung für seine Engländer mehr und mehr unbegreiflich, je öfter er auf den Blumenregen zurückkam, dem er sichtlich eine übertriebene Bedeutung beilegte. Doch hinderte ihn dies nicht, dem kommenden Ernst des Lebens fröhlich entgegenzugehen. Unser Tee war beendet. Wir rückten nach Landessitte an das offene Kamin, das statt des Feuers mit Papierschnitzeln zierlich gefüllt war, und begannen Vorbereitungen für das übliche Glas Brandy oder Whisky zu treffen, als sich Schindler, von seiner eigenen, neugierigen Witwe gefolgt, im Gange hören ließ. Wir empfingen ihn mit den gebührenden Freudenbezeigungen, um so mehr, als er der Ermutigung bedürftig schien. Rasch war die zweite Auflage des Tees und der dritte Hering zur Stelle. Da er versicherte, einen Wolfshunger mitgebracht zu haben, ließen wir ihn für den

Augenblick in Frieden, bis auch er seinen Stuhl ans Kamin schob und wehmütig den Zucker im dampfenden Glase umrührte.

»Nun, alter Freund!« rief Stoß, klopfte derb auf seine Schulter und steckte ihm eine Zigarre in den Mund. In seiner Freude konnte er Schindlers bekümmerte Miene nicht länger untätig ansehen. »Raff dich auf! Ists mißlungen?«

»Nein!« antwortete dieser, ohne Neigung zu zeigen, weiterzusprechen.

»Aber was der Kuckuck machst du dann ein Gesicht wie eine verwitwete Nachteule?«

»Weil es gelungen ist, Stoß, über alles Bitten und Verstehen gelungen,« rief Schindler mit plötzlich erwachender Heftigkeit. »Ich glaube, ich bin ein verlorener Mann!« Er sah in stummem Leid wieder in sein Brandyglas.

»Du hast doch auf dem Heimweg nicht etwa zuviel getrunken?« fragte ich teilnehmend.

»Ich wär's imstande, und, bei Gott, ich wäre berechtigt dazu!« antwortete er und leerte sein Glas mit einer komisch desperaten Bewegung, die er vielleicht zum erstenmal im Leben versucht hatte. Schindler war keine theatralisch angelegte Natur. Der Brandy aber tat ihm gut. Er wurde ruhiger und fühlte sich genügend gestärkt, um einen unzusammenhängenden Bericht seiner Abenteuer zu erstatten.

Um zehn Uhr war er in Derby angekommen und hatte ohne große Schwierigkeit Doktor Plunders berühmtes Knabeninstitut aufgefunden. Die Knaben schienen, in Derby wenigstens, berühmt genug zu sein. Ein altes, etwas zerfallen aussehendes Gebäude stand in einem ziemlich großen, von einer Mauer umgebenen Garten, der mannigfache Spuren jugendlicher Tätigkeit aufwies. Die eine Hälfte war in einen Spielplatz umgewandelt, auf dem etliche zwanzig gesunde, kräftig und nach Schindler boshaft aussehende Jungen mit furchtbarem Ernste und gelegentlich wildern Geschrei Kricket spielten. Als er über den Platz dem Haustor zu ging, traf ihn der Kricketball schmerzhaft an den Hinterkopf. Die Jungen waren hierüber in hohem Grade entrüstet, obwohl er, halb betäubt, sich zu entschuldigen suchte. Doch hatte der Zwischenfall auch sein Gutes.

Der Doktor erschien unter der Haustür, nahm ihn nicht allzu unfreundlich unter seinen Schutz und führte ihn in sein Studierzimmer.

»Das erinnert mich lebhaft an meinen Blumenregen, Schindler,« sagte Stoß träumerisch. »Wir scheinen beide Glücksvögel zu sein, jeder in seiner Art. Hat es dir auch den Hut vom Kopf geschlagen?«

»Hast du auch eine faustgroße Beule am Hinterkopf?« fragte Schindler etwas gereizt, ehe er fortfuhr. Der Doktor, ein riesiger Fettklumpen, wohlgeölt, würdig und wohlwollend, schien kein übler Mann zu sein. Er half dein neuen Kandidaten freundlich über den stotternden Anfang der Vorstellung weg. Dieser erzählte, wie er durch seinen Freund Stoß, dessen Mutter eine intime Freundin der verehrten Fräulein Schwester des Herrn Doktors sei, erfahren habe, daß das berühmte Institut eines neuen französischen Lehrers bedürfe. Er komme, um sich um diese Stelle zu bewerben.

»Sehr schön, sehr schön!« meinte der Direktor, der mit dem Blick eines weltkundigen Menschenkenners sofort bemerkte, daß er einen billigeren französischen Professor schwerlich gewinnen könne. »Sie haben wohl Zeugnisse, Papiere, Referenzen?« fragte er aber trotzdem mit würdiger Zurückhaltung.

»Zeugnisse – gewiß das heißt« stotterte Schindler und griff nach seiner wohlgefüllten Brusttasche. Seine Zeugnisse waren ja ausgezeichnet, berührten aber, wie ihm plötzlich schwer aufs Herz fiel, seine Leistungen im Französischen nicht im geringsten. Die wenigen auf seine sprachlichen Kenntnisse bezüglichen Papiere aus der Gymnasialzeit waren die einzig mittelmäßigen, die er besaß, und trotzdem hatte sie der ehrliche Mensch mitgenommen.

»Sie sehen, Herr Direktor,« sagte er mit dem Mut der Verzweiflung, ehe er diese entfaltete, »ich bin ein geborener Pariser, wie Ihnen hier mein Paß bestätigt. Und so ist es wohl nicht unerklärlich, daß ich keinen Wert auf Zeugnisse bezüglich meines Französischen legte.«

Dies war eine geschickte Lüge, wenn man berücksichtigt, daß es eine seiner ersten war. Der Gedanke an die ferne Braut hatte sie ihm abgerungen. Sie wirkte wie ein leichter, angenehmer elektrischer Schlag.

»Pariser! Ausgezeichnet! Ganz vortrefflich!« rief der Doktor. »Dies dürfte einen vortrefflichen Eindruck machen. Es ist mir leider selten gelungen, einen geborenen Franzosen dauernd an mein Institut zu fesseln. Einen geborenen Pariser könnte ich als Stern erster Größe bezeichnen. Lassen Sie Ihre Zeugnisse nur in der Tasche: ich bin völlig befriedigt, Mosiu Skindl!«

»Ich habe allerdings darauf aufmerksam zu machen,« stotterte Mosiu Skindl, dessen deutsches, in einem wackeren Pfarrhaus geschärftes Gewissen erwachte, »daß ich Paris schon ziemlich jung verließ.«

»Papperlapapp!« Woher der Doktor das Wort hatte, ist unbekannt, er hielt es für französisch »Sie sind noch jetzt ein junger Mann, Mosiu Skindl. Das geht uns nichts an. Ihr Paß ist nicht gefälscht, das sieht man Ihnen sofort an.«

»Aber ich kam jung, ganz jung nach Deutschland!« Schindler bestand eigensinnig darauf, sich zu erklären.

»Nach Deutschland!« rief der Doktor und machte die Gebärde des Fliegens, als ob er sich mit jugendlicher Leichtfertigkeit über all das wegzusetzen gedenke. »Um so besser! Darauf komme ich noch zurück. Das ist wirklich ein ganz wunderbares Zusammentreffen glücklicher Umstände. Was sind Ihre Bedingungen?«

Schindler war der bescheidenste Mensch der Welt. Trotzdem verdüsterte sich die Miene des Herrn Doktors ein wenig.

»Hm – hm!« machte er und rieb sich sein fettes, glattes Kinn heftig. »Ihrem Herrn Vorgänger hatte ich allerdings ein Drittel, ein volles Drittel weniger Gehalt zu bezahlen. Kost und Wohnung frei. Auch die Wäsche. Beachten Sie wohl, auch die Wäsche! Da scheint mir doch die von Ihnen genannte Summe etwas hoch.«

»War mein Herr Vorgänger auch geborener Pariser?« fragte Schindler, dem es an Galgenhumor nicht fehlte, wenn ihm das Wasser an die Kehle ging.

»Nein, das nicht,« gestand der Direktor; »wir konnten ihn in unsern Anzeigen nur als hervorragenden Franzosen anführen, wenn wir streng bei der Wahrheit bleiben wollten; und wir bleiben grundsätzlich bei der Wahrheit, Mosiu Skindl, schon der uns anvertrauten Jugend wegen. Er war von Schaffhus.«

»Aber Schaffhausen liegt nicht in Frankreich,« bemerkte der unerschütterliche Schindler.

»Nicht? Was Sie sagen!« rief der Doktor erstaunt. »Nun ja, wie dem auch sein möge: in andrer Beziehung war er um so mehr Franzose. Allzusehr! Ich mußte mich von ihm trennen, weil es sich nach kurzer Zeit herausstellte, daß zwei liebende Bräute aus Derby auf sein Herz Anspruch erhoben. Dazu ist Derby zu klein. Ich hoffe, Herr Skindler, daß Sie Grundsätze haben. Ich sehe auf die strengste Achtbarkeit, selbst bei meinem Professor der französischen Sprache.«

Schindler beruhigte ihn mit der Bemerkung, daß er eine heißgeliebte Braut in Deutschland zurückgelassen habe.

»Das ist mir lieb; lassen Sie sie nur zurück,« meinte der Doktor. »Und wissen Sie was: Geben Sie eine kleine Probelektion. Das genügt und ist mir mehr wert als alle Zeugnisse. Ich werde mir erlauben, anwesend zu sein, und danach das Gehalt zu bestimmen, das ich Ihnen auszusetzen berechtigt bin.«

Er öffnete ohne weitere Umstände das Fenster und brüllte mit der Stimme eines Posaunenengels über den Spielplatz: »Die jungen Gentlemen der ersten Klasse sofort antreten! Französische Lektion!« Schindler trocknete sich die Schweißtropfen von der Stirn, während das wilde Heer über die Treppen tobte und durch donnerähnliches Zuschlagen von Türen andeutete, daß sich die jungen Gentlemen, tiefgekränkt durch die Unterbrechung ihres Spiels, versammelten. Nachdem etwas Ruhe eingetreten war, betrat der Doktor, von Schindler gefolgt, das Schulzimmer. Der letztere hing den Kopf wie ein Opferlamm, das zur Schlachtbank geschleppt wird. Er hätte der hoffnungsvollen Jugend lieber auf dem Kricketplatz noch zehnmal zur Zielscheibe gedient.

Die Klasse bestand aus zehn großen, kräftigen Burschen von fünfzehn bis sechzehn Jahren, mit roten, blühenden Gesichtern, alle noch keuchend von den Anstrengungen des Spiels. Der Doktor gab Schindler ein Buch in die Hand und sagte feierlich: »Die jungen

Herren lesen die schwierigeren Kapitel von Fénelons Telemach. Wollen Sie anfangen lassen?«

Schindler raffte sich auf. »Bitte,« stotterte er, das Buch aufs Geratewohl aufschlagend, »lesen Sie auf Seite 27 den ersten Abschnitt.«

Ein langer Junge begann mit durchdringender Stimme siegesbewußt:

»Gwand onk ä diu köratsch, onk weint äbaut diu taut.«

Der Doktor nickte befriedigt. Schindler fühlte sich gerettet: hier konnte er noch wirken. Er machte darauf aufmerksam, daß man neuerdings zu Paris nicht »Gwand«, sondern »quand«, nicht »Korätsch«, sondern »courage« zu sagen pflege, was die Jungen mit skeptischem Lächeln hinnahmen, dem Doktor aber ein zweites Nicken der Billigung entlockte. »Auch die Aussprache von on in der Form von onk ist nicht ganz richtig,« fuhr der neue Professor fort, »obgleich ich weiß, daß Engländer, die Frankreich häufig bereisen, Didonk, garsonk! statt Dites donc, garçon zu sagen vorziehen. Man sagt on, donc, garçon. Überhaupt wird das Französische mehr mit der Nase gesprochen. Sie müssen sich diese Eigentümlichkeit anzueignen suchen, meine Herren.« Diese Bemerkung wurde mit großem Beifall aufgenommen. Auf der zweiten und dritten Bank wurden sofort eigentümliche, kaum menschliche Laute hörbar und entsetzliche Grimassen geschnitten, um dem Wunsch des Herrn Professors wenigstens versuchsweise entgegenzukommen. Die Lektion dauerte eine Viertelstunde, in deren Verlauf der ermutigende Satz von allen Seiten beleuchtet und schließlich von den Schülern so ausgesprochen wurde, daß man ihn fast verstehen konnte. Befriedigt klappte der Direktor sein Buch zu. Selbst er hatte viel gelernt.

»Eine schöne Wahrheit, eine große Wahrheit, Herr Skindler,« rief er. »Quand on a du courage, on vient à bout du tout! Sehr wahr, sehr wahr! Ihr könnt weiterspielen, Jungen!« Das wilde Heer stürmte hinaus. Es war ein erhebendes Gefühl, durch das offene Fenster vom Spielplatz her zwischen den Schlägen der Kricketbats den lauten Ruf: »Quand on a du courage!« zu hören.

»Ich bin zufrieden, ich bin sehr zufrieden,« sagte der Doktor lauschend. »Sie scheinen ein geborener Lehrer zu sein, Herr Skindler.

Nur auf eins möchte ich Sie aufmerksam machen. Alle Franzosen, die den Sprachunterricht in meinem Institut leiteten gütiger Himmel, ich hatte schon über ein Dutzend!, auch der von Schaffhus, machten, wenn sie im Schulzimmer auf und ab gingen, ganz kleine, zierliche Schritte. Ganz kleine, zierliche Schritte, Herr Skindler! Sehen Sie, so.«

Der fette Koloß gab eine Vorstellung.

»Daran erkennen wir den wahren Franzosen sofort – Sie, Herr Skindler – ich bedaure, es sagen zu müssen, machen ganz unförmliche, riesig lange Schritte. Sie haben sich dieselben wahrscheinlich in Deutschland angewöhnt. Dies erregt Zweifel. Man kann nicht jedermann und fortwährend Ihren Paß vorzeigen. Wollen Sie die Güte haben, sich im Interesse des Instituts eines weniger ausschreitenden, eines zierlicheren Ganges zu befleißigen. Vielleicht wären Gamaschen zu empfehlen. Bitte, versuchen Sie es doch. Sehen Sie, so! Ganz kleine, zierliche Schritte! Bravo, bravo! Noch kleiner, bitte!«

Der Doktor marschierte mit Schindler im Schulzimmer auf und ab, bis letzterer den »französischen Schritt« zur Zufriedenheit des ersteren ausführte. Tief in Schindlers Seele schlummerte der schmerzstillende deutsche Humor. Der regte sich zum Glück. Sonst hätte er diese Szene vielleicht nicht überlebt.

»Und noch etwas,« sagte der Doktor, dem Schindler seinen Lebenslauf nunmehr in aller Ausführlichkeit mitgeteilt hatte, in flüsternder Vertraulichkeit: »Sie sind also eigentlich ein Deutscher. Ich danke Ihnen für Ihr offenes Geständnis. Es macht Ihrem Charakter Ehre. Ich mache Sie aber darauf aufmerksam, daß dies niemand zu wissen braucht außer uns. Als Deutscher sind Sie musikalisch.«

Schindler wollte lebhaften Widerspruch erheben. Seit Paris habe er nicht mehr musiziert.

»Keine Einrede! Ich kenne Ihre Bescheidenheit. Sie sind musikalisch. Ich bezahle Ihnen das von Ihnen verlangte Gehalt. Sie übernehmen aber hierfür dreimal wöchentlich den Gesangsunterricht in meinem Institut. Haben Sie nicht vielleicht zwei Namen?«

Schindler sah seinen neuen Herrn entsetzt an.

»Mehrere Ihrer Herren Vorgänger hatten zwei Namen,« fuhr der Doktor nachdenklich fort. »Es wäre sehr hübsch, wenn wir Sie für den Gesangsunterricht als Herrn Schindler und für den Sprachunterricht als Mosiu Petischoos annoncieren könnten. Wir sollten zwei Namen haben, um Mißverständnisse zu vermeiden. Darüber will ich doch ernstlich nachdenken. Alles übrige ist abgemacht, mein lieber Mosiu Skindler. Wann können Sie eintreten?«

»Er schüttelte mir die Hand so heftig, daß ich nichts mehr sagen konnte,« schloß unser Freund, und aufs neue lagerte sich eine schwere Wolke auf seinen sonst so zufriedenen, wenn auch nicht strahlenden Gesichtszügen. »Von heute an bin ich Professor des Gesanges und der französischen Sprache zu Derby. Ich ließe mirs ja gefallen. Die Geschichte hilft mir aus der augenblicklichen Not; wer weiß, zu was sie sonst gut ist. Wenn ich nur God save the Queen von einem Choral unterscheiden könnte!«

»Man sieht, wie dein glücklicher Instinkt dir beisteht,« bemerkte ich ermutigend. »God save the Queen war ursprünglich ein Choral. Erst neuerdings, seit einem Jahrhundert ungefähr, ist er etwas entartet. Du kannst dies in der ersten Musikstunde verwerten.«

»Quand on a du courage!« rief Stoß, die Gläser wieder füllend, und wollte in seiner chronisch gewordenen Herzensfreude ein Hoch auf den neuen französischen Musiklehrer ausbringen. Da erschien durch die vorsichtig geöffnete Türspalte der Kopf von Missis Matthews, meiner Wirtin. Sie brachte einen Brief, der mit der Abendpost angekommen sei, und da ich vielleicht spät nach Hause kommen würde, habe sie gedacht dann verschwand der Kopf wieder.

»Was wird es sein?« brummte ich. »Die Damen werden nachgerade alle aufmerksam. Die Epistel hätte sicherlich bis morgen warten können!« Gleichgültig riß ich den Umschlag auf; dann aber griff auch ich nach meinem Glas.

»Hipp hipp hurra!« war zunächst alles, was ich meinen Freunden mitteilte.

Der Brief war von John Fowler in Leeds, kurz und bündig wie alle Briefe Fowlers, deren Form und Wert ich allerdings erst später besser kennenlernen sollte. Er lautete:

»Lieber Herr Eyth!

Mein Freund Taylor in London erinnert mich an Sie. Wenn Sie Lust haben, in meine soeben in Gang kommende Maschinenfabrik einzutreten, so finden Sie einen Schraubstock. Sobald sich Gelegenheit bietet, sollten Sie dampfpflügen lernen, wofür ich sorgen werde. Das weitere muß sich finden. Ich glaube an die Zukunft der Sache. Für den Anfang biete ich Ihnen dreißig Schilling die Woche. Damit können Sie leben, was Ihnen vorläufig genügen sollte.

Freundlich grüßend Ihr ergebener Fowler.«

»Hipp hipp hurra!« riefen die zwei andern. Bei näherer Betrachtung mußte ich zwar zugeben, daß nicht alles glänzt, was Gold ist. Ein Schraubstock im Vordergrund und ein Pflug am Horizont, brrr! Aber es war ein Anfang auf diesem Kreideboden, dessen unerwartete Härte wir seit drei Monaten kennengelernt hatten; ein Ende des bangen, müßigen, erschöpfenden Wanderns von Fabrik zu Fabrik, mit der Hoffnung im Herzen, die in den letzten Zügen lag und nicht sterben wollte. Es war eine Erlösung.

Die Bewegung ergriff das ganze kleine Haus in verschiedener Weise. Wir brauten das letzte Glas Punsch ziemlich stark. Jeder Grund, die Brandyflasche und die Zuckerdose zu schonen, war verschwunden. Wir stießen die Gläser zusammen, was in der Grünheustraße einen völlig ungewohnten Klang gibt und unsre Hausfrauen erschreckte. Wir begannen deutsche Lieder zu singen: »Muß i denn, muß i denn zum Städtele naus.« Manchester ein Städtele! »Morgen muß ich fort von hier« und »Wohlauf, noch getrunken«. Der neue Musiklehrer brachte all die drei herrlichen Abschiedslieder in einer ergreifenden Mischung zur Geltung, ohne es zu ahnen. Bedauerlicherweise war ich der Lauteste. ich wollte die Grünheustraße nie vergessen, schon weil ich hier fast drei Monate lang schwer gelitten hatte, was mir jetzt erst ganz klar wurde; aber ich wollte hinaus, so schnell als möglich, noch vor den andern! Wohlauf, noch getrunken!

In der Küche standen unsre drei Wirtinnen beisammen und lauschten. Sie ahnten, was der Lärm zu bedeuten hatte. In gewöhnlichen Zeiten liebten sie sich nicht. Missis Matthews rümpfte die Nase über Missis Stevens, und Missis Stevens verachtete Missis

Wilson, Schindlers Hausfrau, die dem Schustergewerbe entstammte; Missis Wilson aber beklagte die Hoffart und unverbesserliche Weltlichkeit der beiden andern. Allein das gemeinsame Unglück, das sie an einem Tage betroffen hatte, schmolz die dünne Rinde dieser drei Herzen. Missis Stevens holte das Material zu einem kleinen Sonderpunsch herbei, und als Missis Wilson bei dem Gedanken, den stillen, freundlichen Schindler zu verlieren, die erste Träne vergoß, war auch bei den andern kein Halten mehr. Stoß, der zu ziemlich später Stunde nach der Küche ging, um womöglich noch etwas heißes Wasser zu bekommen, denn Schindler wollte zum Schluß unsre glänzende, wenn auch nebelhafte Zukunft in einer größeren Rede verherrlichen, fand alle drei schluchzend um das erloschene Küchenfeuer sitzen. Es soll dies in der Grünheustraße nie zuvor gesehen worden sein, sonst würde ich es nicht erwähnen.

Wir wollten uns am nächsten Morgen nicht mehr begegnen. Es war schöner, heute abzuschließen. Stoß und ich begleiteten den wackeren Schindler, der uns zum erstenmal tief in seine treue Seele hatte blicken lassen, während er die Photographie seines Gretchens ans Herz drückte, nicht ohne einige Schwierigkeit nach Hause. Noch aus seinem Schlafzimmer rief er uns mit vor Rührung zitternder Stimme zu: »Quand on a du courage, on vient à bout du tout.«

Dann begleitete ich Stoß heim. Wir wollten uns häufig schreiben und auch im Glück nie verlassen. So trennten wir uns. Vor meiner Haustüre machte ich die merkwürdige Entdeckung, daß auch sie von der allgemeinen Bewegung ergriffen war und sich heute das Schlüsselloch auf der linken statt, wie sonst immer, auf der rechten Torseite befand. Oder sollte sich die sonst so ruhige Straße gedreht haben? Aber es kümmerte mich wenig. Die schönen Verse Uhlands gingen mir wie ein fern verklingender Abschiedsgruß immer und immer wieder durch den Kopf: »Wann treffen wir uns, Brüder, in einem Schifflein wieder?«

Auf dem Kahlenberg

Zwölf Jahre waren seitdem vergangen. Die Wellen des Lebens hatten die drei Brüder aus der Grünheustraße wunderlich genug hin und her geworfen. Seit langer Zeit hatte keiner von uns auch nur daran gedacht, mit den andern jemals wieder »in einem Schifflein« zusammenzutreffen.

Ich befand mich auf kurze Zeit nicht allzu fern von der alten Heimat an der blauen Donau. Es war am Tage nach dem Schluß der Wiener Weltausstellung mit ihrem Glanz und ihrem Jammer. Mit ihrem Glanz war es gründlich zu Ende; von ihrem Jammer war noch einiges durchzukosten, und die Sache begann mit Pünktlichkeit und Energie; Eigenschaften, welche im Laufe der letzten sechs Monate gelegentlich vermißt wurden. Gewiß, vieles ließ sich mit der weltberühmten und rührend geliebten Gemütlichkeit der schönen Kaiserstadt entschuldigen; aber auch diese hatte im Laufe des Jahres schwer gelitten. Das mit so lauten Posaunenstößen eingeleitete Ausstellungsunternehmen hatte sich zwischen der Cholera und dem großen Finanzkrach stöhnend durchgerungen. Die Meistbeteiligten fingen an, sich im Prater aufzuhängen und in die Donau zu springen. Es war zu viel für das weiche, fröhliche österreichische Gemüt geworden. Die Bewegung wurde epidemisch.

Ich selbst, obgleich von Natur nicht allzu weich veranlagt, glaubte an jenem Morgen mich derselben anschließen zu müssen; neun Monate in dieser Atmosphäre waren auch für mich nicht ohne Wirkung geblieben. Die hohen Behörden der Weltausstellung hatten schon vor vierzehn Tagen verfügt, daß nach Schluß derselben, am 1. Oktober, kein Arbeiter die geheiligten Hallen betreten sollte, der nicht eine zu diesem Zweck auszugebende Arbeiterkarte neuester Form besaß. Seitdem besuchte ich von Zeit zu Zeit die eleganten Geschäftszimmer der Verwaltung, um meine zwölf Karten zu holen, denn mit dem letzten Schlag der ornamentalen Hauptuhr unter der »Rotunde« wollte ich mit fieberhafter Zerstörungswut Fowlers Pavillon, den ich vergebens zu verkaufen gesucht hatte, zusammenreißen und meine Dampfpflüge in Sicherheit bringen. Dort lächelten mich die müden Unterbeamten verständnislos an und versicherten glaubwürdig, nachdem sie mein Begehren erfaßt hatten, daß sie von solchen Karten nichts wüßten. Und doch hatte ich recht. Am frühen

Morgen nach dem klanglosen Schluß des imposanten »Festes der Arbeit« standen Hunderte von Ausstellern, jeder mit zwei bis zwölf tatendurstigen Arbeitern hinter sich, vor den verschlossenen Toren, welche die schwarzgelbe Schutzmannschaft mit seltener Pflichttreue verteidigte, und schrien in allen Sprachen der Welt nach ihren Arbeiterkarten. Das Murren der Menge schwoll gegen zehn Uhr zum brausenden Sturm, während in den gewaltigen Räumen des Innern zum erstenmal, seitdem sie aus dem Boden gestiegen waren, feierliche Stille und Ruhe herrschten. Manchmal erschien der Kopf eines möglichst niederen Beamten durch die Spalte einer Seitentüre, beteuerte seine Unschuld und versicherte den Nächststehenden mit erschrockener Miene, daß die Karten wirklich noch nicht gedruckt seien. Man erwarte aber ganz bestimmt gegen Nachmittag die erste Sendung. Um zwölf Uhr verlief sich die tobende Volksmenge, um einen wohlverdienten freien Nachmittag zu genießen, nachdem man sich den Vormittag mit nutzlosem Ärger und unvernünftiger Aufregung verdorben hatte.

So kam auch ich zu ein paar freien Stunden und wanderte aus dem Gewühl der vielgeprüften Weltstadt hinaus nach dem Kahlenberg. Selbst die neueröffnete Drahtseilbahn lockte mich nicht, so müde war ich aller Triumphe des menschlichen Geistes über die Hindernisse der Natur. Mit einem alten Stellwagen fuhr ich nach Nußdorf, um zu Fuß durch die stillen, halbentlaubten Wälder mein Ziel zu erreichen. Wie ich aufatmete, als ich endlich nur noch das Rascheln des fallenden Laubes um mich hörte! Man muß eine Weltausstellung vom erhebenden Anfang bis zum bitteren Schluß mitgemacht haben, um zu verstehen, wie wohl mirs dabei wurde.

Es war ein prächtiger Spätherbsttag; schon etwas frisch, trotz der Sonne, die auf den goldgelben und rotbunten Bergen spielte; ein Tag, so recht, um wieder Mensch zu werden. Die Wirtschaft auf dem Gipfel des Kahlenbergs war deshalb ziemlich leer. Auch hier wehte es schon herbstlich über die halbgestürzten Tischchen. Aber der Blick hinunter und hinaus bot noch die volle Schönheit des scheidenden Jahres. Ich ließ mir ein Glas Wein auf den nächsten Tisch stellen, lehnte mich auf das Geländer der Veranda und genoß, was zu genießen war.

Links drüben der Leopoldsberg, noch in voller Pracht des bunten Herbstlaubes mit seinem einfachen, klösterlichen Kirchlein, rechts, im gleichen Schmuck, die Ausläufer des Wiener Waldes mit ihren Höhen und Schluchten. lief unter mir am Fuß des Berges die mächtige Donau, die sich von hier in zahllosen Wasserrinnen durch ein Gewirr von noch grünen Weidenwäldern schlängelt, das bereits die stattliche Linie der Regulierungsarbeiten durchbrach, die heute den Strom in imposanter Breite an der Kaiserstadt vorüberführen. Diese selbst mit ihren Palästen und Kirchen, ihren Kasernen und Fabriken liegt in duftiger Ferne, aus der zwei Bauwerke deutlich erkennbar herausragen: der altersgraue Stephansturm und weiter hinten im Rotblau des Praters die Rotunde unsrer Ausstellung. Noch weiter hinaus, fast verschwindend im bläulichen Dunst des Herbsttages, dehnt sich die Donauebene nach Norden über das Marchfeld, nach Osten gegen Ungarn, dessen Berge um Preßburg geheimnisvoll herüberdämmern. Dort fängt es schon an, etwas orientalisch zu kriseln, und so viel ich seit einem Jahrzehnt Häßliches und Elendes vom Orient gesehen hatte, es zog mich in träumerischen Augenblicken noch immer nach Osten; ich wußte mir selbst nie zu erklären, weshalb.

Ich ließ meinen wachen Träumen freien Lauf und freute mich der Bergluft, die ich in unserem »Industriepalast« dort unten so lange und schmerzlich vermißt hatte. Selbst die Drahtseilbahn, deren kleine Endstation unter mir halbversteckt im Gebüsch lag und die von Zeit zu Zeit mit widerwärtigem Schnurren und Schnarren einen leeren Wagen heraufschleppte, vermochte mich nicht zu stören. Da geschah etwas Außerordentliches, das allerdings wohl jedem Menschen ein paarmal im Leben passiert, jeden aber aufs neue mit demselben Staunen, fast mit einem kleinen Schauder erfüllt: es ist und bleibt so völlig unerklärlich.

Meine Gedanken verloren sich nach rückwärts. Eigentlich hatte ich es, räumlich wenigstens, herrlich weit gebracht; bis hierher auf den Kahlenberg, vom Mokattam in Ägypten und den russischen Steppen und den Sumpflandschaften von Louisiana gar nicht zu reden. Was man in zwölf Jahren nicht alles erleben konnte! Wenn ich an die Grünheustraße zurückdenke und an Schindler und Stoß! An Stoß dachte ich ganz besonders, vielleicht seit Jahren zum erstenmal wieder. Ich wußte nur, daß er sich eine schöne Stellung in

England errungen hatte, die man als glänzend bezeichnen konnte, wenn sie mit unserm damaligen Maßstab gemessen wurde. Vor ein paar Jahren schon hatte er einen Vortrag über Brückenkonstruktionen vor der Englischen Gesellschaft der Zivilingenieure zu London gehalten, der durch alle technischen Zeitungen lief. Damals stand er noch mit seinem großen Brückenmann Mr. W. Bruce in Verbindung, der kürzlich geadelt worden war und nunmehr als »Sir« William glänzte. Seitdem hatte ich ihn völlig aus dem Gesicht verloren, jetzt aber kam er mir wieder lebhaft in den Sinn, vielleicht weil mir einfiel, daß er eigentlich Österreicher war und seine Kinderjahre dort unten in dem dunstigen Wien verlebt hatte, von dem er in der Grünheustraße mit warmer Anhänglichkeit sprach, obgleich er es kaum kennengelernt haben konnte. So weit war ich mit meinen Träumen gekommen, als wieder ein Eisenbahnwagen sausend heraufgestiegen kam und diesmal zwei Insassen mitbrachte, einen Herrn und eine Dame. Ich richtete gleichgültig mein Feldglas auf das Paar, denn ich konnte die Aussteigestelle gerade zwischen zwei Baumwipfeln hindurch sehen. Donner und Doria! Es war ein älterer Bruder von Stoß, wenn es Stoß nicht selbst war. Nein, es war kein älterer Bruder; so ähnlich sehen sich. auch Brüder nicht: es war Stoß selbst nur, gleich mir, etwas älter. Ich schrie ihm zu.

Die Veranda auf dem Kahlenberg war wohl noch nie Zeuge eines stürmischeren, fröhlicheren Wiedersehens gewesen. Kein Wunder, daß wir aufgeregt waren, weil es ihm völlig unerwartet kam, ich, weil ich versichern konnte, daß ich seit einer Viertelstunde fast sehnsüchtig an ihn gedacht habe, was er für einen infamen Schwindel erklärte. Es geht mir meist so, wenn ich den Leuten die Wahrheit sage. Dann stellte er mich seiner Frau vor, einer reizenden, großen schlanken jungen Dame mit dunkelblauen Augen, die fast nicht von ihrem Harold losließen, und einem goldenen Haar, das alles sonnige Gold der herbstlichen Wälder um uns her erbleichen ließ. Sie waren erst seit vier Tagen auf der Reise. Stoß wollte seiner Ellen auf dem Wege nach Venedig und Florenz seine eigentliche Vaterstadt zeigen. »Du erinnerst dich des Blumenregens am letzten Abend in der Grünheustraße!« erklärte er lachend, als er bemerkte, wie ich sein junges Glück anstaunte. Ich konnte mich für den Augenblick irgendwelchen Blumenregens in ganz Manchester nicht entsinnen. Die liebliche junge Frau war rascher als ich, schlug ihrem

Harold mit dem Sonnenschirm sanft auf den Kopf und errötete. Nun ging auch mir ein Licht auf.

»Miß Bruce!« rief ich, während wir uns die Hände schüttelten. »Das war ich!« sagte sie und wurde noch etwas röter.

Von dieser Stunde an sind wir gute Freunde geblieben. Sie schien nach wenigen Minuten anzunehmen, daß ich zur Familie gehöre, und plauderte drauflos, als ob es für den Freund ihres Harold keine Geheimnisse gäbe. Dieser war seit zwölf Jahren sehr viel männlicher, manchmal schien mirs, mit einem solchen Sonnenkind an der Seite allzu ernst geworden. Wer weiß: vielleicht kam ich ihm auch so vor. Man mußte sich wieder ein wenig zusammengewöhnen.

Zunächst wurde die Gegend betrachtet. Stoß erklärte seiner Frau eifrig, was vor uns lag. »Ganz wie vor fünfundzwanzig Jahren«, meinte er, »als ich mir all dies von meiner Mutter zeigen ließ: die Donau, die Stadt, das Kloster dort drüben, der Stephansturm, die waldigen Hügel, die Weinberge bis Nußdorf hinunter. Es tut doch wohl, Eyth, nach dem Rauch und Ruß unsrer neuen Heimat!«

Ich nickte. Frau Stoß griff nach dem Sonnenschirm, um ihr Vaterland zu verteidigen.

»Nur eins ist neu und nicht übermäßig schön,« fuhr er fort: »Euer Palast dort unten und der umgekehrte Blechtrichter, der die famose Rotunde krönt.«

!Wissen Sie, wo er herkommt, Frau Stoß?« fragte ich.

»Er ist doch wohl hier zusammengenietet worden?« meinte sie lächelnd.

»Ja; aber der Gedanke, der Entwurf kommt aus unsrer neuen Heimat, wie sie Harold nennt. Ein Engländer steckt dahinter. Sieht man's ihm nicht ein wenig an: so geradlinig, so furchtbar praktisch.«

Jetzt wurde der Sonnenschirm gegen mich mobil gemacht. Es tut mir noch heute weh, wenn ich an diese fröhliche Stunde zurückdenke, in der keins von uns auch nur ahnte, was später kommen sollte.

»Sie ist wirklich nicht ganz uninteressant, die Geschichte dieses Trichters, wenn deine verehrte Gemahlin technische Geschichten ertragen kann,« sagte ich zu Stoß, während er die Kuppel mit ihren konzentrischen Ringen und radialen Rippen durch sein Opernglas betrachtete.

»Das kann sie!« rief der Gemahl mit einer plötzlichen Aufwallung von Wärme. »Sie stammt aus der Zunft und könnte sich morgen als Zivilingenieur niederlassen.«

»Es kam so,« erzählte ich: »Der Plan für das Ausstellungsgebäude stand im allgemeinen fest: die riesige Haupthalle mit ihren Querbauten wie die Rippen eines Walfisches; doch fehlte dem Ganzen ein eigentlicher Mittelbau. Die Österreicher haben Geschmack, das muß man ihnen lassen. Sie fühlten, daß die Sache so zu einförmig aussehen würde, wußten aber nicht, wie dem abzuhelfen wäre. Da kam Scott Russel, der bekannte Zivilingenieur, auf einer Geschäftsreise durch Wien und saß bei einem kleinen Festmahl zu Ehren der kommenden Ausstellung dem künftigen Ausstellungsautokraten, Herrn von Schwarz-Senborn, gegenüber. Man sprach von der Schwierigkeit. An einen großen Kuppelbau hatte man wohl schon gedacht; aber wie sollte ein solches Werk von der erforderlichen Größe ausgeführt werden, ohne Millionen zu verschlingen, an denen kein Oberfluß war? Während des Gesprächs nahm Scott Russel den papierenen Lichtschirm von der benachbarten Lampe, stellte ihn auf den Tisch und sagte: So! Es war ein gewaltig großer Lichtschirm und hatte nur eine Papierdicke. Trotzdem war er steif und fest, wovon sich Herr von Schwarz und die ganze Tafelrunde eigenhändig mit allen fünf Fingern und nicht ohne Staunen, denn sie hatten es ja eigentlich schon vorher gewußt, überzeugten. Das, erklärte Scott, macht die kreisförmige Form in der einen, die radiale in der andern Richtung. Man muß nur zu beobachten wissen, lieber Herr Schwarz! Sehen Sie sich ein Ei an. Es hat keine Rippen und eine papierdünne Schale und hält alles mögliche aus. Für Schwarz stand jetzt das Ei des Kolumbus auf dem Tisch. Am folgenden Tag hatte Scott Russel den Auftrag in der Tasche, das Ausstellungsgebäude durch seine Idee zu krönen, und machte sich an die Arbeit.«

»Es sind eben doch geniale Kerle, Eyth; das müssen wir zugeben!« meinte Stoß nachdenklich.

»Sie sehen die Welt noch mit natürlichen Augen an,« sagte ich, meine Brille abreibend, um selbst die Rotunde, von der ich erzählte, besser sehen zu können. »Zum Glück für uns ist die Geschichte noch nicht ganz zu Ende. Scott Russel arbeitete seine Pläne aus; Harkort in Düsseldorf wurde mit der Ausführung beauftragt. Die deutschen Ingenieure fingen an zu rechnen und bewiesen, daß die bloße geradlinige Eierschale unmöglich stehen könne. Es gab furchtbare Diskussionen. Die Deutschen warfen dem Engländer mit Erfolg meterlange Formeln an den Kopf. Schließlich wurden auch Schwarz und seine Leute besorgt. Man stritt sich um Festigkeitstheorien, die seit den ersten Tagen des Weltbaues schon auf Klärung warten, obgleich der Globus noch heute zusammenhält.«

»Das kenne ich,« unterbrach mich Stoß lebhaft. »Du glaubst, du habest alles klipp und klar aus deinen Formeln herausgearbeitet, und mit einemmal merkst du, daß das Ganze auf einem kleinen Irrtum aufgebaut ist und alles unter dir zusammenbricht. Die Annahme der Lage der neutralen Faser in einem brechenden Balken zum Beispiel«

»Bitte, Harold,« fiel seine Frau ein, »laß deine neutrale Faser heute ruhen. Sie wissen nicht, Herr Eyth, wie uns die neutrale Faser seit Jahren das Herz schwer macht. Er hat eine neue Theorie hierüber, die ihn Tag und Nacht umtreibt. Namentlich nachts!«

Harold küßte seine Frau lachend. Vor einem Engländer hätte sie diesen Beweis jungen ehelichen Glücks nicht geduldet. Einem Fremden, einem foreigner, gegenüber, den sie nicht mit feindlichen Augen betrachtet, hat eine unverdorbene insulare Engländerin die Empfindung der Römerin gegen den szythischen Sklaven. Es ist ärgerlich, aber nicht zu ändern. Stoß ließ mich fortfahren.

»Das Ende vom Lied war, daß Harkort die radialen sowohl als die kreisförmigen Rippen aufsetzen durfte, und zwar äußerlich, wie du sie jetzt siehst. Im Innern war kein Raum und andre Schwierigkeiten, schön sind sie nicht, aber es war ein wahres Glück für Scott Russel und für alles, was unter der Kuppel steht. Selbst zwischen den Rippen bogen sich die Bleche ein wenig durch. Ohne dieselben, hätte das brillante Dach die ganze Ausstellung wahrscheinlich in ganz andrer Weise zugedeckt, als beabsichtigt war. Das hinderte aber Mr. Scott Russel keineswegs, beim Prämiierungsfestdiner, wo er unserm Krupp gegenübersaß, dem Kanonenkönig auf die Schulter zu klopfen und ihm mit freundlicher Herablassung zu sagen:

wir sind ohne Zweifel die hervorragendsten Kollegen an der Tafel: Sie bauen die größten Geschütze in der Welt, ich habe die größte Kuppel gebaut.«

»Und wissen Sie, Herr Eyth,« rief Frau Stoß lebhaft, ohne Zeit zu finden, ihr feines Näschen zu rümpfen, wozu sie meine Geschichte sichtlich reizte, »wissen Sie, daß Harold die größte Brücke baut?«

»An der größten Brücke!« verbesserte ihr Gatte, und wieder über flog seine hübschen Züge ein eigentümlicher Schatten, den ich schon zum drittenmal bemerkte. »Du weißt, es wird ernst mit der Ennobucht. Es hat lange genug gebraucht.«

»Papa verlor fast die Geduld,« berichtete Frau Stoß eifrig; sie war sichtlich auf diesem Gebiete zu Hause. »Er hätte sie ganz verloren. Er hat so viel andres zu tun, das ihn nicht weniger interessierte. Aber Harold hielt aus und zeichnete und plante und rechnete, bis es heraus war.«

»Eins habe ich jedenfalls herausgerechnet,« bestätigte Stoß, »und es kostete fast ebensoviel Geduld und Sorgen dich!«

»Unsinn!« lachte seine Frau. »Ich will's lieber gleich gestehen; du sagst es deinem Freund doch, wenn ihr allein seid: ich war nicht schwer auszurechnen. Seit dem Nachmittag, an dem Harold zum erstenmal nach Richmond kam, wußte ich, was herauskommen mußte. Es war nur noch eine Zeitfrage, so etwa wie die: wann holt der große Uhrenzeiger den kleinen wieder ein, wenn sie einmal aneinander vorübergegangen sind. Können Sie das ausrechnen, Herr Eyth? Ganz leicht ist es nicht, denn stillstehen darf der kleine nicht, anstandshalber.«

Es war ein reizendes Frauchen für einen Ingenieur! Ich fing an, in meiner platonischen Art verliebt zu werden, und mußte mich zusammennehmen, besonders da Harold wie abwesend in die Ferne starrte.

»Sehen Sie, jetzt rechnet er wieder!« sagte sie, ihn vorwurfsvoll ansehend. »Er hat vor unsrer Verheiratung zuviel gerechnet; seitdem sitzt es ihm im Gehirn. Aber ich hoffe, in Venedig wird es schon besser werden, besonders weil jetzt mit der Brücke alles in Ordnung ist.«

»Ich habe davon gelesen, aber nur ganz flüchtig, daß Sir Williams Pläne angenommen sind und eine Gesellschaft gegründet wurde, die die Ausführung übernahm,« sagte ich. »Verzeihen Sie das Dunkel, in dem ich lebe. Man kommt auf einer Ausstellung nicht zur Besinnung.«

»Es ist auch nicht halb so interessant mehr, seit einiger Zeit,« erklärte Frau Stoß. »Vor zehn Jahren, als Papa die ersten Projekte ausarbeitete, da hätten Sie sehen sollen, wie alles lebte. Papa machte Skizzen, Harold begann die Berechnungen aufzustellen, und was er rechnete, war dem alten Jenkins, der jahrelang Papas Bureauchef gewesen war, nicht recht. Aber Harold hatte schon eine Brücke in Wales herausgerechnet, die jedermann entzückte, so leicht und zierlich war sie, und mit Jenkins klobigen Ideen war nichts anzufangen. Das sah ich sofort, als Harold öfter zu uns herauskam. Doch müssen Sie nicht denken, daß wir schon wußten, was in uns vorging. Ich war noch sehr jung, und Harold wenigstens merkte lange nichts.«

»Du weißt es!« bestätigte Harold demütig.

»Nur Mama war schlau genug für uns alle und sprach mit Papa. Da hatte das Rechnen in Richmond plötzlich ein Ende. Es war ein fürchterliches Jahr. Die Parlamentsakte, die man für eine so große Brücke braucht, fiel durch. Papa wurde so verdrießlich, wie er es in seinem Leben noch nie gewesen ist, und ich es hilft nichts; Harold weiß es und würde es Ihnen doch sagen ich war am Verzweifeln. Endlich skizzierte Papa neue Pläne hinter Jenkins Rücken, und Harold rechnete wieder. Wie dies Jenkins sah, wollte er Papas Pfeiler um das Doppelte verstärken. Dann hätte kein Mensch das erforderliche Geld für die Brücke gehabt; ich glaube wahrhaftig, das wollte die alte Nachteule. Und weil ihnen Jenkins im Citybureau keine Ruhe ließ, wurde wieder in Richmond gerechnet. Sie können sich denken, wie ich mitrechnete. Das war im Frühling vor vier Jahren. Eines schönen Tages brachte Harold Skizzen von eisernen Pfeilern und die Berechnung, wie stark sie sein müßten und was sie kosten würden. Damals saß er die halbe Nacht eingeschlossen mit Papa in dessen Zimmer und wurde schließlich eingeladen, über Nacht zu bleiben, weil es am folgenden Tag doch Sonntag sei. Ich hatte Papa selten so vergnügt und Mama nie so ernst gesehen. Jetzt oder nie, dachten wir beide. Ich sorgte dafür, daß uns Mama am Sonntagnachmittag in der indischen Pagode erwischte. Harold erschrak heftig, aber er benahm sich wie der Gentleman, der er ist. Sie wissen, er ist eigentlich ein Engländer,« fügte sie hinzu, mich mit der treuherzigsten Naivität ansehend und dann plötzlich purpurn errötend. Das Erröten verstand sie meisterlich; ich war entwaffnet.

»Das ganze Haus war gerührt; Mama sah, daß jeder Widerstand aussichtslos war, Papa brummte seinen Segen und nahm mir Harold, trotz des Sonntags, zum Rechnen wieder weg. Aber im ganzen konnte ich zufrieden sein.«

»Und ich mußte mich ins Unvermeidliche fügen, so gut ich konnte. An ein Herauswinden war nicht mehr zu denken!« klagte Stoß.

»Siehst du's deinem neuen Freund nicht an, wie er mich bemitleidet, Billy?«

»Der – und Mitleid!« rief sie; worauf sie sich angesichts der ganzen Stadt Wien einem erneuten Ausbruch ehelicher Zärtlichkeit hingaben. Ich wandte mich ab, bestellte eine Flasche Ungarwein, die auf dem Kahlenberg zu haben war, und ließ ein Tischchen in die schönste Ecke der Veranda rücken, an dem wir, etwas beruhigter, Platz nahmen.

Nun war die Reihe an Stoß, der ein hübsches Stück Lebensgeschichte in vernünftigem Zusammenhang und mit den Zahlenbelegen, wie sie Ingenieure lieben, zu erzählen wußte. Ellen hing an seinem Mund, als ob sie all das zum erstenmal hörte und nicht selbst miterlebt hätte. Nur manchmal unterbrach sie ihn, um, nach unseres Schillers Anweisung, eine Rose ins irdische Leben ihres geliebten Harold zu flechten, oder einen Dorn einzudrücken, wenn es gerade passen wollte. Stoß hatte in der Tat keine Niete in der großen Lotterie gezogen. Es war eine ganz außerordentliche Frau. Sie konnte rechnen und hatte Humor mitten zwischen zwei Küssen.

»Die Liebesgeschichte kennst du jetzt, nun sollst du auch die Brückengeschichte haben,« begann mein Freund, indem er sich behaglich zurechtsetzte und den Ungarwein in der Sonne spiegeln ließ. »Bei Sir William ging es mir vom ersten Tag an gut, Eyth! Es war ein Narrenglück, dieser Sonntag in Richmond, das nicht einem unter Hunderten begegnet. Ich hatte Sir William, der in London steif und zurückhaltend genug sein konnte, in Hemdsärmeln und im Gras liegen sehen. Das änderte von Anfang an unser Verhältnis. Mag sein, daß auch meine Rechnerei mitwirkte. Mein verehrter Schwiegerpapa ist voll Gedanken, hat die technische Phantasie einer Dampfmaschine mit Präzisionssteuerung und die Arbeitskraft eines jungen Elefanten, aber Rechnen ist nicht seine Liebhaberei, und schließlich lassen sich die großen Projekte, mit denen er überhäuft wird, nicht ganz mit dem Gefühl zwischen Daumen und Zeigefinger abmachen. Jedenfalls freute er sich, wenn ich in zwei Tagen dasselbe herausrechnete, was er in zwei Minuten herausgefühlt hatte. Oft genug war ich starr vor Erstaunen, wenn ich beobachtete, wie sehr Brücken bei ihm Gefühlssache sind, namentlich Gitterbrücken. Es ist nicht Erfahrung. Man hat keine Erfahrung von Dingen, die noch nie gemacht wurden. Es ist auch nicht Instinkt. Unsre Vorfahren wußten zu wenig von Häng- und Sprengwerken, um dieses Wissen zu vererben. Es ist ein Drittes, Unergründliches, Unerklärliches, und Bruce hatte ein Stück davon in irgendeinem Winkel seines Gehirns mit auf die Welt gebracht. Nur brauchte er eine ruhige Stunde, um sich die Dinge halb im Traum zurechtzulegen, und diese fehlte ihm mehr und mehr. Er war erdrückt von Aufträgen. So kam ich dazu, ihm mit meinen Integralen, die er nicht versteht, als Beruhigungsmittel zu dienen. Um so weniger konnte sich Jenkins, der alte Hauptzeichner unseres Bureaus, an mich gewöhnen. Die Art, wie ich rechnete, verstand er ebensowenig; meine Manier, zu skizzieren, haßte er. Ich sei ein Dilettant, ein Landschaftszeichner. Und als gar das Gerücht ins Bureau drang, ich habe in Richmond mit Miß Bruce Klavier gespielt, existierte ich als Ingenieur für ihn nicht mehr. Es bekümmerte mich anfänglich ein wenig. Ich hätte gerne meine Kämpfe mit dem rostigen Kerl, die nicht ausbleiben konnten, in Frieden ausgefochten. Aber er verstand keinen Spaß, namentlich nachdem mir Bruce eine niedliche Brücke über einen Schiefersteinbruch, in Caenarvonshire anvertraut hatte, die ich ganz nach meinem Geschmack konstruieren durfte. Nichts überirdisches: 103 Fuß Spannweite. Ein kombiniertes Häng- und Sprengwerk, leicht wie ein Spinngewebe über einem höllischen Abgrund. Es zittert ein wenig, aber trägt, was es zu tragen hat. Bruce wird seitdem für den kühnsten Brückenbaumeister von England erklärt.«

»Sei nicht neidisch auf Papa, Harold!« mahnte seine Frau, stolz lächelnd. »Wo wärst du ohne seine Brücken?«

»Wo wärst du?« fragte Stoß im gleichen Tone fröhlichen Neckens. »Aber du hast recht wie immer, wenn du nicht rechnest. Wir brauchten seine Brücken. Dann tauchte mehr und mehr die große Ennobuchtfrage am Horizont auf; unsre Brücke, Billy.«

»Unsre Brücke,« bestätigte Frau Stoß. »Aber heiße mich nicht Billy! Du weißt, ich kann es nicht ausstehen vor Fremden.«

»Sie heißt nämlich Billy, unter uns, wenn wir zusammen Brücken bauen,« erklärte Stoß mit studierter Rücksichtslosigkeit. »Der kleinste Zeichner in unserm Londoner Bureau, in den sie vor meiner Zeit verliebt war, heißt nämlich auch so. Ich bin an den Namen gewöhnt, und sie hat ihn gern, aus ihrer Vorzeit. So ist er in Gebrauch gekommen, ich weiß selbst nicht, wann und wo. Ein vortrefflicher Name, Billy!«

Der Sonnenschirm trat in Tätigkeit. Stoß parierte geschickt mit seinem Hut und fuhr ruhig fort:

»Du kennst die lange Vorgeschichte? – Nicht? – Bei deinen Dampfpflügen bist du sichtlich verbaut, Eyth. Aber du weißt wenigstens, daß es eine Ennobucht gibt, die tief in das Land einschneidet und die Eisenbahnen aus dem Norden zwingt, eine gewaltige Biegung nach Westen zu machen oder eine Dampffähre zu benutzen, die seit zehn Jahren bei Pebbleton über den Fluß oder vielmehr über den Meeresarm setzt. Dieses Verkehrshindernis ist jedermann ein Dorn im Auge, und seit Stephenson die Menaistraße überbrückte, dachten technische Enthusiasten an die Ennobucht als nächste große Aufgabe. Doch liegen die Verhältnisse wesentlich anders. Dort war es eine schmale Meerenge zwischen steil abfallenden Felsenufern. Bei Pebbleton ist der Meeresarm fast zwei Meilen breit, die Ufer sind verhältnismäßig nieder, und hier wie dort muß der Seeweg für bemastete Schiffe freibleiben. Man glaubt nicht, welche Hindernisse ein solcher Bau zu überwinden hat, ehe man auch nur damit beginnen kann. Sir William, wie du hoffentlich weißt, ist der beratende Ingenieur der Nordflintshire-Eisenbahn, die hauptsächlich an der Überbrückung der Bucht interessiert ist, sonst wäre wohl der ganze Plan nicht zur Reife gelangt. Lange vor unsrer Zeit, drei Jahre, ehe Stephenson die Menaibrücke fertiggestellt hatte, wurde in einer Versammlung der Aktionäre der Bahn der Plan erwogen und beschlossen, die vorbereitenden Schritte zu tun. Siebenundzwanzig Jahre, fast ein Menschenalter, voller Entwürfe, Pläne, Abänderungen, des Verlassens und Wiederaufnehmens der Vorarbeiten gehörten dazu, um auch nur den Grundstein des Werkes legen zu können. Zu verwundern ist es nicht, daß hierbei ziemlich viel Geld und ein paarmal auch der Mut verlorenging. Aber Bruce ließ nicht nach. Zwischen seinen hundert Arbeiten in allen Teilen der Welt tauchte immer wieder die Ennobrücke auf wie ein Gespenst der Zukunft. Das haben wir Ingenieure vor andern Menschen voraus: unsre Geister kommen nicht aus der Welt, die war, sondern aus der, die sein wird. Sie quälen uns deshalb nicht weniger. Im Jahre 1854 hatte er seinen ersten Entwurf ausgearbeitet, der die Kosten der Brücke auf hundertfünfzigtausend Pfund Sterling veranschlagte. Da es vorerst nicht möglich war, die beteiligten Eisenbahnverwaltungen für das Projekt zu gewinnen, wurde eine Gesellschaft gegründet, welche die Brücke erbauen sollte, um sie sodann an die Eisenbahngesellschaften zu verkaufen. Zehn Jahre gingen darüber hin, die parlamentarischen Schwierigkeiten aus dem Wege zu räumen. Während dieser Zeit wurde nicht bloß der Plan, sondern selbst der Platz, wo die Brücke gebaut werden sollte, mehr als einmal gewechselt. Zweimal verweigerte das Parlament seine Zustimmung. Im Jahre 1865 verband sich die Nordflintshire-Bahn mit der Ennobrückenbaugesellschaft, die nach einiger Zeit ganz in jener aufging. Zum drittenmal wurden die Pläne neu bearbeitet und die Zustimmung des Parlaments verlangt. Es war wie in unsern deutschen Märchen: beim dritten Versuch, im Winter 1870, gelang es, die besorglichen Schlafmützen in Westminster zu überzeugen, daß die Welt vor einer Meeresbucht nicht stillstehen könne.

»Ich war jetzt bei Bruce in vollem Zuge und hatte meine regelmäßigen Schlachten mit Jenkins, der grundsätzlich andrer Ansicht war als ich und meine feinsten Berechnungen mit gereizter Verachtung behandelte. Er hatte als junger Mann in den Bureaus von Stephenson gezeichnet und glaubte, daß nichts über die Menaibrücke gehen könne und dürfe. Eine viereckige, schmiedeeiserne Röhre auf Steinpfeilern war der einzige Gedanke seines Lebens, und die Vorsicht, mit der Stephenson die riesigsten Experimente ausführte, ehe er die Überbrückung der Meerenge begann, sein Ideal. Wir hatten aber doch seit dazumal einiges gelernt und brauchten nicht immer wieder von vorn anzufangen, wenn es auch heute noch etwas dunkel sein mag, wie es einer Eisenstange innerlich zumute ist, ehe sie bricht. Weißt du, was Kohäsion ist. Eyth? Weißt du jemand, der es weiß?«

Stoß hatte mit einemmal langsamer gesprochen, nachdenklich, fast wie im Traum. In seinem Blick, der auf der Donau zu unsern Füßen haftete, lag etwas wie Angst. Er sah mich plötzlich starr an. Es wurde mir unbehaglich, ohne daß ich wußte, was ich aus diesem Blick machen sollte.

»Da hat dich's wieder!« rief seine Frau, mich sichtlich ganz vergessend, schlang mit einer ungestümen Bewegung ihren linken Arm um seinen Kopf und rieb ihm mit der rechten Hand die Augen. Es war eine Bewegung, wie wenn man ein Kind, das sich fürchtet, auf andre Gedanken bringen will. Stoß riß sich los und lächelte; ein gezwungenes Lächeln, als ob er sich schämte.

»Sie wissen, er hat in den letzten Monaten furchtbar hart arbeiten müssen,« sagte Frau Stoß zu mir, »und er hat Nerven wie andre Menschen. Papa hat keine und glaubt, jedermann sei wie er. Wir brauchen ein paar Wochen Ruhe. In Venedig wird es schon besser werden; dann gehen wir nach Florenz, wenn keine Brücken dort sind.«

»Unsinn! Laß mich weitererzählen,« lachte Stoß, jetzt wieder im alten Tone. »Der umnachtete Dampfpflüger fängt an, ein wenig aufzumerken. Natürlich mußten alle möglichen Arbeiten vorangehen, ehe wir so weit waren. Ich war bald in Pebbleton besser zu Hause als in Richmond und London; die Bohrungen zur Feststellung des Untergrundes im Strombett ließ im Auftrag von Bruce ein Unternehmer aus Manchester vornehmen. Man hatte infolge derselben die Stelle zu verlassen, wo die Brücke nach dem ersten Entwurf gebaut werden sollte. Wir legten sie zwei Meilen weiter landeinwärts. Die Bucht ist dort etwas breiter, allein man stieß auch in der Mitte des Stromes in erreichbarer Tiefe auf Felsgrund, der unsre Pfeiler tragen konnte. Bei den Bohrungen selbst war ich leider nicht anwesend. Ich hatte damals mehrere Monate lang in Irland zu tun. Aber Bruce konnte sich auf Lavalette verlassen, der diese Arbeiten ausführte. Ich hatte keinen Grund, daran zu zweifeln, daß die Sache in zuverlässiger Weise behandelt wurde. Überdies ging sie mich nichts an. Meine Arbeiten begannen über der Sohle des Strombettes. So kam der endgültige Plan im Herbst 1868 zustande. Ich wollte, du wärest einmal mit mir über die Ennobucht gefahren, wenn es stürmt und man in dem schottischen Nebel weder Nord- noch Südufer sehen kann. Man könnte glauben, in der offenen Nordsee hin und her geworfen zu werden. In sechs Jahren so lange werden wir wohl noch brauchen, fährst du behaglich über die tosende Flut, neunzig Fuß hoch in der Luft, zwei Meilen lang. Von Süden her kommst du über sechs Pfeiler, über die sich die Brücke nach Norden biegt, dann geht es geradeaus in nördlicher Richtung, quer über die Bucht, zuerst auf zweiundzwanzig Pfeilern in Abständen von einhundertzwanzig Fuß. Nun kommt der mittlere Teil der Brücke auf fünfzehn Pfeilern, mit Spannweiten von zweihundert Fuß. Bis zu diesem Teile liegen die Gitterbalken, welche die Pfeiler verbinden, unter den Schienen der Bahn, die langsam ansteigt. Über den mittleren Teil fährt die Bahn tunnelartig durch die Gitterbalken selbst, um so die erforderliche freie Höhe über dem Flutniveau zu gewinnen. Hierauf kommen nochmals einhundertzwanzig Fuß lange Gitterbalken auf sechzehn Pfeilern. Dann macht die Brücke einen großen Bogen, fast einen Viertelkreis, nach Osten in fünfundzwanzig Spannungen von sechsundsechzig Fuß lichter Weite. Nun kommt ein Sprengwerk von einhundertundsechzig Fuß Länge als Durchlaß für kleinere Schiffe, und zum Schluß noch sechs Pfeiler im Abstand von siebenundsechzig Fuß. Alles zusammen neunundachtzig Pfeiler und eine Gesamtlänge von zehntausenddreihunderteinundzwanzig Fuß, zu deutsch fast zwei englische Meilen.«

»Ohne ein Stück Papier und einen Bleistift läßt sich all dies kaum genügend bewundern,« sagte ich, um nicht allzu überwältigt zu erscheinen. »Aber es scheint eine ziemlich große Brücke zu sein, Stoß! Ich wünsche ihr alles erdenkliche Glück, bis sie steht und auch nachher.«

»Natürlich hat man nur einen Teil eines solchen Werkes auf dem Herzen,« versetzte er jetzt mit leuchtenden Blicken; die etwas langweilige Aufzählung von Pfeilern und Spannweiten hatte ihn wunderbar begeistert. »Aber man wird selbst ein Stück des Ganzen, ehe man sich's versieht. jeden Wunsch für die Brücke fühle ich wie einen Wunsch für mich und Billy. Lassen wir uns leben!«

Wir stießen an. Der blutrote Ungarwein blitzte im Sonnenlicht, als ob er uns verstünde.

»Das Beste hat er Ihnen noch nicht erzählt,« meinte Frau Stoß, »die Pfeilergeschichte.«

»Es kommt, Schatz, aber fast zum zweitenmal; du hast sie mir halb weggenommen. Ursprünglich waren, von einem Ende zum andern, Steinpfeiler projektiert. Dies brachte die Kosten der Brücke auf zweihundertfünfzigtausend Pfund, was dem Verwaltungsrat der Nordflintshire-Bahn viel zu hoch schien, so daß der ganze Plan wieder einmal im Begriff stand, ins Wasser zu fallen. Da, auf dem Heimweg nach Richmond, kam mir eines Tages der Gedanke, die Steinpfeiler nur bis zur Höhe des Flutniveaus zu führen und von diesem Punkte an aufwärts in Eisen zu bauen. Acht gußeiserne, säulenartige Röhren, mit schmiedeeisernen Kreuzen verbunden, sollten von hier an die Steinpfeiler ersetzen. Jenkins war außer sich. Die Britanniabrücke stand auf Steinpfeilern. Es war Wahnsinn, die Ennobrücke auf achtzig Fuß hohe Spindelbeine zu stellen. Wir kämpften zwei Wochen lang auf Leben und Tod. Während dieser Tage gestalteten sich meine Spindelbeine immer zierlicher, sicherer und einfacher. Bruce war mit mir schon längst überzeugt, daß die gewöhnlichen Formeln für die Bruchfestigkeit gußeiserner Röhren im Prinzip falsch sind. Nach meiner Art rechnend mußte die Brücke mit eisernen Pfeilern um siebzigtausend Pfund billiger werden als mit gemauerten Pfeilern. Drei Tage lang schloß ich mich ein, um alles, was sich für meinen Plan sagen ließ, schwarz auf weiß nieder-zuschreiben. Billys blaue Augen halfen mit vielleicht etwas zu sehr. jedenfalls wurden die Formeln fast so lang wie die Pfeiler und be-wiesen sonnenklar, daß der Plan einen glänzenden Erfolg ver-sprach, wenn die Grundsätze richtig waren, nach denen ich rechne-te und rechnen mußte.«

Stoß sprach diese Worte mit einer leidenschaftlichen Hast aus, die ich für sehr unnötig hielt. Ich hatte nicht die geringste Absicht, ihm zu widersprechen.

»Mit Sir William hatte ich keine große Mühe mehr. Er wollte mir glauben und ließ Formeln Formeln sein. Er hatte zu viel andre Eisen im Feuer, und Jenkins wurde ihm nachgerade widerwärtig. Als er sich entschlossen hatte, meinen Plan anzunehmen, sprach er so ungefähr wie ein alter Märchenkönig, dem ein kluges Schneiderlein die Krone gerettet hatte: Bitten Sie sich eine Gnade aus! Ich wußte, daß die entscheidende Stunde meines Lebens gekommen war, und bat um Billy. Er erschrak und schüttelte allerdings den Kopf. Das, lieber Stoß, sagte er, ist eine Frauengeschichte. Soviel ich weiß, hat Missis Bruce andere Ideen. Ich hoffte, Sie würden ein erhöhtes Gehalt verlangen, und mische mich sehr ungern sehr ungern, Herr Stoß in das Gebiet meiner Frau. Sie werden mich später vielleicht verstehen lernen. Diese Wendung der Dinge mußte ich doch mit Miß Ellen besprechen, und hierbei wurden wir in der indischen Pagode erwischt, wie du weißt.«

Ich dankte und beglückwünschte Stoß für seinen musterhaften Geschäftsbericht. Dann trat die Brücke wieder in den Hintergrund, und die nächste Stunde wurde nach der Melodie: »Alles, was wir lieben, lebe« verplaudert. Ich erzählte, so kurz ich konnte, wie ich mich recht und schlecht in Afrika und Amerika umgetrieben und. wie es auch mir nicht übermäßig übel ergangen sei. »Aber allerdings, so weit wie du, du Glückspilz, habe ich es nicht gebracht. Nicht jeder findet die Brücke, die du gefunden hast. Ich laufe noch immer einsam seufzend am diesseitigen Ufer hin und her.«

»Besuchen Sie uns doch in Richmond. Ich« – – rief Frau Stoß eifrig, stockte dann plötzlich und sah ihren Mann an, als ob er schon alles verstanden habe.

»Du scheinst schlimmer daran zu sein als unser guter Schindler,« lachte dieser. »Erinnerst du dich des hoffnungsvollen Anfangs, den er von der Grünheustraße aus machte?«

»Kann man das vergessen: ›quand on a du courage!'« rief ich, und die alte Zeit kam plötzlich zurück mit ihrem ganzen fröhlichen Jugendelend, das längst zur genußreichsten Erinnerung geworden war. »Wo er hingeraten sein mag? Es sollte mich wahrhaftig nicht wundern, wenn er mit dem nächsten Wagen heraufkäme. Heute ist schon einmal ein Tag, an dem Wunder geschehen.«

»Nicht mit Schindler. Wunder sind nicht seine Spezialität,« meinte Stoß. »Aber ein braver Kerl ist er trotzdem, dem du sein Glück gönnen kannst.«

»Baut er auch Brücken?«

»Nein, aber er sitzt wieder im Thüringischen, hat sein Gretchen geheiratet, die er schon in Manchester trotz der hoffnungslosen Ferne über alles liebte, ohne viel Aufhebens davon zu machen, ist Professor geworden, doziert Englisch an einer kleinen Gewerbeschule und vermutet, unbeschreiblich glücklich zu sein. Er schreibt mir von Zeit zu Zeit, denn er ist eine treuere Seele als manche, die ich rücksichtsvoll hier nicht erwähnen will. Es wird kühl, gehen wir!«

Stoß stand auf.

»Warte den nächsten Wagen ab. Ich habe ein Vorgefühl; Schindler kommt!« sagte ich zögernd.

Stoß lachte mich aus, aber wir warteten. Wir waren jetzt die einzigen unter der Veranda. Die ganze Natur lag in herbstlicher Stille um uns her. Es war ein Hochgenuß nach dem lärmenden Treiben der letzten Wochen, und auch Stoß schien mit ähnlichen Gedanken aufzuatmen. Ein leichter Abendwind hatte sich erhoben. Er hielt eine Gewohnheitsbewegung, die ich schon mehrmals an ihm beobachtet hatte seinen Vorderarm in die Höhe und ließ, die Hand senkrecht gegen die Luftströmung emporhaltend, den Wind durch die geöffneten Finger wehen. Ellen zog seinen Arm herunter.

»Das ist auch etwas, von dem wir blutwenig wissen: vom Luftdruck eines Windstoßes,« sagte er nachdenklich, und derselbe scheue Blick, den ich jetzt zur Genüge kannte, kam in seine Augen. »Drückt ein guter Sturmwind mit zwanzig, oder mit vierzig, oder mit fünfzig Pfund auf den Quadratfuß, der ihm im Wege steht? Du kannst all das in Büchern finden und wählen. Fragst du die Herren Gelehrten aufs Gewissen, so hat es einer vom andern abgeschrieben. Und dann. drückt der Wind auf eine Fläche von zwei Quadratfuß zweimal so stark als auf einen? Nicht einmal das wissen sie!«

Er leerte sein Glas ungeduldig.

»Es ist Zeit, daß wir mit Harold nach Florenz kommen,« meinte Frau Stoß, nicht so fröhlich wie bisher. »Er hat Tage, an denen er wie Espenlaub zittert, wenn ein Wind geht.«

»Solange du mitzitterst, ist alles gut!« flüsterte ihr Mann mit einem plötzlichen Ausbruch von Zärtlichkeit, der mich veranlaßte, das Kloster auf dem Leopoldsberg ins Auge zu fassen.

Aber auch mit dem nächsten Wagen kam Schindler nicht. Im erbärmlichsten Roman wäre er sicherlich gekommen, woraus man schließen kann, daß der erbärmlichste Roman dem harten, rücksichtslosen Leben vorzuziehen ist. Doch sind die Ansichten hierüber geteilt.

Wir fuhren zu Tal. Es war auch so ein Wiedersehen gewesen, das ich lange nicht vergaß.

Die Brücke

Zunächst hatte die Begegnung mit meinem alten Freunde die Wirkung, daß ich mich plötzlich für Brücken interessierte wie nie zuvor. Früher waren mir diese starren, toten Machwerke ziemlich gleichgültig gewesen. Höchstens als Zugabe zu einer Landschaft ließ ich sie gelten, und dann waren sie mir um so willkommener, je gefährlicher und zerfallener sie aussahen. Ich war zu sehr Maschinenbauer geworden. Was meine technische Teilnahme fesseln sollte, mußte Umdrehungen machen, sich mindestens bewegen. Mit einer Brücke ließ sich nichts anfangen, wenn sie nicht umfiel; man konnte sie höchstens anstreichen. Dies wurde nun anders. Alles wenigstens, was über den Fortschritt der Ennobrücke in Zeitungen und technischen Journalen zu finden war, suchte ich liebevoll zusammen. Ein freundschaftlicher Briefwechsel mit Stoß kam in Bewegung, bei dem nach guter Freunde Art sich allerdings keiner überstürzte. Wir teilten uns gelegentlich unsre Hoffnungen und Sorgen wieder mit, wobei ich ein etwas bunteres Bild darbieten, er in satteren Farben malen konnte. Ein Riesenwerk wie die Ennobrücke nimmt, für gut oder übel, den ganzen Menschen gefangen.

Seine Briefe, die ich sorgfältig aufbewahrte, wurden später durch ein halbes Dutzend andrer an seine Frau ergänzt. Wie diese in meine Hände kamen, wird sich in geeigneterer Weise später zeigen lassen. Ein kleiner Auszug aus beiden Paketen erspart mir die Schilderung der Hauptvorgänge während des gewaltigen Baus, der acht Jahre lang in weiten Kreisen mit reger Aufmerksamkeit verfolgt wurde. Die ersten zwei Schreiben stammen aus der Zeit, die unserm Zusammentreffen auf dem Kahlenberg voranging. Trotzdem mögen sie der Vollständigkeit halber hier eine Stelle finden.

Ennobucht, den 25. Juni 1871.

Meine liebe Ellen!

Dein Papa behauptet, ich sei in den nächsten drei Wochen hier im Norden nützlicher als in London und Richmond. Ich fürchte, wir müssen es glauben. Ehre Vater und Mutter, auf daß dirs wohl gehe. Die Folge aber ist, daß ich Dir den Festbericht von gestern nicht mit den üblichen Küssen mündlich abstatten kann. Und das Schlimmste scheint mir: meiner kurzen Verbannung in diese Wildnis werden wohl andre, längere folgen, bis wir in fünf bis acht Jahren trockenen Fußes und Arm in Arm über das Stückchen See wandeln können, das sich vor meinen Augen breit macht. Ich habe mir deshalb heute vormittag in Lavalettes Arbeitsschuppen ein Stübchen zurechtgemacht, von dem aus ich die herrliche Wasserfläche übersehen und an Dich denken kann. Es werden vorläufig manche erzwungenen Pausen in unsrer »fieberhaften Tätigkeit« eintreten, wie meine alten Wiener Landsleute zu sagen lieben, wenn sie sich gemächlich an die Arbeit machen. Aus diesen mögen Briefe werden, die den Dokumenten Deiner Brautzeit nichts nachgeben sollen. Du siehst, ich bin seit gestern zu allen guten Vorsätzen fähig. Auch verspreche ich Dir, daß Du selbst vor Ablauf von acht Jahren an dieser Stelle ein zweites Fest mitfeiern sollst, das die kleine Tragikomödie von gestern auslöschen und vernichten wird. Die kommende Eröffnungsfeier der Brücke will ich selbst in die Hand nehmen.

Grundsteinlegen können nämlich Deine wackeren Landsleute, die sonst so vieles können, nicht! Eure Freunde über dem Kanal hätten sich den Tag anders eingerichtet, trotz ihres augenblicklichen Elends. Da wären ein Regiment Kürassiere, ein Bischof und ein Altar, die Bürgermeister der halben Republik, fünfzig weißgekleidete Jungfrauen, fünfundzwanzig Komiteemitglieder in Nationalfarben, Vertreter gelehrter und ungelehrter Zünfte, Blechmusik an beiden Ufern, die vorläufig eine Brücke aus Tönen hergestellt hätten, Böllerschüsse und Feuerwerk angerückt gekommen, um den Segen von Himmel und Erde auf das große Werk herabzurufen. Hier standen wir, fünfzehn aufgespannte Regenschirme, sang- und klanglos um ein wassergefülltes Loch herum, als ob wir einen viereckigen Selbstmörder begrüben. Nur die Eingeweihtesten konnten zur Not ahnen, daß dies ein feierliches Freudenfest war und der erste Stein der großen Ennobrücke versenkt wurde.

Da war Dein Papa feierlich und freudig erregt, wie es sich geziemte. Am Morgen hatte er die Nachricht erhalten, daß der Regierung Ihrer Majestät ein Licht aufgegangen und der verdienstvollste Mann des Königreichs geadelt worden sei. »Sir William« stand am Schluß der fünfzehn Jahre langen Vorarbeiten seines gewaltigen Unternehmens, Arbeiten, die einen Elefanten hätten umbringen können. Hinter ihm standen vier Direktoren der Nordflintshire-Eisenbahn einundzwanzig hatten sich entschuldigt; ihm gegenüber der Bürgermeister, ein Magistratsmitglied von Pebbleton und drei Kollegen aus der Nachbarschaft. Die Bürgerschaft des Königreichs repräsentierte der Wirt zum »Goldenen Kreuz«, ebenfalls aus Pebbleton, bei dem das Festessen bestellt war und der die kleine Versammlung mit der Miene tiefster Besorgnis musterte. Er hatte auf dreimal soviel Gedecke gerechnet. Das Ingenieurwesen vertrat nächst Deinem Vater der alte Lavalette, der die Ausführung der Brücke übernommen hat, in einem den Witterungsverhältnissen angepaßten Frack und sehr schmutzigen Stiefeln, Jenkins, der wie eine auf einer Ferienreise begriffene Nachteule dreinsah, ich und die jungen Leute von Lavalette. Die etlichen hundert Erdarbeiter, Maurer und Zimmerleute, die bereits hier sind, standen verschüchtert, wenn auch neugierig in einiger Entfernung und wollten sich nicht heranwinken lassen, als ob sie das Losgehen einer Sprengpatrone erwarteten. Es war aber zunächst nur Dein Vater, der einige passende Worte sprach, die man wegen des Windes leider nicht verstehen konnte. Ihm folgte der erste Bürgermeister von Pebbleton, der in längerer Rede auf die blühende Jutefabrikation seiner Stadt hinzuweisen begann, zum Glück aber nicht weit kam, weil ein Windstoß seinen Regenschirm umdrehte und die Arbeiter dies als das verabredete Zeichen ansahen, in ein kräftiges Hurra auszubrechen, womit die feierliche Handlung schloß. Etwas zu spät, aber sehr rasch versank der Stein in seinem feuchten Grab und bespritzte zum Dank die Nächststehenden mit großen gelben Lehmklumpen, die sie bis zum Schluß des Tages zur Schau trugen. Dann fuhren wir in einem bereitliegenden Dampfer nach Pebbleton hinüber und saßen eine Stunde später bei einem vortrefflichen Mahl. Ganz unerwartet und hocherfreulich war es, daß sich hierzu sämtliche Direktoren der Bahn, sämtliche Stadtverordnete von Pebbleton und eine überraschende Zahl enthusiastischer Bürger eingefunden hatten. Ende gut, alles gut. Gegen elf Uhr nachts hatte man die Brücke nahezu vergessen, obgleich sie in wenigstens zehn Toasten in all ihren Beziehungen zu dieser und jener Welt gefeiert worden war. Die Festlichkeit artete in eine allgemeine Verbrüderung von Nord und Süd, von alt und jung, von Landwirtschaft und Industrie, von Gott und Welt aus, gegen die sich vom ethischen Standpunkte aus gewiß nichts einwenden läßt. Für uns, die eigentlichen Brückenbauer, war es ein halbverlorener Tag. Doch muß man billig sein: in acht Jahren stellt ein halber Tag keinen fühlbaren Verlust dar.

Um so flotter muß es jetzt vorwärtsgehen. Lavalette ist ein netter Herr, guter, solider Engländer trotz seines französelnden Namens, den eine alte Hugenottenfamilie herübergebracht hat, wie ich höre. Man spürt noch etwas von dem ernsten Enthusiasmus seiner Vorfahren, den wir bei Franzosen nicht erwarten, wenn er seine Leute kommandiert oder Pläne für die nächste Zukunft bespricht. Der Mann gefällt mir außerordentlich. Er hat das niederste Gebot für die Brücke gemacht: zweihundertfünfzehntausend Pfund; und ich fürchtete ernstlich, ehe ich ihn kannte, es werde zu niedrig sein. Das ist bei einem so großen Unternehmen für alle Teile ein Unglück. Aber eine Energie und eine Geschäftsgewandtheit wie die seine sind imstande, fünfzigtausend Pfund zu ersetzen. Jedenfalls erwarte ich, gut mit ihm auszukommen, solange er mit dem Gelde auskommt. Er ist, wie jedermann um mich her, in die Brücke verliebt, seitdem er, vor fünf Jahren, im Auftrag Deines Papas die Sondierungen für die Pfeilerfundamente vornahm. Daher erklärt sich auch sein billiges Angebot. Und außerordentlich beruhigend ist es, daß nun derselbe Mann, der diese wichtigen Untersuchungen in Händen hatte, auf denselben auch weiterbauen muß. Du weißt nicht, Schatz, wie unnötig viele Sorgen einem durch den Kopf gehen, wenn man den glatten Wasserspiegel vor sich sieht, der heute, so unschuldig wie ein Kind, das Blau des Himmels zurückstrahlt. Wer kann wissen, was unter dieser glänzenden Oberfläche liegt und liegen wird, ehe wir lustig darüber wegfahren!

Am Strande wenigstens fängt es an lebendig zu werden. Schuppen, Magazine, Geschäftszimmer, Arbeiterwohnungen wachsen aus dem Boden. Am Ufer man weiß wahrhaftig heute noch nicht, soll man hier von Strand oder Ufer, von Meer oder Fluß sprechen; die Ennobucht bleibt ein geheimnisvoller Hermaphrodit am Ufer also ist ein langer hölzerner Landungsstaden fertig. Zwei gewaltige Plattformen sind im Bau begriffen. Auf der einen sollen die Gitterbalken zusammengenietet, auf der andern die Senkkasten und das Belastungsmauerwerk für dieselben gebaut werden, auf welche die künftigen Pfeiler zu stehen kommen. In einigen Wochen wird das alles in vollem Gang sein. Was die Sache so interessant und schwierig macht, ist, daß der Bau der Brücke die Schiffahrt nicht unterbrechen darf, daß also keine Gerüste irgendwelcher Art in dem Strombett aufgebaut werden dürfen. An den drei steinernen Landpfeilern hat man heute mit neunzig Arbeitern zu mauern angefangen.

Vorläufig liegt die weite Bucht noch vor uns im Gold der Abendsonne, als ahnte sie nichts Böses: ein stilles, glückliches Bild, wie es die Natur schuf, ehe Menschen waren. Friedlich rollt die Flut herauf und kümmert sich nicht um die Zwerge, die emsig am Ufer hantieren. Es ist, als fühlten die gewaltigen Wassermassen, daß sie hier Herr sind und nichts und niemand, seit Knut dem Großen, ihnen zu widerstehen wagt. Aber es kommt anders, mein guter Enno. In wenigen Jahren stehen achtzig schlanke Pfeiler in deinem Grund, gegen die du toben kannst, soviel du Lust hast, und über deiner Tiefe liegt ein eisernes Band, auf dem die Zwerge hin und her fahren, wenn es ihnen beliebt, ob du flutest oder ebbst, im Sturm tobst oder still im Abendrot schimmerst. Die Tage deiner Alleinherrschaft sind gezählt.

In weiter Ferne, drüben in Pebbleton, zünden sie die Lichter an. Die zusammengehören, setzen sich ums Kamin. Es wird Feierabend in der Welt. Auch das Rufen und Rennen, das Gehämmer und Gesäge am Staden unten hat aufgehört. Ich muß hier in meiner einsamen Bude aushalten, so gut ich kann. Aber wenn einmal unsre Brücke steht, Billy, wollen wir auch zusammensitzen wie die Pebbletoner. Nein, schon vorher; hundertmal vorher!

Dein vereinsamter Brückenbauer.

Nachschrift: Schicke mir meine großen Logarithmentafeln hierher. Sie liegen in meinem Arbeitszimmer links oben auf dem Bücherschrank. Das Inspizieren und überwachen ist eine einförmige Arbeit und läßt manchmal Zeit zu allerhand Nebensächlichem. Auch kann ich Dir nicht immer von meiner Sehnsucht erzählen, wie Du's verlangst. Zur Erholung möchte ich alle auf die Brücke bezüglichen Berechnungen noch einmal durcharbeiten. Das beruhigt.

War Dir dieser Brief lang genug?

Ennobucht, den 6. November 1872.

Du willst zu viel wissen, Billy, und zu viel wissen, sagen wir in meinem alten Vaterland, macht Kopfweh. Ganz kannst Du Dich von Deinem Geschlecht eben nicht losreißen. Ich wäre auch übel dran, wenn Du's könntest. Und so werde ich das kleinere der zwei Übel wohl auf mich nehmen müssen und Deine weibliche Neugierde zu befriedigen suchen, so gut es geht. Schimpfe aber nicht nachher, man verstehe kein Wort von allem, was ich sage. Zu einem unverständlichen Bericht gehören immer zwei, und nicht immer ist der arme Berichterstatter der schuldige Teil.

Lavalette will mich um jeden Preis wieder vier Wochen hier behalten, bis das Versenken der neuen Senkkasten in geregeltem Gang ist. Er hat nicht ganz unrecht, denn ich bin für die Änderung verantwortlich, für die er mir übrigens dankbar ist, wie es halbe Franzosen sind avec effusion.

Wie meine Senkkasten aussehen? – warum Papas alte nichts taugen? – was ein Senkkasten sei? – das alles sprudelst Du heraus, als ob man solche Fragen in zwei Worten beantworten könnte. Aber ich will mein möglichstes tun. Das ist hier die Regel für uns alle.

Es handelt sich also vor allen Dingen darum, für unsre neunundachtzig Pfeiler in zwanzig bis dreißig Fuß tiefem Wasser feste Grundmauern zu schaffen. Dabei ist der Boden der Bucht kein Fels, wie wir ihn brauchen, sondern auf eine Tiefe von zehn bis fünfzehn Fuß Sand und grobes Geröll. Erst unter dieser Schicht, also vierzig bis fünfzig Fuß unter der Wasseroberfläche, findet man Gestein, auf dem sich bauen läßt.

Nun nimm meinen feinsten schwarzen Seidenhut und schneide ringsum den Rand sorgfältig ab doch nein! tu dies lieber nicht! Denke Dir ein einfaches Wasserglas ohne Fuß, drehe es um und stelle es so ins Wasser. Das Wasser soll dreimal tiefer sein als die Höhe des Glases. Die im Glas eingeschlossene Luft wird zunächst verhindern, daß sich dieses völlig mit Wasser füllt. Denke Dir weiter ein kleines Loch in dem nach oben gekehrten Boden des Glases und eine dichtschließende Röhre in das Loch geschraubt, die bis zur Wasseroberfläche heraufreicht. Wenn Du durch diese Röhre hineinbläst, so wird durch die Spannung der Luft weiteres Wasser aus dem Glase verdrängt; bläst Du stark genug ich weiß, du würdest dies tun, so treibst du alles Wasser aus dem Glase hinaus, so daß selbst der Boden, auf dem es steht, trockengelegt wird. Früher hieß man dies einen Caisson, aus Höflichkeit, weil die Franzosen sich einbilden, das Ding erfunden zu haben; heute ist es ein Senkkasten.

Das heißt, Du mußt Dir das Glas neun Fuß im Durchmesser und sieben Fuß hoch denken, so daß vier Leute bequem darin stehen und arbeiten können, und das runde Loch in der Decke etwa drei Fuß weit; die Röhre, die vom Loch durch das Wasser nach oben führt, vielleicht zwanzig Fuß hoch, und das Ganze aus starkem Eisenblech und teilweise aus Gußeisen. Siehst Du es jetzt?

Dieses Ungetüm, so groß wie ein kleines rundes Haus mit einem unförmlich hohen Schornstein in der Mitte, wird am Ufer angefertigt, zwischen zwei Schiffe gehängt und in den Strom hinausgefahren. An der Stelle, wo man seinen Pfeiler haben will, wird es versenkt und schneidet mit seinem kreisrunden, scharfen Rande unten zunächst in den Sand und das Gerölle ein, auf das es zu stehen kommt. Mittlerweile hat man auch einen mächtigen Block aus Zement und Backsteinen gebaut, im Durchmesser so groß wie der Senkkasten und zwölf oder fünfzehn Fuß hoch, der ein Gewicht von viertausend Zentnern hat. Auch dieser Riesenblock wird von zwei Schiffen geholt und versenkt, so daß er genau auf den eisernen Senkkasten zu stehen kommt und dann noch zur Zeit der Ebbe wie ein Inselchen aus dem Wasser herausragt.

Wie diese gewaltigen Massen von den zwei Booten am Ufer abgehoben, zwischen denselben hängend davongetragen werden und dann genau an der richtigen Stelle in der dunkeln Tiefe verschwinden, will ich Dir heute nicht erzählen. Das meiste schafften dabei Ebbe und Flut für uns, die täglich zweimal das Niveau des Stromes an dieser Stelle um sechs bis zehn Fuß heben und senken. Es hat fast etwas Ergreifendes, wenn man zum erstenmal sieht, wie die geheimnisvolle Naturkraft, die vom fernen Mond herkommt, unsere riesigen Blöcke leise, aber mit einer fürchterlichen, alles zermalmenden Sicherheit packt und wir nur zuzusehen brauchen und den richtigen Augenblick nicht verpassen dürfen. Es wird einem ordentlich bange, wenn die gewaltigen Massen sich stöhnend erheben, als ob sichs von selbst verstünde, ihre Wanderung über Wasser antreten und gurgelnd versinken, um drunten in der Tiefe ihre neuen Pflichten zu erfüllen.

Dann machen sich die Transportboote mit ihren hydraulischen Winden davon, und das Boot mit der Luftpumpe legt sich an die kleine Kunstinsel, in deren Mitte der schornsteinartige Luftschacht des Senkkastens hervorragt. Derselbe wird durch eine Luftkammer mit doppelten luftdichten Türen geschlossen, von denen die eine sich nach außen, die andre nach innen in den Luftschacht öffnen läßt. In diesen Schacht wird jetzt Luft gepumpt. Dieselbe treibt das Wasser aus dem Senkkasten hinaus, so daß man jetzt durch die Luftkammer in die Röhre und in die mit gepreßter Luft gefüllte Kammer hinuntersteigen kann. Dort steht man trockenen Fußes zwanzig Fuß unter Wasser auf dem Sand und Geröll des Flußbettes wie in einem runden Stübchen. Nun geht's ans Ausgraben des Senkkastenbodens. Sand, Steine, Schlamm werden durch den Luft-schacht hinaufgeschafft. Es entsteht ein sich langsam vertiefendes Loch, im Durchmesser so groß wie der Senkkasten selbst, in wel-ches derselbe durch sein eigenes Gewicht tiefer und tiefer in den Boden sinkt. Dadurch würde unser Inselchen an der Oberfläche des Wassers bald verschwunden sein, wenn nicht Maurer den Zement-block fortwährend um so viel nach oben weiterbauten, als er in der Tiefe versinkt. Schließlich ist der höher und höher werdende Bau durch die ganze Schicht von Sand und Lehm und Geröll in dieser Weise durchgesunken. Der Senkkasten sitzt auf dem Felsgestein, auf dem er für immer zur Ruhe kommt. Nun wird das hohle Innere desselben ausgemauert und mit Beton gefüllt. Ist dies geschehen, so ist der Pfeiler vom Felsengrund bis an die Wasseroberfläche ein turmartiger, fester Steinblock, auf dem sich getrost weiterbauen läßt.

Verstehst Du das jetzt, Billy? Die niedlichsten Sachen habe ich na-türlich weglassen müssen; wie die Leute durch die Luftkammer in das Rohr kommen, wie die gespannte Luft erhalten wird, wie es den Arbeitern drunten zumute ist, wie das Geröll herauskommt, ohne daß der ganze Senkkasten, wie eine Champagnerflasche knallend, seine gespannte Luft verliert, und andres mehr. Das alles wollte ich Dir mündlich gerne auseinandersetzen, wenn Du dann nicht immer vorzögest, Dummheiten zu machen.

Nun bilden zwei solche Senkkästen, die nebeneinander zu stehen kommen und oben mit Mauerwerk verbunden werden, die Basis eines eigentlichen Brückenpfeilers. Aber schon bei den ersten fünf

Pfeilern, die in verhältnismäßig geringer Tiefe Felsgrund fanden, hatte man große Schwierigkeiten. Im Sand, durch den sie versenkt werden, liegen gelegentlich mächtige Steine und Felsblöcke, welche der Strom in Urzeiten aus dem Gebirge herabgebracht haben mag. Wenn die Kante des Senkkastens auf einen derartigen Felsblock stieß, wollte das erforderliche senkrechte Versenken nicht mehr gelingen. Drei Pfeiler fielen hierbei völlig um und machten die fürchterlichste Mühe und Arbeit, bis sie wieder aufgerichtet und endlich richtig gestellt waren. Die Basis jedes einzelnen war für seine Höhe zu klein. In dieser Weise konnte Lavalette nicht weitergehen. Nach meinem Vorschlag wurden nunmehr beide Senkkästen auf einen gemeinsamen, ovalen, schmiedeeisernen Unterbau aufgesetzt, in dieser Weise fest verbunden und gleichzeitig versenkt. Hierdurch gewann man eine doppelt so große Basis, und die zwei Teile des Doppelpfeilers konnten ihre parallele Stellung nicht verlassen. Es scheint so in der Tat vortrefflich zu gehen und hat die Sorgen, die uns durch den ganzen letzten Monat quälten und Lavalettes Haar, nach seiner Behauptung, gebleicht haben, aus der Welt geschafft. Jetzt ist alle Hoffnung vorhanden, daß wir rascher vorwärts kommen und die neunundachtzig Inselchen bald über die Bucht punktiert sein werden.

Vorige Woche wurde der erste Gitterbalken zwischen dem vierten und fünften Pfeiler aufgelegt. Das ist auch eine hinlänglich wundersame Geschichte zum Zusehen. Was wir hier unter einem Balken verstehen, ist die ganze Brücke, fix und fertig, mit Ausnahme der Schwellen und Eisenbahnschienen, welche zwei Pfeiler verbindet; ein Ding aus schmiedeeisernen Stäben und Stangen, fünfzehn Fuß hoch, etwa zehn Fuß breit und an diesem Ende des Baues hundertzwanzig Fuß lang, das etwa sechsunddreißighundert Zentner wiegt. Die Stäbe und Stangen kommen, in richtiger Länge geschnitten und gebohrt, von Wales, wo Lavalette seine Eisenwerke hat, und werden hier auf der hölzernen Plattform über dem Wasser, die hierfür gebaut wurde, zusammengestellt. Ist der Balken fertig, so werden an beiden Enden bewegliche Stücke der Plattform entfernt. Zwei Boote fahren während der Ebbe in die entstandenen Lücken unter den Gitterbalken. Mit der steigenden Flut heben sich die Boote und heben auch den Balken in die Höhe, der jetzt, von den beiden Booten getragen, schwimmt. Das sonderbare Fahrzeug wird nun nach den Pfeilern geschleppt, für die es bestimmt ist, welche bei Hochwasser nur wenige Fuß über die Flut hervorragen. Dort wird das Ganze so verankert, daß bei Wiedereintritt der Ebbe die sinkenden Boote unsre Balkenenden auf beiden Pfeilern sitzen lassen und nach kurzer Zeit des weiteren Sinkens frei unter dem Balken wegsegeln können. Was wir ohne Ebbe und Flut machen würden, weiß ich nicht. Es ist eine wundervolle Einrichtung und nur schade, daß wir sie nicht auch erfunden haben.

Nun aber werden auf den zwei Pfeilerinselchen hydraulische Pressen aufgestellt, mit denen der Balken langsam in die Höhe gepumpt wird, während die gußeisernen Säulen Glied um Glied untergeschoben werden, bis der Balken seine richtige Höhenlage, etwa achtzig Fuß über der Wasserfläche, erreicht hat, so daß große Segelschiffe unter ihm durchfahren können.

Dieses Manöver wurde also gestern zum erstenmal ausgeführt. Es ging alles glatt und ohne Anstand vonstatten. Jede Bewegung, jede Pause war ausgeklügelt. Mit der Sekundenuhr in der Hand, einen Mann mit einem Sprachrohr an der Seite, kommandierte Lavalette Schiffe und Leute. An diesem ersten Tag stieg der Balken um zwanzig Fuß in die Höhe. Aber ich war doch begierig, als es Dämmerung wurde, ob wir ihn am nächsten Morgen noch oben finden würden. In sechs Tagen hatte er seine richtige Höhe erreicht, und meine gußeisernen Pfeiler stehen da, als ob sie in den Himmel wachsen wollten. Ich gebe zu, daß man sich an den Anblick gewöhnen muß. Manchmal krampft sich mir doch das Herz zusammen, wenn ich von einem Boot aus oben am blauen Firmament das Gitterwerk betrachte. Man glaubt die ganze fürchterliche Eisenmasse schwanken zu sehen. Natürlich ist es die Bewegung des Bootes, oder es sind die fliegenden Wolken, die das Auge täuschen. Gut aber ist es doch, daß es nicht jedermann zu sehen bekommt. Auch Jenkins brauchst Du nichts zu sagen.

Du siehst, es geht alles munter vorwärts. Lavalette hat jetzt rund dreihundert Arbeiter auf dem Platz, zweihundert hier und hundert am Nordufer. Es ist eine Freude, ein solches Werk wachsen zu sehen, und ich weiß, Du freust Dich mit mir. Die Sorgen laß mir allein. Manchmal brauchen sie einen dicken Schädel und ein festes Herz. Das Unerwartete kommt uns so oft in die Quere, und dann geht auch im gewohnten Gleise nicht immer alles, wie es sollte. Von manchem kritischen Punkte wissen wir noch so blutwenig und sollen und müssen darauf losbauen. Aber wo wäre die Welt geblieben, wenn nicht einige die Nerven gehabt hätten, die es möglich machen, im Dunkeln zuzugreifen.

Das Wetter wird schlecht. Es stürmt viel. Gerade heute rüttelt der Westwind an den etwas mangelhaften Fenstern meiner Bude nicht übel, und die ganze Bucht ist mit weißen Wellenkämmen bedeckt. Früher freute midi das Brausen, wann und wo ich's hörte. Seit einiger Zeit macht michs völlig beklommen, ohne daß ich mir bewußt werde, weshalb. Wenn ich den Gitterbalken dort drüben in der Luft ansehe, weiß ich's. Alles ist nicht reines Vergnügen in dieser Welt, Billy, und der diesjährige November ist nicht unser erster Mai.

Trotzdem bleibe ich Dein getreuer

Brückenbauer.

Ennobucht, den 2. September 1874.

Lieber Freund!

Wenn Du bei unserm wunderbaren Zusammentreffen auf dem Kahlenberg, das meiner Frau besser gefiel als die ganze italienische Reise, einige Teilnahme für meine Brücke heucheltest, so hast Du nicht ungeschickt geheuchelt. Doch würde ich Dir mehr trauen, wenn Du Dich dazu aufschwingen könntest, die Sache in natura anzusehen. Bei Deinen Hin- und Herfahrten zwischen Algier und Rumänien, oder wo Dich diese Zeilen finden mögen, wäre Dir ein kleiner Seitensprung nach dem Norden zu gönnen, namentlich geistig. Selbst für einen verbauerten Schollenbrecher fängt die stattliche Reihe von Pfeilern an sehenswert zu werden, die jetzt von beiden Ufern in die See hinausstreben, um sich mit der Zeit in der Mitte der Meeresbucht Gott allein weiß zwar, wann die trutzigen Hände zu reichen. je länger ich hier bin, um so fester bin ich nämlich überzeugt, daß wir es nicht mit der gewaltigen Mündung eines kleinen Flusses, sondern mit einem kleinen Arm des gewaltigen Ozeans zu tun haben, Es wächst der Mensch mit seinen höheren Zwecken, und umgekehrt.

Die Begegnung in London, die Du mir zwischen zwei Deiner Blitzzüge vorschlugst, konnte ich leider nicht einhalten, da mich ein Telegramm ganz unerwartet hierher sprengte. Alles war im besten Gang, als uns aus scheinbar blauem Himmel ein kleiner Unglücksfall traf; ein großer, menschlich gesprochen, denn es sind sieben brave Arbeiter dabei zugrunde gegangen. Die Zeitungen, die Dich in Algier schwerlich erreichen, machten einen großen Lärm von der Sache, als ob damit etwas geholfen wäre. Die Federfuchser wissen nicht, was es heißt, mitten im Kampf mit der feindlichen Natur zu stehen. Auch unsre Schlachten haben ihre Toten; es kann nicht anders sein. Doch bleibt es, selbst ohne dieses sinnlose Geheul, ein peinliches Gefühl, plötzlich Vizevater von zweiunddreißig unerzogenen Kindern geworden zu sein, wenn man bisher nur für zwei bis drei verantwortlich war.

Die Tatsache ist, daß am 28. August, dem von Dir zu einem fröhlichen Beisammensein bestimmten Tag, das Mittelgußstück eines unsrer Doppelsenkkästen zersprang, der am gleichen Tage den Felsboden berühren sollte.

Die strengste Wahrhaftigkeit ist das Ideal eines Dampfpflügers. Ich habe dies aus Deinem eignen Mund und nehme deshalb an, daß Du in Deinem letzten Brief nicht so fürchterlich logst, wie dies manchmal mündlich der Fall ist, daß Du Dich also für meine Brückensorgen und -freuden wirklich ein wenig interessierst. Beim Palmettenfelderpflügen in der Sahel oder wie die Wüste heißt, in der Du gegenwärtig tätig zu sein vorgibst, hast Du jedenfalls Zeit, einen Brief aus unsrer kühlen Heimat liebevoll zu studieren. Ich ziere mich nicht länger, ihn zu schreiben, um mir eine peinliche Wartestunde zu verkürzen.

Die wirkliche Ursache des Unglücks ist noch nicht aufgeklärt. Wir hatten bis dahin vierzehn Senkkästen der gleichen Gattung anstandslos versenkt. Wahrscheinlich war das Verbindungsstück zwischen den zwei Luftschachtröhren und dem eigentlichen Doppelkasten, wie wir sie neuerdings bauen, schlechter Guß. Das sollte nicht vorkommen; aber hier auf Erden, und namentlich unter dem Wasser, treibt der Teufel sein Spiel mit uns armen Sterblichen, wie ihm beliebt und soweit es Gott zuläßt. Man kann nicht vorsichtig genug sein im Umgang mit diesen höheren Mächten. Du siehst, ich bin ein wenig desperat. Es ist kein Wunder.

Elf Mann waren unten, als mit einem lauten Knall das Wasser durch einen der Schächte hinabschoß und die gepreßte Luft irgendwo hinauspfiff. Natürlich erlöschten sofort alle Lichter. Die armen Kerle waren mit einem Schlag in einer gurgelnden, heulenden Finsternis, in die von allen Seiten Wasser in Wogen hereindrang. Vier Mann, die dem zweiten Schacht am nächsten waren, wurden Hals über Kopf in dem Rohr emporgeschwemmt, daß ihnen auf ein paar Minuten Hören und Sehen verging. Im nächsten Augenblick explodierte die Luftkammer mit ihren Doppeltüren, die oben das Rohr abschließt. Auf dem Dach dieser Kammer ist die Druckluftpumpe angeschraubt, deren Maschinist in den Strom geblasen wurde wie bei einer regelrechten Kesselexplosion. Glücklicherweise war ein Nachen in der Nähe und fischte ihn auf. Für die vier Mann bedeutete die Explosion ihre Lebensrettung. Sie kamen durch das Schachtrohr herauf, wie aus einer Windbüchse geschossen, allerdings mit etwas blutigen Köpfen und einem Beinbruch. Aber die sieben, die noch unten waren, mußten wie Mäuse in einer Falle elend ertrinken. Ich hoffe, sie merkten nicht mehr viel davon.

Als ich acht Stunden später ankam, hatten unsre Taucher die Leichen schon geborgen. Sie lagen in Reih und Glied im Magazin neben meinem Arbeitszimmer und warteten auf ihre Särge. Ohne Ungeduld, friedlich und still, aller Mühen los. Der alte Lavalette, der aus Manchester herbeigekommen war, saß neben ihnen auf einem Balken. Er schien furchtbar angegriffen zu sein, so daß ich ihn trösten mußte. Es war ein Unglücksfall, den nur Gott hätte verhindern können. Aber trotzdem drückt einen das Gefühl der Verantwortlichkeit in solchen Stunden ziemlich. Ich zog ihn mit Gewalt in mein Zimmer; er wollte die sieben stillen Männer nicht verlassen.

Seitdem ich ihn kenne, ist er merkwürdig gealtert und scheint an Sorgen zu tragen, von denen er mir unerklärlicherweise nichts sagen will. Vielleicht sieht er nicht, wie er mit der Brücke und seinen zweihundertfünfzehntausend Pfund zu Ende kommen soll. Es gilt so manchen Stein des Anstoßes und Ärgernisses aus dem Weg zu räumen, an den zuvor kein Mensch denken konnte. Vor ein paar Monaten wäre ich vielleicht ebenso trostlos neben der Totenkompagnie gesessen wie er. Die Reise nach Florenz hat mich wieder auf die Beine gebracht, und Billy Du weißt, wen ich meine trägt redlich mit. Sie ahnt ein wenig, daß die Brücke, wenn sie auch zu unserm Glück geführt hat, bezahlt sein will.

Heute früh haben wir die sieben Mann begraben. Sie liegen wenigstens trocken auf dem Hügel hinter unsrer kleinen Arbeiterstadt. Man übersieht von dort die ganze Bucht und die Inselchen, die die mächtige, geschwungene Linie der künftigen Brücke bezeichnen. Es sind am rechten Ufer schon vierundzwanzig, am linken elf. Noch eine weite, spiegelglatte Fläche liegt unberührt zwischen beiden. Ob sie noch mehr Menschenleben kosten wird? Nicht, wenn es mit menschlichen Mitteln vermieden werden kann. Dabei sei es aber genug der Sentimentalität. Das Leben ist hart. Wir hätten nicht in die Welt kommen sollen, wenn wir das nicht tragen können.

Den Arbeitern kann man so viel Philosophie vielleicht nicht zumuten. Sie machten gestern, im Schrecken über den Unfall, Anstalt zu streiken, wenigstens die Senkkastenleute. Ich. rief sie zusammen und sagte ihnen, was im Einverständnis mit Lavalette geschehen werde. Die Röhren und alle Teile unter Wasser, die bis jetzt in Gußeisen ausgeführt waren, sollten in Zukunft aus Schmiedeeisen und weichem Stahl gemacht werden. Die Arbeitszeit in den Senkkästen sollte von zehn auf acht Stunden herabgesetzt, der Lohn um dreißig Prozent erhöht werden. Sie lächelten gutmütig, denn sie sahen, daß es mir ernst war. Aber der Eindruck der sieben Särge war noch zu frisch. Es rührte sich keiner, als ich sie aufforderte, zu sagen, ob sie zufrieden seien. Nun erklärte ich, daß ich die nächsten vierzehn Tage hierbleiben und mich jeden Tag in jedem Senkkasten eine Stunde lang aufhalten werde, um mich zu überzeugen, daß alles in Ordnung sei. Dies half. Im übrigen geht die Arbeit munter vorwärts. Sieben Gitterbalken liegen an ihrem Platze, drei sind im Heben begriffen. Am Ufer, auf beiden Seiten, wird gehämmert und genietet, daß es eine Freude ist; die Sache ist jetzt organisiert wie eine fliegende Fabrik. Meine Pfeiler bewähren sich. Sie sind eine gewaltige Ersparnis, verglichen mit dem Mauerwerk der Menaibrücke. Allerdings sehen sie noch immer etwas toll aus bei der Höhe von sechsundachtzig Fuß über dem Wasserspiegel, welche das Schienengeleise in der Mitte des Stromes erhalten muß. Eine ziemliche Anzahl der Säulen muß in die Gießerei zurückwandern, was sich Lavalette mit löblicher Ergebung gefallen läßt. Es soll mir wenigstens keine passieren, die nicht nach Material und Ausführung tadellos ist. Leider kann man die Augen nicht überall haben. Solange Lavalette vollständig gesund war, konnte ich ruhiger sein. Er ist zwar der Unternehmer, aber ein Mann, auf den man bauen kann wie auf unsre Felsen.

Ich glaube, ihr beneidet mich; Du vielleicht weniger, denn mit Deinen Pflügen scheinst Du ein lustiges Wanderleben zu führen, um das umgekehrt Dich mancher beneiden mag. Aber Schindler schrieb mir vor einiger Zeit in diesem Ton. Der gute Mann weiß nicht, was er sagt. Manchmal schon wünschte ich, ich säße auf seinem Katheder und dozierte Englisch oder jede beliebige andre Sprache unter der Sonne. Er kann dabei wenigstens im Frieden schlafen, ohne daß ihn jeder Windstoß aus den Träumen rüttelt.

Nebenbei: Bist Du auf Deinen verrückten Kreuz- und Querfahrten nicht zufällig einer Formel oder einem Rattenkönig von Formeln begegnet, die den Winddruck gegen große, komplizierte Flächen, Gitterbalken zum Beispiel, betreffen? Nirgends wissen sie etwas Bestimmtes hierüber. Mein Schwiegervater, der alte Bruce, lacht mich aus, wenn ich mit der Frage komme, streckt seine Nase gen Himmel und meint: Was bis heute niemand weiß, brauchen wir auch nicht zu wissen, Junge! Die Welt fällt nicht um, weil du sie nicht in Formeln zu bringen weißt. Frage übrigens in Greenwich an, wenn dirs Spaß macht.« In Greenwich, am Königlichen Observatorium, wissen sie auch nichts, nicht einmal, wie schnell ein gut schottischer Sturmwind läuft. Bei den besten Exempeln, an die sie sich erinnern, ist regelmäßig im kritischen Augenblick ihr Meßapparat zusammengebrochen, und bis er wieder im Gang war, war der Sturm vorbei.

Mich läßt das Problem nicht ruhen. Bruce trägt zu Hause eine gutmütige Wurstigkeit zur Schau, seitdem er zum Maschinenadel gehört, die wenigstens erträglicher ist als seine Maske in der City und bei den Direktoriumssitzungen seiner Eisenbahnen. Dort gibt er sich das Ansehen, als sei die Welt und alles, was darinnen ist, zu klein für ihn geworden. Die Manier scheint sich übrigens zu bezahlen.

Wenn ich wieder auf die Welt komme, werde ich Dampfpflüger. Deinen Briefen nach brichst Du mit Deinen Maschinen alle acht Tage zusammen, ohne daß Dirs etwas schadet. Ich wollte, ich hätte es so gut.

In alter Freundschaft
Dein Stoß.

Ennobucht, den 15. Oktober 1875.

Arme Billy!

Jetzt gilt es zusammenzuhalten »in guten und bösen Tagen«, wie Du leichtsinnigerweise in der kleinen Jakobskirche zu Richmond seinerzeit versprochen hast. Damals lag unsre Glücksbrücke im rosigen Morgenlicht vor uns, zart und duftig wie ein Elfengespinst, und wir wollten schon darüber, Hand in Hand und leichten Herzens. Heute, sechs Jahre später, liegt die unüberbrückbare Bucht vor mir in blaugrauer Dämmerung. Wie zwei hilflose, gebrochene Arme streckt sich unser Bau von beiden Ufern nach der Mitte, und eine weite Wasserfläche dehnt sich zwischen den Pfeilerinselchen, die zweimal täglich zur Ebbezeit aus dem Wasser ragen und zweimal hilflos in der Flut versinken. Ich werde mich in de nächsten vier Wochen an das Bild gewöhnen müssen, denn es wird sich nicht ändern. Gestern haben wir die Hälfte der Arbeiter entlassen. je weniger getan wird, um so mehr werde ich zu tun haben, so daß ich wohl für einen Monat nicht daran denken kann, nach London zurückzukommen. Ganz rettungslos ist die Sache ja nicht, sonst könnte ich rascher aufräumen.

Der arme Lavalette also ist gestorben und mausetot, wie Du weißt. Ich dachte in der letzten Zeit öfter, daß ihn die Brücke liefern werde. Jeder neue Pfeiler, den er aufstellte, schien ihn etwas mehr zu Boden zu drücken, obgleich er nie klagte. Und es ging schließlich rascher, als irgend jemand geglaubt hatte. Das kam so:

Schon beim Versenken des vierundzwanzigsten und fünfundzwanzigsten Senkkastens, vom Südufer gerechnet, fand sich der Felsgrund, auf dem sie alle aufstehen müssen, beträchtlich tiefer, als man erwartet hatte. Die alten Bohrungen hatten ganz andre Maße ergeben. Beim sechsundzwanzigsten Senkkasten war die Tiefe derart, daß es nicht mit rechten Dingen zugehen konnte. Ich riet deshalb Lavalette, ehe er mit dem siebenundzwanzigsten beginne, neue Bohrversuche machen zu lassen, um über den wirklichen Stand der Sache in dieser infernalischen Tiefe klarzuwerden. Es war dies um so nötiger, als wir jetzt an das Mittelstück der Brücke kommen, das den Durchgang für große Segelschiffe gestatten muß. Bis hierher waren die lichten Weiten zwischen den Pfeilern hundertzwanzig Fuß und die eisernen Teile der Pfeiler siebzig Fuß hoch. Von jetzt an kommen sechzehn Spannweiten von zweihundert Fuß und eine Pfeilerhöhe von fünfundachtzig Fuß, weil die längeren Gitterbalken dieses Teils der Brücke über den Bahngeleisen liegen, statt, wie bis hierher, drunter. Kurz, hier fängt der Ernst der Sache eigentlich erst an. Du hast dies alles ja an den Fingerenden, Billy!

Man schlug nun fünf neue Bohrlöcher in den noch pfeilerlosen Teil der Bucht, und da zeigte sich, daß von beiden Seiten der Felsgrund plötzlich scharf abfällt und eine tiefe Mittelrinne bildet, die wir zu überbrücken haben; so tief, daß nicht daran zu denken ist, unsre bisher üblichen Senkkästen bis auf den Felsen zu versenken. Die alten Bohrungen, denen der ganze Bauplan zugrunde lag, waren falsch; eine Schicht zusammengebackener Kiesel, welche mächtige Sandlager bedeckt, hatte die Leute getäuscht. Sie glaubten, auf dem Felsen zu sein und hatten nur diese Schicht zwischen dem Stromgeröll und den drunter liegenden Sandlagern erreicht. Am Abend des Tages, an dem diese Tatsache unzweifelhaft klar wurde, legte sich Lavalette zu Bett. Bekanntlich hatten seine eignen Leute vor mehr als zehn Jahren die Bohrungen und den Fehler gemacht. Nach zwei Tagen war er tot. Sein Hausarzt hatte ihn schon vor Monaten gewarnt, daß mit seinem Herzen nicht alles in Ordnung sei und daß er jeden Arger von sich abhalten müsse. Ein sehr zeitgemäßes Rezept für einen Mann mit der Ennobrücke auf dem Hals. Es war ein guter, wackerer Mann, nur etwas zu sanguinisch und etwas zu weich für sein Handwerk. Unsre Zeit braucht Leute von Stahl, soviel auch gewisse Narren über die Verweichlichung der Menschheit jammern. Es gibt solche, sonst gäbe es keine Ennobrücke, keinen Mont-Cenis-Tunnel, keinen Telegraphendraht zwischen England und Amerika. Aber nicht jeder hat Stahl genug im Blut, und so stirbt mancher an einem Herzleiden, ehe man sich's versieht.

Lavalette hinterläßt zwei Söhnchen, die noch nicht aus der Schule sind. Seine Firma erklärte sofort, daß sie nach dem Tode ihres Chefs außerstande sei, den Brückenbau weiterzuführen, So stand die Sache vor drei Tagen. Die Nachricht lief in Pebbleton wie ein wildes Feuer von Haus zu Haus und war in vierundzwanzig Stunden das Börsengespräch von Manchester und London. Die Aktionäre der Nordflintshire-Eisenbahn rangen die Hände; ein paarmal hunderttausend Pfund ihres Geldes schienen nutzlos ins Wasser geworfen worden zu sein. Das übrige Publikum hatte wie gewöhnlich den Zusammenbruch vorausgesehen. Es habe alles seine Grenzen. Für Brücken seien Flüsse genug in der Welt; Meeresarme sollte man in Ruhe lassen. Die Aktien der Eisenbahn sanken um zehn Prozent, die der alten Brückengesellschaft um fünfzig. Die wohlhabendsten Aktionäre hofften, daß die Geschichte wenigstens damit ein Ende haben und niemand versuchen würde, das unglückliche Unternehmen wieder auf die Beine zu stellen. So reckte sich neben den plötzlich entdeckten technischen Schwierigkeiten die Geldfrage wie ein alles erdrückendes Gespenst vor uns auf.

Jetzt aber zeigte Dein Papa, aus welchem Metall er gemacht ist. In Pebbleton wurde vorgestern eine gemeinsame Sitzung der Direktoren der Nordflintshire-Bahn und der alten Brückengesellschaft abgehalten, um die Lage zu betrachten. Ich glaube, zwei Drittel der Herren kamen mit der Absicht, für das Aufgeben des Brückenbaus zu stimmen. Sir William saß wie üblich neben dem Präsidenten der Bahnverwaltung. Sein vornehmes, pomphaftes Wesen, das er sich in der letzten Zeit angewöhnt hat verzeih mir, Billy; seit sechs Jahren gehörst Du mir, nicht mehr ihm, war wie weggeblasen. Er sprach mit der Begeisterung eines achtzehnjährigen Gelbschnabels von der Notwendigkeit, von dem enormen Nutzen der Brücke, mit einer fast hinreißenden Überzeugung von der Überwindung der Schwierigkeiten, die keinem großen Unternehmen erspart bleiben, von seinem felsenfesten Entschluß, nicht nachzulassen, was auch heute beschlossen werden möge, von der Schande, ein solches Werk halbfertig zu verlassen, von der Ausdauer und Zähigkeit der anglosächsischen Rasse, deren Vertreter hier machte er seinen mürrisch dasitzenden Nachbarn eine bezaubernde Verbeugung sich in dieser Krisis um ihn geschart hätten. Kein Oppositionsredner kam so recht zum Wort. Die gefährlichsten versprachen wohlwollend zu prüfen, wie der abgerissene Faden weiterzuspinnen wäre. Entrüstet ergriff Dein Papa wieder das Wort. Er begreife nicht, wie der ganze Lärm entstanden sein könne, woher der Kleinmut eigentlich gekommen sei. Alles gehe ja vortrefflich. Man möge doch ihm gütigst überlassen, mit den technischen Schwierigkeiten fertig zu werden. Der Tod Lavalettes sei ein schwerer Schlag, ohne Zweifel, aber er habe sich bereits umgesehen. Hinter Lavalette stünden ein Dutzend Unternehmer, die den Bau weiterzuführen bereit seien. Vielleicht etwas teurer. Aber die Geldfrage sei in diesem Falle für Männer von der Weitsichtigkeit der anwesenden Herren, für eine aufblühende Stadt wie Pebbleton, für die großen Verkehrsinteressen von England und Schottland ohne Belang.

Der Oberbürgermeister von Pebbleton, ein Mann schöner Reden, folgte ohne Zagen, und bald war die Begeisterung allgemein. Der Trotz dieser nordischen Mannen fängt langsam Feuer, dann ist aber auch kein Löschen mehr. Ich glaube, man hätte ihnen jetzt die schwerste unsrer Sorgen ohne Bedenken mitteilen können: die große Änderung im Bauplan des Mittelstücks der Brücke, die unvermeidlich geworden war, die zweifelhaften Mehrkosten, die Unmöglichkeit, das Ganze zur bestimmten Zeit fertigzustellen. je erdrückender die Schwierigkeiten vor ihnen aufgestiegen wären, um so entschlossener hätten sie standgehalten.

Abends saß ich mit Papa noch eine Stunde zusammen. je ruhiger er in der Sitzung gewesen war, um so mehr kochte es jetzt in ihm. Er wollte keinen Augenblick stillstehen. Er wollte vorwärtskommen, und wenn er die Brücke am Himmel aufhängen müßte. Wir besprachen die neuen Pläne. Ich machte Skizzen und mußte manches aufzeichnen, was ich kaum für ausführbar halte. Doch wird es schon etwas heller um uns her, wenn es auch ein halbes Jahr lang ziemlich still um die Brücke bleiben dürfte. Morgen erwarten wir Griffin & Co., die Unternehmer, die seinerzeit das zweitbilligste Angebot gemacht hatten. Sie werden voraussichtlich den Bau weiterführen. Dann muß mit Lavalettes Erben eine vernünftige Vereinbarung getroffen werden. Eine der schwierigsten Aufgaben ist, die Arbeiter über die nächsten Monate wegzuschleppen, bis ein neuer Anfang gemacht werden kann.

Und meine Briefe werden kürzer werden in der vor uns liegenden Zeit; doch weißt Du jetzt, warum. Halte gut haus. Es kommen wieder bessere Zeiten.

Dein Harold.

Ennobrücke, den 8. August 1876.

Lieber Schollenbrecher!

Du hast natürlich auch in Deinen Zeitungen an der Wolga gelesen, daß wir samt unsrer Brücke um ein Haar in die Luft geflogen sind und die mächtige Ennobucht ihre Wogen wieder ungebrochen und in paradiesischem Frieden auf und ab rollt. Ich wollte Dir den Genuß dieser Nachricht nicht allzu früh verkümmern, doch jetzt, seitdem sie fast ein Jahr alt ist, dürfte es Zeit sein, Dich zu überzeugen, daß alles Lug und Trug war.

Ohne Zweifel hatten wir ernste Augenblicke, in denen es gruselte und kriselte. Der Tod des guten Lavalette – »Wehe dem Manne, der sich auf Menschen verläßt und nennet Fleisch seinen Arm!« fiel mit dem Augenblick zusammen, in dem uns sozusagen der Boden unter den Füßen verschwand. Es entstand mehr Lärm, als nötig und gut war, und der ganze Bau geriet in bedenkliches Wackeln. Die unvermeidliche Umgestaltung aller technischen Maßregeln, widerspenstige Aktionäre, kein leistungsfähiger Bauunternehmer, ein Publikum, das sich beglückwünschte, daß das tolle Unternehmen stillschweigend begraben werde: das alles kam zusammen und sah schwarz genug aus am Horizont. Aber es weckte den alten Bruce, der mit einemmal wieder jung wurde. Das Phänomen war hochinteressant. Er packte die Aktionäre an den Ohren und schüttelte sie, bis sie warm wurden; dann packte er mich am Kopf Du weißt, wir sind nahe Verwandte und stieß mir ihn so lange auf ein Reißbrett, bis der wunde Schädel etwas Brauchbares von sich gab. Du kannst Dir vorstellen, wie es bei uns aussah, wenn ich Dir sage, daß mir diese Behandlung förmlich wohltat. Er hatte in weniger als vier Wochen einen Unternehmer gefunden, Griffin & Co., eine Clevelandfirma, die bereit ist, den Bau um zweihundertfünfzigtausend Pfund fertigzustellen, und mit rühmlichem Eifer ins Zeug geht. Kurz, wir haben ein halbes Jahr verloren, aber dank dem nicht zu bändigenden Willen meines unglaublichen Schwiegervaters ist der tote Punkt überwunden, und gestern haben wir den dritten der neuesten großen Senkkästen in die tiefe Mittelrinne der Bucht glücklich versenkt.

Davon möchte ich Dir einiges erzählen, denn seit der Hauptsturm vorüber ist, kommen mir wieder allerhand Bedenken, die ich am liebsten in einer Freundesbrust versenken möchte. Wenn ich sie auf diese Weise loswerden könnte, würdest Du Briefe erhalten, mit denen Du Deine strohfeuernden Dampfpflüge zehn Stunden lang heizen könntest. Die Mühe sollte mich nicht verdrießen, sie zu schreiben.

Sir William, Griffin, ich und ein halbes Dutzend untergeordneter Hilfsdenker – Du glaubst nicht, wie viele Finger in so einem gigantischen Pudding stecken – hatten sich also daran zu machen, das ganze Mittelstück der Brücke umzugestalten. Wegen des verschwundenen Felsuntergrundes war, wie Du weißt, der alte Plan nicht mehr festzuhalten. Zunächst wurde beschlossen, längere Gitterbalken zweihundertfünfzig statt zweihundert Fuß anzuwenden, um ein paar Pfeiler zu ersparen. Die Geldfrage hängt immer über uns wie ein Schwert, und trotzdem wird das große Werk etwa zweimal so viel kosten, als Bruce die Aktionäre vor sechs Jahren träumen ließ. Dann müssen wir es aufgeben, den unergründlichen Felsboden für die Pfeilerfundierung zu erreichen, und uns auf das zusammengebackene Geröll verlassen, das die Sandschichten des Untergrunds bedeckt. Dies hat kein Bedenken, solange man den Fuß der Pfeiler groß genug macht. Deshalb kommt statt der ursprünglichen Doppelsenkkästen von zehn Fuß Durchmesser ein Riesenkasten von einunddreißig Fuß Durchmesser in Anwendung, auf dem in ähnlicher Weise wie früher ein solider Steinpfeiler bis zur Fluthöhe aufgebaut wird. Soweit sieht die Sache befriedigend aus.

Nun müssen auf diesen kreisrunden Riesentrommeln meine gußeisernen Pfeiler aufgestellt werden, und dabei zeigt sich, daß die acht Säulen, aus denen sie aufgebaut sind, kaum Platz finden und wir uns nur mit sechs, in Sechseckform angeordneten Säulen begnügen müssen. Du kannst Dir denken, wie mir dies mißfiel. Gerade die Pfeiler, die um fünfzehn Fuß höher werden als alle andern, sollten zwei Säulen weniger erhalten! Ich hatte ein paar tolle Szenen mit Sir William. Er war wütend, wenn ich mit meinen Berechnungen kam, und hatte nicht ganz unrecht. Denn mit scheinbar kleinen Annahmen bei zweifelhaften Punkten der Kalkulation läßt sich fast alles ausrechnen, was man haben will. Es war nicht die mathematische Gewißheit, die ich ihm entgegenhalten konnte. Festigkeitskoeffizienten unsrer heutigen Materialien, Winddruckfragen alles ist so unsicher, daß man mit zehnfacher oder zwanzigfacher oder dreißigfacher Sicherheit rechnen kann, je nach der Stimmung, ohne sehr fehlzugehen. jedenfalls läßt sich nicht beweisen, daß man fehlgegangen ist. Ich fühlte nur, wie mich eine geheime Angst packte, die ich mit allem Rechnen nicht loswurde. Bruce erklärte mich schließlich für einen nervenschwachen Geisteskrüppel, dem er nie eine Bruce hätte geben sollen. Griffin, der unbehaglich dabeistand, versprach, die Wanddicke der Säulen um einen halben Zoll stärker zu machen, als ausbedungen war, und das beste Material nicht zu sparen. Und schließlich gab ich nach. Es war wahrhaftig nicht meine Brücke, und die Pfeiler, so wie sie jetzt werden, sind nicht meine Pfeiler. Ich war, nach drei Tagen des Streits, außer mir.

Nicht meine Pfeiler, sagte ich? Habe ich nicht mit diesen Pfeilern, die das Glück und das Unglück meines Lebens zu sein scheinen, einen Schatz erkauft, der mir noch heute über alle Brücken geht? Du verstehst das nicht, alter Junggeselle; es gehört deshalb nicht in Deinen Brief. Aber es will mir nicht aus dem Kopf seit einiger Zeit und kommt überall zum Vorschein, wo es nicht hingehört.

Griffin gefällt mir nicht halb so wohl wie der alte Lavalette, obgleich er, als jüngerer Mann, zweimal so viel Tatkraft an den Tag legt. Auch der Guß, den er aus Middlesborough schickt, ist schlechter als der alte. Ich habe ihm vorige Woche sechs Säulen zurückschicken lassen, woraus ein heftiger Briefwechsel entstand. Doch was kümmern Dich diese Einzelheiten? Wenn Du in Deinem Werk aufgehst, wie ich in meiner Brücke, verlierst auch Du den Maßstab der Dinge und eine vernunftgemäße Perspektive. Schreibe mir ein wenig von Deiner Wolga, damit ich den richtigen Augpunkt wiederfinde. Aus der Ferne sieht alles mehr aus, wie es wirklich ist, als in der Nähe, obgleich viele das Umgekehrte behaupten.

Etwas für Dich als Mechanikus! Seit etlichen Tagen versuchen wir ein neues System des Caissonversenkens, das einer unsrer jungen Assistenten erfunden hat und das uns viel Mühe und Zeit erspart. Statt Sand und Geröll im Grund des versinkenden Senkkastens wie bisher auszugraben und durch die Luftschächte mühsam heraufzuschaffen, haben wir auf einem Saugboot, wie wir es nennen, sechs große, kesselartige Blechbehälter, die mittels einer Pumpe luftleer gemacht werden. Von diesen Behältern geht ein Schlauch in die Tiefe, der am Boden des Senkkastens mündet. Wird die Verbindung zwischen dem Behälter und dem Schlauch geöffnet, so saugt die Luftleere des Behälters Wasser, Sand und Steine mit furchtbarem Gebrüll herauf, so daß sich der Behälter in zehn Sekunden mit dem gewünschten Brei füllt. Man hat das Faß dann nur zu entleeren und es wieder luftleer zu pumpen, worauf es aufs neue bereit ist, seine zehn Zentner Geröll heraufzusaugen. Weder Bruce noch Griffin wollten an das Ding glauben, solange es nur auf dem Papier stand. Der Zeichner, der es erfand, ist der Sohn eines der sieben ertrunkenen Senkkastenarbeiter. Der junge Mann ließ mir keine Ruhe, und schließlich bequemte sich Griffin dazu, den Versuch zu machen. jetzt bildet er sich wahrhaftig ein, er habe den Witz selbst erfunden, der übrigens das Glück des jungen machen wird. Ich sorgte dafür, daß er sich die Sache patentieren ließ. Die Senkkästen, die ihn um den Vater gebracht haben, sind ihm eine kleine Vergütung schuldig.

Morgen kommt der erste der zweihundertfünfzig Fuß langen Gitterbalken auf seine volle Höhe. Die hydraulischen Hebevorrichtungen arbeiten jetzt musterhaft. Wir kommen mit den Riesenkasten täglich um fünfundzwanzig Fuß weiter, so daß er in vier Tagen seine schwindelige Höhe erreicht. In der Nähe sieht die Sache gruselig aus, in der Ferne, vom Ufer gesehen, wie ein Zauber, wie etwas, das im Traum geschieht; heimlich, still, wie von selbst. Man hört keinen Laut und hat, bei der Größe der Massen, alles Gefühl für Entfernungen verloren. Höher und höher steigt das Ding und ruht wie schwebend in der Luft, als ob Eisen kein Gewicht mehr hätte. Das sind Augenblicke, in denen man ein dummstolzes Gefühl nicht ganz unterdrücken kann noch mag, um Dirs ehrlich zu sagen. Man hat so viele geheime Sorgen nebenher, daß man sich Augenblicke solcher Illusionen nicht verderben darf. Seitdem uns vor einem

Jahr der Erdboden unter den Füßen verschwand, traue ich dem morgigen Tag nicht mehr.

Meine Frau sagt, ich brauche wieder eine Erholungsreise. Ist Kumys gut für die Nerven? Wie sieht es an der Wolga aus? Ich habe fast Lust, Dich in Samara aufzusuchen. Aber wie ich höre, bauen sie dort auch eine große Brücke.

Erzähle mir davon! Nein, schreibe mir und erzähle mir nichts von der Brücke.

Dein Stoß.

Ennobrücke, den 27. Februar 1877.

Freue Dich mit mir, Billy; es geht lustiger voran als je. Die jüngsten sechs Monate haben trotz des Winters Wunder getan. Gestern wurde der letzte der kleineren Gitterbalken auf seine Pfeilerschwellen festgebolzt. Im ganzen sind es siebenundzwanzig Stück, die jetzt, auf zierlichen Stelzen stehend, von Süden und Norden her gegen die Mitte der Bucht zwei ununterbrochene dunkle Linien ziehen. Von den großen zweihundertfünfzig Fuß langen Balken lagern fünf auf ihrer schwindligen Höhe. Du weißt, sie müssen um fünfzehn Fuß höher gelegt werden als die andern. Der sechste wird seit einigen Tagen ins Blaue hinaufgepumpt und mit seinen Säulenbeinen versehen, die ihm während des Aufsteigens unter dem Leibe wachsen, der siebente liegt fertig am Ufer, bereit, sich auf die Seefahrt zu machen, zwei sind im Begriff, zusammengenietet zu werden, und nur von den letzten vieren ist nichts zu sehen. Aber trotzdem ist das Ende in Sicht, Billy! Unsre Brücke wird fertig, ehe das Jahr zu Ende geht. Es ist jetzt alles so hübsch organisiert, neue Probleme sind nicht mehr zu lösen, die Leute sind dermaßen eingeübt, daß ich nicht wüßte, woher eine ernstliche Störung noch kommen sollte. Griffin ist in wachsender Geschäftsaufregung, treibt und jagt jetzt an allen Enden, so daß vieles etwas pünktlicher gemacht werden könnte. Aber man gewöhnt sich auch daran, leider.

Du solltest jetzt das Leben ringsum sehen! Wie das von Ufer zu Ufer hämmert und klopft, stampft und plätschert, kracht und stöhnt und alles sich reckt und streckt, damit die zwei langen Brückenarme sich endlich die Hände reichen. Es sind fünfhundert Arbeiter auf beiden Ufern, vier Dampfer, zwölf Barken zu allen möglichen Zwecken. Kleine Boote ohne Zahl wimmeln unter den neunundsiebzig Pfeilern umher, von denen nur noch drei ihre Fundamente nicht über Wasser zeigen. Im Morgensonnenlicht, das mit der Flut die Bucht heraufströmt, macht all das ein herrliches Bild. Wir haben aber auch zehn Jahre lang daran gemalt mit Müh und Sorgen aller Art.

Man ruft mich. In einer halben Stunde ist die Flut hoch genug, um den fertigen Gitterbalken auf den Rücken zu nehmen und an seine Stelle zu tragen. Ich muß diesmal dabei sein und schließe den Brief, wenn ich zurückkomme.

Guter Gott, weiß ich noch immer nicht, daß man den Tag nicht vor dem Abend loben soll? Ein entsetzliches Unglück hätte geschehen können, und ein großes Unglück ist geschehen. Nur eines ist tröstlich, es hat diesmal keine Menschenleben gekostet. Aber es wird Griffin eine runde Summe Geld und uns alle mindestens vier kostbare Wochen kosten. Bis morgen früh die großen Schleppbarken mit dem schweren Hebezeug von Pebbleton herübergeholt und die Taucher von Leith eingetroffen sind, kann nichts geschehen. So erhältst Du wieder eine lange Epistel mit einer langen Hiobspost. Das untätige Warten nach solchen Stunden ist das Schlimmste daran. Aber warum hast Du auch einen Brückenbauer geheiratet? Du hättest Dirs zweimal überlegen sollen, denn Du kennst das Gewerbe.

Du weißt, was wir unsre Gitterbalken heißen völlig fertige Stücke der großen Brücke, die wie eine entsetzlich lange viereckige Röhre aussehen und von einem Pfeiler zum andern reichen. Die, um die es sich gegenwärtig handelt, sind zweihundertfünfzig Fuß lang, achtzehn Fuß breit und sechsunddreißig Fuß hoch, so daß ein ganzer Eisenbahnzug in ihrem Innern bequem Platz hat. Sie wiegen nahezu viertausend Zentner. Was das heißt, kann sich nur der vorstellen, dem das Röhrchen einmal auf die Zehen fällt; der nicht einmal.

Auch habe ich Dir einmal erzählt, wie dieses Spielzeug auf einer Art von Holzbrücke am Ufer aufgebaut wird, wie dann, wenn es fertig ist, an beiden Enden zwei Joch der Holzbrücke herausgenommen und an deren Stelle zwei kräftige Barken untergeschoben werden, die sich mit der steigenden Flut heben und den Balken schwimmend davontragen. Die Sache ist so einfach und geht so lautlos und sicher vor sich, als wäre es viel weniger als ein Kinderspiel. Gut. Dieses Manöver sollte heute zum dreiundsechzigsten Mal ausgeführt werden, und ich wollte mitfahren, um die Steinpfeiler zu beobachten, wenn das fürchterliche Gewicht auf sie niedersinkt.

Als ich an das Ufer kam, waren die Barken schon unter dein Gitterbalken festgelegt, die mächtigen Schwellen und Holzklötze aber, die ihn tragen mußten, noch einen halben Fuß unter dem Eisenwerk. Langsam, fast unmerklich stiegen sie empor wie die Zeiger eines Uhrwerks. Es war das Weltalluhrwerk, das man hier laufen sehen konnte. Die Schiffer der Boote, ein Dutzend Arbeiter und die Führer des Trupps warteten plaudernd auf das Steigen des Wassers, das in rauschenden Wellen vorn Meer heraufkam. Das Wetter hatte sich plötzlich geändert. Ein frischer Wind jagte in leichten Stößen über die Wasserfläche, und im Osten stieg eine Mauer schwerer Wolken auf, die scharf gegen den blauen Himmel abstach.

»Das Wetter bleibt nicht stad,« sagte der Kapitän der Barke, auf der ich Platz nahm, ein alter Schiffer aus Pebbleton, zum Vormann der Brückenleute. Er erwartete und erhielt keine Antwort. Brummend hantierten die Leute mit den Seilen, welche die Barke festhielten, die etwas unruhig hin und her schwankte. Man warf den zwei kleinen Schraubendampfern schon die Schlepptaue zu. Alle Aufmerksamkeit war auf unsre Barke selbst gerichtet, die jetzt die Unterkante des Balkens berührte. Hier wurde noch ein mächtiger Holzkeil untergeschlagen, dort mit hastiger Anstrengung eine sich verschiebende Schwelle zurechtgerückt. Man hörte da und dort ein leichtes Knistern, ein dumpfes Knarren. Das Boot drückte jetzt gewaltig von unten. Die Bohlen der Holzbrücke, denen die Last allmählich abgenommen wurde, stöhnten auf. Es wurde ihnen mit jeder Minute leichter. Jetzt fiel ein Holzklotz, auf dem ein Teil des Gitterbalkens geruht hatte, polternd aus seiner Lage, jetzt am andern Ufer ein zweiter. Die zwei Schleppdampfer zogen die ausgestreckten Taue sanft an, um ihre Länge genau zu regeln. jetzt endlich regte sich der mächtige Gitterbalken mit einem leisen Ruck, und plötzlich schwebte er einen Zoll hoch über dem Lager, auf dem cr entstanden war. Zwanzig Arbeiter warfen die Unterlagen über den Haufen, auf denen er entlang der Brücke geruht hatte. Man wartete noch zehn Minuten, dann schwankte er sechs Zoll über jedem festen Punkt der Plattform. Der Vormann kommandierte: »Seile los!« und die zwei Dampfer zogen langsam und vorsichtig die Schlepptaue an.

Majestätisch segelte das wunderliche Doppelfahrzeug in den Strom hinaus: die zwei Barken, mit dem zweihundertfünfzig Fuß langen Riesenbalken, der sie verband. Der Holzstaden, von dem wir abtrieben, befindet sich oberhalb der Brücke. Da die Strömung wegen der steigenden Flut landeinwärts zieht, läßt man die Barken in dieser Richtung hinauftreiben, um sie weiter oben über die Bucht wegzuschleppen. Dann erst wird der Balken langsam gedreht und in einer Stellung parallel zur Brücke dieser entgegengeschleppt. Das gewohnte, wenn auch noch immer etwas unbehagliche Manöver gelang wie früher immer, doch bemerkten wir jetzt erst, wie unruhig der Strom war. je weiter wir gegen die Mitte der Bucht kamen, um so höher wurden die Wellen. Der blaue Himmel war verschwunden, ein pfeifender Wind kam vom Meer her, und da und dort zeigten sich die weißen Schaumkämme einer regelrechten See. Man fuhr natürlich immer mit der größten Vorsicht, so daß die Fahrt gewöhnlich dreißig bis sechsunddreißig Minuten dauerte. Die Arbeiter betrachteten sie als eine ihrer Lustbarkeiten und saßen gewöhnlich plaudernd auf dem Rand der Barken. Heute wurde einer nach dem andern still und sah nachdenklich über die windbewegte Fläche, auf der weiter unten schon stürmische Regengüsse hinfegten.

»Kein guter Tag für die Fahrt, Kapitän!« sagte ich zu dem alten Schiffer, der mit einem Seilende in der Hand starr nach dem letzten, kaum aus dem Wasser hervorragenden Pfeiler sah, dem wir zusteuerten. Ein weißer Wellenkranz, wie eine kleine Brandung, zeigte die Stelle deutlicher als gewöhnlich.

»Nein!« sagte er, sichtlich nicht geneigt, das Gespräch fortzusetzen. Von Zeit zu Zeit spritzte jetzt etwas Wasser über Bord, denn die Boote gingen mit ihrer gewaltigen Last ziemlich tief. Manchmal traf eine Welle die Bootseite mit einem lauten, harten Schlag. Dann ging ein Zittern durch unsern Gitterbalken, von einem Boot zum andern, wie wenn man eine Saite berührt. Dazu heulte jetzt der

Wind hörbar und brachte dicke Nebelwolken den Fluß herauf. Die Stimmung war unbehaglich.

»Können Sie schwimmen?« fragte ich unnötigerweise den knurrigen Alten, um etwas Leben in die Gesellschaft zu bringen. Es schien mir stets rätlich, bedenklichen Augenblicken wenigstens mit dem Schein von Humor entgegenzugehen, wenn man ihnen nicht mehr ausweichen kann. Ohne mich eines Blickes zu würdigen, ging der Mann nach dem Bug des Bootes. Dort hingen zwei Rettungsgürtel. Er band den einen los und warf ihn mir zu. An Deutlichkeit ließ die Antwort nichts zu wünschen übrig. Ein paar Arbeiter lachten unbehaglich.

Unser Fahrzeug hatte noch nicht die Mitte des Stroms erreicht, der uns mit Gewalt von der Brücke ab nach oben trieb, was übrigens ganz im Plan des Manövers lag.

»Wir können wohl nicht zurück, Kapitän?« fragte ich nach einer langen Pause, in der man nichts als das Plätschern des Wassers, das Sausen des Windes und das regelmäßige Brausen der zwei Schleppdampfer hörte.

»Nein!« sagte der Mann.

»Der Transport des Balkens könnte ja ebensogut morgen ausgeführt werden, wenn die Bucht ruhiger ist,« meinte ich.

»Nein!« war die lakonische Antwort unter dem zerfetzten Matrosenhut. Dann machte er aus beiden hohlen Händen ein Sprachrohr und brüllte etwas in den Nebel hinaus, das man wohl an beiden Ufern hören, aber sicher, wie mir schien, nirgends verstehen konnte. Die Schlepptaue des linken Dampfers und unseres Bootes streckten sich mit einem Ruck, die des andern sanken lose gegen das Wasser. Der Gitterbalken schwenkte sich langsam quer über den Strom.

Dann erst wandte sich der Kapitän zu mir, gutmütig blinzelnd, als lägen nicht fünf Minuten zwischen meiner Bemerkung und seiner Antwort. »Seit wir wegfuhren, denke ich daran, Mister Harold« die Leute nennen mich alle beim Vornamen, der ihnen mundgerechter zu sein scheint, »aber es geht nicht. Keiner der Steuerleute ist darauf eingerichtet. Wie wollen Sie die vier Boote kommandieren, daß alles zusammenarbeitet? Das muß vorher verabredet sein. Wir würden die Brücke einstoßen oder sonst ein Unheil anrichten.

Die Sache muß durchgeführt werden wie immer. Geht's, so geht's; geht's nicht«

Damit war seine Beredsamkeit erschöpft. Der Gitterbalken stand jetzt parallel mit der Brücke, quer über den Fluß. Beide Dampfer zogen mit Macht gegen die wütende Strömung, die uns entgegenbrauste. Am Bug unsrer Boote spritzten die Wellen jetzt beständig über Bord. Die Barken hoben und senkten sich in unruhiger Bewegung, die sich dem Balken mitteilte, der haushoch über seine Unterlagen emporragte. Da sich beide Boote jedoch nicht in gleichem Tempo bewegen wollten, so zitterten und knirschten die Unterlagen bösartig.

»Hierher, Leute!« schrie der Kapitän, »alle Mann nach vorn!« Sie gehorchten mit ungewohnter Behendigkeit. Wir näherten uns jetzt den Pfeilerinseln, auf denen ein halbes Dutzend Leute uns erwartete, förmlich eingehüllt in den weißen Gischt einer kleinen Brandung. Die Dampfer waren schon zwischen den Pfeilern durchgefahren und ließen die Schleppseile sinken. Jetzt erst, an den Pfeilerinseln als festem Punkt, sah man, wie unser gewaltiges Zwillingsfahrzeug schwankte und schaukelte. Es war grausig. Ich begann an Dich zu denken, Billy, und an die Kleinen.

Beim besten Willen kann ich nicht genau erzählen, was nun vor sich ging. Es war den Steuerleuten wahrscheinlich nicht möglich gewesen, die genaue Mitte zwischen unsern zwei Pfeilern einzuhalten. Auch hatten die Schlepper uns nicht ganz parallel mit der Brücke herangezogen. Wir mit unserem Balkenende waren noch ein paar Fuß vom Pfeiler entfernt. Da kam ein furchtbarer Stoß von der andern Seite. Fünf, sechs Leute fielen zu Boden. Dann ein zweiter. Die Unterlagschwellen krachten und drehten sich, die dicken Seile, die den Balken aufrecht hielten, knallten entzwei und flogen wie Peitschenschnüre durch die Luft. Am fernen Ende stieg die Bootspitze aus dem Wasser wie ein Pferd, das sich bäumt. Bei uns neigte sich der Gitterbalken nach hinten, langsam, unaufhaltsam; die Unterlagschwellen stürzten zermalmt in einen Holzstücke speienden Haufen übereinander, und dann war es zehn Sekunden lang ein Zischen und Tosen, ein Klatschen und Schlagen, ein Knirschen und Sausen, in dem man nicht wußte, ob man im Wasser oder auf dem Land, auf den Füßen oder auf dem Kopf stand. Und das Geschrei!

Als ich mich wieder mit einiger Besinnung umsehen konnte, stand ich neben dem alten Kapitän auf der Pfeilerinsel. Unser großer Gitterbalken war spurlos verschwunden, und der reißende Strom jagte darüber weg, da und dort noch ein wenig gurgelnd, als habe ihm der ungewohnte Bissen nicht übel geschmeckt.

Das Erstaunliche ist, daß nicht ein Mann verlorenging. Am andern Ende waren die meisten ins Wasser gesprungen. Da jedoch die Leute auf den Pfeilern zwei Kähne bei sich hatten, wurden sie ohne Schwierigkeit aufgefischt. Auf unsrer Seite gab es einen Beinbruch und ein paar zerbrochene Rippen, wofür wir Gott danken dürfen. Da alle unsre Leute sich an der Spitze des Boots befanden, konnten sie mit einem Sprung das rettende Inselufer erreichen und lachten schon wieder, wenn sie an das allgemeine Gehüpf und an die unglaublichen Sprünge dachten, die sie fertiggebracht hatten. Unser fast zertrümmertes Boot hing noch an den Schlepptauen des Dampfers, das andre war mit dem Gitterbalken untergegangen. Die Dampfer brachten die ganze Gesellschaft ohne Verzug ans Ufer. Es war mir nicht unangenehm, wieder festen Boden unter den Füßen zu haben, da es gleich darauf entsetzlich zu regnen begann.

Ein kleines Stoß- und Dankgebet hatte der versunkene Gitterbalken wohl jedem von uns ausgepreßt, vom stummen Kapitän bis herunter zum zehnjährigen Bootsjungen, dessen kleine Zunge vor Aufregung nicht mehr zur Ruhe kam; jedem in seiner Sprache, und wunderliche Sprachen waren es teilweise. Aber der uns erhalten, versteht uns auch und verzeiht das Gestammel. Ernst war es allen.

Dann galt es zu arbeiten. Das ist das Gute in solchen Fällen: sie lassen uns keine Zeit, lange über verschüttete Milch nachzudenken. Zuerst wurden Telegramme an Deinen Papa und Griffin aufgegeben, die beide nicht übel geschimpft haben mögen. In sicherer Entfernung ist dies ja eine harmlose Form von Tröstung. Diesen folgte ein Telegramm nach Leith, um so schnell als tunlich zwei geübte Taucher hierher zu bekommen. Dann wurde einer der Schlepper mit einer Barke und zwanzig Mann nach Pebbleton geschickt, um alle Hebewerkzeuge, die im Lande aufzutreiben sind, zu holen. Sie nahmen gleichzeitig auch das zerbrochene Bein und die Rippen mit, welche sie im dortigen Hospital abzugeben haben. Die Verunglückten betrachteten den Fall mit stoischer Ruhe und freuten sich auf ein paar Wochen ungestörter Erholungszeit. Es ist wahrhaftig eine Rasse aus Hartguß. Damit war geschehen, was für den Augenblick geschehen konnte, und Zeit gewonnen, Dir dieses Briefchen zu schreiben, das Dich hoffentlich freuen wird.

Es ist mittlerweile Abend und Ebbe geworden. Trotzdem sieht man nichts von unserm Balken. Dabei geht es mir vortrefflich. Ein solches Zwischenspiel, nach dem man weiß, wo und was anzupacken ist, sehe ich als Hochgenuß an gegenüber den schlaflosen Nächten, die uns eingebildete Sorgen bereiten. Du verstehst mich, aber sage niemand etwas davon. Dies muß unser Geheimnis bleiben.

      Für immer
      Dein Harold.

Pebbleton, den 23. September 1877.

Hipp hipp hurra! Ich bitte Dich, lieber Eyth, noch einmal: Hipp hipp hurra! Gestern ist die erste Lokomotive über unsre Brücke gefahren. Und wie!

Es war eine tolle Wirtschaft, diese letzten drei Monate. Man wollte mit Gewalt vor Anbruch des Winters das Werk, an dem wir nun fast acht Jahre arbeiten, fertig sehen, und die Gewalt hat gesiegt. Jeden packte schließlich dieses Eilfieber in unheimlicher Weise, und ich selbst war einer der schlimmsten, obgleich eigentlich nur das Zusehen meines Amtes war. Allein die Telegramme des alten Bruce, der nicht müde wurde, die Hoffnung auszusprechen, daß er das Ende der Brücke noch erleben möge, das Herumstampfen und Schreien Griffins und seiner Leute, die Gott sei's geklagt unter dem Vorwand von Übereifer manches schlechte Stück Guß- oder Schmiedeeisen in den Bau hineingeschmuggelt haben mögen, steckten mich an. Ich schrie, stampfte und telegraphierte genau wie sie. Ehrlich gesagt, ich ließ mich gerne anstecken und arbeitete mit, als ob ich einer von Griffins jungen Leuten wäre, anstatt dazu da, sie zu beaufsichtigen. Es tat mir gut. Ich habe mich schon lange nicht mehr so vergnügt und sorgenfrei gefühlt. Selbst ein tüchtiger Herbstwind läßt mich seit einiger Zeit wieder ruhig schlafen. Ich glaube, ich war auf dem besten Wege, ernstlich krank zu werden, ehe diese Sturm-wochen kamen. Fixe Ideen können Blut zersetzen.

Gestern also, um zehn Uhr vormittags, wurde die letzte Schiene auf die Brückenschwellen genagelt. Es war zwischen dem zwei-unddreißigsten und dreiunddreißigsten Pfeiler in einem der langen Gitterbalken der Mittelbrücke. Wir alle, Griffin, ich und ein halbes Dutzend seiner Ingenieure und Werkführer, standen feierlich um die Schwellen herum, auf denen das letzte Verbindungsglied zwi-schen Süd und Norden ruht. Bruce hatte leider eine Erkältung im Leib und konnte nicht kommen. Der älteste Schienenleger auf dem Platz durfte die letzte Schraube durch die letzte Fischplatte stecken und anziehen. Ich hatte die Operation in den letzten Monaten wohl tausendmal mit angesehen, ohne etwas dabei zu denken, als daß sie etwas schneller ausgeführt werden könnte. Heute hatte ich den Eindruck, als ob der alte Kerl mir das Herz zusammenschraubte, schmerzhaft und wohlig zugleich. Griffin hatte für ein paar Fla-schen Sekt gesorgt. Dies löste die Spannung ein wenig und stellte die übliche Feststimmung vor. Für die Arbeiter sollte sie erst am Abend beginnen.

Und nun komme ich an ein Kapitel, das Du leider nicht verstehst, das ich Dir aber trotzdem nicht vorenthalten kann. Sobald die Schiene festgeschraubt und das erforderliche mangelhafte Hurra ausgestoßen war, fuhren Griffin und ich auf einer Draisine nach Pebbleton hinüber, wo, wie wir angeordnet hatten, eine Lokomotive unter Dampf stand. Sie sollte mit uns ohne Verzug die erste Fahrt über die Brücke machen; dieser Genuß durfte uns nicht entgehen. Lustig pfiff sie uns entgegen, als wir in den Bahnhof einfuhren, setzte mich aber auch sofort in ein kleines Erstaunen, nicht weil ihr eine halbverbrannte Girlande um den Schornstein und ein Rosen-kranz über die Sicherheitsventilhebel hing, das war einem poeti-schen Lokomotivführer, der auf ein glänzendes Trinkgeld rechnen konnte, zu verzeihen, sondern weil neben dem Mann statt des Hei-zers eine Dame stand. Ich traute meinen Augen kaum. Es war Billy.

»Donnerwetter,« rief ich in meinem besten Brückenenglisch, »was tust du hier? Willst du herunterkommen, Schatz!«

»Donnerwetter, willst du heraufkommen!« sagte sie. »Wir haben hundertunddreißig Pfund Dampf und können nicht länger warten!«

Wir fochten einen Strauß! Griffin, der unsre Ehekämpfe nicht kannte, war in der größten Verlegenheit, während wir uns heftig beschimpften und liebevolle Blicke zuwarfen. Sie war vor einer Stunde expreß von London gekommen. Sie ist das eigensinnigste Geschöpf auf Gottes Erdboden, was ich besonders hochschätze. Man weiß im Verkehr mit ihr wenigstens immer, was man zu tun hat. Ich stellte ihr vor, daß sie vor Schwindel sterben würde, ehe wir auf dem Südufer ankämen. Ich sagte ihr, daß eine erste Fahrt über eine derartige Brücke meistens den Tod aller näher Beteiligten verschulde und daß ihr Gewicht die Katastrophe mit Bestimmtheit herbeiführen müsse. Statt aller Antwort fragte sie den Lokomotivführer, mit welchem Hebel man pfeife, und pfiff. Als ich sie an ihre unerzogenen Kinder erinnerte, fragte sie mich, ob ich Rabenvater genug sei, die auch noch zu verlangen. Ich sah, es half alles nichts. Wir stiegen deshalb auf, nahmen sie in die Mitte, setzten sie auf einen umgestürzten Kohlenkübel und fuhren ab.

Natürlich wurde langsam gefahren, sobald wir die Brücke erreichten, um die Gegend zu genießen, wie Du Dir denken kannst. Es war ein windiger, sonniger Herbstnachmittag; Land und Wasser strahlten von den Bergen im Westen bis hinaus gegen Osten, wo sich die offene See im wasserhellen Himmel widerspiegelt. Über den ersten Teil der Brücke, auf dem die Gitterbalken unter den Schienen liegen, sah die Fahrt toll genug aus, besonders da die Bohlung an der Seite des Geleises und das Handgeländer noch fehlten. Man schien turmhoch über dem Wasser zu hängen und die Maschine in der Luft hinzuziehen. Hier zog Billy doch vor, die Augen zu schließen, und wurde etwas bleich, so daß ich sie auslachen und ohne Widerstand küssen konnte. Die Rache war süß. Dann kamen wir auf die Mittelbrücke, wo die Maschine durch das Innere der Gitterbalken läuft. Hier fühlt man sich sicherer, obgleich das Gegenteil der Fall sein sollte. Wenn ein Teil der Brücke bedenklich ist, so ist es dieser. Auf Augenblicke vergaß ich hier meine Frau. Die Arbeit von zehn Jahren stand auf dem Spiel. Griffin und ich sahen uns an. Wir wußten beide, was wir dachten, ohne ein Wort zu sagen. Aber es war wirklich unmöglich, das leiseste Zittern der gewaltigen Gitterbalken zu fühlen. Allerdings: wir fuhren sehr langsam und vorsichtig. Nun kam man wieder ins Freie. Billy war jetzt an alles gewöhnt und sah sich keck um. Und als wir am andern Ufer zwischen den Granitobelisken durchfuhren, die das Ende der Brücke schmücken, und das hundertstimmige Hurra der Arbeiter die Maschine empfing und gleichzeitig die Bierfässer angerollt kamen und das Hurra sich verzehnfachte, da packte sie mich am Kopf und mißhandelte mich vor der versammelten Volksmenge in unverantwortlicher Weise.

Wie gesagt, Eyth, ich kann Dich nur bedauern, denn Du verstehst dies alles nicht. Aber ein stolzes Gefühl ist und bleibt es, mit bebendem Herzen über ein Werk von Jahrzehnten wegzufahren und zu fühlen, daß es steht, für alle Zeiten steht. Soviel wirst Du begreifen, und das ist eigentlich alles, was ich Dir erzählen wollte.

Die offizielle Prüfung, bei der sechs schwere Lokomotiven auf jeden Gitterbalken gestellt werden, wird wohl erst in vier Wochen stattfinden. Ich habe jetzt nicht mehr die geringste Sorge und lache mit Sir William um die Wette, wenn der alte Jenkins seine langen Gesichter schneidet. Was die Bruchfestigkeit betrifft, so ist absolut nichts mehr zu befürchten.

Die eigentliche Eröffnung der Brücke soll dann nach weiteren drei Monaten feierlich vorgenommen werden. Man will während des Winters nur Güterzüge über dieselbe leiten, damit das arme Publikum sich an die Sache gewöhnt. Es gibt nämlich heute noch auf beiden Seiten der Bucht ängstliche Gemüter genug, die der Brücke nicht trauen, obgleich sie Billy persönlich geprüft und gut befunden hat.

Und was denkst Du jetzt dazu?

Es war mir im Lauf der letzten Jahre manchmal ein Trost, lieber Freund, Dir mein sorgenschweres Herz auszuschütten. Ich bestehe deshalb darauf, daß Du als stiller Sorgenteilhaber bei dem Eröffnungsfest nicht fehlst. Unser wackerer Schindler, Doktor und Professor des Englischen und Französischen, hat bereits zugesagt und wird sicherlich eine Festrede in gemischter Sprache zum besten geben. Auch Billy erwartet Dich und ist gewöhnt, ihren Willen respektiert zu sehen. Solltest Du zur Zeit in Hindostan oder Mexiko beschäftigt sein, so treffe rechtzeitig in Pebbleton ein. Weniger können wir wahrhaftig nicht verlangen.

In alter Freundschaft

Dein Stoß,
Brückenbauer z. D.

Eine schwere Last

Von der amtlichen Eröffnung der Ennobrücke genoß ich nur eine begeisterte Beschreibung, die mir unser alter Freund Schindler in die Steppen Rußlands nachsandte. Nicht allein um sein Englisch aufzufrischen, womit er sich vor sich selbst entschuldigte, hatte er der wiederholten Einladung Harolds Folge geleistet. Im Grunde des Herzens war er noch jetzt mehr Ingenieur als Sprachkünstler und verfolgte von seiner thüringischen Warte herab unser Leben mit sehnsüchtiger Teilnahme und neidloser Begeisterung. Es erschien ihm deshalb auch manches in rosigerem Lichte als uns, die wir die Dinge in der Nähe genossen. So erklärten sich mir die Dithyramben seines Festberichts hinlänglich.

Ein volles Jahr später, während dessen wir wenig oder nichts voneinander gehört hatten, befand ich mich im äußersten Norden Schottlands, zu Dunrobin, als Gast des Herzogs von Sutherland. Es war der Abend eines ebenso interessanten als anstrengenden Tages. Der Herzog war nachmittags in Lachsfischereiangelegenheiten nach der Westküste abgereist. So kam es, daß Herr Greig, einer der leitenden Geschäftsteilhaber von Fowler & Co., und ich in einem kleinen altertümlichen Saal des Schlosses beim abendlichen Glase schottischen Whiskys allein beisammen saßen und die Ereignisse des Tages besprachen. Im Kamin loderte ein mächtiges Holzfeuer und beleuchtete mit seinem flackernden Licht die reiche, düstere Ausstattung des Zimmers, in dem uns die üppigste Behaglichkeit in Formen entgegentrat, die aus vormittelalterlichen Zeiten zu stammen schienen. Auch ohne die Hirschgeweihe und Eberköpfe und die Riesenhörner ausgestorbener Stiere hätte man glauben können, sich in die Behausung eines der altkeltischen Hochlandlairds verirrt zu haben, auf deren Grund und Boden Dunrobin steht. Greig, ein unverfälschter Schotte, fühlte sich völlig zu Hause. Mir war die ganze Umgebung mit ihrem Zug ins Hünenhafte und Ossianische ein ungewohnter Genuß nach der kühlen Wirklichkeit, die uns den Tag über umgeben hatte.

Der Herzog war eines jener Originale, die uns in seiner eignen Heimat kaum in Erstaunen setzen: trotz seines alten Geschlechts, trotz seines fabelhaften Reichtums einer der Männer unsrer Zeit, wie sie vielleicht nur auf dem Boden der englischen Aristokratie gedeihen, wo man begriffen hat, daß die alten Waffen nicht mehr hinreichen, den Glanz des alten Wappens zu erhalten. Sein Großvater hatte Sutherlandshire, die Stammgrafschaft der Familie, mit seinen Wunderlichkeiten fast zugrunde gerichtet; der Enkel wollte es mit den seinen wieder retten. Jener war ein leidenschaftlicher Jäger gewesen. Sein Ehrgeiz ging dahin, die ganze Nordspitze Schottlands in einen riesigen Wildpark zu verwandeln. Tausende seiner Bauern hatte er genötigt, auszuwandern, die Höfe eingerissen und auf den Feldern Wald und Heide angepflanzt. Alles Land, das ihm im Wege lag, wurde ohne Rücksicht auf die Kosten zum selben Zweck angekauft. Als er starb, hatte die Bevölkerung von Sutherlandshire um sechzig Prozent abgenommen.

Der jetzige Herzog war im Begriff, das verschwundene Landvolk wieder heranzuziehen. Dies war im rauhen Norden keine allzu leichte Aufgabe. Wald und Heide mußten wieder urbar gemacht, Ackerfeld und Wiesen hergestellt, Häuser gebaut werden, und was vor hundert Jahren dem harten, bedürfnislosen Bauern genügte, war heutzutage völlig unbrauchbar. Die Steine und Felsen, zwischen denen der Großvater seinen ärmlichen Pflug zerstoßen hatte, mußten vor allen Dingen entfernt werden, ehe sich Felder schaffen ließen, auf denen ein Landwirt unsrer Tage mit einiger Aussicht auf Erfolg wirtschaften konnte.

Diese Aufgabe sollten die Dampfpflüge des Herzogs leisten, von denen sich bereits acht in meilenweitem Umkreis um Dunrobin in ununterbrochener Tätigkeit befanden. Es war eine erstaunliche Arbeit, für die eine große Gruppe besonderer Geräte erst erfunden werden mußte. Zunächst konnte nicht daran gedacht werden, einen gewöhnlichen Dampfpflug durch die felsenbesäte Heide zu treiben. Ein riesiger Haken, ähnlich einem großen einarmigen Schiffsanker, wurde von dreißigpferdigen Maschinen in Wirklichkeit mit der Kraft von achtzig Pferden zwei Fuß tief durch den Boden gezogen und riß alle Steine, die ihm in den Weg kamen, aus dem Grund. Blöcke von einem halben Kubikmeter schienen spielend aus der Unterwelt zu kommen. Kam das Gerät auf einen alten Granitfindling, der in dieser Weise nicht zu bewältigen war, so wurden auf demselben Dynamitpatronen entzündet, welche die Arbeiter stets neben ihrem Brot und Speck sorglos in der Tasche bei sich trugen. Nach dieser vorläufigen Bearbeitung hatte das völlig weiße Feld, von losen Felsen und Steinen bedeckt, das Aussehen einer erstarrten Sturmsee. Es wäre unmöglich gewesen, mit dem rohesten Wagen über dieses steinerne Meer zu fahren, ohne ihn zu zertrümmern. Ein wunderlich geformter Schlitten wurde deshalb zwischen den Dampfpflugmaschinen hin und her gezogen, auf welchem die Steine nach den Feldenden geschleppt wurden. Dort überstürzte sich der Schlitten von selbst und warf seine grausige Ladung ab. So wurden, entlang den Feldgrenzen, hohe Wälle aus Felsblöcken gebildet, die teilweise zum Bau von Wohnhäusern und Stallungen, namentlich aber auch zu stattlichen Umfassungsmauern der Felder selbst Verwendung fanden. Dann erst konnte ein gewöhnlicher Dampfpflug seine Arbeit beginnen und das Feld für die erste Hafersaat zurechtpflügen, die samt Haus und Hof dem neuen Gutspächter übergeben wurde. Schon waren einige dieser Höfe besetzt und in vollem landwirtschaftlichem Betrieb, aber noch immer hatten wir an den Maschinen zu ändern und zu bessern, die diese wunderliche, gewöhnlichen Menschenkräften unmögliche Arbeit durchführten. Das Ganze war eine Lieblingsaufgabe meines Chefs und Freundes Greig, doch wurde auch ich öfter herbeigeholt, wenn es sich um ein besonders kitzliges mechanisches Problem handelte. So hatte ich diesmal mit einem neukonstruierten Hilfsgerät Versuche angestellt, mittels dessen der Transportschlitten jeden Augenblick und an jeder Stelle an das in Bewegung befindliche glatte Drahtseil der Dampfpflüge angehängt und wieder losgelassen werden konnte. Den Herzog hatten die Versuche in die allerbeste Stimmung versetzt. Er hatte uns lachend und plaudernd in seinem eignen Wagen nach Dunrobin zurückgeführt.

Doch fehlte es auch dem fürstlichen Millionär nicht an Sorgen; denn an allen Ecken und Enden der Erde hatte er seine Eisen im Feuer: am Nil, in Neufundland, in Bengalen wie in Sutherlandshire. Ob er aus diesem Grund den schlechtesten Schneider in Großbritannien für seine eigne Person beschäftigte, wurde häufig hinter seinem Rücken erörtert und nie ganz aufgeklärt. Die landwirtschaftlichen Verhältnisse der nächsten Zukunft, die er mit klarem Blick voraussah, und das rauhe Klima des nördlichen Schottland ließen ihn befürchten, daß seine Arbeit an dieser Stelle schließlich umsonst sein könne und daß die Pächter, trotz aller greifbaren Ermutigung, unter einem solchen Himmel nicht lebensfähig bleiben dürften. »Ich

weiß, was ich dann mache,« sagte der Herzog mit grimmiger Entschlossenheit; »geht es nicht, unterdrückt uns hier der amerikanische Wettbewerb und das englische Wetter, so mache ich mir selbst
Konkurrenz. Ich habe vorige Woche einen Vetter nach Manitoba
geschickt, um dreißigtausend Acker Prärieland zu kaufen. Nötigen-
falls schicke ich in ein paar Jahren all meine Pächter über das Wasser, ihm nach. Den Kopf müssen wir oben behalten, ihr Herren, was
auch kommt.«

Nun saßen Greig und ich beisammen und überlegten uns dies
und jenes, was der rauhe Tag gebracht hatte, technische und wirtschaftliche Dinge, soziale und politische Fragen. Des Herzogs
Whisky war vortrefflich; behaglicher gepolsterte Sorgenstühle, trotz
ihres barbarischen Aussehens, konnte man in der Welt nicht finden.
Ein alter, wie aus Holz geschnitzter Kammerdiener in schottischer
Hochlandstracht kam herein und überreichte uns auf einem silbernen Teller, den man in einem Hünengrab gefunden haben mochte,
ein paar Briefe. Die Abendpost war soeben eingetroffen. Die Adresse des mir gehörigen Anteils, der aus Leeds nachgeschickt schien,
verriet eine fremde Damenhand. Briefe von fremden Damenhänden
habe ich von jeher nur selten erhalten. Ich drehte ihn deshalb nachdenklich hin und her und bemühte mich, zu erraten, von wem er
wohl sein könnte, anstatt ihn zu öffnen, wie dies ja allgemein Sitte
ist. Greig hatte den seinen ohne Zaudern aufgerissen, hatte ihn in
einer halben Minute gelesen, warf das Blatt ungeduldig auf den
Boden und starrte mit immer tiefer werdenden Stirnfalten in das
Kaminfeuer. Er war einer der Leute, denen ein guter Zorn von Zeit
zu Zeit Bedürfnis ist; es war dann rätlich, abzuwarten, was er damit
anzufangen gedenke. Ich sah mit Interesse zu, wie der rote Feuerschein in seinem roten Bart spielte. Halb Gnom, halb Feuerteufel,
war der wackere Schotte in dieser Umgebung ganz in seinem Element; aber es war besser, ihm dann nicht in den Weg zu kommen.

»Es geht verdammt schlecht in Leeds, Eyth!« begann er endlich
und griff nach seinem Whiskyglas.

»Etwas in die Luft geflogen? – Ein Streik in Aussicht?« fragte ich
teilnehmend.

»Schlimmer,« knurrte Greig. »Vorige Woche wurden nur zwei
Dampfpflüge bestellt, die Woche zuvor nur einer, und der darf erst

im nächsten Frühjahr abgeliefert werden. Unsre Magazine werden bald überfüllt sein.«

»In der ganzen Welt gehen die Geschäfte gegenwärtig zum Erbarmen,« suchte ich zu trösten. »Wir können nicht erwarten, das nicht zu fühlen.«

»Aber dieses Gefühl ist ein infam schlechter Trost,« versetzte Greig. »Seit den fetten ägyptischen Jahren können wir wöchentlich fünf, sechs vollständige Dampfpflüge in die Welt setzen. Wir müssen Platz für sie finden, Land, Arbeit! Es muß etwas geschehen.«

»Wenn wir auch nach Manitoba gingen?« schlug ich vor.

»Nein!« sagte Greig, nachdenklich eine riesige Zigarre des Herzogs anzündend. »Nicht nach Manitoba, aber nach Peru. Wann können Sie abreisen?«

Er verlangte keine Antwort und sah wieder schweigend in das Feuer.

»Vorige Woche aß ich mit Herrn Fowler im Reformklub in London zu Mittag,« fuhr er nach einer langen Pause fort. »Zufällig. Er hatte einen Peruaner zu Gast gebeten, einen Senor Aspillaga Zuckerpflanzer. Bringt jährlich achthundert Fässer Rohzucker auf den Londoner Markt und wußte nicht genug von den riesigen Fabriken zu erzählen, die sie jetzt dort bauen. Ägyptischen Stils.«

»Ohne einen Vizekönig?« fragte ich zweifelhaft.

»Das ist vielleicht das beste daran. Er überschüttete uns mit endlosen Geschichten von den Fabriken, von den riesigen Gütern, von der Arbeiternot. Es hat neuerdings seine Haken mit den Chinesen. Sie brauchen Kräfte, namentlich für den Feldbau, und wissen nicht, wo sie sie hernehmen sollen, die Herren in Peru.«

»So weit wäre es unser Fall,« meinte ich mit wachsender Aufmerksamkeit.

»Kurz, Eyth, wir müssen ein neues Land aufschließen,« rief Greig mit plötzlich heiter werdender Miene. Er überließ es stets seinem Zuhörer, den logischen Zusammenhang seiner Sätze herzustellen. »Wann können Sie abreisen? Nächste Woche? Gut. Gehen Sie Morgen nach London. Aber nehmen Sie in Leeds Ihre Koffer gleich mit. Besprechen Sie die Sache mit Herrn Fowler! Sehen wir einmal!«

Er trat an den gewaltigen Eichentisch in der Mitte des Zimmers, der, in künstlicher Roheit stilgerecht geschnitzt, aus einem Urwaldrest der Eiszeit zu stammen schien, auf dem aber in kostbaren Mappen und Einbänden Fahrpläne und sonstige Reisebücher in reicher Menge umherlagen.

»Sehen Sie!« rief er nach einer Minute des Hinundherwerfens der Mappen; »am Samstag geht der nächste Dampfer von Southampton nach Panama. Das ist Ihr Boot. Ich gehe morgen früh nach Glasgow. Ihr Zug geht erst um neun über Edinburg. Lassen Sie etwas von sich hören und lassen Sie sich's gut gehen. Wir brauchen uns morgen früh nicht mehr zu belästigen. Gute Nacht!«

»Aber ich kann kein Wort Spanisch,« warf ich, doch etwas bedenklich werdend, ein.

»Ich kann nur zwei Sprachen, die sich dazu zum Verwechseln ähnlich sehen,« sagte er lachend, »Englisch und Schottisch, und reise durch die ganze Welt. Man verstand mich noch überall, wenn ich laut genug wurde. Und Sie haben vier Wochen Zeit an Bord. Stecken Sie die Nase in ein Buch, wenn Sie glauben, daß es notwendig sei. Ich bin andrer Ansicht. Es ist doch heute noch etwas geschehen; es ist mir besser. Gute Nacht, Eyth!«

Die letzten drei Worte sprach er mit einem plötzlichen Anflug von Herzlichkeit, den ich zu schätzen wußte. Im Grunde genommen hatten wir uns sehr gerne, und dies war voraussichtlich ein Abschied für mehrere Jahre.

Der hölzerne Kammerdiener machte vergebliche Versuche, ihm die Schlafzimmerkerze zu entreißen und voranzutragen, die er auf einem Nebentisch ergriffen und angezündet hatte. Es gelang nicht. Der alte Mann folgte dem energischen Herrn ehrerbietig, aber kopfschüttelnd durch die frühgotische Tür des Saals.

Nun hatte ich Zeit, an meinen Brief zu denken. Der peruanische Plan konnte warten. Ich hatte es halb und halb vermutet – er war von Ellen Stoß und setzte mich nicht wenig in Erstaunen. Er lautete:

Ennovilla. Richmond, den 18. Februar 1879.

Lieber Herr Eyth!

Wollen Sie mir in einer Not, von der Sie keinen Begriff haben, einen Dienst erweisen, den ich Ihnen nie vergessen werde? Besuchen Sie uns oder suchen Sie meinen lieben Mann zu sehen, ehe Sie wieder aus England verschwinden. Man weiß bei Ihnen ja nie, wie lange Sie erreichbar sind. Ich glaube, er ist ernstlich krank oder im Begriff, es zu werden. überreden Sie ihn, England auf ein Jahr zu verlassen. Ägypten, das Kap, Westindien der Ort ist ganz gleichgültig; aber fort muß er. Ich brauche Ihnen nicht mehr zu sagen, denn ich weiß, daß Sie einer seiner treusten Freunde sind und er Ihnen selber sagen wird, was Sie zu wissen brauchen, um uns zu helfen. Am Samstag geht er nach Pebbleton. Vielleicht könnten Sie ihm in Leeds, das er um zehn Uhr erreicht, eine Stunde schenken. Unter allen Umständen aber rechnet auf Ihre Freundestreue

Ihre dankbar ergebene

Ellen Stoß.

Das war für eine Engländerin ein so dringender, bitterernster Brief, daß ich noch sinnend in meinem Sorgenstuhl lag, als der hölzerne Kammerdiener zurückkehrte, um nachzusehen, ob es wenigstens mir beliebe, mich von ihm nach meinem Schlafzimmer geleiten zu lassen.

Es war heute Freitag, und wenn ich überlegte, was in der nächsten Woche geschehen mußte, keine Stunde zu verlieren.

»Kann man morgen in aller Frühe von Dunrobin nach Richmond oder London telegraphieren?« fragte ich den Mann.

»Zu jeder Stunde der Nacht, wenn Sie es wünschen,« erwiderte er. »Seine Gnaden der Herzog können in keinem Hause schlafen, in dem man nicht zu jeder Nachtstunde nach allen fünf Weltteilen telegraphieren kann. Ein Telegraphist ist die ganze Nacht am Apparat, auch wenn Seine Gnaden nicht hier sind.«

»Gut; geben Sie mir ein Formular,« bat ich. Es lag auf dem Tisch aus der Steinzeit schon bereit und eine eingetauchte Feder daneben, ehe ich mich erhoben hatte. Ich schrieb:

»Stoß. Ennovilla. Richmond. Bin morgen nachmittag vier Uhr an der Ennobrückenstation. Muß Dich vor Abreise nach Peru dringend sprechen. Verfehle mich nicht.

Eyth.«

Dann ging ich zur Ruhe, allerdings nicht übermäßig beruhigt. Peru machte mir keine großen Sorgen. je mehr ich daran dachte, um so fühlbarer wuchs die Freude an dem Gedanken, den alten Inkas etwas vorzupflügen. Wie ich mich aus dem Geschichtsunterricht erinnerte, waren es sachverständige Herren, mit denen sich umgehen ließ. Aber Stoß? Was konnte meinem Freund zugestoßen sein? Frauengeschichten? Kaum denkbar. Ich konnte das Gefühl nicht loswerden, daß es sich um etwas Schlimmeres handle. Aber Unsinn! Es konnte ja nichts Schlimmeres geben.

Als ich am folgenden Mittag zur verabredeten Stunde Stoß auf der Plattform der kleinen Station stehen sah, die eine halbe Stunde vor dem südlichen Ende der berühmten Ennobrücke als Knotenpunkt zweier von Süden kommender Bahnlinien angelegt ist, konnte ich mich eines gelinden Schreckens nicht erwehren. Er hatte sich seit der Zeit unsres letzten Zusammenseins auffallend verändert. Seine Haltung war ersichtlich gebückt; manchmal, wenn er selbst sich dessen bewußt wurde, schnellte er mit einem nervösen Ruck in die Höhe. Er war dünner geworden. Seine früher vollen, bräunlichen Wangen waren eingefallen und spielten ins Gelbe, unter seinen dunkeln Haaren konnte man die weißen längst nicht mehr zählen. Das Eigentümlichste waren seine Augen, die einst so heiter und herausfordernd in die Welt hineingesehen hatten. Sie schienen größer als früher, wenn er sie aufschlug, und dann lag etwas wie eine ängstliche Frage in dem Blick, der unsicher und wie bewußtlos herumsuchte. Aber er sah selten auf und vermied es, sein Gegenüber anzusehen. Meist blickte er zu Boden, als ob er in tiefstes Nachdenken versunken wäre. Dann sah man wohl auch seine bleiche Unterlippe sich regen, während die Finger seiner linken Hand in fortwährender Bewegung waren, wie wenn ein schlechter Komponist an der Arbeit wäre. Es war kein Zweifel, mein guter Stoß war krank.

Wir begrüßten uns lebhaft; er mit ungewöhnlicher Heftigkeit; beide erfreut über das geschickte Zusammentreffen, denn Stoß war

ebenfalls kaum vor fünf Minuten mit dem Zug aus Süden angelangt. Es wäre fast zu einem Kuß gekommen, wenn ich demselben
nicht durch einen energischen Druck der Hand Einhalt getan hätte.
Männer küssen sich auf englischen Eisenbahnstationen nicht, ohne
allgemeine Sensation hervorzurufen, was ich für unnötig hielt. Aber
in Stoß regte sich der alte Österreicher, und ich sah jetzt deutlich am
Zittern seiner Lippen, wie weich er war.

Wir hätten besser getan, uns in Pebbleton zusammenzubestellen,
meinte er. Dort sei ein vortrefflicher Gasthof. Hier, eine Viertelstunde von der Ennobrückenstation entfernt, läge nur ein kleines, aber
allerdings ganz gemütliches Wirtshaus, in dem wir jedenfalls vor
Wind und Regen Schutz finden würden.

Ich erklärte, daß ich auf die Ennobrücke verfallen sei, weil ich den
Riesenbau unter der Leitung von einem seiner Schöpfer gern gesehen hätte. Für mich finde heute die Eröffnungsfeier statt. Ich hoffe,
er habe etliche Flaggen zum Aushängen mitgebracht. Für den Fest-
chor und die Hurras wolle ich einstehen.

Es zuckte über sein Gesicht wie ein körperlicher Schmerz, aber
nur auf einen Augenblick. Dann schnellte er in die Höhe und lachte
zum erstenmal sein altes Lachen.

»Grundschlechter Mensch, wie immer!« begann er. »Als wir die
fünfzig Weißgekleideten hier hatten, hast du dich natürlich nicht
blicken lassen. Wird es nicht besser mit dir werden? Meine Frau läßt
dich vielmals grüßen und bittet um Aufklärung. Gut; sehen wir uns
die Brücke an, das ist ja auch mein Zweck, heute und in den nächsten Tagen. Wenn es Dämmerung wird, sitzen wir im Goldenen
Brückenkopf' zusammen, bis heute abend neun Uhr dreißig mein
Zug geht, denn ich muß leider weiter. Die Direktoren der Nordflintshire-Bahn tagen morgen früh in Pebbleton; einer der Herren
will noch heute nacht mit mir zusammentreffen, und ich soll morgen Bruce vertreten. Der alte Herr wird täglich behaglicher und
eingebildeter. Die Brücke war zu viel für sein moralisches Gleichgewicht.«

Der Stationsvorstand, welcher Stoß mit großer Höflichkeit begrüßte, übernahm unser Gepäck und versprach, das meine nach
dem »Goldenen Brückenkopf« zu schicken, denn ich konnte erst am
folgenden Morgen mit dem ersten Zug Leeds erreichen und hatte

im Sinn, hier zu übernachten. Dann schlenderten wir einen Wiesenpfad entlang am Fuß des ansteigenden Eisenbahndamms der Brücke zu.

Ich fand rasch den alten Plauderton wieder. Bei Stoß wollte er sich nicht sofort einstellen, obgleich ich ihm ansah, wie er sich Mühe gab. Er erzählte mir, wie die technische Prüfung und die Eröffnung der Brücke ohne allen Anstand verlaufen sei und wie drei Monate später zwischen Bruce, den Bauunternehmern und der Bahngesellschaft alle Geldverhältnisse sich glatt und streitlos abgewickelt hätten. Die Brücke habe dreihundertzwanzigtausend Pfund gekostet, etwa um die Hälfte mehr, als man vor zwölf Jahren erwartet habe, sei aber trotzdem noch außerordentlich billig für ein so riesiges Werk. Ein paar hübsche runde Schecks seien im letzten Augenblick von Hand zu Hand gegangen, und auch er könne sich nicht beklagen. Seitdem sei er öfter hier, obgleich sein Schwiegervater und er mit dem Bau nichts mehr zu tun hätten. Doch halte er es für gut, von Zeit zu Zeit noch einen Blick auf dieses Monument des letzten Dezenniums zu werfen. Auch erhalte er gelegentliche Berichte von einem Herrn Noble, den die Bahngesellschaft zum Brückeninspektor ernannt habe, einem äußerst gewissenhaften alten Mann, der nach Schrauben, Keilen und Nieten sehe, die sich etwa gelöst haben könnten. Dieser habe ihn kürzlich gebeten, gelegentlich wiederzukommen, und mit ihm wolle er in den nächsten Tagen die ganze Struktur wieder einmal gründlich untersuchen.

Er hatte munter angefangen zu erzählen, sprach aber immer leiser und zuletzt stockend, wie wenn ihn eine schwere Sorge drückte. Von der Brücke konnte man noch immer nichts sehen, bis wir zu einem kleinen Wärterhause, das unmittelbar vor dem Brückenkopf erbaut ist, am Damm hinaufstiegen. Hier stand plötzlich das ganze großartige Bild vor uns.

Es war ein unruhiger, windiger Nachmittag. Zerfetzte weißgraue Wolken jagten mit Sturmeseile von den Bergen im Westen der See zu. Große Schatten und Sonnenflecke flogen über die weite Landschaft und belebten in wunderlicher Weise die mächtige Wasserfläche der Ennobucht, die sich etwa siebzig Fuß unter uns dehnte. Am andern Ufer, kaum sichtbar im Schatten der Hügel, lagen die Häuser von Pebbleton und am entfernten Strande hin eine Reihe von

Dörfern und Städtchen. Im Hintergrund gegen Norden ragten die ruhigen Gipfel des schottischen Hochlands empor. Im fernen Westen türmten sich die schweren Wolken auf, und die Sonne schien in kurzer Zeit in der vergoldeten Masse versinken zu müssen. Auf dem flimmernden, lebhaft bewegten Wasser flog ein Dutzend Segelschiffe der See zu. Da und dort sah man einen Dampfer, der eine Brigg oder einen Schoner mit gerefften Segeln herauf schleppte. Aber alles trat an dieser Stelle zurück vor dem mächtigen Bauwerk, welches eine dunkle, starre Linie durch die lichtbewegte Landschaft zog und seit Jahresfrist als der Stolz und Triumph unsrer Zeit gepriesen wurde.

Schön war sie nicht, die berühmte Brücke. Ein boshafter Kritikus hatte für ihren Stil die Bezeichnung »frühamerikanisch« erfunden. Aber die schwindelnde Höhe über dem Wasserspiegel, die riesige Länge gaben dem Bauwerk seinen eignen Charakter, und auch in Bauwerken ist das Charakteristische oft mehr wert als das Schöne. Hier war in Eisen und Stein Entschlossenheit, Wille, Lebenszweck. Am Nordende, in dunstiger Ferne, machte die Brücke noch weit vom Ufer ihren gewaltigen Bogen gegen Westen, so daß eine lange Reihe ihrer schlanken Pfeiler deutlich hervortrat, während weitaus die Mehrzahl von unserm Standpunkt aus, in der Längsrichtung der Brücke, nicht gesehen werden konnte. Um so mehr schien es, als ob die riesigen Gitterbalken förmlich in der Luft hingen. Namentlich der mittlere Teil, der in der Länge von einem Kilometer hoch über die andern Partien hervorragte, machte den Eindruck, als ob die Gesetze der Schwere bei so gewaltigen Bauten keine Geltung mehr hätten. Die die Bucht überschreitende Bahn war nur eingleisig. Auf beiden Seiten der Schienen war ein schmaler, asphaltierter Fußsteg, der nach der Wasserseite hin durch ein Eisengeländer geschützt war. Zwischen den Schienen und Schwellen jedoch konnte man noch immer durch die Gitterbalken ins grüne Wasser hinuntersehen und das Eisenwerk betrachten, auf dem die hölzernen Schwellen lagerten. Die achtzig Fuß unter uns durchziehende Strömung, die den Blick in wunderlicher Weise mitzog, trug nicht zum Gefühl der Sicherheit bei, mit dem ich Stoß folgte, der, ohne ein Wort zu sprechen, ein Stück weit über die Brücke wegging, die sich endlos vor uns dehnte.

»Wollen wir einen Zug abwarten?« fragte er plötzlich, wie wenn er meine Gedanken erraten hätte. »Es ist Platz genug für uns.«

Ich konnte dem Vorschlag nichts Verlockendes abgewinnen und meinte, es wäre klüger, zurückzugehen, da es bald Dämmerung werden müsse, und der Wind immer lebhafter aus Westen zu blasen begann. Gemütlich konnte man diesen Abendspaziergang zwischen Wasser und Himmel kaum nennen, selbst an der Seite des besten Freundes. Wir wandten um. Am Wärterhäuschen begrüßte Stoß mit einem: »Wie geht's, Knox?« einen Bekannten aus der Bauzeit, der Brückenwärter geworden war. Der alte, gutherzig und zuverlässig aussehende Mann erwiderte den Gruß mit verwunderten Augen, griff unbeholfen nach der Mütze und erkundigte sich angelegentlich nach Stoß Gesundheit.

»Wir sind nicht so kräftig, wie wir waren, Herr Stoß,« meinte er zutraulich. »Zu viel Arbeit! Zu viel Sorgen! Sie sollten Bahnwärter werden, Herr Stoß! Gesunde Luft hier oben. Ein ruhiges, kleines Nest. Viermal des Tags auf der Brücke hin und her, das kann der Mensch aushalten. Nur bis zur Mitte, Herr Stoß! Nur bis zum Pfeiler Nummer dreiundvierzig. Ich habe es schon damals gesagt, als Sie noch auf dem Bau waren: Zu viel Sorgen, das zehrt.«

»Es ist doch alles in Ordnung, Knox, soviel Ihr wißt?« fragte Stoß und tat wie belustigt, aber mit dem ängstlichen Blick, der immer deutlicher hervortrat.

»Was wird nicht in Ordnung sein, Herr Stoß!« rief der Alte fröhlich. vorige Woche ist wieder einer der Malefizkeile aus den Querstangen gefallen. Am Pfeiler Nummer fünfzehn. Aber wir haben das Luder hineingeschlagen, daß ihm das Ausfallen vergehen wird. Alles in Ordnung! Natürlich! Sie brauchen sich keine Sorgen zu machen. Ich und drüben Bob Stirling, wir passen auf!«

Wir wünschten dem Alten einen vergnügten Abend und gingen dem Hügel zu, der westlich von der Brücke zu mäßiger Höhe ansteigt. Auf dem Gipfel liegen die sieben Senkkastenarbeiter begraben, denen der alte Lavalette ein einfaches Steinkreuz hatte errichten lassen. Von hier aus übersah man das ganze Werk in einem prachtvollen Gesamtbild, und wie auf einen Wink brach die Sonne noch einmal durch die Wolken und überflutete die Landschaft mit rotem Gold. Namentlich machte der riesige Schatten der Brücke, der

sich scharf auf dem Wasserspiegel der Bucht abzeichnete, einen fast
unheimlichen Eindruck.

Ich schüttelte Stoß, dessen Züge sich freudig belebten, die Hand.

»Ich habe dir noch nicht Glück gewünscht, Stoß, wie ich es schon
längst tun wollte!« sagte ich ernst. »Es ist wahrhaftig ein großes
Werk, an das du deine besten zwölf Jahre gerückt hast. Natürlich,
du hast es nicht allein gebaut, und dein Schwiegervater, wie es so
der Weltbrauch ist, heimst alle Ehren ein, aber ein gutes Stück von
dir steckt in dem Ding, und du darfst stolz darauf sein. Ich bin in
keiner Hipp-hipp-hurra-Stimmung, und die sieben Toten, auf denen wir stehen, sind keine lustige Gesellschaft dazu. Aber ich denke
mir, selbst sie muß es freuen, wenn sie sich in einer hellen Mond-
nacht herauswagen und das schwarze Ungetüm da unten fertig
sehen. Selbst diese armen Kerle haben ihren Anteil daran und sind
nicht umsonst geboren.«

»Nein, die nicht, die Pfeiler stehen,« sagte Stoß träumerisch.
»Aber komm!« Er warf noch einen langen Blick auf das im stürmischen Abendlicht aufflammende Bild. Dann entzog er mir mit einer
raschen Bewegung die Hand, die ich gehalten hatte, und ging den
Hügel hinunter.

›Gut!‹ dachte ich, ihm folgend. ›Aber nach dem Tee muß er beich-
ten.‹

Die beiden Zimmer, in denen ich gestern und heute meinen
Abend zubrachte, hätten kaum einen größeren Gegensatz bieten
können. Eins nur wissen die Engländer überall zu bewahren, selbst
in Wirtshäusern, solange sie noch nicht dem Zuge der internationalen Gleichmacherei erlegen sind: die Behaglichkeit eines wenn auch
vorübergehenden Heims. Es war in dem kleinen Stübchen des
»Goldenen Brückenkopfs«, in welche uns die Wirtin untergebracht
hatte, nicht anders als im Herzogsschloß. Die niederen, mit roten
Vorhängen verhängten Fenster, der schlichte, altertümliche Haus-
rat, an dem die Zeit da und dort ein Stück abgeschlagen hatte, dessen Wunden aber längst wieder vernarbt waren, das reinliche
Tischzeug, dem man trotzdem den täglichen Gebrauch ansah, das
Kohlenfeuer, das den kleinen Raum mehr durch seinen roten Schein
als durch seine strahlende Wärme belebte, das alles lud zu einem
traulichen Plauderstündchen ein, wie ich es brauchte. Dazu rüttelte

jetzt ein förmlicher Sturm an den Fensterscheiben, so daß es mir ganz wohlig zumute geworden wäre, wenn ich noch den alten Stoß vor mir gehabt hätte. Während des Tees hatten wir von unseren frühesten Zeiten gesprochen, namentlich Schindlers gedacht, der seit Jahren mit seiner gewohnten Treue und Gewissenhaftigkeit über die Fortschritte eines technischen Lexikons und, in regelmäßigen Zwischenräumen, über die Geburt von fünf Mädchen berichtet hatte, die alle sechse sein Vaterherz hoch erfreuten. Dann rückten wir ans Kamin, und die Wirtin brachte ungebeten die Whiskyflasche und das heiße Wasser.

Auch in dieser Beziehung berührten sich Herzogschloß und Bauernwirtshaus.

»Wie es windet!« begann ich, als nach einem lang ausgezogenen, fernen Grollen die Fenster wieder einmal hörbar zitterten. »Es tut einem ordentlich wohl, aus der warmen Stille heraus dem Aufruhr zuzuhören.«

Stoß, der, das Schüreisen in der Hand, nachdenklich im Feuer herumgewühlt hatte, fuhr auf und flüsterte heftig:

»Du weißt nicht, was du sagst, Eyth! Das heißt« Er stockte. Dann fuhr er langsam fort: »Ich erinnere mich, früher konnte ich das Gefühl auch verstehen. Noch vor zehn Jahren.«

Wir waren beide schon fünfzehn Jahre in England. Eine gelegentliche Pause von zehn Minuten unterbrach unser Gespräch in keiner Weise.

»Du bist nicht wohl, Stoß; wach auf!« begann ich wieder und gab ihm einen herzhaften Schlag auf das Knie. Wir mußten den alten Ton wieder finden. Ich war jetzt zu jeder Gewaltmaßregel bereit.

»Nicht wohl?« fragte er, mit peinlicher Wehmut in seiner Stimme. »Es ist mir nie wohler gewesen als heute, seit Monaten. Es tut mir gut, dich wieder zu sehen, Eyth.« Er reichte mir unnötigerweise die Hand, ohne mich anzusehen.

»Gut, dann schwatze!« sagte ich, und bot ihm das dampfende Glas, in welchem ich, nach einem ziemlich kräftigen Rezept, seinen Abendtrunk gebraut hatte.

»Es stürmt furchtbar in diesen schottischen Tälern,« sagte er nach einer zweiten Pause. Dann nahm er einen tüchtigen Schluck. Das Getränk schien ihn zu beleben. Er warf sich. in seinen Stuhl zurück und begann endlich Zusammenhängendes zu erzählen.

»Du weißt nicht, was ich in den letzten Jahren durchgemacht habe, und Gott weiß, wie es enden soll. Aber es bleibt unter uns, was ich dir jetzt sage. Es kann keinem Menschen gut tun, wenn du es weiterplauderst, und mir kann niemand helfen. Du weißt, wie ich mit Bruce zusammen an den Plänen der Ennobrücke gearbeitet habe. Es war eine Lust. Der Mann mit seinem Weltruf hatte übermäßig viel zu tun in allen Winkeln des Erdballs und vertraute mir blindlings. Er hatte recht. Er wußte nicht viel mehr als ich. In diesen großen Aufgaben ist noch so vieles dunkel. Ohne Mut kommt man dabei nicht weiter, und den haben die Jungen so gut wie die Alten.

»Es war eine glorreiche Zeit. Alles Schaffenslust und Hoffnung. Du weißt, Billy half schon eifrig mit und baute an der andern Brücke, die uns beide zusammenführen sollte. Ich glaube wirklich, nach Bruces und des alten Jenkins ursprünglichen Plänen wären wir nie durchgekommen. Die Kosten wurden in dieser Weise für die damaligen Verhältnisse zu hoch. Da fiel mir auf dem Weg von London nach Richmond mein Plan mit den gußeisernen Pfeilern ein. Bruce griff danach, gierig, wie nach einem Rettungsring. Die Festigkeitsfrage, die Kostenberechnungen überließ er mir, wie es damals schon seine Art war, und, bei Gott, Eyth, ich habe ehrlich gerechnet und manche lange Nacht durchgesessen, um mir selber über die Sache völlig klarzuwerden. Aber schließlich beruht doch alles Mögliche auf Annahmen, auf Theorien, die noch kein Mensch völlig durchschaut und die vielleicht in zehn Jahren wie ein Kartenhaus zusammenfallen. Ein Holzbalken mit seinen Fasern ist noch verhältnismäßig menschlich verstehbar. Aber weißt du, wie es einem Block Gußeisen zumute ist, ehe er bricht, wie und warum in seinem Innern die Kristalle aneinanderhängen; ob ein hohles Rohr, das du biegst, auf der einen Seite zuerst reißt oder auf der andern vorher zusammenknickt, ehe es in Stücken am Boden liegt? Wieviel ich über Kohäsion nachgedacht habe, damals und später namentlich später, daß mir übel wurde von den ewig kreisenden Gedanken Donnerwetter, wie es stürmt!«

Er lauschte, mit dem scheuen Blick, den ich noch immer bei ihm nicht gewohnt werden konnte.

»Das Schlimmste war nicht die einfache Tragfähigkeit. Mit den Gitterbalken ist, glaube ich, alles in Ordnung. Auch später, als die hohen Mittelpfeiler weiter gestellt werden mußten, wurde dieser Teil der Aufgabe so behandelt, daß wir keine Sorge zu haben brauchten. Aber in völligem Dunkel war man mit der Berechnung des Luftdrucks gegen die ganze Struktur. Bruce wollte hiervon überhaupt nichts wissen. Wind! Wind! rief er, wenn ich auf das Kapitel zu sprechen kam; was sechs schwere Lokomotiven frei-schwebend trägt, wirft kein Wind um! Das war seine Theorie, und sie läßt sich anhören. In schwachen Augenblicken habe ich mich selbst förmlich daran geklammert. Dabei wußte man und weiß noch heute blutwenig über den Luftdruck eines Sturmes. Wir nehmen zwanzig Pfund auf den Quadratfuß an. Dabei müssen meine Pfeiler, wie ich sie ursprünglich projektiert hatte, wie Felsen stehen. Später, als die Brücke schon über die halbe Bucht fertig war, erfuhr ich, daß die Staatsingenieure in Frankreich vierzig Pfund annehmen. Vor einem Jahr erst schrieb mir ein Bekannter aus Amerika, daß sie dort auf fünfzig rechnen, und die amerikanischen Ingenieure sind nicht übermäßig vorsichtig, wie alle Welt weiß. Doch tauchte die Frage erst später ernstlich auf, als schon alles in flottem Bau war. Nie-mand, auch ich nicht, kümmerte sich anfänglich darum. Wir glaub-ten an Bruce, und Sir William glaubte an sich und sein Gefühl. In den letzten Tagen, in denen die Berechnungen zum Abschluß ka-men, auf denen das ganze Brückenprojekt aufgebaut ist, hatte ich noch einen lebhaften Kampf mit mir selber. Welchem Sicherheitsko-effizienten darf ich trauen? Nicht bloß das Brückenprojekt, auch was ich damals für mein höchstes Erdenglück hielt und was es ge-worden ist, hing an der Antwort. Wenn ich so rechnete, daß Bruce die Sache annehmbar fand, konnte ich die Hand nach Ellen ausstre-cken. Gott verzeihe uns beiden. Sie küßte mich in einen niederen Sicherheitskoeffizienten hinein. Am folgenden Tag waren wir ein Brautpaar.

»Ich war in den ersten Jahren nicht ängstlich und hatte keine Ur-sache dazu. Wenn die Ausführung sorgfältig überwacht werden konnte, so durfte ich so ruhig sein wie Bruce und alle Welt. Daß ich aufpaßte, als ob mein Leben daran hinge, kann ich beschwören.

Aber als die Senkkästen abgeändert und meine Pfeiler statt aus acht nur noch aus sechs Säulen aufgebaut werden mußten, fing ich wieder an zu rechnen. Es war aus mit meiner Ruhe. Dazu kam der Tod Lavalettes, der Eintritt der neuen Bauunternehmer, die nicht halb so gewissenhaft waren wie der alte Hugenotte; der Hochdruck, mit dem schließlich alles dem Ende zudrängte und manches nicht ausgeführt wurde, wie ich es wünschen mußte! Du verstehst jetzt vielleicht, wie mir nach und nach zumute wurde, und keinem Menschen durfte ich ein Wörtchen von all dem sagen. Das ganze Unternehmen drängte mit aller Wucht seinem Abschluß entgegen; zu ändern war nichts mehr. Wie oft ich an den Festkarren Dschagannathas dachte, den nur ein Gott aufhalten kann, wenn er über seine Hindus wegrollt.

»Die Prüfung der Brücke auf ihre Tragfähigkeit, die Übergabe an die Bahngesellschaft, die Eröffnungsfeier; alles ging ja glänzend vorüber. Wir, Sir William und seine Leute sowie die Bauunternehmer, waren jede Verantwortlichkeit los. Mein Schwiegervater wiegte sich im Gefühl, die größte Brücke der Welt gebaut zu haben, und schenkte der Sache keinen zweiten Gedanken. Was in mir vorgeht, Eyth, namentlich seitdem ich nach der Eröffnung weniger zu tun habe und, wie es heißt, mich etwas erholen kann, ist nicht leicht erzählt.

»Alles, auf Schritt und Tritt, wachend und schlafend, erinnert mich an die Brücke. Zu London in unsern Bureaus sind die Wände mit prachtvollen Aquarellen des Baues geschmückt. über meinem Schreibpult hängt ein Ölgemälde, das einen der großen Mittelpfeiler mit seinen sechs Säulen darstellt, von einer richtigen Künstlerbrandung umtobt. Komme ich abends nach Hause mein Schwiegervater hat uns am Eröffnungstage eine reizende Villa geschenkt, so starrt mir zuerst über dem Gartentor ihr Name Ennovilla in goldglänzenden Buchstaben entgegen, und zuletzt, wenn ich in die Augen meiner Frau sehe wir lieben uns wie am ersten Tag und sie mich küßt, denke ich daran, wie diese Augen vor zwölf Jahren an meinen Rechnungen mitgearbeitet haben. jede Höhe, von der ich herunterblicke, jedes Wasser, über das ich gehe oder fahre, jeder Luftzug, der die Blätter eines Baumes zum Rauschen bringt es ist eine Höllenqual – und keine Rettung – «

»Was sagt dein Arzt?« fragte ich, so ruhig ich konnte.

Stoß starrte mich mit weit aufgerissenen Augen an, als ob er mich nicht verstände. Es war etwas Irres in seinem Blick. Seine Aufregung konnte ich begreifen; er hatte allem nach zum erstenmal seinem Herzen Luft gemacht. Das konnte auch einen starken Mann erschüttern, der jahrelang unter einem solchen Druck lag und der Last täglich neue Steine zugeschleppt hatte.

»Komm!« rief ich aufspringend. »Wir haben noch eine halbe Stunde, bis dein Zug geht. Ich begleite dich bis an den Bahnhof. Die Luft wird uns beiden gut tun.«

Er stand langsam auf. Einige Minuten später traten wir in die schwarze Herbstnacht hinaus.

Es war ein Wetter, wie es im November und Dezember die schottischen Täler, die von West nach Osten streichen, gelegentlich durchbraust. Die ganze Natur schien im Aufruhr. Der Wind kam in heftigen Stößen über das Feld. Da und dort hörte man ein lautes Krachen. Blätterlose, abgerissene Zweige flogen durch die Luft. Es war schwarze Nacht um uns her. Trotzdem sah man an zwei, drei Stellen ein Stückchen des blauen Himmels mit klaren Sternen, über welche zerrissene Wolken in rasender Eile hinjagten. Ich nahm Stoß beim Arm. Unter andern Umständen hätte ich es lustig gefunden, gegen den Sturm anzukämpfen. Heute beschäftigte mich zu sehr, was ich gehört hatte.

»Ein erfrischender Landwind!« schrie ich meinem Freund ins Ohr, um das Gespräch wieder aufzugreifen. »Aber die Sache ist ganz klar. Du hast zu viel gearbeitet. Deine Nerven sind nicht in Ordnung. Du bist einfach krank.«

»Meinst du? – Ich wollt', ich wärs!«

»Sei ganz ruhig! Diesen Wunsch hat dir ein gütiges Geschick erfüllt, ehe du ihn aussprachst,« fuhr ich zuversichtlich fort und drückte mich näher an ihn. Man konnte, wie der Wind, nur in Stößen sprechen und hörte sich dann kaum; aber es war keine Zeit zu verlieren. Was ich zu sagen hatte, mußte rasch gesagt werden.

»Es ist durchaus nicht notwendig, daß du krank bleibst hast Weib und Kind und darfst dich deinen Phantastereien nicht hingeben, wie zum Beispiel ich. In meinem Fall machte das nichts. Ich könnte mir den Genuß des Verrücktwerdens gestatten. Auch verstehe ich deine Empfindungen ganz genau. Brücken allein bringen sie nicht mit. Wenn man vor tausend Hektar Felsboden steht, der um jeden Preis gepflügt werden muß, oder wenn mir meine Maschinen, mit denen ich ein Königreich retten soll, im Schlamm versinken, oder wenn das ewige Ringen mit der rohen Natur einen neuen Gedanken verlangt, der aus dem Dunst des armen Gehirns nicht hervortreten will, dann wird es auch uns zumute wie euch Brückenbauern. Namentlich in den Nächten, wenn die kleinste Schwierigkeit sich aufbläst wie der Frosch, der ein Ochse werden wollte. Geht dann die Sonne rechtzeitig auf, was sie trotz all unsrer Kümmernisse selten unterläßt, so verschwinden die Gespenster. Man sieht die Dinge wieder, wie sie sind, und schließlich findet sich ein Weg aus jeder Not. Du mußt fort. Das ist das beste Mittel in solchen Fällen.«

»Ich kann nicht weg von der Brücke,« murmelte Stoß. »Es zieht mich wie mit deinen Drahtseilen. Ich habe nichts hier zu tun; aber du siehst, ich bin heute wieder hier. Ich kann nicht anders.«

»Unsinn!« schrie ich in ehrlichem Zorn. »Das klügste wäre, du würdest heute noch umkehren, deinen kleinen Koffer von Anno damals packen und mit mir über den Atlantischen segeln. Du machst dir keinen Begriff davon, wie leicht es uns werden kann, wenn auch nur das kleinste Weltmeer zwischen uns und unsern Sorgen liegt; namentlich, wenn sie an einer Brücke kleben. Du kannst in Panama wieder umkehren, wenn dir dieser Gedanke tröstlich ist. Aber ich weiß, du gehst mit bis Peru. Es sollen dort die tollsten Brücken gebaut werden. Zieht dichs endlich?«

Stoß lachte schwermütig. »Du denkst dir die Sache leicht. Die Ennobrücke schleppe ich mit mir herum, solange ich lebe. Eine ist genug. Die von Peru brauche ich nicht.«

»So geh auf ein halbes Jahr nach Ägypten. Jedermann geht nach Ägypten!« rief ich. »Nimm Weib und Kind und eine Dahabie und fahre bis zum zweiten Katarakt. Nicht eine Brücke auf dem ganzen Weg, und Hunderte haben dort ihre Nerven wiedergefunden! Das ist etwas, was dir fehlt. Deine Rechnerei hat dir den Kopf verdreht. Es ist nicht einmal ein ungewöhnlicher Fall. jeder Arzt, dem du ihn vorlegst, wird dir dasselbe sagen. Also versprich mir: in einer Woche hast du drei Fahrscheine nach Alexandrien in der Tasche; die zwei Kinder brauchen nur einen. Versprich mirs!

Wir waren auf dem kleinen Bahnhof angelangt und konnten unter dem Schutz des Gebäudes ruhiger sprechen. Nach und nach schien Stoß meinen Vorschlag ernstlicher zu überlegen. Ich schilderte ihm die platonischen Freuden von Kairo und die beruhigenden Genüsse einer Nilfahrt. Dann, wenn es im Frühjahr für die Kinder zu heiß würde, könnte die kleine Karawane über Triest zurückkehren und ein paar Monate in seiner alten Heimat und den Steirischen Alpen zubringen. Wenn er dann nicht als ein neugeborener Mensch England erreiche und lachend über alle seine Brücken schreiten könne, wolle ich meinen Kopf und jede beliebige andre Wette verlieren, die er nur vorschlagen möge.

Der höfliche Stationsvorstand teilte uns mit, daß der aus Newcastle erwartete Zug zehn Minuten Verspätung habe, wahrscheinlich infolge des Sturms, der ihm fast in die Zähne blase. Wir setzten uns deshalb in den kleinen kahlen Wartesaal, den eine schwankende Petroleumlampe dürftig erleuchtete. Als einziger Zierat hingen an den Wänden, in schwarzen Rahmen, zwei Bibelsprüche und ein Fahrplan. »Bedenke, o Mensch, daß du dahin mußt,« lautete der erste, der für eine kleine Bahnstation sinnig gewählt war. Der andre erschien mir an dieser Stelle weniger passend: »Der Tod ist der Sünde Sold.« Eine spanische Kartause hätte kaum einen weniger erheiternden Eindruck machen können. Trotzdem ließ ich mich nicht abschrecken. Stoß begann sichtlich aufzuleben.

»Ich glaube, du hast recht!« sagte er müde, mit einer Erinnerung an sein altes Lächeln auf den eingefallenen Zügen. Dann plötzlich auffahrend, fuhr er fort: »Bei Gott, ich glaube, du kannst recht haben, Eyth. Vielleicht ist alles nur ein häßlicher Traum, der aus dem Magen kommt. Mein Magen ist sowieso nicht mehr in Ordnung. Ich will mirs überlegen.«

»Überleg dir nichts, alter Freund,« mahnte ich dringend. »Mit dem Überlegen bist du in deinen elenden Zustand hineingeraten und kommst in deinem Leben nicht mehr heraus. Du brauchst reine Luft, leichte Kost, eine brückenlose Umgebung und einen andern Himmel über dir, das ist der ganze Witz. Glaube mir, ich saß schon zweimal in der gleichen Tinte und wäre so übel daran wie du, wenn ich nicht von einem gütigen Geschick und meinem Geschäft von Zeit zu Zeit in alle Weiten hinausgeschleudert würde, als ob ich auf einer Dynamitbombe gesessen hätte. Das tut gut. Morgen abend bin ich in London. Laß mich deine Billette nach Alexandrien besorgen. Paris, Brindisi, nicht wahr? Abgemacht!«

»Du bist noch der alte – «

»Und du mußt es wieder werden. Abgemacht?«

»Abgemacht! Wahrhaftig, es fällt mir wie ein Stein vom Herzen,« sagte er aufseufzend, wie wenn er eine wirkliche Last abwürfe. »Ich glaube, mit den ewigen Stürmen in diesem Hundeklima hätte ich den Dezember nicht mehr durchlebt. Es ist mir seit zwölf Monaten zum erstenmal wieder wie Sonnenschein ums Herz. Leicht, alter Freund, tatsächlich leicht! Meine Frau wird eine kindische Freude haben, wenn sie von dem Plan hört. Sie hat natürlich keine Ahnung davon; wußte ich's ja selbst nicht vor einer Stunde. Eyth, ich glaube, du hast ein gutes Werk getan.«

»Ich hoff's!« entgegnete ich; aber selbst seine freudige Aufregung gefiel mir jetzt nur halb. Er sprach wie im Fieber:

»Die Sitzung in Pebbleton ist morgen vormittag um elf Uhr zu Ende,« fuhr er hastig fort. »Ich gehe mit dem nächsten Zug nach Richmond, um alles Nötige in Bewegung zu setzen. Du weißt nicht, was es heißt, eine Familie auf sechs Monate einzupacken. Und dann fort, hinaus in eine andre Welt. Du bist doch sicher, daß das Wetter in Ägypten jetzt paradiesisch ist still mild! Ich muß Licht haben und Luft, und ein Land, in dem der Sonnenschein nicht aufhört.«

»Darauf kannst du rechnen. Das ist eben das Schöne dort, daß man sich darauf verlassen kann!« sagte ich, als mich das Rollen des heranbrausenden Zugs unterbrach. Stoß griff nach seinem Gepäck. Ich brauchte einige Anstrengung, um die Türe des Wartesaals aufzustoßen, die der Winddruck hinter uns mit einem lauten Krach wieder schloß. Im gleichen Augenblick schnaubte das schwarze, triefende Ungeheuer mit seinen zwei Feueraugen an uns vorüber, und weiße Rauchfetzen flatterten über die Plattform. Der Stationsvorstand öffnete eine Wagentüre und hielt sie mühsam mit beiden Händen. Stoß sprang ein, und der Sturm schlug sie zu.

Der Zug setzte sich bereits wieder in Bewegung. Offenbar hatte der Lokomotivführer Eile, die verlorene Zeit einzubringen. Mein Freund hatte das Wagenfenster geöffnet, um mir noch einmal zuzurufen.

»Adieu, Eyth! Wir sehen uns noch, in London! Du besorgst die Billette; drei Stück!«

In diesem Augenblick fuhr er an der einzigen Laterne vorüber, die auf der Plattform steht. Das grelle Licht warf seinen flackernden Schein noch einmal auf sein bleiches Gesicht, daß es glänzte heiter und voller Hoffnung.

Wahrhaftig, es tat mir wohl. Ich fühlte, daß, wie Stoß es genannt hatte, ein gutes Werk gelungen war.

Und es war so einfach, so leicht gewesen.

Die Sturmnacht

Ohne auf den Weg zu achten, ging ich nach dem Wirtshaus zurück. Der Sturm schien etwas nachgelassen zu haben; wenigstens folgten sich die brausenden Stöße nicht so häufig wie vor einer halben Stunde. Unser Wiedersehen gab mir genug zu denken. Das also war aus dem Mann geworden, den wir in aller Freundschaft bewunderten und beneideten. Ich zählte das Schöne und Gute auf, das ihm das Glück in den Schoß geworfen hatte: seine reizende Frau, seine Kinder, seine gesicherten äußeren Verhältnisse, die glänzende Stellung in seinem Beruf, welcher er entgegenging. Und dann dachte ich an das abgearbeitete Gesicht, an den ängstlichen, scheuen Blick, mit dem er, kaum mehr kenntlich, neben mir gesessen hatte. Aber es konnte und mußte anders kommen. Der heutige Abend hatte den Anstoß zu einer Wendung zum Besseren gegeben.

In meinem Zimmer standen unsre beiden Whiskygläser auf dem Tisch. Das seine war noch halb gefüllt. Ich weiß nicht, weshalb mir dies besonders auffiel; aber ich erinnere mich der Bewegung deutlich, die mich wie ein leiser, unerklärlicher Schauder erfaßte. Es war vielleicht nur die eiskalte Dezemberluft, die durch alle Ritzen des Hauses pfiff.

Das klügste schien, zu Bett zu gehen; doch es war zu früh, obgleich im Hause schon tiefe Stille herrschte. Ich holte eine Monatszeitschrift aus meiner Reisetasche, die ich für müßige Augenblicke mitgenommen hatte, stierte das Feuer auf und setzte mich in dem Großvaterstuhl des »Goldenen Brückenkopfs« zurecht, um noch ein halbes Stündchen zu lesen.

Wie es wieder tobte! Das Unwetter hatte offenbar aufs neue Atem geholt. Schwere Regentropfen schlugen jetzt mit dem harten Klang, den kleine Kiesel geben, an die Fenster. Zwischen dem Brausen der Windstöße hörte man langes pfeifendes Seufzen in weiter Ferne. Manchmal kam ein Stoß durch das Kamin herunter, so daß das unruhige Kohlenfeuer flackernd ins Zimmer schlug. Wunderliche Geräusche wurden auch im Hause hörbar. Draußen im Gang fiel ein Brett um. über mir, unter dem Dachboden, krächzte und stöhnte es in unheimlicher Weise. Am fernen Ende des Hauses war ein Fensterladen losgeworden und begann zu schlagen, als ob er die

Mauern einhämmern wollte. Es ging wirklich über die Gemütlichkeit einer polizeilich zulässigen Sturmnacht und streifte an groben Unfug. Auch mit dem Lesen wollte es nicht gehen. Ich dachte wieder an Stoß und die Reihe von Jahren seit der Grünheustraßenzeit, in denen trotz der seltenen Begegnungen herzliche Beziehungen, eine Art Freundschaft ohne Worte, zwischen uns aufgesprungen waren. Wir verstanden uns. Ich hatte ihn namentlich heute in seinen Sorgen verstanden und hatte ihm mit der Versicherung nichts vorphantasiert, daß ich seine Stimmung aus eigener Erfahrung kenne. Unser Beruf verlangt oft genug rasche, entschlossene Entscheidungen, und wir sind nicht immer sicher, das Richtige getroffen zu haben. Dann kann die Zukunft schwarze Schatten in den hellsten Tag von heute werfen. Ich fühlte mich zu meinem kranken Freunde hingezogen mit der Gewißheit seiner Nähe, mit einem Drang, ihm zu helfen, daß mir die rätselhafte Empfindung fast unheimlich wurde. Doch glaubte ich endlich eine Lösung für meine nervöse Spannung gefunden zu haben: Wie wärs, wenn ich auf sein Wohl noch einen Tropfen tränke.

Da passierte das Wunderlichste dieser Nacht; fast scheue ich mich, es in diesem wahrheitsgetreuen Berichte zu erwähnen. Als ich mich dem Tisch zuwandte, um mein Glas zu füllen, waren beide leer. Ich hätte darauf geschworen, daß ich das seine noch vor zehn Minuten halbvoll gesehen hatte. Und daß ich es nicht berührt haben konnte, aus Versehen, in Gedanken, spürte ich an der Trockenheit meiner Kehle. Oder hatten seine Nerven auch die meinen aus Rand und Band gebracht? Es war am Ende doch besser, zu Bett zu gehen. Natürlich! Ich mußte sein Glas in Gedanken ausgetrunken haben. Dann war es genug für heute.

Ein mächtiges Himmelbett mit roten Vorhängen stand im Nebenzimmer und sah mich behäbig und beruhigend an; ein Bau alten Schlags, mit entsprechendem Bettzeug. Wenn ich nur die Hälfte der Kissen über die Ohren zog, die zur Verfügung standen, konnte die Welt in Trümmer gehen, ohne daß ich es zu hören brauchte. So wollte ich's machen. Dabei konnte der verrückte Laden draußen schlagen, so lange er Lust hatte. Ich zog meine Uhr auf: es war dreiviertel auf elf Uhr. Wie die Zeit fliegt, wenn man den Kopf voll hat!

Doch jetzt klapperte etwas Neues: zwei scharfe Schläge unten am Haustor. Ich stand mit der Uhr in der Hand und lauschte. Sie wiederholten sich nach einer kurzen Pause. Rapp! Rapp! Das war sicherlich nicht der Wind.

Im Gang schlurften schwere Schritte. Türen gingen auf und zu, eine mit einem lauten Knall. Der Sturm mußte sie zugeschlagen haben. Rapp! Rapp! Das war wieder nicht der Sturm. – Jetzt hörte ich die Stimmen unter mir in dem Hausflur, hastig, ungeduldig, dazwischen eine weinerliche Kinderstimme, dann eine schrille Frau auf der Treppe über mir. Ich zog halb mechanisch meinen Rock wieder an, den ich bereits abgelegt hatte, und öffnete die Zimmertür.

Es war schon Licht unten. Ein kleiner Bursche stand unter dem offenen Haustor, der Wirt halb angekleidet, der Hausknecht mit einer Stallaterne vor dem Kleinen. Die flackernde Helle fiel auf das Gesicht des jungen, der verstört und außer Atem schien. Er schluchzte fast:

»Großvater schickt mich zum Stationsvorstand. Es ist etwas nicht in Ordnung mit der Brücke. Wie ich an Euerm Haus vorüber will, sehe ich Licht oben. Da wollte ich auch bei Euch anrufen, Onkel.«

»Der Hausknecht soll mit dir gehen,« sagte der Wirt. »Der Wind könnte dich ins Wasser blasen, Bobby. Was ist los? Was sagt der Großvater?«

»Er sitzt am Telegraph und zittert. Etwas ist geschehen. Ich muß zum Stationsvorstand. Vater war auf der Maschine.«

Jedenfalls zitterte der Kleine wie ein Blättchen Espenlaub und lief, sich plötzlich umdrehend, laut schluchzend in den Sturm hinaus.

»Halt, Bobby, halt!« schrie der Wirt ihm nach.

»Vater war auf der Maschine,« hörte ich nochmals, schon aus der Ferne. Ich war jetzt selbst unten und sah den Wirt fragend an. Ein dumpfer Schrecken war auch mir durch Leib und Seele gefahren.

»Es ist der Bub des Brückenwärters, heißt das, sein Enkel!« erklärte der Wirt unruhig. »Jack lauf ihm nach; schnell! Dem Kind könnte etwas passieren in einer solchen Nacht. Ja, ja, Herr,« fuhr er, sich zu mir wendend, fort, »ganz geheuer ist es nicht. John Knox ist ein

ruhiger Mann. Für nichts schickt er den Kleinen nicht in dieses Unwetter hinaus. Es könnte schon etwas passiert sein.«

»Ich muß sehen, was es ist!« rief ich ohne Besinnen und flog die
Treppe wieder hinauf, um Hut und Schirm zu holen. Als ich herun-
terkam, hatte der Wirt seine Mütze auf und zog einen schweren
Überrock an.

»Den Schirm können Sie zu Hause lassen, wenn Sie ihn nicht in
tausend Fetzen sehen wollen,« sagte er lachend. Er hatte den stoi-
schen Gleichmut seiner Rasse wieder völlig erlangt, gab mir einen
Stock und drückte mit aller Macht das Haustor auf, das der Wind
donnernd geschlossen hatte. Der Hausknecht begegnete uns nach
wenigen Schritten. Er hatte den Jungen nicht mehr finden können
und das Rufen gegen den Wind als hoffnungslos aufgegeben. »Dem
geschieht nichts!« tröstete er sich. »Er läuft im Straßengraben wie
ein Wiesel.« Für uns war es gut. Wir ließen ihn vorangehen, mit der
Laterne unter seinem Mantel. Wenn er den Kragen zurückschlug,
konnte man wenigstens von Zeit zu Zeit sehen, wo man war. Erst
als wir den Bahndamm erreicht hatten, der uns gegen Westen
schützte, war es möglich, wieder aufzuatmen. Schweigend gingen
wir den Fußpfad entlang, den ich bereits kannte. Über unsre Köpfe
weg sauste und zischte der Wind, ohne uns packen zu können.
Gelegentlich fiel ein abgerissener Baumzweig vor uns zu Boden,
den er verloren hatte. Über uns, in der Luft, schienen schreiende
Katzen und Hunde durcheinander zu fliegen. Keiner von uns
sprach. Nach zwanzig Minuten sahen wir über dem Rand des
Bahndamms das Licht des Wärterhäuschens.

Der Knecht wickelte seine Laterne zum zehntenmal aus dem
Mantel und beleuchtete die schmale Treppe, die an der Böschung
hinaufführte. Wir kletterten mit einiger Vorsicht in die Höhe. Es
war ein wunderliches Gefühl, als wir mit dem Kopf über die
Dammkante in den vollen Sturm kamen, der über die Schienen wie
über eine Messerschneide wegpfiff. Zum Glück hatten wir nur ein
paar Schritte bis zur Türe des Häuschens und fühlten uns in den
kleinen Raum völlig hineingeblasen. Der Knecht hatte die Türe
aufgerissen, die mit einem Knall hinter uns zuschnappte.

Alles war heute nacht in Bewegung: eine unruhig schwankende
Hängelampe beleuchtete das nur mit einem Tischchen, mit ein paar

Stühlen und mit einem Schrank dürftig ausgestattete Gemach. In der Ecke an der Rückwand stand ein Telegraphentisch mit einem der einfachsten Instrumente, die für Dienstsignale benutzt werden. Vor diesem Tisch saß ein regungsloser Mann, mit dem Kopf auf den Armen, der fest eingeschlafen schien.

»John! John Knox!« schrie unser Wirt, indem er ihm einen derben Schlag auf die Schulter gab.

Der scheinbar Eingeschlafene richtete langsam den Kopf auf, sah sich scheu um und starrte den Wirt an, wie wenn er noch nicht ganz bei Besinnung wäre.

»John Knox – wach auf, Mann!« rief unser Führer ungeduldig. »Wir glaubten, es sei ein Unglück geschehen. Donnerwetter, ich glaube, es ist Whisky!«

»Nein,« sagte John Knox, indem er aufstand und plötzlich am ganzen Leib zu zittern anfing. »Ich glaube ich glaube, es ist ein Unglück.«

»Aber was ist los, Mann? Deine Brücke steht noch.«

»Mein Ende.«

»Wach auf, Knox!« schrie der Wirt, den die irre Ruhe des Mannes nervös machte. »Was in Teufels Namen ist passiert?«

Knox wies nach dem Telegraphentisch, wie wenn er sich vor dem Apparat fürchtete. Dann sagte er mit heiserer Stimme: »Ich kann keine Antwort vom andern Ende erhalten: keinen Laut, seit zwei Stunden.«

»Bloß das?« lachte der Wirt jetzt, laut und lärmend. »Alter Schafhund! Der Draht ist gerissen. Ist das ein Wunder in dieser Nacht?«

»Nach der Station hin, auf unsrer Seite, sind sie alle gerissen!« versetzte Knox wie in dumpfer Gleichgültigkeit. »Aber über die Brücke können sie nicht reißen. Sie sind in die Brückenbalken eingelassen. Seit der letzte Zug von hier abging kein Laut.« Er trat an den Tisch und klopfte wie wütend auf die Taste des Instruments. »Wilson! Wilson!« schrie er dann plötzlich auf. »Die Brücke ist gebrochen!«

»Großer Gott!« rief der Wirt. »Das ist nicht möglich! Mit dem Zug? Du hast es nicht gesehen. Das kann nicht geschehen sein.«

»Mit dem Zug!« erzählte Knox keuchend, wie wenn plötzlich alles in ihm wach geworden wäre. »Er fuhr durch alles in Ordnung. Der Maschinenführer, mein George, mein Sohn George, riß mir den Signalstock aus der Hand, wie gewöhnlich, und fuhr los. Er hatte zehn Minuten Verspätung und war in Eile und fuhr los. Man konnte kaum aus den Augen sehen, so stürmte es. Aber ich sah die roten Lichter am letzten Wagen noch eine Zeitlang drei, vier Minuten wie sie kleiner wurden. Dann mit einem Male waren sie verschwunden wie ausgeblasen.«

»Du hast nichts gehört?«

»Bei dem Gebrüll von oben und unten! Die Flut heulte noch lauter als der Sturm. Sie waren mit einem Male weg, wie ausgelöscht. Ich dachte nicht gleich. daran, was es bedeuten könnte. Erst fünf Minuten später packte mich eine Angst eine Angst, Wilson, wie wenn hundert Menschen ihre Arme aus dem heulenden Wasser heraufstreckten und sich an mich klammerten. Ich hinein und an den Telegraphen. Der Zug mußte jetzt drüben sein. Bob Stirling konnte mir antworten. Aber keine Antwort, keinen Laut! Seit zwei Stunden kein Laut!«

»Und du bist nicht der Brücke entlang gegangen, um nachzusehen?«

»Der Brücke entlang gehen? nachsehen? in dieser Finsternis; in diesem schwarzen Aufruhr!« stöhnte Knox. »Was hätte ich machen können, als mich hinunterblasen lassen, wo die andern sind. Aber ich habe es kommen sehen, seit Monaten. Morgen wollte ichs Herrn Stoß sagen; dem konnte ein gemeiner Mann wie unsereins dergleichen sagen.«

Jetzt konnte ich nicht mehr stille halten. Der ganze Schrecken des entsetzlichen Unglücks hatte auch mich gepackt.

»Großer Gott, was wollten Sie Stoß sagen?« fragte ich tief erregt.

»Sie wissen, die Zugstangen, die Kreuze zwischen den Pfeilersäulen, sechs in jeder der hohen Säulen«

»Was ist es mit den Stangen?«

»Sie sind mit Keilen in den Säulen befestigt, und vom Zittern der Brücke wurden die Keile immer loser. Ein Dutzend sind in der letzten Woche herausgefallen, und die ganze Brücke zitterte und schwankte, wenn ein Zug rasch darüberging, daß es mir den Leib zusammenschnürte. Ich habe mit Stirling oft darüber gesprochen. Er meinte, wir sollten es Herrn Stoß schreiben. Aber wir wußten auch, daß Herr Stoß nichts mehr mit der Brücke zu tun hat.«

»Aber um Gottes willen, Mann – Sir William! Er ist noch heute der Ingenieur der Bahn. Warum haben Sie es nicht Sir William gesagt?«

»Da wären wir schön angekommen, wenn wir armen Teufel einem so hohen Herrn geschrieben hätten, daß seine Brücke einfallen wollte! Aber ich wollt, ich hätts getan, oder Stirling, trotz alledem; ich wollt, ich hälls gesagt!«

Er schrie dies hinaus, dann warf er sich auf seinen Stuhl und murmelte kaum hörbar: »Es hätte nichts genutzt.«

»Komm, komm, Mann!« rief Wilson, der Wirt, und versuchte ihn aufzurichten. »Was soll das heißen! Wir wissen noch gar nicht, was geschehen ist. Vielleicht ist doch nur der Draht gerissen!«

»In dreißig Minuten werden wir es wissen. Das halte ich nicht mehr aus. Wer geht mit?« fragte ich.

»Unmöglich!« rief der Wirt. »Sie können nicht über die Brücke. Man kann nicht auf ihr stehen, solange der Sturm anhält.«

Knox stand auf, ruhig, wie umgewandelt, griff nach einer kleinen Blendlaterne auf dem Schrank, wie sie Bahnwärter benutzen, und zündete sie an, ohne ein Wort zu sagen.

»Gehen Sie nicht,« bat der Wirt. »Was kann es nützen, so oder so? Helfen kann niemand mehr, wenn das Schlimmste geschehen ist.«

»Aber ich kann's nicht länger aushalten,« entgegnete ich. »Kommen Sie, Knox!«

Ich drückte die Türe auf. Es schien doch, als ob der Wind wieder etwas nachgelassen habe. Wir konnten stehen, wenn wir mit aller Kraft nach Westen überhingen. Da und dort war das Gewölk jetzt wieder zerrissen, und ein paar Sterne schienen in wilder Flucht dem

Sturm entgegenzujagen. Dann wurde auf Minuten die Nacht wieder pechschwarz.

Es war kein Kinderspiel, dieser Gang. Zum Glück hatten wir jetzt vollauf mit uns selbst zu tun, so daß wir kaum an das Unglück denken konnten, das uns vorwärtstrieb. Knox ging voraus, drehte sich aber um, sooft er ein paar Dutzend Schritte gemacht hatte, um mir zu leuchten. Ich folgte ihm stetig und langsam, vor jedem Schritt versuchend, ob ich fest genug stand, um dem wechselnden Luftdruck Trotz bieten zu können. Wir hatten so den Brückenkopf erreicht. Zwischen seinen monumentalen Granitblöcken war man etwas geschützt und konnte aufatmen. Dann traten wir auf die Brücke, indem wir uns mit beiden Händen an dem luftigen Eisengeländer anklammerten und daran fortarbeiteten. Unser Steg war die etwa zwei Fuß breite Dielung, die nach der Innenseite der Brücke an der linksseitigen Bahnschiene anstieß. Dies war die gefährlichere Seite, denn zwischen den Schienen und den bloßliegenden Schwellen gähnte der schwarze Abgrund, und der Wind blies uns mit boshaften Stößen in diese Richtung. Nach der andern Seite hatten wir wenigstens das Geländer und den Winddruck zu unserm Schutz. Gut war es, daß der Blick nicht in die Tiefe dringen konnte, wo ein zischender Lärm die hereinbrechende Sturmflut ankündigte. Auf Augenblicke nur sah man dort unten weiße Flocken blinken, ohne abschätzen zu können, ob sie sich ganz nahe oder turmtief unter uns bewegten. Das waren die Schaumkronen der sturmgepeitschten Wellen. Über uns war die Nacht ein Wühlen und Wallen, ein Sausen und Seufzen, ein Klatschen und Krachen, als ob der Wilde Jäger und der Fliegende Holländer sich in den Haaren lägen. Aber wir kamen vorwärts, Schritt für Schritt. Die Brücke zitterte fühlbar, aber sie stand noch. Wenn es so fortging, konnte vielleicht alles gut werden.

Da nach zwanzig Schritt das Ufer in undurchdringlicher Finsternis versunken war und uns das gleiche, bleierne Schwarz entgegenstarrte, zählte ich die Pfeiler, über die wir kamen, um ungefähr zu wissen, wo wir uns befanden. Es war dies möglich, obgleich sie nicht zu sehen waren, weil das Geländer auf jedem Pfeiler von einem höheren reichornamentierten Pfosten getragen wurde, der uns sozusagen durch die Finger ging. So wußte ich, wie langsam wir vorwärts kamen, und nachdem wir fünf, sechs Pfeiler hinter uns hatten und über einer scheinbar unendlichen See hingen, die einförmig, unablässig, in schwarzer Wut unter uns toste, gewöhnte ich mich an unsern krebsartigen Gang und fing an, mich über meine kalt werdenden Hände zu ärgern, wie wenn es eine alltägliche Beschäftigung wäre, so in die unergründliche Nacht hinauszuklettern. Auch ging es nach jedem Pfeiler rascher. Ich glaube, ich wäre förmlich munter geworden, wenn nicht das leise, unheimliche Zittern der Brücke mich von Zeit zu Zeit daran erinnert hätte, daß wir auf einem Todesgang begriffen waren. jetzt hörte man aus weiter Ferne den hartklingenden Schlag eines Eisens jetzt wieder. Dies war unerklärlich, unnatürlich. Ich hielt an und lauschte, hörte dann aber nur das Pfeifen des Windes und das dumpfe, summende Zischen des Wassers unter meinen Füßen. Weiter!

Knox war ohne Zweifel an diese Art der Fortbewegung gewöhnt. Jedenfalls ging es bei dem alten Manne schneller als bei mir. Ich konnte im Dunkeln oft kaum mehr die Umrisse seiner Gestalt erkennen, dreißig, vierzig Schritte vor mir eine unruhige, gespenstische Silhouette am Nachthimmel. Wir mußten uns dem mittleren Teil der Brücke nähern. Wenn ich richtig gezählt hatte, lag der sechsunddreißigste Pfeiler hinter uns. Ich erinnerte mich, daß vom siebenundzwanzigsten an das Bahngeleise innerhalb der höher liegenden Gitterbalken läuft, anstatt, wie bisher, auf der oberen Flansche derselben. Meine Hoffnung stieg, daß sich noch alles zum Guten wenden müsse. Auch hatte seit den letzten zehn Minuten der Sturm rasch nachgelassen, Das schwarze Gewölk über uns zeigte Risse und lichtbraune Ränder. Ich fing an aufzuatmen.

Da plötzlich war die Schattengestalt meines Vordermanns verschwunden, das Geländer, das ich jetzt auf dreißig Meter ganz deutlich sehen konnte, war leer. Er konnte doch nicht abgestürzt sein. Ich schrie laut: »Knox! Knox!« Keine Antwort. Ich ließ jetzt selbst das Geländer mit der Rechten los und lief vorwärts, so schnell ich konnte. »Knox! Knox!!«

Nein, er war nicht abgestürzt. Dort saß er auf dem Bretterboden, die Beine über die Schienen zwischen den Schwellen herabhängend, die Arme auf den Knien, den Kopf auf den Armen, wie ein Igel, der sich zusammengerollt hat.

»Knox, was ist Ihnen?« rief ich durch den Lärm des Sturms, der eben wieder mit einem brausenden Stoß über uns wegging und die Brücke in zollweite Schwankungen brachte. Ich packte ihn an den Schultern. Wie der Mann dasaß, war es doch allzu gefährlich. jeden Augenblick mußte ich fürchten, ihn zwischen den Schwellen durchschlüpfen zu sehen.

Er richtete sich ein wenig auf und deutete mit dem linken Arm nach vorwärts. Zum erstenmal, seit wir auf dem Wege waren, zerriß das Gewölk unter der dünnen Mondsichel und ließ einen grellgrünlichen Fleck des Himmels erscheinen. Man sah mit einemmal ziemlich weit nach allen Seiten. Es war, als stünde man in der Mitte einer Zauberkugel, tief unter uns in einem dämmerigen Kreis die schaumbedeckte See, um uns bestimmt und klar die Schienen, die Schwellen, das Geländer, vor uns plötzlich scharf abgeschnitten, das Ende der Brücke, das ins leere Nichts hinausragte.

Ich ging noch zwanzig Schritte vorwärts, fast ohne zu denken, einem qualvollen Drange folgend, der mich weitertrieb. Dann klammerte ich mich wieder mit beiden Händen ans Geländer und sah in das dunstige Blau hinaus, wo noch vor zwei Stunden die riesigen, tunnelartigen Gitterbalken begonnen hatten. Sie waren verschwunden, spurlos weggeblasen.

Erst wollte ich mich setzen, wie Knox saß, und darüber nachdenken, ob das alles nicht doch am Ende nur ein häßlicher Traum sei. Dann packte mich eine fürchterliche Neugier. Ich sah um mich mit der gespanntesten Anstrengung aller Nerven. In weiter, weiter Ferne sah man die Brücke wieder, das Ende, das vom Nordufer der Bucht kam, wie einen schlanken, senkrechten Pfahl, der hoch aus dem Wasser emporragte. Zwischen diesem Ende und dem unsern war eine leere Strecke, fast einen Kilometer breit, über die in ungestörter Kraft und Freiheit das heraufstürmende Meer hinwogte. Nur eine Reihe weißer Punkte bezeichnete über die Wasserfläche weg die Linie der einstigen Brücke. Es war die Brandung, die an den Resten der verschwundenen Pfeiler aufschäumte. Ich zählte sie mechanisch, ohne zu denken. Zwölf! Ich wußte, dies war die Zahl der großen Pfeiler, auf denen der höhere Teil der Brücke geruht hatte. Wenn ich träumte, so träumte ich mit entsetzlicher Folgerichtigkeit. So mußte es gekommen sein. Die ganze Länge der hochliegenden Gitterbalken war eingestürzt.

Knox berührte jetzt mich, wie ich ihn vor wenigen Minuten berührt hatte.

»Sehen Sie etwas?« fragte er, nach der bleigrauen, weißgefleckten Wasserfläche deutend. »Da drunten liegt alles: die Gitterbalken, der Zug, die hundert Reisenden, die Lokomotive, mein George! Dreißig Fuß unter Wasser. Es ist alles vorüber. Und wie es sich so ruhig ansieht!«

In diesem Augenblick klang wieder ein lauter Schlag von unten herauf, wie der Klang einer zersprungenen Glocke, nur härter, und ein leiser Schauer zitterte durch die ganze Brücke. Es waren ohne Zweifel losgerissene, herabhängende Eisenstangen des letzten stehenden Pfeilers, die der Wind hin und her schlug.

»Er führte die Lokomotive, mein George,« begann Knox aufs neue und lehnte sich neben mir auf das Geländer, wie wenn er zu einem gemütlichen Gespräch aufgelegt wäre. »Ich fürchte, er ist etwas zu schnell gefahren. Ich weiß, es ist gegen die Vorschriften; die Herren trauten der Brücke selbst nicht ganz. Aber gestraft wird er nicht mehr, das hat ein Ende. Und dann die losen Keile in den Zugstangen und der Höllensturm! Man kann sich denken, wie es kam, jetzt, seit es zu spät ist. Er war ein guter Sohn, mein George; ich hoffe, er hat nicht lange leiden müssen.«

Er schwieg und sah starr ins Wasser hinab.

»Wenn man denkt, was jetzt alles drunten liegt!« fuhr er fort. »Gelitten hat er nicht lange, das ist ein Trost. 's ist Flutzeit. Die Lokomotive mit dem ganzen Zug in den Gitterbalken, gut fünfzig Fuß unter Wasser. fünf Wagen, vielleicht hundert Passagiere, und alle so still wie Mäuse, die man in ihrer Falle ersäuft. Auch ein Wagen erster Klasse. Ich sah Herrn Stoß am Fenster, als er an meinem Posten vorbeifuhr. Ja, ja, auch erster Klasse! Es ist alles eine Klasse, wenn der allmächtige Gott Brücken umbläst. Aber ich fürchte, man wird sie wieder aufbauen.«

»Kommen Sie, Knox! Es tut nicht gut, hier hinunterzusehen,« sagte ich, mich zusammenfassend. »Wir können ihnen nicht helfen. Vielleicht sind sie besser aufgehoben als wir hier oben.«

Ich führte ihn am Arm; er folgte mir willig. Wir brauchten uns nicht mehr am Gitter zu halten. Eine Art Zyklon mußte in jener Nacht über die Bucht gefegt haben. Wir befanden uns jetzt ohne Zweifel in der ruhigen Mitte des Wirbelsturms.

Als wir das Ende der Brücke wieder erreicht hatten, war es fast windstill. Hoch über uns war der Himmel blaugrün und von unheimlicher Helle. Hinter uns, wie ein großes offenes Grab, lag die Ennobucht.

Der Herr des Lebens und des Todes schwebte über den Wassern in stiller Majestät.

Wir fühlten ihn, wie man eine Hand fühlt.

Und der alte Mann und ich knieten vor dem offenen Grab nieder und vor ihm.

Neues Leben

Auch in England ist nicht jeder Dezembermorgen Nebel, Regen und Sturm. Im herrlichsten Sonnenschein lag der Solent vor mir, am Horizont, gegen Süden, die bläulichen Hügel der Insel Wight, rechts und links die sanft ansteigenden Höhen von Hampshire, hinter uns das bewegte Hafenbild von Southampton, fern genug, um die freundliche Morgenstille nicht zu stören. Lautlos zog eine Schar von Fischerbooten am jenseitigen Gestade dem offenen Meere zu. Da und dort tanzten, klein wie Nußschalen, Dampfschleppboote über die Bucht. Weiter im Süden, gegen Cowes, sah man die graziösen Segel von Jachten, weiß wie blitzender Schnee, im warmen Sonnenlicht. Man hätte sich in den Frühling versetzt glauben können, was ja, schon halb auf dem Meere, an einem Morgen nicht schwierig ist, wenn die sanft gekräuselte grünblaue Fläche von munter dahintreibenden weißen Flöckchen belebt ist, die erscheinen und verschwinden, wie wenn sie sich in lustigem Kinderspiel tummelten, und der laue Seewind aus Südwesten mit seiner salzigen Frische und Reinheit alles in ein Gefühl von Wohlbehagen und Freiheit auflöst, das selbst Wald und Heide nicht zu geben vermögen.

Seit einer Stunde saß ich hinter dem mächtigen Steuerrad auf dem Deck der »Pará«, einem der großen westindischen Dampfer, die wöchentlich einmal von Southampton nach St. Thomas und Colon abgehen. Es war die erste Stunde seit fast acht Tagen, in der ich ein wenig aufatmen konnte. Der Dampfer lag vor Anker und wartete nur noch auf die Post, um seine Reise über den Ozean anzutreten. Schwarz und eifrig stieg der Rauch aus seinen zwei mächtigen Schornsteinen, und arbeitsungeduldig zischte von Zeit zu Zeit der weiße Dampf aus dem Sicherheitsventilrohr in die Morgenluft hinaus. Manchmal rührte sich auch schon die Schraube, die tief unter mir im grünen Wasser lag, und verriet dies durch ein plötzliches dumpfes Rauschen und den milchweißen Wasserstreifen, den sie vorn Schiff abstieß. Hier hatte ich Ruhe. Selbst der bärtige Steuermann plauderte gleichmütig mit einem noch bärtigeren Freund, welcher von ihm Abschied zu nehmen gekommen war. Der unsre ging in einer halben Stunde nach Panama, der andre heute nachmittag nach Singapore.

Weiter vorn auf dem Deck ging es lebhafter zu. Ein Hilfsdampfer hatte die letzten Reisenden gebracht, die an der Schiffsleiter heraufkletterten und ängstlich nach ihren Regenschirmen und ihrem Handgepäck schrien. Koffer und Kisten, elegant und das Gegenteil, Krankenstühle und Kinderwagen wurden heraufgewunden und fielen krachend auf dem Deck nieder, wo die Stewards und ein halbes Dutzend Matrosen sie mit der Geschwindigkeit von Taschenspielern verschwinden ließen. An den Schiffsbrüstungen standen zahlreiche Gruppen, mit feuchten, winkenden Taschentüchern von Freunden Abschied nehmend, die sie aufs Schiff begleitet hatten, oder von andern, die sie noch am fernen Ufer zu sehen glaubten. Zwischen dem ruhigen Englisch konnte man ängstliches Spanisch und aufgeregtes Französisch hören. Es hat jede Nation ihre eigne Art, von der Heimat Abschied zu nehmen. Der Deutsche geht still auf die Seite und schneuzt sich.

Der kleine Dampfer, welcher unruhig schaukelnd neben dem regungslosen Koloß lag, um die letzten saumseligen Gäste ans Ufer zurückzunehmen, hatte auch einen Mann mit den Morgenzeitungen gebracht. Ich kaufte einen Arm voll. Es waren die letzten, die wir in den nächsten vierzehn Tagen zu sehen bekommen sollten. Man mußte sich verproviantieren.

Nach einer ungewöhnlich harten Woche hatte ich die »Pará« gerade noch erreichen können. Am Morgen nach dem großen Unglück war ein Sonderzug von zwei Wagen von Edinburg nach der Ennobrückenstation gekommen, um die Verbindung notdürftig wiederherzustellen. Im Grau des anbrechenden Tages hatte ich Zeit gefunden, die Bucht nochmals zu übersehen. Die Reste der Brücke standen starr und regungslos da, wie erschöpft nach den Stürmen der entsetzlichen Nacht. Die beiden Endstrecken, jede über einen halben Kilometer lang, ragten vollständig unverletzt bis gegen die Mitte der Bucht. Dann kam die schreckliche Lücke, in der, vom Ufer kaum sichtbar, zwölf kleine Inselchen mit den zerknickten Säulenfüßen die verschwundene Verbindung andeuteten. Sonst war nichts zu sehen, keine Trümmer, keine Spur der riesigen Gitterbalken, die gestern noch stolz und kühn in der Luft geschwebt hatten, kein Zeichen des verlorenen Bahnzugs: alles begraben unter der glatten, bleigrauen Wasserfläche, die mit unerbittlicher Gleichgültigkeit darüber hinzog. Noch war auch kein Lebenszeichen an den beiden

Ufern zu bemerken. Es war zu früh, namentlich da alle Telegraphenverbindungen vom Sturm zerrissen waren. Das schläfrige Pebbleton hatte den Schrecken noch nicht begriffen, der über die Stadt und die ganze Gegend hereingebrochen war. Erst gegen neun Uhr, als mich der Wirt rief, weil mein Zug abgehen sollte, zeigten sich zwei kleine Schraubendampfer am jenseitigen Ufer, die hastig der Unglücksstätte zudampften. Ich konnte hier nichts helfen. Es mußten viele Tage, vielleicht Wochen vergehen, ehe man den versunkenen Bahnzug heben konnte. Vom Grab der sieben Senkkastenleute sandte ich einen letzten Gruß an meinen Freund dort unten und fuhr ab.

In Leeds war Greigs Gedanke und meine peruanische Reise in zwei Stunden zum Beschluß geworden. In London, wo alles, was der Mensch in der Welt bedarf, ob er Afrika durchqueren oder den Nordpol aufsuchen will, in irgendeinem Kaufladen zu haben ist, man muß nur wissen, wo, oder jemand kennen, der es weiß, genügten zwei Tage, um mich für die Antipoden auszurüsten. Ich hatte sogar Zeit für eine heilige Herzenspflicht gefunden und war nach Richmond gefahren. Es war einer der schwersten Augenblicke meines Lebens, als ich an dem Gartentor der eleganten Villa anhielt und unter dem Glockenzug auf einer Porzellanplatte das Wort »Ennovilla« las.

Dies war am vierten Tag nach der Katastrophe. Natürlich wußte man hier schon am ersten, was geschehen war, und nach weiteren qualvollen vierundzwanzig Stunden, wie nahe das Unglück dieses Haus betroffen hatte. Man sah es dem Dienstmädchen an, das mir die Tür öffnete, auch wenn sie keine schwarze Schürze und schwarze Bänder in ihrem Häubchen getragen hätte. Sie blickte mich an, als ob auch ihr der Schrecken und die Angst im Gesicht stehengeblieben wären. Dann nahm sie meine Karte, führte mich aber ohne weiteres in das Empfangszimmer, wo ich längere Zeit warten mußte. Auch hier hing ein großes Aquarellbild der Ennobrücke in prachtvollem Goldrahmen dem Hauptfenster gegenüber. Wie kühn und stolz sich die zwölf Mittelpfeiler und die riesigen Gitterbalken ausnahmen! Der Künstler hatte etwas von der Poesie unserer Zeit in das Bild zu legen gewußt.

Nach zehn Minuten trat Missis Stoß ein: hastig, schwankend, bleich, mit starren, erschreckten Kinderaugen, faßte mich an beiden Händen und flüsterte:

»Keine Hoffnung?«

Sie hatte noch gehofft. Ich konnte ihr nicht antworten. Wie plötzlich schien diese Blume geknickt zu sein. Sie verstand mein Schweigen, setzte sich in den nächsten Stuhl und schluchzte.

Ich konnte mich nicht entschließen, ihr viel von dem letzten Abend zu erzählen, den ich mit Stoß zugebracht hatte. »Es wäre fast gelungen, Ihren Auftrag auszuführen,« berichtete ich nur. »Er wollte mit Ihnen und den Kindern nach Ägypten und freute sich herzlich darauf. Ich glaube, er starb im Gefühl dieser Freude. Nun hat er weiter reisen müssen, und allein.«

Ich glaube, ich hätte selbst so viel nicht sagen sollen. Trostworte in den ersten Tagen eines solchen Schmerzes sind etwas Trostloses; es ist besser, den Tränen ihren Lauf zu lassen. Und auch ich war meiner selbst nicht ganz Herr und ging bald, fast ohne Abschied, davon. Sie bemerkte es kaum, denn sie konnte durch ihre Tränen nichts sehen. Doch sie weinte wenigstens, das war immerhin etwas.

Sir William war zum Glück nicht um den Weg. Er sei vorgestern nach Pebbleton abgereist, sagte mir das Dienstmädchen, das mir die Gartentür wieder öffnete. Das mag auch für den alten Herrn eine Reise gewesen sein, die er für den Rest seiner Tage nicht vergißt. Vielleicht war Stoß besser daran ...

Es ist schön hier, aber sie lassen uns Zeit zum Abschiednehmen, dachte ich, mit einem gewaltsamen Versuch, auf andre Gedanken zu kommen. Zwei niedliche Mädchen halfen mir. Sie hatten seit einer halben Stunde ihre Taschentücher im Kreis geschwungen, als seien sie zwei lebendige kleine Windmühlen, schöpften ein wenig Atem und fingen von neuem an. Der Onkel am Ufer war wahrscheinlich schon längst wieder auf seinem Bureau, aber sie glaubten ihn in einem alten Fischerweib noch immer zu erkennen, bis ich ihnen mein Feldglas lieh. Dann begann ich meine Zeitungen zu entfalten, zu deren Studium ich jetzt zwei Wochen behaglich Zeit hatte.

»Ennobrücke«, »Ennobucht«, »Ennokatastrophe« wo man hinsah. je weniger sie davon wußten, um so mehr hatten sie darüber zu schreiben. Kein Mensch, das schien jetzt festzustehen, hatte das eigentliche Unglück, den Fall der Brücke, gesehen. Einem Berichterstatter der »Daily News« war es gelungen, in Pebbleton zwei Kanalbootschiffer zu entdecken, die gegen zehn Uhr in etwas angetrunkenem Zustand auf ihre Barken zurückgekehrt waren. Der eine dieser Männer versicherte, in der Richtung der Brücke plötzlich zweimal rasch hintereinander große weißliche Feuerscheine wie Garben aufflammen gesehen zu haben. Daraufhin habe sein Kamerad behauptet, er sei ohne Zweifel der Betrunkenere von beiden. Hieraus sei ein kleiner Wortwechsel entstanden, der zu ernsten Tätlichkeiten geführt habe und dessen sie sich beide noch ganz deutlich erinnerten. Der Berichterstatter glaubte vermuten zu dürfen, daß der Schiffer das riesenhaft aufspritzende Wasser gesehen habe, das bei dem Sturz der Brücke vielleicht von dem aus der Lokomotive herausfallenden Feuer beleuchtet wurde.

Der »Daily Telegraph« hatte auf dem andern Ufer der Bucht den Brückenwärter Knox gefunden, der ihm, wie ich mir denken konnte, außerordentlich magere Mitteilungen gemacht zu haben schien. Das wichtigste war, daß dieser Mann der erste gewesen zu sein schien, welcher in Begleitung eines fremden Herrn das Geschehnis festgestellt habe. Der Berichterstatter sei damit beschäftigt, den fremden Herrn zu ermitteln, der als intelligent und nicht ohne Sachkenntnis geschildert werde und vielleicht näheren Aufschluß geben könne. Es werde vermutet, daß er sich in Mandiester befinde. Unzweifelhaft sei, daß einer der leitenden Ingenieure der Brücke, Herr Stoß, Ennovilla, Richmond, der Schwiegersohn des Erbauers Sir William, bei der Katastrophe das Leben verloren habe. Soweit sich bis jetzt ermitteln lasse, seien zweiundsiebzig Reisende und das aus fünf Mann bestehende Zugpersonal umgekommen. Wo die Verantwortung für das entsetzliche Unglück zu suchen sei, werde eine eingehende Untersuchung wohl erst nach Monaten feststellen können. Nach der Ansicht von Sir William, der sich seit gestern an der Unglücksstätte befinde, müsse der Zug durch den Winddruck zum Entgleisen gebracht worden sein und dann das Gitterwerk in die Tiefe gerissen haben. Wenn sich die Sache so oder ähnlich zugetragen habe, so sei allerdings der Konstrukteur der Brücke, dessen

weltberühmter Name dies voraussehen lasse, von jeder Schuld frei-
zusprechen.

Der »Daily Chronicle« wußte zu berichten, die aus Leith herbei-
gerufenen Taucher, die Herren Fred Shaw und Thomas Gladhill,
hätten festgestellt, daß der Bahnzug samt Lokomotive und Tender
innerhalb der tunnelartigen Gitterbalken auf dem Grund der Bucht
zur Zeit der Ebbe etwa dreißig Fuß unter Wasser liege, und zwar
zwischen dem vierten und fünften der zusammengebrochenen Pfeiler. Die vollständige Zerstörung dieser Pfeiler fuhr der Bericht fort,
von denen nur noch kleine Reste aus dem Wasser hervorragen,
lasse darauf schließen, daß sie der schwache Punkt der ganzen
Struktur gewesen seien und den außerordentlichen Stürmen jener
Nacht nicht standzuhalten vermochten. Es sei zu hoffen, daß die
sträfliche Leichtfertigkeit, welcher nicht nur hundert Menschenleben zum Opfer gefallen, sondern die namentlich auch dem Ansehen
und der Ehre des englischen Ingenieurwesens einen schweren
Schlag versetzt habe, nachgewiesen und in rücksichtsloser Weise an
den Pranger gestellt werde.

Der »Standard« wußte zu erzählen, es sei außer Zweifel, daß der
verunglückte Lokomotivführer gegen die ausdrücklichen Bestimmungen der Bahnverwaltung mit einer Geschwindigkeit über die
Brücke gefahren sei, welche die Katastrophe herbeiführen mußte.
Das entsetzliche Unglück weise aufs neue darauf hin, daß es Grenzen gebe, die der Mensch nicht ungestraft überschreite, daß aber der
Ruf der englischen Technik von diesem tief bedauerlichen Unfall
nicht ernstlich berührt werde. Der schleunigste Wiederaufbau der
Brücke sei eine selbstverständliche Sache. Der Oberbürgermeister
von Pebbleton habe auf den kommenden Montag eine Versammlung hervorragender Bürger der Stadt und der nördlichen Graf-
schaften einberufen, um die erforderlichen Maßregeln zu besprechen. Von den Leichen der Verunglückten habe bis jetzt noch keine
geborgen werden können, da dieselben teilweise noch in den Wagen eingeschlossen seien, teils vielleicht schon durch die Flut in die
hohe See hinausgeführt sein dürften.

Ich hatte vorläufig genug von meinen Zeitungen und ließ mich in
Gedanken auf die hohe See hinausführen, die unter der höher steigenden Sonne immer heller und fröhlicher schimmerte, als ob mir

die Alte Welt zum Abschied ein besonders freundliches Gesicht machen wolle. Es war ein glänzender Tag zum Anfang meiner Reise, und wie viel Düsteres ließ ich hinter mir! Namentlich freute mich, daß der Berichterstatter des »Daily Telegraph« den »intelligenten Fremden« wohl kaum mehr erwischen dürfte, den er in diesem Augenblick vielleicht in Manchester suchte. Was hätte ich ihm sagen können?

Endlich legte das langerwartete Postboot an, und dreiundfünfzig Säcke voll Briefe und Pakete für Westindien, Kalifornien, Chile, Honolulu, Samoa und hundert andre heiße Winkel der Erde begannen auf dem Nacken von Matrosen an der Schiffsseite heraufzuklettern. Auch auf Deck wurden Briefe ausgegeben und die Namen der Empfänger, die noch niemand kannte, laut ausgerufen, darunter in einer seiner vielfachen englischen Verzerrungen der meine. Ich erhielt zwei kleine Pakete und einen Brief. Das erste stammte aus unserm Londoner Bureau und enthielt ein Bündel Empfehlungsbriefe an Kaufleute und Pflanzer in Portoriko und Trinidad, in Callao, Lima und Truxillo.

Das zweite, mit schwarzen Siegeln geschlossen, kam aus Richmond. Ein kurzer Brief von Frau Stoß fiel mir zuerst in die Hand:

Lieber Herr Eyth!

Ihr Besuch hat mir so wohl getan und so weh, daß ich Ihnen heute erst danken kann. Es ist mir ein Herzensbedürfnis, daß wenigstens Sie wissen, wie alles gekommen ist. Ich sende Ihnen deshalb Harolds Briefe, die er mir von der Ennobucht geschrieben hat. Lesen Sie sie auf der Seereise und denken Sie an uns. Sein bester Freund hat ein Recht, sie mit mir zu teilen.

Gott geleite Sie. Ich weiß jetzt, wie sehr man seiner bedarf.

Ihre Ellen Stoß.

Auf diese Weise kam ich zu den Schriftsachen, von denen ich einige diesen Erinnerungen anfüge.

Der dritte Brief, den ich erhielt, war mir seit fünf Tagen nachgelaufen, wie sich aus den Postzeichen ergab: erst nach Leeds, dann nach Dunrobin, dann wieder nach Leeds, dann nach London und schließlich hierher nach Southampton und an Bord der »Pará«. Unter Umständen kann das Wanderleben eines Briefumschlages sehr interessant werden, auch wenn in dem Briefe selbst nicht viel steht; gerade wie bei Menschen.

In diesem Brief aber stand einiges. Er war aus Thüringen. Es tat mir wohl, im letzten Augenblick auf europäischem Boden einen Gruß von meinem alten Schindler zu erhalten. Das Kleeblatt aus der Grünheustraße war doch noch nicht ganz entblättert. Er schrieb:

Lieber Freund!

›Quand on a du courage, on vient a' bout du tout.‹ Weißt Du noch, wie mir dies seinerzeit den gebrochenen Mut wiedergab und Ihr beide an meiner Weisheit schmarotztet? Denn hätte ich diese herrliche Lehre nicht von Derby mitgebracht, so wäre aus uns allen höchstwahrscheinlich nichts geworden. Also merke Dirs: in freier deutscher Übersetzung: Der Mutige kommt ans Ziel, er weiß nicht wie.

Daran halte ich mich seit Jahren und schreibe unter diesem Zeichen auch heute Dir und unserm Freund Harold fast gleichlautende Briefe. Ich brauche Euch hier und Ihr müßt kommen! Du wirst dies sofort selbst einsehen.

Vorige Woche hat meine liebe Frau ein Einsehen gehabt und uns ein Knäblein geschenkt; ich sage Dir, einen prächtigen Jungen. Er steht schon in der Kölnischen Zeitung, wie Du vielleicht bemerkt hast. Du kannst Dir den Jubel vorstellen, nach fünf Mädchen. Obschon uns die herzigen Dingelchen gewiß auch gefreut haben und aufblühen wie fünf wilde Rosenknöspchen, hatten wir doch manchmal zusammen gesagt, daß eine kleine Abwechslung recht nett wäre. Und nun ist's gelungen.

Du verstehst leider Gottes von all dem nichts und mußt auf Treu und Glauben hinnehmen, was ich Dir erzähle, aber du kannst mir glauben. Mit solchen Dingen soll der Mensch nicht scherzen, sie sind kein Kinderspiel.

Nun weißt Du seit den Tagen in der Grünheustraße zu Manchester, daß wir uns leidlich gern haben, aber Du hast keine Ahnung davon, wie meine Frau Harold und Dich verehrt. Harold stelle ich voran, um Deiner Bescheidenheit nicht zu nahe zu treten. Ich habe ihr natürlich in den letzten Jahren viel von euch erzählt. Von Stoß wußte ich immer genau, wie seine Brücke vorwärtskroch. Bei Dir war man allerdings nie sicher, wo man sich hindenken mußte, um Dich zu finden; das war meiner Frau um so interessanter. Sooft wir wieder erfuhren, daß Du am unteren Po in einem Sumpfe stecktest oder in den Eriekanal gefallen seiest, hatten wir eine rührende Freude. So kams, daß wir schon vor unserm zweiten Mädchen beschlossen, das Kind müsse Max Harold heißen, eine sinnige Zusammenstellung von Namen, in die meine Frau, unter uns gesagt, ganz vernarrt ist. Das ging nun nicht gut an, und beim dritten und vierten und fünften ging's auch nicht. Jetzt aber gehts, und nichts in der Welt soll mich abhalten, ihren Herzenswunsch zu erfüllen. Ich weiß, Du bist gutmütig genug, Dirs gefallen zu lassen, und Stoß hat seine Zustimmung schon vor sechs Jahren gegeben, als ich indiskret genug war, etwas zu früh anzufragen.

Aber dies ist nicht alles, was ich heute haben will. Quand on a du courage und so weiter. Ihr müßt selbst kommen, persönlich, eigenhändig! Diese Feier soll ein Tripelfest werden, wie in Thüringen noch keines erlebt wurde. Fünf weißgekleidete Jungfrauen liefere ich selbst. Bei Harold stoße ich auf keine Schwierigkeiten. Er hat mir schon bei seinem unvergeßlichen Brückenfest versprochen, zu kommen. Du allerdings wirst Dich winden und drehen. Aber es nützt Dir nichts; Du mußt. Verstehst Du noch, was das heißt: Du mußt?

Meine Frau sagt zwar, ich dürfe unter keinen Umständen auch nur die leiseste Andeutung davon fallen lassen; es würde dies alles verderben. Aber ich verstehe die Welt denn doch ein wenig besser als sie. Harold macht ihr keine Sorgen. Ihr einziger Kummer in bezug auf die hochverehrten Paten ihres künftigen Mäxchen alias Haröldchen ist, daß Du noch immer so verwahrlost in der Welt herumläufst. Manchmal, wenn sie daran denkt und sich Dein Elend vorstellt, packt sie ein Gemisch von wilder Empörung und unbeschreiblicher Sehnsucht, Dir zu helfen; und ich muß zugeben, es ist die höchste Zeit. Nun haben wir bis zur Taufe eine Nichte meines

Gretchens hier lache nicht, in der Bosheit Deines Herzens, die anerkannte erste Schönheit Thüringens, spricht Englisch, musiziert,
kocht, möchte um jeden Preis mit jemand ein paarmal um die Welt
reisen und würde ihn, wenn ihr dieser Wunsch erfüllt würde, zur
Not sogar heiraten, ein Herz wie Gold nebenbei, eigentliches ge-
meines Gold brauchst Du ja nicht kurz: ich will nichts weiter sagen,
um dem Wink meiner Frau einigermaßen Rechnung zu tragen. Du
mußt selbst sehen, dann ist mir nicht mehr bange. Welcher Spaß,
wenn Gretchen Deine Tante würde!

Das also wäre abgemacht, wenn Dir der 15. März paßt. Wir können den Tag ohne Anstand vor- und rückwärts schieben. Mache
dies mit Stoß aus. Wir taufen zu jeder Zeit, die Euch gut dünkt.

Daß es mir vortrefflich geht, brauche ich Dir kaum zu sagen; ich
hoffe, Du fühlst es in diesen Zeilen. Der namenlose Knirps schreit
zwar schon wieder, aber es ist eine Freude, seinen guten Lungen
durch drei geschlossene Zimmertüren hindurch zuzuhören. Dabei
macht mein technisches Wörterbuch glänzende Fortschritte. Wenn
Du nicht völlig zum langweiligen Engländer ausgedörrt und zu-
sammengeschrumpft bist, lese ich Dir nach der Taufe einen Buchstaben vor. Es wird Dich interessieren.

Nun Gott befohlen! Gretchen hat Dich zwar noch nie gesehen,
freut sich aber auf ›unser Wiedersehen‹, wie das Kind, das sie ist,
trotz ihrer sechse. Laß ihre Freude nicht zuschanden werden!

Dein alter Schindler.

Es war ein Brief wie aus einer andern Welt. Ich sprang auf. Eine
Zeile mußte er zur Antwort haben, wenn auch nur eine Zeile. Allein
während ich las, hatte ich nicht beachtet, was an Bord vorging. Der
letzte Händedruck war gewechselt, die letzte Abschiedsträne gefallen. Hals über Kopf war auch der letzte Abschiedsgast in das Postboot hinuntergeflogen, das ihn aus Barmherzigkeit ans Ufer nehmen mußte. Als ich aufsah, war der kleine Dampfer schon zehn
Schritte von unsrer Schiffsseite abgetrieben. Die verbindenden Taue
fielen klatschend ins Wasser, und durch unsern Koloß ging ein leises, geheimnisvolles Zittern: wir waren in Bewegung. Unsre

Dampfpfeife stieß ein ohrenzerreißendes Geheul aus. Europa lag hinter uns.

Es war nun einfach unmöglich, Schindler ein Lebenszeichen zu geben, ehe wir in fünfzehn Tagen St. Thomas in Westindien erreicht hatten. Das machte mit der Zeit der Rückkehr des nächsten Postdampfers mindestens fünf Wochen für ihn. Was sein Gretchen von den »hochverehrten Paten« denken mochte? Denn auch Harold antwortete nicht mehr.

Ich ging nach vorn. Das Zurückblicken ist nicht meine Sache, Das stolze Schiff bog in mächtigem Schwung aus der Bucht von Southampton nach Westen, und der schwarzblaue Ozean lag vor uns in der sonnigen Klarheit des Mittags. Am Horizont versanken die Schiffe, die wie wir gen Westen steuerten. Ein Viermaster, schwer beladen, alle Segel vom Winde gebauscht, stieg majestätisch herauf, aus unbekannten Ländern. Dort lagen auch für mich neue Arbeit, neue Mühen, neue Freuden. Das ist Manneslos. Hinaus!

Winterabend

Schon wirbeln die Flocken. Es dämmert bald,
Schon ruhen Waffen und Wehre.
Der Jäger kommt heim aus Gebirg und Wald,
Der Schiffer vom brausenden Meere.

Froh zog ich als Wanderbursch einst hinaus;
Wie lachte die sonnige Erde!
Nun sitz' ich wieder im alten Haus,
Am still verglimmenden Herde.

Halb träumend denk' ich des bunten Seins
Mit seinem Ringen und Regen.
Und Traum und Leben fließen in eins,
Der ewigen Wahrheit entgegen.

Froh leg' ich mich nieder.
Was wünschte ich mir
Noch weiter vom scheidenden Leben?

So wollt' ich's! Ich danke, Allgütiger, dir,
Daß du es so mir gegeben.

 tredition®

Über tredition

Eigenes Buch veröffentlichen

tredition wurde 2006 in Hamburg gegründet und hat seither mehrere tausend Buchtitel veröffentlicht. Autoren veröffentlichen in wenigen leichten Schritten gedruckte Bücher, e-Books und audio-Books. tredition hat das Ziel, die beste und fairste Veröffentlichungsmöglichkeit für Autoren zu bieten.

tredition wurde mit der Erkenntnis gegründet, dass nur etwa jedes 200. bei Verlagen eingereichte Manuskript veröffentlicht wird. Dabei hat jedes Buch seinen Markt, also seine Leser. tredition sorgt dafür, dass für jedes Buch die Leserschaft auch erreicht wird.

Im einzigartigen Literatur-Netzwerk von tredition bieten zahlreiche Literatur-Partner (das sind Lektoren, Übersetzer, Hörbuchsprecher und Illustratoren) ihre Dienstleistung an, um Manuskripte zu verbessern oder die Vielfalt zu erhöhen. Autoren vereinbaren direkt mit den Literatur-Partnern die Konditionen ihrer Zusammenarbeit und partizipieren gemeinsam am Erfolg des Buches.

Das gesamte Verlagsprogramm von tredition ist bei allen stationären Buchhandlungen und Online-Buchhändlern wie z. B. Amazon erhältlich. e-Books stehen bei den führenden Online-Portalen (z. B. iBookstore von Apple oder Kindle von Amazon) zum Verkauf.

Einfach leicht ein Buch veröffentlichen: **www.tredition.de**

Eigene Buchreihe oder eigenen Verlag gründen

Seit 2009 bietet tredition sein Verlagskonzept auch als sogenanntes "White-Label" an. Das bedeutet, dass andere Unternehmen, Institutionen und Personen risikofrei und unkompliziert selbst zum Herausgeber von Büchern und Buchreihen unter eigener Marke werden können. tredition übernimmt dabei das komplette Herstellungs- und Distributionsrisiko.

Zahlreiche Zeitschriften-, Zeitungs- und Buchverlage, Universitäten, Forschungseinrichtungen u.v.m. nutzen diese Dienstleistung von tredition, um unter eigener Marke ohne Risiko Bücher zu verlegen.

Alle Informationen im Internet: **www.tredition.de/fuer-verlage**

tredition wurde mit mehreren Innovationspreisen ausgezeichnet, u. a. mit dem Webfuture Award und dem Innovationspreis der Buch Digitale.

tredition ist Mitglied im Börsenverein des Deutschen Buchhandels.

Dieses Werk elektronisch lesen

Dieses Werk ist Teil der Gutenberg-DE Edition DVD. Diese enthält das komplette Archiv des Projekt Gutenberg-DE. Die DVD ist im Internet erhältlich auf **http://gutenbergshop.abc.de**